张云帆 \ 吴玉江 \ 徐伊亮 \ 张莉
【著】

神犬小七

HERO DOG III

【3】

上

中国广播影视出版社

序·I ... 1

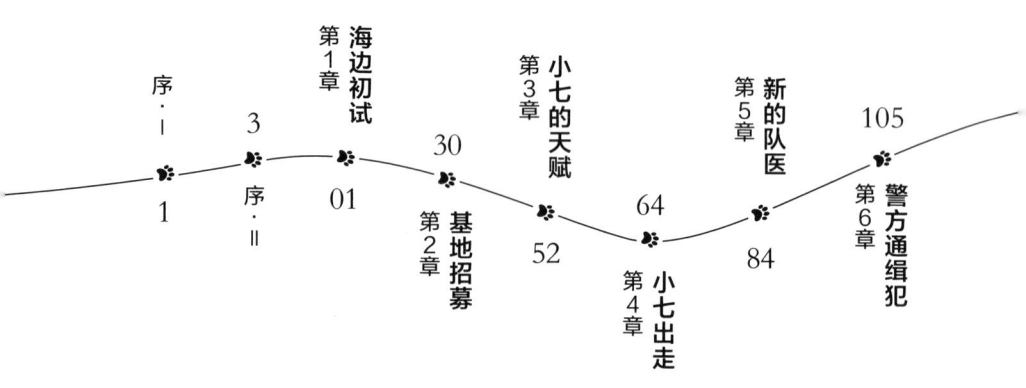

序·II ... 3

第1章 海边初试 ... 01

第2章 基地招募 ... 30

第3章 小七的天赋 ... 52

第4章 小七出走 ... 64

第5章 新的队医 ... 84

第6章 警方通缉犯 ... 105

contents
目·录

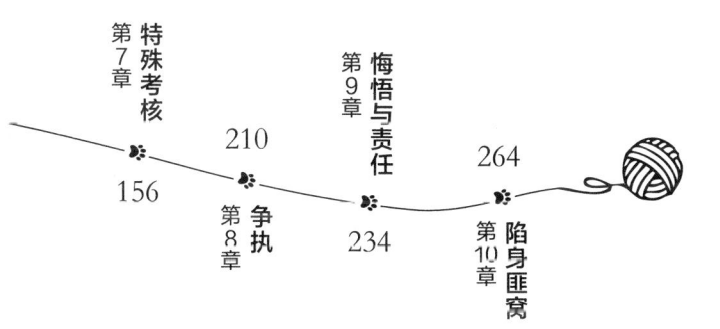

第7章 特殊考核 156

第8章 争执 210

第9章 悔悟与责任 234

第10章 陷身匪窝 264

人类文明发展的过程中，最早驯化的动物就是狗、猪和鸡。鸡可以给人们提供每天所需的蛋白质，猪可以提供大量的肉蛋白，而狗不仅能看家护院，还能追逐猎物以及作为玩伴。据《左传》记载，"六畜"为马、牛、羊、豚（猪）、犬和鸡。在《周礼·天官·膳夫》中，称这六种动物为"六牲"。古语说"五谷丰登，六畜兴旺"，以此作为太平盛世的标志，这说明自人类进入社会化以来，驯养的动物就和人类有紧密的关系。《三字经·训诂》中，对"此六畜，人所饲"有准确的功能描述，"牛能耕田，马能负重致远，羊能供备祭器""鸡能司晨报晓，犬能守夜防患，猪能宴飨速宾，鸡、羊、猪，畜之孳生以备食者也"。

其中狗被认为是人类最亲密的动物朋友，其地位远远超出其他被驯化的动物，一个全球性的考古发现证明了这一点。考古学家在世界的各大洲共发现了五十余处早期人类"葬狗"遗址。已知最早的"葬狗"行为出现在距今约一万四千年前，地点是在如今的德国境内。世界各地的"葬狗"方式不尽相同，除了让狗单独下葬或使狗与狗葬在一起外，一些地方流行让死亡的人抱着狗合葬。在如今的以色列境内甚至发掘出庞大的古代"狗公墓"，其中1000多条狗每条都被葬在单个墓穴中，而且狗尾都被卷往腿的方向。只有当狗作为人类亲密的朋友，甚至家庭的一员的时候，才会出现专门对狗进行的埋葬行为，甚至是和主人埋葬在一起。这使狗和其他被驯化动物有了显著的区别，比如就很少有人类会把死去的鸡和猪专门用墓穴埋葬。

狗大约于距今约一万四千年前被人类驯化，而人类的战斗力和生产力全面提升也是在距今一万至两万年之间。不少学者相信狗在中间起了巨大的作用。

想象一下在距今一万四千年的史前时代，由牛皮和木材构建的人类村庄里，我们的祖先正在酣睡，剑齿虎悄悄靠近了人类聚居地，村庄中间，唯一能阻挡猛兽的武器——篝火已经熄灭，只偶尔泛起几缕青烟和一点儿火星。这个时候响起了狗叫的声音，惊醒了勇士，吓退了猛兽，保护了妇女儿童，延续了部落的生存。第二天，部落的年轻男性，带上长矛弓箭，让猎狗带路，追踪野鹿的气味，撕咬被射伤的动物，这让人类的狩猎效率成倍提高。狗，敏锐、勇猛、忠诚，成为人类在上古时期最强大的生存伙伴，与人类一起进入了统治地球的时代。

也许，没有狗，就没有人类今天的文明。

我也曾经养过朋友暂时寄存的一条名字叫"暴雪"的边牧。刚到家的时候，它充满了恐惧和警惕，很快，它发现已经处于一个陌生环境的事实，便开始寻找依靠的对象，寻找并认同那个对它友好且有力量的人。在接下来的日子里，暴雪变成了一个家庭的成员而不是我之前所想象的"宠物"。心情好的时候和你玩飞盘玩抛球，心情不好的时候装睡，有陌生人来就跟着看看来人是否图谋不轨，弄乱了家里东西挨骂的时候耷拉着头不好意思。那时候我理解了，为什么人会和狗成为朋友。

我还有一个朋友，十几年前养的狗现在已经垂垂老矣，去医院检查发现其心室肥大，腹部积液，需要吃一种进口的药才能延续生命。他托我买药，如果是在过去，我会科学理性地告诉他狗的寿命以及低质量生命的价值，等等，但是在我自己有过短暂的养狗经历之后，我能理解了，那是他的家人、朋友，这里面的感情不是理性可以去平衡的。

弗洛姆在《爱的教育》里说道："爱是对生命以及我们所爱之物生长的积极关心，如果缺乏这种积极的关心，那么这只是一种情绪，不是爱。"

我想，这就是《神犬小七》系列故事里，想要传达的意思吧。

——张云帆

序·II

近几年来,我一直肩负着《神犬小七》系列作品的制片人以及第二季和第三季的总编剧工作。岁月无声,几年光阴转瞬即逝,这段心路历程对我来说弥足珍贵。

我的初衷其实很简单,以狗狗作为创作灵感。

故事从一只叫"乐乐"的狗狗说起。它是一只京巴犬,陪伴我走过十年光景。从《神犬奇兵》到《神犬小七》(系列)的影视剧逐一登上荧屏,诸多细节的呈现与情感构思都与"乐乐"有着莫大的联系。它让我体悟到了,人类和狗狗一万五千多年的陪伴历程难能可贵,深刻而丰厚的情感直抵人心。

我想,影视艺术的创作固然离不开真实的情感体验。曾根据日本真实事件改编的影片《忠犬八公的故事》感动了无数观众,《一条狗的使命》讲述人与狗狗的四次情缘,温情而催泪,《导盲犬小Q》将人与狗狗的相互依赖和陪伴诠释得恰如其分。

不论是影视作品的传达,还是实际生活中的相处,都让我感到,狗狗对人类百分之百的信赖,因与狗狗相处带来的单纯情愫,是人与人之间的关系所无法替代的。俗话讲,狗狗通人性,我想指的就是这个意思吧。西方科学家做过类似的实验,通过狗狗与人进行面对面的互动交流,发现狗狗是通过观察人类的面部肌肉微小变化来判断人的喜怒哀乐,进而做出反应的。所以,从这个意义上讲,狗狗是最会"察言观色"的。另外一个最新的发现还指出,狗狗可以通过人体气味的改变提前预知人类的癌症。

回到最初构思《神犬小七》时,我的目的就是利用镜头语言传递人类和狗狗的情感,讲述人与狗狗相处之间,关乎陪伴、爱与勇气的故事。我们也从一开始就明确了这样的努力方向:把狗狗当作不会讲话的"人"来写、来塑造。在我看来,当人类所谓的"责任感",投射在"神犬小七"身上时,更像是一种本能和天然的基因。

"神犬小七"在影视剧中是绝对的主角,剧中的角色皆因狗狗而结缘,因狗狗而改变,因狗狗而成长。从电视剧《神犬奇兵》的职业犬军犬,到《神犬小七》第一季和第二季的家犬,再到《神犬小七》第三季的职业搜救犬,我们一直在尝试全方位、全景式地展现人与狗狗之间单纯而快乐的互动,揭示彼此相互依赖与陪伴的情感关系,没有名分之争,不涉及算计和利益冲突,最终成为与这个复杂社会相对立的、最简单的真实存在。

和影视剧呈现出的"神犬小七"形象相比，文字为读者带来更多想象的空间和被诠释的可能性。当你希望看到"神犬小七"本尊的多种出色表现时，影视剧会带来最直观的体验；当你期待文字本身传达出的情感力和想象空间时，小说恰是最好的选择了。两种体验，殊途同归，共同演绎"神犬小七"和人类之间的故事，单纯的、快乐的，关于"神犬小七"的故事。

　　眼下，《神犬小七》第三季已经和大家见面了，我会和你们一起走进"主人公"的内心，跟随镜头和文字，追寻爱与勇气，与小七一同成长。

——吴玉江

第1章

海边初试

时至七月，又是一年旅游旺季。

风景优美的神州半岛，碧海蓝天，椰海轻摇，白沙如雪，喜来登酒店前方，度假村的海滩上挤满了游客，三三两两地在玩乐嬉戏、冲浪游泳。

发动机的轰鸣声中，一架直升机飞过海面上空，直升机的侧舱上，印着"海岸救援队"几个鲜明的大字。

直升机上，坐着一条可爱的拉布拉多犬，身穿印着"搜救犬"字样的橘黄色制服，正透过侧窗微眯双眼仔细观察着海面上的情况，金色毛发被风荡起浅浅的涟漪。

这条可爱的拉布拉多犬，正是去年破获国际水下文物盗窃大案，将罪犯理查德、伊森等人送入监狱的神犬——小七！

在小七身边，坐着一位年轻漂亮的美女，是它的人类妈妈——欧叶。

欧叶不时地看看手机，不满地嘟哝着："这个安心，简直太不靠谱了！竟然迟到这么久，现在还没来！"

"汪汪！"

小七回过头来轻吠两声，表示赞同。

"等她来了，我们好好教训她一顿！"

"汪汪！"小七再次应声。

欧叶怜爱地揉了揉小七的脑袋，准备拨打安心的电话。

就在这时，小七突然直立起来，竖起耳朵凑近舷窗，紧接着冲直升机下方"汪汪"地叫起来。欧叶皱眉向窗外看去，左侧不远的海面上，一道身影正在海中挣扎扑腾，溅起凌乱的水花。

"有人溺水了！有人溺水了！"

海滩上的游客纷纷发出呼救声。

"小七，准备！"欧叶抓过救生圈递给小七，小七叼着救生圈，专注地望着溺水者，做好了救援准备。

直升机迅速下降，向溺水者靠近。溺水者是名女子，似乎不会游泳，因为脱离游泳圈而溺水，情况非常危急。

"小七，上！"

欧叶向小七一挥手，小七便叼着救生圈一跃而下，落向海面。
"扑通！"
如同跳水运动员一般，小七以一个优美的姿势一头扎入海中，紧接着浮出海面，叼着救生圈在海浪中奋力游向溺水女子身边。
"汪！汪汪！"
小七的吠声传入溺水女子耳中，溺水女子不停地向小七伸手，但这一来反而让她下沉得更快。小七迅速将救生圈推到女子面前，女子抓住救生圈，终于稳定身形。
"汪！汪汪！"
小七冲溺水女子叫了两声，示意女子已经安全，然后掉转方向，拖着救生圈带着女子奋力往岸边游去。
一个海浪冲来，将小七连同溺水女子高高掀起，推向远离海岸的方向。岸边的游客看着海浪中浮沉的小七和溺水女子，纷纷发出惊呼，不少女游客更是紧张地捂住嘴巴。
"小七，加油！小七，加油！"
直升机上，欧叶高声向小七大喊，为小七加油打气。
小七在海浪中努力调整着方向，重新游向岸边。
"汪！汪汪！"
与海浪战斗的小七，竟然还有余力对欧叶的呼喊回应。
终于，小七带着溺水女子游到了岸边。见溺水者成功脱险，不少游客兴奋地奔过去帮忙。小七一脸得意，挺起胸膛抖动着身上的毛发，将身上的水珠抖落，金色的毛发在阳光下甚是美艳。
直升机靠岸降落，欧叶跳下直升机，向人群奔去。
"汪！"小七向欧叶扑来，跃入了欧叶怀中。
欧叶揉了揉小七的头："小七，你太棒了！"
"汪！"小七更加得意地叫起来。
"欧叶！"被救女子从人群中挤了出来，不顾浑身是水，张开双手就向欧叶扑来。
看到对方，欧叶立即沉了脸，一把将对方推开："滚开！有你这么守时的吗？"
"哈哈！"不理欧叶的一脸不满，被救女子大笑一声，调皮地向小七伸出右手，"你好，小七。我叫安心，是欧叶的闺密，你真的和传说中一样厉害！"
被救女子，正是欧叶等候的朋友——安心。

"汪！"小七聪明地伸出前爪，与安心握手，打量着安心。

被小七盯着，安心得意地向后一甩湿漉漉的长发，露出干净漂亮的脸蛋："刚才多谢你喔！"

得到表扬的小七高兴地摇了摇尾巴，显然对安心很有好感的样子。

安心更加喜欢这条拉布拉多犬了，揉了揉小七的脑袋，向欧叶笑道："经过我的考查，小七的表现相当不错，我给它打101分！"

"这还用你说？"欧叶撇嘴，"我们家小七可是最棒的！"

"哈哈，所以我的选择是正确的！"安心一脸得意，"我决定了，要把小七带到我的救援队去，把它培养成专业的搜救犬！"

欧叶愣了下："你的救援队？"

安心尴尬地笑了笑："我退出国家队了……"

欧叶再次愣住："你退出国家队了？"

"嗯。"安心点头，挺起胸膛一脸骄傲，"国家队辅助的方式与我的理念不合，所以我已经退出国家队，组建了一支以搜救犬为核心的救援队。我认为，搜救犬在救援工作中，能起到关键性的作用！"

小七听到这话，立即兴奋地叫了几声，摇头摆尾地表示认同。

见小七认同自己的话，安心更加得意起来："欧叶，怎么样？你和鲍宇不是要出国吗？让小七加入我的'完美世界'救援队吧！"

欧叶皱眉，面有难色："我确实在考虑给小七找支真正的救援队，不过国家救援队的人已经联系我了，明天一早就会来商议小七入队的事情。"

"什么？！"安心蹦了起来，生气地指着欧叶，"欧叶，我们可是最好的闺密，你不把小七交给我，却要交给那些陌生人？是不是不把我当闺密啦！"

"不是啦……"欧叶摇头，"我还没决定呢……"

"这还有什么考虑的？国家队根本不是以搜救犬为核心！"安心气呼呼地出声，"现在就决定了，让小七去我的救援队，我会给小七请最专业的驯导员，对它进行最全面的训练，让它成为最优秀的搜救犬！"

"可是国家队的条件肯定更好吧？"欧叶撇嘴，"我可不想小七跟着你受苦。"

"喊！"安心鄙视地看了欧叶一眼，"你也太小看我了吧？我那儿的设施和条件，绝不会比国家队差！除了公益基金赞助，我可是把我所有的积蓄都投进去了，就为了让狗狗们住着舒服，连搜救犬宿舍的玻璃门都是双层的，我自己不买鞋、不买包，连肉都舍不得吃呢！"

欧叶吐槽道："那是因为你太穷了吧！"

"欧叶！"安心搂着欧叶撒娇，"就让小七去我的救援队吧，你放心，我保证不会让小七受苦的，一定会把它训练成最优秀的搜救犬！"

"去去去！"欧叶鄙视地推着安心，"就你这大嗓门儿还学人家撒娇，难看死了！"

安心："……"

"喂！你到底怎么想的？"安心迫不及待地问道。

欧叶摇着头叹了口气："安心，我不是不放心你，只不过你那里就算再好也只是个'草台班子'，我想小七有更好的发展……"

"欧叶！"安心气呼呼地打断了欧叶的话。

见欧叶和安心有吵起来的迹象，小七看看安心又看看欧叶，伸出爪子拍着欧叶的肩膀。

欧叶露出一抹温暖的微笑，揉揉小七的脑袋："这是小七未来的归属，等明天国家队的人来了，就让小七自己选择吧。"

"汪汪！"小七点头，赞许地叫了两声。

小七是高兴了，安心却越发着急起来。想想国家队的条件，再想想自己那支还在组建阶段的救援队，安心更是急得不行。

看着正亲热地抱着欧叶胳膊的小七，安心突然心里一动，嘴角露出笑容。

"嘿嘿，欧叶，你给我等着，小七一定会选择去我的救援队的！"说完，安心得意地跑掉了。

"这家伙，准是又想到什么鬼主意了！"欧叶皱眉。

因为鲍宇要出国进修，欧叶准备过去陪读，如果把小七带过去那就完全荒废了小七的未来，所以她必须为小七找一个好的归宿。知道这个消息，这几天有不少救援队找上门想要签下小七，其中条件最好的当然是国家队，可欧叶一直拿不定主意。

欧叶紧锁着眉头，蹲在沙滩上心不在焉地用手给小七梳理着金色毛发："小七，你想去哪里呢？"

小七抬头看着欧叶，也有些迷惑。

欧叶自言自语道："国家队的条件不错，不过在那里你确实只能为其他搜救手段配合，别的救援队我又不放心，可安心的救援队又……"

小七用头拱了拱欧叶的手，似乎在安慰欧叶。

这时，不知干什么去的安心跑了回来，火急火燎地拉着欧叶："走！我带你去一个地方！"

"干什么？"欧叶皱眉。

"走啦！"安心推着欧叶，向小七招手，"小七，快跟上！"

"汪汪！"小七欢快地叫了两声，快步跟上两人。

远处的沙滩上，一群游客正围在那里，人群中不时响起鼓掌声和欢笑声。

欧叶越发迷惑。等到了人群中，欧叶才发现，在人群中央，有好几只狗狗正在玩儿童球。

第一眼，欧叶就看到其中一只雪白漂亮的萨摩耶，非常聪明伶俐的样子，正以轻盈的步伐自如地带着球往球门前进。一只狗狗凶狠地蹿了过去，将萨摩耶脚下的球撞得飞起。那只狗狗得意的时候，萨摩耶却不急，身如轻舞般绕过对方，然后高高跃起用头撞向还在空中的儿童球。

"砰！"

萨摩耶一记漂亮的顶球，将球顶进了球门。

围观的游客发出欢呼声，鼓起掌来。

看到这只漂亮的萨摩耶，小七两眼发直，如同被勾住了一般怔在那儿，嘴角都淌出了口水。见小七完全被萨摩耶吸引，安心得意地向场中的萨摩耶打了一个响指："小雪！"

萨摩耶听到安心的声音，立即向安心奔来，雪白蓬松的毛发在海风中飘舞，轻盈优美的身姿却不显一点柔弱，奔到近前高高一跃，划出一道优美的弧线，落入安心的怀中。

见小七直直地盯着自己怀里的小雪，安心更加得意，蹲下身子将小雪放到小七面前："小七，这位美女是小雪，可是我们救援队的颜值担当哦！"

小雪热情地向小七叫着示好，不过小七似乎还没回过神来，傻乎乎地看着小雪。

见小七被小雪迷得发晕的模样，欧叶忍不住笑出声，拍了拍小七的头："小七，小雪在跟你打招呼呢。你好歹也是一只神犬，怎么也过不了美人关呢！"

小七总算回过神来，不过却有些害羞。倒是小雪比较热情，跑过去凑着小七蹭来蹭去，小七立即热情地回应，嘴里发出欢乐的吠声。

"怎么样，小七？"安心蹲下身子抱着小雪，向小七问道，"你是要去国家队，还是跟我走呢？"

"汪汪！"小七抬起头来，向欧叶叫了两声。

欧叶无奈地摇摇头："小七，你真的想好了吗？"

"汪汪！"小七再次叫了两声，信心百倍的样子。

"真是条色狗，这么容易就中美人计了。"欧叶苦笑了一下。

这时，一名身材高挑的年轻男子走了过来："欧叶，你要是还不放心的话，干脆我也跟着小七过去，有我亲自照顾小七，这下你可以放心了吧？"

小七看到这名年轻男子，立即亲热地奔了过去。

"你少来！"欧叶鄙视地看了年轻男子一眼，"我看你是在马戏团待不下去了，所以想改行去救援队吧？"

年轻男子："……"

没理年轻男子无语的表情，欧叶带着安心往海边走去。

小七和小雪跟在两人身后，在沙滩上追逐嬉戏，很是欢快的样子，看起来都不认生，这么一会儿已经熟络起来。

安心回头看了远处那名年轻男子一眼，好奇地问道："欧叶，那个帅哥是谁啊？"

"洛奇，宠物乐园的员工。"欧叶说道。

"他就是洛奇？"安心睁大眼睛，"发明狗语翻译器的那个？"

"嗯。"欧叶点头。

安心立即来了兴趣，拉着欧叶道："欧叶，我觉得如果你真不放心的话，也可以让他过去照顾小七，我看他和小七关系很好的样子。"

欧叶打量着安心："你哪只眼睛看到他和小七关系好了？你不会是看上他了吧？人家可是有女朋友的。"

"喊！我怎么可能看上他！我这不是为小七好嘛！"安心撇嘴。

欧叶皱了皱眉："安心，我还是没考虑好让小七过去。"

"什么？小七都答应了你还要考虑？"安心蹦了起来，瞪着欧叶，"欧叶，你知道有多少人和搜救犬挤破脑袋想来吗？我这可是看在咱俩二十年交情的分上才给你开后门！"

"喊！"欧叶一脸鄙视，"我们家小七还需要走后门？"

安心："……"

"好啦好啦。"安心又拽着欧叶撒娇，"欧叶，我绝对不会亏待小七的。我那儿不仅建了训练场和活动室，还在基地旁边建了一片氧吧小树林，甚至犬舍还有自动恒温系统，狗狗们除了有自己的房间还有活动的院子，这样的条件绝对比国家队好，你还是赶紧把协议签了吧。"

"协议？"欧叶得意一笑，"协议早没了。"

"啥？"安心瞪着欧叶。

"嘿嘿。"欧叶看着安心道，"你以为只是我舍不得小七？连阿旺也舍不得呢。他知道那是小七的协议，把水杯打翻浇水在上面，现在协议早被泡

成废纸了。"

"这只该死的猫!"安心气呼呼地握着拳头,一脸准备找阿旺算账的表情。

"哈哈。"见安心气呼呼的样子,欧叶开心地笑了起来。

"不管了,反正小七是我的!"安心抱着小七一脸坚决,"回去我再给你一份电子版协议,待会儿就打印出来!"

想了想,安心怕夜长梦多:"走!我们现在就回去签协议!"

"真受不了你。"欧叶无可奈何地点头,"好吧,我们这就回去。"

见欧叶终于答应,安心高兴得差点跳了起来,搂着小七直揉它的脖子:"哈哈!小七,以后你就是我的了!"

"汪汪!"小七叫了两声,也有些高兴的样子。

见小七这么快就被安心用小雪给骗上贼船,欧叶哭笑不得,无可奈何地摇头:"竟然连美人计都用得出来,你真是够了!"

"嘿嘿,不管怎么样,反正小七是跟定我了。"安心一脸得意地说。

两人一路说说笑笑地往椰林中的鲍宇小屋走去,远远地就见度假村椰林下的沙滩上,一座小木屋立在那里。

"你平时不会都住在这里吧?"安心问道。

"这里风景优美,还可以听海浪的声音,比酒店安排的房间好多了。"欧叶说道。

"我看是因为这里是你和鲍宇的爱情小窝,住这里才有熟悉的气息吧!"安心说完,立即往前跑去。

"看我不撕了你的嘴!"欧叶脸红地追打上去。

这时,跟在后面正和小雪嬉戏的小七突然神色一凝竖起耳朵,望向鲍宇小屋,紧接着叫了一声,往鲍宇小屋冲了过去。

欧叶和安心正在打闹,突然听到一阵小七的怒吠声从鲍宇小屋传来,屋内还响起"扑通扑通"重物坠地的声音。

一个仓皇的男声从屋内传出:"别咬别咬!我不是坏人,我是朋友,是你们的朋友!"

听到这个声音,欧叶皱起了眉头。

"有贼!"安心顺手抄起旁边的一根棍子,两人往鲍宇小屋冲去。

两人推开门,就见一名男子满脸惊恐地缩在墙角,小七正低着身子,死死地盯着对方。在小七身边,还跟着一只加菲猫,正是小七的玩伴,鲍宇收养的那只流浪猫阿旺。

看到欧叶和安心,男子似乎找到了救星,向两人挥手:"快让它们停下!

我不是坏人!"

"你是谁?偷跑进来想干什么?"欧叶冷声问道。

"我真不是坏人!"男子胆战心惊地看着小七和阿旺,紧贴着墙角小心翼翼地站了起来,向欧叶和安心挤出难看的笑容,"两位美女……可不可以让它们先退下?"

男子身材高大,长得还很英俊,不过脸上有很多抓痕,应该是被阿旺挠出来的。

看年轻男子似乎确实不是贼的样子,欧叶向小七摆了摆手:"小七、阿旺。"

"呜!"小七向男子低吠一声,退到欧叶身边,阿旺也跟了上去。

"两位美女,我是边慕。"见小七和阿旺退下,男子长出一口气,自我介绍道,"我是一家民间救援队的负责人,我们的救援队已经非常成熟,对训练搜救犬有着丰富的经验。我早就听说过神犬小七,这次来是想招募它加入我的救援队。"

一听对方竟然也是来招募小七的,安心的脸沉了下来:"这么说来,你们的救援队很有名气了,不知道你是哪支救援队的?"

边慕一怔,随即挺起胸膛看着安心:"这位小姐,看来我必须纠正你一个错误思想!"

边慕一副教育的口吻道:"这个世界上,并不是有实力就很有名气,像我们这种只做实事不图虚名的救援队,根本不在意名气这种事情,所以你们很可能根本没听说过我们队的名字。不过,我们救援队可是以帮助他人为核心理念,以为人民服务为宗旨。我们的目标,就是要利用自己的专长,帮助遇险者脱离危险和灾难,让这个世界少一些悲伤,变得更加美好!根本不会花心思去获得虚名!"

说到最后,边慕脸上简直已经洋溢着太阳般的光辉,连小七、小雪和阿旺都听得有些入迷。

安心却笑道:"这么说来,你们确实很有实力了?"

"那是当然!"边慕拍了拍胸膛。

"那我就问问你,"安心上前一步,满脸阴笑,"在常规搜救中有哪些绳结?哪种绳结在高空救援中最适合使用?搜救犬的训练有多少科目?最先进行的科目是什么?什么品种的犬类最适合执行水上营救?火灾现场遇难者搜救的训练核心又是什么?"

"等等,等等!"边慕连忙打断安心的话,"大姐,我是来招募小七的,又不是来参加搜救员考试的,身为一名优秀的搜救员,你让我回答这些入门考

试的问题,这不是在侮辱我的专业素养吗?"

"呵呵。"安心冷笑了一下,"既然你如此优秀,难道这些问题你都回答不了吗?"

"我……"

边慕刚出声,小七突然狂吠两声,向门外跑去,小雪和阿旺也紧随其后。

"汪!汪汪!"

屋外,传来小七和小雪的吠声,显得相当焦急的样子。

安心和欧叶心知有异,急忙走到屋外。

屋外木质台阶上,小七和小雪站在那儿,不停地原地挪步,对着远处的大海狂吠不止,显得异常焦躁不安。

安心看了眼远处的大海:"欧叶,好像有点不对劲!"

欧叶面露迷惑:"怎么了?"

安心面色凝重:"小七和小雪好像在说危险,这里有危险……"

"危险?"欧叶再次看向大海。

这时,边慕走了出来,听了安心的话,看向远处的海面。

远处海面并没什么异动,说不上风平浪静,只是海浪轻涌,海风微拂,也没有游客落水慌乱的现象,边慕立即自信地说道:"不用担心,哪来的危险,只是它们急着上厕所了。"

"你懂什么!"安心瞪了边慕一眼。

"哈!"边慕好笑地看着安心,"我不懂?我可是专业的驯导员!你竟然说我不懂……"

这时,小七和小雪越发焦躁不安起来,吠声更为急促。

"不对劲儿!小七和小雪确实在说这里有危险!"安心脸色紧张,催促欧叶,"快!你赶紧打电话给海事局,我去疏散游客!"说完,安心便向海滩跑去。

见安心离开,小雪立即跟在安心身后追了上去。

"这女人,简直人人惊小怪了……"边慕向欧叶摇头叹气,"连这么简单的狗语都听不懂,竟然还考我什么搜救犬训练的常识……"

"汪!汪汪!"小七冲安心和小雪离开的方向对欧叶狂叫。

欧叶摸了摸小七的头:"小七,你想去协助安心?"

"江江!"小七点头叫了两声。

"去吧,小心点!"欧叶点头。

"汪汪!"小七又点头叫了两声,然后撒腿同远去的安心和小雪追了上去。

"喵……喵……"阿旺盯着小七的方向叫了起来,似乎很担心小七的样子。

"阿旺,放心吧,小七不会有事的,它会保护好自己的。"欧叶拿出电话,准备打电话给海事局。

边慕见欧叶不理自己,连忙凑了过来:"喂,你不会真信那个女人的话了吧?"

就在这时,度假村的广播响了起来:"紧急通知!接海洋环境预报中心通知,附近海域发生地震活动,波源振幅超过五十厘米,将激发大规模海啸,两分钟后将抵达海岸,请海滩游客迅速转移,撤离到喜来登酒店前方广场!请游客迅速转移,撤离到喜来登酒店前方广场……"

边慕听了广播脸色一变:"海啸?不会吧!"

"阿旺!我们走!"

另一边,欧叶已经抱起阿旺,急急忙忙地往海滩方向奔去。

"喂!"边慕见欧叶离开,连忙跑进鲍宇小屋,抓起一个背包跑了出来。

边慕刚到屋外,脸立即绿了。

就这眨眼儿工夫,外面原本平静的海面,竟然涌起了波浪,而远处海面上,黑压压的一线正在迅速往海滩推移,至少是高达两三米的巨浪。

"该死!"

边慕暗骂一声,转身想跑,但看向抱着阿旺正往海滩赶去的欧叶,咬了咬牙又向欧叶追了过去。

远处海面上迅速推进的海啸,让沙滩上的游客全慌乱起来,四散奔逃,乱成一团。

"大家不要慌乱!听我指挥,有序撤离!"安心拿着扩音器高声呼喊着。

慌乱的人群似乎根本没听到安心的话,依然碰碰撞撞地四散奔逃,不少游客摔倒在地,而很多游客慌不择路,根本没注意到远处高地上的喜来登酒店才是安全地点,反而往旁边的椰林逃窜。

见到这样混乱的情况,安心越发焦急地高呼道:"大家不要慌乱!听我指挥,有序撤离!"

但安心的呼喊,根本起不到什么作用。

"汪!汪汪!"小七的声音在安心旁边响起。

尖锐的狗吠声穿透混乱的人群,传入仓皇逃离的游客耳中,似乎起到了镇定作用一般,不少游客看向安心的方向。

安心见状,立即挥舞着手上不知从哪儿捡来的毛巾:"请大家排成两队,朝我手指的方向撤往喜来登酒店!"

附近的游客开始听从安心的指挥,自觉排成两队,向喜来登方向撤退。

这些游客的行动，起到了很好的带头作用，越来越多的人会聚到队伍之中。

"这边！跟我们走！"

喜来登酒店的经理戴维带着保安也赶了过来，吹响口哨挥舞红色小旗，为撤离的游客引路。

"汪汪汪！"

小七和小雪四处奔走，追向那些逃往椰林的游客，示意那些游客安全方向。

"轰隆隆！"

海啸前锋越来越近，海水涌往沙滩，拍打在沙滩之上，溅起高高的浪花，发出阵阵轰鸣。

不过因为游客的有序撤离，沙滩现在只剩两三百名游客还未脱险，看来在海啸来临前完全能安然撤离。

见此情形，安心松了口气。

"江！江江！"

小七突然跑到安心脚下，咬着安心的裤腿，冲远处海面狂吠不止。

安心望向小七示意的地方，立即脸色一变："糟糕！"

远处，距离海滩四五十米的一块礁石上，有一个身影正在挥舞双臂呼救。

"该死！"

那块礁石上竟然还有游客，而且还是一名女性。

看着不断拍打在礁石上激起高高浪花的海浪，还有正在推移过来的海啸前锋，安心皱紧了眉头。

"汪汪！"小七拽着安心的裤脚就往海边拖。

"走！我们去救她！"

安心向旁边不远处组织游客撤离的欧叶挥手："欧叶，你带小雪疏散人群！我去救人！"

欧叶也发现远处礁石上的游客了："安心，你小心点！"

"知道啦！"安心头也不回，抓起一个救生圈跑向海边。

"汪汪汪！"小七叼了个救生圈跑到欧叶面前，冲欧叶叫着。

欧叶弯下身子，一边给小七套救生圈，一边回头向跟在身后背着背包的边慕出声："你也去帮忙吧。"

"啥？"边慕瞪大眼睛，"我为什么要去？"

"你不是救援队的吗？"欧叶问道。

边慕："我……"

"汪汪！"还没套好救生圈的小七冲边慕吠着，似乎在催促边慕赶紧去帮安心救人。

见欧叶直直地看着自己,还有根本不放过自己的小七,边慕一脸苦色:"好好好!我去我去!"

海浪中游泳,可不像在游泳池里那样,超过一米的浪潮内游泳就非常困难,而远处还在涌来的海浪高度恐怕将超过两米,一不小心就可能被卷到海底,即便受过专业训练的搜救人员也很危险。

"真是该死!这点也太背了……"边慕迎着海浪,一边向礁石游动,一边暗骂着。

不过,想想那条神犬,边慕立即觉得吃这些苦也是值得的。他这次过来,就是为了弄到小七,想来自己表现得如此好,应该没问题吧?

想到此处,边慕回头往岸边看去。这一看,边慕立即睁大眼睛,因为在边慕身后的小七叼着一个救生圈,正飞快地跑着,速度竟然比边慕还快。

"这么厉害?"边慕两眼放光,向小七称赞道,"小七,你真棒!"

小七叼着救生圈飞快地游来,很快超过边慕,甚至在游过边慕身边的时候,还向边慕投来一个鄙视的表情。

"鄙视?"边慕气得不行,自己竟然被一条狗给鄙视了?

"死狗!我会让你知道我的厉害的!"

边慕骂了一声,奋力向小七追去,可惜边慕再怎么努力,也根本追不上小七,和小七的距离反而越来越远。

"这狗是鱼变的吧!"边慕气得不行。

前方,最先下水的安心已经游到了礁石旁。

礁石上的游客是一名性感靓丽的时髦少女,戴了个大墨镜。在少女旁边,还跟着一条哈士奇,和少女一样戴了个大墨镜。看起来,她应该是跑到这礁石上听音乐晒太阳的,没看到海啸来了,也没听到广播的声音。

能跑到这礁石上来,对方至少应该会游泳才对,不过看少女紧抱在手上的那个巨大的天鹅泳圈,以及她脸上惊慌的神色,安心就大概明白了。

这个少女,根本就是个不会游泳的主……

"还真是个奇葩……"安心哭笑不得。

"来,把救生圈套上!"安心伸手扶住少女,同时给少女套上救生圈。

"谢谢!"少女连忙道谢,"我是伊靓……"

"别说话浪费力气!"安心打断伊靓的话,"下水后闭着嘴不要呛水,上肢不要动,尽量用腿蹬水!"

"嗯。"伊靓小心翼翼地爬下礁石滑入水中。

这时，小七也游了过来。

安心从小七背上拿过救生圈，给那条戴着墨镜一脸傻相的哈士奇套上。

海浪越来越急，海啸前锋已经快要接近礁石，安心向伊靓催促着："快！立即跟我走！"

"喔……"伊靓胆战心惊地松开抓着礁石的手。

就在这时，安心突然面色一变，反手抓着礁石稳住身形，对小七呼喊道："小七！快，拉着她离开这里！"

"姐姐……"

"别管我！快走！"安心催促着。

这时才游到近前的边幕见安心不对劲，出声问道："你怎么了？"

"我没事！你快带她走！"安心摇头，继续对小七催促道，"小七！快走！"

小七听命，叼着绳子拖着连接住伊靓和那条哈士奇救生圈上的绳索奋力往岸边游去。

边幕见安心表情难受，心知安心肯定是突然抽筋了，准备游过去帮忙，突然脸色一变，急呼出声："小心！"

安心刚回头，便见一个海浪迎面扑来，安心连反应的时间都没有，就被海浪直接拍入海中。

"该死！"边幕骂了一声，身形一跃向安心落水的方向潜了过去。

安心似乎被那个海浪给拍晕了，边幕下潜了十几米才抓住她。将安心带回海面后，边幕奋力地向岸边游去。

海浪越来越大，掀得边幕和安心不时跟着海浪起伏。

还好，虽然并不是真正的搜救人员，但边幕的水性并不差，不过等游到近岸的时候他也已经累得不行了。

"汪汪！"小七跃入海中迅速游来，帮着边幕带着安心往岸边游。

上了岸，边幕整个人已经累得虚脱过去，仰天躺在沙滩上直喘粗气。

"安心！"欧叶立即围了过来。

紧接着，一个身体壮实、赤裸上身、肌肉滚滚的高大男人冲过来蹲在安心旁边，二话不说开始给安心做人工呼吸。

旁边正喘粗气的边幕一看，整张脸都皱起来了："喂！你……"

"咳咳咳……"一阵咳嗽声中，安心咳出几口水，睁开了眼睛。

"啊……"看到眼前面庞棱角分明、赤裸上身、肌肉滚滚的壮男，安心刚想尖叫出声却立即停止，两眼闪着星星，"是……是你救了我吗？"

浪潮涌来，壮男低头对安心一笑，抱起虚弱的安心，大步往喜来登酒店的方向走去。

"谢谢……谢谢你……"安心看着那张棱角分明的脸,脸蛋红了红,露出一抹娇羞的神色。

见一个莫名其妙的壮男就这么把安心给抱走了,边慕从地上爬起来想追上去,结果双腿一软,差点重新摔倒。

"可恶!明明是我把人救起来的好不好!"边慕冲壮男的背影吼着。

安心听了边慕的话,扭过头来,冲边慕狠狠瞪了一眼,示意边慕闭嘴。

"你……"边慕气得不行。

"汪汪!"

耳边的狗吠声把边慕吓了一跳。

他回头一看,小七和小雪不知什么时候跑到了他面前。

"我……"边慕想要后退,结果小七和小雪凑了过去,拿头亲昵地拱着边慕的腿。

原本正生闷气的边慕犹豫着伸手摸了摸小七,小七竟然没有躲避的意思,边慕立即心喜,拍了拍小七的脑袋:"好吧,我们不理她,我们撤!"

抱着阿旺的欧叶看着一脸憋屈的边慕,忍不住笑出声来。

"轰隆!轰隆!"巨大的海浪,一波接一波地冲击在海滩上,掀起高高的浪花。

海风狂啸,呼呼作响。

所有的游客都已经撤到了喜来登酒店前的高地上,这里远离海滩,已经非常安全,不过很多游客看到如此狂暴的浪潮也是满脸紧张。

"幸亏我们走得快!"

"可不是,还好大家没乱跑。"

"真得感谢这些管理人员,如果不是他们我们肯定不会这么顺利撤离。"

"还有那几条狗,尤其是那条拉布拉多和萨摩耶,真的好可爱。"

"嗯,那个壮男大叔带的那条牧羊犬太可怕了。"

人群中不少人议论纷纷,一些游客正四处观望,寻找着小七和小雪。

此时,小七和欧叶在一起,正一脸悲伤地望着远处被海水淹没的海滩。

那里,一座木质小屋正被涌来的海浪冲毁,随着海浪被卷入海中。

鲍宇小屋——小七的家。

"呜!呜呜!"小七冲着被海浪卷走的鲍宇小屋悲伤地叫着。

抱着阿旺的欧叶俯下身来,搂着小七的脖子:"小七,别难过,马上你就有新家了。"

"是啊，小七今天表现太棒了！"安心也安慰着，"小七，等到了救援队，我一定给你安排最好的房子，还给你安排最好的驯导员，我相信你一定会成为最优秀的搜救犬的！"

站在旁边的壮男听了欧叶和安心的话眉头一动："它就是小七？破获水下文物盗窃大案的神犬小七？"

没想到连这个壮男也听说过小七的故事，安心得意地点头："是啊！"

壮男看向小七赞许道："你今天表现很不错！"

"江！"小七得意地叫了两声。

"汪汪！"

洪亮的狗吠声响起，一条比利时牧羊犬气势汹汹地挡在壮男身前，冷冷地看着小七。

"哈哈！"见自己的爱犬在争宠，壮男蹲下身子，搂着牧羊犬的脖子爱抚了两下，"当然，今天还是你的表现最棒！"

得到赞扬，牧羊犬立即得意地向小七轻吠几声示威。

看到这条雄壮的比利时牧羊犬，安心好奇地问道："它叫什么名字？是军犬？"

"步枪。"壮男简练回复道，"部队的功勋犬，我的老搭档。"

"好霸气的名字。"安心明白过来，"你是过来旅游的？"

壮男摇头："我和步枪刚退役，准备过来和几个老战友建立一支救援队，顺便到这里来看看。"

"救援队？"安心眼睛一亮，"真是太巧了！我也有一支自己的救援队，你要不要考虑一下，一起加入我们？"

壮男犹豫了一下，这才点头："到时候再看吧。"

"我是安心。"安心连忙掏出自己的名片，"这是我的名片，你有空的话就到我的救援队看看吧，绝对会让你满意。"

"敖力。"壮男声音洪亮，向安心敬了个标准的军礼，这才接过名片。

"好有型。"安心两眼又冒出小星星。

这时，喜来登酒店的经理戴维走了过来："欧叶，你朋友没事了吧？"

"没事了。"欧叶向戴维微笑道。

安心向戴维看去，紧接着一怔，指了指戴维，又指了指敖力："你……你们怎么长得一模一样？"

喜来登酒店的经理戴维，确实和这个名叫敖力的退伍军人长得一模一样。

戴维也是一笑："刚看到他的时候，我也很惊讶呢，如果不是很确定我是独子，我真怀疑他是我失散的双胞胎兄弟。"

"你们真的不是兄弟？"安心迷惑地问道。

"当然不是。"敖力挺起胸膛。

安心皱了皱眉道："你们也不是邻居？"

戴维："……"

敖力："……"

这时，敖力的手机响了。

敖力拿出手机看了一眼，向安心和欧叶几人歉意道："我还有事，就先走了。"

"嗯。"安心点头。

看着敖力大步离去，身姿豪迈，安心迟迟收不回眼神。

"怎么，看上他了？"欧叶走过来打趣道。

安心红了脸，随即说道："我是看上他的狗了。"

"哈哈，我看你是既看上狗，又看上人了吧。"欧叶笑道。

"不理你了！"安心撇嘴，"欧叶，赶紧和我把小七的合约签了！"

欧叶看了眼正和小雪腻在一起的小七，苦笑着摇头："好吧，我就遂了你的心愿。"

安心立即兴奋起来，拉着欧叶就走。

这时，拎着背包的边慕突然蹿了出来，挡在两人面前，指着欧叶："什么？你竟然要把小七签给这个女人？"

"怎么？你有意见？"安心挺起胸膛。

"有意见！我当然有意见！"边慕一把将背包砸在地上，气呼呼地指着安心，"你一个会溺水的女人，带着小七能干什么？小七跟着你只会变成普通宠物！"

说着，边慕指着小七："小七可是神犬，注定要成为最优秀的搜救犬的男人……不，是男狗，怎么可以跟着你堕落！它必须跟着我，由我这个优秀的搜救员培养！"

"哼！"安心不服气的双手叉腰，"你是优秀的搜救员？我长这么大，还从来没见过用狗刨式游泳的搜救员！"

"你……"边慕脸一红，"狗刨怎么了？我那是个性，你这个死女人懂个屁！要不是我的狗刨，你早沉到海底去了！"

"谁让你救了！"安心瞪着眼，"老娘就算沉到海底，也不想你来救！被一个狗刨的人救简直就是我人生的耻辱！"

"你……"边慕气得说不出话来。

"好啦好啦。"见两人都快干仗了,欧叶连忙劝阻,拉着边慕,"不是我不想把小七签给你,不过我已经先答应了安心。"

说到这里,欧叶有些难为情地看了边慕一眼:"再说,你……好像……确实不太专业……"

"你……"边慕都快吐血了。

最后,边慕跺脚道:"行!你们两个给我记着!"说完,边慕拎起地上的背包,气呼呼地转身离去。

"哈哈!"安心一脸得意,"小样,还想跟我斗!你还年轻呢!"

"安心!"欧叶板着脸,"再怎么说,人家也是你的救命恩人!"

安心撇嘴:"救命恩人?要和我抢小七,就算是天王老子也不行!"

欧叶:"……"

第二天,安心要回基地了。

虽然已经签完合约,把小七交给安心,不过想到要和小七分开,欧叶还是非常不舍。

"欧叶,又不是以后见不着了,你想小七的时候随时可以回来啊。"安心摇头。

欧叶撇嘴,一副要哭的表情:"你懂什么,小七可是我儿子!"

"是是是,小七是你儿子,也就是我干儿子,我绝不会亏待它的。"安心连忙投降。

"知道就好!"欧叶瞪着安心,"如果让我知道你亏待小七,我绝不饶你!"

"大姐,我哪敢啦。"安心哭笑不得,"你就好好和鲍宇去过你们的二人世界吧!"

这时,一只加菲猫从酒店内蹿了出来,跑到小七身边,可怜巴巴地冲小七"喵喵"轻叫着,然后咬住小七的后腿,就要把小七往酒店内拖。是阿旺——小七的玩伴,看起来,阿旺也舍不得小七,明显不想让小七离开。

"汪汪汪!"小雪连忙跑过去,咬着小七往外面拖。

小七看了眼拖着自己后腿的阿旺,又看了眼小雪,最后冲安心"汪汪"地叫着。

安心苦笑了一下:"欧叶,看来小七不舍得和阿旺分开,要不你把阿旺也给我一起带走吧?"

"喵……喵……"正把小七往酒店内拖的阿旺停了下来,抬头看着欧叶,可怜巴巴地叫了两声。

"汪汪！"小七也替阿旺求情。

"你坑了我的小七，还想坑我的阿旺啊！"欧叶瞪着安心，"不过你可得想清楚，做好被它俩吃穷的心理准备。"

"嘿嘿，我安心还能被它们吃穷？"安心毫不在意地拍了拍胸脯。

"哈哈！"欧叶笑道，"那你到时候可别后悔！"

安心抱起阿旺，向小七和小雪招了招手："小七、小雪，走，我们坐车兜风去！"

"汪！"小雪立即奔向安心的汽车。

小七回头看了眼欧叶，眼里流露出不舍。

"去吧，小七！我会回来看你的！"欧叶向小七挥了挥手。

"汪汪！"小七冲欧叶叫了两声，这才向小雪追了过去。

"欧叶，我们走了，到了国外记得给我打电话。"安心向欧叶挥了挥手。

"嗯。"欧叶点头。

安心开着车出了度假村，沿马路往"完美世界"救援队基地奔驰。

基地就在神州半岛，离度假村只有不到一个小时的车程，想到成功签下小七这个得力干将，自己的救援队总算有了个开门红，安心就开心起来，哼起了小曲。当从后视镜看到躺在后座上的阿旺时，安心的嘴角更露出一抹笑容。

此时的阿旺，正以标准的"葛优瘫"姿势躺在后座上，完全一副大爷的态势。

"嗯，就这萌样，可以和豆豆、公主一起，当作救援队的吉祥物了。"安心得意一笑。

进入集市区，安心将车速放慢，这时手机突然响了。

看了一眼号码，安心将车停在街边，接通电话："喂，欧叶，你不会这么快就想小七了吧？"

"不是。"手机里传来欧叶的声音，"我这里有两个朋友，他们听说你组建了救援队，也想带着狗狗过来受训。"

"他们有狗狗？"安心欣喜地问道。

"是的。"欧叶顿了顿道，"就是去年被小七抓获的那个伊森和莫莉，因为表现好提前出狱，想改邪归正重新做人，听说小七到你的救援队去了，他们也想带着狗狗过去和小七一起受训。"

"哦。"安心想了想，一口答应下来，"没问题，让他们明天来救援队参加考试吧。"

对去年发生的事情，安心也有耳闻。伊森和莫莉只是从犯，尤其是伊森身手不错，在驯导狗狗方面有两把刷子，如果真的能改邪归正，对救援队可是一大助力，安心也不介意给他俩一个重新做人的机会。

挂断电话，安心重新发动汽车。

就在这时，街边突然蹿出一个胖乎乎的女人，边跑边大喊着："打劫啊！有人打劫！"

安心扭头看去，见一名蒙面歹徒正举着一把砍刀追在胖女人的后面。

"光天化日之下竟敢如此猖狂！"

安心二话不说熄火停车，打开车门就跳了下去："小七，小雪，我们走！"

"汪！"

"汪汪！"

小七和小雪熟练地打开车门，跟随安心跳下了车。

就这一会儿，胖女人和蒙面劫匪已经跑进旁边一条小巷。

安心带着小七、小雪，立即追入小巷之中。

追了几十米，前方出现一条岔道，安心皱眉，听到女人的呼救声从左边传来，立即奔向左边岔道。

她刚奔出几步，却见小七和小雪没跟上来，似乎跑向了另一边岔道。

"小七！小雪！"安心呼喊了两声，没见小七和小雪跑回来。

"救命啊！救命啊！"呼救声从前方传来，听起来非常紧急。

"这两个家伙！"

安心来不及等小七、小雪，只得只身循着呼救声追下去。

她又追了几十米，前方出现一条大道，人来人往，根本见不着那个蒙面歹徒，连那个胖女人也不见了，更没听见胖女人的呼救声。

"奇怪。"安心皱眉，随即脸色一变，"不好！"

想起跑向另一条岔道的小七和小雪，安心立即转身往岔道口跑去。

跑了快半分钟她终于回到岔道口，远远地就见一个高挑的年轻男子正抱着一条狗离去，在年轻男子身后还跟着一条萨摩耶，正是小雪。

小雪追在年轻男子身后不停地叫着。

"站住！"安心高呼一声追了上去。

那名男子听到安心的呼声，吓了一跳，跑得反而更快。

这时，小雪突然蹿上去，一口咬在男子的屁股上。

"哎哟！"男子吃痛，立即跌了一跤，摔在地上。

安心追到近前，看到这名男子的时候，立即皱眉："怎么是你？"

这名男子，正是之前在度假村自称是某救援队负责人，到鲍宇小屋找欧叶想签下小七的边幕。见边幕抱着小七，安心明白过来："把小七放下！"

"汪汪！"小雪也冲边幕叫着。

边幕满脸堆笑，将怀里抱着的小七放到地上："哈哈，大姐，这么巧啊，我还说怎么会在这里看到它们呢，果然是迷路了，我正准备带着它们去找你呢……"

小雪跑到安心面前，"汪汪汪"地叫着，还不时拿眼睛瞪着边幕，似乎在告状。

安心拍了拍小雪的头，打量着边幕，嘴角泛起冷笑："带它们来找我？可我家小雪说，你好像准备把小七偷走呢。"

"偷走？"边幕脸色一整挺起胸膛，"这怎么可能！我这么有责任感的男人，怎么会做出偷狗这种事情！误会！这是误会……"

"嘿嘿。"安心一脸阴笑地走了过去。

"你……你要干什么？"边幕连连后退，"你别乱来啊……我……我可是你的救命恩人！"

"救命恩人？"安心冲过去，二话不说举起手，噼里啪啦地打在边幕头上，"救命恩人？你这个偷狗贼，看我不打死你！你以为我不知道你想干什么？我可是会狗语的！看你鬼鬼祟祟的，就不是好东西，竟敢打小七的主意！"

"哎哟！哎哟！"边幕被打得乱窜，"你这个疯女人，我才不和你一般见识！你这是恩将仇报！是目无王法！"

一边骂着，边幕一边屁滚尿流地扭头就跑。

"哼！臭小子！别让我再看到你，否则见你一次打一次！"安心气呼呼地冲边幕的背影喝骂着。

见边幕已经跑掉，安心这才抱起小七："小七，你说你可是神犬，怎么这么容易就差点被人抱走了呢？"

"汪汪！"

脚下的小雪朝安心叫了几声，似乎在告状的样子。

安心看了眼小雪，随即凑过鼻子，闻了闻小七的脸，立即明白过来："好啊，原来是被人用好吃的勾引了！你这个贪吃的家伙！我看你一有吃的被人卖了都不知道！"

似乎被安心发现了秘密，小七立即凑过脸，讨好地在安心胸前蹭来蹭去。

"别想着讨好我！回去再收拾你！"安心将小七扔在一边，没好气地瞪了小七一眼，弯腰抱起小雪往巷子外走去。

"呜……"小七连忙低着头委屈地跟上。

回到停车处,见阿旺还在车上,只不过从后座跑到了前座,依然一副大爷的样子躺在那儿,安心只得将小雪放到后座。

小七急忙跟着跳到了后座上。

"汪!"小雪冲小七吠了一声,不理小七,往旁边挪去。

"呜……"小七不死心地朝小雪凑了过去,讨好地直拿脸往小雪身上凑。

"看你以后还敢不敢吃陌生人的东西。"见小七讨好的样子,安心笑骂一句,发动了汽车。

"喵呜!"副驾上躺着的阿旺叫了一声,似乎也在附和安心的话。

汽车在高速路上疾驶,一小时的车程很快就到。

安心离开高速路,往路旁一片树林驶去。

树林不大,但绿树成荫,也占据了一座小山的范围,安心的救援队就在小山下,远远地就可以看到高挂着的旗帜,上面写着"完美世界救援队"字样。

"小七、阿旺,我们到家了!"安心向小七和阿旺招呼着。

"汪汪!"小雪也兴奋地向小七、阿旺叫了起来。

就在这时,安心看到救援队大门前的一个人影,立即面露喜色。

"哈哈!这个帅哥竟然也来了!"安心兴奋地向小七、小雪招手,"小七、小雪,我们有客人了!"

小七扭头从车窗看去。

"汪汪!"

突然,一条大狗一跃而起,直接趴在车窗上,把刚凑向车窗的小七吓了一跳。

安心推开车门下车,向基地大门前的客人打着招呼:"嘿!没想到你比我还快!"

大门前的客人,正是昨天他们在度假村见过的退伍军人敖力,而吓了小七一跳的那条大狗,则是跟随敖力的那条退役军犬,步枪。

"我们也刚到。"敖力微微一笑。

"汪汪!"

步枪跑了过来,对安心友好地摇着尾巴。小雪也跑过来,对步枪摇着尾巴示好,步枪对小雪轻叫了两声,冷峻的目光变得柔和起来。

"哈!"见小雪和步枪如此友好,安心笑了笑,向还在车上的小七招了招手,"小七,快下来认识一下我们的新朋友!"

小七将头转向一边,不理安心,也没有下车的意思,似乎有些生气的样子。

"小七!"安心再次招呼着。

"喵……"阿旺从副驾跃到后座上，对小七轻声叫着，似乎在劝说小七。

见此情形，安心知道小七肯定是见到步枪不高兴了，闹别扭呢。

动物有这种情况倒很正常，安心无奈地摇了摇头，向敖力招呼道："走吧，带你们参观一下我的救援队，你可不要太惊讶喔！"

敖力一笑，跟着走进基地，步枪紧跟在他身后。

两人进入基地大门，是一个宽阔的院子，旁边还立着篮球架，应该是队员活动训练的地方，尽头则是一排崭新的搜救犬公寓。

安心介绍着："这里就是狗狗们的新家，每只狗狗都有一个卧室和一个单独活动的小院。"

小雪跟着跑了过来，摇着尾巴"汪汪"地对步枪叫着，似乎也在给步枪做着介绍，很有主人的样子。

安心领着敖力继续参观，绕过搜救犬公寓，来到公寓旁边的几间大房子："这里是装备库和储物室，现在设备还没完全到位，不过我都已经订购好了，这两天就能运过来。"

搜救犬公寓格局清晰，布设整齐，装备库里也已经放了不少精良的训练和搜救装备，并不是那种草台班子几件简陋的器具可比。

敖力满意地点头："嗯，不错。"

"那是当然。"安心得意一笑，又领着敖力来到装备库后面一栋二层楼房前，"这边是队员宿舍，我打算一楼让女生住，二楼让男生住，几个月前就装修好了，绝对零甲醛、零污染。虽然房间不大，不过都有独立的卫生间和淋浴房，也已经安装好了网络宽带。"

看着整齐的队员宿舍，敖力赞扬道："真没想到你这么有心，女队长考虑问题就是周到。"

被敖力表扬，性格直率的安心也有点不好意思起来，又领着敖力来到西侧一排楼房前："这边二楼是会议室，是平时队员开会、学习的地方，旁边是我的办公室，一楼则是厨房和餐厅。虽然我们只是民间救援队，不过一切管理和训练都采用军事化标准，无论是搜救犬还是搜救员，都有严格的考核指标，定期进行考核，达不到标准就淘汰。宿舍也有固定关门时间，到了时间必须关灯就寝。"

听安心这么说，敖力忍不住低头笑了。

"怎么？我说错什么了吗？"安心不解地问道。

"没有。"敖力笑了笑，"没想到我刚从部队出来，这又回部队了。"

"难道你觉得我管理太严格了？"安心一脸认真，"我认为大家都是成年

人了,更应该有纪律、有约束,这样才能避免散漫的工作生活状态,只有纪律约束下的队伍才能更有责任心,更有凝聚力,随时投入搜救战斗。"

敖力立即举手投降:"不严格不严格,你说得挺好的,我只是没想到你这么年轻一个女孩能有这样的想法,这个地方我很喜欢。"

"哈哈,那就好!"安心大大咧咧地拍了拍敖力的肩膀,"不遵守纪律的人,就算再有能力,也称不上优秀的!"

"你说得对。"敖力很是赞同。

"汪汪!"身后传来小七的吠声。

安心回头,见小七不知什么时候已经来到身后,嘴里正叼着一朵小雏菊。

"哈,小七,没看出来,这么快就想着装点新家了吗?"安心打趣道。

小七并没有将雏菊叼进犬舍,而是直接向小雪跑去,将雏菊放在小雪面前,摇头摆尾地向小雪叫了两声。

小雪看到雏菊,立即开心地跳了起来,对着小七也叫起来。

安心:"……"

"臭小子,原来是在泡妞啊。"安心笑了笑,向敖力招呼着,"走,我们继续转转,让它们在这玩会儿,彼此熟悉熟悉。"

"嗯。"敖力点头,准备和安心离开。

就在这时,一声洪亮的狗吠响起。

"汪!"

"汪汪!"小七的声音也响起。

安心回头,见步枪正挡在小雪面前,威严地注视着对面的小七,小七则低沉着身子,做出准备扑击的姿势。

看起来,步枪和小七果然互相不待见,这一会儿就要干仗了。

"步枪!"敖力向步枪训斥着,"他是你的新朋友、新伙伴!你忘了说好的规矩吗?"

在敖力的训斥声中,步枪立即低下头,有点委屈的样子,向敖力发出呜呜声。

小七见步枪被骂,立即得意起来,冲步枪"江江"地叫着。

"小七!"安心也立即训斥道,"对待朋友要谦逊,你这样是不对的!"

小七没想到自己也会挨骂,立即跑了过来,"呜呜"地拿头蹭安心认错。

安心蹲下身子,揉了揉小七的脑袋,轻声道:"小七,我知道你不习惯这位新伙伴,不过它可是非常厉害的喔,是二等功勋犬,在部队成功完成了很多任务。以后你可要多向步枪哥哥学习,努力做一只和步枪一样厉害的搜救犬,好吗?"

小七看了看步枪，吐了吐舌头，又低着头对安心"呜呜"叫了两声。

见小七还不忘向步枪做鬼脸，安心哭笑不得。

看来以后小七和步枪的关系有的闹腾了，希望它们能好好相处，别惹出什么乱子来才好……

摇了摇头，安心向敖力招呼道："走，我再带你到训练场看看。"

两人绕过宿舍，来到宿舍后面，是一片开阔地，场地很宽阔，里面已经布置好了各种搜救犬训练设备，包括如竖梯、十级跳板障碍、火圈、轮胎，甚至还有一片废墟模拟场地，上面布满了石块和瓦砾，下面还挖了洞穴，用于训练废墟搜救项目。

"真是太好了！"敖力满意地点头，赞叹道，"这才是搜救犬训练场该有的样子！"

"哈哈，我可是把所有积蓄都投进去了，还有一个公益基金的资助，现在硬件条件都已经完善了，就缺优秀的救援队员和搜救犬。"安心看向敖力，"怎么样，有兴趣吗？"

"嗯，很好。"敖力再次点头。

安心心喜，道："我想请你做驯导员总教官，执行任务的时候担任技术指挥，做咱们救援队的副队长，你看行吗？"

"我倒没问题，就是不知道步枪愿不愿意……说实话，我有点担心步枪……"敖力看向跟过来的步枪面带忧色，"步枪是军犬，和普通搜救犬的训练不一样，训练和执行任务都有很强的攻击性。虽然退役后我已经帮它纠正了很多，不过它偶尔还是会对它认为的威胁发起攻击，就像刚才它对小七……"

安心沉默了一下，皱眉道："这确实是个问题，搜救犬不能有任何攻击行为……"

想了想，安心抬起头来看向步枪："不过我相信，如果好好训练的话，步枪一定能克服这个问题的！"

"嗯，我相信步枪应该可以的。"敖力揉了揉步枪的脑袋，"步枪，你觉得呢？喜欢这里吗？"

"汪汪！"步枪冲敖力叫了两声，很喜欢这里的样子。

安心和敖力都露出了笑容。

"欢迎加入！"安心向敖力伸出手来。

"合作愉快！"敖力举起手，习惯性地敬了个军礼，紧接着立即发觉不对，有些尴尬，讪讪地放下手来和安心握手，"不好意思，让你见笑了，职业习惯……职业习惯……"

"哈哈。"安心笑了起来,"我看你和步枪也一样。"

军人果然就是军人,虽然已经退伍了,但依然严肃呆板,不过,看这个大块头尴尬的样子,倒是有些可爱。

安心再次忍不住笑了起来。

敖力被安心这样盯着,傻乎乎的,不知所措,脸上表情越发让人想笑。

这时,翅膀扑腾声在头顶响起。

"好大的鸟!"

"是谁?是谁?"

"跑了!跑了!"

安心抬头看去,两只鹦鹉正飞到空中,追逐着一架遥控飞机。

"怎么有遥控飞机?"安心皱眉。

敖力好奇地问道:"这两只鹦鹉也是救援队的?"

"嗯。"安心点头,"豆豆和公主,很有语言天赋,所以养着玩,算是救援队的吉祥物。"

"我是豆豆!"

"我是公主!"

"吉祥物!吉祥物!"

听安心提到它们,两只鹦鹉立即飞了回来,冲敖力自我介绍道。

敖力"啪"的一声一个立正,抬手就是一个军礼说:"我是敖力!"

"噗!"安心直接喷了出来。

敖力:"……"

这时,基地门外突然响起一个女声。

"哇!终于到了!完美世界救援队!"

安心和敖力走出基地,见一名戴着墨镜的少女拿着手机正对着基地拍摄,少女旁边还跟着一条同样戴着墨镜的哈士奇。

少女一边对着基地拍摄,一边兴奋地自言自语着:"这里就是完美世界救援队基地,现在,我们就要走进基地大门,开始踏上我们的梦想和追求之路,成为新时代的超级英雄……"

"呃……"看到这个少女,安心愣了愣。

原来少女正是安心昨天海啸时在度假村救下的那个奇葩,好像名字叫伊靓。

伊靓这时也看到了安心,立即扑过来:"哇!女神!我来了!快来,给我的粉丝说几句话!"

安心被伊靓扑了个正着,连忙把伊靓给推开:"你……你怎么会找到这儿来了？"

伊靓兴奋地介绍着："百度啊！你在网上发布了招募驯导员和搜救犬的信息，根据上面留下的地址就找到了，我是不是很厉害啊！"

安心："……"

跟着伊靓的那只哈士奇看到小雪，立即兴奋地奔了过去，摇着尾巴"汪汪"地对小雪示好。

小七连忙蹿过去，挡在小雪面前，沉着身子咧嘴向哈士奇发出低沉的警告声。那只哈士奇虽然体形高大，却似乎极为胆小，被小七这一警告，立即夹着尾巴往后退去。

"小七，不可以没有礼貌喔！"安心连忙阻止小七。

"呜……"小七委屈地哀鸣一声，回头看了看小雪，又看了看安心，最后让到旁边。

"山神，不可以打架，以后这里可是我们的新家，表现好一点。"说着，伊靓拖着行李箱，就往基地大门内走去。

"呃……"安心怔了怔，连忙追上，"你这是……"

"喔，忘了说了！"伊靓一拍脑袋，抓着安心的胳膊，"姐姐，我是来加入救援队的！以后我就跟着你了！"

安心一脸难为情："那个……我们不招未成年人……"

"姐姐，我已经二十二岁了！"伊靓拿出一堆证件，一本正经地说道，"姐姐，你看，这是我的身份证，还有，这是我的大学毕业证，我是刚从大学毕业的，学的可是信息管理专业。"

"……"

安心上下打量着伊靓，表情一阵奇怪。

她还真没看出这丫头已经二十二岁了，怎么看都跟十六七岁一样。

伊靓自顾自地将手机凑到安心面前："姐姐，我还是个网络达人喔，微博有三十多万粉丝。以后不仅可以作为搜救人员参与搜救行动，还可以做我们救援队的宣传专员。我们家山神还是一只网红狗，每天都有好几万观众观看它的直播呢，你看，现在就有一万多人在看着我们呢……"

说着，伊靓向那条戴墨镜的哈士奇招手："来，宝贝，给他们秀一个！"

山神立即奔了过来，伊靓打开随身小音箱，音箱里传出节奏劲爆的音乐。

伴随着音乐声，山神起前爪，后爪支撑着地直立起来，开始在原地挥舞转圈，还左摇右摆地扭了起来。

安心："……"

小雪："……"

小七："……"

见安心都看呆了，伊靓更加得意："怎么样，姐姐，我没吹牛吧！"

安心一时无语："小妹妹，谢谢你这么支持我们，不过我们要执行的是搜救任务，不是马戏表演……"

伊靓立即拍着胸脯道："我们家宝贝也可以啊！它可是我高价买来的冠军狗，拥有一大堆奖状！你看它的身段，看它的灵气，只要通过训练，我相信它绝对没问题的！"

安心："……"

见安心不答应的样子，正在跳舞的山神也停了下来，吐着舌头可怜兮兮地望着安心。

伊靓拉着安心哀求着："姐姐，你就收下我们俩吧！我们绝对不会让你后悔的！"

山神见伊靓向安心哀求，也立即跟着伊靓，向安心伸出前爪作揖。

这一人一狗，简直就是一对奇葩。

安心哭笑不得，无可奈何地摇头："好吧好吧，你就暂时作为救援队的外宣大使，不过我可事先声明，我们有严格的训练和考核，最终能不能留在救援队可不是我说了算，是成绩说了算！如果明天的考试不能通过，你一样得离开这里。"

见安心答应下来，伊靓立即挺起胸膛敬了个礼："遵命！长官！"

山神也开心地跟着叫了起来。

伊靓兴奋一阵，又看到敖力，向敖力伸出手："大叔，我是伊靓，很高兴加入你们！"

"敖力。"敖力和伊靓握了握手。

伊靓蹦了过去，好奇地问道："大叔，你是安心姐姐的男朋友还是老公？"

敖力一怔，尴尬地看着安心，伊靓一拍手："哦！我明白了！未婚夫！你是安心姐姐的未婚夫！"

安心哭笑不得："别乱猜了，我们也是刚认识的，他也是我们救援队的一员，今天刚加入，是救援队的副队长。"

"啊……哈哈……哈哈……"伊靓不好意思地摸了摸后脑勺，"不好意思……我又犯二了……以后大家都是队友……请多多照顾……"说着，伊靓向敖力弯腰鞠躬。

"大鸟又来了！"

"抓住它！抓住它！"

豆豆和公主的声音再次响起。

安心抬头看去，见那架遥控飞机又飞了回来，正在头顶上空盘旋。

"汪汪！"看到遥控飞机，小七又蹦又跳地向遥控飞机吠着。

安心仔细一看，发现遥控飞机上还悬挂着一个摄像头。

"奇怪？"安心皱眉，"谁老是这么阴魂不散？"

那架遥控飞机似乎也发现安心正盯着自己，立即左摇右摆地对安心进行挑衅。

"浑蛋！"安心气得不行。

"看姐姐怎么治你！"安心从地上抓起一颗石子，就向头顶的遥控飞机砸去。

"砰！"

石子准确命中遥控飞机，遥控飞机立即慌忙逃窜，结果因为转得太急一下失控，歪歪斜斜地往基地旁边的树丛坠去。

"姐姐你好厉害！"伊靓立即拍手称好，紧接着又一脸后悔，"哎呀！刚才忘了直播了……"

安心："……"

"抓住它！"

"大鸟！"

豆豆和公主两只鹦鹉立即飞了过去。

"汪！汪汪！"小七第一个蹿了出去，追向遥控飞机坠落的地方，小雪和步枪紧跟过去，伊靓带来的山神犹豫了一下，也追了上去。

不一会儿，小七叼着一架破损的遥控飞机跑了回来，献宝般放在安心面前，"汪汪"地冲安心邀功地叫着。

"小七真棒！"安心夸奖了一句，拾起地上的遥控飞机。

遥控飞机上，果然安装了一个摄像头。

安心扭头四望，并没发现其他人影，心里迷惑更甚。

"奇怪，这遥控飞机究竟是谁的？"

敖力走了过来："要不我四处找找？"

安心皱眉，摇头："算了，明天就是正式招聘考核，还有笔试试卷、报名表格和现场需要布置，要麻烦你帮忙了。"

"没问题，这些事我都很熟，小事。"敖力自信地说道。

"我也来帮忙。"伊靓自告奋勇地跑了上来。

将报名表格、现场布置的事情交给敖力和伊靓后,剩下的就只有笔试试卷的编制了,对安心来说倒是省事不少。不过即便如此,三人把所有的工作做完,也已经天色不早,到了晚饭时间了。

因为救援队还没正式运营,安心这两天也在忙着招募小七的事,并没准备太多的食物。狗狗们只有些肉肠,安心、伊靓、敖力三人则只能凑合着煮了点面条。倒是阿旺运气比较好,享受了安心当零食的最后一罐三文鱼罐头,受到了最好的款待。

吃过晚饭,安心向小七招了招手:"小七,今天表现不错,作为奖励,我带你和小雪一起散步怎么样?"

小七立即精神十足地奔了过来,跟在安心身后开心地叫着。

不过,当小七听到安心邀请敖力和步枪也一起散步的时候,立即没了精神,垂着脑袋无精打采的样子。

"姐姐,我就不去了,我要和山神直播,宣传我们救援队。"伊靓已经完全把自己当成了救援队的一员。

"好吧。"安心点头,带着小七和小雪离开。

基地周围确实环境优美,旁边小树林虽然不大,但绿树成荫,步枪很喜欢这里,一路上兴奋地四处乱窜,小雪也紧跟在步枪身后。倒是小七,一直有点闷闷不乐的样子,跟在安心和敖力身旁,不时东瞅瞅西嗅嗅,似乎在寻找着什么东西。

在小树林内逛了一圈,天色渐黑,安心和敖力带着狗狗们回到了基地。

基地里,伊靓还举着手机,带着山神正在直播,见安心回来,伊靓立即举着手机奔了过来:"姐姐,我今天微博还差两张图,正好放你和大叔的照片!"

安心:"……"

基地招募

给小七、山神、步枪、阿旺安排好宿舍,又检查了一遍搜救犬公寓,见所有的狗狗都安安静静地睡好,安心这才回到房间。

虽然组建了这支救援队,场地已经建设完毕,可一直只有自己跟小雪,外带豆豆和公主两只作为吉祥物的鹦鹉。现在她总算把小七给招募了过来,同时还意外地收获了敖力这个退役军人以及步枪这条退役功勋军犬,救援队总算不再那么寒酸。

至于伊靓这个奇葩姑娘,还有那条同样奇葩的哈士奇,安心是不抱什么希望的,就当凑人气吧。

"呼,希望明天的应聘者里会有好苗子吧。"安心又检查了一下明天的工作准备,确认无误之后抬手关灯准备睡觉。

"汪汪!"

"汪汪汪!"

激烈的狗吠声在搜救犬公寓里响起,同时还有打斗声传来,听起来是步枪和小七的声音。

安心心里一紧,急忙起床披上外衣冲了出去,搜救犬公寓内的情况吓了安心一跳。

只见小七和步枪正扭打在一块儿,两条狗都不甘示弱,阿旺在旁边乱窜想冲上去帮忙。小雪则在旁边急得"汪汪"乱叫,伊靓那条哈士奇狗,则缩在自己的狗舍里,露出畏惧的目光不敢出来。

"小七!"安心冲了过去。

"步枪!"敖力听到狗吠声也跑了出来。

不过步枪和小七依然打得不可开交,在地上翻来滚去,即便敖力和安心出声制止,也半点没停手的意思。

"嘘!"

口哨声响起,敖力洪亮地厉喝了一声:"步枪!立正!"

正和小七缠在一起的步枪立即松开小七,竖起身体并着前爪高高站起。而小七也被敖力的声音吓了一跳,站在那里不敢乱动。

搜救犬公寓内总算安静下来,小雪、阿旺都不再出声,一个个紧张地看着

敖力。

"坐下!"敖力向步枪一指命令道。

步枪立即乖乖坐下。

敖力一指步枪的狗舍:"回去!"

步枪扭头,老老实实地回到自己的搜救犬公寓趴了下来。

小七见步枪回去,看了眼敖力,又看了眼安心,不等安心吩咐便低下头乖乖跑回公寓内,没敢吭一声。

见敖力竟然轻松地就制止了小七和步枪的打斗,还让小七和步枪都这么听话地回到公寓,安心向敖力投去崇拜的目光:"呼!总算没事了。"

敖力没说什么,向安心示意,转身离开搜救犬公寓,往队员宿舍走去。

安心和伊靓立即跟着敖力离开。

"吓死我了。"离开搜救犬公寓,伊靓捂着胸口,"还是我们家山神乖,躲得好好的没出来。"

安心哭笑不得。

敖力摇了摇头道:"这两条狗都不一般,看来要让它们和谐相处,恐怕要费些力气了。"

"可不是。"安心也摇头。

搜救犬公寓里,趴在狗舍中的步枪等了好一会儿,见周围都安静了,看了眼队员宿舍的方向,敖力的宿舍已经关灯,便悄悄走出搜救犬公寓,来到刚才和小七打斗的不远处,一路嗅着,找到一块心形石头停了下来。

看了眼小七的狗舍,步枪叼起那块心形石头,跑到小雪的公寓前,将石头放在门口,对小雪轻叫了两声,回到自己的房间。

小雪从狗舍里出来,看到地上的心形石头,发了会儿呆,看了眼步枪,又看了眼小七的公寓,最后叼起石头来到小七的房间门前放下,对小七轻轻地叫唤了两声。

小七慢慢走了出来,呆呆地看着小雪,情绪很低落的样子。

小雪温柔地对小七轻叫两声,又低头把心形石头拨到小七的脚下。小七看看石头,又看看小雪,歪着头蹭了蹭小雪,又将石头推到小雪面前。

"你是谁?你是谁?"

公主飞到小七的公寓房顶,冲小七叫着。

"名字?名字?"豆豆也飞了过来。

"说话!说话!"

小七被公主和豆豆缠得不耐烦,冲公主叫了两声。

"呀!"公主被吓了一跳,扑腾着翅膀飞到搜救犬公寓的围墙上。

"坏狗!坏狗!"豆豆向小七骂着。

它刚骂两句,一道黑影便扑向豆豆,原来是阿旺不知何时冒了出来。

豆豆惊慌地飞走,落到公主旁边:"坏猫!坏狗!坏猫!坏狗!"

"汪!"小七气呼呼地冲围墙上的豆豆和公主吠了一声,也不再理小雪,回到自己的房间趴下。

小雪看了眼趴在屋内的小七,低着头往自己的房间走去。

看着小雪离开的背影,小七抬起头,又闭上眼睛,低落地把头缩了回去。

"喵……"阿旺钻进小七的房间,趴在小七面前,伸出猫爪轻拍小七的脑袋,安慰着小七。

搜救犬公寓内后来发生的事情,安心并不知道。

这一晚,小七和步枪也没再打仗,安心一觉睡到大天亮。

安心起床的时候,伊靓竟然已经先起了一步,在厨房做好了简单的饭菜。而敖力也醒了,正领着步枪、小七、小雪、山神在那边跑步,阿旺也跟在后面有模有样地学着。自己竟然最后一个醒,安心一脸尴尬。

吃过早饭,就已经有人来到救援队基地外面,伊靓拿着登记表格,查看核对报名者的身份信息并登记报名,敖力则在现场维持秩序。

不一会儿,基地大门前就挤满了各色报名者,除了附近跑来看热闹的围观群众,参加招募的竟然有好几十人。

有这么多人来报名,安心非常满意。

不过,当听到好些围观群众的议论声后,安心的心情就没那么好了。

"这是在干吗?马戏团吗?"

"好像不是,据说是新建的民间救援队。"

"民间救援队是什么东西?"

"唉,说了你也不知道,就是些不专业的草台班子,和马戏团差不多。"

"哦,那还不是马戏团嘛。"

"其实如果是专业的救援队确实非常厉害,不过像这种草台班子,也就是凑凑热闹,连马戏团都不如,也就是四处骗公益基金的赞助。"

安心脸都绿了,可又不好发火。

"看来得给这些吃瓜群众科普一下了!"

安心挺起胸膛,满脸自信地高声道:"各位居民,我们是民政部注册的专业民间救援机构,有专业的训练人员和搜救设备。犬类对气味的分辨能力高出人百万倍,听力是人的十余倍,在光线微弱的条件下也有很强的视物能力,经

过训练的搜救犬在搜救工作中拥有远超人类的搜救能力。我们通过专业的训练，打造坚实的救援队伍，配合政府搜救组织安排的工作，并接受社会公益组织的委托，在灾难面前贡献我们的力量！"

"汪！汪汪！"

安心身边，小七和小雪跟着叫了几声，挺起胸膛自信地昂着头。

不过，围观群众显然并不相信，倒是有一部分对搜救犬有所了解的群众暗暗点头，流露出些许关注的神色。

安心叹了口气，看来要改变公众的看法，单靠几句话是不行的，必须拿出点实绩来才行。

"汪！汪汪！"

安心身旁的小七突然冲了出去，对着正排队报名的一名身材高大的年轻男子狂吠着。

不少围观群众见小七扑去轰然后退。

"小七！"安心正准备喝止小七，但看清楚小七对面的人时立即脸色一沉："怎么是你？！"

那人，正是之前差点偷走小七的边幕。

边幕连连晃手："大姐别误会！我是来报名做小七的驯导员的！"

"就你？"安心突然心里一动，冲到边幕面前揪着他的衣领，"我知道了，那架遥控飞机就是你的吧？"

见安心凶巴巴的样子，边幕没有畏惧反而挺起胸膛："就是我的！我那是进行工作侦察，事先了解小七的习性，研究它是否符合我对训练目标的要求！身为优秀的驯导员，我对训练对象的要求可是很高的！不过经过我的充分调查，我已经深刻确认，小七非常符合我的训练标准，为了不让它被那些半吊子的驯导员误导，我决定亲自前来对他进行训练！"

安心板着脸，一点没放过边幕的意思："臭小子，我看你就是心怀不轨，上次想把小七偷走没得逞，这次竟然大摇大摆地跑基地来了！还说得理直气壮的样了？我看你是不想活了吧？"

"大姐，你讲点道理行不行？"边幕瞪着安心，死不承认偷狗的事，"我可是看在小七的分上才来你的救援队报名的，要不是怕小七这样的将才被你耽误了，我才懒得来受你这鬼气！想我边幕堂堂顶尖驯导员，同时还拥有这样高的颜值，你打着灯笼也找不到！有我的加入，你们救援队的颜值水平可得提升好几个档次！"

"滚！我们这儿不看脸，看的是本事！"安心推搡着边幕。

"嘿嘿，你看你也承认我帅了吧？"边慕一脸得意，"我可不只是帅，还很有本事喔！像我这么才貌双全的驯导精英，你连我都不收天理何在？难道说，你真的像那些群众所说的那样，拿公益基金资助的钱，招募一些歪瓜裂枣凑热闹？"

安心："……"

本想发火，见这么多人在看热闹，安心忍了忍，气呼呼地冲边慕说道："行！我倒要看看你有什么本事！"

说完，安心也不再理边慕，带着小七、小雪往基地内走去。

基地内，已经有不少报名者在会议室内等候。

"安心小姐！"一个声音响起。

安心扭头看去，见一男一女两个人，牵着两条狗正往这边走来。

看到这一男一女，跟在安心身旁的小七立即蹿了上去，沉下身子对两人低吠着，很不友好的样子。

"小七！"安心出声制止小七，迷惑地问道，"你们是……"

"我是伊森，她是莫莉。"男子介绍道，"欧叶小姐……"

"哦，原来是你们，欧叶给我提过你们了。"安心明白过来。

难怪小七见到两人会冲过去，这两人就是去年小七破获水下文物盗窃集团时，抓到的那两个从犯。

莫莉有些担心："那……你一定也知道我们以前的事了。"

伊森连忙道："安心小姐请放心，我们现在和以前不一样了，我们……"

安心拍了拍莫莉的肩膀，对两人微笑道："不用多说了，进去考试就好，我相信你们，用行动证明你们的改变吧！"

"谢谢！谢谢您！"莫莉和伊森连声道谢，开心地去会议室找位置坐下。

看着莫莉和伊森坐在会议室内紧张的样子，安心微笑了一下。

"安心小姐。"一个成熟的男声响起。

安心回过头，眼睛一亮："你也来报名了？"

来人是度假村宠物乐园的员工，昨天在度假村时和欧叶说要跟着小七过来的洛奇。

"是的，安心小姐，我考虑过了，我很喜欢救援队的工作，所以离开了宠物乐园，带着卡卡来报名。"洛奇拍了拍手上牵着的一条边牧犬。

"谢谢你的支持。"安心微笑着感激道。

"希望我不会让安心小姐失望。"洛奇微微一笑，"安心小姐，我先去会议室等待考试了。"

"嗯。"安心点头。

很快，报名者全部登记完毕，前来报名的一共有三十多人，不少人还带了自己的狗过来。

敖力看了眼时间，已经上午九点，到了预定的考试时间。

"开始考试吧。"敖力说道。

"好。"安心点头。

走进会议室，安心第一眼就看到了坐在后排的边慕，正和一个胖乎乎的小子在那窃窃私语。

安心看了那名胖子几眼，总觉得有些眼熟的样子，却又想不起是谁。

"究竟在哪儿见过？"安心皱了皱眉，当目光落在小七身上时，突然灵光一闪。

"该死！是那个浑蛋！难怪这么眼熟！"

这个胖子，竟然和昨天安心带小七回基地时，路上遇到那个被抢劫的胖女人有些相似。

现在，安心要再不明白才怪。

很显然，这个胖子和边慕串通好了，昨天那个胖女人就是这个胖子假扮的，而那个蒙面歹徒，不用说肯定就是边慕，两人串通好演戏，就是为了把自己引开好偷走小七！

"我倒要看你耍什么把戏。"安心瞪了边慕一眼，走到台上，向会议室内的众人拍了拍手，"各位，时间已经到了，我们现在开始笔试。"

众人立即坐了下来，伊靓也在下面乖乖地坐好。

笔试很快开始，笔试内容倒并不是很复杂，主要集中在《搜救犬训练常识》方面，以及紧急救援行动的搜救常识，只要真正喜欢这一行的应该多少都有些了解。

不过，参加考试的三十来人中，还是有很多人皱紧眉头，难以下笔。

很显然，这些人对搜救犬训练并不是很了解，或许干脆只是普通的宠物爱好者。

倒是那个边慕，让安心有些意外，答题行云流水，一脸自信的样子。

"难道这小子还真有几分本事？"

安心慢悠悠地走了过去，好奇地想看看边慕答题的情况。

看到安心走过来，边慕立即捂着试卷，还得意地冲安心挤眉弄眼。

安心："……"

她不屑地瞪了边慕一眼，转头走开，去看伊靓答题的情况。至于那个扮胖女人的死胖子，安心看到他在那焦头烂额的样子，理都不想理。

考核很快结束，安心开始收集试卷。

这时，边慕突然站了起来，指着安心道："喂！最后的评审不会是你吧？"

安心一脸得意："怎么，你有意见？"

"我就是有意见！"边慕挺起胸膛，理直气壮地说道，"刚才我报名的时候，你就想毫无理由地剥夺我的报名资格，我对你的专业态度很是怀疑。昨天在度假村海啸时还是我把你从海里救起来的，由你评审我不服！"

"就是！"那个胖子跟着起哄，"我也不服！试卷的评审必须公正公平，否则谁知道会不会有什么黑幕！"

安心双手抱胸，挑衅地看着边慕和胖子："那你们觉得怎么评审才公正公平？"

边慕眼神一闪："现场评审！我相信这是最公正的评审办法！"

会议室内有好些报名者也跟着附和起来。

"这个办法很好！"

"就是，谁知道他们幕后评审会不会有什么暗箱操作？"

安心被边慕气得不行，将试卷放到桌上："那好，我们就现场评审，由大家一起来评审！"

"我来现场直播！"伊靓立即拿出手机，"正好拍几张图发微博！"

安心："……"

这时，安心的手机响了，她一看号码，是欧叶的电话。安心向敖力示意，让敖力负责评审，她拿着电话走了出去。

"安心，小七怎么样了？"接通电话，欧叶的声音立即传来。

"欧叶，怎么才分开一天就想小七了。"安心哭笑不得，见小七就在旁边，立即出声，"我这就让小七和你说话啊！"

说着，安心把手机放到小七面前。

电话里，传出欧叶的声音："小七，听见了吗？我是欧叶！"

听到欧叶的声音，小七动了动耳朵，直直地盯着手机，又四处张望寻找欧叶，却没看到欧叶的身影，有些着急起来，围着手机团团转。

"安心，还是让我和小七直接视频吧。"欧叶听到小七着急的叫声对安心说道。

"真受不了你！"安心拿起手机，开通了和欧叶的视频。

手机屏幕上，立即出现欧叶那边的画面，欧叶向小七招手："小七！"

小七见到欧叶，更加兴奋起来，又蹦又跳地叫着，精神十足的样子。

"好了好了，别叫了，屋顶都要被你掀开了！"安心连忙安抚着小七。

这时阿旺也从窗台上跳了下来，跑到手机前，看着视频里的欧叶，"喵喵"叫着。

"阿旺！你也在啊，有没有想我呢？"欧叶冲阿旺说着。

"喵……"阿旺回复着。

欧叶一笑："阿旺，你和小七在那边可要互相照顾喔。"

"喵……"阿旺看了小七一眼，又冲欧叶回复了一声，很懂事的样子。

见欧叶跟小七、阿旺腻得不行，安心笑道："欧叶，你就放心吧，小七那么聪明，很快就会适应的。"

"好啦好啦，知道啦。"欧叶不满地嘟起嘴。

这时，敖力从会议室走了出来，拿着一张名单："队长，笔试成绩出来了，你要不要看看？"

"欧叶，我这边还有事，回头再给你打电话啊。"

安心挂断电话，从敖力手中接过名单，第一眼就看到排在最前面的竟然是边慕，笔试成绩最高，考了97分。

"这家伙怎么也通过了？"安心皱眉。

"谁？"

安心指着边慕的名字："就是这个家伙，之前用遥控飞机监控基地的就是他，鬼鬼祟祟一看就不是好人，上次和那个胖子演戏假扮遇劫把我引开，还差点把小七偷走。"

敖力皱眉："不会吧？我觉得他很不错的样子，这批人我最看好的就是他。"

"什么？"安心惊讶地看着敖力。

敖力解释道："你别看他笔试成绩最好，但他可不是靠单纯地死记硬背，回答可是非常灵活的，看得出来他对驯犬方面很有经验。"

"可他……"安心欲言又止。

敖力摇头："虽然他有些奇怪的样子，不过我相信他不是什么坏人，而且他性格开朗，脑子灵活，一定会成为优秀的驯导员，能很好地和小七相处的。"

见敖力都这么说，安心不好再说什么了，想了想出声道："既然你都这么说了，那就这样吧，不过小七的驯导员，我想让它自己选。"

"让小七自己选？"敖力不解。

"嗯。"安心点头，"小七很聪明，我相信小七肯定不会选这个家伙的！"

敖力苦笑了一下。

笔试环节通过了不少人，除了边慕，伊靓、洛奇、伊森、莫莉等人都通过了，连那个扮演胖女人的胖子都在，安心留意了下这个胖子的名字，汤圆。

"真是人如其名。"安心苦笑了一下。

不过报名者当中，确实有不少人是来凑热闹的，有好些人甚至连许多基本的搜救犬训练常识都不知道。倒是伊靓这个奇葩妹子让安心有些意外，除了边慕之外，笔试成绩最高的就是她。

很快，所有通过笔试的报名者在训练场集合，进行第二轮的考试，评测对动物的亲和力。

"现在亲和力评测开始！同时我宣布，谁能够获得小七的好感，就将成为小七的驯导员！"敖力高声宣布。

"耶！"边慕和汤圆立即兴奋地跳起来互相击掌。

"这两个家伙！"安心一眼瞪了过去。

参与评测的动物，则由小七、小雪、阿旺、步枪来担当。

洛奇、伊森、莫莉三人都有着丰富的动物驯导经验，很快便通过考核，尤其是洛奇，竟然能很快获得敖力那条军犬步枪的好感，让安心很是惊讶。就算是安心自己，如果不是之前有敖力在旁边引导，也不可能那么快获得步枪的好感。

到于伊靓，因为已经与小七和小雪打过交道，这种考核根本没什么难度，完全跟开后门差不多。

其余人，面对动物亲和力的考核，就要困难多了。

敖力的那条军犬步枪是根本没人敢去面对，先别说步枪拒人千里的态势，就它那高大威武的体形，已经让不少报名者直接打了退堂鼓，再加上它冰冷的眼神，普通人敢与它对视就不错了。

剩下的报名者的重点，几乎都放在小雪和小七身上。

小雪是条两岁的萨摩耶，雪白干净的毛色看起来非常漂亮可爱，不少人都认为它很好打交道，结果很快就有人发现，这个看似萌萌的小美女，完全就是个难伺候的主，任你如何逗弄都一副高高在上不爱搭理人的样子。

更多的人，开始将重点放在了小七身上，至少逗弄小七，小七多少还有点反应。

这不，有人在小七面前跳着滑稽的舞蹈，有人拿着冰激凌在小七面前晃悠勾引，而那个叫汤圆的胖子竟然想要表演前后空翻，只不过最终表演出来的是肉丸子滚地。小七也很配合，一会儿围着这个转转，一会儿绕着那个瞅瞅，很是犹豫的样子。

"难道这帮人就没看出小七是故意戏弄他们吗?"安心苦笑摇头。

连这点都看不出来,就根本别想成为优秀的驯导员了。

不过很显然,已经通过考核的伊靓也没看出来,正在一边直为汤圆加油,一边拿出手机直播汤圆表演的画面。

"咦?"突然,安心有些惊讶地轻呼出声。

原本在场上戏弄那些参赛者的小七,似乎突然失去了兴致,扭头往一直在旁边没什么动静的边慕跑去,兴奋地将脸伸到边慕的手上,还在边慕的手上友好地舔来舔去。

"这是怎么回事?"安心疑惑地走向边慕。

边慕见安心走来,立即蹲下,搂着小七的脖子,而小七竟然任由边慕抱着它的脖子,还开心地直摇尾巴。

小七怎么会这样?她也没见边慕有别的动作啊?

安心越发迷惑,对边慕出声:"你起来!"

边慕拍了拍小七的脑袋,又揉了揉小七的下巴,这才站起身来面对安心:"队长大人,我通过考核了吗?"

总感觉边慕有些奇怪,安心上下打量着边慕,想看出什么端倪来,但并没发现什么蹊跷。而且小七也没有因为边慕起身就离开,反而围着边慕又摇尾巴又叫又跳,甚至抬起前爪趴到边慕身上拱来拱去。

"好啦好啦!"边慕一脸害羞,"小七,知道你喜欢哥哥,不过别表现得这么夸张嘛!这么多人,会让哥哥不好意思的!"

即便边慕这样说,小七依然没有停下的意思。

安心越发觉得不对,表情严肃:"小七!"

小七听到安心的呼唤,扭头看着安心,立即跑过来乖乖站在安心身边,但不时又扭头看着边慕,一副跃跃欲试想要过去的样子。

"你究竟耍了什么把戏?"安心冷冷地盯着边慕。

边慕苦着张脸,一脸委屈的表情:"大姐……"

"别叫我大姐!"安心打断边慕。

"行行行!"边慕连连摇手,"队长大人,你都看到了,小七这么喜欢我。自从在度假村第一面开始它就对我产生了好感,我们简直就是一见钟情!像我这么优秀的驯导员,和小七这么优秀的神犬简直就是天生绝配!你不会因为我用狗刨救了你,就对我有意见,公报私仇吧?"

"少废话!"安心冷哼一声,"把手伸出来!"

边慕一愣:"伸什么手?"

"我叫你把手伸出来！"安心再次冷喝道。

边慕扭扭捏捏地摊开双手，举到安心面前。

边慕的手上什么也没有，安心不死心地又看了眼边慕脚下的地面，同样没发现别的什么东西。

而小七见边慕摊开手，竟然又往边慕蹦去，兴奋地在边慕手上舔来舔去。

"小七！"安心喝止小七，小七扭头，乖乖地看着安心。

"走！"安心瞪了边慕一眼，领着小七离开。

虽然跟在安心身后，小七却不时回头看向边慕，一副依依不舍的样子。

敖力走了过来："怎么样，看起来小七很喜欢他的样子。"

安心一口否定："不可能！小七绝对不会喜欢他！这里面一定有问题！"

敖力笑道："可事实就是这样，大家有目共睹，这么多人看着呢。"

说到这里，敖力凑近安心低语道："我们当众宣布的甄选规则，现在他做到了，如果将他排除恐怕不合适吧？作为队长，这件事可马虎不得啊。"

安心皱眉，看着敖力。

敖力微笑着，向安心点了点头。

安心犹豫了一下，最后低头不语。

敖力举起手来，拍了拍手，吸引众人注意，大声宣布道："好了！现在我宣布，边慕通过考核，同时成为小七的驯导员！"

"耶！"边慕激动地跳了起来，满场奔跑，"我成功啦！哈哈！我成功啦！我成为小七的驯导员啦！"

安心脸色难看地瞪着兴奋的边慕。

边慕激动地跑了两圈，又跑过来，激动地抱起小七："小七，我成功啦！"

说着，他将小七举得高高地转了起来。

"汪！汪汪！"小七叫了两声，直舔边慕的手。

看到这一幕，敖力向安心微笑道："你看，小七挺喜欢他的吧。"

安心无可奈何地叹了口气，向边慕投去一个嫌弃的眼神。

最终，通过亲和力考核的人，只有边慕、洛奇、莫莉、伊森、伊靓几人，其他人则没能通过。

安心在外面带着小七和小雪，与没能通过考试的报名者一一告别。

那个叫汤圆的胖子没能通过亲和力考核，让安心舒坦不少，不过还有一个边慕留在队里，总让安心觉得心里留着根刺很是难受。

等安心送走没通过考试的报名者来到训练场上的时候，伊靓等人已经在那儿整齐地排成一排。

见小七跟着安心回来，边慕立即向小七招手："小七，快来！"

小七竟然离开安心，撒腿就往边慕身边跑去。

安心："……"

"这家伙，究竟是耍了什么把戏？"安心气呼呼地瞪着边慕，边慕得意地向安心投来一个挑衅的表情，还做着鬼脸，更把安心给气得不行。

这时，站在队伍前方的敖力洪亮地出声："全体队友！立正！"

正做着鬼脸的边慕立即双腿一并，有模有样地摆好立正姿势。

伊靓、洛奇、伊森、莫莉等人，以及他们带来的狗狗，也纷纷坐好不再乱动。

"稍息！"敖力满意地扫视众人一眼，挺直胸膛，表情严肃，"各位队员，我是你们的副队长和技术指挥敖力，大家叫我敖队就可以。在分配宿舍之前，我先简单跟大家说几句。"

敖力顿了顿，继续道："各位从诸多报名者中脱颖而出，成为救援队的一员，但这只是你们进入这支队伍的第一步！虽然我们是支民间救援队，但我们一切管理都将采取军事化标准，具体细则已经发放到各位的宿舍里，请一定仔细阅读，清楚这里的规矩！"

敖力的目光从众人身上扫过："我再次强调，这里不是夏令营，也不是宠物乐园，更不是马戏团，而是一支时刻准备战斗的救援队！今天的每一分艰苦训练，都能在明天多挽回一条生命，多为人民挽回一分损失！我们每一个人都必须认真严肃地对待搜救工作，如果你们做不到这一点，现在就可以主动退出！明白吗？"

"明白！"众人高声回答。

"好！"敖力点头，"现在分配宿舍，念到名字的队员出列。"

"伊靓！"

"到！"伊靓挺起胸膛出列。

"一楼106号房间。"敖力拿出钥匙。

伊靓双手握拳，像大学军训一般跑步上前，从敖力手中接过宿舍钥匙，还敬了个军礼才退下。

敖力回了一个军礼。

"洛奇！"

"到！"

洛奇应了一声，带着他的边牧犬卡卡出列。

"二楼202房间。"

"是！"洛奇接过钥匙，略一犹豫，还是敬了个举手礼。

"伊森！"

"到！"

伊森带着他那条史宾格犬浩克出列。

"二楼206房间。"

"是！"伊森敬了个礼接过钥匙。不过果然是刚从牢里放出来的，这礼怎么都带着监狱里的特色，让安心差点忍不住笑出声来。

"边慕！"

"到！"边慕应了一声出列。

"二楼207号房间。"

边慕却举起手来："报告敖队，我请求住一楼！"

"一楼是女生宿舍！"

"救援队不分男女！"边慕挺起胸膛回复道，"一楼离搜救犬公寓近，可以随时关注公寓内的情况。我想就近照顾搜救犬，我不想让搜救犬有任何闪失！"

敖力做不了决定，看向安心。

安心思索了一下，边慕说得确实有道理。

一楼离搜救犬公寓比较近，如果全是女生的话，出了什么突发事故确实需要男生及时赶到，于是安心点了点头。

敖力向边慕高声道："队员边慕，同意你的请求，一楼109号房间。"

边慕嬉皮笑脸地凑了过去："107号行吗？和小七一样带个七字。"

敖力："……"

安心："……"

"完美世界"救援队总算初具规模，有了几分救援队的样子，嗯，至少在人数和狗数上来说是这样。

考虑除了边慕和小七之外，其他人都是自带狗狗加入，敖力只给了众人一天与狗狗熟悉的时间，第二天就开始正式训练了。

现在，救援队在驯导员方面，有边慕、洛奇、莫莉、伊森，有身为队长的安心、副队长兼指挥的敖力，以及……驯导员兼宣传专员兼吉祥物的二次元少女伊靓。

在受训动物里面，有小七、小雪、步枪、山神、浩克、卡卡、球球，还有两只话痨鹦鹉外加一只肥猫阿旺。当然，肥猫阿旺完全就是小七的陪读，只能当作旁观者来对待。而公主和豆豆两只话痨鹦鹉，暂时也只能当作吉祥物。

不过，感觉即便是当吉祥物，公主和豆豆两个话痨也不合格。

这不，训练还没开始，两个话痨就忍不住了。

"排队排队！"

"立正！立正！"

"稍息！稍息！"

"弯了！弯了！"

这两只话痨的二连发语式，连敖力都忍不住瞪了过去。

感觉杀气迎面而来，训练场边围墙上的公主和豆豆立即乖乖闭嘴。

"各位，进入救援队并不代表你们已经是合格的搜救员，你们自己带来的爱犬也不意味着就是合格的搜救犬！"敖力扫视众人一眼，"接下来，我们将进行为期三个月的集训，三个月后，你们和你们的爱犬，将在大考中揭晓自己的命运！知道了吗？"

"是！"所有人齐声应答。

"今天，我们要进行的项目是亲密性训练，训练的目的，是提高你们与爱犬的亲密性，以便在后续的训练中能有更完美的配合！"敖力看了身旁的步枪一眼，"接下来，由我和步枪给大家演示。"

所有人都看向步枪和敖力。

"步枪！"敖力高喝一声，步枪立即挺胸而立，站直身体，气势非凡地站起军姿。

"坐！"

步枪立即端正坐下。

"卧！"

"啪"的一声，步枪干净利落地卧倒，整个动作毫不拖泥带水。

"立！"

步枪立即站立起来。

"等待！"敖力命令一声，转身跑开，步枪依然在原地保持站立姿势静静等待。

此时,敖力已经跑出很远,距离步枪有十几米,步枪竟然依然没有任何动作。

"嘘！"

敖力对着步枪吹了一下口哨，步枪立即向敖力飞奔而去，刚奔出几米还在半途，敖力一抬手："停！"

步枪立即一个急停，原地站立。

在场所有人，虽然平常都会与自己的狗狗有很多互动，感觉自己的狗狗也非常听话，但还从来没有过这么干净利落的配合。敖力与步枪的配合，简直完美到了极致，让人挑不出一点瑕疵，连身为驯兽师的洛奇，都露出惊讶的目光。

场上响起热烈的掌声。

对于步枪的表现，山神、浩克、卡卡、球球等全部露出羡慕的目光，小雪更是跑到步枪面前，亲热地对步枪叫着。唯一不太高兴的，似乎只有小七，它很是不满地盯着傲然挺胸正自得意的步枪，然后气呼呼地转过头去，背对步枪坐下。

这时，敖力看向边幕："边幕，你来！"

"啥？"边幕一愣。

敖力一板脸："你来照着我刚才的示范演示一次！"

"好！"边幕得意地跑出几步，到离小七几米的地方，向小七招手，"小七！"

小七根本无动于衷，连眼皮都不抬一下。

"小七！过来！"边幕再次叫道。

小七还是坐在那里，根本没有要动的意思。

边幕只得跑回去，搂着小七的脖子，低声道："小七，给哥们儿一个面子，你这样会让哥很难堪的……"

劝了一阵，边幕这才起身："小七，起立！"

"啪！"

小七直接躺到了地上。

边幕："……"

"哈哈哈！"

旁边观看的洛奇、伊森等人都笑了起来。伊靓更是哼起了歌："确认过眼神，你就是错的人……"

边幕："……"

他狠狠地瞪了伊靓这个捣乱的二次元少女一眼，发现旁边安心正拿得意的眼神看着自己，更是苦着张脸。

"小浑球！不信我收拾不了你了！"

边幕气呼呼地伸手拉着小七的项圈，想把小七拽起来。

"汪！"小七"噌"地站起来，冲着边幕凶狠地狂吠，把边幕吓了一跳。

"看起来小七很不喜欢你啊。"安心双手抱胸，得意地走了过来。

"谁说小七不喜欢我了。"边幕一脸不认，还想尝试着和小七搞好关系，结果小七直接扭头跑开，往小雪跑了过去。

44

原来，小雪正在追一个被风吹走的气球，看样子是想把气球抓住。

小七蹿过去，轻松一跃准确地叼住气球，屁颠屁颠地跑到小雪面前，把气球送给小雪。

小雪见小七给自己送来气球，很是开心的样子。

这时，步枪也叼着个气球跑了过来，小雪见步枪送来的气球，立即扔掉小七的气球，往步枪跑去。

见小雪亲热地围着步枪玩气球，小七十分生气，狂吠几声扭头就跑。

"小七！"边慕连忙追了上去。

可任由边慕怎么喊，前方的小七半点没有停下的意思，一直往前跑。

在边慕累得气喘吁吁，上气不接下气的时候，发现小七终于停了下来。

"咦？"看清楚小七停留的地方，边慕眼睛一亮。

后门！这里竟然是基地的后门！小七站在门前，似乎想要出去的样子，可惜门锁住了。

"哈哈！"边慕一见，立即高兴起来，跑过去搂着小七，"小七，原来你是想逃出去啊！没事，哥有办法，晚上我们就逃出去，我也讨厌死步枪了！"

"汪汪！"小七有些委屈地用头在边慕怀里蹭着。

边慕心里更加高兴起来。

小七果然是在生步枪的气！

"小七，我现在就打电话叫人帮我们，晚上我们就可以逃出去。"边慕揉了揉小七的脑袋，拿出手机拨打了一个号码。

电话接通，边慕不等对方说话，立即出声："汤圆，准备工具，今晚行动！"

"什么？"电话里传来汤圆的声音。

"我发现基地有道后门，非常隐蔽，今晚十二点，你切断基地的电源，我抱走小七。如果被人发现，我就放出其他狗，你趁乱带走小七！明白吗？"

电话里沉默了一会儿，才传出汤圆的声音："大概……也许……明白了吧……"

"究竟明白没有？"边慕板起脸道。

"明白！"

"哈哈！咱们马上就可以脱离苦海了！"挂断电话，边慕兴奋地抱着小七跳了起来。

一个声音响起："边慕，你在这里干什么？"

边慕扭头看去，原来是安心过来了，正用怀疑的眼神打量着自己。

"没……没干什么……"边慕连忙摇头。

安心走过来，见边慕神色有异，越发怀疑，又看了看后门："真的没干什么？那你在这儿鬼鬼祟祟，又叽叽咕咕地做什么？"

"叽叽咕咕？我这不是在和小七培养感情嘛！"边慕抱着小七摇晃着，"哈哈，小七，你说对吧，我们是在培养感情，对吧……"

"汪汪！"小七回应了一声。

安心见小七这一会儿和边慕的感情变得亲密了很多，怀疑之心略减："赶紧回去训练！别想躲这里偷懒！"

"是！队长！"边慕向安心敬了个礼，抱着小七就往训练场跑去。

回到训练场继续训练，小七似乎听话了很多，与边慕能很好地配合，无论是指令的响应，还是动作的配合，都非常准确。

看到这样的情况，安心满意了很多："这小子倒有些本事。"

"可不是。"敖力走过来，"怎么样，我说他是个人才吧？"

"还行。"安心撇了撇嘴。

入夜，一天的训练结束。

所有人都将狗狗送回搜救犬公寓内，安心见小七在今天的训练中表现得很好，来到小七的公寓前。

"小七。"听到安心的声音，小七立即从公寓内探出头来。

安心蹲下，摸了摸小七的脑袋："小七今天的表现很不错，真是个乖孩子，作为奖励，这个礼物就送给你了！"

安心从身后拿出一个可爱的小七玩偶晃了晃："小七，你看这只小狗狗像不像你？"

见到自己的玩偶，小七开心地叫了一声。

安心将玩偶递给小七："欢迎你加入我们这个大家庭，希望小七能有更好的表现喔。"

"汪汪！"得到表扬，小七很是高兴。

安心拍了拍小七的脑袋，站起身来离开搜救犬公寓。

安心离开后，小七叼着玩偶，跑到小雪的公寓前，将玩偶放到小雪的公寓门口，对着里面轻吠了几声。

小雪从公寓里出来，见小七送自己的玩偶，立即开心起来。

小七见小雪这么开心，高兴地正准备上前，身后就传来一声低沉的狗吠。

小七回头，见身后有一个巨大的身影，正是步枪。

见步枪虎视眈眈地看着自己，小七正准备低下身子，小雪就从小七旁边跑了过去，对着步枪低吠，然后亲热地拿头蹭步枪的大腿。

46

原本凶狠地盯着小七的步枪,眼神变得温柔起来,低下头和小雪亲热。

小七神色黯然,眼神伤感地看了小雪一眼,低落地走回自己的搜救犬公寓。

"喵……喵……"阿旺钻进小七的狗舍内,轻轻靠在小七身旁低叫着,安慰小七。

小七抬起头,透过狗舍望了眼天上的月亮,眼神里流露出些犹豫的色彩。

搜救员宿舍里,早已经过了关灯时间,连直播的伊靓也按救援队规定下播睡觉了。

一楼107宿舍内虽然也已经关灯,但偶尔有淡淡的光在窗户玻璃上闪过,是边慕还在不时翻看手机,连睡衣都没换,就穿着外套躺在床上。想想今晚就可以带走小七,边慕就忍不住激动。可是,他总感觉时间走得太慢,每一分每一秒都是那么难熬。

边慕又看了眼时间,才十一点钟,他暗骂一声:"该死,早知道就和汤圆约在十一点了。"

正在这时,旁边不远处的搜救犬公寓传来一阵狗吠声。

边慕一惊。

"这汤圆,不会这么早就动手了吧?"

想到汤圆的智商,很有可能把时间给弄错了,边慕连忙翻身起床,推门准备出去。

推门的瞬间,边慕立即毛骨悚然,吓得退了一步。

在边慕的门前,两只绿油油的眼睛正冷冷地盯着边慕。

"该死!你这死猫!"等边慕看清门前是阿旺之后,立即暗骂一声,急匆匆地越过阿旺,往搜救犬公寓跑去。

搜救犬公寓内,狗狗们都在叫着,不过因为搜救犬公寓的规定,这些狗狗都很听话地没有出来,只是不停吠着。

边慕跑到小七的搜救犬公寓,发现小七的狗舍门开着,小七已经没在房间里面。

"这汤圆,手脚够利索的!"

边慕心中暗喜,立即往后门跑去,果然,后门大开,锁门的铁链已经被剪断。

"哈哈!成功了!"边慕奔出后门,穿过救援队后方的小树林,迅速往公路上奔去。

公路上,一辆商务车停在路边,正是汤圆的车。

边慕三步两步跑到车前,拉开车门,见汤圆竟然在驾驶座上打瞌睡。

"喂!小七呢?"边慕推了推汤圆。

汤圆被边幕推醒，揉了揉蒙眬的睡眼，傻傻地看着边幕："你怎么出来了？"

"啥？"边幕一怔，拉着汤圆，"小七呢？"

"什么小七？"汤圆摇头，"你不是让我在车上等你指示吗？"

"不好！"边幕心里一惊，跳上车就向汤圆喊道，"快开车！"

汤圆满脸迷茫："去哪儿？"

"找小七！"边幕冲汤圆急呼道。

"啊？"汤圆更是不解，边幕直接扯开汤圆，一脚踩下油门发动了汽车，商务车如同疯牛一般往前冲了出去。

"汪汪汪！"

隐约中，听到前面传来狗吠声，边幕心里更急。

前方，有一辆面包车停在路边。

边幕猛踩油门冲了过去，在车灯照耀下，只见一个黑影正往面包车内塞着小七，车内还有狗吠声传出，听声音似乎是伊靓那个奇葩的奇葩狗山神。

"住手！"边幕大喊一声，还没等车停稳就跳下车去。

"哎哟！"边幕脚踝一疼，哎哟一声摔倒在地。

汤圆下车，连忙扶住边幕。

"别管我，快去抢小七！"边幕冲汤圆大吼道。

等汤圆起身，汽车发动声响起，那辆面包车已经冲了出去。

"快上车！"边幕推着汤圆上车，迅速爬到副驾驶座上。

"快！快追上去！"边幕催促着汤圆。

"我已经够快了。"汤圆急得额头冒汗，六十多迈的速度，已经快超出汤圆的掌控能力。

"笨蛋！"边幕不顾脚踝疼痛，一脚踩在了油门上。

商务车再次如同疯牛一般往前蹿去，汤圆吓得猛打方向盘，这才把车稳住。

不过，在边幕不要命地猛踩油门下，商务车总算超过了面包车，一个急转，挡在了面包车面前，把面包车给截了下来。

边幕跳下车，一瘸一拐冲过去，一把将车上的司机扯了下来："浑蛋！竟敢偷小七！看我不打死你！"

边幕一阵拳打脚踢，司机被揍得嗷嗷直叫。

那边，汤圆已经把小七和山神给救了下来。

"哈哈！小七，你没事真是太好了！"见到小七，边幕立即放开司机，冲过去兴奋地抱起小七欢呼起来。

"汪！汪汪！"小七冲边慕叫着答谢。

那边被边慕揍了一顿的司机，趁机蹿回车上，发动汽车倒车加速，往旁边逃了出去。

"哼！算你逃得快！再遇到我，见一次打你一次！"边慕冲面包车喝骂着，然后一脸兴奋，抱着小七就往商务车内塞，"哈哈！小七！我的小七！"

这时，两束手电筒的光芒照在边慕身上。

"怎么回事？"敖力洪亮的声音响起。

边慕回头，原来是敖力和安心赶到了。

"我……"边慕刚要开口，安心已经冲了过来，气愤地抓住边慕的衣领："你果然没安好心！竟然想偷小七！"

"啊……"边慕张着嘴巴，想要解释，结果拳头落到了边慕的头上，连带着腿上还传来阵阵疼痛。

十分钟后，"完美世界"救援队基地，小会议室内。

边慕和汤圆两人浑身衣服凌乱，满脸抓痕地坐在那里，在他们对面，站着敖力、安心和伊靓三人。

不管边慕和汤圆如何解释，安心就是不信，一脸愤怒："你这个浑蛋！我早就发现你不对劲了，没想到你竟然真的是潜伏进来偷小七的！"

"还有这个死胖子！"伊靓气呼呼地瞪着汤圆，"偷小七就算了，竟然连我们家可爱的山神也要偷！"

"我……我……"汤圆张嘴想要解释。

伊靓又是劈头盖脸一顿大骂，说着还拿出手机："我现在就给粉丝们直播，让他们看看你这个偷狗贼！"

"啊——"汤圆尖叫一声，"不要！不是我，都是边慕，是边慕要偷小七的！"

边慕："……"

所有人都望着边慕。

"我……我……"边慕张着嘴。

"怎么，到了现在还想狡辩？"安心冷冷地看着边慕。

"死胖子，说！这究竟是怎么回事？"伊靓恶狠狠地审问着汤圆。

结果，汤圆一五一十地把边慕要偷小七的事情全讲了出来。

原来，边慕并非什么救援队的负责人，甚至根本就不是搜救员，只是一个游手好闲、成天玩游戏的家伙。

汤圆是边慕的高中同学，前段时间汤圆在大学被劝退了，瞒着家里想先找份工作，所以找上了边慕。边慕说需要一个助理，要偷一条狗，而那条狗，正是神犬小七。安心遇到被劫的那个胖女人，正是汤圆扮的，蒙面劫匪也就是边慕。两人来"完美世界"救援队应聘，也是想潜伏进来找机会偷走小七。

这几天，汤圆一直在救援队外面策应，连吃住都是在那辆商务车上。

所有的事情，都一清二楚了。

"浑蛋！我看你现在还有什么好解释的！"安心恶狠狠地盯着边慕。

"我……我……"边慕一仰头道，"我确实是来偷小七的，今晚的行动也是我策划的！但当我看到偷狗贼要将小七偷走的时候，我突然发现，我已经离不开小七，更离不开救援队！在那一刻，我才发现我已经喜欢上了救援队，喜欢上了搜救工作这一伟大的事业！尤其是小七坚韧不拔、顽强刻苦的精神，更是让我为我以前罪恶的想法后悔自责！"

"我现在知道我错了，就算我从偷狗贼手中救回小七和山神，也无法弥补我的罪孽！不过，我还是想求求你们，不要把我和小七分开，我想要加入救援队，想要拥有搜救员这个伟大而光荣的名字。求你们给我一个机会，我一定会努力训练，好好学习，成为一名合格的搜救员的……"说着，边慕声音哽咽，流下了悔恨的泪水。

见边慕悔恨的样子，伊靓心有不忍，拉了拉安心的衣袖："安心姐……"

"编！你继续编！"安心气呼呼地瞪着边慕。

"队长，请你惩罚我吧，不管你是要打我还是骂我，我都不会吭一声，求求你不要让我离开救援队……"边慕突然扑了过来，死死地抱着安心的大腿，眼泪鼻涕直往安心的裤管上抹。

"滚开！"安心踹了边慕一脚，脸上的气愤少了很多。

敖力摇了摇头，轻声对安心道："队长，我看……要不给他个机会，继续观察他一下吧？"

安心皱眉，看了眼还眼泪汪汪地抱着自己大腿的边慕，最后点了点头，恶狠狠地出声："既然大家都给你说好话，那我就再给你一个机会，如果你还是心怀不轨，可别怪我对你不客气！"

"是！是！"边慕连声点头，又向敖力和伊靓道谢，"谢谢你们，谢谢敖队，谢谢伊靓小姐……"

"你还不松手！"安心瞪了边慕一眼。

边慕连忙讪讪地松手。

旁边坐在椅子上的汤圆瞠目结舌，瞪大眼睛，一脸难以置信的表情。

突然，汤圆眼睛一亮，向伊靓扑了过去："伊靓小姐姐，我也有错，我也

要悔过……"

"砰！"伊靓一脚踹在汤圆胖嘟嘟的左肩上："你给我滚一边去，想偷我家山神还想让我原谅你，没门儿！"

汤圆："……"

"对！"边慕满脸愤慨地握着拳头，"连那么可爱的山神都想偷，你这个毫无人性的东西！绝对不能原谅！"

"你给我闭嘴！"

安心冷喝一声，边慕立即乖乖闭嘴，讪讪地搓着双手："我……我这不是想为伊靓出气嘛……"

小七的天赋

偷狗风波过去了。

接下来的几天里,边幕确实没什么异动,训练很认真的样子,与小七的配合也越来越完美。小七似乎确实很喜欢边幕的样子,除了偶尔因为步枪的出现闹别扭,其他时候都很乖巧听话。

神州半岛的夏天异常炎热,给救援队的训练增加了很多麻烦。

这天,艳阳高照,又是高温的一天,训练场的地面都像是要被烤化了一般。

救援队里,大家都在休息,狗狗们也在狗舍里,连阿旺和那两只话痨鹦鹉也乖乖地躲在阴凉处。

一架遥控直升机来到小七的犬舍前,一会儿高,一会儿低,不时摇头晃脑地吸引着小七。

小七盯着犬舍外的直升机,很快便被直升机吸引,两眼看呆,忍不住跑出犬舍,跟着遥控直升机追了过去。

训练场一侧的树荫下,边幕熟练地操纵着直升机,看着液晶屏上的小七追着直升机的样子一阵好笑。

这时,小七也发现了树荫下的边幕,停下追逐的脚步,向边幕跑了过来,好奇地看着边幕手中的遥控器。

见小七好奇的样子,边幕来了兴趣,拍了拍身旁的草地:"小七,来,我教你玩遥控飞机。"

小七乖巧地坐在边幕身边。

边幕拿着遥控器,给小七介绍着:"你看,这个往上,飞机就往上,再往下,飞机就往下……"

小七看着边幕操作,直升机忽高忽低,开心地叫了起来。

"哈哈,是不是一点都不难?"边幕展露笑颜,揉了揉小七的脑袋,"以你的智商,肯定分分钟就学会了吧?"

小七连连点头。

"来,你也试试!"边幕将遥控器放在地上,教小七操控起遥控飞机来。

当然,小七再怎么是神犬,也不可能那么容易学会操控直升机。不过,对这高科技的东西,小七似乎很感兴趣的样子。看着小七笨拙紧张的样子,边幕

哈哈大笑。

一人一狗，在树荫下玩得不亦乐乎。

这时，正玩着遥控器的小七突然停了下来，望向远处，表情有些不开心的样子。边幕扭头看去，见是敖力和安心回来了，两人抱着一捆衣服，应该是定制的救援队制服，正有说有笑地从大门往基地内走来。

在两人身旁，小雪和步枪前后追逐着，很是开心的样子。安心也看到了树荫下的边幕，见边幕手中拿着遥控器，立即气呼呼地走了过去："偷狗贼，又在想什么诡计了？"

边幕立即挺胸反驳："我已经改正了，别再叫我偷狗贼了！我正在训练小七操纵遥控飞机！"

"滚！"安心瞪了边幕一眼，"别以为我不知道你在打什么主意！成天游手好闲不务正业！有这个时间，还不如和小七多复习下基础训练内容，尽玩这些没用的东西！"

"我做的都是有用的事情！"边幕反驳道。

"你这是在浪费时间！"安心一脸鄙视。

"哼！"边幕冷哼一声，将遥控手柄放到小七面前，"小七，来，按我刚才教你的玩给这个死女人看看！"

小七伸出爪子，在手柄上推来推去，空中的直升机竟然开始上升下降，虽然有些歪七扭八，但并没有坠落。

"大鸟！大鸟！"

"抓住！抓住！"

豆豆和公主这两只话痨鹦鹉不知什么时候跑了出来，追着直升机跑。

"扑通！"

直升机失去平衡，摔在了地上。

虽然直升机最终坠落，但安心和敖力对小七能操控直升机都很吃惊。

"这……小七真的能操控直升机？"安心睁大眼睛。

敖力冲正和小雪追逐的步枪喊道："步枪，看到没有，小七多厉害！"

小七一听，立即得意地挺起胸膛，望着步枪。

"汪！"步枪不满地向小七叫了一声，小七丝毫不惧，依然一脸得意。

"汪汪汪！"小雪兴奋地跑了过来，围着小七打转，满眼直冒小星星，让小七更加得意起来。

"嘿嘿！"边幕冲安心得意地道，"看到没有，这就是你说的没用的东西！你见过会玩遥控飞机的狗吗？这可是你边幕欧巴（哥哥）一个中午的训练成果！你——行——吗？"

安心白了边幕一眼："尽是些歪门邪道，看着就心烦！"

说完，安心抱着制服气呼呼地走开了。

倒是敖力走了过来，拍了拍边幕的肩膀："看不出来，你这家伙还有两下子嘛！"

"哈哈！那是当然！"边幕也如小七一样挺起胸膛。

"继续努力，我很看好你。"敖力夸奖了边幕一句，抱着制服往会议室走去。

"嘿嘿。"见安心在自己面前吃瘪，边幕开心得不行，蹲下身子，"小七，来，我们继续训练。"

正和小雪亲热的小七听到边幕的声音，竟然抛下小雪，又跑了过来。

"汪汪汪！"小雪一阵兴奋，跟着跑过来凑热闹。

见小雪不理自己，小七也不怕自己，步枪灰溜溜地走开回自己的犬舍去了。似乎因为小雪在身边的关系，小七操纵遥控飞机没有之前那么平稳了，直升机摇摇晃晃的，不时坠落在地。

不过，即便这样，也引得小雪一阵开心地叫，连狗舍中的山神、卡卡、球球、浩克等，都用羡慕的眼神远远围观。

小七操纵了一阵，见直升机还是经常坠地，越发着急起来，这一来，直升机反而连起飞离地都困难了。

边幕揉了揉小七的脑袋，安慰道："不用急，小七，咱男人不怕失败！失败越多、越沧桑，才越有男人味！来，先看我给你示范一次，我们重新来！"

边幕重新给小七示范了一次，似乎因为边幕的安慰起了作用，小七操纵直升机渐渐重新稳定下来，甚至比之前操纵得还要好。

"小七好厉害！"边幕夸奖着。

那边，小雪完全被小七操纵直升机的帅气举动给吸引了，兴奋地冲过去，叼起刚刚落地的直升机，然后奔跑到小七身边，将直升机交给小七，对小七欢快地叫着。

小七也冲小雪叫了几声，然后跑到边幕身前，向边幕"汪汪"叫了几声，摇着尾巴围着边幕打转。

边幕不解："想干吗？"

小七似乎有些着急，又冲边幕叫了几声。

边幕满头雾水，不知小七这是什么意思。

这时，安心走了过来："小七是想叫你教小雪玩。"

见安心过来，边幕一挺胸："这可是我边幕的专利，只能传给我的受训犬，

怎么能随便传给别人的狗!"

"呵……"安心打量着边幕,"怎么,给你点颜色就开染房了?是不是又欠收拾了?"

见安心捏着拳头,边幕立即怂了:"哼,我今天心情好,就破例一次,不过这可和你没关系,完全是看小七的面子,别以为我是怕你!"

"喊!"安心一脸得意。

边幕没理安心,趴了下来,给小雪演示:"来,小雪,我给你示范一次,不过你可不要因为我太帅只顾着看我的脸,一定要仔细看我的操作,懂吗?"

安心:"……"

小雪直直地盯着边幕手上的遥控器,似乎确实在认真学习的样子。

边幕一边操作,一边给小七和小雪讲解:"操作一定要稳,要慢,千万不能着急,像我这样……"

小雪见直升机又飞了起来,高兴地汪汪直叫。

边幕继续讲解:"小七,刚才你操作的时候太急了,所以飞机飞行不稳,很容易掉下来,只要像我这样缓缓地控制,飞机就稳了,就是这样,慢……慢……"

小七似乎听明白了的样子,汪汪地叫了两声。

"哈,真聪明,来,你再试一次。"边幕将遥控器放到小七面前。

旁边的安心看着边幕认真教导小七和小雪的样子,心里生出一股暖流。

不过,随即她又想起边幕伙同汤圆偷小七的事情,又是脸色一沉,气呼呼地扭过头去。

"哈哈,边幕这家伙还真挺有潜质的,连步枪都被吸引了。"敖力大笑着走了过来。

安心这才发现,跑回犬舍的步枪,不知什么时候也跑了出来,出神地盯着正在操纵直升机的小七。

"还行吧。"安心下意识地点头,随即补允道,"我是说他在玩这方面还行。"

"呵呵。"敖力笑道,"每个人都有优点和缺点嘛。作为队长,你要善于挖掘队员身上的优点,这在将来的工作中可是非常重要的。"

安心脸上微红,点头:"嗯,我知道了。"

那边,边幕看到步枪也一脸好奇的样子,向步枪招了招手:"步枪,你要不要来试试?"

步枪犹豫了一下,立即三步并作两步奔了过去。

"汪！"小七站了起来，挡在步枪与边慕之间。

步枪停下脚步，犹豫地看着边慕。

边慕笑了笑，揉了揉小七的脑袋，低声道："小七，男人可不能小气喔，小雪会不喜欢的。再说这飞机可是咱们的，有的是时间玩，就让步枪玩一会儿，没事的。"

小七终于让开，一副似乎是在施舍的表情看着步枪。

边慕将遥控器放在地上，向步枪招了招手。

步枪犹豫了一下，跑了过去，学着刚才小七的样子摆弄遥控器。

结果，直升机晃了晃，直直地往旁边围墙撞了过去。

在围墙上看热闹的公主和豆豆，眼见直升机往自己撞来，连忙扑闪着翅膀飞到空中。

"啪！"直升机撞在了围墙上。

"坏狗！坏狗！"

"傻狗！傻狗！"

豆豆和公主冲步枪骂了起来。

步枪见直升机摔了，一脸失望地低下了头。

"没关系，步枪，一次不行还有下一次，我相信你一定行的！"边慕安慰着步枪，"来，我给你演示一次！"

"汪汪！"步枪重新抬起头来，友好地冲边慕叫了两声，重新有了精神。

见步枪竟然向边慕示好，安心苦笑了一下。

"这家伙，竟然连步枪和小雪都收买了，看来还真有两下子。"

听了安心的评价，敖力笑了笑。

救援队终于有了自己专门的制服，制服分发下来，队员们很快换上，在训练场集合。

看着全新整齐的装束，所有人都很高兴，安心也很满意。

"怎么样，敖队，帅气吧？"伊靓兴奋地跑到敖队面前。

"嗯。"敖力点头，"你的设计剪裁合体，配色大胆又有品位，既保留了传统救援队制服的要素，又增加了独一无二的特色，确实不错！"

得到敖力这样的评价，伊靓更加得意："那是当然，这可是我从漫威动画里得到灵感后设计的！"

队员们听说这套制服竟然是伊靓设计的，都纷纷赞扬。

打心底说，安心也觉得这套制服很不错，传统的迷彩风格，加上袖口和裤

腿的橘色条纹，再配上后背的"搜救员"字样，加上前胸的"完美世界"救援队标志，简直堪称完美，让人看了就觉得眼前一亮。

正在这时，边慕从宿舍楼走了下来。安心一看，边慕卷着一边裤腿，竖着领子，头上的帽子还歪戴着，一副混混儿的模样。

"果然还是偷狗贼，不管什么样的衣服，穿着都一副贼样！"安心撇嘴。

"没有啊。"旁边的伊靓听到安心的话，说道，"我觉得边慕哥很帅气啊，简直就和宋仲基一样。"

安心："……"

这个奇葩二次元少女的审美，果然有些难以让人认同啊！想到这里，安心对救援队制服的品位重新担心起来。

"训练开始！"

敖力吹响了口哨，所有队员听到敖力的发令，立即奔向训练场中央，整整齐齐地站成一排，连边慕也不例外，不过他卷着裤腿歪戴帽子的形象，总有些破坏队伍的格调。

敖力瞪了边慕一眼，边慕感觉杀气涌来，立即乖乖地放下裤腿，将帽子戴正。

敖力满意地点头，看向所有人："今天，我们先进行奔跑测速！测试搜救犬的奔跑能力！请把训练犬带到跑道起点！"

所有人立即把各自的搜救犬带往跑道起点，依次排开。

作为教练犬，步枪自动地跑到第一跑道，站在第一跑道的起跑点上。

小雪排在第二，小七排在第三，山神、球球、浩克等依次排开，经过这些时间的训练，狗狗们已经能听懂很多基本的指令。

见所有狗狗都整齐地站在起跑点上，敖力吹响了口哨，口哨声响，所有狗狗立即进入起跑准备状态，敖力再次吹响口哨。

经过长期训练果然不同，步枪的反应明显比其他狗狗更快，几乎是口哨声刚响，步枪就已经蹿了出去。紧接着，其他狗狗也拔腿狂奔，冲向终点。

很明显，步枪的奔跑能力强出很多，一路遥遥领先，再后面则是小七，在步枪后面紧追不舍。令人意外的是，小雪这条萨摩耶的速度竟然能与小七相当，一直与小七并驾齐驱。最慢的，反而是伊靓的那条西伯利亚雪橇犬。

奔跑测速，并不是只跑一圈，而是绕训练场跑道跑十圈。训练场的跑道，每圈两百米，十圈一共是两千米。

这么精彩的比赛，伊靓立即拿出手机直播，直播间的观众，瞬间涨到六万多人。

"现在跑在最前面的，是我们队的退役军犬步枪！不愧是退役的功勋犬，经过专业的军事训练,无论在体能还是反应能力上都提高不少!"

第三圈的时候,区别渐渐出来了,小雪毕竟是萨摩耶,虽然身形敏捷,但无论是耐力还是步幅,都和拉布拉多犬的小七有不少差异,很快小七就超过了小雪。

到第五圈的时候,步枪依然领先,后面的山神则渐渐追了上来,逐渐超过浩克、卡卡。

见步枪跑在最前面,小七似乎不愿服输,紧紧地盯着步枪,健壮有力的四肢交替蹬地,渐渐地拉近了与步枪之间的距离。

所有人都看着在跑道上奔跑的狗狗,给自己的狗狗加油打气。

第十圈,步枪还跑在最前面,似乎根本不把其他狗狗放在眼里,四肢强劲有力地蹬在地上,如同骏马,目光如炬地冲向终点。不过,在步枪身后,落后它十多米的小七似乎并没放弃,还在努力想要追上去。

此时,伊靓的直播间观众已经达到十四万人,不仅基地内驯导员们一脸紧张,连直播间的观众也很是紧张。

"小七!加油!小七!加油!"直播间内,弹幕在迅速滚动。

就在这时,一直保持匀速的小七突然加速了。

一百米、五十米、三十米……小七与步枪之间的距离越来越近,就在步枪冲过终点的那一刻,小七几乎与它同时冲过了终点。

而紧接着,落后二十几米的小雪和山神,也几乎同时到达终点,场上响起欢呼声!

所有狗狗都通过了终点,队员们领着各自的狗狗,重新回到训练场中央,列为一排,等待敖力宣布成绩。

敖力满意地点头:"步枪,5分15秒,小七,5分15秒!步枪和小七并列第一!"

边慕兴奋地搂着小七亲了一口:"小七,你真棒!"

小七咧开嘴巴,"汪汪"地得意笑了起来。正常来讲,一只军犬的跑速,基本上能达到每分钟四百米左右,步枪因为受过伤又是服役多年的军犬,现在两千米能用5分15秒跑完,已经远比很多退役军犬厉害,甚至比好些在役军犬还强。但小七竟然能和步枪实力相当,让敖力也很意外。

尤其是最后小七的突然加速冲刺,这说明小七一直在积蓄力量,并不是依靠蛮力在比赛。

"小七不愧是神犬啊。"敖力满意地摸了摸小七的头,对边慕道,"边慕,你可责任重大哟,一定要好好培养小七!"

"那是当然！"边慕挺起胸膛，"小七既然选择了我，我绝不会让它失望的！"

"汪！"一声洪亮的狗吠突然传来。

"打架了！打架了！"

"小七！小七！"

豆豆和公主的声音响起。

边慕扭头看去，步枪正把小七扑倒在地。小七虽然是拉布拉多犬，还获得过"神犬"的称谓，但这些主要都依靠它的智慧，在战斗方面真要和步枪相比，则根本不是一个层面。毕竟步枪经过军事化训练，具有很强的进攻能力。

小七根本不是步枪的对手，被按在地上爬都爬不起来。边慕大惊失色，冲了过去，发现步枪正咬着小七的耳朵。

"步枪！"边慕怒视步枪，想也没想，一把拽起步枪的项圈就把步枪扯飞了。

"干什么？！"敖力冲了过来，一把将边慕推开怒吼道，"你疯了吗！你这是干什么？"

"汪汪！"步枪也冲边慕大声叫着。

"你没看到它咬伤小七了吗？"边慕也对敖力大吼着。

"就算它咬了小七，你也不能这样对步枪！"敖力愤怒地瞪着边慕。

边慕发火了，指着敖力的鼻子："你少跟我横！咬了小七还有理了？你是怎么做教官的？是怎么管你的狗的？"

敖力揪着边慕的衣服："我现在就要管教你！以后不许你碰步枪一根汗毛！否则我绝不饶你！你明白了吗？"

虽然被敖力这个壮男揪着衣领，边慕却不甘示弱："你也给我听清楚，要是步枪再对小七做什么，我就把它的毛全拔光！"

"你拔下试试！"敖力气得不行。

眼见两人就要打起来，正在直播的伊靓偷偷地关闭了直播，小七、小雪、山神等狗狗全部噤声，连豆豆和公主这两只话痨鹦鹉也乖乖闭嘴，偷偷地往旁边挪动步子。

安心连忙跑过来将两人拉开："你们干什么，是要当着所有队员的面打架吗？"

敖力和边慕恶狠狠地对视几秒，稍微冷静了一些。

这时，小七走到边慕身边，拿头蹭了蹭边慕，示意边慕不要再吵了。

边慕看到小七，恶狠狠地又瞪了敖力一眼，这才蹲下身子，爱抚小七，准备带小七离开。

"汪汪汪！"小雪跑了过来，不安地对着小七叫着，围着小七打转。

"小雪！"安心向小雪呼了一声。听到安心的呼唤，小雪这才跑到安心身边。安心叹了口气，对边幕道，"走，先带小七去处理一下伤口。"

边幕看了安心一眼，气呼呼地带着小七往医务室走去。

医务室内，安心给小七处理着耳朵上的伤口。还好边幕及时将步枪拉开，小七身上并没有别的伤，只是耳朵被咬破了。小雪前爪搭在小七的病床上，关切地看着小七。

安心一边处理着伤口，一边对小七说着："小七，男子汉怎么能这样呢，以后不能和步枪打架，要成熟一点，听见没？"

小七看着安心，微微点头。

安心叹了口气："唉，今天的确是步枪不对，不过它怎么突然咬你呢？你们之前打过架吗？"

小七委屈地看着安心，"汪汪"叫了两声。

安心摇头："真的没打过架？你也没欺负过步枪？"

小七可怜地低着头，发出"呜呜"声。

安心皱眉："这就奇怪了，步枪今天这是怎么了？"

给小七处理好伤口，安心将小七交给边幕照顾，离开了基地医务室。

想了想，安心把敖力找到了会议室。敖力现在也已经冷静下来，对于步枪攻击小七的事情，很是歉意地说："我也不知道怎么回事，或许是步枪攻击性的问题还没得到解决。你知道步枪是军犬，需要完成的都是极其危险的任务，可能它还没完全适应做搜救犬的工作，给我点时间，我一定会训练好它的，也请相信步枪。"

安心点头："我当然相信你和步枪，不过今天的事确实是步枪的错……"

安心顿了顿，认真地看着敖力："我想，作为它的驯导员，你应该向小七和边幕道歉，同时也应该让步枪向小七道歉，让它知道……"

"不可能！"没等安心说完，敖力就一口否定。

安心皱眉："为什么？"

"边幕今天差点踢了步枪！"敖力情绪又激动起来，"你知道这一脚下去是什么后果吗？"

安心摇头："你现在情绪太激动了，还是等你冷静下来我们再谈吧。"说完，安心转身离开了会议室。

看着安心离开的背影，敖力紧皱着眉头。

因为敖力和边幕的冲突，这一整天的训练大家都没什么精神，早早就完成

训练，将狗狗们送回搜救犬公寓。

安心回到办公室，准备看一看基地的物资储备情况，做一份物资准备计划。

现在基地的训练已经进入正轨，每天需要消耗的物资都非常多，安心处理到一半的时候，已经快要天黑了。

这时，有安心的快递送到基地。安心打开一看，立即眼睛一亮，放下正在处理的文件，往楼下走去。刚到楼下，她就闻到从旁边厨房飘出的阵阵肉香。

安心探头看了一眼，发现是边慕正在里面忙活。

"咦？这小子竟然还会做饭？"安心有些好奇。

锅里炖的，似乎是羊肉和鸡蛋，虽然闻起来很香，但总觉得味道有些怪怪的样子。这时，边慕盛了一碗，小心翼翼地走了出来。

"这小子搞什么鬼？"安心躲到旁边，等边慕离开后，这才偷偷跟上。

前边，边慕端着碗，绕过驯导员宿舍，来到搜救犬公寓，在小七的公寓前停下："小七，小七……"

小七从房间内探出脑袋，边慕将碗放到小七面前："看，我给你准备了什么？"

小七闻到碗里的香味，立即伸出头喝起肉汤来。

这时，旁边公寓的其他狗狗也闻到了香味，纷纷从自己的公寓出来。

边慕连忙用身体挡住山神等狗狗，手忙脚乱地驱赶着："喂！都给我回去！这不是给你们的！听见没有！回去回去！都回去！"

狗狗见有边慕挡着，都失落地低着头，各自回到自己的公寓。

边慕见狗狗全部回去了，这才重新蹲下来，爱抚着正喝肉汤的小七："小七，乖，快把肉汤都喝了，这可是专门给你炖的。你听我说啊，今天你表现得非常好，很有涵养，虽然咱们受伤了，不过千万不要失去信心，你永远是最棒的。"

小七似乎听懂了边慕的话，亲热地舔着边慕的手，还把头靠在边慕的腿上。

"原来是给小七加餐。"安心嘴角露出一抹微笑走了过去。

听到身后的脚步声，边慕回过头来，发现是安心，立即将头别到一边。

安心也不理边慕，来到小七面前，将手里的包裹放了下来："小七，看，我给你带什么来了。"

安心将包裹里的东西一一拿了出来，有小毛毯，还有玩具等乱七八糟的物品。

看到这些东西，小七立即兴奋地站了起来，伸出爪子抱着这些东西。

安心一笑，爱抚地拍了拍小七的头："小七，这些都是欧叶寄来的，你有没有想欧叶呢？我们和她视频好不好？"

"汪汪！"小七更加兴奋。

安心拿出手机，点开视频通话，欧叶立即出现在手机屏幕中，手机里传来欧叶欣喜的声音："小七！小七！"

小七对着手机里的欧叶欢叫了几声。

"宝贝，我已经到伦敦啦！好想你啊！"

小七也对着视频里的欧叶亲切地叫了起来。

小七、安心和欧叶腻歪了好一会儿，安心这才离开。边慕重新回去，准备再和小七说两句话，安慰安慰小七，这时，边慕的手机响了，有短信进来。

看了眼短信，边慕惊呼一声："我去，差点忘了正事儿！"

边慕立即把小七往犬舍里送："小七，好好休息，我明天再来看你。"小七扒着边慕，很不想进去的样子，边慕只得劝说，"小七乖啊，我还有事，给你赢奖品回来喔。等回来后，我再教你打《绝地求生》，比遥控飞机还好玩，乖，快进去睡觉，不然没有肉汤喝了。"

说着，边慕直把小七往犬舍里塞。

小七终于不再反抗，不过跑进犬舍后，又迅速叼出一个破烂的玩偶，放到边慕面前，可怜兮兮地看着边慕。

边慕疑惑地捡起玩偶，发现是一个小七玩偶，还很新的样子，却不知怎么被撕坏了。

"小七，这谁给你的？"

"汪。"小七叫了一声。

边慕根本听不懂，不过大概也明白："是安心送你的吧？被谁咬坏的？"

"汪汪……"小七轻叫了两声，看向步枪的犬舍。

边慕皱眉："又是这个家伙，它怎么总是和我们作对！"

小七低头，发出伤心的"呜呜"声。

边慕也有些心疼小七，准备再安慰它一下，这时手机又响了起来。

看了眼时间已经不早了，边慕叹了口气："小七，不用担心，下回我送你一个新的，快睡觉吧！"

将小七推进犬舍，边慕又把那个破烂的小七玩偶扔进去，转身匆忙离开，连犬舍的门闩都没来得及闩上。

看着边慕急匆匆离开的背影，小七伤心地"呜呜"了两声，静静地立在那儿望着外面好一会儿，这才跑进犬舍，在安心送来的箱子里一件件地往外面拿着东西。

最后，小七在箱子里找到一条小毛毯，将毛毯放在地上，整个趴在了毛毯上，看着被步枪撕坏的小七玩偶，它眼睛里的神情越发伤心起来。

"呜呜……"小七低鸣着，把玩偶扒了过来，心疼地捂在怀里。

突然，小七竖起耳朵，救援队基地会议室那边，轻微的声音引起了小七的注意。

小七见会议室的灯还亮着，里面似乎传出安心和敖力的争吵声，犹豫了一下，它最终还是跑出犬舍，往二楼会议室跑去。二楼会议室里，安心和敖力确实在争执的样子，两人情绪都很激动。

"一个会对狗使用暴力的人，他不可能成为一个好的驯导员，更不可能成为合格的搜救员！"

"我不同意！你这样的处理太武断了！他是因为小七受伤有些在气头上，这样做是因为他要保护小七，恰恰证明了他是真心爱护小七！换作是你，你不是一样会保护步枪吗？"

"你这是在袒护他！"

"我这不是在袒护！我对他是什么态度你很清楚，但我们不能因为个人的好恶去决定一个队员的去留，这不是你告诉我的吗？"

听着会议室内的争吵声，小七回头看了眼远处狗舍那边步枪和小雪的犬舍，脸上的神情更加失落，转身静悄悄地离开了基地会议室，往边慕的宿舍跑去。

边慕的宿舍门紧闭，小七扒了好几次都没能扒开，又站起来趴在窗户上想要寻找边慕的身影，但边慕根本没在房里，它只看到角落里那架遥控飞机。

"呜呜……"小七忧伤地低哼着，转身离开边慕的宿舍，来到空荡荡的训练场上，抬头看着夜空中的星星，站了好一会儿，突然转身往救援队后门的方向跑去。

跑到半路，小七突然停住脚步，转身往回走。

"喵……"阿旺从旁边跑了出来，迎向小七。

"呜呜……"小七低哼着，看着站在自己面前的阿旺。

"喵……"阿旺伸出爪子，疼惜地抚摸着小七的脸。

"呜呜……"小七又低哼了两声，才转身又往基地后门跑去。

阿旺立即跟在小七身边，一狗一猫，从后门跑了出去。

小七出走

天渐渐亮了。

安静的清晨,几声鸟鸣在"完美世界"救援队基地旁的小树林里响起。

安心缩在被窝里正在熟睡。

"汪汪……"小雪的声音响起,它正拿爪子拨弄着被窝里的安心。

"小雪……"安心迷迷糊糊地拨开小雪的爪子嘟哝着,"现在还早呢,你干吗啊……"

"汪汪汪!"

小雪的声音更急了,爪子不断地拍打着安心。

安心被小雪烦得不行,只得迷迷糊糊地坐了起来:"好啦好啦,别叫了,究竟怎么了?"

小雪蹦到床上,将一件东西放在安心的手心里,焦急地朝安心大叫。

安心看了眼手里的东西,原来是小七玩偶,但却不知怎么被撕坏了,里面的棉花全露了出来,完全没有原来的形状。

安心发觉事情不对,皱了皱眉,看了眼小雪,又看了眼手上的小七玩偶,整个人立即清醒过来:"小雪,你……你不会是要告诉我小七不见了吧?"

小雪立即叨起安心手里的小七玩偶蹦下床,往门外跑去,在门口又冲还坐在床上的安心又蹦又跳地"汪汪"叫着。

"不好!"安心立即起床,跟着小雪飞奔出宿舍,来到搜救犬公寓。

小七不见了!

小七的房间里空荡荡的,除了扔在地上的小毛毯和一些玩偶,根本没有小七的身影!

安心惊呆了,立即转身奔回宿舍,来到敖力的宿舍把敖力叫醒。

"怎么了?"

敖力开门出来。

"小七不见了!"

"啊?"敖力也一惊。

两人立即离开宿舍,前往办公室。

正在厨房不知折腾什么的伊靓见两人急匆匆的样子,立即跑出来问发生了

什么事,在知道小七不见了后,伊靓也跟着两人进了办公室。

办公室内,伊靓熟练地调出监控录像,三人对着昨晚的监控录像仔细查看起来。小雪凑在旁边,努力地直起身子踮起脚,也想看监控录像,可是以它的个子来说,根本看不着,只能急得在地上又蹦又跳地团团转。监控录像里,小七和阿旺离开后门,不一会儿,边慕又从后门偷偷摸摸地溜了回来,鬼鬼祟祟的样子很是可疑。

"肯定是他!"敖力指着监控录像里的边慕,"小七的离开肯定和他有关!"

安心皱眉,脸上有些疑惑。

伊靓也皱眉:"不会吧,我觉得边慕哥不是那样的人,小七和阿旺明明是自己跑出去的。"

"肯定是他没错!"敖力离开会议室,气冲冲地往搜救员宿舍走去。

安心和伊靓看了眼监控录像里的边慕,也连忙追了出去。

"砰砰砰!砰砰砰!"

敖力用力地拍打着边慕的房间:"边慕,你给我滚出来!"

好一会儿,房门打开了,边慕打着哈欠,睡眼惺忪地出现在门口,看到敖力一脸不满:"大清早的干什么,还让不让人睡了……"

"边慕,你干的好事!"敖力揪着边慕的衣领,"你昨晚12点40分到12点50分干了什么?"

边慕一脸迷糊,不解地望着满脸怒气的敖力。

"别给我装糊涂!我可没安心那么好骗!"敖力抓着边慕,"你给我说清楚,否则今天别想离开这儿!"

边慕越发迷糊:"你大呼小叫的干什么?我骗什么了?难道打游戏也有错?"

"砰!"

敖力直接将边慕按在了墙上:"你给我老实交代,你究竟把小七怎么了?"

"啥?"边慕蒙了。

当听说小七不见了,边慕比安心还急,穿着睡衣三步两步就往搜救犬公寓跑。

果然,小七不在!边慕立即转身往基地外跑,远远地,就见一辆商务车停在基地外的公路上。

边慕跑过去,一把拉开车门,将车内正在酣睡的汤圆推醒:"汤圆,你看到小七了吗?"

汤圆还没睡够,迷迷糊糊地看着边慕:"你说啥?"

"小七！"边慕急得不行，"我问你看到小七了吗？"

"啊？"汤圆傻傻地张了张嘴。

"唉！气死我了！"边慕跳上车，"快！开车！找小七！"

"啊？"汤圆总算明白过来，"小七又被狗贩子偷了？"

这时，敖力带着步枪也追了上来，看到边慕和汤圆挤在车上，二话不说跳上车，板着张脸坐在后座上。

汤圆看到敖力，刚想说什么，却被边慕捂住了嘴："快开车！"

"去哪儿啊？"汤圆一脸傻样。

"滚开！"边慕干脆将汤圆拽开，自己坐到了驾驶座上。

这时，安心开着车也跟了上来，车上还坐着伊靓、小雪和山神。

"我们分开找！"安心向边慕和敖力喊道。

伊靓也举起手机探出头来："我已经把小七和阿旺的照片发到网上了，看看有没有人见过小七！"

"好！我们从北边找，你们走南边！"边慕向安心和伊靓回道。

两辆车，一北一南分头行动，沿着公路寻找小七和阿旺。边慕开着车沿着公路找了十多公里，根本没见着小七和阿旺的身影，急得不行，汤圆也已经清醒过来。

"这小七也太火了吧，这才两天又被狗贩子偷了……"汤圆嘀咕着。

边慕急得不行："闭嘴！没人当你是哑巴！"

"哦。"汤圆立即乖乖地闭上嘴巴。

后座上的敖力冷着张脸："装！继续装！我看你们要装到什么时候！"

边慕想出声顶两句，不过一直没看到小七的身影，根本没心情，只是愤愤地瞪了敖力两眼。他们又找了好几公里，依然没看到小七的身影。

这时，手机响了，是伊靓的号码，边慕连忙接通。

"边慕哥，我们找到小七了，就在国道旁边，我和队长正赶过去，我这就给你发导航！"

"好！"边慕精神大振。

很快，伊靓发来了导航位置，在南边方向。边慕立即掉转方向盘，往南边安心和伊靓的方向追去。不一会儿，伊靓又打来电话，说有一辆车正在追小七，小七已经下了国道，往石桥方向跑去。

"这个浑蛋！被我抓到非得打死他！"边慕猛踩油门儿，急得满头是汗，将车开下国道。

五分钟后，边慕终于看到了前方安心和伊靓的车。在前方不远的路上，有

66

一辆面包车正停在那里,两个男人正拿着棍子,在田野里追着一条狗,正是小七。

"住手!"边慕一个急刹跳下车,往田野里冲去。

后方,汤圆和敖力也跟着下车。

"汪汪!"

看到边慕,小七立即冲过来扑到边慕怀里,回头冲那两个男人吠着。

边慕一看,那两个男人正是上次的偷狗贼,手里拿着的根本不是棍子,而是电棒。

"你这个浑蛋!"边慕放下小七就往那两个男人冲去,"还想偷小七!找死啊!"

一阵噼里啪啦的声音响起,边慕对着偷狗贼就是一顿拳打脚踢。

这边安心见小七得救,却没看到阿旺,立即往偷狗贼的面包车跑去。

她揭开面包车的黑布一看,里面哪有阿旺的身影,倒是有好些小狗被关在笼子里面。

"汪汪!"山神冲笼子里的一只小黄母狗叫着,很是着急的样子。

伊靓拍了拍山神的脑袋:"山神,别没出息的样子,见到小母狗就晕头转向,你好歹也是名狗啊!"

"汪汪!"山神依然冲那只小黄母狗叫着。

这时,安心走了过来:"伊靓,拍个照片把消息发到网上,让这些狗狗的主人来救援队认领吧。"

"好!"伊靓点头,立即拿出手机拍照。

"美女,要帮忙吗?"汤圆走了过来,满脸堆笑地向伊靓询问道。

伊靓瞥了汤圆一眼,指了指车上:"把这些狗狗都搬下来,放到我们的车上。"

"好嘞!"汤圆准备动手。

"等等!"伊靓突然拉住汤圆,"你谁啊?"

"汤圆!"汤圆立即停手,觍着张脸,"边慕的哥们儿,上次偷狗的时候我们见过!"

伊靓皱眉,随即挥了挥手:"哎呀,不管了,快点把狗狗都搬到车上!"

"好!"汤圆一脸激动,开始动手。

见汤圆积极的样子,安心苦笑了一下,往边慕那边走去。边慕还在教训着两个狗贩子,非常愤怒的样子。

"行了,停手吧。"安心出声道。

"不行!"边慕气呼呼地指着两个狗贩子,"就是两个家伙,还敢偷我的狗，还让我背黑锅！你躲远点，今天我非得把他们教训个够！"

安心白了边幕一眼，转身朝敖力走去。

"已经报案了，公安一会儿就到。"敖力出声。

"嗯。"安心点点头。

边幕又骂了两个偷狗贼一顿，感觉有些累了，狠狠踹了其中一个麻脸男子一脚，气呼呼地走到路边坐下，将正和小雪亲热的小七给抱了过来。

"汪汪！"小七不满地想从边幕怀里出来去找小雪，边幕死抱着就是不放。

安心哭笑不得，走了过去。

边幕看着安心，好奇地问道："你们是怎么找到小七的？"

安心神秘一笑："忘了告诉你，其实救援队的每只狗狗身上，都装有定位芯片。"

"啊？"边幕连忙抱着小七，四处拨弄着小七金色的毛发。

"站住！"一声怒吼响起，是敖力的声音。

边幕扭头看去，见敖力带着步枪，正往公路旁的土坡追去，那两个偷狗贼已经逃下土坡，正往旁边的小山树林里跑。

"这两个浑蛋！"

边幕站起身来："小七，走！"

"汪！"小七叫了一声，边幕拔腿追去。

没跑出两步，小七已经超出边幕，以比边幕快出不少的速度冲下土坡，追向树林那边的偷狗贼。

前方，步枪已经追进了树林里。面对步枪和小七的追击，两个偷狗贼慌不择路，蹿向旁边一片密林。

"汪汪！"小七停下脚步，往旁边绕过树林，向小山另一侧奔去。边幕见小七奔向小山另一侧，立即紧跟着小七追了过去。

"汪汪！"

边幕刚来到小山的另一侧，就见麻脸男子忙乱地从小山上跑下来。

"汪！"小七冲了过去，截住麻脸男子的去路。

麻脸男子看见小七和边幕，立即转身想往回跑，结果却发现步枪已经堵在了他后面。

"死狗！"麻脸男子发现前后都被堵住，于是掏出电棒想要吓唬小七和步枪，却发现电棒没电了。见小七体形较小，而身后是高大威猛的步枪，他立即恶狠狠地挥舞着电棒向小七冲来，想从小七这边突围。

"汪！"步枪一跃，张嘴准确地咬住麻脸男子的胳膊。

"哎哟！"麻脸男子惨叫一声，只得放弃突围，挥起电棒砸向步枪。

见步枪和麻脸男子打得厉害，小七想要冲上去，却被边幕一把抱起。

"汪汪！"步枪被麻脸男子用电棒一阵猛击，虽然不时发出惨叫，但依然凶狠地咬住对方胳膊不松口。

"浑蛋！"

敖力赶到了，见步枪正在挨打，立即怒吼一声冲了过去，狠狠地一拳打在麻脸男子的脸上，麻脸男子被敖力一拳打中，竟然被打晕过去。

步枪见麻脸男子终于被制伏，这才松口，浑身是血地倒在了地上。

"步枪！"敖力冲了过去，一把抱起步枪。

步枪努力地睁开眼睛想看敖力，最终却无力地闭上了眼睛。

"步枪！"敖力悲呼一声，晃了晃步枪，步枪依然没有醒来。

"你这个浑蛋！"敖力抬起头来，愤怒地瞪着将小七抱在怀里的边幕，"你竟然眼睁睁地看着步枪被打！你这个浑蛋！"说完，敖力气呼呼地抱着步枪往公路那边跑去。

边幕看着敖力抱着步枪远去的身影，又看了看怀里的小七，脸上露出些愧疚的表情。

"呜呜……"

小七拿头蹭了蹭边幕的胳膊，发出低微的呜呜声。

"呜啦呜啦——"

警笛声响起，公安终于赶到了。两名偷狗贼都被公安带走，但不知为什么，边幕却开心不起来，心情一直有些沉重。安心的车给敖力开走了，敖力需要马上把步枪送去医院。

汤圆开着商务车，载着安心、伊靓和边幕三人，还有小七、小雪、山神几条狗，寻找着阿旺。小七将头探出车窗，仔细地盯着路边，伸着鼻子嗅着阿旺的气味。

"汪汪汪！"小七突然叫起来，不停地扒拉着车门。

"就在附近！停车！停车！"安心向汤圆催促着。

车刚停下，小七立即打开车门跳下车，朝路边草丛跑去，边跑边叫："汪汪汪！"

安心和伊靓跟着下车追上去的时候，见阿旺正从草丛里走出来。

"阿旺！"安心跑过去把阿旺抱起，担心地查看阿旺身上是否有伤，见阿旺好好的，只是浑身沾满水这才松了口气，"阿旺，你担心死我了！"

"汪汪！"小七对阿旺叫着。

安心看了眼小七，轻声责备道："小七，这回可是你不对了！你不该独自离开救援队，更不应该把阿旺也带走，连累阿旺跟着受苦！"

"呜呜——"

小七知错地低下头低鸣着。

"喵——"阿旺向小七伸了伸爪子。

"阿旺，你别给小七求情了，说什么也没用，这回一定要给小七记一次大过！"

找回小七和阿旺，安心总算松了口气，不过想到受伤被敖力送去医院的步枪，安心又皱紧眉头。

"你们先送小七回基地，我搭车去看看步枪的情况。"安心向伊靓和边慕说道。

"嗯。"边慕点头，"到时候给我打个电话。"

汤圆开着车往基地赶，一路上，汤圆都和伊靓说个不停。

"伊靓，我可是你和山神的粉丝，每天都看你直播呢。"

"真的吗？"伊靓很高兴的样子。

"当然是真的，我还关注了你的微博呢，你看，我昨天还给你和山神送礼物了。"汤圆拿出手机，送到副驾上的伊靓面前。

伊靓一看："原来迷哥就是你啊！"

"呃……"汤圆红了脸，打着哈哈将手机收了回去。

"来来来，我给你拍张照，今天你可是大英雄，加你一张正好凑齐九张发微博。"伊靓拿出手机。

"等等等等！"汤圆连忙晃手，"我这个样子不上镜，还是等回基地收拾一下再说吧。"

对汤圆和伊靓两人的聊天，边慕没有兴趣，或者说根本提不起精神来。

一路上，边慕都很担心步枪的伤势，深深为自己之前的行为自责。

他刚到基地，手机就响了，是安心打来的电话。

边慕立即接通电话，神色紧张地问道："队长，步枪的伤怎么样？"

"情况很严重，步枪有旧疾，这次刚好伤到它的旧伤，导致内脏严重受损，引发大出血，即便手术也还有生命危险。"

"什么？！这么严重？！"边慕轻呼出声。

"你也不要太着急，我这边会盯着的，好啦，我先去给步枪缴费了。"安心安慰了边慕两句便挂断了电话。

收起手机，边慕皱紧了眉头。

"怎么？步枪那边很严重？"汤圆走了过来。

"嗯。"边幕沉重点头，"伤得很重，需要手术。"

汤圆也有些担心起来："有生命危险吗？"

"恐怕是的……"边幕满脸忧色。

"汪汪！"小七听了边幕的话，在一旁不安地叫起来。

"小七，安静！"边幕看了小七一眼。小七立即收声，乖乖地在旁边看着边幕，很是担心的样子。

汤圆皱紧眉头："不应该啊，不是就被狗贩子打了两三下吗，怎么会伤得这么严重？步枪的体格可不一般啊。"

"不只两三棒……那狗贩子下手挺狠的……"边幕叹了口气，愧疚地用拳头砸着墙，"我当时只顾着把小七抱走，谁知道……"

"呜呜……"小七舔了舔边幕的裤脚轻鸣着，像是在安慰边幕。

汤圆也安慰道："也不能这么说，现在事情已经这样了，你愧疚也没用，要是你冲上去，说不定现在躺在医院的人就是你……"

说到这里，汤圆犹豫出声："要不，你现在去医院看看步枪？"

边幕皱眉："算了，你没看敖队当时对我的态度……"

"有什么怕的，男子汉要敢做敢当，赶紧去吧！"汤圆说着，就把边幕往汽车里推。

"我还是不去了，免得再给他们添堵。"边幕从汤圆旁边绕过，往寝室走去。

"喂……"汤圆追了上去。

"汪汪！"小七也叫着跑上来，咬住边幕的裤脚往停车的地方拖。

"你看，小七都想让你去看望步枪。"汤圆劝说着。

"对啊，边幕哥，我也觉得你应该去看看步枪。"伊靓也劝说着。

"行了行了……"边幕无可奈何地摇头，"我去还不行吗？"

没办法，边幕只得带着小七上了车。

"喵——"阿旺冲车里的小七叫唤着，好像不舍得小七离开。

"汪汪汪！"小七对阿旺叫了几声，阿旺似乎听懂了小七的话，留在了原地。

边幕开着车离开了基地，往宠物医院赶去。一路上，小七似乎都很着急的样子，不时对边幕叫两声，催促边幕开快点。边幕知道小七也很担心步枪，想起之前的做法，他心里更加惭愧起来。

到了宠物医院，车还没停稳，小七就从车窗里跳了出去，直奔医院大门。

"小七，你等等我！"

边幕赶忙停好车，小七听到边幕的声音，在医院门口停住，回头冲边幕叫着、催促着。

边慕三步两步跑了过去，带着小七进入医院。刚上楼，他正准备带着小七前往手术室，就见安心从拐角处走来，神色有些不对的样子。

"汪汪！"小七看到安心，立即跑了过去。

"小七。"安心把小七抱了起来。

"步枪怎么样？脱离危险了吗？"边慕过去担心地问道。

"嗯。"安心点点头，"刚做完手术，正在病房里休息，应该没什么大碍，静养一段时间就好了。"

"那我就踏实了。"边慕松了口气。

"对了，你不是回基地了吗？怎么过来了？"安心突然问道。

"我……"边慕不敢看安心，"我有些不放心，想过来看看，小七也很担心步枪……"

"步枪受伤跟你有关？"安心打断边慕的话质问道。

"我……"边慕愣了一下，抬起头来，"嗯。"

安心摇头："那你还是回去吧，我估计敖力不想见到你。"

"我承认，所以我……"边慕话还没说完，就突然被人从后面一把揪住，紧接着脸上就挨了一拳。

"敖力……"安心连忙出声制止。

来人正是敖力。

边慕被揍了一拳，呆呆地看着怒气冲冲的敖力。

"你这个浑蛋！你来干什么？步枪被打的时候你躲起来，现在来有什么用！"敖力指着边慕喝骂着。

"我……我……"边慕诚恳道，"我是来道歉的，向你、向步枪道歉，对不起……"

"道歉？！"敖力满脸愤怒，"道歉有什么用？"

说着，敖力指着手术室怒吼着："步枪因为你的疏忽吐了血，缝了针，刚刚脱离生命危险！现在还躺在手术室里！你一句对不起有什么用？"

见敖力情绪激动，安心连忙拉开敖力："敖力，你别激动，有话好好说。"

"好好说？我和这个浑蛋没什么好说的！"敖力根本没有原谅边慕的意思。

边慕也火了："你大吼大叫的干吗？步枪受伤又不是我一个人的原因！我已经真心诚意地……"

"砰！"

敖力挣开安心，抡起拳头一记摆拳打在边慕的下巴上，边慕直接被打倒

在地。

"少跟我扯什么真心诚意！"敖力指着坐在地上的边幕，"步枪受伤都是因为你！"

"汪汪！"小七挡在边幕前面，冲敖力叫着。

"敖力！你干吗动手？"安心气呼呼地瞪了敖力一眼，弯腰扶起边幕。

边幕从地上爬起来，擦了擦嘴角流出的血迹："步枪受伤确实有我的责任，但不能说全是因为我吧？小七不像步枪一样受过专业训练，如果我不把小七抱走，你难道不清楚会有什么后果吗？"

"你……"敖力气呼呼地提起拳头，"你还敢推卸责任！"

"够了！"安心一把推开敖力，"都给我冷静点！这件事到此为止吧！"

"汪汪！"小七也冲敖力叫着。

敖力正在气头上，哪管安心和小七的阻拦，又是一拳向边幕打去。

边幕早有防备，敖力刚刚出手，一拳已经率先打向敖力的面门。

"砰！"

边幕一拳，结结实实地打在敖力的鼻梁上。

"你还敢还手！"敖力冲过去，抓住边幕的双肩，两人扭打起来。

"汪汪！"

安心、小七急得团团转，根本就插不上手，整个走廊上乱成一团。

这时，一名身材娇小、长相漂亮的女医生跑了出来，见敖力正和边幕打在一起，也惊呆了："安心，怎么回事？怎么打起来了？"

"周茉，快帮我把这两个家伙拉开。"安心来不及解释，向女医生呼道。

两人动手，总算一人一个，把衣衫破烂的敖力和边幕两人拉开了。

看着鼻青脸肿的敖力和边幕，安心气得不行："你们今天是怎么了，非要拼个你死我活吗？有什么矛盾不能好好讲清楚，干吗非要打架？"

"这到底是怎么回事？"周茉也问道。

虽然有安心和周茉两人拉开，敖力和边幕依然怒气冲冲地瞪着对方，随时有再打起来的倾向。

不过，敖力似乎冷静了一些，指着边幕："臭小子，我劝你赶紧离开这儿，这儿不欢迎你，步枪也不需要你关心！"

"不用你说我也会走！早知道你这么不讲理，我压根儿就不来！"说完，边幕拉着小七就要离开。

"汪汪！"小七挣扎着，却是不肯走的样子。

"我说我们走，听不见吗？人家都不欢迎我们。"

边幕使劲把小七往楼梯口拉，可小七就是不肯走，结果费了半天劲，边幕也没能把小七拖走。

"好！你要留在这儿就留在这儿吧！我走！"边幕松开小七，气呼呼地往楼下走去。

"汪汪！"小七立即奔向步枪的病房。

看着边幕离开，安心叹了口气，回头见敖力鼻子还在流血，赶紧拿出纸巾帮敖力擦鼻血："敖力，你流血了！"

敖力连忙向后躲："我自己来就好。"

"还是先去处理一下伤口吧。"周茉出声。

敖力、安心几人离开后，边幕偷偷摸摸地又走了回来，原来他并没真正离开。

回到楼上的边幕，见小七停在一间病房门口，拱在玻璃门上，担心地看着里面，立即轻手轻脚地走了过去。

见边幕回来，小七扭过头，向边幕轻鸣着。

"嘘……"边幕做了个噤声的手势，小心地看了眼周围，并没发现安心、敖力、周茉三人，立即松了口气，小声对小七说，"小七，这里是医院，不能吵闹！步枪需要静养，要很安静才行！"

小七听了边幕的话，立即不再叫了，只是担心地看着病房内的步枪。

病房内，步枪在里面沉睡着，并不知道外面发生的事情。

见小七一脸担心，边幕安慰道："放心啦，刚才安心跟我说了，步枪没什么事，你不用担心。"

小七望着边幕，不太相信的样子。

"真的，不骗你。"边幕肯定地点头。

小七看了边幕一眼，又望向病房内的步枪，眼神里依然流露出担忧和关切。

另一边，安心好说歹说，才劝敖力去处理了下伤口。

虽然是宠物医院，但敖力只是出了点血，处理起来倒很容易。

处理完伤口，安心陪着敖力，坐在医院走廊的长椅上，劝说着敖力："你现在要平复自己的情绪……"

安心刚开口，敖力就摇头："用不着，一会儿见到步枪，我的心情就会好起来。"说到这里，敖力拿出手机看了眼时间，有些烦躁，"周茉说步枪只要休息半个小时就会醒，怎么时间过得这么慢！"

见敖力这么关心步枪，安心很是好奇："跟我讲讲你和步枪的故事呗？"

"这有什么好讲的。"敖力摇头，"步枪是军犬，我是军人，每天除了训练就是执行任务。"

虽然这样说，敖力的脸上，却流露出怀念的表情。

似乎只要提到步枪，敖力就有很多话可说的样子，断断续续地说了很多以前在军队的事情。

训练中，步枪是众人瞩目的焦点，执行任务时，步枪都能成功完成任务，发现地雷目标，找寻敌人的藏身地点。一旦打开话匣子，这个浑身像钢铁铸就的退伍军人，也有说不完的话，最后，说到步枪退役，敖力的脸上露出些心疼的表情："退役的步枪，只能待在休养所里，这对步枪来说是多么不甘和悲哀的结局，那段时间它在休养所毫无食欲。部队里，我们常说，只要当过兵，一辈子都是军人！这犬也是一样，我们身上流淌着部队的血，心里随时有使命在召唤！所以我主动在军转办申请转业，收养了步枪，这样步枪就不会被送去军犬休养所，像它爸爸一样落寞而死了……"说着说着，敖力的眼眶湿润起来。

安心看着敖力，没有出声，只是静静听着敖力和步枪的故事。

不知不觉中，已经过了半小时，敖力站了起来："步枪该醒了，我们过去看看它吧。"

"嗯。"安心这次倒没阻止。

两人回到步枪的病房时，步枪确实已经醒了，见到敖力，步枪很是开心。不过无论是他们还是步枪，都不知道边慕和小七才刚刚离去。

"现在你该安心了吧。"

边慕一边开着车，一边向小七说着。

"呜呜——"小七轻鸣着。步枪醒来，让小七安心了很多，但并没开心的样子，看起来它还在担心步枪。

"好啦，步枪不会有事的。"边慕揉了揉小七的脑袋，闷闷不乐地出声，"你这家伙，也不见你关心我，没看到我的脸都被那个浑蛋打青了吗？"

"呜呜……"小七又低鸣着。

"给你说了你也不懂。"边慕看向窗外，皱紧眉头，思绪万千的样子。

神州半岛风景美丽，但边慕和小七都没心情欣赏沿途风景。十来分钟的车程很快就到，边慕将车停在基地门前，正准备带小七回基地，见汤圆和伊靓两人有说有笑地正走出来，跟在两人身后的，除了伊靓的山神，还有一条秋田犬。

"边慕哥回来啦，步枪怎么样了？"伊靓迎了上来。

"没事了，过两天就能恢复训练了。"边慕回答道。

"咦？"汤圆发现边慕脸上青一块紫一块的，嘴角都肿了起来，衣服也破破烂烂的，惊讶出声，"你这是怎么了？"

"和那个浑蛋打了一架。"边慕没好气地说着，有些迷惑地看着紧跟在汤圆旁边那条秋田犬，"这条狗哪里来的？"

汤圆摇头："从狗贩子那里救出来的，别的狗都被认领走了，唯独它没人要，不知道怎么一直跟着我。"

"边慕哥。"伊靓蹦蹦跳跳地凑了过来，"我和汤圆哥还给它起了个名字，叫八公喔。"

"八公？"边慕想起了一部关于狗狗的电影，里面的狗正是一只秋田犬。

"对，就是《忠犬八公》，怎么样，这个名字好吧？"伊靓兴奋地说道。

看起来，似乎这个名字是伊靓起的，边慕没什么心情评价。倒是那条秋田犬，好像对"八公"这个名字很喜欢似的，听到伊靓和汤圆提起它的名字，立即开心地叫起来。

小七对这个新朋友倒是不认生，跑了过去，和八公亲热着。

虽然安心和敖力都在宠物医院那边，不过"完美世界"救援队的训练并没因此中止。

洛奇、伊森、莫莉等人，都带着各自的搭档在训练场上按照之前敖力教的方法训练。

边慕也带着小七进行一些口令练习，不过因为之前医院的事情，一人一狗都有些不在状态。

倒是跑来凑热闹的汤圆，带着八公在伊靓的指导下，训练得有模有样，不过汤圆和八公的训练，看起来当然没那么专业了，完全就像是在练马戏表演一般。而在旁边指导的伊靓也纯粹是把汤圆和八公的训练当成马戏表演，正拿着手机在旁边直播，一会儿指挥八公捡气球，一会儿指挥八公原地站立转圈。

对此，边慕毫无兴致，在黄昏训练结束后，就回到了房中。和敖力打架的伤，虽然不是很严重，但也非常碍事。他脸上挨了一拳，嘴角挨了一拳，下巴还挨了一拳，尤其是嘴角和脸上那两拳，到下午的时候，肿得越发厉害，他连说话都说不太清楚了。

"这个浑蛋，下手还真狠！"边慕气呼呼地往伤口上涂酒精，也不知道这种伤，酒精究竟管不管用。

他还没处理完伤口，门外响起敲门声："边慕哥，安心姐回来了，通知大家到会议室开会。"

是伊靓。

"知道了。"边慕回应了一声。

想到今天的事，边慕不敢迟到，三两下清洗完伤口，往脸上和嘴角贴了两

张创可贴，就急急忙忙地赶往会议室。等边幕赶到会议室的时候，所有人都已经到了，只差边幕一个。

看了眼会议室内，只有敖力旁边有一张空的座位，边幕只好走过去坐了下来。

安心见所有人都到了："我来说几件事，第一……"

"步枪受伤！步枪受伤！"

会议室旁边窗台上站着的豆豆和公主立即接话。安心停下来，瞪了两只鹦鹉一眼，两只鹦鹉立即乖乖闭嘴。

安心重新说道："第一件事……"

"小七逃跑！小七逃跑！"

这两个话痨！

安心满脸郁闷："把这两个家伙给我扔出去！"

"是！"洛奇和伊森两人立即起身，将站在窗台上的豆豆和公主赶开，然后关上窗户。

"好了，我们继续开会。"安心松了口气，"第一件事……"说到这儿，安心顿了片刻，皱紧眉头，似乎想不起要说什么。

"边幕打架！边幕打架！"透过窗户，传来豆豆和公主的声音。

安心："……"

边幕："……"

会议室内，所有人哄堂大笑起来。

经公主和豆豆这一提醒，安心终于想起要说什么了，敲了敲桌子示意大家安静："第一件事，是关于教官敖力和边幕打架事件。"

安心看向敖力："敖力，你和边幕在宠物医院打架，是你先动的手，按救援队条例扣你一个月工资，你有意见吗？"

敖力笑了笑："当然没有。"

"那好。"安心点头，看了眼会议室内众人，"那我接着说第二件事。"

"现在，救援队的队员逐渐多了起来，而且后面可能还会越来越多，所以寝室楼的空房间随时会有新队员入住，大家都别再把杂物堆在空房间了……"

一听自己不用扣工资，边幕松了口气。

敖力见边幕一脸得意，便道："浑蛋，只扣了我的工资，没扣你的，你是不是很得意？"

边幕耸了耸肩："我有什么得意的，钱算什么，都是身外之物，我倒是宁愿被扣工资的人是我。"

"什么意思？"敖力不解。

边慕看着敖力："我也想先动手揍你一顿。"

"你！"敖力瞪着边慕。

正在开会的安心终于发现敖力和边慕两人之间的小动作，敲了敲桌子："边慕、敖力，我想先听听你们的意见。"

"啥？啥意见？"边慕一愣。

刚才他只顾着和敖力瞪眼了，哪知道安心开会说了什么。

"敖力，你说呢？"安心看向敖力。

敖力也和边慕差不多，根本不知道安心在问啥，只能傻傻望着安心。安心被这两个家伙弄得哭笑不得："最近有队员向我反映，说目前训练强度太大，希望能多给狗狗们一些休息时间，你们怎么看这个问题？"

敖力立即挺胸："目前的训练强度一点都不大，根本不需要改变！"

边慕立即反驳："对于步枪这种军犬来说，这样的训练强度确实不大，但对普通狗狗来说很大！我觉得，不能所有狗狗一个标准！"

敖力瞪着边慕："不通过艰苦的训练，怎么成为合格的搜救犬？"

边慕摇头，不甘示弱："我并不反对艰苦训练，是反对一上来就这么大强度的训练，训练应该是循序渐进地增加强度，给狗狗们一个适应的过程。"

敖力站了起来："我看是因为你自己想偷懒吧。"

"说什么呢！"边慕不服气地也站了起来，"我这是在就事论事，怎么还带人身攻击了？再说，谁想偷懒了？你哪只眼睛看见我偷懒了？"

两人针锋相对，会议室内立即火药味十足。安心见这个会是开不下去了，敲了敲桌子出声："行了，这样争下去也没什么结果，这个问题我们以后再讨论吧，今天的会议先到这里，大家散会。"

洛奇、伊森、莫莉、伊靓等人纷纷起身离开，边慕和敖力也准备离开，结果走了同一个方向，肩膀狠狠撞在一起。

"哼！"边慕瞪了敖力一眼，冷哼一声这才离开。

刚走到门口，边慕想起什么，又折返回来，来到安心身旁："安心，小七这次离家出走，我觉得它肯定是想念以前的家和欧叶了，我们应该帮小七度过这个心理上的适应期，让它更快融入这里的集体生活。"

"嗯。"安心点头，有些惊讶，"想不到你还很细心。"

"那是当然。"边慕一脸得意，"我可是超级暖男，就算对小七也是这样。"

安心哭笑不得，看了眼时间，才六点多，于是点头："正好时间还早，你去把小七带过来，我让欧叶和它视频。"

"好。"边慕立即出去领小七。

一听是要和欧叶视频,小七立即兴奋地跑了出来,连阿旺也跟了上来。

边慕带着小七回到会议室,安心已经接通了和欧叶的视频电话。

"小七,看看这是谁?"

安心拿着 iPad,向小七招手。

看到视频中的欧叶,小七立即奔了过去,对着视频内的欧叶摇头晃尾,开心地叫起来,阿旺也跟着凑了过去,高兴地"喵喵"叫着。

"小七、阿旺,你们过得好吗?是不是又想我了?"

小七对着屏幕叫了两声。

欧叶微笑着道:"小七,是不是已经认识了很多新伙伴呢?和小雪做好朋友了吗?"

小七又叫了两声。一边,安心看着小七和阿旺围着 iPad 兴奋的样子,悠悠出声:"小七是把欧叶当作它的人类妈妈,所以才会这么激动。"

"妈妈?"这个词,让边慕眼神里流露出些奇怪的色彩,眼眶有些红了。

"你怎么了?"安心问道。

"呵呵。"边慕耸了耸肩,"没什么,只是也有些想我妈了。"

安心有些好奇:"对了,认识这么久,还没听你说起过你妈妈呢。"

"没什么好说的。"边慕摇头,"我妈在我很小的时候就和我爸离婚了,我已经很多年没见过她了,也不知道她现在在哪儿,在干什么,还记不记得有我这个儿子……"说着,边慕的眼角有些泪痕,眼眶湿湿的。

"原来是这样。"安心明白过来,"说起来,我也想我妈了,我妈在十几年前就去世了,听欧叶说,小七自己的妈妈也已经去世了,也不知道我的妈妈,还有小七的妈妈,在天堂里过得究竟怎么样了,她们肯定都在天上看着我们呢……"

安心望着窗外的夜空,有些哽咽起来,眼睛里闪动着泪光。

这时,iPad 里传来欧叶的声音:"安心,你和那个小子在嘀咕什么呢?有没有想我啊?"

"汪汪!"小七冲安心叫了两声。

"想!特别想!"安心笑道。

"嗯,我也太想你们了。"欧叶道,"有机会带小七来看我吧!"

"知道啦!等小七学好本领,成为合格的搜救犬,我一定带它去看你。"

"汪汪!"

"喵喵!"

小七和阿旺也对视频里的欧叶叫着,尤其是阿旺,对着视频里的欧叶"喵喵"地说个不停,一会儿指指小七,一会儿又看看边慕,也不知道在表达什么。

边慕很是好奇地问:"安心,听说你能听懂狗语,那能听懂猫语吗?阿旺在说什么?"

安心笑道:"不用说也知道啦,它肯定在告状,说小七带着它出走的事。"

"什么?!"边慕立即抱着阿旺,"阿旺,你可得替我正名啊,小七离家出走和我可没关系,你不能像他们一样诬陷我!"

小七也伸出舌头,对着阿旺的脸狠狠地舔了两口。

时间已经不早了。

救援队基地内渐渐安静下来,洛奇、伊森等人已经把狗狗都送回狗舍回房休息。欧叶和小七、阿旺腻歪一阵,又问了问安心最近的情况,这才挂断视频通话。见到欧叶后,小七和阿旺都很开心,也乖巧了很多,安心和边慕一起,把小七送回搜救犬公寓。

两人准备回去的时候,边慕看了眼基地大门方向,犹豫了一下叫住安心:"队长!"

"干吗?"安心回过头来。

"这个……"边慕有些难为情地摸着后脑勺,"就是……就是有点小事想拜托你。"

"喔?"安心打量着边慕,"你又要打什么鬼主意了?"

"什么啊!我是那样的人吗?"边慕不满地出声,向基地大门那边招了招手,"汤圆,你自己和队长说!"

安心疑惑地望向基地大门。

基地大门口,一个胖乎乎的身影牵着一条秋田犬,紧张地走了进来,满脸堆笑:"队……队长……"

"你们这是……"安心不解地看了眼汤圆,又看了看边慕。

边慕出声:"这是我朋友汤圆……"

边慕话没说话,安心就出声了:"我知道啊,上次扮女人把我骗开的就是他。"说着,安心指着汤圆牵的那条秋田犬,"这条狗,不会是你们偷的吧?"

"哪能啊!"边慕立即否定,解释道,"这不,我看咱们救援队没有司机,又没有厨师,汤圆又会开车,还会做饭,所以想介绍他到我们救援队呢。"

看安心面色不善,边慕连忙摇手:"队长,你别看他长得丑,但他真的会做饭,而且味道绝对没得挑,驾驶技术简直就是给局级领导开车的水平……"

一旁,汤圆满脸堆笑,觍着张脸搓着手:"队长……"

"好啦！"安心哭笑不得，"逗你们呢，以为我看不出这条狗是早晨救回来的那条？"

　　汤圆点头："它没人领养，又一直跟着我，我觉得它和我挺有缘的，所以就收养了它，把它带在身边。对了，我还给它起了个名字，叫八公。"

　　"八公，好名字！"安心眼睛一亮，蹲下身子，看着一脸蠢样，比伊靓那条山神还要傻的八公，"八公，你想待在这里吗？你也想做搜救犬？"

　　"呜呜——"

　　八公点头晃尾，憨态可掬地叫了两声。

　　"哈哈。"安心笑了起来，向汤圆道，"既然八公想留在这里，那你就跟着吧，明天在食堂露一手给大家看看。"

　　"谢谢队长！谢谢队长！"汤圆立即连声向安心道谢。

　　安心一笑："能不能留下可不是我说了算，是大家的胃说了算！"

　　"是！队长！"汤圆挺胸自信地敬了一礼。

　　第二天一大早，救援队的队员们刚起床，就被厨房里传来的动静吸引了。

　　厨房里，汤圆系着围裙，卷着袖子，正在忙活着。汤圆一边炒菜，一边切肉、剁肉，竟然两边都不耽误，甚至同时操控三个炉子。炒菜声、切肉声，节奏明快，如同一曲美妙的音乐。而汤圆胖乎乎的身子，简直就像是在灶台前舞动一般，行云流水，很快厨房里就围满了人。

　　见这么多人围观，汤圆更加兴奋起来，迎来阵阵掌声，厨房内香气四溢，很快吸引了外面的狗狗们，全部纷纷挤进厨房，跟着汪汪直叫，一副急不可待的样子。

　　短短半个多小时，汤圆就已经炒好了菜，拿起勺子轻快地将饭菜盛进盘子，让队员和狗狗们试吃。不少队员吃过之后，纷纷表示还要添饭。尤其是洛奇，在自己添饭的时候，还不忘给他那条卡卡添上一盘。

　　伊靓围着安心："安心姐，汤圆的厨艺确实不错，你就收了他吧。"

　　"是啊是啊！"洛奇、莫莉、伊森几人也点头，"收了他吧。"

　　安心一笑，看着汤圆："既然大家都觉得可以，那就这么决定了，以后你负责开车和做饭，回头你去体检一下，把体检报告给我。"

　　"是！队长！"汤圆立即敬礼。

　　旁边的八公也兴奋地跳了起来。

　　"还有，要兼任八公的驯导员。"安心补充道。

　　汤圆和八公立即兴奋起来。

队里有了专门的厨师，连采购食物的事情都有人处理，整个救援队的气氛更加好起来。尤其是汤圆这个家伙，虽然看起来有些傻傻的样子，却非常幽默，有的时候甚至可爱到让人忍不住想虐，给救援队带来了很多欢乐，就连平时一脸严肃、不苟言笑的敖力，也经常被汤圆逗乐。

这样过了数天，救援队的基础训练渐渐完成，开始进行一些专业项目训练，最先进行的项目是"单个目标搜索"。

这天一大早，队员就带着各自的搭档，来到工地废墟模拟训练场边。

敖力站在前方："各位队员，今天我们要训练的项目是'单个目标搜索'，废墟里藏有麻棒，救援队员要教狗狗们找到并发出叫声示意，下面，我先来做个示范。"

"步枪！"敖力下意识地呼出步枪的名字，紧接着才想起步枪还在医院休养。

安心见了，牵着小雪上前："你带小雪做示范吧。"

敖力点头，牵过小雪。不过小雪似乎非常依恋安心，挣扎着想要回安心身边。

"小雪！听从命令！"敖力向小雪命令道。

"汪汪！"

小雪根本不理敖力，扭头向安心那边挣扎着。见小雪根本不听敖力的话，下面的队员们窃窃私语着，场面有些尴尬起来。

"看来也不怎么样嘛。"边慕撇了撇嘴，"除了步枪，别的狗狗都使唤不动。"

"汪汪！"小七突然叫着往基地大门方向奔去。边慕扭头看去，见上次在宠物医院见到的那名女宠物医生周茉正牵着步枪往训练场这边走来。

周茉松开绳子，步枪立即一个箭步冲到敖力身边，与敖力亲热起来。见到步枪，敖力十分开心，搂着步枪的脖子："步枪，怎么样，痊愈了吗？让我好好看看！"

"汪汪！"步枪挺起胸膛，发出洪亮的吠声。

周茉走了过来："好啦，你的宝贝儿子还给你了。"

"谢谢你对步枪的照顾。"敖力起身向周茉道谢，表情却有些冷。

"那就不必了。"周茉摇头，"照顾步枪是我的职责。"

两人的对话，客气又冰冷，总让人觉得透着股怪怪的气氛。

小七见步枪终于回来，也非常开心，兴奋地跑过去，不过见步枪和小雪正在亲热，立即又失落起来，灰溜溜地跑回安心身边。

"小七，怎么了？好像不是很开心？"安心蹲下身子。

"呜呜……"小七失落地低下头。

这时,周茉走了过来,向安心问道:"你就是安队长吗?"

"是的,你好。"安心站起身来,伸出手想和周茉握手,周茉却没回应:"你好,我想加入救援队,担任你们这里的队医。"

"不行!"敖力出声阻止。

周茉回过头去,直直地看着敖力:"敖力,我要以行动证明自己一直很支持你的事业,而且搜救犬们也需要专业人士的看护。"

见这一幕,周围的队员们都窃窃私语起来。

伊靓凑到边慕身边:"边慕哥,敖队好像和这个女人有一腿的样子。"

边慕:"……"

安心皱了皱眉:"你是动物医生?"

周茉点头:"农大本科毕业,在美国留学 年,也有高级动物医师职称,怎么样?接受我入队吗?"

安心犹豫了一下,看了眼敖力:"这件事,还是敖队决定吧。"

"队长……"敖力看向安心。

"别看我呀,我尊重你的决定。"安心向敖力微笑了一下,转身走开了。

最终,不知道是出于什么原因,敖力没有同意周茉加入救援队。

"好吧,等待对我来说已经习惯了,我不着急。"周茉微微一笑,转身独自往基地大门走去。

"汪!"站在敖力身旁的步枪突然冲了过去,大声叫着往周茉追去。

听到步枪的吠声,周茉回过头来,见步枪正向自己奔来,正要张开双手和步枪拥抱告别,谁知疾奔中的步枪突然前腿一弯,栽在地上滚了几圈。

"步枪!"敖力惊呼一声冲了过去。周茉也是一愣,跑向摔倒在地的步枪。

"步枪!你怎么了?"敖力焦急地抱起步枪,向周茉喊道,"快,快把它送医院去!"

周茉紧皱眉头:"宠物医院太远,别紧张,让我看一下。"

两人急急忙忙地把步枪送往救援队基地的医务室,洛奇和伊森也跑去帮忙。

忙活了半天,步枪的情况总算稳定下来,问题倒不是太大,只是因为伤后还没有适应剧烈运动,刚才在奔跑中突然肌肉痉挛了。

敖力看着对周茉依依不舍的步枪,皱起眉头走出医务室。

安心跟着走了出来,道:"敖力,我觉得还是让周茉加入救援队吧,我们需要医生,步枪也需要专业的人来照顾,她是目前最适合的人选。"

敖力看了眼医务室内的周茉和步枪,又看了眼安心,依然紧皱眉头。

新的队医

周茉最终还是加入了救援队,成为救援队的专业宠物医生。

加入救援队当天,周茉便积极行动起来,召集所有狗狗体检。

"大家都排好队,一个一个来,先称体重。"

经过这段时间的训练,狗狗们确实都很听话,知道周茉是宠物医生后,全部乖乖地排起队,看起来非常可爱的样子,一个一个挨着上秤。终于轮到小七了,这还是小七来救援队第二次称体重,立即兴奋地蹦了上去。

"小七,别乱动,要不然就不准啦。"

小七立即乖乖地站着不动。

"咦?"看了眼体重计的读数,周茉露出疑惑神色,向小七招手,"小七,下来!"

小七立即乖乖地下秤。

周茉又看了眼体重计,更是疑惑:"奇怪,你不会比上次重这么多呀。"

安心也凑了过去,发现小七竟然比上次重了七斤多,这可是很不正常的事情。

"奇怪。"安心疑惑,向小七招手,"小七,再来一次!"

小七立即又蹦到了秤上。这次,安心盯着体重计的读数,却发现小七体重的读数一直不太稳定,本以为是小七在乱动,低头一看,原来是阿旺正拿爪子按在体重计上。

"阿旺……"安心没好气地瞪了阿旺一眼,"你怎么能帮小七作弊呢,快把爪子拿开!小七超重了可是要节食减肥的,正常体重才最好。"

"喵——"阿旺一听,连忙缩回爪子退到一旁,还吐了吐舌头做鬼脸。

"汪汪!"小七冲阿旺叫着,表达对阿旺帮忙的谢意。

"这两个家伙。"安心哭笑不得。

等周茉给狗狗们做完体检,队员们立即带着狗狗前往训练场进行训练。

有专业宠物医生就是不一样,现在队员们都很清楚各自搭档的身体情况,比如伊靓那条奇葩——西伯利亚雪橇犬山神,就有些被伊靓给喂得超重了,至于伊森的那条狗狗浩克,因为伊森太过心急增加了训练量,有些肌肉劳损。

所有狗狗中,除了步枪外,就只有洛克那条边牧犬卡卡的体检数据最好,

不愧是宠物乐园管理员出身，拥有一定的专业素养。

"看来以后有什么训练计划，还是得先征求周医生的意见。"洛克有些心疼地看着浩克。

莫莉一笑道："可不是，我劝你别增加训练量的时候你还不听。"

上午的训练，是昨天训练的补充，也就是"单个目标搜索"训练，在工地废墟模拟训练场进行。

因为步枪已经回来了，有步枪做示范，训练起来倒很容易，除了汤圆收养的那条秋田犬八公依然不在状态，狗狗们都很快掌握了要领。当然，伊靓那条山神，比起汤圆的八公来，也好不了太多，始终有些表演马戏的样子。

一上午的训练结束，队员们纷纷带着自己的狗狗回搜救犬公寓，准备休息吃饭。而汤圆根本没有机会休息，他得先到厨房去准备队员和狗狗们的午餐。

一行人刚到搜救犬公寓，就见医务室门前的空地上晒了一排床单，周茉还在不断地从盆里拿出新的床单来晾。

"呃……"洛奇张了张嘴，指着其中一条床单，"那个……好像是我的……"

"还有我的……"伊森也张大嘴巴。

"周医生好像把我们的床单全拿出来洗了。"边慕出声。

莫莉一脸赞扬："周医生不仅人长得漂亮，还这么勤快热心，竟然帮我们把床单全洗了。"

"而且，她在狗狗们的医护上也很专业，对狗狗们也很有爱心。"伊森补充道，"真羡慕敖力有这么好的福气，如果我有这么美的老婆就乐死了。"

"不对。"洛奇却摇头，"我觉得敖力和周医生不是情侣关系，我总感觉他们俩的关系，有点怪怪的。"

"我也觉得不是。"边慕表示赞同，"敖力那样的家伙，怎么可能有人会喜欢！"

"哎呀……"伊靓在旁边出声了，"瞧你们那点出息，敖队和周医生的事关你们什么事，你们几个男人怎么一个个比女人还八卦？"

这时，周茉的手机响了，看了眼手机，周茉放下床单，急匆匆地往救援队后面的小树林走去。

"怎么回事？"

"好像周医生有什么事情。"

边慕和洛奇互看一眼，两人立即将小七和卡卡送回狗舍，偷偷跟了上去。

等边慕和洛奇从后门出去的时候，远远地，就见敖力和周茉正带着步枪在小树林里散步，看起来很亲密的样子。

"奇怪，难道是我看错了，他们真的是情侣？"洛奇疑惑出声。

边慕气呼呼地瞪了小树林里的敖力一眼："简直是好花插在牛粪上了！"

"哈哈，你不会吃醋了吧？"洛奇笑道。

边慕："……"

"你不会真在吃醋吧？"洛奇凑了过来。

"哎呀，懒得和你说。"边慕把洛奇推开，"我回去了，每次看到敖力我就来气！"

午饭的时候，周茉和敖力回来了，看起来，周茉心情不太好的样子，敖力的表情也有些不对劲。对此，大家吃饭也没了太大的兴致，就连伊靓在偶尔说两句话想要调节气氛失败后，也乖乖闭上了嘴巴。

三两下吃完饭，边慕回了房间。

下午是自由训练时间，根据各自狗狗的情况，由队员自行进行训练。

想了想，边慕来到狗舍。

"小七，走，我们一起把直升机修好，下午我们玩直升机。"

一听下午玩直升机，小七立即高兴地跑了出来，跟着边慕去宿舍。

回到宿舍，边慕拿出遥控飞机。

因为上次遥控飞机出了些故障，这些天又忙着训练，所以边慕一直没时间检查修理。

这一检查，他发现问题还挺严重，除了电机松动，连线路都断了好几根，天线似乎也有些问题。

边慕修了半个多小时，头都修大了，直升机依然没能修好。

"汪汪！"小七在旁边急得不行。

"好啦，好啦，不要着急，一会儿就修好了。"边慕安慰着小七。

这时，透过玻璃窗，边慕看到训练场那边敖力正和安心走在一起，不知道在交谈着什么，看起来很亲热的样子。

"这个浑蛋竟然脚踏两条船，有了周医生还不够，还要勾搭安心！"边慕一脸不悦，把直升机放在桌上。

"汪汪！"小七在旁边见边慕竟然放下直升机，立即叫起来，催促着边慕。

"这就修，这就修，你真是我大爷。"边慕无奈，只得拿起直升机一边修理，一边给小七按摩，还不时拿眼睛看窗外训练场边的敖力和安心。

见敖力和安心一直在那里散步，边慕心里更加不是味。

"小七，那个敖力太浑蛋了，你说是不是？"

小七抬起头来，看着边慕。

边慕继续嘀咕着:"现在汤圆也成天追着伊靓献殷勤,越来越没劲了。"

"呜呜——"似乎感觉边慕心情不太好,小七轻声安慰着。

"小七,要不然我们走吧?"边慕坐直身子,"我带你一起离开!反正这里的人都不在乎我们。"

"汪汪!"小七一听要离开,立即冲边慕大声叫起来。

边慕皱眉:"你不想走?"

"汪汪!"小七坚定地叫着。

边慕:"……"

见小七一脸坚定,边慕只得无奈地摇头:"好啦好啦,别叫了,当我没说。"

小七这才安静下来,重新盯着直升机:"汪汪!汪!"

边慕:"……"

这时,边慕的手机响了,看了眼手机上的电话号码,边慕接通电话:"喂,老爸。"

"怎么回事?"电话那头传来一个中年男声,"你答应我的事没有做,还跑到外面玩消失?这都多少天了,你连家也不回?"

"行啦行啦。"边慕不耐烦地出声,"我这不是没空嘛,为了完成答应你的事,我不得不潜伏在救援队,天天都要跟着他们训练,训完狗还得训人,哪有空回家。"

"那好吧,这么忙就别再通宵打游戏啊,身体吃不消的。"

"我现在哪有工夫打游戏啊。"边慕回答着,"好啦好啦,有空我再给你打电话。"

边慕将电话挂断,正准备对小七吐槽,小七突然警觉地直起身来,盯着门口。

"咚咚咚!"

敲门声响起,边慕起身开门。

当打开门的瞬间,边慕吓了一跳,下意识地以为自己看错了。

门外站着安心,还有一个中年男人。

"边慕,你爸来看你了。"安心对边慕说道。

"你……你怎么来了?"边慕张了张嘴。

中年男人正是边慕的父亲。

边爸爸没理边慕,而是看向边慕脚边的小七:"这就是小七?"

边慕刚想出声,安心已经介绍起来:"是啊!这就是我们救援队的明星狗!"说着,安心向小七招手,"小七,叫人!"

"汪!"小七对着边爸爸叫了一声。

边爸爸非常开心，蹲下身子爱抚小七的头："哎呀，真乖，这小眼神真机灵，不愧是神犬。"

"我还有事，你们慢慢聊。"安心向边慕父子俩告辞。

边爸爸向安心道谢："安队长，谢谢你啊。"

"不用客气。"安心一笑，转身离开。

见安心离开，边爸爸立即进入边慕的房间，警惕地看了周围一眼，鬼鬼祟祟地把门关上，拉着边慕："你已经把小七买下来了？"

"还没呢。"边慕摇头，"不过这几天就能搞定，你千万别让刚才带你来的安队长觉察，否则她肯定不会同意。"

"嗯，动作快点！我还等着小七来拯救我的马戏团呢！"边爸爸催促道。

"知道知道，我也等着小七拯救我呢。"边慕应付着。

神州半岛滨海，属热带季风气候，夏天虽然说不上十分炎热，但也有三十度左右，此时烈日当空，边慕却感到有一丝丝的寒意。

看着自己父亲离去的背影，边慕皱紧眉头，低头看了眼小七。

"小七，你是真的蠢呢。"

"汪汪！"小七不满地叫着。

边慕苦笑了一下。

"边慕哥，安心姐让大家到会议室开会。"

"好的。"边慕应了一声。

把小七带回狗舍后，边慕前往会议室。

会议室内，洛克、伊森、莫莉、汤圆等人都已经到了，只差边慕一个人。

见边慕到场，安心示意边慕坐下："今天《宠物》杂志的记者打来电话，因为听说狗狗们勇斗偷狗团伙的事情，想来基地给狗狗们做个专访。我想问问大家的意见，你们都同意这次专访吗？"

"好啊好啊！"伊靓第一个兴奋地高呼起来，"这是帮救援队宣传的好机会，可以扩大我们的知名度。"

"我觉得也是好事。"伊森点头。

众人都发表着自己的意见。

对于"完美世界"救援队来说，因为与传统的救援队有很大的差别，很多普通居民都不是很了解，这样的宣传机会，确实能更好地让社会了解狗狗在救援行动中的作用，并没人持反对意见。

"边慕，你呢？"安心看向边慕。

"我没意见,听你们的。"边慕无精打采地说,精神有些不集中。

"我觉得……"敖力愁眉不展,一脸犹豫。

"怎么了?敖力,你不同意吗?"安心有些意外。

"不是不同意,只是……"敖力看了眼窗外的步枪,"我不希望步枪以生病的姿态出现。"

安心皱眉,思索一下道:"那这样,我们把专访答应下来,不过拜托杂志社等步枪康复后再来,大家看怎么样?"

众人点头,觉得这样也不错。

见会议已经有了结果,边慕起身准备离开。

"急什么,会还没开完呢。"安心叫住边慕。

"哦。"边慕重新坐了下来,靠在椅子上打了个哈欠。

安心瞪了边慕一眼,对伊靓道:"伊靓,之前你说要给狗狗们建一个公众平台做宣传,怎么样了?"

"已经建好了。"伊靓拿出手机打开一个网页,"现在已经在测试阶段,粉丝排行榜、人气榜的功能都很正常,小七的人气排名是第一喔!"

一听小七的人气排名竟然是第一,边慕立即凑到伊靓身边仔细查看。

网页做得非常精美温馨,不过说是救援队的宣传平台,倒不如说是宠物爱好者平台。边慕倒不在意这些,反正究竟是宣传救援队,还是宣传狗狗,都和他没多大关系,他关心的是小七的排名。

手机屏幕上,正显示着狗狗们的人气排名,每只狗狗的照片下除了人气值,还有名次,小七排在第一位,拥有一万多的人气,比第二的山神多出三千多,步枪则排在第三,只有八千多的人气。

见步枪被小七超过,边慕咧嘴笑了起来:"嘿嘿,不愧是我训练出来的,就是不一样……"

安心撇嘴:"你瞎激动什么,是小七第一又不是你第一!"

"小七能得第一,还不是我训练的功劳。"边慕得意一笑。

"喊,明明是我们大家一起训练出来的!"安心向小七招手,"小七,你说对不对?"

"汪汪!"小七叫着表示赞同。

"你这没良心的家伙!"边慕气呼呼地瞪着小七。

会议结束,众人离开会议室,汤圆紧跟在边慕身边。

见周围没人,汤圆拽住边慕:"喂,刚才你是不是趁机揩伊靓的油?"

边慕:"……"

"我可警告你，离我的女神远点！"

边慕："……"

这时，边慕的手机响了，是他一个长期一起玩《绝地求生》的队友发来的短信。

"边慕，你知道怎么把大号的饰品转到小号上吗？"

其实《绝地求生》的饰品确实可以转移，不过必须通过平台，在全球，还有很多玩家通过销售饰品赚钱。

边慕正准备把转移的方法给队友发送过去，突然眼睛一亮："汤圆，我有办法了！"

"你有办法帮我追到伊靓？"

边慕："……"

"是小七！"边慕瞪着汤圆，"你去帮我找一只和小七长得一模一样的拉布拉多犬来，我们狸猫换太子，这样就可以神不知鬼不觉地带走小七了！"

"没兴趣，要找你自己去找。"汤圆撇嘴。

边慕："……"

看来，这小子来到基地后，已经一门心思地围着伊靓转了，连来基地的真正目的都忘了。

边慕瞪着汤圆："你要是不帮我找，我可就对伊靓下手了啊！"

"你敢！"汤圆瞪着边慕。

"嘿嘿……"边慕一脸得意，"你觉得，你抢得过英俊潇洒的我吗？"

"你……"汤圆立即认怂，"好吧，我去，我去还不行吗！"

"知道就好，给我抓紧点，越快越好！"

旁边小七看着边慕和汤圆两人迷惑地抬起头，忽然有种不祥的预感。

拿伊靓做威胁，平时办事温吞的汤圆，行动也异常迅速起来。

第二天下午，汤圆就带着一条拉布拉多犬偷偷摸摸地从外面回来。

这条拉布拉多犬简直和小七长得一模一样，金色的毛发，明动的眼神，摇头晃脑活泼可爱。汤圆把它带过来的第一瞬间，边慕还以为是小七，不过通过这段时间和小七相处，边慕还是很快就认了出来。

"汤圆，你真是我的救星，这次你可真解救我了！"边慕兴奋地抱着汤圆。

"嘿嘿……嘿嘿……"汤圆觍着张脸，"边哥，那……"

"你放心，既然是你看上的女人，我怎么会下手呢。"边慕大方地拍了拍汤圆的肩膀。

"谢边哥，谢边哥。"汤圆连声道谢。

汤圆走后，边慕左看右看，始终觉得假小七不太对劲，和小七有些差异，仔细观察之后他终于发现它的尾巴上比小七多了一撮白毛。

边慕立即找出颜料，把假小七尾巴上的白毛给涂成黄色。

看着自己的成果，边慕嘿嘿笑了起来："这下就一模一样了，哈哈，我简直就是天才！"

"好了，现在你就是小七了。"边慕揉了揉假小七的脑袋。

假小七也不知道有没有听懂，傻傻地望着边慕。

"果然还是不一样。"边慕撇嘴，这样，完全和小七没办法比。

这可咋整？边慕皱紧眉头，思索着怎样才能骗过安心等人，只是思索片刻，也没什么好的办法。等边慕回头的时候，立即一愣，假小七不见了。

"跑哪去了？"

见门关着，边慕立即往卫生间跑去，卫生间的情况让边慕傻眼了。满地都是撕碎的卫生纸碎屑，假小七身上还缠了好几圈，正在那绕着纸卷团团转，身上越缠越多。

"你这家伙！"边慕冲过去，结果假小七往旁边一蹦，把浴缸内的莲蓬头给打开了，喷出来的水花洒了边慕一身。假小七一看，立即咬着莲蓬头兴奋地到处洒水，这一来整个浴室都像在下雨一般。

"该死！"边慕生气地想要抓住假小七，假小七灵活地从边慕的胳膊下钻了出去，奔进卧室。

等边慕追出来的时候，卧室内已经乱成一团。假小七正在边慕的床上咬着枕头，床单、被子上到处是黑乎乎的脏脚印，连带着还有假小七带出来的纸屑。

"小浑蛋！你给我下来！"

边慕扑了过去。

"汪！"

鹅毛飞舞，扑了边慕一脸，枕头被假小七给撕破了。

等边慕扒掉脸上的鹅毛时，旁边又传来杯子坠地的声音。

边慕彻底傻眼了，整个卧室内一片混乱，满地的鹅毛、纸屑、杯子、衣服也被假小七弄得四处都是，还有遥控直升机也摔落下来，机翼都摔断一半。

"汪！汪汪！"门外突然传来狗吠声，是小七，紧接着，又响起敲门声。

边慕心里一紧，盯着门口，假小七似乎也被吓到了，立即安静下来。

"边慕！开门！"门外响起安心的声音。

边慕吓了一跳，连忙把假小七胡乱地塞进浴室锁上门，把衣服脱光又从地上捡起一条浴巾裹着,这才过去将门打开一条缝。

"你干吗呢?"安心在门外瞪着边慕。

"没……没干吗……"

"没干吗?"安心不信,推门想进来。

"你……你别乱来!"

安心越发觉得不对劲,一脚踹在门上:"是不是带女生留宿了?"

门内的景象,把安心吓了一跳。

只见边慕的屋子里乱成一团,边慕裹在身上的浴巾,已经掉了一大半。

"你……你……"边慕连忙把浴巾拉起,遮住身体。

"喊,老娘有什么没见过的!"安心不以为然地瞪了边慕一眼,转过身去准备离开,脸却红了起来。

这时,小七拱着门,想往屋内钻。

边慕连忙将小七抓住:"小七,快出去,没见我在换衣服嘛!"

安心拉着小七:"小七、小雪,我们出去!"

见安心带着小七、小雪离开,边慕总算松了一口气,不怕死地对着离开的安心喊道:"喂!我可是个黄花小伙子,你这样看了我就想走人,你可得对我负责啊!"

"少给我贫!"安心白了边慕一眼,"限你一小时内把房间整理干净,我一小时后过来检查!"

边慕脸一白:"是!队长!"说完,他急匆匆地把门关上,背靠着门按着扑通扑通直跳的胸膛长出一口气。

边慕看了眼紧闭的浴室门,皱紧眉头。

这玩意儿,放在基地早晚得出事儿,必须赶紧转移!

想了想,边慕找出一个训练时给小七用的嘴套,满脸阴笑地往浴室走去:"嘿嘿,小浑球,我要治不了你就不是狗王!"

浴室内,假小七还待在那儿,见边慕进来立即想蹿出去。

边慕连忙关上浴室门,浴室内,传来一人一狗的打斗叫唤声。

过了好几分钟,边慕才气喘吁吁地打开门,在他手上,抱着被戴上嘴套的假小七,还用浴巾裹了好几圈,捆得像个大粽子一样。

"这家伙,简直比小七还难整。"边慕骂骂咧咧地把捆成粽子的假小七塞进一个纸箱内,拿出手机,拨通了汤圆的电话,"你赶紧把车开到基地外面的路上等我。"

"怎么了?"

"别废话，赶紧。"边慕说了一声，挂断了电话。

透过窗户，见汤圆急匆匆地下楼，跑去把商务车往外挪，开出了基地，边慕这才抱着装有假小七的纸箱，绕过搜救犬公寓，往基地外摸去。

"喵——"

旁边树下，正躺在那儿乘凉的阿旺抬起头来，迷惑地望着正要离开的边慕。

边慕被阿旺给吓了一跳，瞪了阿旺一眼，急急忙忙地抱着纸箱离开基地。

基地外的公路上，汤圆正等在那儿。边慕三两步跑过去，将纸箱塞到汤圆手中："你赶紧把这东西藏起来。"

汤圆一看是他买回来的假小七，立即瞪大眼睛："大哥，你怎么又把它给我了？"

"先把它藏外面，我要用的时候叫你。"边慕催促着，把汤圆往车上推。

"藏……藏哪儿啊？"

"你朋友、你爸爸、你邻居、你高中班主任家都随便，交给你了！赶紧去……"边慕话还没说完，就听到身后传来小七的吠声。

他回头一看，立即吓了一跳，小七正从基地大门追出来，边跑还"汪汪"叫着。

"完了完了！小七追过来了！"边慕把汤圆推进车里，"砰"地把门关上，"赶紧把这玩意儿送走！"

说完，边慕往小七奔去，想要抱住小七，结果小七竟然没理边慕，径直往汤圆的商务车跑去。

"汪汪！"小雪也跟着追了上来。

"跑了！跑了！"

"快追！快追！"

公主和豆豆不知什么时候飞了出来，落在汤圆的商务车顶。

眼见小七、小雪正奔来，公主和豆豆又在车顶，汤圆顾不了那么多，慌张地发动车，猛踩油门一溜烟把车开走了。

"汪汪！"小七加快脚步，边跑边对着商务车叫着，小雪也紧追在小七身后。

不过小七怎么比得上商务车的速度，很快就不见了车影，小七和小雪只得停下脚步，傻傻地望着商务车消失的方向。

"汪汪！"小七冲商务车离去的方向叫着，有些着急的样子。

边慕走了过来："小七，回去吧，队长看见你们跑出大门会生气的。"

"汪汪！"小七有点不开心，冲边慕叫了两声。

边慕蹲下来，摸了摸小七的头想要安慰它，结果小七低着头，失落地往回走,也不搭理边慕。小雪看看边慕,也不搭理他,紧跑两步跟着小七往基地走去。

"这个小浑球,怎么鼻子就这么灵。"边慕摸了摸鼻子。

总算把假小七给送走了,边慕心里长出一口气,回到基地。

屋内依然一片狼藉,满地纸屑。边慕苦着张脸,收拾着屋子,想想这半个小时,简直如同生活在噩梦中一般,边慕到现在依然后背发凉。

刚收拾到一半,门外传来小七的叫声,边慕打开门,见小七和小雪都在门外。

边慕心里一惊:"小七、小雪,怎么了?"

"汪汪!"小七奔了过来,咬着边慕的裤脚就往外拉。

"小七,究竟怎么了?"边慕紧张地扫了眼基地,没见着商务车,也没见着汤圆的身影,总算松了口气。

见边慕站着不动,小雪也跑过来,咬着边慕的裤脚往外拉。

也不知道小七和小雪究竟要干什么,边慕只得跟着两条狗走。

"汪汪!"见边慕终于肯走,小七和小雪立即开心起来,在前面给边慕带路,不时还停下回过头来催促边慕。

跟着小七和小雪,边慕来到会议室。

会议室内,安心正在那里拿创可贴往手上包扎,见边慕进来,好奇地问道:"你来干吗?"

"我还想问它们呢。"边慕指了指脚下的小七和小雪。

安心看了看正咬着边慕裤脚不放的小七和小雪,忍不住笑了出来。

"汪!汪汪!"小七和小雪抬起头,冲边慕叫着。

"喂,你们两个把我绑架过来究竟要干吗?"边慕问道。

"它们叫你来干活!"安心笑骂道。

"干活?干什么活?"边慕不解。

安心指了指会议室的墙壁,边慕这才发现,墙壁上贴了好些队员和狗狗的照片,看起来安心似乎是一个人在装饰会议室。

"明天《宠物》杂志的记者就要过来采访,我准备把会议室装饰一下,正好你也来了,就一起帮忙吧。"安心解释道。

"喔。"边慕点头,看了眼安心手指上的伤,明白过来,"女人就是女人,这点活也干不明白。"

"喊,你厉害那你来。"安心把锤子扔给边慕。

边慕:"……"

虽然这样说,安心并没在旁边看着,也和边慕一起忙活起来。

安心在旁边一脸认真的样子竟有一种出奇的美,让边慕看得也有些失神。

想到安心一直努力地想把救援队做好，边慕有些好奇："喂，死女人，我一直很好奇。你成立这支救援队，既要为狗狗们操心，又没办法靠它们赚钱，根本就是费力不讨好的事情，你这么卖力干吗？"

安心笑道："我本来就没想着挣钱啊，成立救援队是我的梦想，而且我也很喜欢狗狗，能和它们待在一起，我感觉很幸福。"

"汪汪！"小七和小雪在旁边欢快地叫着。

边慕摇头："你真是个怪人。"

"怎么啦？"安心抬起头。

边慕道："我就没见过几个不想挣钱的……就算不是为了钱，也会图点别的什么……"

安心苦笑一下，看了眼窗外，喃喃自语："我可能……确实挺怪吧……"

说着，安心拿起另一个锤子，准备帮着边慕钉照片。

"行了行了！"边慕把安心手中的锤子抢了过来，"手都这样了还逞强，我说你到底是不是女人，活得怎么就这么糙呢！"

说着，边慕霸道地抓过安心的手："我看看伤得怎么样了！"

他这一看，才发现安心连创可贴都包得皱皱巴巴的，立即骂了起来："你这搞什么啊，怎么连个创可贴都包不好？"

不等安心回复，边慕已经撕掉她手指上的创可贴："这种伤口别用创可贴，捂着对伤口反而不好。走，我带你去医务室处理一下吧。"

随即，边慕又摇头："算了，去医务室费事，还不如我来给你处理。"

看着边慕一脸认真，拿着红药水仔细地给自己处理伤口的样子，安心眼里流露出些异样的色彩。帮安心处理完伤口，边慕让安心在一旁看着，自己一个人贴起照片来。安心当然也不愿意闲着，在旁边拿颜料画海报。装饰完会议室，两人又带着小雪和小七前往搜救犬公寓，准备刷洗狗狗们的小屋。

小七和小雪两条狗狗，叼着橡皮管在旁边玩得不亦乐乎，满脸激起五彩缤纷的肥皂泡，让两条狗狗更加兴奋起来。

见小七和小雪这么开心，边慕和安心也露出微笑，刷洗狗舍更加卖力起来。

这时，身后突然传来狗吠声。

边慕回头一看，原来是步枪和山神不知什么时候来了。

也不知究竟发生了什么矛盾，小七和步枪正怒目而视，一副又要打架的样子，山神跟在步枪旁边，小雪则在小七旁边帮腔。

"小七！"安心立即喝住小七。

"汪！"小七冲步枪吠了一声，这才跑回来，小雪也跟着跑回来，"汪汪汪"地对安心吠着,似乎是在告状。

那边步枪见小七离开,也没了兴致,带着山神一起离开了。

边嘉见步枪气焰嚣张的样子,替小七打抱不平:"这步枪怎么总是欺负我们小七呀!"

安心摇头一笑:"这原本就是动物的天性,怪不得步枪,再说这对小七而言也是个成长的机会,它需要在这个群体中寻找自己的位置。"

边嘉耸了耸肩:"狗哪来这么复杂的思想?又不是人……"

说到这里,边嘉突然顿住了,看着小七露出若有所思的表情。

"好啦,明天就是采访日,记者和摄影师都要来,你可别给我丢脸啊!"安心看着边嘉叮嘱道。

"我丢脸?"边嘉挺起胸膛一脸鄙视,"你可别逗了,就我这长相,走哪儿都是给人长脸,你等着瞧吧,明天我肯定是镜头和闪光灯的焦点……"

"人家是来采访狗狗们的,你是狗啊?"

边嘉一怔随即明白过来,瞪着安心。

"哈哈!"安心大笑起来,"这可是你自找的,不关我的事啊,总之明天给我好好表现!不能有半点差错!"

边嘉:"……"

第二天,"完美世界"救援队基地来了很多人,除了《宠物》杂志的记者和摄影师,甚至还有本地电视台和好几家网络媒体,此外,还有闻讯而来的两百多名群众,当然以伊靓直播间的粉丝居多。

见来了这么多人,救援队立即忙碌起来,把今天当成了基地的"开放日",向广大民众开放参观。伊靓、莫莉负责接待普通民众,洛奇、伊森、边嘉则负责维持秩序,敖力和安心则接待媒体来人,由两人为媒体记者讲解基地。

虽然烈日炎炎,不过丝毫不减大家的兴致,尤其是那些粉丝,对基地非常好奇,四处参观。小七、小雪、山神、卡卡、浩克、八公、球球、步枪等狗狗,吸引了大家的注意。

小七这条粉丝榜排行第一的神犬,更是被赶来的粉丝们里三层外三层地围着。见这多人,边嘉心里微动,拿出手机,用微信给汤圆发了条信息:"今天行动!把假小七带回来!"

汤圆接到命令,立即偷偷离开基地,开着商务车出去了。

很快,到了狗狗们的表演时间。

敖力带着伤愈的步枪,昂首挺胸地在训练场上进行演示,包括障碍穿越、指令响应、指定目标搜寻等。步枪在敖力的指令下,所有任务都完成得非常完

美，迎来阵阵热烈的掌声，摄影师也抓住机会，从各种角度抓拍步枪的动作。

"真厉害！"

"原来搜救犬和普通宠物狗狗完全不一样！"

"如果我家的果果也有这么厉害就好了！"

"它们的鼻子简直比人灵敏了不知多少倍！"

这样的赞叹声中，步枪骄傲地抬起头，一脸得意的表情。

小雪、山神、浩克、卡卡、八公、球球等狗狗，也纷纷向步枪的完美演示表达祝贺，只有小七闷闷不乐的样子，跃跃欲试地想要冲上去和步枪一较高下，却被边慕紧紧地拽住。

"呜呜！"

小七不情愿地往前挣扎着。这样的场合，它连出场表演的机会都没有，让它很不开心，尤其是见步枪出尽了风头，心情更是郁闷得不行。

这时，小七突然意识到了什么，回头一看，惊讶地发现汤圆正抱着一条和自己长得一模一样的狗狗躲在厨房拐角后面。

熟悉的气味，让小七想起了昨天在边慕屋内闻到的气息，顿时明白过来。

小七怔了怔，一脸失望地看着边慕，竟然连挣扎都停止了，眼睛里的神情，仿佛遭到边慕的背叛一般。

边慕看着小七失望的眼神，又看向前面训练场上正在继续表演出尽风头的步枪，还有那些不断为步枪鼓掌的记者、观众……

不知为什么，边慕脑海里响起了昨天和安心一起刷洗狗舍时的对话。

"小七正努力在这个群体中寻找自己的位置，这对小七而言是成长，任何人都需要在集体里寻找到自己最合适的位置……"

边慕眼里，流露出犹豫的色彩，良久，他突然松开了手。

小七一愣，随即一脸坚定，毫不犹豫地往训练场冲去。

"呼……"看着小七四足有力蹬地，冲向训练场的身影，边慕突然觉得松了一口气。

边慕拿出手机，给汤圆发了条微信："行动取消，把假小七送回去吧。"

"大哥你说啥？"汤圆回道。

训练场上，小七正与步枪一起，争先恐后地奔跑着，越过一个个障碍物，表现得异常矫健灵巧，一大一小两条狗狗简直不相上下。

原本来的记者和观众都以为救援队只有步枪能做到这么完美的程度，没想到竟然连小七也能做到，顿时又响起阵阵热烈的掌声。闪光灯不时亮起，镜头的焦点不断落在小七身上，抓拍下小七矫健的身姿。很多普通群众也纷纷拿出手机，拍摄小七表演的画面。

边慕看着训练场里认真表演着的小七，脸上露出自豪欣喜的表情。

汤圆等了好一会儿不见边慕回复，跑了过来："大哥，你究竟什么意思？"

边慕这才回过神来，向汤圆挥了挥手："赶紧把假小七带走，明天再说。"

"你……"汤圆瞪着边慕，见边慕一脸认真的表情，苦着张脸，"行行行，你是我大爷，你就玩死我吧！"

这时，小七表演完毕，在观众热烈的掌声中，兴奋地奔向边慕。边慕没理汤圆，挺胸迎了上去，把小七抱了起来。

今天的采访日，本来只有《宠物》杂志的记者和摄影师参加，没想到会来那么多家媒体，还有两百多名群众，安心还以为会出乱子，尤其是小七冲出去的时候，安心的心都提了起来。

不过，最后的结果，很显然采访日非常成功。

据伊靓的统计，仅是下午，"完美世界"救援队的官方宣传平台就多了一千多条留言，询问基地什么时候还有这样的开放参观活动。

来的媒体，对救援队的评价也很好，安心非常高兴。

当晚，在把狗狗们送回搜救犬公寓后，基地食堂举行了庆祝活动。汤圆在安心的指示下，做了丰盛的晚餐，全体参加，一个个脸上洋溢着成功的喜悦。

安心举起杯子："今天这次聚餐，既是为了庆祝我们救援队第一次上杂志、上电视，也是为了庆祝步枪的康复！还有，也借这次机会，正式欢迎我们新加入的动物医生周茉小姐！"

众人纷纷举杯，对周茉表示欢迎。

周茉优雅地抿了一口酒，对大家甜甜一笑以示回应。

这时，安心又举起酒杯："除此之外，今天我还要表扬一个人。"

安心看向边慕："边慕！"

"啊？"边慕吓了一跳，手里的筷子都掉到了地上。

安心一笑，看向众人："虽然我一开始特别讨厌他，不过通过这段时间我的观察，我觉得边慕对小七还是很有耐心和爱心的，虽说他平时爱打游戏，不过并没有影响小七的训练，小七能取得巨大进步，和步枪一起完成今天的表演，这当中离不开边慕的功劳！"

"那是当然！"一听自己得到了表扬，边慕立即挺起胸膛，表情和小七受到表扬的时候简直没两样。

安心话锋一转："不过有一点我得批评你，你爱打游戏，是你的兴趣爱好，但不能因此影响了训练，更不能晚上熬夜出去，一心不能二用这个道理懂吧？

既然想做好搜救员，想做小七的驯导员，你就得在游戏上收收心，把全部精力花在训练上，别给小七拖后腿。"

边慕："……"

通过今天的采访日活动，大家都对搜救员的工作有了新的认识，也有了更多的自信。

很快，大家你一杯我一杯地痛饮起来。

喝了几杯酒，边慕兴奋地站了起来："今天太高兴了，我要自告奋勇地献歌一曲，给我们美丽的队长！给我们漂亮的队医！还有给我可爱的队友们！"

众人纷纷鼓掌："好！"

边慕唱了起来，虽然没有伴奏，不过边慕的歌声竟然沉醉迷人，让所有人都露出惊讶的眼神。

一曲结束，食堂里响起热烈的掌声。

敖力拍了拍边慕的肩膀："看不出来，你小子唱得还不赖嘛。"

"那是当然。"边慕一脸得意，举起酒杯，"来来来！我们再喝！"

觥筹交错，大家都喝得酒酣入迷。

边慕连喝了十几杯撑得不行，拍了拍汤圆的肩膀："不行了，喝多了，我去趟洗手间……"

上了趟厕所，又用凉水洗了脸和手，边慕总算清醒了一点。

回到食堂，边慕摇摇晃晃地坐下，拿起筷子正准备继续吃饭，却突然发现食堂的气氛有点诡异，不禁停下手抬起头来。

"呃……"

餐桌上的情况有点不对劲，所有人，包括安心和伊靓，都一脸严肃和愤怒地看着自己。

边慕更加疑惑，撞了撞旁边汤圆的胳膊，赔笑道："这……这是什么情况？"

"边慕！"安心突然气呼呼地出声。

"啊？"边慕回过头去。

安心站起身来，指着边慕："明天一早，请你离开救援队！"

"啊？"边慕怔怔地望着安心气愤地离开食堂的背影，满脸不解。

伊森也起身，气愤地看着边慕："我们这里不欢迎小偷和骗子！"

洛克也站了起来，冷冷地看着边慕："边慕，我没想到你竟然是这种人！"

莫利、周苿、敖力儿人，一脸看不起边慕的样子，也纷纷离席走了出去。

边慕怔在那里，不知道究竟发生了什么事，看了看汤圆，又看了看伊靓：

"这……"

伊靓起身，为难地低着头，从旁边走了出去。

边慕急得不行，看着汤圆："这究竟怎么回事？"

"我……我……"汤圆神色不安地看着边慕，手里拿着边慕的手机，"我"个不停。

边慕一把抓过手机打开一看，上面有一条接通的来电，就在几分钟之前，正好是自己离开食堂去卫生间的时候。

这一看，边慕明白过来。

"你这个笨蛋！你害死我了你！"边慕瞪了汤圆一眼，急急忙忙地离开食堂。

公路上，边慕驾着商务车在夜色下狂奔。

边慕旁边的副驾上，小七戴着嘴套，被边慕用安全带系在那里，一副闷闷不乐的表情看着车外的夜色。

"小七，你要知道，我这都是为你好。"边慕一边开车，一边劝说着小七，"你看，队里每天训练那么艰苦，队长又那么严格，步枪天天欺负你，小雪都不怎么跟你玩了……"

"呜呜！"小七回过头来，冲边慕抗议着，因为嘴被戴上嘴套只能发出呜呜声。

"我说你怎么就不懂呢。"边慕看了小七一眼，"跟着我多好，以后吃香的喝辣的，绝对把你喂得肥肥的。"

小七不搭理边慕，把头转向一边，继续看着窗外。

半个小时前，边慕趁所有人都睡着了，偷偷跑到搜救犬公寓，以带小七出去加餐吃烧烤为由把小七给骗了出来。

不过，等边慕路过夜市没停车后，小七就明白怎么回事了。

这一路上，小七逃了好几回，结果都被边慕给抓了回来，还给用安全带捆了起来。汽车的油箱亮起了红灯，边慕探头张望，准备寻找一个加油站。他就这样一路开了好几里，终于出现一个加油站。

边慕停下车，看了眼旁边的小七，这会儿它竟然已经睡着了。

边慕戳了戳小七的屁股，见小七没反应，这才下车，对加油站工作人员出声："93号，加满。"

工作人员立即给车加油。

"洗手间在哪儿？"边慕问道。

工作人员指了指加油站后方："后边，往里拐。"

边慕又回头看了眼小七，小七依然在熟睡，他这才放心地往加油站后边绕去。厕所就在加油站的后边，不过因为晚间没什么人，只有一盏灯开着，光线有些暗。边慕正准备进去，迎面就撞上一个身材高大的男人，身着灰色T恤，下穿一条像是工装的黄色裤子，把边慕给吓了一跳。

那男人见边慕进来，立即戴上手中拎着的摩托车头盔，迅速地从边慕旁边离开。

"见鬼。"边慕回头看了眼那个男人离开的方向，嘀嘀咕咕地暗骂了一句。

虽然晚上在基地的时候喝了酒，但饭却没吃上两口，等回来准备吃饭的时候又发生了露馅的事，边慕现在还空着肚子。

上完厕所出来，边慕来到加油站的小超市，买了些面包和饮料，又给小七拿了它最爱的酸奶和鸡肉肠，这才回到车里。

刚打开车门，边慕就怔了一下。

车内刚才还在熟睡的小七竟然不见了！

边慕扭头四望，并未看到小七的身影，立即跑回去找加油站的工作人员："请问，刚才你有没有看到我车里那条黄色的拉布拉多？"

工作人员一脸茫然地摇头。

边慕比画着："大概这么高，眼睛挺大的，长得也很壮实！"

工作人员摇头："没见着，你没锁车门吗？"

"锁了，可是不见了。"边慕急得不行。

见边慕着急的样子，工作人员突然出声："对了，我们加油站有监控，你可以看看。"

一听有监控，边慕立即跟着工作人员去监控室。

监控录像里，小七在边慕刚前往厕所的时候，就打开车门下了车，向着基地的方向跑去。

边慕："……"

这小子，竟然给我装睡，我真是太大意了！

边慕急忙回到车上，驾着车沿着公路追赶。

小七跑得再快，肯定也不可能和车相比。一分多钟后，边慕就看到前方公路上，小七正沿着路边往回跑。

"小七！"

小七一听边慕的声音，反而跑得更快了。

边慕一踩油门加速："臭小子，我不信你还能跑过车！"

小七眼见要被边慕追上，转身就往公路旁的树林里跑。

边慕嘴角露出一丝阴笑,从背包里拿出一块肉条举起来,向正跑往树林的小七喊道:"小七,你看这是什么?"

小七回过头来,嗅了嗅,露出一副馋样,竟然乖乖地跑了回来,在离边慕几米处停下,想要上前又不敢的样子,站在那里犹豫不决。

"嘿嘿!"边慕蹲下身来诱惑着小七,"小七,这可是我边氏独家肉条哦,你在基地可是一辈子都吃不着的,快过来,你再不过来我可自己吃了。"说着,边慕就拿起肉条往嘴里放。

小七见边慕真要自己吃掉,立即跑了过来。

边慕趁机一把抓住小七,小七发现上当,立即挣扎起来,但小七又怎么挣得过边慕,结果被边慕给拽回了车里。

"嘿嘿,臭小子,你怎么可能逃得过我边氏肉条的诱惑呢。"边慕一脸得意,用安全带把小七给拴了起来。

"呜呜——"小七依然挣扎着。

边慕瞪了小七一眼:"你这个没良心的家伙!枉我兜里只剩十块钱还想着给你买好吃的!简直太让我失望了!"

边慕拿出面包,还有刚才给小七买的鸡肉肠和酸奶:"看看,这都是给你买的,枉我还想着你,是不是想吃呢?没门儿!"说着,边慕气呼呼地撕开酸奶,大口大口地自己喝了起来。

"呜呜——"小七眼巴巴地望着边慕。

"哼!你太让我失望了!"边慕喝了两口酸奶,又把鸡肉肠撕开咬了两口。

小七望着边慕,一脸可怜样,都流出口水了,嘴里发出委屈的"呜呜"声。

看着小七伤心的样子,边慕有点心软了:"算了算了,都给你吧。"

把鸡肉肠、酸奶和面包放小七面前,又把小七的嘴套给解开,想了想,边慕又拿出刚才那块诱惑小七的肉条塞到小七嘴里:"臭小子,你要再敢逃跑,看我还管你!"

见小七吃得欢,边慕拍了拍手,发动汽车疾驶而去。

现在已经是凌晨三点多了,边慕白天忙了一天,又一直没睡,还喝了好些酒,困得不行,一路昏昏欲睡地直打哈欠。

"汪汪!"突然,耳边传来小七急切的叫声。

边慕立即被小七给惊醒,抬头一看,前面一辆摩托车正迎面驶来。

边慕连忙一个急刹,同时猛打方向盘想要避开。

"砰!"

摩托车是避开了,边慕的车却侧翻进了路旁的水沟里。

"汪汪!"

头晕眼花的边慕听到小七的叫声,还有什么湿漉漉的东西在脸上滑来滑去。

边慕醒过劲儿来,抬头一看,一张狗脸正顶在自己面前,小七正拿舌头舔自己的脸。

边慕:"……"

他透过车窗,见路边那辆摔倒的摩托车旁,有个男人正努力地想要爬起来。

边慕赶紧解自己身上的安全带,想要上去查看对方的情况,结果发现自己的腿被卡住了。

"喂,哥们儿,你没事吧?"边慕向对方喊道,"你有没有受伤?我的手机找不到了,你赶紧报警吧!"

那个男人没理边慕,费力地爬起来,又把摩托车扶起,慌忙爬上车一脚油门,消失在夜色之中。

边慕:"……"

"这家伙,竟然就这么跑了!"边慕气得不行。

"汪汪!"小七冲边慕叫着。

"你也一样,你们都是没良心的东西!"边慕对小七骂道。

"汪汪!"小七又冲边慕叫了两声。

边慕懒得理小七,调整了下身体,尽量让自己舒服一点,想办法移动被卡住的腿,想把腿给拔出来,结果试了好几次,腿依然被卡得死死的。

见边慕急得满头是汗,小七也跑过来,转着边慕的腿左瞅右瞅,试图想办法帮助边慕。

"小七,你怎么流血了!"边慕看到小七毛上有血迹,立即紧张地抓过小七检查,"小七,快让我看看!你有没有哪儿疼?哪儿不舒服?"

结果边慕检查了一圈,发现小七浑身上下半点伤都没有。

"呃……"边慕一摸额头,发现是自己的额头撞破了,"我去!我的血!"

边慕愣了儿秒,然后大叫一声,直直地倒在座椅上昏了过去。

"汪汪!"小七见边慕昏倒,急得叫了几声,结果边慕依然没有动静。

小七急得不行,跳到边慕身上,伸出舌头舔着边慕。

几分钟后,边慕终于幽幽地醒了过来。

见边慕醒来,小七松了一口气,兴奋地叫了两声,咬着压在边慕腿上的重物,想帮边慕拽开,这样的努力当然没用了。

边慕见小七忙得团团转,揶揄道:"亏你还是神犬呢,主人遇到危险你都没办法救我出去,简直太不中用了……"

小七突然停了下来，对边慕叫了两声，然后低头从缝隙内钻了出去，跑到路边停了下来，在那儿嗅来嗅去，最后在一个黑乎乎的东西旁停了下来。

边慕仔细一看，才发现那个黑乎乎的东西是个头盔，应该是骑摩托车那个男人留下的。

小七闻了闻头盔，回过头看了眼翻在沟里的汽车，冲边慕叫了两声，转身跑掉了。

"喂！你去哪儿？"边慕冲小七喊着，"你就这样把我扔下不管了？喂！小七！你给我停下！小七！你回来！你真走啦？不要我啦？小七！你这条没良心的臭狗！你给我回来！"

跑到远处的小七听到边慕的呼声，转身看了看边慕，又叫了两声，最终还是头也不回地跑掉了。

第 6 章

警方通缉犯

清晨。

"完美世界"救援队基地训练场上,队员们正带着狗狗排成整齐的一列,准备开始早训。

安心扫了眼队伍,发现边慕和小七不在。

"汤圆,边慕和小七呢?"安心向汤圆问道。

"我……我不知道。"

安心冷着张脸:"他是不是把小七偷走了?"

"我……我真的不知道。"汤圆连忙摇头。

众人找了一圈,没在基地发现边慕和小七的踪影,都明白是怎么回事了。

"该死!这家伙太过分了!"安心扫视众人一眼,"汤圆,带我们去边慕爸爸的住所。伊靓,立即联系交警队调取监控寻找边慕的车!敖力和我一起去追,其他队员在基地留守待命!"

"是!"众人应了一声。

敖力牵着步枪就准备走,周茉突然追了上去:"敖力,步枪的伤刚刚痊愈,不能让它执行任务!"

敖力摇头:"这也不算什么任务……"

周茉抱住步枪:"你们现在去找边慕和小七,怎么就不算任务了?"

敖力脸一僵,压低声音:"好了,别闹了。"

"什么叫闹!"周茉毫不松口,"我现在是以专业队医的身份告诉你,步枪的身体情况不适合出任务!"

敖力叹了口气,也不再辩解,扭头带着步枪就走。

"敖力!"周茉想要追上去,安心走过来劝说道:"周医生,放心吧,我们会保护好步枪的……"

见安心劝说,周茉只得放弃,一脸不安地看着几人上车。汤圆带着八公,伊靓带着山神,也跟着上了车。

上车后,汤圆开着车,往边慕爸爸的住所驶去,敖力坐在副驾上,安心和伊靓则坐在后面。

路上,伊靓迅速联系交警大队,很快交警大队那边就有了回复。

"凌晨四点，边慕在国道加油站出现过，然后又往回开，最后一次监控发现他的位置在兰山隧道！"

"兰山隧道？"安心皱眉，"兰山隧道在救援队基地与加油站之间，边慕往回开干什么？"

敖力出声："先去兰山隧道看看吧。"

"嗯。"安心点头。

汤圆开着车，很快赶到兰山隧道。

这里是边慕最后出现在监控中的地方，从这里开始，国道上五公里内的其他摄像头都没有拍摄到边慕。

很显然，边慕带着小七还在这附近，不会超过五公里范围。

几人下车，立即带着狗狗分头搜寻。

一小时后，众人重新到隧道口聚集，但都没有发现边慕和小七的踪迹。

"奇怪，难道他弃车步行了？"安心皱眉。

"怎么可能？就算他想偷小七也不可以把车丢下吧。"汤圆撇嘴。

"鬼知道那个家伙脑子是怎么长的。"安心骂了一句。

"应该不会弃车。"敖力摇头，"就算他弃车步行，我们也应该找到车才对。"

安心望向四周，满脸疑惑。

"汪汪！"小雪突然脱队，往返回基地的方向奔去。

"小雪！"安心呼了一声。

小雪回过头来："汪汪！"

见小雪似乎是催促自己往回走，安心忽然想到了什么："会不会是在我们来的路上？"

"很有可能！"敖力向众人招手，"走！我们往回搜！"

汤圆开着车，其他人则带着狗狗，跟着小雪往回赶。

"这个浑蛋！等抓到他，我一定不会对他客气！"安心边走边骂着。

坐在车上开车的汤圆则苦着张脸。前方路边有一个小卖部，小雪停了下来，边走边嗅，突然奔向小卖部，"汪汪"地叫着。

"小雪！小雪！"安心连忙追上去。

紧接着，就见从小卖部后面奔出一条拉布拉多犬，正是小七。

"小七！"安心惊喜地跑了过去。

"汪汪！"见到小七，小雪兴奋地叫着。

"小七，边慕呢？"安心对小七问道。

"汪！汪汪！"小七扭过头，冲身后的方向叫着。

众人跟上来，见到小七，都松了口气。

看着小七浑身湿漉漉的，脚上全是泥，安心一阵心疼："小七，走，先去休息一下。"

"汪汪！"小七咬着安心的裤腿，往它来时的方向吠着。

"小七，别管那个浑蛋，先吃点东西。"

"汪汪！"小七焦急地吠着，拽着安心的裤腿，往来时的方向拖。

见小七这么焦急，安心觉得不对劲："小七，边慕遇到危险了？"

"汪！"小七点头，又咬着安心的裤腿拖。

所有人都面色微变。

"走！你们上车跟着！"安心向众人招呼了一声，带上小雪跟着小七就走。

"汪汪！"一路上，小七往来时的方向奔跑着，不时停下回头冲安心叫着催促。

奔跑了好几个小时，可以看出小七的身体非常疲惫，不过小七依然坚持着奔跑给安心带路，跑得气喘吁吁。

见小七累成这样，安心更是心疼："这个浑蛋！等找到他一定得狠狠地揍一顿！"

跑了快一个小时，小七拐进了一条岔道，安心都累得不行了，前方路边坡下出现一辆翻倒的商务车。

见到那辆商务车，安心立即认了出来，正是汤圆的那辆商务车。

"汪汪！"小七不顾疲劳，迅速冲了过去，围着车焦急地吠着。

安心立即跑了过去。

车内，边慕被卡在驾驶位上，满脸血污地闭着双眼。

"快！快过来帮忙！"

敖力、汤圆、伊靓三人带着破拆工具很快赶到，费了一番工夫，总算把边慕给抬出车来。

安心试了试边慕的鼻息，虽然很虚弱但还有气。

"边慕！边慕！醒醒！边慕！"安心焦急地呼唤着。

伊靓拿出手机，拨打了医院120电话呼叫急救车。

恍惚间，边慕听到安心的呼唤声渐渐苏醒过来，努力睁开眼睛，蒙眬的视线里，安心正凑在他脸旁，缓缓送上湿润的红唇给他做人工呼吸。

"呃……"边慕虚弱地嘀咕着，"喂……不要……这是我的初吻……"

当他终于看清脸上的是谁后，整个人立即清醒过来："小七！你干吗呢！"

快把你的舌头从我脸上拿开！"

"哈哈哈哈！"众人见边幕终于醒来，都大笑起来。

边幕发现敖力、伊靓、汤圆、安心等人都来了，立即明白自己偷小七的事情被发现了，撑在地上想要爬起来，结果还没站稳腿上一软就一脸痛苦地坐了下去。

"别乱动！我给你看看伤了哪里！"安心连忙制止边幕。

还好，边幕的伤并不是特别严重，除了头被碰伤流了不少血，就只是腿受到了些压迫性的损伤，安心松了口气，终于想起边幕偷小七的事来，一拳捶在边幕的胳膊上："你这浑蛋！看你还敢偷小七！"

边幕："……"

"汪汪！"

"汪汪！"

几声狗吠后，山神叼着边幕的手机跑了过来，紧接着八公叼着边幕甩在不远处的包也跑了过来，一脸献宝地叫着，等待夸奖。

"你看看你，连山神和八公都不如！"安心骂道。

边幕："……"

"汪汪！"小七突然跑到路边，对着路边那个破损的红色摩托车头盔吠着。

看到那个红色摩托车头盔，边幕脸色一变："对了，我还撞了个人！"

"什么？"安心也是脸色一变，"你还撞了个人？在哪里？"

"就在这里。"边幕摇头，"不过他骑着车跑了。"

"啊？"安心一愣，"被你撞了他却跑了？"

"嗯。"边幕点头，"也不知道怎么回事，他爬起来就骑车跑了，连头盔都没来得及捡，可能他以为是他的责任吧……"

"浑蛋！"安心气得不行，"你可真行！"

边幕一副可怜样："要不是为了躲他，我也不会翻到沟里……"

"活该！"安心瞪了边幕一眼。

这时，120救护车赶了过来，停在路边。

众人帮着医护人员把边幕送上车，安心想了想，又对伊靓道："伊靓，你联系一下交警，就说这里发生了事故，边幕的车撞了一个人。"

"嗯。"伊靓点头拿出手机。

"喂……队长，交警来了你可要解释清楚啊，我是为了躲避他才翻到沟里的！"边幕冲安心喊道。

安心："……"

救护车关上车门开走了。

留在安心身旁的小七突然跑了起来，朝着救护车追了上去："汪汪！汪汪！"

安心皱眉，脸上露出一抹忧虑："小七，你已经认定边幕是你的新主人了吗？可是，这个不安好心的偷狗贼……"

"汪汪！"小七根本不知道安心的忧虑，追了很远，直到救护车消失在公路尽头，这才渐渐停下脚步，呆呆地望着救护车远去的方向。

救护车上，医护人员一边紧急帮边幕处理伤口，一边询问边幕的身体感受。边幕一一回应着。

这时，救护车的车载广播中，突然插播一条新闻：紧急通知，一名流窜犯已经到达本市，昨夜在修车行抢劫了一辆藏蓝色摩托车，向西北方向逃窜。据目击者称，此人上身穿着灰色T恤，下身是一条土黄色裤子，戴着红色摩托车头盔……

边幕突然一怔，惊呼出声："是他！是那个人！"

完美世界救援队基地。

虽然安心和敖力都离开了，但留在基地的队员们并没有偷懒，依然在训练场上进行训练。

洛克、伊森、莫莉三人，都非常努力，在废墟模拟训练场，自发带着狗狗进行搜寻指定目标的比赛，卡卡、浩克、球球三条狗狗都很积极。

周茉在旁边看着，一边被救援队这种积极的氛围所感染，一边担心外出的步枪，心里急得不行，焦急地在原地走来走去。

这时，周茉突然发现不对劲，好像身后跟着什么东西。

她回头一看，原来是阿旺一直偷偷跟在自己后面，直着身体学自己走路。

"阿旺！"周茉哭笑不得，弯腰抱起阿旺，"你说步枪他们怎么还没回来啊？"

"喵。"阿旺歪着脑袋看着周茉。

"他们不会遇到什么危险了吧？"周茉皱着眉头，"还是说车坏在路上了？"阿旺似乎对周茉烦得不行，不耐烦地"喵"了一声。

周茉还仕自顾自地说着："阿旺，你说我要是给他打电话，他会不会不耐烦？"

阿旺："……"

"不耐烦！不耐烦！"

豆豆和公主两只鹦鹉停在围墙上接起话来。

周茉："……"

想了想，周茉拿出手机，翻出敖力的电话，可看着电话又犹豫了半天，最后还是往下翻到安心的号码拨了出去。

"喂？"

"周茉，怎么了？"安心接起电话。

周茉立即问道："你们那边怎么样了？"

听到电话里周茉的声音，安心旁边的步枪立即"汪汪"地叫起来。

安心看了看步枪，回复道："已经找到边慕和小七了，不过我们这边有突发情况，边慕昨晚开车撞到个人，好像是正在追捕的逃犯，我现在正带队配合公安追踪，暂时还回不去。"

"啊！"周茉立即担心起来，"追捕逃犯是公安的事，他们有警犬，干吗还要救援队的狗狗去做这么危险的事情？"

安心刚要出声解释，周茉已经又出声了："再说步枪身上还有旧伤，执行追捕逃犯的任务太危险了，根本不合适，你可是队长，难道你就这样带着步枪去冒险吗？"

安心苦着张脸，等周茉一通质问结束后这才有机会解释："周医生，这是一次难得的锻炼队员和搜救犬的机会，我们处在建队之初，这种机会可遇不可求，而且小七是唯一近距离和嫌犯有过接触的狗狗，有义务配合公安寻找逃犯。"

周茉立即出声反对："你这是在拿狗狗们的生命开玩笑！你这样追求救援队名声却忽视狗狗们安危的行为，我完全不认同！"

"我……"安心刚出声，周茉又出声了："而且，就算一定要配合，那也只是小七看到过逃犯，可步枪根本没见过啊，为什么步枪也要一起去？"

安心已经拿周茉没办法了，只得出声："好了，我这边很忙，等回去后再和你讨论这个问题好吗？我先挂了。"说完，安心连忙挂断电话，又偷偷看了旁边的敖力一眼。

敖力依然静静地站在那里，似乎根本不关心她和周茉对话的样子。

安心越发迷惑起来，总感觉周茉刚才很生气的样子，也不知道是对自己有意见，还是真的担心步枪的安危，又或者认为自己和敖力有什么，所以不太友好？安心真是越想越弄不明白，摇了摇头，把心里的迷惑甩出脑海。

警车声响起，两辆警车一前一后地来到边慕翻车的地方停下。

安心立即带着小七、小雪迎了上去。

"是你们发现了嫌犯的线索？"公安队长上前询问。

"是的。"安心点头,"队长,我们是完美世界救援队的搜救员,我们的搜救犬小七见过嫌疑人,有需要的话可以让我们的小七参与搜索。"

队长一听,立即高兴地点头:"那真是太好了,因为有别的任务,我们只带了两条警犬过来,如果可以的话,你们的搜救犬能一起配合行动当然最好。"

"嗯!"安心高兴地向伊靓、汤圆几人挥手,"伊靓、汤圆,行动!"

"是!"伊靓、汤圆应了一声。

"小七、步枪!"敖力呼了一声。

小七和步枪立即跑到敖力跟前,等待命令。

"现在,你们根据上面的气味,寻找逃犯!"敖力指着路边那个嫌犯遗留在现场的红色头盔。

小七和步枪立即对着头盔嗅了嗅。

另一边,伊靓已经拿出手机,迅速分析获得的逃犯资料:"队长,从资料来看,嫌犯的老家在瑞明县,在我们东边,而他的女友在安富县,在我们西边,我觉得现在这种情况,他很可能会往西走。"

"嗯,你的分析和我们一样。"队长点头,"不过抓捕逃犯是我们的事,你们只需负责搜索目标就行,最好不要越界行事。"

"嗯,明白。"伊靓点头。

"走吧,行动!"队长招呼了一声。

众人纷纷上车,往西边的安富县赶。

这是救援队第一次参加正式任务,还是追捕逃犯,安心非常重视。

车上,安心给伊靓、汤圆几人做着行动指示。

"敖力有丰富的经验,这次行动大家一定要听敖队的安排!由于情况特殊,除了步枪外,我们的搜救犬还没完全训练合格,所以在行动中一定要注意保护搜救犬,大家都听明白了吗?"

"明白!"伊靓、汤圆应声。

一路上,小七、步枪不时叫着,指示着嫌犯逃离的方向,最后到了一处密林,没了公路。

众人下车继续追踪,公安带来的两条警犬和小七、步枪一起,四条狗在密林中并驾齐驱,搜寻嫌犯留下的痕迹。小雪、八公和山神则跟在后面。

神州半岛属于热带季风气候,丛林密布,树木高大,杂草丛生。

阳光从浓密的树叶缝隙中透到林间,整个密林显得有些阴暗,众人在密林间穿梭很是费力。

小七和步枪低着头,仔细地嗅着嫌犯留下的气味,一脸认真的样子。众人屏住呼吸，放慢脚步跟在小七和步枪身后，尽量不发出其他声音，以免对小七和步枪造成干扰。

和那两条警犬相比，小七和步枪的表现几乎不相上下，至于小雪、山神和八公，就要逊色很多了，几乎可以看到它们脸上的茫然。

在密林中前进了两千多米，小七和步枪的脚步突然变得越来越快，渐渐超越了警犬。

前方，出现一个山坳。

这时，低头搜寻目标的小七和步枪却产生了分歧。小七往左边搜寻，步枪往右边搜寻，选择了不同的方向。

"小七！"安心向小七呼道。

小七停下看了眼身后众人，叫了一声，继续往左边搜去。步枪则十分坚定地往右边跑去。敖力看看步枪，又看看小七，皱了皱眉。

小七和步枪很明显都发现了嫌犯留下的线索，却选择了两个不同的方向。是嫌犯故布疑阵，还是狗狗搜寻错误？

敖力不敢确定，只得看向汤圆、伊靓和安心，道："我们兵分两路，伊靓和我一组，汤圆你和安心一组！"

"好。"

安心和汤圆一起带着小雪、八公往小七的方向追去，伊靓则带着山神跟上敖力和步枪。

同样的迷惑，也出现在警方的两条警犬身上，警察也分成两组，分别带着一条警犬跟随救援队前进。

密林越来越深，从树叶缝隙间漏进来的阳光越来越少，丛林中诡异的安静，只能听到众人轻微的脚步声和狗狗们的呼吸嗅气声。

前方，小七的步伐渐渐放慢，露出警觉的神态，似乎发现了什么的样子。

后方的小雪、八公以及跟随过来的警犬，似乎也感觉到危险,渐渐放慢脚步。

队长心知有异，低声警示："大家保持警惕，目前不确认嫌犯是否有同伙，也不排除持有枪支的可能。"

一听嫌犯可能有枪，安心和汤圆立即紧张起来。

正在这时，处于殿后位置的汤圆的手机突然响了，把前面几人吓了一跳。

汤圆拿出手机，立即举起来："是边慕，微信视频……"

"喂，大哥，你干吗呢？"汤圆苦着张脸。

"小七呢？"边慕急切地问道。

汤圆压低声问："我们正在找逃犯呢，现在不能确定逃犯有没有武器和同

伙，十分危险，你别添乱行吗？"

边慕哪管汤圆："你别磨磨蹭蹭的，快给我看看小七！"

汤圆："……"

"赶紧挂断。"公安队长低声对汤圆道。

汤圆立即挂断电话，想了想又把手机直接关机了。

前方，小七似乎找到了目标，原本放慢的脚步突然加快起来。

同行的公安立即挥手示意，纷纷拔出手枪。

见众人一副如临大敌的样子，汤圆紧张得直咽口水，额头冒出了冷汗。

"汪！汪汪！"就在这时，小七突然发出吠声，向前方灌木丛冲了过去。

一道人影从灌木丛中冲出，往丛林深处急速逃窜。

"汪！汪汪！汪汪！"小雪、八公和警犬发现目标，立即狂吠着追了上去。

逃犯的奔跑速度，又怎么是小七的对手，一分钟不到，仓皇逃窜的逃犯脚下一绊摔倒在地。

"汪！"小七一跃而起，扑向逃犯。

逃犯从地上爬起，抽出一柄尖刀，恶狠狠地盯着小七挥舞着。

警犬、小雪、八公追了上来，对着逃犯大声叫着。

"汪！"小七根本不惧，叫了一声又扑向逃犯，和逃犯扭打在一起。

逃犯不停挥舞尖刀，但小雪和警犬也扑了过来，只有八公有些畏惧，转身就往汤圆那边跑。

裤腿被警犬和小雪咬住，手臂被小七咬住，嫌犯挣脱不开面露狞色，举起尖刀刺向小七的脖子。

"小七！"安心吓得惊呼出声。

"砰！"一声枪响，子弹准确命中逃犯的肩膀，逃犯手中的尖刀坠落在地。

"不许动！"警察冲上前来，制服了逃犯。

"汪汪！"小七继续对被压在地上的逃犯吠着。

"没事了，小七，没事了。"安心一阵后怕地跑过去抱住小七，"好了，好了，你完成任务了，已经没事了……"

在安心的安慰下，小七总算渐渐平静下来。

"汪汪！"

这时，小七发现趴在树下的小雪，突然挣脱安心，向小雪奔了过去，发出焦切的叫声。

安心扭头一看，小雪趴在树下，正在舔自己的爪子，她立即心里一惊："小雪，你怎么了？"

奔过去一看，安心总算松了口气，小雪只是爪子受伤了，身上并没有别的伤口。

"小雪，别怕，我马上给你处理伤口。"安心一边安抚小雪，一边从包里拿出急救箱，给小雪消毒包扎。

成功地抓捕逃犯，狗狗们也都没受伤，所有人都很兴奋。

这是救援队第一次抛头露面地协助警方完成任务，而且完成得非常完美。汤圆作为参与者，虽然从头到尾都是打酱油的角色，也是昂首挺胸一副得意的表情。

等和敖力那边会合之后众人才得知，敖力那边所追踪的目标，并不是逃犯的同伙，而是一名流浪汉捡了逃犯穿着的衣服。虽然追踪错误，但警方对步枪的追踪能力也很是赞扬，不过更赞叹的是小七的追踪能力。

第三天下午，公安局此次行动的带队队长亲自来到救援队基地，给救援队送来一面锦旗。

"这次落网的逃犯流窜多省作案，是好几件大案的嫌疑人，多亏了你们的协助，否则我们还不一定能抓到逃犯。"队长感谢道，"这是小七的荣誉，也是你们救援队的荣誉。"

得到夸奖，小七兴奋得又蹦又跳。

安心满脸笑容："这是我们应该做的，我们救援队成立的目的，就是帮助需要帮助的人。"

队长微笑点头，拿出一本红彤彤的证书："这是奖励给小七的驯导员的荣誉证书，感谢他训练出这么优秀的搜救犬。"

"谢谢。"安心从队长手里接过证书。

"汪汪！"小七再次兴奋地又叫又跳。

当晚，安心让汤圆准备了丰盛的晚餐，作为此次圆满完成追逃任务的庆功宴。除了队员们，连狗狗也都有份，每只狗狗的食盆里都放着各自爱吃的零食。庆功宴所用的蔬菜食材，甚至狗狗们的零食，都是看了新闻后的群众送来的。能得到群众的认可，队员们越发高兴。

庆功宴上，伊靓兴奋地拿出手机："现在，我要宣布一件喜事！"

所有人听说伊靓又有喜事要宣布，都纷纷停了下来。

伊靓举起手机，打开"完美世界"救援队的官方平台说："就在今天下午，我们队的官方平台粉丝数量突破了二十万！"

"二十万？！"所有人都纷纷惊叹。

在三天前，平台的粉丝数量还不到五万，现在短短三天，就暴增了十五万

有余，这说明救援队已经真正得到了大家的关注。

伊靓解释道："这都是小七的功劳，我把这次追逃任务的视频发到了平台上，单是小七的粉丝就增加了八万多，连我们家山神的粉丝也跟着涨了快一万！"

"哈哈！果然还是小七最厉害！"众人纷纷叫好。

"对了，正好再帮小七拍几张照片，发到我的微博上吸粉。"伊靓突然想起今天才发了两条微博，立即起身准备找小七。

找了一圈，她才发现小七没在。

"小七！小七！"

伊靓四处找了个遍，训练场上没有，搜救犬公寓也没有，立即跑了回来。

"小七不见了！"

伊靓带回的消息，让所有人都吃了一惊，纷纷放下碗筷。

"小七！"

"小七！"

敖力带着步枪，汤圆带着八公，周茉抱着阿旺，洛奇牵着卡卡，伊森牵着洛克，莫莉带着球球，所有人都行动起来。

健身房找过了，没在。

厨房，没在。

女生公寓、医务室、搜救犬公寓、装备库，众人都没看到小七的踪影。

"小七！小七！"

豆豆和公主在空中扑扇着翅膀也在帮忙搜索。

"你们最后一次见到小七是什么时候？"敖力把所有人召集到一起，想要整理出点头绪。

众人纷纷说出自己最后见到小七的时候，结果才发现，在下午公安局的那名队长送来锦旗后不久，就已经再没人再见过小七了。

"汪！汪汪！"小雪找不着小七急得不行，奔向基地大门，一边跑一边叫，催促着安心到外面去找。

"小雪，站住！"安心唤住小雪。

现在天已经黑了，要找小七可不容易。

安心也急得不行，但她突然想到了什么，拿出手机，拨通了边慕的电话。

医院里，边慕正躺在床上，翻看救援队基地宣传平台上粉丝们对小七的留言。

接通电话，边慕立即脸色一变："什么？小七不见了？它没在我这儿！你们怎么搞的,连一只狗都看不住!安心,我可告诉你,小七要是丢了,我跟你玩命!"说着,边慕挂断电话,急急忙忙地起身,往病房外走去,只是他刚到门口,就迎面撞见一名护士。

"怎么?你又想出院了?"护士笑眯眯地看着边慕。

边慕:"……"

这两天,边慕早就想回基地看小七了,结果就是这个女护士像看犯人一样,让边慕想偷溜出去都没机会。

见被护士逮个正着,边慕立即赔着笑脸:"哪能呢,这大晚上的,我尿急!马上回来!"

说完,边慕一瘸一拐地溜出病房,偷偷摸摸地下了住院楼,鬼鬼祟祟地躲在楼梯口,见值班护士没在,立即悄悄地靠着墙壁往大门摸去。

他刚走出两步,身后就传来一个声音:"你要去哪里?"

边慕吓了一跳,回过头来,见身后站着一名医生,立即脸都绿了。如果说那名护士是狱警,这个医生简直就是狱长。

"我……我……"边慕说了两声,撒腿就想跑。

"快拦住他!"医生大呼一声,门外蹿出两名保安,挡住了边慕的去路。边慕腿受伤了还没恢复,怎么可能是保安的对手,立即被医生和保安围住。大厅外面几名陪同的家属看了,都皱了皱眉,小声议论起来。

"这年轻人不会是没钱付医药费吧?"

"肯定是,前两天我也看到一个。"

边慕:"……"

没工夫理那几名家属的闲言碎语,边慕向医生和保安哀求着:"你们放我出去,我要去找小七!"

"找什么小七!你病还没好,赶紧回病房好好待着!"医生板着张脸道。

边慕:"……"

最终,不管边慕如何说好话,还是灰溜溜地被带回病房。

护士小姐见边慕被带回来,立即一脸坏笑:"怎么,没能逃出去?"

"还笑!"边慕气得不行,"你们究竟有没有点人性!我这是来看病的,不是来坐牢的!我要去找小七!"

护士小姐这次没逗边慕:"行啦,你省省吧,也不看看你的伤,再乱跑,你还想在医院待半个月不成?"

边慕白了护士小姐一眼,气呼呼地坐在床上。

护士小姐也不生气,笑眯眯地搬了张椅子,就坐在病房门口。

边慕："……"

"我说你们护士这么清闲吗？难道不用去看看别的病人？"边慕不满地问道。

"不啊，因为我已经下班了。"护士小姐回道。

"那你不回家坐我的病房门前干吗？"

护士小姐得意一笑："守着某些想逃跑的病人。"

边慕："……"

对方能回答得这么直接，边慕不服都不行。

正心烦意乱之际，边慕突然听到了什么声音，动了动耳朵，立即起身，往门外看去，露出不敢相信的表情，赶紧擦了擦眼睛。

"小七！"边慕欣喜地惊呼一声。

门前，安心带着小七、小雪正站在那里，面带微笑地看着病床上的边慕。边慕刚想下床，随即想起自己偷小七的事情，有些难为情起来，撇了撇嘴："你们怎么来了？不是说小七不见了吗？"

见边慕一脸难为情的样子，安心忍不住乐了："小七自己跑医院来看你，被保安挡在大门外不让进来，幸亏我赶到，否则今天你也见不到小七。"

"喔。"边慕明白过来，有些感动，"小七，你这个坏小子，竟然敢自己跑过来，等出院了我再收拾你！"

"汪汪！"小七对边慕轻吠了两声。

"你还好意思。"安心瞪着边慕，"你把小七偷走我还没找你算账，我看你才欠收拾！"

"扑哧！"旁边的护士小姐忍不住笑了出来。

边慕："……"

"你们先聊，我走了，小声点，别打扰到别的病人。"护士红了脸，对安心和边慕叮嘱一声离开了。

病房内，只留下安心和边慕两人，边慕更加尴尬起来。沉默了好一会儿，边慕抬起头来："那个……我知道错了，我不该偷走小七。"

"哼！"安心冷哼一声，"这件事暂时不说，先来说说小七的事情！"

"小七怎么了？"边慕眉头一皱，紧张地看着小七。

安心板着张脸："这次协助警方追逃行动中，小七暴露出一个很致命的问题！根据搜救犬的专业要求，遇到这种情况的时候，搜救犬必须原地待命发出叫声，而不是扑上去与逃犯厮打，这是你身为驯导员的失职！幸亏小七没有受伤，否则现在它很可能躺在病床上，根本不可能来看你！"

"我……我……"边慕张了张嘴想要反驳，又发现确实是自己失误，让小七冒这么大的风险，"这确实是我的错，都是我平时训练没注意安全问题……"

"知道错了就好！"安心点头，"现在给你一个改过自新的机会，你打算什么时候归队？"

边慕愣了一下，随即明白安心的好意，尴尬地低下头："我……我还没想好要不要归队……"

"什么意思？"安心瞪着边慕，"不归队你去哪儿？"

边慕沉默了好一会儿才抬起头来："队长，谢谢你的信任，不过，我觉得自己可能还是适合打游戏……"

安心直直地看着边慕："你是认真的吗？"

边慕犹豫了一下，点头："嗯，我自己是这么觉得的，我的梦想，就是成为一名职业电竞选手。"

安心看着边慕，气呼呼地道："好吧！小七、小雪，我们走！"

"汪汪！"小七冲安心叫着，不肯离开。

小雪见小七不肯走，也留下来对安心叫着。

安心看着小七和小雪："怎么，你们都不想走？"

"汪汪！"小七和小雪叫了两声。

安心气得不行："好，你们不走我走！"说完，安心走出了病房。

虽然很生气，不过小七和小雪不走，安心当然不可能离开。时间已经不早了，忙活了一天，坐在医院走廊的长椅上，安心不知不觉中靠在那儿睡着了。小七和小雪偷偷出来，也在安心身边相互依靠着挤成一团。

边慕睡不着，坐在那边，看着走廊上睡着的安心，起身拿了条毛毯，悄悄地走过去，替安心盖上。

小七发现有人靠近，立即警觉地醒来。

"嘘……"边慕向小七做了个噤声的手势。

小七看了看边慕，又看了看安心，重新躺下，伸出一条腿搭在熟睡的小雪身上。

边慕站在那儿，静静地看着熟睡的安心，嘴角微扬，露出一抹笑意。

"这死女人，现在看起来好像也没那么讨厌嘛，睡着的时候也挺可爱的……"边慕摸了摸鼻子，拿出手机，对着安心拍了张照。

回到病房，躺在床上，边慕却怎么也睡不着，脑海里浮现出一幕幕这段时间的经历：前往鲍宇小屋，想要偷小七，结果却被小七、阿旺围攻；到"完美世界"救援队应聘，通过考核加入救援队，成为小七的驯导员，教会小七玩模

拟直升机；小七被偷狗贼偷走；怂恿汤圆假扮遇劫，引走安心，用特制的肉条勾引小七……

一幕幕，不断呈现在边慕的脑海里，一直到快天亮的时候，边慕才疲倦地睡着。

清晨，医院内响起悦耳的鸟鸣声。安心微微睁开眼睛，看到身上盖着的毯子，心知肯定是边慕帮自己盖上的。

"这小子，有时候还是蛮暖的嘛……"安心撇了撇嘴，起身拿起毯子。

见病房内边慕躺在床上正打呼噜，睡得昏天暗地的样子，安心没有出声，轻轻将毯子放在旁边，退出病房。

这一回，小七和小雪没缠着要留在医院，乖乖跟安心一起离开。

安心开车回到基地，刚停车，见敖力和周茉也开车回来。

"汪汪！"步枪从车窗内探出头来，冲小七和小雪叫了两声，有点不开心的样子。

周茉搂着步枪下车，和安心打着招呼："这么巧，安队长刚从医院回来吗？"

"嗯。"安心点头应了一声。

"边慕的伤怎么样了？"周茉问道，"他什么时候能出院？"

"一周吧。"安心回道。

"呼……"周茉打了个哈欠，"太累了，我们俩忙活了一个晚上，我先回去补觉了。"

安心迷惑地看了眼周茉和敖力："你们昨晚接了什么搜救任务？"

敖力还没开口，周茉已经抢先回答："找回爱。"

安心更是不解："找回爱？"

周茉一笑，没有回答，看了看敖力，向步枪招了招手："步枪！"

步枪看看周茉，又看看小雪，不愿走的样子。

周茉再次出声："步枪！走！"

步枪不情不愿地看了眼小雪，这才跟着周茉往基地里走去。

从敖力口中，安心才知道昨晚敖力和周茉真的在外面忙活了一整晚。

基地昨晚接到一个报警联动电话，一男一女进了森林公园，男子受了伤，报警求助，但无法确定自己的位置，保安在公园里找了很久也找不到人。结果等敖力和周茉带着步枪找到那名男子的时候，才发现是那名男子的女朋友闹别扭跑进森林公园，男子为了寻找也跟着进来，结果腿被树枝划伤了。敖力和周茉帮着找了好几个小时，才找到那名在森林公园内迷路的女子。

两人走进基地大门，见到安心回来，训练场上正在训练的伊靓、汤圆等人立即围了上来，七嘴八舌地询问边慕的情况。

"队长，边慕哥的情况怎么样了？还要多久才能出院？"

"他在医院吃得好吗？要不要我去给他送点好吃的？"

对汤圆要送食物的提议，周茉则叮嘱道："他现在还在恢复期，你可千万别做那些油腻的东西去馋他。"

伊森虽然和边慕没有多少交集，但也很关心边慕的情况："他赶得上我们的训练考核吗？"

对于伊森的询问，敖力冷声冷气地出声："就算他能赶上，也不一定能通过。"

感觉敖力的语气不太对劲，原本热情询问边慕情况的众人立即闭嘴，场面一下子冷了下来。

安心也发觉敖力对边慕还有意见，叹了口气："边慕对自己的行为很愧疚，他还没决定是否归队。"

"他不回来更好。"敖力板着张脸道。

"对，不回来更好，他蓄谋已久要偷小七，和狗贩子没什么区别！"莫莉赞同道。

"狗贩子！狗贩子！"公主和豆豆附和。

洛奇苦笑了一下："我总觉得，边慕不是那样的人，也许他想带走小七有什么别的原因。"

"对啊。"伊靓也帮着边慕说话，"我也觉得边慕哥不是那样的人。"

敖力摇头："不管他有什么原因要带走小七，他的性格都没办法适应搜救工作，我想他是不会回来了。"

见敖力都这样说了，安心摇了摇头："我觉得我们可以再给他一段时间，让他好好冷静地想一想。我看得出来，他也十分想念小七……"

"对啊。"汤圆点头，"小七在追踪逃犯的时候，他还非闹着要从医院出来呢，是护士硬拦下了他。"

敖力看了看安心，又看了看帮边慕说话的汤圆、伊靓、洛奇几人，挥了挥手："这件事以后再说吧，大家加紧训练，过了几天就要第一轮考核了！"

众人只得纷纷带着狗狗，重新回到训练场进行训练。将敖力的态度看在眼里的汤圆心里替边慕着急。

医院内，边慕看着椅子上安心留在那里的毯子，怔怔出神。

一边，是从事职业电竞的梦想。

一边，是父亲让自己回马戏团的要求。

一边，是这些日子与小七、救援队队员们一起生活的一幕幕。

边幕满脸犹豫与迟疑，无法做出最后的抉择。

开门声响起，边幕扭头看去，见汤圆拎着一个食盒走了进来。

"你怎么来了？"边幕问道。

"怎么，安心能来我就不能来了？"汤圆一边说着，一边把饭盒放在床头，"听安心说，你还在犹豫要不要归队？"

边幕无语："这个女人，嘴还真够快的。"

算算时间，安心回去也就几个小时，这一会儿，汤圆都已经知道了，还专程赶过来了。

汤圆坐了下来："你不会真的想离队吧？"

边幕摇头："我也还在犹豫，你知道我的梦想是成为职业电竞选手，来救援队只是为了接近小七……"

"我说你……"汤圆叹了口气，"我觉得你还是回来吧，伊靓，还有洛奇都希望你能回去，还有小七，也很想念你。"

"行了。"边幕不想多说，"你要没事儿就赶紧走吧，我看你现在是一门心思地想待在救援队了。"

"嘿嘿。"汤圆一笑，摸了摸头，"好吧，我先走了，不过可别怪我没提醒你，连安心都替你说好话，让敖力和大伙儿多给你一点时间，我看她已经原谅你偷小七的事情了。"

汤圆走后，边幕又望着旁边那张毯子，一脸迟疑地怔怔出神。

在医院里住了好几天院，边幕的伤渐渐好了。

这几天，洛奇、伊靓、周茉、伊森、莫莉几人，都来看望过边幕，表示希望边幕能归队，不过边幕始终下不了决定。

这天，安心带着小雪、小七到医院，帮边幕做复健练习。

因为腿受伤的关系，边幕只能用手撑在平行杠上尝试着行走。

"加油，还有几步就到了！"安心在旁边鼓励着边幕。

边幕一脸痛苦地撑着平行杠："我已经……尽力了，让我歇歇……"

"汪汪！"平行杠尽头，小七和小雪等在那里，叫着给边幕加油。

见边幕表情痛苦，安心皱眉，面露疑惑："奇怪，医生说你的腿伤并不是很重，照理说应该恢复得差不多了啊，怎么还这么吃力？不会是有什么伤没检查到吧？"

边幕连忙摇头："应该是我还没完全适应，多练习几次就好了。"说着，边慕向平行杠尽头的小七招手，"小七！帮我把拐杖拿来……"

"汪！"小七听明白了边慕的话，立即绕过平行杆跑到旁边，一蹦一跳地叼起边慕的拐杖。

结果，以为小七要给自己送拐杖过来的边慕，郁闷地发现小七竟然把拐杖给叼走了，跑回平行杠尽头冲边慕叫，示意边慕自己走到尽头去拿。

边慕："臭小子！你这是故意气我是不是？"

"哈哈！"旁边的安心看了大笑，"小七这是为你好，加油练习吧！"

边慕一脸郁闷，艰难地扶着平行杠，好不容易才走到尽头。小七立即把拐杖叼起来交给边慕。边慕接过拐杖，擦了擦额头上的汗珠，无奈地摇头："想我年纪轻轻，现在却像个老头似的了，真是有伤我的风度啊……"

"得了吧，估计用不了两天就好了。"安心笑道，"等一会儿再去问问医生究竟怎么回事，怎么这么久了都还没完全好转。"

这时，边慕放在不远处的手机响了。小七很自觉地跑了过去，从边慕的包里叼出手机跑了回来。

跑到边慕面前时，小七突然停下来，叼着手机直直地望着边慕，似乎在思考什么。

手机铃声还在急促地响着，也不知道究竟是谁在找自己，边慕催促道："小七，快把手机给我呀！"

小七呆呆地望着边慕，突然转身，叼着手机就往门外跑去。边慕一看小七叼着自己的手机跑开了，一下子忘了自己拄着拐杖的事情，撒腿就向小七追去："小七！快把手机给我！"

安心看着边慕健步如飞地追出门，怔了怔，随即明白过来："边慕！你这个大骗子！"

刚奔出门的边慕听到安心的骂声，这才意识到自己一个不注意竟然穿帮了，一脸尴尬地站在那里，打着哈哈："哈哈！我好了！我的腿竟然已经好了！"

"闭嘴吧你！"安心瞪了边慕一眼。

小七叼着手机跑了回来，对着边慕汪汪叫着。

边慕哭丧着脸，瞪着小七："臭小子！"

安心看着边慕，试探道："你故意装成还没好的样子，是因为舍不得离开小七吧？"

一听安心的话，边慕立即撇嘴："怎么可能！我的梦想可是职业电竞，才不会舍不得小七！"

"汪！"小七不满地叫着。

安心撇嘴："得了，我才懒得管你。"说着，安心向小七、小雪招呼道，"小七、小雪，我们走！"

"汪汪！"小七突然吠着，跑到病床床头柜前，趴在上面把柜子拉开。

柜子里躺着一个小七玩偶，正是上次被步枪撕坏的那个，原来被边慕一直带着。

原本被步枪撕坏的地方，用粗糙的针脚缝合起来了，看起来皱皱巴巴的甚是丑陋。

安心撇嘴："这谁缝的，怎么这么丑？"

边慕立即反驳："什么啊！第一次做针线活就有这水平还想怎么样？再说这可是我的处女作！"

安心见边慕涨红了脸，憋不住笑了出来，拿过小七玩偶："就这水平，还好意思缝小七的玩偶？"说着，安心拿着小七玩偶，"小七、小雪，我们走。"

"喂……"看着安心拿着小七玩偶，带着小七和小雪离开的背影，边慕伸了伸手，不知怎么心里有些失落。

安心走到门前，回过头来："对了，警局送来的荣誉证书和奖金还在基地，你出院的时候自己过来拿。"

边慕："……"

神州半岛的夏天风景宜人，安心开着车，带着小七和小雪，一路上心情非常轻松。

小七、小雪趴在车窗上，看着外面一晃而过的风景。

"这臭小子！"看到旁边那个缝得丑不拉几的小七玩偶，安心撇了撇嘴。

她一回到基地，正在训练的众人就围了过来。

"队长，边慕哥今天恢复得怎么样了？"伊靓问道。

安心撇嘴："这臭小子一直在骗我们，他的腿早就好了。"

"啊？"众人满脸迷惑。

周茉似乎明白过来："这么说，他其实是想回救援队，所以才赖在医院等我们主动提出来？"

"嗯。"安心点头，"反正我看他确实很舍不得小七，这个家伙就是死要面子。"

"难不成，我们还真得去请他？"莫莉有些不满，"明明是他犯了错……"

汤圆连忙出声："我很了解边慕，换作是我，做了这样的事，肯定不好意思直接说想留下来，不过我敢肯定，他舍不得离开救援队。"

"那也不可能我们去请他吧。"莫莉撇嘴。

莫莉说得确实很有道理。

边慕几次都想偷走小七,现在就算他想回救援队,也不是很顺利的。

安心思索了一下道:"我倒有个主意。"

"什么主意?"伊靓问道。

"我们单独将小七留在医院陪边慕一晚,看边慕是顺势偷走小七,还是带着小七回救援队……"

安心话没说完,就被一个声音打断:"我反对!他这个人不能相信!"

出声反对的是敖力,刚才敖力带着步枪在单独做废墟搜索训练,现在才回来。见敖力坚决的表情,伊靓、洛奇几人都露出为难的表情,看向安心。

安心摇头:"敖队,我理解你的心情,虽然边慕确实很不靠谱,不过我觉得最近他的变化很大,再加上这次的事,我相信他会有很大转变的。"

敖力一口否定:"无论他有什么变化,这件事关系到小七的安全,也关系到我们救援队!我决不同意!"

见敖力依然坚决反对,安心不想当着队员们的面与敖力起争执,叹了口气道:"既然这样,那就大家投票决定吧,同意我的提议的人举手。"

"我同意!"汤圆第一个高高举起右手。

伊靓犹豫了一下,也慢慢将手举了起来。

洛奇笑了笑,也举起手来:"我同意安队长的提议。"

伊森和莫莉互看了一眼,最后也举手同意。

敖力看到众人之中只有周茉没有举手,其他人都举手同意安心的提议,露出失望的神色:"好吧!少数服从多数,虽然我坚决反对这么做,不过我服从规则,就这么办吧。"

"耶!"汤圆高兴地欢呼起来,结果被伊靓瞪了一眼,立即识趣地乖乖闭嘴。

当天晚上,安心、汤圆、洛奇、伊靓四人,带着小七偷偷来到医院。

几人并没有去边慕的病房,而是在走廊就把小七放下,让小七自己去了边慕的病房。

等小七进了病房后,几人这才离开医院,赶回基地。

"边慕哥明天会把小七带回基地的吧?"伊靓望着医院的方向道。

"他肯定会回来的!"汤圆肯定地说。

洛奇则是不太确定的样子:"虽然我们愿意给边慕一个机会,但他究竟怎么选择,却不是我们能左右的,希望他明天会带着小七回来。"

安心点头,也有些心绪不宁的样子。

"边慕，希望你别让我们失望，也别让小七失望！"看着医院的方向，安心握了握拳。

清晨，"完美世界"救援队基地。

一大早，队员们就起床了，不过今天这么早起床，并不是为了晨训，而是为了等边慕。

所有队员，包括队医周茉、副队长敖力，都聚集在训练场上。

时间一分一秒地过去，七点、八点、九点，大门外的路上，一直迟迟不见边慕和小七的身影。

安心有些担忧起来："这浑蛋，不会真把小七给带走了吧？"

伊靓也有些焦虑："这都几点了，边慕哥怎么还没回来？之前打电话问医院不是说他八点就出院了吗？"

汤圆也是急得不行："大哥，你可别闹啊，你这样让我怎么有脸留在救援队啊……"

结果众人一直等到快十点了，都还没见边慕和小七的身影。

按救援队的时间安排，这个时间早就该进行日常训练了，结果今天大家为了等边慕，一直拖到现在。

敖力不想再等了："队长，我没说错吧？他根本不值得我们相信！"说着，敖力向步枪招手，"步枪，走，我们去把小七接回来！"

"汪！"步枪叫了一声跑了过来。

"汪汪！"这时，小雪突然叫了两声，往大门的方向奔去。

"汪汪！"山神、八公也跟着吠起来。

"小七！"安心惊喜出声。

小七从大门外兴奋地跑了进来，和小雪亲热地欢叫着。山神、八公、球球、卡卡也都迎了上去，甚至连步枪都跑上去，对小七亲热地叫着。

一个身影慢悠悠地出现在大门口，背着个背包，戴了副墨镜，酷酷地站在那边。

"边慕哥！"伊靓惊喜地呼道。

"哈哈！边慕！回来啦！"汤圆兴奋地冲了过去抱着边慕。

人群中，洛奇脸上也露出笑容，转头看向伊森和莫莉伸出一只手："哈哈，我赢啦，来来来，一人二十！"

伊森和莫莉不情不愿地从兜里掏出二十块钱，递给洛奇。

"喵——"阿旺从围墙上跳下来，跑到小七面前，对小七叫唤着。

小七见到阿旺也很开心,对着阿旺一顿蹭。

见众人都看着自己,边慕有些尴尬,向小七挥了挥手:"小七,我把你送回来了!我还有事呢,先走了,你乖点啊!拜拜!"

说完,边慕也不等小七回复,转身准备离开。

"汪汪!"小七冲到边慕跟前,咬着边慕的裤腿往基地内拽。

边慕皱眉:"小七,干吗呢,我们不是说好了吗,我送你回来,然后我走吗?"

小七拽着边慕的裤腿就是不松口。

"小七,放开我啦。"边慕劝说着小七。

"呜呜!"小七拖着边慕死命往里拽。

边慕苦着张脸,无可奈何地摇头叹了口气:"唉,小七,你怎么就是长不大呢,我这不是要去夏威夷度假吗,连票都定好了呢。"

"呜呜!"小七摇头。

边慕:"……"

"算了算了!那我就把票退掉好了。"

见边慕一个人在那自导自演,安心哭笑不得地暗骂道:"幼稚……"

这时,敖力走了过去。边慕见敖力走来,立即站直身体,脸上的笑容收敛了,有些警惕的样子。

"砰!"敖力一拳砸在边慕的肩膀上。

见到这一幕,正在看边慕演戏的伊靓、汤圆等人都怔住了,就连周茉也是一脸紧张。

救援队所有人都知道,敖力和边慕一直不对付,连边慕要归队敖力都极力反对。

现在,边慕厚着脸皮回来了,敖力竟然上去就是一拳,所有人都担心这两个家伙会不会打起来。

不过,很快所有人就都松了口气。

"好像恢复得不错嘛。"敖力一拳落在边慕的肩膀上后,满意地说道。

"那是当然!"边慕挺起胸膛,"一点小伤,怎么可能让我倒下!"

敖力淡淡一笑,伸出手来:"欢迎归队!"

边慕看看敖力,也伸出手。

边慕的归队总算没有出什么岔子,见边慕没有辜负大家的信任,安心着实松了口气。

"赶紧把东西放好,准备接受你的惩罚!"安心向边慕喝道。

"啥？还有惩罚？"边慕一愣。

"废话！"安心板着脸道，"虽然你已经有所悔悟，但你偷走小七的罪恶行径不可饶恕，经全体队员决定，必须对你进行劳动改造，罚你打扫搜救犬公寓一个星期！"

"啊？"边慕傻眼了，"我可是刚出院的伤员，你们竟然这么残忍地对待我……"

"这是你应得的惩罚！"安心一本正经地道。

洛奇、伊森等人，也都一脸笑意地看着边慕。

边慕："……"

"好吧。"看来劳动改造是逃不过去了，边慕只得看向汤圆，"汤圆……"

"大哥，到点准备午饭了，我先忙去了。"汤圆一边说着一边跑掉了。

"早知道我就不回来了……"边慕哭丧着脸，拿着扫帚拖把，往搜救犬公寓走去。

小七蹦蹦跳跳地跟在边慕身后，跑去陪边慕打扫狗舍。

虽然表面上很是不服气，边慕心里却还是很开心。

回到基地，让边慕有种回家的感觉，不再像以前那样没有一点归属感。尤其是洛奇、伊森、莫莉等人，并未因为自己偷走小七而鄙视自己，就连那个以前怎么看怎么不顺眼的敖力，也难得地顺眼了一点。

打扫完狗舍，已经快到正午了，虽然心情不错，但因为一个人打扫，边慕也累得够呛。

因为上午边慕归队的事情，耽搁了常规训练，下午的自由训练取消，由敖力带领队员们进行"服从性训练"。

边慕这些天已经落下很多训练，现在归队了，下午的训练当然不能再耽搁。

两点一到，所有队员都带着自己的狗狗在训练场集合。

救援队除了安心和敖力以前接触过完整的训练，别的队员都是半路出家，根本不知道"服从性训练"究竟是什么。

当敖力指挥步枪进行完"服从性训练"后，大家才明白过来。

"敖队，这些训练太简单了吧，只是让狗狗随行、坐、卧、等待……"

"对啊，我家山神早就进行过这些训练了。"

"可不是，这些训练都太基础了，我们能不能挑一些更难的训练啊？"

汤圆、伊靓、伊森几人纷纷发表意见。

"呵呵……"敖力阴笑了一下，"既然你们觉得没有难度，那现在大家就来练习一下。"

"我来我来！"伊靓第一个高高举手。

敖力点头，伊靓挺起胸膛，一脸得意地带着山神走了过去。

服从性训练确实非常简单，基本上就是发出一些常规性指令，比如让狗狗叫、拒食、唤回、等待、坐卧、攀爬阶梯等。这样的指令，在伊靓看来，对于山神来说根本没有任何难度。

要知道，就算伊靓让山神跳舞、转圈，山神都能完美地表演，更何况这样简单的指令。

"山神！卧！"伊靓学着敖力的样子，向山神发出指令。

山神听到指令，立即趴在了地上。

所有人都哄笑起来。

山神的卧，完全就不是卧，而是躺，像一摊烂泥一样，就那么躺在那儿，根本和步枪的卧无法相比，一看就是一条懒狗的样子。

伊靓脸红了，气愤地出声："山神！坐！"

山神听到口令，立即坐了起来。

众人再次哄笑起来，山神坐是坐对了，不过这坐姿也太不标准了，还吐着舌头是什么鬼？

伊靓和山神的演示很明显是失败了。

汤圆见伊靓吃瘪，带着八公想找回场子，结果可想而知，山神可是经过训练的狗狗，八公却是一条没主人的流浪狗，更不可能完成这样的指令。

等伊森、莫莉带着球球、浩克也尝试之后才发现，"服从性训练"的指令看似很基本，平常大家都会向狗狗发出这些指令，狗狗也基本上都会做出响应，但要说响应的准确性，完全没办法与步枪相比。

"搜救行动不是我们平常的逗狗娱乐，需要搜救犬精确地执行指令，这些训练都是更高难度训练的基础。"敖力背着双手，看着排成一排的队员，"刚才你们的表现都不好，必须加强训练！我宣布，没有通过基础科目的狗狗，将没有机会参加初级考试！"

一听敖力的话，所有队员都紧张起来，连原本吊儿郎当的边慕都难得地认真对待起来。

训练场上，队员们立即按照敖力所说的方法，各自开始对狗狗进行服从性训练。

边慕带着小七，在训练场的一角练习爬高。

小七在指令响应方面，比其他狗狗都要厉害很多，虽然动作不是很标准，但至少指令响应迅速。不过，不知道出于什么原因，小七似乎有点恐高。

恐高的问题,当然不是小七独有,洛克的卡卡、莫莉的球球、伊森的浩克,甚至连小雪都有一定的恐高症状,至于伊靓的山神和汤圆的八公,那就更不用说了。

但搜救犬在执行救援行动时,经常要攀登到较高的地方搜寻,小七必须克服这个问题。

"小七,你现在可同样是功勋犬,和八公、山神不一样,咱们可不能在这种低级考试中被淘汰,明白吗?"边慕鼓励着小七。

"汪!"小七叫了一声,看着前方的铁架,一副跃跃欲试的样子。

"好!上!"边慕拍了拍小七的后背。

"汪汪!"小七立即向铁架奔去。

爬高练习,是训练狗狗在废墟中的攀爬能力。

基地的爬高练习模拟废墟,由七米多高的坡道组成,中间除了有断裂的楼面、破损的墙体,还有很多露出的钢筋。而在上空,则在铁架上绑着一个人形沙袋,那就是狗狗们的搜救目标。

小七冲上坡道,开始向上攀爬。

最初的坡道部分,小七完成得非常顺利,不过当攀爬到四米多高的时候,模拟楼面断裂位置出现,面对四米多的高度,小七有些畏缩起来,眼神里透出恐惧。

这样的高度,实际上小七是能够完成的。在喜来登度假村,小七从直升机上跳到海中救安心的时候,比这还要高出很多。但那是海面,而这儿的下方是凌乱的混凝土。

"小七,加油!别怕!放松!"边慕在旁边给小七打气。

小七犹豫着,往前挪了挪腿,依然不敢越过裂缝。

边慕叹了口气,想看看别人的训练情况,这一看,才发现洛克的卡卡、莫莉的球球、伊森的浩克,甚至连伊靓的山神,都已经完成了攀爬训练,只有汤圆达在那和边慕一样费劲地给八公加油打气。

边慕又鼓励了小七两声,甚至拿出加了料的肉条诱惑小七,小七都不敢跃过裂缝,最终只得放弃。

"唉,看来恐高是你的弱点啊……"边慕皱紧眉头。

小七也耷拉着肩膀坐在那里,看着完成训练的山神、卡卡等狗狗追着小雪示好。

小七嘴里发出沮丧的"呜呜"声。

"好了好了,不用灰心,我们一定能行的!"边慕揉了揉小七的脑袋,苦思着怎么训练，才能帮小七克服恐高的问题。

边慕正坐在那边冥思苦想，旁边原本一脸沮丧的小七突然直起身来，望着基地大门的方向嗅了嗅鼻子，紧接着"汪汪"叫了两声蹿了出去。

"小七！"边慕不解，连忙追上。

前方，安心带着一个七八岁的小男孩从基地大门走了进来。

看到小七，那名小男孩立即兴奋地张开双手向小七迎了上来："小七！"

"汪汪！"小男孩身旁，一条法国斗牛犬也叫着冲向小七。

"汪汪！"

"汪汪！"

小七跳进小男孩的怀中，小男孩抱着小七又亲又摸："小七！你怎么长这么胖了？"

"汪汪！"那条法国斗牛犬也凑了过去，和小七亲热。

看着正和小七亲热的小男孩和法国斗牛犬，边慕一脸迷惑，走到安心身边："队长，这是谁啊？"

"我外甥诺诺。"安心微笑道，"他放暑假了，到基地来玩玩。"

"喔。"边慕明白过来。

经过安心的介绍，边慕才明白，诺诺很早就和小七认识。跟着诺诺来的那条法国斗牛犬，还是小七从集装箱里救出来的，名叫饭桶。诺诺非常喜欢小七，在去年的时候，小七还在宠物乐园那边表演，随着旅游旺季的到来，小七本来会有非常多的演出，结果诺诺因为心疼小七，带着小七和饭桶一起逃出了度假村，害得大家一顿好找。

看着和诺诺亲热得不行的小七，边慕微微皱眉，心里有种不妙的感觉。

"诺诺！"一个声音响起，是洛奇。

诺诺看到洛奇，立即奔了过去，一脸兴奋："洛奇哥哥！你怎么也在这里啊？"

"哈哈！"洛奇一把抱起诺诺，"你不是说搜救员是最酷的吗？我现在也是搜救员了！"

"哇！洛奇哥哥好棒！"诺诺一脸羡慕，"等我长大了也要做搜救员！"

"哈哈！"洛奇大笑。

这时，诺诺突然一把抓住洛奇的肩膀，惊恐地看着洛奇身后不远处："他……他们怎么也在这里？"

在洛奇身后不远处，莫莉和伊森两人正牵着球球和浩克过来。

洛奇笑道："不用怕，伊森和莫莉现在都改邪归正了，他们也在救援队接

受训练，也是搜救员。"

诺诺皱眉："他们不是帮着坏蛋打捞文物，还绑架过小七、欧叶姐姐和好多人吗？"

安心走了过去："诺诺，那都是以前的事了，他们不会再做坏事了，所以我们要原谅他们哦。"

伊森和莫莉走了过来，不好意思地和诺诺打招呼："诺诺，以前的事……真的对不起啊……"

诺诺担心地看着伊森和莫莉两人："你们真的不会再做坏事了吗？"

"嗯！肯定不会了！"伊森坚定点头，"我们来救援队，就是想以后能帮助别人。"

诺诺犹豫了一会儿，这才点头："那好吧，我原谅你们了！"

伊森和莫莉露出一抹微笑，如释重负的样子。

"汪汪汪！"正和饭桶亲热的小七似乎突然想起了什么，跑过来咬住边慕的裤腿，把边慕拖到诺诺面前，冲诺诺叫着。

诺诺皱了皱眉，看着边慕："你又是谁啊？"

边慕一笑，挺起胸膛："我是边慕，小七的驯导员！"

"边牧？不是一种狗吗？"诺诺迷惑地问道。

边慕："……"

"哈哈！"旁边安心笑得肚子直抽筋，一边笑一边拉着边慕的胳膊道，"哈哈！这么久，我还没注意……哈哈！原来你叫了一个狗的名字！哈哈！"

边慕："……"

"奇怪。"诺诺打量着边慕，"以前小七在宠物乐园的时候，最喜欢的那条狗狗玛丽就是边牧犬，你怎么也起这么怪的名字？"

边慕："……"

这姨侄俩，真的太不像话了！

"对了。"诺诺突然向安心问道，"小姨，什么叫驯导员啊？"

安心终于止住人笑，给诺诺解释道："驯导员就是搜救任务里狗狗的搭档，平时每天和狗狗一起训练。"

诺诺皱眉："这么说，小七跟他关系很好喽？"

"对啊。"安心点头，"驯导员和狗狗必须朝夕相处，培养默契……"

安心话还没说完，诺诺就惊讶出声："啊？那他不就成小七的主人了？"

"嗯，你也可以这么理解。"安心点头。

诺诺脸色一沉，不满地看着边慕："他怎么可以成为小七的主人？我看他的样子弱爆了，和鲍宇哥哥根本没办法比。"

安心笑了笑没说话，摸了摸诺诺的脑袋。

而旁边的边慕，整张脸都已经黑了。

这个小屁孩！

越看这个小屁孩越不顺眼，边慕向小七招呼了一声："小七！走，我们训练去！"

"汪！"小七叫了一声，竟然不肯离开。

"小七！"边慕又唤了一声，"走，我带你玩直升机！"

小七看了看诺诺，又看了看边慕，最后犹豫着，还是向边慕走去。

边慕向诺诺投去一个得意的眼神，领着小七去宿舍取遥控直升机了。

诺诺撇了撇嘴："小姨，你怎么能让这么个菜鸟当小七的主人？"

"哈哈。"安心摸了摸诺诺的脑袋，"你可别小看他啊，他前两天还获得了警局的表彰呢，小七帮助警察抓获了一名逃犯。"

"那也是小七的功劳。"诺诺再次撇嘴，"他这是人仗狗势！"

诺诺的话落入还没走远的边慕耳中，边慕整张脸立即绿了起来。

诺诺活泼可爱，来基地后的当天，很快就和基地的众人混熟了，大家都很喜欢他。

伊靓给诺诺拍了好些照片发微博、基地公众平台，对诺诺喜欢得不得了。因为伊靓，汤圆对诺诺也好得不行，还专门给诺诺做了他喜欢的美食。就连敖力也难得地露出笑容，不时夸奖诺诺懂事。唯一对诺诺不感冒的，也就只有边慕。似乎诺诺对边慕也不感冒，总是缠在边慕耳边絮叨个不停。

这不，因为这段时间住院的关系，边慕落下很多训练，想带小七补习一下，结果诺诺也跟了过来。

"不应该这样！你怎么这么笨啊！"诺诺在旁边指手画脚，"你要看着小七的眼睛，说了多少次了，小七不是小孩，你要看着它的眼睛发指令……哎呀，你让开，我来给你演示……

"你真的好笨，怎么把小七训练成这样了，这样是不行的，还是让我来再给你演示演示！

"指令要干脆一点，不要拖泥带水，你这么大个人怎么像女人一样！"

本来想补习一下的边慕，带着小七训练了半个小时，就被诺诺在旁边鄙视了半个小时，边慕简直受到了一万点爆击伤害，被诺诺烦得不行："熊孩子！烦死了！要不是看你年纪小，我非得揍你一顿，赶紧哪儿凉快哪儿待着去！"

"我必须盯着你,你这样的半吊子驯导员,会把小七带偏的!"诺诺理直气壮地说着,还不忘补充,"真不知道你怎么长的,我就没遇到过你这么笨的人!连我们家饭桶都不如!"

"汪汪!"诺诺带来的那条法国斗牛犬饭桶,也在旁边一脸鄙视地应声。

有诺诺在一边,边慕和小七根本没办法训练,又赶不走诺诺,边慕最终只得放弃。

想到过两天就是基础考核,小七恐高的问题根本没能克服,边慕心里更是急躁起来。

第二天一大早边慕就起床了,想趁着诺诺还没醒的时候,带小七先进行一下训练,免得到时候又被诺诺那个调皮的家伙缠上。结果一大早的训练,依然没能让小七克服恐高的问题,在面对高塔的时候,小七根本不敢上前,四条腿哆嗦得几乎整个软掉了。

"唉,这可怎么办?过两天就是考核了。"边慕皱紧眉头。

这时,厨房那边,汤圆已经做好早餐,招呼队员们吃早餐了。

看到汤圆,边慕眼睛一亮:"有了!"

他三两步跑到厨房,把汤圆拉到一边:"汤圆,过两天你找个机会把假小七弄回来。"

"啥?"汤圆吓了一跳,"大哥,你不会还想把小七偷走吧?"

旁边跟在边慕脚下的小七听了,立即一个激灵竖起身子,直直地瞪着边慕。

边慕摇头,凑到汤圆耳边:"你别大呼小叫的,我是担心小七克服不了恐高的问题,到时候通过不了考试。"

小七恐高的问题,参加训练的汤圆也都看在眼里,心知以小七现在的情况,肯定通过不了考核。

汤圆皱眉:"可是,假小七可不是省油的灯啊,万一到时候出了什么岔子……"

边慕出声:"我们只让它在小七登高的时候出现,考完之后就将它牵走,绝对不会有问题的。"

汤圆依然有点心虚,皱紧眉头一脸为难的表情。

"呜呜——"旁边的小七大概听懂了边慕的意思,一脸不高兴地低哼着。

边慕看出小七不快,立即爱抚它道:"小七,我这不是嫌弃你,是担心你没法通过考试,到时候咱俩的脸可就丢大了,而且还可能被那个凶巴巴的敖力赶出救援队,这可不是闹着玩的……"

"汪!"小七一副不服气的样子,对边慕叫着反驳。

这时，队员们都来到厨房，边慕只得中断和汤圆的对话，先吃早餐。

汤圆在厨艺上确实有一手，饭菜做得很可口，即便是早餐也有不少花样。经过一晚休息，诺诺似乎也对边慕好了一些，把汤圆专门给他做的小圆饼也分给边慕两个，甚至一副大人的样子拍了拍边慕的肩膀道："我考虑了一夜，你在训练小七的时候虽然有些不足，不过你非常努力，年轻人就应该这样，以后加油，一定可以把小七训练成最优秀的搜救犬的，我相信你！"

边慕："……"

虽然被一个八岁的小男孩儿用这样的语气夸奖，边慕有些无语，但对诺诺夹过来的那两个可爱的小圆饼，边慕还是笑纳了。

"那当然。"边慕一边吃着小圆饼，一边得意地道，"我和小七可是最佳搭档，你就等着看我和小七的成绩吧！"

"嗯，你一定行的。"诺诺点头，三两口吃完早餐走掉了。

见诺诺不再缠着自己，边慕松了口气。

"这孩子，有时候还是挺可爱的嘛。"边慕正想着，突然发觉肚子不对劲，紧接着脸一绿，起身直奔厕所。

"糟糕！这一大早的吃坏啥东西了？"

厕所里，边慕拉得浑身虚脱，两腿发软。他看了看时间，已经是该训练的时候了，要再不去可得迟到，到时候又得被敖力训斥。

边慕强撑着身体，想先去报个到再说。结果，当边慕找卫生纸的时候，发现厕所里竟然没有卫生纸。

"该死！"边慕拿出手机拨打汤圆的电话，结果打了好几次，汤圆的手机都没人接，想来，汤圆在参加训练，手机恐怕没带在身上。

"这可咋办？"边慕被困在厕所里欲哭无泪。

好一会儿，边慕才想起伊靓，伊靓在训练的时候经常会拍照，有时还会直播，肯定会带着手机。

这一回，电话总算打通了，一听说边慕被困在厕所没卫生纸，伊靓笑个不停，最后还是让汤圆赶了过来。

出了厕所，边慕来到训练场的时候，别人早就已经开始训练了。

不可避免地，边慕肯定被敖力一通训斥。边慕可不想让敖力知道自己被困在厕所里这样丢脸的事情，只得老老实实地听完敖力的训斥。

等敖力训斥完，边慕准备带小七去训练的时候，突然发现训练场一角的诺诺正带着饭桶躲在那儿，对自己挤眉弄眼地做着鬼脸。

"这家伙……"边慕一怔，随即明白过来，"熊孩子！看我不收拾你！"

134

现在，边慕要还不明白才怪。

早晨他之所以会莫名其妙地拉肚子，肯定是诺诺搞的鬼。原本他以为诺诺对自己有所改观，还送自己小圆饼，结果都是这家伙的奸计！

边慕气得不行，可又不好和一个八岁的小孩一般见识，只得气呼呼地瞪了诺诺一眼，带着小七赶去训练。

"哈哈！"诺诺见边慕气呼呼的样子，搂着饭桶得意地大笑起来，拿出手机，拨通一个号码。

很快，电话接通了，诺诺高兴地对着电话说道："鲍宇哥，那个家伙太笨了，今天早晨就被我收拾了！"

电话那头，鲍宇听了事情的经过哭笑不得，责备道："诺诺，你这样是不对的。虽然我知道你很喜欢小七，但你不能用这样的手段和他竞争，男子汉就得用正当的手段，知道吗？"

诺诺原本还以为会被鲍宇夸奖，结果却被责备了，本想不服气地顶两句，不过诺诺虽然调皮，却不是什么坏孩子，还是明白自己确实做错了："好吧，鲍宇哥，我知道错了……"

"知道就好，以后可不许这样捉弄人。"

"嗯。"诺诺点头，"不过我依然不会放过他的，这个大菜鸟，我一定要好好考验他！"

边慕并不知道诺诺对付自己的根本原因，此时正在认真地带小七进行登高训练。

虽然边慕已经很努力了，连小七最喜欢吃的肉条都拿出来了，用尽了所有手段，就是没办法让小七登上高点。只要一到四五米的高度，小七就四腿发软不敢前进，到最后，边慕甚至找安心借来小雪施展美人计，小七都无法克服恐高的问题。

对这样的结果，边慕愁得要命，再看看其他人的训练成果，小雪、山神、球球、卡卡、浩克，甚至汤圆捡来的秋田八公，都已经能完成登高训练，边慕更是忧心忡忡起来。

照这样下去，考核肯定会通不过的……

边慕皱紧眉头，重新找上汤圆，叮嘱他过两天把假小七弄回来的事情。

这样的训练，一直持续了三天，不管边慕愿不愿意，基础考核的时间还是到来了。

这三天的训练，小七依然无法克服恐高问题，高台上的那道裂缝，完全成了小七的心病，每次只要面对那条裂缝，小七就不敢再上前一步。至于其他人的狗狗，都已经能熟练地完成登高练习，甚至能在上面健步如飞，直登高点。

考核开始了，前面所有的考核都没半点问题，小七都完成得非常好，直到最后一项考核——登高考核。

考核的内容，是搜救犬在规定时间内到达最高处，从最高处取到塑料球迅速返回驯导员身边。

看着高处那个塑料球，边慕和小七都傻眼了，你看看我，我看看你，面面相觑愁眉苦脸。

"小七，上啊！"边慕给小七加油鼓劲。

小七面对高高的阶梯，耳朵软趴趴地耷拉着，一点也没生气的样子，战战兢兢地不敢上前。

"不行了，必须得用假小七！"边慕心知小七肯定没办法完成，四处张望，搜寻汤圆的身影。

"这个家伙怎么搞的，怎么还没把假小七带过来？"边慕愁得不行。

这时，边慕的手机响了，他拿出手机一看，是汤圆发来的信息："大哥。就位！"

边慕眼睛一亮，望向训练场的角落，见汤圆正鬼鬼祟祟地躲在那里。

边慕喜上眉梢，立即带着小七向敖力报告道："报告副队长，小七要大便，我要带它去解决一下！"

"你们动作快点！"敖力点头。

"知道啦！"边慕带着小七急匆匆地往汤圆那边走去。

他刚走到角落，就听不远处传来一声惊呼。

"啊！救命啊救命啊！"

边慕扭头看去，见诺诺不知什么时候爬到了高塔上，似乎因为不慎踩空跌倒在楼梯边缘，正死命地抱着楼梯，双腿悬空地挂在那儿。

"危险！危险！"

"救命！救命！"

公主和豆豆两只鹦鹉在那扑扇着翅膀发出呼救声。

"汪汪！汪汪！"旁边，饭桶急得团团转，却不知道如何施救。

"汪汪！"跟在边慕旁边的小七突然发出叫声，迅速向高塔跑去。边慕见状，顾不得假小七，连忙跟着小七追了上去。

前方，小七一股脑地冲上高塔，来到之前怎么也不敢越过的裂缝。面对这道裂缝，小七犹豫挣扎了片刻，明显有些畏惧，但看了眼对面正处于危险中的诺诺，小七突然振作起来，用力一跃跳过裂缝，直奔高塔塔顶，刚赶到高塔下

的边慕惊呆了。

小七……小七竟然跳过去了，还冲到了塔顶……

塔顶上，小七迅速找到一根绳子，将一头扔给诺诺，自己则咬着绳子的另一头，还冲饭桶叫了两声。

正急得团团转的饭桶立即明白了小七的意思，也帮小七一起咬住绳子。

"诺诺别怕，抓紧绳子！"周茉在下方向诺诺喊道。

边慕见状，立即向塔顶奔去，刚跑出两步，敖力也跟了上来。另一边安心和洛克已经搬来气垫，铺在诺诺的下方。

"诺诺，别往下看，眼睛看着前方！"莫莉提醒道。

诺诺战战兢兢地抓住绳子，按莫莉的指示看着前方，似乎总算平静了一些。

不过小七和饭桶两条狗狗再怎么厉害，也很难完全拽住八岁的诺诺。再加上饭桶没有经过专业的救援训练，小七和饭桶两条狗，被诺诺的体重带得渐渐往前滑去。

"小七、饭桶，加油！"安心对小七呼道。

小七和饭桶拼尽全力，依然无法阻止不断前滑的情况。

还好，敖力和边慕及时赶到，终于从小七、饭桶的嘴中接过绳子，将诺诺拽了上来。

"呼……"所有人都松了口气。

敖力抱着受到惊吓的诺诺走下高塔，边慕则兴奋地搂着小七："小七，你成功啦！你克服了恐高的弱点！你成功啦！"

"汪汪！"小七也发现自己竟然跳了过来，得意地吠了两声，伸出舌头舔了舔边慕的脸。

敖力将诺诺抱下高塔，安心立即跑过去抱住诺诺，道："诺诺，没事吧？有没有哪里受伤？"

诺诺一脸欲哭的样子，紧闭着嘴呆呆地摇头，很显然，诺诺是被吓坏了。高塔的顶端，距离地面足足六米，这样的高度不被吓坏才怪。

这时，边慕带着小七也从高塔上走了下来。经过刚才救诺诺的行动，小七似乎已经完全克服了恐高的问题，在下来的时候没有半点犹豫，行动也非常敏捷，让边慕心里松了一大口气。见到诺诺，小七立即跑过去"汪汪"叫了两声，伸出舌头舔着诺诺安慰着。

"呜！"诺诺终于哭了出来，一把抱住小七，"小七……呜……你救了我……呜……"

"汪汪！"小七拿头蹭着诺诺的脸。

旁边，伊靓早已经拿出手机直播，将这一幕幕展示给直播间的粉丝："大家看到了吗？刚才我们救援队的两条狗狗救下来一位小朋友，小七简直太神勇啦。接下来，我将继续为大家直播狗狗们的考试……"

接下来的考试，对于小七来说，根本就没有什么问题了。

考试开始，小七根本不用边慕的鼓励，指令一起，立即奔向高台，飞跃过裂缝，一鼓作气地爬到最高处，叼起球几个起落就回到边慕身边，将塑料球交给边慕。整个动作行云流水，极为迅捷，连敖力都一脸惊讶。等看到小七完成考试的时间时，众人才发现，小七用时竟然比考试规定时间少了一半！

"汪汪！"小七兴奋地叫着。

边慕得知这样的成绩，也惊喜欢呼，抱着小七像个小孩一样："小七！我们成功啦！真的成功啦！"

旁边，诺诺看着和边慕亲热的小七，擦着眼泪撇嘴："是小七成功了，又不是你这个大菜鸟……"

"小屁孩！刚才可是我把你救下来的，要不要现在我把你重新挂回去？"边慕冲诺诺阴笑道，诺诺吓了一跳，连忙躲到安心身后。

"好啦，你别吓唬他了。"安心哭笑不得。

这几天小七的训练，安心都很关注，知道小七恐高的问题，对小七能通过考试，完全克服恐高的问题，安心也很高兴，蹲下身子摸了摸小七的头夸奖道："小七，祝贺你通过考试，克服了自己的弱点！"

"汪汪！"小七叫了两声。

边慕也很高兴，得意忘形地从兜里拿出一块肉条："小七，来，这是对你通过考试的奖励！"

看到肉条，小七立即兴奋地跃过去。结果，小七还没吃到肉条，一道绿色的身影闪过，已经从边慕手中抢过肉条。

是公主！公主竟然比小七先一步抢去肉条。

"肉条！肉条！"

"要吃！要吃！"

豆豆追在公主身后吵嚷着，想要从公主嘴里抢肉条，结果肉条被公主三两下直接吞到口中。小七见肉条被公主抢走，不满地冲公主叫了几声，回头可怜兮兮地望着边慕。

"行啦行啦，我这儿还有。"边慕又从兜里摸出一块肉条。

看着边慕手里那块肉条，还有小七迫不及待的样子，以及旁边饭桶、山神、八公、小雪等直流口水的表情，安心想起在驯导员招募时，小七突然转变方向

跑向边慕的事情，心里有些明白过来。

"这家伙，果然是在耍小聪明！"

接下来，山神、八公、卡卡等狗狗继续登高考试，小七和边慕站在旁边，替八公等狗狗加油打气。

安心走了过去，站在边慕身旁："边慕，你知道我们团队的精神是什么吗？"

"战无不胜！勇往直前！"边慕高举着手臂回复着。

安心："……"这个家伙，这么一会儿就恢复了"中二"的毛病。

安心看着小七，自言自语般说道："困难，不是我们放弃的理由！"

"困难，不是我们放弃的理由？"边慕怔了怔。

"嗯。"安心微微点头，"我希望你能永远记住。"说完，安心带着小雪离开了。

看着安心和小雪离开的背影，边慕心里微动，似乎明白了什么，似乎又什么也没明白。

这时，诺诺来到边慕身边，虽然很不情愿的样子，但还是很生硬地伸出手来："唔……那个……谢谢……"

边慕有些惊讶，没想到诺诺竟然会对自己表示感谢。

这个熊孩子，竟然会主动来向自己表达谢意。

"哈哈！没事儿！"边慕得意地笑道，"不过以后别再爬到那么高的地方了，很危险。"

诺诺冲边慕撇了撇嘴："别以为我会放过你，就算救了我，你依然是个菜鸟！"说完，诺诺屁颠屁颠地走开了。

边慕脸都绿了，紧接着想起早晨拉肚子的事："喂，臭小子，早晨是不是你搞的鬼？"

"噜噜噜——"诺诺回过头来，伸着舌头扒着脸冲边慕做了个鬼脸，飞快地逃掉了。

边慕："……"

基础考试，所有狗狗都通过了考核，这对于基地来说是一个喜讯，说明大家的训练都有很大的成果。

所有人都很高兴，而敖力也难得地给大家放了半天假，算是庆祝。

边慕也没什么事可做，下午就在宿舍内玩游戏。

小七趴在边慕旁边的桌子上，满脸好奇地盯着电脑屏幕。

"左边！左边两人！你们吸引火力，我从右边绕后包抄！"

边慕戴着耳机，和游戏里的队友们急速交流着。

就在边慕绕到右边，举起枪准备偷袭的时候，一双手突然从后面蒙住了他的眼睛。

这一下把边慕吓得够呛，连忙扒开手回过头："谁啊？"

边慕一扭头看着站在自己身后的诺诺正一脸傻笑地看着自己，在诺诺旁边还跟着饭桶。

"是你小子，吓死我了，别闹，我这正忙呢！"等边慕回过头看屏幕的时候，他的角色已经死掉了，连带着队友都全躺下了。

边慕："……"

"哈哈！"诺诺得意地笑了起来。

"臭小子！都怪你！"边慕瞪了诺诺一眼。

诺诺不以为意，靠在边慕旁边："你玩这个玩得还不错嘛！"

提起这个，边慕就一脸得意："废话！边哥我可是半职业选手！"

诺诺不解："为啥是半职业？"

"因为我是职业搜救员啊！"边慕拍了拍诺诺的脑袋。

诺诺皱眉："难怪你这么菜，小姨说做事要一心一意，专注在一件事情上，像你这样，最终只会什么都不专业，一事无成的！"

边慕："……"

这熊孩子，怎么说话和安心一个样？

边慕白了诺诺一眼，不理诺诺，准备重开一局。诺诺却从一边绕到另一边："我给你带了零食，牛肉干哦，你要不要吃？"

"谁要吃你那种小破孩的零食……"边慕撇嘴，"来，喂我一口！"说着，边慕张大嘴巴。

诺诺从袋子里拿出一大块牛肉干，一股脑全塞进边慕的嘴里，差点把边慕给直接噎住。

牛肉干确实很美味，是边慕喜欢的麻辣风味，刚嚼了两口，边慕突然脸一变，停下手来瞪着诺诺："臭小子！你不会又是故意整我吧？"

"怎么会呢，哈哈……这回绝对没加料……"诺诺打着哈哈道。

边慕皱眉，有些不信："真的没整我？"

"真的！"诺诺肯定地点头，搭着边慕的肩膀，"边慕哥，问你一个问题，你有没有女朋友啊？"

"女朋友？"边慕果断点头，"当然有啊！"

"喊！"诺诺撇嘴，一脸不信，"你这么喜欢游戏，一看就是游戏宅、单

身狗！"

边慕："……"

怎么现在的小孩都这么聪明了？

"行了行了，你可以消失了，别影响我打比赛。"边慕懒得和诺诺多说。

诺诺却没离开，眼珠一转，神神秘秘地看了四周一眼，小声道："边慕哥，我小姨也没男朋友，要不要我帮你撮合撮合？"

边慕："……"

果然现在的小屁孩不能和自己当年相比，这脑子里都装了些啥东西？

"瞎说什么，我还用得着你帮我介绍女朋友啊。"边慕专心地打着游戏。

"哼！"诺诺不满地出声，"当年欧叶姐还是我让给鲍宇哥哥的，我本来是想长大后自己娶欧叶姐的呢！"

"喊，我可不是你那个什么鲍鱼哥哥，像我长得这么帅，怎么可能需要人介绍女朋友？就算你小姨来追我，我也得考虑考虑呢……"

诺诺小嘴一嘟："不干拉倒！"

见诺诺终于带着饭桶离开，边慕松了口气。

"嘿嘿，小屁孩就是小屁孩，有什么能比游戏更重要呢？"边慕一边玩着游戏，一边和小七说着，"小七，你说是吧？"

"汪汪！"小七叫了两声，似乎有些不满。

诺诺离开边慕的房间后，站了好一会儿，回头看了看跟在身边的饭桶，眼睛一亮，往安心的办公室跑去。

办公室内，安心正在整理狗狗们今天的考试成绩表。见诺诺进来，安心立即起身："诺诺，你怎么来了？"

"我过来看你。"诺诺一脸乖巧，和刚才在边慕房间里古灵精怪的样子完全不同。

"哈哈，说吧，你肯定是又有什么事想求我了，是想我带你去买零食呢，还是看上了什么玩具？"对自己这个外甥，安心可是很了解的，根本不上当。

"才不是呢。"诺诺撇嘴，"小姨，我觉得你应该感谢我！"

"喔？为什么呢？"安心问道。

诺诺理所当然地说道："要不是因为我差点从塔上摔下来，小七就不会克服恐高症了……"

安心捏了捏诺诺的鼻子："臭小子！你还好意思说，你知道当时快把我吓死了吗？还保证过来了不会调皮淘气？我看你是想找揍了！"

"哎呀！不说了不说了。"诺诺连忙转移话题，神神秘秘地道，"小姨，我发现了一个天大的秘密。"

见诺诺这副表情，安心就知道他又要捣什么鬼："什么秘密？"

诺诺偷看了眼外面，这才小声道："我发现，那个边幕在暗恋你！"

安心一怔，瞪了诺诺一眼："瞎说什么呢！"

"唉……"诺诺叹了口气，一脸非常沉痛的样子，"虽然那个家伙是个大菜鸟，不过经过这几天的接触，我发现他其实没那么讨厌，所以我终于可以下定决心了，把小七还有你，都托付给他！"

"你个小屁孩！我看你是老师作业留得少了闲的吧！成天想些什么事……"安心哭笑不得。

"对了，小姨，我还有件事想跟你说……"诺诺又凑了过来。

安心连忙摆手："打住打住！我可不想再听你提什么边幕！"

"不是不是。"诺诺摇头，"我是想把饭桶留在这里，跟着小七一起训练，让小七把饭桶也训练成一名搜救犬。"

安心见诺诺认真的样子，不忍直接拒绝，可又觉得饭桶不太适合，思索一下皱眉道："诺诺，你要知道，不是什么狗狗都能做搜救犬的，饭桶……不太适合……"

"为什么？"诺诺瞪大眼睛，"饭桶多厉害啊，体形小，又灵活……"

"体形小的狗狗多了，可要成为搜救犬，必须看具体的条件和素质。"安心摇头道。

诺诺不死心地抱着安心的胳膊摇晃着："小姨，你就给饭桶一个机会吧。你看它多聪明，它肯定会非常优秀的，我求你啦……"

安心被诺诺给缠得不行，只得无可奈何地点头："好吧好吧，反正饭桶跟着你一天到晚只知道吃，参加训练就当减肥吧。"

"耶！"诺诺高兴地蹦了起来，指着饭桶下达命令，"搜救犬饭桶，准备出击！"

安心："……"

诺诺带着饭桶，加入了基地的训练之中。

说起来，这个小破孩儿不调皮捣蛋的时候，确实很乖巧的样子，很让人喜欢。

短短两天，诺诺就成了大家注目的焦点，伊靓甚至在基地的官方公众平台给他和饭桶开了一个专区，吸引了大量人气。

对于边幕，诺诺也不再捉弄他，经常拉着边幕，让边幕帮着训练饭桶。看着诺诺在训练饭桶时的认真劲，边幕有时候也是非常感慨，打心底里喜欢这个小男孩。当然，如果这个小家伙不缠着给边幕撮合安心的话，那就更好了。

喔，还有一点，就是别在边幕玩游戏的时候，老是在旁边指指点点，甚至还动手抢鼠标要亲自操作就好了。

时间一天天地过去，基地内一片和谐。洛奇、伊森、莫莉经常和边幕一起，让边幕感觉自己不再是局外人，对基地也有了更多的归属感。

这天，边幕和汤圆一起，带着小七和八公在训练场上进行扔球训练。和小七比起来，八公要差上很多，汤圆一直努力地想让八公跟上大家的训练节奏。

阿旺也跟在旁边，一路陪着小七凑热闹，玩得不亦乐乎。

这时，边幕的手机响了。边幕拿出手机一看，是老爸的电话，立即小心地看了看四周，见没其他人，这才走到训练场边接通电话："喂，爸？"

电话那头，立即传来边幕爸爸的声音："臭小子，你到底什么时候能把小七弄到马戏团来啊？"

边幕小声道："爸，我不是让你不要在这个时候给我打电话吗？万一让别人听见了怎么办？你别急啦！快啦！我现在已经取得小七和其他人的信任，你再给我几天时间，我一定把小七给你弄过去……"

"给我赶紧点，我只给你三天时间，否则你就给我滚回马戏团来！"边幕爸爸说完，气呼呼地挂断了电话。

看着手机，边幕一脸愁容，汤圆走了过来："怎么，老爷子又在催你了？"

"可不是？"边幕苦着张脸，"他让我三天内把小七弄回去，否则就让我滚回去……"

汤圆皱眉："按照我们的计划，应该问题不大。"

边幕叹了口气，愁眉不展也没说话。

"喂，你愁啥呢？"汤圆皱眉道，"按咱们的计划，到时候把假小七和真小七一换，然后神不知鬼不觉地……"

"不是这事儿……"边幕摇头，看向正和八公、阿旺开心玩球的小七，"我觉得，小七更适合留在救援队做一名专业的搜救犬，而不是到马戏团表演节目……"

"啥？！"汤圆瞪大眼睛，"大可，你知道老爷子有心脏病……"

边幕皱紧眉头，愁眉苦脸地叹气摇头。

马戏团里，一条小狗正在冲着上方狂吠。

在上方，一个小男孩腰间绑着布条，被吊在半空，男孩害怕地大哭着："爸爸，我要下去！"

在男孩下方站着一名中年人，大声训斥着："不许哭！男孩子就要勇敢！

这点算什么？坚持住！"

当小边慕站在高高的平衡木上，双眼惊恐地看着前方不敢迈步，额角渗出汗水，张开的双臂和大腿在不断颤抖。

"把腿迈出去！迈出去！走起来！"下方，是边慕爸爸愤怒的声音。

"这都是基本功！这都不会你还能干什么？"

在边慕爸爸的训斥声中，小边慕头顶着四五个碗，单脚站立，眼泪混着汗水，顺着他的小脸蛋流下来。

小时候的一幕幕，在边慕的脑海里闪过。

边慕一脸犹豫，最后摇头："不行！我向小七保证过，一定要将它训练成一名最棒的搜救犬，我绝不能把小七带回马戏团去！"

汤圆摇头："可你爸爸怎么办？你想想从小到大，你家老爷子没少被你气，都气出心脏病了，要是这回你再放他鸽子，没准儿他真被你气死！"

边慕摇头："呵呵，他本来一直就对我不满意，一直看不起我，一直不喜欢我……"

"那还不是你自己不争气。"汤圆撇嘴。

"说得好像你很争气似的。"边慕瞪着汤圆，"不知道谁在大学被退学了，现在都不敢回去。"

汤圆："……"

两人沉默了好一会儿，边慕出声："其实我也不想让我爸失望，我也想把小七给他送去，可这对小七真的不公平……"

汤圆皱着眉头，沉默了一小会儿，抬起头来道："这样吧，这事儿你要是不忍心亲自做，那就我来吧！"

边慕看着汤圆，摇头："算了，还是我来吧……"

"真的？"汤圆有些担心。

"真的。"边慕点头，把头扭了过去，看向小七的方向。

汤圆并没有看到，在边慕的眼中，积蓄着泪水。

两天后，凌晨四点。

搜救犬公寓内，狗狗们都睡着了。豆豆和公主两只鹦鹉也挤在鸟笼里睡着了。阿旺窝在窗台上，旁边的 iPad 里还放着《猫和老鼠》。

一道胖乎乎的身影，鬼鬼祟祟地摸到搜救犬公寓——是汤圆。他怀里抱着一条狗——假小七。来到小七的房间，汤圆将假小七放了进去，又把熟睡的小七抱了起来，偷偷溜了出去，来到基地后门。在基地后门，边慕已经等在那里

接应。他从汤圆手里接过小七,小七睁开眼睛看了边慕一眼,没有任何抵抗。

"你回去吧。"边慕向汤圆点了点头,抱着小七离开,来到公路上。

公路上,已经有一辆车等在那里,是边慕叫来的出租车。

"师傅,走吧。"边慕上车,对司机道。

司机发动汽车,出租车缓缓地驶了出去。

听到车声,小七慢慢睁开眼睛,眼神空洞地望着黑夜,又扭头看了看身边的边慕。

边慕轻抚着小七,小七懒懒地重新躺回边慕的怀里。

看着小七,边慕一脸歉疚,低声地自言自语着:"小七,其实我并不想把你带出去……

"爸爸的马戏团快倒闭了,你知道吗,小七,马戏团是我老爸最在意的东西,他的全部生活甚至生命,都倾注在他的马戏团上。"

"我从小到大,吃的每一粒米、穿的每一件衣服,可以说都是马戏团给我的。现在马戏团生意不行了,客人越来越少,眼看就要关门了,我们想着如果你能加入马戏团的话,以你的名声和号召力,马戏团肯定会重振雄风的……"边慕的双眼里滚动着泪水。

"呜呜——"小七突然抬起头来,莫名地看着边慕。

边慕低头看了小七一眼:"我知道你肯定能听懂,和你相处了这么长的时间,我觉得你更适合救援队,那里也是你真正向往的生活。可是一想到我爸的身体,他有很严重的心脏病,我担心他……"

"呜呜——"小七将自己的头轻轻地趴在边慕的腿上。

边慕搂着小七,无声地哭泣着,小七偎依在边慕怀里,凑到边慕的脸颊边,舔掉边慕脸上的泪水。

过往的一幕幕,不断浮现在边慕的脑海里。

抱着小七,边慕突然坐直身体,拿出手机编辑短信:"老爸,对不起,这次原谅我吧,我愿意自己回马戏团,我不能让小七失望,救援队才是小七适合的地方,那里才是它的家!对不起了,老爸……"

这时,边慕的手机屏幕跳到了来电提醒上——是边慕爸爸打来的电话。

看着手机上显示的那个号码,边慕迟迟没有接通,小七歪着脑袋,看着边慕手机上的来电显示。

边慕一脸纠结,最后直接挂断电话,快速删掉短信,对出租司机道:"师傅,掉头,我们回去!"

"回去?"司机不解。

145

第 6 章
警方通缉犯

"对，回去！"边慕一脸坚定，搂着小七，"我们回去！"

司机无奈地刹车掉头，往基地的方向开去。

此时，天已泛白。

路上，边慕拿出手机，拨通了汤圆的号码。

电话响了好一会儿，才被汤圆接通，传来汤圆迷迷糊糊的声音："喂……"

"汤圆，你现在马上把假小七弄走！"边慕出声。

"啊？"汤圆依然有些迷糊。

"我改主意了，赶紧把假小七弄走，我正在带小七赶回去的路上！"

汤圆立即惊醒："大哥！你搞什么？"

"别管那么多，现在就照我说的做！"

汤圆哭丧着脸，看了眼时间，立即从被窝里起来。

这个点，队员们都快起床了。

想到被替换在小七狗舍内的假小七，汤圆急急忙忙地跑了过去，把假小七抱出来塞到车厢里，发动汽车准备带假小七离开基地。

突然，一张脸出现在窗口处。

是安心！

"汤圆，这么早，你这是要去哪儿？"安心一只手搭在半开的窗玻璃上问道。

在安心身边，还跟着小雪，看样子安心是刚带着小雪晨练回来。

这女人，竟然起得这么早！

汤圆脸都绿了，支吾着道："我……我去……"

"汪汪！"小雪对着车厢吠着。

安心见汤圆一脸惊慌，又见小雪对着车厢叫，有些怀疑起来。

"安心。"敖力的声音响起。

安心扭头看去，敖力带着步枪正着急地奔过来。

"怎么了？"安心问道。

"你看到小七了吗？"敖力问道，"我刚才去检查搜救犬公寓，发现小七不见了……"

"啊？"安心惊呼出声，紧接着看向车内的汤圆，汤圆额头直冒冷汗。

"汪汪！"小雪仍对着车厢叫着。

安心立即板着脸道："汤圆！把车门打开！"

"我……我……"汤圆不知所措地挥着手。

"汪汪！"正在这时，熟悉的叫声从基地大门方向传来。

安心、敖力扭头看去，见边慕带着小七正从大门进来，边慕手里还提着油

条、豆浆等早点，小雪看到小七后，立即跑了过去。

车内，汤圆长出一口气。

"边慕，你带小七去哪儿了？"安心问道。

"我们出去晨练了。"边慕将手里提的油条、豆浆递给安心，"喏，这是顺路给你们买的早餐！"

安心看了眼边慕，又看了眼车内的汤圆，总算打消了怀疑。

"吓死我了，还好你和小七回来得及时。"安心和敖力走后，汤圆一阵后怕地擦着额头上的冷汗。

"假小七在车里？"边慕轻声问道。

"嗯。"汤圆点头，"刚才差一点让小雪给发现了……"

边慕隔着车窗，看到后座上的假小七，点了点头："你现在赶紧把假小七送去我爸的马戏团。"

"啊？"汤圆张了张嘴，"你想……"

"嗯。"边慕点头，"反正他也认不出来，拿假小七糊弄过去得了。"

汤圆苦着张脸："唉，老爷子怎么生了你这么个儿子……"

"闭嘴！"边慕板着脸，道："别忘了你被退学的事情！"

汤圆："……"

"行行行，我这就去……"汤圆只得认怂，开车准备离开。

"汪汪汪！"小七突然对着车厢狂吠起来。

车厢内，一直没出声的假小七也跟着吠起来。

边慕脸色一变，连忙捂住小七的嘴："小七，别叫，听话，快别叫！"

小七听了边慕的话，总算停止狂吠。车厢内，汤圆也急忙给假小七戴上嘴套，假小七虽然没停止发出叫声，但因为戴着嘴套，只能发出"呜呜"的声音。

等汤圆开着车离开救援队，边慕总算松了口气，拿出手机，编辑了一条信息："老爸，昨天驯练太累了，起得太晚，我已经让汤圆把小七给你送去了！"

虽然让汤圆把假小七送了过去，以假小七的外形，确实能糊弄过自己老爸，不过想想假小七与小七之间的差别，边慕还是无法真正安心下来。

这几日，虽然并没有接到老爸质问的电话，边慕却连觉都睡不好，一睡着就会梦到爸爸气呼呼地站在自己床前，牵着假小七质问自己，还想从自己怀里把小七抢过去。

这一来，边慕每天参加训练的时候，都哈欠连天，一副憔悴的样子。

"边慕，你最近怎么了，是不是晚上又偷偷玩游戏了？"安心发现边慕的异常，关心地问道。

边慕掩饰道："没有，可能是最近训练太辛苦，有些失眠，还有点神经衰弱……"

旁边的敖力听了："就这点驯练强度还让你神经衰弱，等真的去了救援现场，连续抢险几十个小时不喝不睡，你受得了吗？要不行就早点撤，别到时候把自己搞得很狼狈，丢我们队的脸！"

边慕："……"

上午的分离寻找训练结束，下午本来是自由训练时间，给队员们根据各自狗狗的特点和不足，自由安排单独的训练项目，不过因为下午下雨，敖力便通知自由训练临时改变，组织模拟真实丛林环境的雨天训练。

对此，大家都很好奇。

这样的训练，还是第一次。

吃过午饭后，两点钟一到，敖力就带着所有队员到基地附近的丛林集合。对于这个新鲜的地方，狗狗们都充满好奇，嗅来嗅去四处张望。小雪闻着野花的香味，对草丛里的野花很感兴趣，小七跟在小雪身后形影不离，边慕拽着小七的牵引绳，怎么都拉不住。

敖力指着树林介绍道："这片丛林，是我中午刚刚改造好的，虽然面积不大，但模拟了真实丛林的所有困难元素。在实际的搜救行动中，将有很多丛林雨天的搜救活动，所以必须进行相应的训练，今天我们先进行一些基本的练习。"

众人立即将狗狗拉了回来，等待敖力的指示。

敖力看了眼众人："伊森、莫莉、洛奇，你们三人每人给我一样你们身上的东西。"

伊森、莫莉、洛奇立即分别从兜里掏出手表、钥匙和钱包递给敖力。敖力将三件物品分别装进密封袋之中，对三人道："你们到里面找个地方藏起来，扮演一下被搜救者，不过不要一直待在一个地方，要随时移动……"

"好！"伊森、莫莉、洛奇三人点头行动。

敖力看向其他人："边慕、伊靓、汤圆、周茉，你们带着各自的狗狗，先进行丛林搜救训练。"

"是！"众人点头。

训练开始。敖力将之前放在密封袋内的东西分别拿出来给狗狗们嗅气味，在所有狗狗都准备好之后，队员们便带着各自的狗狗出发，开始从不同的方向搜寻。

丛林内还在下雨，地面潮湿，不时有积水。虽然有树叶遮挡了不少雨水，但这样的环境之下要搜寻指定目标，对于狗狗们来说还是非常困难的。

边慕带着小七从东方开始搜寻，小七对于这一新的训练项目非常兴奋。

"小七，加油！我们一定要让敖力和步枪知道我们的厉害！"

"汪汪！"小七配合地点头。

在丛林中穿行，小七专心地搜寻着，低头仔细嗅着洛奇、伊森和莫莉三人留下的气味。很快，小七就锁定了莫莉的位置，停下来叫着。躲在灌木丛中的莫莉，悄悄地匍匐移动，离开了原来的位置。

小七叫了几声后不叫了，竖起耳朵，静静地倾听，然后迅速向莫莉移动的方向跑去。边慕追在小七身后，小七很快找到了莫莉藏身的地方，就在两棵树间的灌木丛里。

"哈哈！"边慕扒开灌木丛发现莫莉，立即得意地大喊，"小七找到莫莉啦！"

"汪汪！"小七自豪地叫着。

"小七，你真棒！"边慕夸奖了一句，拿出一根早准备好的鸡肉肠奖励给小七。

见小七这么快就找到了莫莉，山神也受到鼓舞，急切地寻找起来。

山神非常兴奋，四处乱跑，伊靓追在它身后，根本跟不上它的速度，好几次都差点摔倒，最后只得关掉手机直播，跟着山神认真地搜寻。

至于八公，完全不在状态，慢悠悠地在林间行走，不时追着蝴蝶或者小飞虫。

"八公，我求你了，好好找行不行？"汤圆都快哭了。

就八公这个样子，怎么可能找得到目标，说不定连本来的任务都给忘了。就在这时，八公突然停了下来，对着前方一处灌木丛叫着。

汤圆一愣："八公，你确定？"

"汪汪！"八公继续对着那处灌木丛叫。汤圆走过去，扒开灌木丛，见洛奇躺在里面，一脸无语的样子。

"哈哈！"汤圆兴奋地欢呼起来，"找到了！八公找到洛奇了！"

洛奇摸了摸脑袋，从灌木丛中站起来："要不是这里蚊虫太多，我肯定不会被发现的！"

"汪汪汪！"另一边，山神似乎也找到了目标，兴奋地冲向一处灌木丛。

伊靓心中一喜，跟着山神奔了过去，结果山神从灌木丛中出来，嘴里叼着的却是一个方便面的袋子，还乐呵呵地望着伊靓。

"山神！"伊靓生气地瞪着山神。

"呼！"

"唰唰唰唰！"

丛林之中突然开始刮风下雨，原本的小雨瞬间变成了大雨，风也很大。

边慕、安心、周茉、伊森几人都一头雾水。

"怎么回事，怎么突然下这么大的雨了？"莫莉迷惑地道。

边慕也很迷惑，紧接着他发现，丛林中的雨有些奇怪，风也有些奇怪，这雨完全大得不像话。

"现在开始逆向寻找，需要找到之前给狗狗们闻过的属于洛奇、莫莉、伊森的手表、钥匙和钱包！"

远处传来敖力的声音。众人扭头看去，才发现敖力身边有一辆洒水车和几台鼓风机，正在全功率运转。听到这个任务，队员们都傻眼了。

在"大雨"的冲刷下，狗狗们也都叫起来，丛林里立即乱哄哄地吵成一团。

敖力大喊道："那些东西已经被我放在不同的地方，大雨和大风会干扰物品的气味信息，大家现在开始行动！"

众人都被淋成了落汤鸡，狗狗们身上的毛发也都完全被淋湿。不过，对于这样的逆向搜寻，大家也很感兴趣，立即纷纷带着狗狗开始搜寻。

"小七，这次我们一样要做第一！"边慕鼓励着小七。

"汪汪！"

而山神那边似乎被大雨淋得不行，叫了两声，竟然带着伊靓往林外跑去。

"山神！回来！回来啦……"伊靓追着山神，可山神怎么都不愿意重回雨区。

八公倒是没往雨区外跑，看到这么大的雨反而非常兴奋，在雨中又蹦又跳地叫着，显然已经彻底忘了搜寻的事情。而诺诺委托给周茉训练的饭桶，干脆缩到周茉的脚下，利用周茉的身体来遮挡风雨，就是不肯出来，把周茉弄得哭笑不得。场中一片混乱，真正在坚持搜寻的，只有洛克的卡卡和边慕的小七。两条狗狗任由雨水打在身上，也不管大风吹得落叶狂飞，眯着双眼在泥泞的草丛里认真搜寻，半点没有放弃的意思。

安心带着小雪努力了几次，最终也不得不放弃。在这样的环境下，小雪基本上和诺诺的那条饭桶一样，只会躲在安心身后避雨。安心带着小雪，来到敖力身边："这些你都是什么时候准备的？怎么都没听你提过？"

"想给你一个惊喜。"敖力一笑看向安心。

两人的视线不经意间碰到一起，安心有些怦然心动，脸上微红，顾左而言他："看起来，小七和边慕的进步挺大的啊。"

敖力摇头："这只是训练罢了，现实情况会更加复杂、更加困难的。"

"我觉得边慕和小七能做到这样已经很不错了，应该多给他们一些鼓励。"安心道。

敖力扭头看了安心一眼，发现安心直直地望着边慕那边，心里掠过一丝不快。

"汪汪汪！"小雪冲丛林中正在搜寻的小七叫着，似乎在鼓励小七。

"汪汪！"小七朝小雪这边看了一眼，叫了两声回应，重新继续认真寻找。

很快，小七在草丛内找到了伊森的手表，又在树下找到了莫莉的钥匙，最后花了十几分钟的时间，终于在一处薄土层下翻出洛奇的钱包。另一边，洛奇的卡卡虽然还是在认真寻找，但搜索无果。

"看来，还是小七更厉害。"洛奇不得不赞叹道。

"那是当然。"边慕抱着小七，"小七可是神犬，简直无人能敌！再加上有我在，我们已经完全人狗合一，简直配合到完美的程度！你和卡卡是怎么也不可能赶得上的！"

洛奇："……"

"这家伙，还真是臭屁。"看着边慕一副孩子气的样子，安心哭笑不得。

第一次丛林搜寻训练的结果，除了小七完成任务外，其他狗狗的表现都不尽如人意。不过这样的结果，并没有打消众人的积极性，相反刺激了众人。

从那天丛林搜寻训练之后，接下来的几天，每天下午几乎只要是自由训练时间，基地外的丛林内都有队员带着狗狗在训练。为了互相鼓励，大家还打起了赌，谁的狗狗最后完成训练，谁就负责打扫一个星期的狗舍。

汤圆也很积极，特意做了一大堆好吃的，拉着边慕询问技巧。边慕哪知道什么技巧，能顺利完成丛林搜寻任务，完全就是小七的天赋，边慕只是跟着小七沾光罢了。但绕不过汤圆的纠缠，边慕只得胡扯一通，什么要让狗狗熟悉气味，要让狗狗在雨天也保持冷静等，汤圆竟然真信了，按照边慕说的去训练。结果没过两天，汤圆的那条秋田犬八公，竟然仅次于洛克的卡卡，第二个完成了任务。

这一来，找边慕请教的人更多了，伊靓、伊森、莫莉都跑来询问秘诀，让边慕沾沾自喜起来。

这天，边慕正带着小七在训练场进行分离寻找训练，在废墟模拟训练场跑来跑去，身后突然传来一个声音："同志，请问敖力在吗？"

边慕回头，见是一名身形壮实的大叔，似乎也是军人，便点头："敖队在装备室，我带你过去吧。"

"谢谢。"大叔点头道了声谢。

边幕带着大叔来到装备室，敖力正在里面整理装备。

"敖力！"

敖力回头看到来人，立即兴奋地起身："嘿，大刘，你怎么来了？"

"哈哈！"大刘走过去，和敖力拥抱了一下，"你们队的环境还不错嘛。"

"那是当然。"敖力挺胸说道，"你今天怎么有空过来了？"

"嘿嘿。"大刘笑道，"你们队现在可是声名在外啊，特别是那只叫小七的神犬，我特意过来看看。"

"哈哈。"敖力笑着谦虚地说道，"只是碰巧协助公安抓到一名逃犯，被那些媒体大写特写，哪有你说的那么厉害。"

"你可别太谦虚了。"大刘凑了过去，"我今天过来，是想和你商量一下，要不我们两支队搞个友谊赛，让我们那些狗狗也向你们讨教讨教？怎么样？"

敖力听了一脸为难："大刘，你看你这话说的，你们救援队都成立这么长时间了，要讨教也是我们向你讨教啊，我看友谊赛的事还是过一段时间再说吧。"

边幕一听，立即不干了，瞪大眼珠子嚷嚷道："敖队，你这也太怂了吧，怕什么，友谊赛就友谊赛！"

敖力："……"

"哈哈！小兄弟不错，有干劲！"大刘哈哈一笑，拍了拍边幕的肩膀看向敖力，"那就这么说定了，两天后，我在海边安排一个救援演习，到时候见！"说着，大刘就这样走了，竟然没多和敖力闲聊。

看着大刘离开基地的背影，敖力气得不行，瞪着边幕："你干什么？你竟敢答应比赛？你知不知道你有多少斤两？"

边幕撇嘴："喊，怕什么，比就比，我可不想像你一样丢人！"

"你……"敖力气呼呼地瞪着边幕。

安心听到两人的争吵走过来，问了一下事情的经过，立即点头赞同："我觉得很好啊，反正是友谊赛嘛，这样也可以让我们的狗狗们多一次演习的机会，多点实战经验，有竞争才有进步嘛！"

"那是。"见安心都赞同自己，边幕更加得意，"就这么练能练出什么来？一定得真正上场和人比，这就和打游戏一样，光自己打单机能练出什么水平？"

安心白了边幕一眼："行了，你怎么什么都能扯到游戏上！"

"身为一名专业人士，我当然得用专业的术语来分析。"边幕挺起胸膛。

安心无语，瞪了边幕一眼："你可以出去了！"

边慕耸了耸肩:"喊,懒得理你,我正好想上厕所呢,小七,走!"

小七呜呜几声,一脸不情不愿地跟在边慕后面离开了装备室。

边慕离开后,安心见敖力还冷着张脸,出声道:"要不,这次友谊赛我们就不参加了?"

敖力想了想,摇头道:"答都答应了,当然得参加!小七那天实战演习表现也不错,就它、步枪、小雪三条狗去吧。"

见敖力终于同意,安心松了口气。经敖力介绍,众人才知道大刘是敖力在部队的战友,对军犬的训练也很有一套。退役后,大刘组建了一支名为"北极星"的救援队,北极星救援队已经建立了一年多的时间,不只是日常训练,连实战任务都已经完成不少。要和这样一支救援队进行友谊赛,大家都非常兴奋。

不过,敖力最终不同意所有人一起去,除了边慕、安心,就只有他过去。大家一脸的不乐意,可也没什么办法。

"我也要去!"伊靓高高举起手,"我要到现场去拍摄,这可是一次直播增加我们救援队名气的好机会!"

"不行!"敖力一口否决,"万一输了,那可是出糗!"

众人:"……"

大家这才明白敖力不同意所有人一起去的原因。原来,一直在众人眼里天不怕地不怕的敖力,也有怕输的时候。很难得的是,这次边慕没有吐槽。

两天后,敖力、安心、边慕三人,带着步枪、小雪和小七,离开了救援队基地,前往与"北极星"救援队约定的友谊赛现场。

大刘所安排的场地,是海边的一处渔船码头。三人抵达的时候,看到全副武装的"北极星"救援队,安心皱了皱眉,说:"他们的装备好像比我们强很多……"

"嗯。"敖力点头,"我们队毕竟是新建的,和他们还有很大的差距,这也是我不同意比赛的原因,这样会打击我们的士气。"

"喊,怕什么!"边慕撇嘴,"我们有世界上最好的装备!他们的狗狗,怎么能和小七比!"

"汪汪!"小七吠了几声表示赞同。

敖力白了边慕一眼:"现在可不是比谁会吹牛,一会儿可是要动真格的!"

"嘿嘿,有我在,没问题。"边慕一脸自信。

和"北极星"救援队的队员们互相认识后,边慕这才发现,这个队的很多驯导员都是从军队退役回来的,搜救犬也有不少是军犬。实际上,敖力原本准备加入的也是"北极星"救援队,后来遇上安心,有些好奇这个女孩子的冲劲,才跑到"完美世界"救援队去的。

　　对于自己这些曾经的战友，敖力可是非常了解，完全不会像边慕那边不当回事。这些人和他们的搜救犬，可都是久经沙场的老手了，只希望一会儿不要被虐得太难看就行。虽然只是一场友谊赛，"北极星"救援队对场地的准备，也比"完美世界"上台面多了。

　　渔船码头靠近岸边的渔船和长堤上，放着不少装木柴的铁桶，而远处的渔船上，则有不少受大刘邀请前来参加友谊赛扮演被困者的渔民。这样的场面，如果是"完美世界"救援队，很显然是组织不起来，但对于"北极星"救援队来说，却是很容易的样子。

　　众人休息片刻，立即开始做比赛准备。边慕给小七检查防护措施，不时给小七打气。安心那边，也在给小雪做最后的装备检查。

　　"开始吧。"大刘道。

　　"北极星"救援队的队员已经准备好，见边慕和安心也准备好了，敖力向大刘点头。大刘几人举起火把，引燃了铁桶内的木柴。

　　"救命啊！着火啦！"渔船上，扮演被困者的渔民们立即大声呼救。

　　"汪汪！"在被困者们发出呼救声的同时，小七便直起身体，大声叫起来。

　　"汪汪！汪汪！"步枪、小雪也跟着叫起来。

　　"小七，加油！"边慕拍了拍小七的脑袋。

　　"汪汪！"小七一脸严肃，望着远处着火的渔船，准备随时跳入海中。

　　"大家准备！五——四——三——二——一！"随着开始的口令落下，两队的狗狗们，一同跃入水中，叼着救生圈向着火的渔船游去。

　　"一个、两个……"

　　搜救犬们，用救生圈陆续把渔船上的被困者救上岸，两队的队员们在岸边为各自的搜救犬加油鼓劲。随着往返的次数增多，狗狗们的体力迅速消耗。越到后面，狗狗们游的速度越慢，不少狗狗已经累得快游不动了。不过，没有一条搜救犬放弃，就连身体素质较差的小雪，都在奋力解救被困者。

　　"还有最后二十秒！"安心掐着表，向双方队员示意。

　　边慕扫视了一眼自己这边被救的被困者，和"北极星"那边的人数一样多。

　　"小七加油！再多救一个我们就赢啦！"边慕向小七呼喊着。

　　小七似乎听到了边慕的声音，拖着救生圈奋力往岸边加速。"北极星"救援队的狗狗也同样在加速，和小七齐头并进，边慕的心一下子提了起来。

　　这时，刚刚拖着被困者上岸的步枪和小雪，突然双双跳入海中，向小七奋力游去，一起帮着小七拉被困者。

这一来,三条狗一起的速度,很明显比一条快了很多。

"三——二——一——"随着时间结束,小七、小雪、步枪一起,合力将被困者拉上岸,而"北极星"救援队那条狗狗,还远远地距岸边有三四米。

"耶!我们赢啦!"边慕激动地冲过去,抱起小七欢呼着,安心和敖力也露出笑容。

不过,三人并不知道,此时在"完美世界"救援队基地的厨房,却浓烟滚滚。

第7章

特殊考核

与"北极星"救援队的友谊赛,"完美世界"救援队取得了胜利,安心非常高兴。虽然这并不代表"完美世界"救援队已经拥有了能与"北极星"相比的实力,不过这说明两者之间的差距并不是那么难以逾越。

一路上,安心都很兴奋。至于边慕更兴奋了,这场友谊赛中,小七可是出尽了风头,连带着他这个驯导员也跟着沾光。

"别高兴得太早了,过两天就是中考,到时候可别丢脸。"安心给边慕泼着冷水。

"哈哈!边哥我可是最优秀的驯导员,到时候看我的表演就行了。"边慕得意道。

安心吐槽:"是看小七的表演吧,难不成你还想去和山神、卡卡它们争?"

边慕:"……"

旁边,敖力一直没怎么说话。这一次比试,步枪的表现还有不少瑕疵,这让他有些担心步枪的状态,很可能就是因为上次受伤,步枪还没完全恢复,如果积伤成疾,对步枪以后的影响可是非常大的。

"对了,敖力,中考我们要不要换个大点的场地?"安心向敖力问道。

"嗯,我已经想好地方了。"敖力应了一声。

"你已经想好地方了?是什么地方?"安心好奇地问道。

"到时候你就知道了。"

见敖力不肯说,安心只得作罢。

很快,车到了基地大门。安心、敖力和边慕三人,带着小雪、步枪、小七从车上下来,准备将友谊赛的喜讯告诉留在基地的队员们。

"咦?"刚进基地大门,安心就嗅了嗅,"这是什么味?"

"好像是什么东西烧焦的味道。"边慕也闻到了淡淡的焦味。

"汪汪!"小七叫了两声,往厨房奔去。小雪也叫着,紧跟在小七身后。两条狗刚跑到厨房门口,就被从厨房内出来的汤圆挡了下来。

"哎呀,队长,你们回来啦。"汤圆一边阻拦小七、小雪,一边和安心三人打着招呼。

"队长!今天和'北极星'的友谊赛结果如何?"伊靓也从厨房蹿了出来。

感觉汤圆和伊靓两人有些鬼鬼祟祟的,安心皱眉:"你们鬼鬼祟祟地在厨房干什么?不会是把什么东西烧了吧?"

"没有没有!"伊靓连连挥手,还用脚踢了踢汤圆,"汤圆哥,你说是吧?"

"哈哈,是,是,怎么可能烧了东西呢。"汤圆打着哈哈,"是我中午做饭的时候,不小心烧煳了。"

"喔。"安心点头,虽然还是有些迷惑,不过并没多问。

"安心姐,快告诉我们吧,和北极星队的比赛究竟怎么样了?"伊靓跑过来,拉着安心着急地问道。

这时,周茉、洛奇、伊森、莫莉几人见安心三人回来,也纷纷从宿舍出来。见所有人都到了,安心把比赛的结果告诉了大家。众人一听,"完美世界"救援队竟然胜利了,都欢呼起来。

边慕一阵得意,炫耀道:"嘿嘿,还不是靠我们家小七,它可是一个人就救了八名被困者!连北极星队的那些队员都赞不绝口,说输得心服口服!"

"汪汪!"小七也跟着边慕得意起来。

"小七,你真棒!"诺诺抱着小七夸奖着。

"汪汪!"小七伸出舌头舔了舔诺诺的脸。

"喵——"阿旺也凑了过来,祝贺小七。

因为比赛胜利,救援队的队员们都充满了干劲。在接下来几天的训练中,大家都非常认真,除了诺诺的饭桶和汤圆的八公还不太跟得上节奏,其他狗狗的表现都不错。只是敖力总是对步枪的表现有些担心,经常找周茉询问步枪的身体恢复情况。这样的训练过了十来天,终于到了中考的时候。

一大早,敖力就带着众人前往他早就选好的场地,一个小型室内训练馆。

训练馆内,堆满了海洋球,用来模拟松软的雪地,训练馆的顶上,还用网子悬挂了大量海洋球。看到五颜六色的海洋球,狗狗们立即兴奋地吠起来。

边慕撇嘴:"这就是中考地点?我怎么觉得像是儿童乐园呢?我们确定是来参加中考的?"

旁边安心笑道:"边慕,你可别不把这当回事,一会儿你就知道厉害了。"

"喊。"边慕得意一笑,"不管什么考试,我们家小七肯定都是第一!小七,对不对?"

"汪汪!"小七自信地吠起来。

另一边的步枪有些不服气,冷冷地盯着小七。被步枪盯着,小七立即乖乖收声了。见小七到现在还怕步枪,边慕蹲下身来,搂着小七耳语道:"小七,别怕它!你可是最厉害的!"

小七拿头蹭了蹭边慕,也不知道是认同边慕的话,还是和边慕撒娇。

"呜呜呜!"

突然,一阵风声响起。边慕扭头看去,发现训练馆内的空调全启动了,强劲的风声中,四面八方的出风口都向训练馆内灌着冷气。原来是敖力打开了训练馆的制冷机。

狗狗们听到风声,都望着出风口吠起来。众人不解,为什么中考选这么个地方,还开这么大的空调?敖力在控制台上一阵操作结束后,走下台来,站到队员们面前:"今天中考的内容是'雪崩现场模拟救援',我已经将场馆温度设置为零下十度,气压值为60kPa,等室内环境达到模拟数值,我们的考核就正式开始。"

雪崩现场模拟救援?众人这才知道这次考核的内容,但雪崩现场救援连训练都没训练过,又怎么考核?

洛奇、伊森、汤圆等人都皱紧眉头,露出紧张的表情,只有边慕一脸无所谓:"就这也能叫雪崩现场模拟?这也太糊弄人了吧……这些花花绿绿的海洋球有什么用,哪怕弄点干冰,搞点泡沫塑料的也像点样。"

敖力:"……"

安心踹了边慕一脚:"你少说两句!"

边慕撇嘴:"这本来就是实话嘛。"

"行了。"安心白了边慕一眼,"你是小学生啊,闭嘴!"

边慕只得乖乖闭嘴。随着冷气的灌入,室内温度慢慢降了下来。队员们带着狗狗开始活动,做热身运动,准备迎接接下来的考核。室温越来越低,虽然现在还是夏天,但众人简直像是突然从炎热的夏季到了寒冷的冬季一般,队员们现在才明白为什么在出发的时候,安心会通知大家带上厚外套。

汤圆正往身上穿外套,发现旁边伊靓还傻站在那儿,穿着吊带背心和牛仔短裤,正在那儿用手摩擦自己的胳膊取暖。

看来,伊靓肯定是没带外套。汤圆走过去,将自己的外套披在伊靓身上。伊靓有些惊讶地看着汤圆:"你……"

"这儿太冷了,可别冻感冒了,我的外套给你。"汤圆说道。

"可是,你穿什么?"伊靓犹豫道。

"哈哈,我脂肪这么厚,比羽绒服还保暖,没事儿!"汤圆毫不在意地说着。

伊靓确实冷得不行,最终还是穿上了汤圆的外套。见伊靓穿上了自己的外套,汤圆心里一阵开心,不过室内温度越来越冷,寒气阵阵袭来,汤圆也冻得不行了。

为了避免让伊靓看到，汤圆偷偷跑到边慕身边缩着脖子，擦着双臂："大哥，有没有多余的外套？"

边慕见汤圆的糗样，忍不住吐槽："没见过你这样泡妞的，就你这泡妞水平，我尴尬症都犯了。"

"是，你厉害。"汤圆撇嘴，"这么多年了，也没见你谈过一个女朋友，难道你忘了初中的时候递情书，还是我给你帮的忙。"

边慕："冷死你活该！"

训练馆的空调，可不是通常意义上的家用空调，而是专用的制冷机，说起来，现在整个训练馆完全就跟冰箱的冷冻室没什么区别。温度越来越低，再加上出风口吹出的冷风，就算穿上外套，大家也冻得不行，一个个缩成一团。狗狗们更是紧紧挨着自己的主人，抱着自己的驯导员取暖。

再看汤圆，冻得脸都发青了，边慕也冻得受不了，冲敖力嚷嚷道："什么考核啊，事先不通知一声，这是想要冻死我们啊。"

敖力看了边慕一眼，一脸冰冷："在救援行动中，任何情况都可能会发生，老天爷不会派人来通知你们的！"

边慕："……"

安心一笑，向众人道："更衣室给大家备了羽绒服，都快去换上吧。"

"耶！"汤圆第一个往更衣室冲去，"还是队长好！不然今天我非得交待在这儿！"

其他队员也纷纷前往更衣室。边慕本来硬着头皮想硬撑，结果实在扛不住冻，也只得去换了件厚厚的羽绒服出来，这才暖和很多。等众人换好羽绒服出来的时候，安心已经推着一辆小车过来，里面装着狗狗用的防寒鞋和外套。

众人立即动手，给狗狗也换上防寒鞋、外套。

不再那么寒冷，狗狗们总算轻松了很多。

敖力看了眼温度，已经接近零下十度，便召集队员集合："现在第一项考核开始，考核内容为'雪地搜索幸存者'，为免作弊，搜救目标将由找专门挑选的'外援'担任。"

敖力的话音一落，所有人都唉声叹气起来，伊靓更是表情沮丧。伊靓偷偷退到众人后面，从口袋中掏出一个人偶玩具，背着手藏到后面的看台座位下。

这个玩具，是山神最喜欢的，本来伊靓还想着利用这个玩具，让山神早一点找到自己，现在看来是派不上用场了。

当伊靓藏好山神的玩具之后，回头发现周茉、汤圆、洛奇、莫莉几人，都在偷偷藏东西。原来，不只是伊靓，众人都想到了这个作弊的方法。

因为饭桶才参加训练不久,周茉特意带了饭桶最喜欢的进口奶油饼干,结果她刚藏好,饭桶就闻到了奶油饼干的味道,立即往看台座椅下跑去。

周茉:"……"

边慕把这一切看在眼里,忍不住偷笑。

"汪汪!"小七突然吠起来,四处张望,紧接着往训练馆外跑去。

"小七!回来!"边慕不知小七突然发什么疯,连忙追了上去。

安心有些疑惑,扭头四望立即皱眉:"步枪和小雪呢?你们谁看到步枪和小雪了?"

众人这才发现,不知什么时候,步枪和小雪不见了,看起来,小七应该是跑去找小雪了。

被边慕拽回来,小七一脸不乐意,虽然跟在边慕身后,却不时吠着表示不满。

"小七!这次考核可是非常重要的,你怎么能为了女人乱跑呢?"边慕责备着。

"汪汪!"小七背过身去,不搭理边慕。

边慕:"……"

"边慕,你们继续考核,我去找它们。"安心安慰了小七两句,急急忙忙地离开训练馆。

考核的事情,并没因为步枪和小雪不见了而中止。

训练馆内的气温和气压,已经下降到雪崩环境模拟要求。敖力检查了一下海洋球池,拿出秒表:"最后十秒钟,大家各就各位。"

莫莉、伊靓、周茉、洛奇、汤圆等人,立即带着各自的狗狗做好准备,等待敖力发令。边慕正准备带着小七上前,小七突然吠了两声,扭头就往场外走去。

"小七!"边慕连忙将小七拦住。

"汪汪!"小七从旁边绕过边慕,想要跑出去。

边慕一脸无语,接着说:"好!你要跑就跑吧,我可告诉你,这次考核没通过,你就会被救援队开除,以后也别想再见到小雪了!"

小七犹豫了一下,停下脚步,回过头来看着边慕。

"你跑啊,你想罢考去找小雪,我才懒得拦你!"

边慕扭头不理小七,看向海洋球池。小七看了眼大门外,最后还是屁颠颠地跑了回来,站到边慕身边直摇尾巴,还拿头蹭了蹭边慕的腿。

边慕阴笑:"小样,我还治不了你了!"

"各就各位!准备!开始!"

随着敖力吹响哨音,在海洋球池边早已跃跃欲试的狗狗们立即跳进海洋球

池中。

可能是担心被开除再也见不到小雪,小七非常卖力,跳进海洋球池后,直奔池子中央,鼻子在海洋球堆上迅速搜索着。

其他狗狗也都很卖力。

"山神加油!山神加油!"伊靓一边给山神加油打气,一边拿着手机直播。

"八公!不要输给它们!"汤圆在场上又蹦又跳,感觉比八公还要卖力很多。

边慕也很紧张,盯着小七,希望小七下一刻就能发现搜索目标。

"汪汪汪!"洛奇的卡卡似乎发现了目标,冲着一片海洋球吠着,伸出前爪迅速刨着海洋球。

边慕心里一惊,看向小七,发现小七还在低头四处乱嗅,心里更着急起来。

"边慕,这回可得看卡卡的表现了。"洛奇一脸得意。

这时,卡卡终于从海洋球池里扒出东西。边慕一看,立即哈哈大笑起来:"哈哈!洛奇,你不会告诉我这就是幸存者吧?哈哈!"

洛奇一脸无语,卡卡发现的目标,并不是幸存者,而是一个毛绒玩具。

"小七,加油!"边慕向小七呼喊着。

"汪!"正在海洋球池内不知道干什么的饭桶,突然从海洋球池里往外跑,跑到周茉面前,可怜巴巴地望着周茉,肚子里发出咕咕的叫声。

看起来,饭桶是饿了。周茉哭笑不得,弯腰摸了摸饭桶的脑袋:"饭桶,加油考核,中午给你吃双份午餐。"

"呜呜——"饭桶向周茉低鸣着。

"快去啦!再不去如果完不成考核,中午连午餐都没了!"饭桶一听如果没通过考核竟然会没午餐,终于重新掉头跑进海洋球池寻找起来。

所有人都在给自己的狗狗打气,想方设法地帮助狗狗搜寻目标。不过看起来,似乎所有的努力都是徒劳,五分钟过去了,依然没有一条狗狗找到目标。

这个海洋球池并不大,也就比半个篮球场大不了太多,狗狗们搜索了这么久,竟然还找不到目标,甚至连小七都还没有任何发现,只是找出一些衣物、鞋帽、玩具、食品袋之类的东西。

边慕皱紧眉头,其他人也都很紧张。

敖力宣布考核时间是十分钟的时候,大家还觉得这么大一个海洋球池,就算全部搜索一遍都用不了十分钟。现在众人才发现,这个考核的难度恐怕要比想象中大多了。

整个海洋球池内,狗狗们分散在各处,也都有些焦急的样子。

"汪汪！"突然，小七加快速度，重新向海洋球池中央跑去，对着下方一阵狂吠。

边慕皱眉，最初的时候，小七就是从这儿开始搜索的，不过只找到一顶破帽子，现在怎么又跑回来了？

"确定是人吗？"边慕问道。

"汪汪！"小七吠着点头，不等边慕吩咐，迅速开始往下刨海洋球。

没过几秒，小七从下方刨出一名戴着头罩、裹着羽绒服的"幸存者"。

"哈哈！"边慕得意地欢呼起来，"小七，好样的！你第一个找到了幸存者！"

"汪汪！"小七也骄傲地吠着，看向还在寻找的狗狗们。

见小七已经找到幸存者，饭桶竟然跑过去叫着表示祝贺，把周茉给气得不行。原本，所有狗狗中最不靠谱的是伊靓的山神，不过自从汤圆带着八公加入救援队后，山神的倒数第一被八公取代了。而现在，饭桶也已经成为倒数第一的有力竞争者。虽然周茉是队医，带着饭桶参加队伍的训练只是帮诺诺的忙，但周茉也不想要这样的结果。

"汪汪汪！"叫声响起。

周茉扭头看去，汤圆的八公正咬住一名"幸存者"的衣袖，把对方往外面拉。

"耶！八公！好样的！"汤圆刚欢呼出声，看旁边还没找到幸存者的伊靓一脸不爽，赶紧噤声。

八公、小七都已经找到了幸存者，而洛奇的卡卡到现在除了发现了一些破衣破帽，连幸存者的影子都没找到，饶是平常最为镇定的洛奇，也有些着急起来，不时在场边给卡卡提供引导。

时间一分一秒地过去，十分钟的考核时间已经快要用完。

伊靓、洛奇、周茉、伊森、莫莉几人都着急起来，而敖力也皱紧了眉头。

这样的考核结果，让敖力有些意外。本来在敖力的预计中，顶多汤圆的八公和周茉的饭桶无法通过，现在看起来，竟然会有五名队员无法通过，这对队伍来说可是一个很大的打击。

就在这时，山神、饭桶、卡卡突然从不同方向，往海洋球池一角奔去，急促地刨起来。

很快，一名"幸存者"被山神、饭桶、卡卡找了出来。

"耶！山神通过了！"伊靓立即欢呼起来。

周茉、洛奇也松了口气，最后只剩下伊森和莫莉两人的狗狗没找到幸存者了。

不过似乎大家的担心都是多余的,在考核时间临近结束的时候,球球和浩克都接连发现了剩余的"幸存者"。

"呼……还好通过了……"

考核时间结束的哨音响起,伊森和莫莉都长出一口气。刚才两人的心都提到了嗓子眼,球球和浩克虽然最后才找到"幸存者",但终究通过了考核。所有的狗狗,都开心地叫起来。伊靓拿着手机,给狗狗们拍照,飞快地发到微博上。

敖力拍了拍手,示意大家集合:"第一项考核,大家表现都不错,所有搜救犬全部通过。下面,我们进行第二项考核内容,雪山抗干扰穿越障碍,必须在两分钟内完成所有项目才算通过考核。大家先做准备,由我们友队的朋友替我们布置考试场地。"

之前被狗狗们从海洋球池内救出的"幸存者"们,纷纷摘下面罩,众人这才发现,原来这些"幸存者",全都是北极星队的人。看样子,敖力是一早就准备好了,找了这些朋友过来帮忙。

北极星队的队员们立即动手,从旁边设备室取出圆圈架、平衡木、塑料墙、隧道筒、三级跳台等障碍物,在海洋球池中布设起来。

见北极星救援队的同行在,洛奇、汤圆等人都不想丢脸,纷纷带着狗狗尽快恢复体力。周茉甚至从看台座椅下拿出之前藏的饼干,喂给了饭桶。

十分钟后,考试场地已经布置完毕。

随着哨声响起,雪山抗干扰穿越障碍考核开始……

雪山抗干扰穿越障碍,是考核狗狗们在雪地状态下穿越障碍物的能力。

虽然"完美世界"救援队的基地在神州半岛,但救援队参与行动,并不局限于神州半岛,而是全国各地什么地方有需要,就会赶赴什么地方,而雪山是极容易出现险情的地方,因此才有这一项考核。不过,神州半岛毕竟是热带季风气候,十几年都难得见到半场雪,救援队的狗狗们很难有机会在雪地进行训练。

考核刚开始,狗狗们通过圆圈架的时候还很顺畅,但当通过平衡木的时候,却出现了状况。因为平衡木放在海洋球上,狗狗们踩在上面不时晃动,而音箱里传来的模拟雪崩轰鸣声,再加上鼓风机吹出的狂风,让狗狗们出现畏惧状况。还好,最终所有的狗狗都有序地通过了平衡木,穿越塑料墙。

两分钟时间到,所有狗狗都通过了雪山穿越障碍的考核,就连表现最差的饭桶,也在时间终止之前堪堪到达。这样的考核结果,不仅让洛奇、伊靓、莫莉等人非常高兴,还让前来帮忙的"北极星"救援队的队员惊叹。就算是在"北极星"救援队,完成这项考核的情况也好不了太多。

"下面是最后一项考核。"敖力指了指海洋球馆上方搭建的网兜,"房顶上的海洋球模拟的是雪崩时的雪块,搜救犬需要在海洋池中躲避一分钟,只要不被海洋球掩埋就算通过,这项考核一个个来,你们谁想第一个进行?"

在前两项考核中,小七都获得了第一,边慕毫不犹豫地举起手:"小七第一个来!"

小七也跟着边慕高高举起前爪。

"好,那就让小七第一个。"敖力点头。

边慕高兴地带着小七往海洋球池走去,边走边叮嘱着:"小七,一会儿你紧跟着我,我往哪儿跑你就往哪儿跑,知道吗?"

"汪汪!"小七叫着回应。

这时,敖力突然挡住边慕:"这项考核只允许搜救犬独自参与,不需要驯导员参加。"

边慕一怔:"为什么?"

敖力看了眼边慕:"因为这项考核的目的,是考核搜救犬的反应能力,并不是人犬的配合。"

边慕:"……"

虽然心里不爽,不过敖力都这么说了,边慕只得蹲下身来,搂着小七的脖子问道:"小七,你有信心没有?"

"汪汪!"小七自信地叫着回应。

"好,加油!你一定会获得第一的!"边慕拍了拍小七的脑袋。

哨声响起,小七跃入海洋球池中,抬头盯着脑袋上方的海洋球。

敖力按下开关,海洋球池房顶上传来机器运转的声音,几张大网悬挂着海洋球堆,开始不规则地移动起来。

小七一脸谨慎,紧紧盯着不断移动的海洋球堆。

"轰!"伴随着音箱内发出雪崩的轰鸣声,一小堆海洋球突然从网兜里滚出,密集地砸向小七。全神贯注的小七立即从容地往前一蹿,轻松地躲过了坠落下来的海洋球,同时发出骄傲的吠声。

这时,又有三堆海洋球从不同方向移往小七的头顶。小七连忙停止叫声,奋力一跃。

"轰!"一堆海洋球落下,砸向小七刚才停留的地方。

小七还没站稳,另一堆海洋球已经移动到小七头顶,直接倾倒下来。小七赶忙往旁一跃,不料刚跃出去,落点上方又来了一堆海洋球。小七刚一落地立即迅速再次起跃,堪堪从海洋球下方蹿了出去。这样密集的三堆海洋球都没砸

中小七，海洋球池边的队员们纷纷为小七鼓掌，"北极星"队的队员们，也为小七叫好。

"呼呼呼！"海洋球池旁，数台鼓风机同时高速运转，强劲的狂风将池内的海洋球吹得四处乱飞，干扰了小七的视线。不过，小七依然毫不紧张，谨慎地盯着头顶不断移动的海洋球。

一堆堆的海洋球落下，在鼓风机的吹动下又改变着方向，不过都被小七飞快地闪躲过去，整个动作行如流水。时间已经过了四十多秒，只要再过十来秒，小七就能通过考核。

海洋球坠落越来越密集，数量也越来越多。边慕握紧拳头，紧张地盯着海洋球池中不断闪避的小七，生怕它下一刻就被海洋球砸中淹没。又是四堆海洋球坠落，几乎封锁了小七闪避的所有方向，而唯一的安全通道，就是向左闪避后直接向前，再向左闪避。

小七准确地选择了正确的方向，但就在它刚闪过第一堆海洋球时，却突然停住，望向大门方向："汪汪！"

边慕心里一紧："小七！快闪开！"

"汪汪！"小七不闪不避，又冲大门方向吠着。

边慕扭头看去，大门处，安心正带着步枪和小雪回来，步枪紧紧地跟在小雪旁边，用鼻子蹭着小雪身上沾着的杂草。

"轰！"巨大的海洋球堆倾泻而下，直接将小七埋在了里面。

"汪汪！"小七从海洋球堆里爬出来，跳出海洋球池，冲步枪和小雪面前，俯低身子，不断地对步枪吠着。步枪也不甘示弱，冲小七狂吠。

"小七！"边慕急呼出声。

"时间结束！小七考核失败！"敖力高声宣布，拿着笔在记分册上准备记录。

边慕急了，冲到敖力面前把笔抢了过来："不算不算！这个结果不算！"

"什么不算？"敖力一脸严肃，"刚才的考核人家都看到了，小七没能完成一分钟的闪避考核！"

边慕反驳道："那是因为步枪、小雪的出现干扰了小七，如果不是步枪和小雪，小七肯定能通过的！必须让小七重考！"

"规则就是规则！"敖力冷冷出声，"如果是实际救援行动，小七现在已经丧生了！这都是你这个驯导员的责任！"

说着，敖力拿起笔，给小七画了一个叉。

"你……"边慕刚出声，就听旁边传来激烈的狗吠声。

"汪汪！"

"汪汪！"

小七和步枪，在那边都俯低着身子，凶巴巴地看着对方，发出凶狠的叫声，随时有打起来的迹象。

边慕连忙赶过去把小七牵走："小七，别和它争！我们不和一般人讲道理！"

小七神色沮丧，看了看小雪，又看了看边慕，可怜兮兮地跟在边慕旁边。按照救援队的规定，小七没能通过考核，将被淘汰，离开救援队。

安心走到敖力身边："敖力，刚才的情况我也看到了，小七分神的确是因为步枪和小雪，我觉得应该给小七一次重考的机会，不然对它太不公平了。"

敖力看了看安心，坚决摇头："规则就是规则，不能因为任何意外更改，没通过就是没通过，所有的搜救犬必须一视同仁！"

安心皱眉："敖力，你怎么这么固执呢？我们当然要一视同仁，但也要具体情况具体……"

安心话没说完，就被敖力打断："我看是你公私不分，偏袒小七！偏袒边慕！"

"你……你说的这是什么话！"安心被敖力气得说不出话来。

"汪汪！"小雪跟在安心旁边，对着敖力叫起来。

敖力铁青着张脸，挥了挥手："其他搜救犬继续考核！"

见安心求情都没用，小七一脸沮丧，独自往海洋球室外走去。

安心不安地看着小七离开的背影，又看了看跟着小七离开的边慕，一脸的犹豫。

考核结束，最终，除了小七没能通过，别的狗狗，连汤圆的八公和周茉帮诺诺训练的饭桶，都通过了考核。

不过，大家的心情并不好，因为小七没能通过考核，必须离开救援队。

虽然洛奇、伊森、伊靓几人都想帮小七和边慕说好话，但见敖力连安心的话都不听，只得纷纷作罢，在心里对小七和边慕表示同情。

这一天，是伊靓唯一没有更新微博的一天，也是"完美世界"救援队最冷清的一天。

晚上，安心拿着小雪的食盆，照顾小雪吃晚餐，可小雪意识到小七要离开，伤心得连晚餐都不想吃。

"呜呜——"小雪抱着安心的大腿，发出乞求的呜呜声。

安心知道小雪是想留下小七，可她也办法。敖力说得对，小七虽然是因为

步枪和小雪被分神而没通过考核,但如果是在实际搜救行动中,小七已经死了。

这时,伊靓轻手轻脚地来到搜救犬公寓,道:"安心姐……"

"怎么了?"安心问道。

伊靓犹豫了一下出声:"我觉得,我们应该让小七和边幕哥留下来,他们这样离开太不值得了。"

安心皱眉:"可是,小七确实没通过考核,按规定它和边幕必须离开救援队。"

"那是因为小七被步枪和小雪干扰了啊。"伊靓反驳道,"我觉得不能让敖队长一人说了算,再说安心姐你也想让小七留下吧?"

"是这样没错,可是,我也没办法让小七留下。"安心摇头。

伊靓立即凑了过去:"安心姐,我倒有办法。"

夜色已深,"完美世界"救援队基地会议室里,众人还聚在那里。

伊靓、汤圆正在极力表达自己的看法,认为应该给小七和边幕一次机会。至于其他人,伊森、洛奇、莫莉等,则没怎么发表意见,毕竟谁也不好当面得罪谁。让救援队所有队员一起表决小七和边幕的去留,是伊靓出的主意。在安心的极力争取之下,敖力也没什么意见。

"我看这样吧,大家匿名投票决定,不用商量了。"洛奇出声。

"我也同意匿名投票。"莫莉点头。

毕竟决定小七和边幕的去留,谁也不好当面发表反对意见,匿名投票是最好的选择。

安心立即给队员们发纸笔,大家开始投票,支持小七和边幕重考则写下"支持",反对则写"反对"。伊靓、汤圆大大方方地写下了"支持",将字条交给安心。周茉想了想,也写下"支持"。汤圆看到周茉写下"支持",立即凑到边幕身边:"我看到周茉姐写支持了,有我跟伊靓,再加上你自己的一票,队长肯定也会支持你,应该够了。"

边幕有些担心,看了正在统计票数的安心一眼。

很快,票数统计结果出来了。四票支持,四票反对,安心的那一票,成了最关键的一票,所有人都看着安心。

安心一笑:"我也支持让小七重考,五票支持,四票反对,小七还有一次重考的机会,大家没意见吧?"

"没有。"汤圆第一个大声回答。

投票表决是大家都同意的事情,现在结果出来了,当然没人反对,就算是敖力也只是脸色有些难看罢了。

"耶！小七不用离队了！"伊靓欢呼起来，拿着手机迅速发了微博。

"汪汪！"知道自己不用离开救援队，小七很是高兴，围着边慕兴奋地叫着。

"喵——"阿旺跑了过来，对小七表示祝贺，嘴里不时发出高兴的咕噜声。

敖力表情冰冷地走到边慕面前："如果重考还不能通过，你是不是还想重考？"

边慕："……"本来的好心情，都让敖力给弄得没有了。

重考定在第二天，同样是海洋球池馆。因为前两项考核小七都顺利通过，所以不用重考，只需要进行第三项"雪崩快速躲避"考核。

之前在这项考核中，本来小七已经完成得很好，只是因为步枪和小雪的出现分神，这才导致考核失败。现在重考一次，当然不会有什么问题。整个考核，都被小七完成得非常完美，动作连贯，行云流水地躲避过一堆堆的海洋球。最后，不管敖力愿不愿意，小七还是成功地通过了重考。

中期考核完美落幕，所有狗狗无一被淘汰，救援队重新展开了新一阶段的训练。这段时间，"完美世界"救援队的名气越来越大，救援队公众宣传平台的关注人数已经超过三十五万，有不少热情的粉丝都想到救援队来看狗狗们训练情况，询问救援队什么时候有开放日，不过因为后面还有大量训练，都被安心给拒绝了。

倒是粉丝们寄了不少礼物到基地来，小七、山神收了一大堆，饭桶这个后加入的业余搜救犬，也很快超过别的狗狗，在粉丝的喜爱指数中位居第四，仅次于小七、山神、小雪。

三天后，救援队举行户外拉练训练，所有队员带着狗狗们，一大清早就上了大巴车，向郊外驶去。

这段日子里，大家多数时间的训练都是在基地进行，现在有机会出来一趟，一路上队员和狗狗们都很兴奋，欢声笑语不断。敖力见大家完全把户外拉练当成了旅游，皱眉起身："大家静一静！我来说一下这次户外拉练的注意事项！"

队员们立即安静下来，不过狗狗却没那么听话了，依然不时发出欢快的吠声，将注意力放在了窗外的风景上，根本不听敖力的号令，只有训练有素的步枪乖乖地望着敖力。

安心一笑："敖力，等下车再说吧，现在让大家放松放松。"

"一点纪律性都没有。"敖力皱眉，不开心地坐回自己的座位上。

周茉见敖力生闷气，从后面走上前坐到敖力身边。敖力见是周茉，把头扭

向窗外,不太想和周茉说话的样子。

周茉依然出声:"听到了吗,队长都跟你说了,放松点,别总绷着,该放松的时候还是要放松。"

敖力依然没理周茉,不过表情没那么严肃了。

"汪汪!"坐在安心身边的小雪见车内的气氛又活跃起来,从安心旁边跳下,跑到后面一排的小七旁边坐下,和小七挨在一起,兴致勃勃地看着窗外的风景。有小雪陪着,小七也很快高兴起来,不时和小雪叫着。

"郊外风景这么美丽,我觉得应该经常出来拉练,这样队员和狗狗们的心情都会更好,总是在基地里会被关得心理闭塞的。"边慕出声。

安心白了边慕一眼:"别搞错了,拉练可不是度假。"

车行了半个多小时,到了一处郊外河边停了下来。

这里,就是大家的目的地。

青峦叠嶂,溪水湍急,风景秀丽,这样的环境,对一直在基地训练的狗狗们来说都很新鲜,狗狗们完全把这次拉练当成了郊游,格外兴奋,一下车就在草丛里追逐打闹起来。队员们也难得轻松一下,呼吸着郊外的新鲜空气,逗着狗狗们。敖力看了毫无纪律性的队员和狗狗们一眼,又是眉头紧皱,准备指挥大家排队。

"让大家再休息一下吧,不用要求这么严格。"安心出声。

敖力看了安心一眼:"救援队都是执行十万火急的任务,怎么能这么没有纪律性。"说着,他也不顾安心的反对,吹响口哨,"所有队员立即集合!"

众人只得纷纷停下走了回来,排好队列。敖力扫了众人一眼,正准备宣布拉练计划,就发现队伍里少了一个人,周茉不见了!

敖力扭头四望,没看到周茉的身影。就在这时,一阵惊呼声从不远处的石崖旁传来。

"救命啊!有人落水啦!"

"不好!"

所有队员和狗狗立即神色一凛。

"行动!"敖力出声,带着步枪就往石崖边冲去。

"汪汪!"

队员们也带着自己的狗狗,迅速往求救声传来的方向急奔。

石崖下,周茉正在河水中奋力前游,在她的前方,有一个脑袋在那里浮浮沉沉。

河边,两名男生一脸焦急地惊呼着。上游不远处,还有一大群学生,正在急急忙忙地往这边赶来，领头的是一名女老师，应该是带着学生来这儿郊游的。周茉的水性明显不是很好，再加上水流湍急，当她游到孩子身边的时候，却反而被落水的学生抓住，一起冲向下游。

"不好！下面是瀑布！"安心看到下游不远处的断流，立即发出惊呼声。

在河里的周茉也发现了前方不远处就是瀑布，再加上被那名学生抓住，立即惊慌起来。

敖力连忙脱下衣服，沿着岸边追赶，向周茉大喊："别慌！我来了！"

这边，安心也迅速动手，把牵引绳、空心球固定在步枪身上："步枪！上！"

"汪汪！"步枪发出洪亮的吠声，跳进了水流之中。

前方，周茉和落水学生被湍流冲向瀑布边缘，还好这条河并不是很宽，瀑布边缘的河中央一个小土堆上，长了一棵小树。周茉一手拉着树枝，一手拉着学生，总算稳下身形，没被冲到瀑布之下。岸边赶来的老师和学生，都紧张地看着河中央。

"周茉！坚持住！"敖力一边奋力向河中央游去，一边大声呼喊着。步枪带着牵引绳、空心球，也奋力地跟在敖力后面。

水流湍急，因为周茉和落水学生两个人的重量，河中央那个小土堆的泥土在渐渐剥落，小树越来越不稳定，开始在急流的冲击下倾斜。

"汪汪！"步枪最先游到周茉身旁。

周茉立即对那名学生出声："抓住游泳圈，嘴巴闭紧，小心呛水！步枪会带你回去的！"

学生立即抓住步枪身后的游泳圈，步枪见学生抓紧，拼命刨水，拉着学生向岸边游去。

学生刚被步枪带走，周茉抓着的小树突然一松，伴随着一声惨叫，周茉和小树一起向瀑布下方跌去。眼看周茉就要下落，一只强有力的手臂伸出，一把抓住了周茉的手臂，是敖力！

敖力将脚卡在瀑布上方的石缝里，死死地抓住周茉，想要把周茉一点点地往上拉。可是，水流湍急，即便是敖力，在这样的急流之中要想把周茉拉起来也很困难，他卡在石缝里的脚也在渐渐往外滑，眼看敖力和周茉就要被冲下瀑布，身后又传来狗吠声，是小七、卡卡到了，两条狗狗身上都绑着绳子。敖力一把抓住小七身上的绳子，总算缓解了下滑的趋势。

岸上，安心、边慕、洛奇等人纷纷动手，拽着绳子，把周茉和敖力往岸上拉。终于，在众人的齐心协力之下，周茉、敖力、小七和卡卡都被拉到了岸上。上岸后，敖力发现周茉已经呛水晕了过去，立即给周茉做心肺复苏和人工呼吸。

看到这一幕,安心想起自己和敖力第一次相识的情形,当时自己在海啸中溺水,敖力也是这样给自己做人工呼吸的吧?

再想到正在给周茉做人工呼吸的敖力,安心的表情有些失落起来。

很快,周茉"哇"的一声吐出一口水,醒了过来。醒来的周茉,看到正给自己做人工呼吸的敖力,立即扑进敖力的怀中。见周茉终于醒来,大家立即纷纷鼓掌。

"谢谢!真是太感谢你们了!"那名女老师上前连声道谢,"如果不是你们,我真不知道该怎么救这孩子。"

被救上岸的学生满脸自责,挂着泪痕低头站在一边。女老师揉了揉那名学生的脑袋:"还不快给人家说谢谢!"

"谢谢大哥哥、大姐姐。"那名学生低声道谢。

"还要谢谢狗狗们。"女老师笑道。

"谢谢狗狗们。"学生再次向狗狗道谢。

这群学生,确实是附近学校的,女老师姓李,今天带学生出来郊游。因为是第一次与搜救犬如此近距离地接触,学生们都很兴奋,纷纷要与狗狗们合影留念。结果,救援队的这次拉练,最终变成了救援队与学生们的联谊活动,训练是无法进行了。罕见地,敖力这次没有板着脸让大家训练,相反还很热情地给学生们讲解安全知识。

下午,救援队需要返程了。这次算是简单的拉练,大家不再坐车,而是步行回基地。回去的路上,因为做了有意义的事情,大家都很开心,一路上欢声笑语。

"还是敖队厉害!尤其是人工呼吸的手法,简直太专业了!"伊靓赞叹着。

边慕撇嘴:"这有什么了不起的,我家小七也会呢!上次小七还给我做过人工呼吸!"

众人立即哄笑起来。

"小七,来!给大家演示一次!"边慕就地一躺,向小七招手。

"汪汪!"小七立即奔了过去,伸出舌头就在边慕的脸上舔。

"小七!不是这样的啦!人工呼吸,不是舔我!"边慕扒拉着小七。

"汪汪!"小七继续伸出舌头,往边慕的脸上舔。

边慕哭笑不得,洛奇、汤圆、伊靓等人更是哈哈大笑。

"起来!"安心走过去,踢了边慕一脚。

"干吗,我还要和小七表演人工呼吸呢。"边慕摇头。

安心板着脸:"那次,是我给你做的人工呼吸!"

"啊……"边慕呆住了。

边慕所说的，是上次他偷偷带走小七，结果出车祸的事情。当时他醒来的时候看到的是小七哈着大嘴在他面前，所以一直以为是小七给他做的人工呼吸，原来是安心。

边慕目瞪口呆地看着安心，下意识地用手摸了摸嘴。

安心平静地看了边慕一眼，扭头往前走去，一直走到队伍最前面。边慕傻傻地看着安心的背影，一时还没回过神来。

"汪汪！"小七见边慕还在那儿傻躺着，立即凑了过来，伸出舌头要往边慕脸上舔。

一路上，一直回到基地门口，边慕都没敢再说话，只是不时偷偷地看安心。每次发现边慕在看自己的时候，安心都回以冷眼，把头扭向一边。

回到基地，边慕发现走在最后的安心没有进基地，而是带着小雪往基地旁的小树林走去，神情落寞的样子。边慕皱眉，带着小七跟了上去。见边慕跟上来，安心并没说什么话，而是任由边慕跟在身边，一直来到树林中，找了棵树坐了下来，看着远处渐渐落山的太阳。边慕见安心不说话，也不好说话，只得傻傻地坐在旁边。

不知过了多久，安心自言自语般出声："小时候，我家附近也有一片这样的小树林。"

边慕傻傻地附和："这么巧！我家附近也有！"

安心继续自言自语般道："我常常坐在树林里听树上的鸟叫，白天是布谷鸟，晚上是夜莺。"

边慕摇头："我不喜欢听鸟叫，我就喜欢打鸟。但我从来没有打中过，倒是有一次偷鸟蛋，反被鸟给啄了，然后我就骂那只鸟，哈哈，结果那只鸟也骂我！不过它怎么可能骂得过我！我可是会鸟语的！"

安心终于有了反应，疑惑地看着边慕："你会鸟语？"

"哈哈！"边慕得意起来，瞪着眼睛，急促地吹着口哨，模仿鸟生气时的叫声。

安心："……"

被边慕这样一逗，安心的心情似乎好了不少，和边慕闲聊起来。旁边，小七和小雪被一朵朵飘在空中的蒲公英吸引，在草丛里扑来扑去，闹成一团。边慕和安心聊了一阵，越来越投机，边慕不时把安心逗得哈哈大笑。

这时，边慕话锋一转："喂，说说你喜欢什么样的男生？"

安心撇嘴："这和你有关系吗？管得可真宽。"

"问问怎么了，别这么小气。"边慕摇头，"你看我，我就喜欢温柔、开朗、漂亮的女生，嗯，最好能有一大堆嫁妆，让我少奋斗五十年就更好了。"

安心："……"

"快说说你喜欢什么样的男生啊，我这都抛砖引玉了。"边慕催促道。

安心这次倒没扭捏，抬头望着远处："我啊，喜欢的男生首先要有男人味，身材最好是强壮有力的，那样比较有安全感！然后……还要成熟稳重，不能油腔滑调，最好有点胡子，看起来比较阳刚。"

边慕皱眉："你说的不就是敖力吗？"

安心一愣："哪有！我说的……我说的是我心里理想的类型，我可没说任何人啊，你别瞎说……"

"哈哈！"边慕一笑，撸起袖子露出手臂，"你看我是不是孔武有力呢？要是再留点胡子……"说着，边慕挪动屁股，朝安心靠了过去。

安心："滚开！"

安心起身，招呼小七小雪："小七、小雪，我们该回去啦！"

小七和小雪正玩得起劲，听见安心的召唤，都有点意犹未尽。

"快点！"安心催促道。

小七和小雪这才跑回安心身边。安心带着小七和小雪往基地走去，走了两步忽然回过头来，露出一抹纯美的微笑，对边慕轻声说了一句："谢谢你。"

边慕怔了怔，看着安心走向基地的身影，脸上渐渐浮出幸福的笑容。

拉练一天，虽然大多数时间是和那群学生玩了，不过回来的时候是步行，大家都有些累了。回到基地的时候，基地内只有伊靓还拿着手机在搜救犬公寓做直播，其他人都在屋内休息。边慕和伊靓打了声招呼，也回房略微休息。

很快，汤圆做好了晚餐，通知大家吃饭。要说汤圆这家伙，看起来胖胖的，总感觉会有些懒的样子，可在基地做事，他还是非常勤快。回基地他也没休息，趁大家休息的时候就把晚餐做好了。大家对汤圆都很喜欢，吃饭的时候有说有笑。

这时，敖力站了起来："各位，通知大家一件事情，大考的时间定在一个月后，大考我已经邀请了国家救援队的领导和专家来做评委，我也会和你们一起参加考试，希望大家能积极备考！"

一听大考就在一个月后，而且是国家救援队的领导和专家做评委，众人顿时笑不出来了，脸色都变得沉重起来。

边慕苦着张脸："我的天，这还让不让人活了啊……"

"可不是，我家山神总感觉会挂掉的样子。"伊靓也皱紧眉头。

173

至于汤圆，更是忧心忡忡。汤圆的八公，本来就是一条捡来的秋田犬，又是最晚加入救援队的，到现在都还没能完全跟上训练节奏，这次中期考核只是刚刚通过。就连在驯导能力上最强的洛奇，脸色也有些沉重。原本有说有笑的餐厅，立即变得沉寂下来。

实际上，搜救犬的训练中，要将一只小狗训练成为一只成熟的搜救犬，至少需要两年的时间，包括初期游戏培养阶段、模拟现场训练阶段、真实现场训练阶段三个过程，单是第一个阶段就需要三个月到六个月的时间。

而大家从加入救援队到现在，总的还不到半年时间，能训练到现在这样的成绩，都是因为所有狗狗有很好的基础，但现在就要进行大考，确实让众人都有些为难。

敖力见众人一脸沉重，接着说道："明天上午，大家在会议室进行考前总结，分析在训练中的不足和缺陷，接下来就是针对性训练，力争全员通过考核！"

"好……"众人都有些有气无力地应声。

这次大考，所有队员都非常认真。毕竟没有任何人有把握能通过大考，尤其是前来做评委的还是国家救援队的领导和专家。即便再怎么不想承认，相对于国家救援队来说，"完美世界"救援队几乎和草台班子没太大的差别。

早在昨天晚上，大家就已经思考了自己的狗狗在训练中的不足，上午的考前总结分析会，大家的发言都很积极。洛奇、伊森、莫莉都对自己的狗狗进行了分析，敖力和安心也对他们分析中的不足提出补充意见，并给出了针对性训练的方案建议。

很快，轮到伊靓，伊靓站起来："我觉得，我们家宝贝儿……"

敖力抬手打断伊靓的发言："我先打断一下。"

伊靓不解地看向敖力。敖力一脸严肃地看着伊靓："以后开会说自己的搜救犬时，要全部说名字，不要这个心肝那个宝贝的。我们这里是救援队，不是宠物中心，你私下里想怎么叫都可以，但开会就是开会，必须严肃些。"

边慕听了，小声地向安心吐槽："假正经！"

"嘘……"安心向边慕做了个手势，示意边慕噤声。

被敖力当众批评，伊靓红了脸，有些不好意思："对不起……我下次一定注意……我……我可以开始分析了吧？"

敖力点点头，伊靓松了口气，分析道："山神的性格明显属于兴奋型，这种性格原本很适合做搜救犬，但通过这段时间的专业训练和考核，我发现山神的兴奋持续时间较短，非常容易出现注意力不集中的情况，很容易受到外界影

响,接下来的训练中,我想针对这个问题集中训练。"

敖力满意点头:"非常好,伊靓的总结非常到位,确实不错,值得表扬。"

边慕立即模仿敖力一本正经的模样满意地点头:"确实不错,值得表扬。"

敖力听到边慕的声音,扭过头来:"边慕,你又在那儿嘀咕什么呢?有什么话想说可以站起来发言。"

安心在下方踹了边慕一脚,小声道:"赶紧闭嘴吧你!"

边慕撇嘴:"闭什么嘴!"说着,边慕站了起来,看着敖力,"敖教官,你总让我们说自己的问题,你怎么不总结一下你自己的问题呢?"

边慕的话,立即让众人面色微变,齐齐看向边慕。边慕和敖力不对付,这是大家都知道的事情,但没想到边慕竟然会在会议上顶撞敖力。安心也有些心急,瞪了边慕一眼,想让边慕坐下。

敖力看向边慕:"喔,我有什么问题?"

边慕毫不在意,摇头道:"不,我说错了,不是你有问题,应该说是步枪有问题。"

"你的意思是?"敖力正色起来。

边慕看了大家一眼道:"我相信大家都很清楚,步枪有很强的攻击性,到现在还没能完全解决。"

会议室内,众人立即窃窃私语起来,安心皱眉看着边慕。这边慕,怎么在这种时候提这件事,这让敖力怎么下台?

安心立即出声想要制止:"边慕,你……"

"队长,我在问敖队问题呢,你先别打岔。"

边慕向安心摆了摆手,看向敖力:"敖队,上次步枪咬伤小七的耳朵,还有追踪狗贩子时的扑咬,这都是事实。我们都知道,步枪是退役军犬,参加过很多任务,攻击性是它的强项,但这里是救援队,不允许搜救犬有攻击性!我觉得,步枪的这个问题,必须得到解决!"

边慕话音一落,洛奇、伊森、莫莉儿人的议论声更大起来。

敖力摇头:"我们现在讨论的是学员犬,步枪的问题不在今天讨论的范围内。"

"是,步枪不是学员犬,甚至不需要考核。"边慕直直地看着敖力,"可是,它真的算是一条合格的搜救犬吗?"

敖力听出边慕这是在刁难自己,给自己难堪。面对这种情况,敖力当然不可能认输。

敖力脸色铁青:"好的,既然你提出了,那我今天就给队员们一个交代吧。

我承认，攻击性确实是步枪的弱点，是未来工作中的一个隐患，我也一直在对步枪进行消除攻击性的训练，我会在大考前让步枪改过来！"

"那是最好不过了。"边慕毫不示弱，得意一笑坐了下来。

会议因为边慕的打岔，最后草草结束。看着因为让敖力吃瘪而一脸得意的边慕，安心气得不行，狠狠地踹了他一脚："你这个二货！"

边慕被踹一脚却不生气，哈哈大笑："公平！我这是在追求公平！"

旁边的汤圆看了边慕一眼，摇头叹气："大哥，你这可是自找苦吃。"

"哼！我看他敢拿我怎么样。"边慕不以为意。

"你少说两句吧。"汤圆苦笑道。

虽然开会因为边慕的打岔草草结束，不过大家通过分析总结，还是有不少收获，发现了更多不足和缺陷，也找到了针对性训练的方法。

下午，大家再次进行深入的总结之后，莫莉、伊森、洛奇几人，已经带着卡卡、球球、浩克在训练场上进行针对性训练，以弥补不足。伊靓特意找上了汤圆，让汤圆帮忙训练山神集中注意力，对此汤圆当然是毫不犹豫，完全忘了八公也需要进行针对性训练的事情。

边慕在训练场上逛了一圈，本来想再恶心恶心敖力，结果转了一圈也没看到敖力，倒是看到周茉在训练饭桶，只得也带着小七，想训练训练小七分神的问题。

小七在各方面的表现都非常完美，不过想到小七分神的问题，边慕就一阵头痛。

对于小七分神的原因，边慕很清楚，完全是中了小雪的美人计。

可要解决这个问题，边慕根本想不到办法。每次只要见到小雪，小七就跟吃错药一样，啥都忘了，眼里就只有小雪。

这不，小七训练着训练着，就又往小雪那边跑去了。边慕连忙把小七拽住："小七，你说你好好一条神犬，怎么能中美人计呢，给我有点男人样！"

"汪汪！"小七回头冲边慕叫了两声，又往小雪那边奔去。

"这家伙。"边慕头痛不已，思索着是不是多找两条母狗来，让小七分散一下注意力。

"步枪！准备，咬！"一个声音，从装备室那边传来——是敖力的声音。

边慕眉头一动，心知敖力肯定是偷偷在那边的角落里训练步枪，难怪刚才逛了一圈也没在训练场上看到敖力。发现敖力在训练步枪，边慕也懒得管被小雪勾引过去的小七了，偷偷往装备室那边走去。果然，训练场的角落里，装备室的后边，敖力正在那里训练步枪。在步枪的面前，竖了一个人形靶子，步枪

176

正往人形靶子扑去。

"停!"步枪刚要攻击,敖力就出声喝止,步枪愣了一下,回头看着敖力。

"回来!"步枪听话地回到敖力身边,依然有些迷茫的样子。

"咬!"敖力一指人形靶子,步枪收到命令,立即转身再次向人形靶子扑了上去。

"停!"这一次,步枪没理会敖力,一下子就咬住了靶子。

"停!步枪停下!"敖力连声制止。

步枪回过头来,越发不解。敖力看步枪满脸茫然,一脸心疼地走了过去,抚摸着步枪:"步枪,一定要加油,今天我们所做的一切努力,都是为了帮助你克服攻击性问题。"

"汪汪!"步枪叫了几声,有些烦躁的样子。

敖力摇头:"不管怎么样,这个问题一定要克服,这是你最大的弱点!"

"汪汪!"步枪又叫了两声。

敖力拿出手机,点开一个搜救犬训练网站,查询起来。

虽然敖力是经验丰富的军犬驯导员,但军犬驯导和搜救犬驯导有着很大的差异,其中最大的差异,就是搜救犬不能有攻击性,而军犬训练最核心的就是攻击性。敖力并没有学过如何纠正狗狗的攻击性,在这方面毫无经验,现在为了纠正步枪的这个问题,他不得不借助网络了。

看敖力愁眉苦脸偷偷在旁边训练步枪的样子,边慕一阵得意,准备再恶心恶心敖力。

他大摇大摆地走了过去,惬意地趴在栏杆上道:"步枪天生就是军犬的料,骨子里就好战善战,你这样训练是没用的。"

敖力看到边慕就来气,瞪眼道:"你行你来训!"

边慕:"……"

在这种情况下,边慕怎么可能认输。

"好!我来就我来!"边慕轻巧地翻过栏杆:"看看,哥来给你演示演示!"

说着,边慕向步枪走去,摆出一副凶神恶煞的模样刺激步枪:"小子!来啊!来咬我啊!有种过来咬我啊!"

见边慕这样挑衅自己,步枪直接被激怒了,叫了一声猛地扑了过来。

敖力一看,连忙推开边慕,没想到自己却被步枪一口咬住,连胳膊都被咬伤出血。

当看到自己咬中的是敖力时,步枪立即松口,呆呆地看着敖力。

这样的结果，并不是边慕想看到的，尤其是敖力竟然因此受伤了，边慕生气地指着步枪："喂！你……你这家伙怎么真咬啊！这可是你的主人，你的驯导员！"

敖力摇头，语气出奇的平静："别吼它了，不是它的错。"

步枪有些惊慌，似乎知道错了，不安地对敖力叫着，来回踱步。

敖力难过地抱过步枪，安慰道："好了好了，没事没事，这不是你的错，没事了……"

步枪内疚地发出"呜呜"声，不停地用舌头舔敖力的脸。

边慕看着敖力和步枪，心里也十分愧疚。

敖力被步枪咬伤的事情，很快被安心知道了。看边慕一脸愧疚的样子，安心不用多想，也知道步枪咬敖力的事情，肯定与边慕有关。

"你这个浑蛋！"安心踹了边慕一脚，"走，跟我去医务室，给敖力道歉！"

边慕本想拒绝，可敖力被咬伤的事情，确实是自己的错，他只得跟着去医务室，只是一路上依然扭扭捏捏的。安心气得不行，干脆不理他，径直前往医务室。

医务室内，周茉正在给敖力处理伤口，阿旺待在旁边，盯着敖力手臂上的伤口看，有些害怕又有些好奇的样子。

"你看看你，跟个孩子有什么区别？居然还能用自己做活人靶子来训练步枪，亏你想得出来！幼不幼稚啊！"

医务室里，周茉正凑在敖力脸前亲密地责备着："别动！我正在缝针呢！忍着点！"

刚进医务室的安心，见周茉和敖力亲热的样子，心里有些不是滋味，转身准备带着小雪和小七离开。

周茉看到安心，出声招呼着："安心，进来啊，怎么到门口了不进来呢？"

安心摇头微笑道："我刚好路过，顺便看看敖力的情况，没大碍吧？"

"他皮糙肉厚的，这点小伤算不了什么。"周茉笑道，"你别把他当小孩，以前受的伤比这严重多了，都是我帮着处理的。"

安心点头："行，没事就好，那我先走了，你们忙吧……"说着，安心准备离开。

"安心！"敖力突然出声叫住安心。

安心一怔，回过头来。敖力推开周茉的手，起身向安心走了过去，然后一把握住安心的手。安心愣住了，呆呆地看着敖力，而敖力身后的周茉也怔住了。

敖力看了眼安心，又看了眼身后的周茉，这才出声："我一直想跟你解释

清楚，我和周茉……"

这时，一个气愤的声音响起："你这是干吗？这算怎么回事啊？你女朋友还在这儿看着呢，你怎么能做出这种事情？"边慕气呼呼地冲了进来，二话不说就拉开敖力拉着安心的手。

安心一脸尴尬，敖力解释道："我只是想把话说清楚……"

"说什么？"边慕瞪着敖力，"说你脚踩两条船，一搂一抱都想要？你这不清不楚的算什么？再说了，你这样晾着人家周茉算什么男人！"

敖力怒视边慕，边慕同样怒视着敖力。眼看两人要打架的样子，安心尴尬得不知所措，后面的周茉则是一脸绝望的表情。

室内，小七、小雪、步枪都呆呆地看着四人，陷入沉默尴尬的气氛之中。

"喵——"一声猫叫，打破了室内的死寂，是阿旺，阿旺还从窗台上跳了下来，伸出爪子抚着安心的裤腿。

"看到你我恶心！"边慕气呼呼地骂了一句，转身离开医务室。

离开医务室的边慕，并没有回宿舍，也没有去训练场，而是径直离开了基地，前往市区网吧。

看到敖力拉着安心的手，安心竟然一点也没反抗，边慕心里很是气愤。

闹哄哄的网吧内，边慕直接要了一台电脑，打开《绝地求生》游戏，疯狂地厮杀，发泄着心里的怒气。

此时的边慕，心情非常糟糕，已经完全失去冷静，用力地敲打着键盘，也无意去瞄准射击，看起来像个疯子一样。旁边几台电脑旁的顾客，看到边慕赤红着眼睛，都纷纷悄悄起身结账，离开了网吧，生怕被这个不知发什么疯的家伙莫名其妙地揍一顿。

华灯初上，夜色渐浓。

市区的路上，挤满了下班的车辆和人。小七孤独的身影在人行道上穿梭，不时低头闻着边慕的气味，寻觅着边慕的踪迹。在边慕离开基地后，小七就追了上来，可惜一直没能追上边慕。终于，在一个多小时后，小七找到了边慕所在的网吧。

"汪汪！"小七随着人群，小心地趁着红绿灯的时间通过公路，走进网吧。

进入网吧，小七很快在网吧的一角发现了边慕的踪影，来到边慕身边，对边慕叫着，咬着边慕的裤管，要把他拽走。边慕瞥了眼小七，继续负气地打游戏。

"汪汪！"小七冲边慕叫着，想尽办法阻挠边慕打游戏，为了把边慕拽出网吧，最后干脆跳到桌上，扒拉着边慕的键盘和鼠标。边慕被烦得不行，把小七抱起来放到一边。

"汪汪！"小七冲边慕叫着，气呼呼地瞪着边慕。

边慕揉了揉小七的脑袋："小七，让我安静一下好吗？别烦我……"

"呜呜——"小七低着头，呜呜两声，知趣地卧在边慕的腿边不再捣乱。

见小七这么乖巧，还有些委屈的样子，边慕为刚才对小七发火感到惭愧，揉了揉小七的脑袋，叹了口气："小七，对不起，我不该对你发火……"

"呜呜……"小七低哼两声，浑身放松地趴在边慕的腿上，渐渐睡着了。

想到从基地到这里这么远，小七一路追过来，肯定是累坏了，边慕更是自责。心里一软，边慕拿外衣包住熟睡的小七，抱着小七离开了网吧。回到基地，小七还没醒来，边慕没有将小七送回搜救犬公寓，而是把它带回了自己的卧室，放到了自己的床头。

看着小七缩在外套里熟睡的样子，想到这小家伙一路从基地到网吧来找自己，孤零零一个，边慕心里更加自责起来，静静地望着窗外发呆。

这时，一个人影孤单地在训练场边缘走着。边慕好奇地拿出望远镜，发现是安心，从望远镜里看，安心似乎不太开心的样子，神情落寞。

想到下午的事，边慕皱了皱眉。下午看到敖力拉着安心的手，边慕心里不知为什么突然就噌噌火气直冒。仔细想想，也不知道从什么时候起，只要看到敖力和安心走得比较近，他心里就会很不爽。最初的时候，边慕以为是因为看敖力不顺眼，现在想来，似乎并非单纯因为这个，还有自己现在对救援队非常留恋，似乎也并不是纯粹因为小七。

"难道我喜欢上了安心？"想到这里，边慕连忙摇头，将这个想法给甩出脑海，嘴里咕哝着，"不会不会！肯定不会！我怎么会喜欢上这个男人婆！"

嘴上虽然这么说着，边慕还是忍不住拿起望远镜，透过窗户，默默地关注着训练场边缘安心孤单的身影，一直到安心很晚的时候离开训练场回公寓，他这才放下望远镜入睡。

因为很快就要大考，统一性训练基本上已经结束，剩下的时间，都是队员们针对性地训练各自的狗狗，弥补各自狗狗的不足和缺陷。

一大早，伊靓、汤圆、洛奇、伊森、莫莉几人，就已经在训练场各个角落展开训练了。周茉则带着饭桶，到了基地外面的小树林，训练饭桶的野外搜救能力。

边慕也带着小七来到地震模拟区训练。这里地形复杂，有不少模拟地震后废墟的倾斜房屋，倾斜度很大。小七最大的问题是容易受到干扰，这种干扰，不只是小雪和步枪的原因，即便小雪和步枪不在的时候，小七也很容易受到外界干扰。边慕仔细思索后发现，小七的这个问题，与它过于活泼有关，有时候

甚至一只蝴蝶，或者豆豆、公主都会让小七分神。边慕苦思如何解决小七的这个问题，最终却没能想出什么好的办法。

边慕带着小七进行了一些基础训练，在穿越障碍、废墟现场搜救方面，小七都表现得很好，虽然训练两三个小时体力消耗很大，但小七依然能坚持练习。不过因为体力消耗过大，小七现在已经累得吐着舌头喘气，在障碍物规避训练中，不时会被障碍物命中。

"小七！笨蛋！小七！笨蛋！"豆豆落在围墙上。

"小七！加油！小七！加油！"公主则扑扇着翅膀，围在小七脑袋周围给小七打气。

"汪汪！"小七被豆豆和公主两只鹦鹉烦得不行，停下训练，冲豆豆和公主吠着。

边慕眼睛一亮，豆豆和公主这两个话痨竟然帮自己解决了一个问题！

边慕没有如往常一样替小七赶走豆豆和公主，而是向小七喊道："小七，别被豆豆和公主干扰了，让它们做你抗干扰的陪练，只要你再认真训练十分钟，我们就一起玩直升机，好不好？"

"汪汪！"小七兴奋地叫了几声，不理公主和豆豆，认真训练起来。

见小七不理自己，公主和豆豆继续缠着小七，不过小七依然认真地进行着训练。

"哈哈！"边慕笑了起来。

小七认真完成训练，得意地冲豆豆、公主叫着。

"坏狗！"

"笨蛋！"

豆豆和公主骂了两句，没趣地飞走了。

"小七，加油！"

"歪了，歪了，向左向左！"

正在办公室整理文件的安心耳中传来边慕的声音，也不知道边慕在干什么，鬼鬼祟祟的样子。

安心好奇地走出会议室，见边慕和小七正在楼下摆弄着直升机遥控器，一人一狗玩得不亦乐乎，头都挤到一块儿去了。

空中，一架遥控飞机挂着个用纸做的篮子，里面放了些鲜花，平衡地往搜救犬公寓飞去。

"快到了！小七，加油！"边慕给小七指挥着方向，直升机落到小雪的狗舍前，将鲜花放下。

181

第 7 章
特殊考核

小雪看到鲜花非常惊喜,闻了闻鲜花,又看到头顶的遥控飞机,立即跑出搜救犬公寓,来到小七面前兴奋地叫着。

"嘿嘿,小七,哥这泡妞绝技不错吧!"边慕一阵得意,"来,给你女朋友表演你的绝杀技!"

小七兴奋地回应,操控着遥控器,让直升机在天空中飞出漂亮的弧线。

"汪汪!"小雪越发兴奋起来,看小七耍帅表演,不时对小七叫着称赞。

楼上的安心见小雪完全被小七吸引,哭笑不得,不过直升机看起来很好玩的样子,安心也有些心动。

"昨天的事情挺尴尬的,我过不过去呢?"想到昨天的事情,安心有些犹豫,随即咬了咬牙,"算了,没事,早晚也得见面!"

安心走下楼,向小雪招呼道:"小雪,在看小七玩飞机呢?"

边慕见安心下来,一脸得意:"嘿嘿,怎么样,这可是我亲手带出来的徒弟,连小雪都崇拜得不行了,我说你这当妈的可得管管啊,别让你家小雪陷得太深了!"

本来以为见面会很尴尬,没想到边慕似乎忘掉了,安心憋着笑,白了边慕一眼:"臭美,这可是小七的魅力,别给你自己贴金了。"

"那也是我教导有方!全天下也没见几个会玩遥控飞机的狗狗呢。"边慕向小七招手,"来,小七,再表演两个绝活!"

"汪汪!"小七兴奋地叫了两声,又操控直升机,让直升机在天空中曲线飞行。

见小七操控直升机竟然如此娴熟,安心有些惊讶。紧接着,又发觉不太对劲,小七操纵直升机曲线飞行的轨迹,最初是一个"3"字,接着是一个"8"字。

"臭小子!"安心瞬间明白过来,抬起脚就往边慕踹去。

"哈哈!这可不是我说的,是小七说的!"边慕哈哈大笑着跑开。

不远处,看到安心下楼正准备过来的敖力,见边慕和安心这么亲热,冷着张脸默默地带着步枪走开了。正打闹的安心和边慕两人,当然没看到离开的敖力。打闹一阵后,边慕突然一本正经地坐了下来,想向安心借小雪,想利用小雪来训练小七的抗干扰能力。对此,安心当然不会拒绝,并帮边慕提出了不少针对性训练的建议。

下午,是搜救犬例行体检时间。午饭过后,队员们就带着狗狗前往医务室进行体检。搜救犬因为长期进行高强度训练,极容易出现伤病的情况,再加上队员们都很心疼自己的狗狗,训练结束后,往往会给狗狗加餐,使得狗狗容易超重,所以,例行体检非常重要。

在周茉没来之前，救援队的例行体检几乎完全忽略，现在周茉来了，每周都会给狗狗们进行一次体检。

医务室内，很快热闹起来。伊靓拿着手机，直播狗狗们的体检现场。公主和豆豆落在支架上，像两个监工一般。阿旺则一副大爷的态势，以标准的"葛优瘫"姿势躺在沙发上，看着平板里播放的《猫和老鼠》动画片。很快，山神、卡卡、小雪体检结束了，只有山神有些超重，看来伊靓没少喂它零食。

边慕来得较晚，排在了后面。因为步枪之前受过伤的关系，周茉在给步枪体检的时候十分仔细，检查了很久。

边慕等得不耐烦了："周医生，你也太偏心了吧，别的狗狗都只检查了四五分钟，步枪已经检查了二十分钟了，步枪就那么大，你翻来覆去地查了好多遍，不知道的还以为你在摊煎饼呢，就算是摊煎饼也该煳透了！"

周茉看了边慕一眼："步枪身上有旧伤，它和别的狗狗的情况不一样，必须仔细检查。"

边慕撇嘴："哼，哪儿是为了步枪啊！谁不知道……"

周茉脸色一青，直起身体瞪了边慕一眼："请你出去！"

边慕一怔，随即才想起自己说错话了，正准备道歉，敖力就走了过来，冷冷地看着边慕："边慕，我忍你很久了！"

边慕见敖力凶巴巴的样子，不服气了："我也……"

"边慕！"安心瞪着边慕，出声喝止。

边慕立即乖乖闭嘴。

这时，伊靓却出声了："周茉姐，也不怪边慕哥这么说，你看看，为什么步枪用的牙膏也跟别的狗狗不一样？它为什么能用进口牙膏，我们家山神却是用的一般牙膏？"

伊靓手里举着一管牙膏质问着。

周茉摇头："这和步枪的年龄有关，步枪……"

伊靓轻笑一下，打断了周茉的话："呵呵，步枪是敖力的爱犬嘛，谁不知道，别解释了，大家都懂！"

伊森、洛奇、莫莉三人一看这是要闹起来的架势，立即偷偷想往医务室外溜。

周茉一脸尴尬，不知该说什么才好。敖力冷着张脸，看了眼伊靓："没错，我和周茉曾经是恋人，但我们已经分手了！"说到这里，敖力再次强调道，"我们已经分手了！"说完，敖力看了眼周茉，又看了眼安心，不再解释，转身离开医务室。

"汪汪！"步枪冲敖力叫了几声，敖力并没有回头。

183

第 7 章
特殊考核

医务室内立即死一般寂静。

"分手了！分手了！"

"牙膏！牙膏！"

豆豆和公主两只话痨打破了室内的宁静，却反而使室内更尴尬起来。

"闭嘴！再废话就把你俩烤了吃！"

安心瞪了豆豆和公主一眼呵斥道。豆豆和公主闭嘴了，等安心回头的时候，发现周茉已经放下手里的活，转身走向里间。安心想要叫住周茉，却又无法开口。周茉关上了里间的门，没再出来。

"汪汪！"步枪跑过去，扒在磨砂玻璃门上叫着，拍打着玻璃门，室内依然没有周茉的回应。

隐约中，似乎有轻微的哭泣声从房间里传了出来。安心皱了皱眉，神色不安，不知该怎么办才好。最终，安心还是走了过去，蹲下身子，劝说拍门狂叫的步枪："步枪，乖，让周茉安静地待一会儿，别吵她，我们走……"

很快，汤圆、边慕、伊靓等人都离开了医务室，连躺在沙发上看《猫和老鼠》的阿旺，都被安心给抱走了。医务室里间内，终于传出悲伤的哭声。

离开医务室，安心并没有看到敖力，想来应该是去小树林那边了，于是她带着步枪、小雪来到基地后门，果然远远地看到敖力正在小树林边上坐着。

安心走到敖力身边坐下："敖力，我觉得你不该这样对她……"

敖力摇头："我不想再跟她藕断丝连了。"

"她很爱你……"安心欲言又止。

"那是她说的。"敖力两眼发红，自嘲地笑道，"呵呵，可是她是怎么做的呢？当初她放弃我和步枪出国……"

对敖力和周茉之间的事情，安心大概知道一些。

周茉和敖力以前确实是恋人，周茉家境优渥，父母都在国外，之前周茉的家人要求她去国外，进入家族企业替父母工作，周茉让敖力和她一起去，但敖力不肯，最终，周茉一个人去了国外，但在国外的周茉放不下敖力，几个月前和家人闹翻又回来了，那时，正是安心在度假村找欧叶要小七的时候。

安心摇头："她现在放弃和家人在国外的生活，独自回来面对你，追随你来到救援队，对你和步枪百般照顾，难道她做得还不够吗？"

"我知道，我都知道！可是，安心，我对你……"敖力突然一下抓住安心的双肩。

远处，拿着望远镜在观察安心和敖力的边慕再也看不下去了，心里有些酸酸地放下望远镜。

面对敖力火辣辣的眼神，安心摇头："敖力，谢谢你，坦白讲，我也很欣赏你，可是我很清楚，我们之间是朋友，最远也就走到这儿了，不会再往前进一步了。"

敖力不肯放手："你真的那么肯定吗？"

安心沉默一会儿，终于点头回答："我很确定。"

"就因为她的存在？"敖力声音有些大了起来。

安心微笑道："她、你、步枪，你们才是真正的一家人！所以，如果你还把我当朋友的话，就请对她好一点，珍惜这个爱你的女人吧，在这个时代，能遇到像她这样的女人，不容易。"

说完，安心不等敖力说话，招呼小雪："小雪，我们找小七去。"

"汪汪！"小雪立即奔了过来。

看着安心和小雪离开的背影，敖力一脸失落。

大考时间越来越近。

虽然安心、周茉、敖力之间的事情让救援队的气氛紧张了几天，但是很快大家就渐渐淡忘了这件事情，见面也不再那么尴尬。只是边慕和敖力之间，依然充满了火药气氛，让安心有些头痛。

这天上午，敖力召集队员们在训练场上开会，道："各位，搜救行动中，我们每一位队员都需要配合得上搜救犬的体能和专业能力，接下来的时间，除了狗狗们的针对性训练，还有我们驯导员自身，也需要加强训练，进行最后的冲刺，大家明白吗？"

平常的时候，大家除了训练狗狗，各自也会进行一些锻炼，对敖力所谓的加强训练都不是很在意，齐声回答："明白了！"

"好，接下来进行跑步拉练！绕基地长跑五圈！"

敖力话音刚落，伊靓的脸色立即难看起来："五圈？！"

和伊靓差不多，汤圆整张脸也变得异常难看。

绕基地一周，至少得有一千米左右，五圈就是五千米，以汤圆的体能，别说跑五圈，就算能跑两圈也不错了。

结果，跑步拉练只是一个开始。

当队员们绕基地跑完五圈后，接下来又是负重训练，然后是在小树林里做匍匐前进训练，最后是攀岩训练，攀岩训练完成后，还有两百米的短跑冲刺训练……

等整个训练完成后，就连体能较好的洛奇和伊森，都已经累得直接躺在地上了，而莫莉、伊靓两人，连腿都抬不起来了，至于汤圆，早在小树林匍匐前进训练中就已经"阵亡"了，攀岩训练时，整个人只能趴在攀岩墙上。

"你们这样的体能是不行的！接下来的时间，大家必须加强训练！否则在大考时，搜救犬将因为你们训犬员而被淘汰！"敖力大声训话，"下面，男生每人五十个引体向上！女生每人一百个仰卧起坐！"

众人："……"

"不行了不行了！我已经快要死掉了！"汤圆趴在地上痛苦地说着。

边慕也累得不行，两腿发软双臂无力，现在别说五十个引体向上，就算十个都完不成。

他正准备跟着汤圆起哄，敖力的眼神就扫了过来。

边慕立即一挺胸："不就是五十个吗！是男人就做一百个！"

"大哥，你自己找死别带上我们啊……"汤圆傻眼了。

洛奇、伊森两人也无语地看着边慕。边慕当然不可能在敖力面前认怂，咬牙做完五十个引体向上，本想逞强再来五十个凑齐一百，但双臂酸软只得放弃。

做完五十个引体向上，边慕趁别人还没完成的时候，偷偷溜回了搜救员公寓。

"砰！"进门之后，边慕把门带上，直接倒在了床上。

"快死了快死了……"边慕浑身酸软地躺在床上，累得动都不想动，连揉一下酸软的手臂的力气都没有，不一会儿就睡了过去。

刚睡着，边慕耳边就响起训斥声："你体能太差！你这体能要是练不好，将来一辈子都没出息！干什么都不行！干什么都不行！干什么都不行……"

边慕被呵斥声给吓醒，睁开眼睛，发现自己还躺在床上，顿时松了口气。

刚才的声音，是边慕的爸爸的。边慕很小的时候，就被逼着在双杠上做引体向上，每一组要做好几十个。那时候，边慕爸爸就总是在耳边这样训斥他。

"咯吱！"开门声响起。

边慕吓得一下子爬了起来，才发现进来的是小七。小七跳到床上，冲着边慕的脸就一阵舔。

"小七，你干吗呢？"

"汪汪！"小七吠了两声。

边慕赶紧捂住小七的嘴："别出声！我是偷跑回来的！要是被发现又要去训练了。"

小七看着边慕，歪了歪头，然后跳下床跑了出去。

"真是听话的乖孩子。"边慕见小七离开，重新躺回床上，拉过被子裹了

起来，准备好好睡上一觉。

迷糊中，他又听到开门声，还有小七的叫声。

似乎小七又跳到了床上，还在掀自己的被子。

边慕伸手推着："小七，不要吵，让我好好睡……"

突然，边慕发现手感不对劲，急忙睁开双眼。

在他床边，还站着一个人，是安心。

"队……队长……"边慕赔笑，"呵呵……你来啦……"

安心气呼呼地瞪着边慕："训练还没结束你就偷跑掉！要不是小七来找我，我还不知道你躲到了公寓！"

边慕："……"

小七这个叛徒，竟然跑去把安心找来了。

边慕欲哭无泪："队长，我实在不行了，让我好好休息一天吧……"

"不行！"安心语气坚决，"体能是搜救工作的基础，体能要是练不好，将来一辈子都没出息！干什么都干不好！"

边慕一愣。安心这话，怎么和他小时候被爸爸训斥的时候，说得一模一样！

安心瞪着边慕："还躺着干什么？大家都还在训练场上训练，你还不赶紧起来！"

边慕哭丧着脸："队长，我不是已经做完引体向上了嘛……我觉得我的体能已经很好了，刚才可是我最先完成引体向上……"

"喔？是吗？"安心嘴角露出一抹冷笑，"你的体能真的足够了？"

"当然。"边慕立即点头。

"那好，我给你一个机会，如果你能追上我，就放你半天假，否则你就给我老老实实地训练！"安心一脸鄙视地看着边慕。

边慕怎肯认输。这安心，虽然确实有点男人婆，但女人毕竟是女人，边慕可不会觉得自己连安心都比不过。

"比就比！"边慕从床上爬了起来。

等边慕来到训练场上的时候，安心已经带着小心、小雪在跑步了。

边慕追上去，跟在安心旁边："队长，你说怎么比？"

"以十圈为数，谁先跑完谁赢。"安心回道。

"没问题。"边慕点头。

训练场的十圈，也就三百米左右，和绕基地五圈根本没办法比，而且地面平整，边慕还不放在眼里。

跟着安心跑了一段路后，边慕却发现自己不知不觉间和安心拉开了距离。

"一定是不小心被超过了。"

边幕咬牙疯跑，终于超过安心。可是不一会儿，边幕发现安心又超过了自己，跑到了前面，而且呼吸平稳，一点也不显疲态。

"是不是不行了？白长这么高个子，连女人都不如！"安心回头向边幕挑衅着。

"你给我等着！"边幕气呼呼地冲了过去，超过安心，可没跑两步就双腿酸软，又被安心给超了过去。

边幕气得不行，想要追上去，却只能看着安心在前方不快不慢地跑着。最终，安心比边幕更快地跑完了十圈，这让边幕郁闷不已。

"这女人，怎么这么厉害……"边幕哭丧着脸。

"哈哈，这就是你不认真训练的结果。"安心一阵得意。

远处，敖力看到边幕和安心两人，脸色变得有些落寞，带着步枪转身离开。放弃前去"北极星"救援队，来到"完美世界"救援队，敖力是因为认同安心的梦想，不过在后面的相处中，他渐渐地被安心开朗热情、直率的性格所吸引，现在……

医务室内，周茉透过窗户看到敖力带着步枪离开，眼圈渐渐红了。

"喵——"阿旺凑了过来，伸出爪子挠了挠周茉的裤管。

"阿旺。"周茉把阿旺抱了起来，就那么静静地看着窗外，陷入伤怀情绪。

接下来的训练，边幕都很认真。愿赌服输，既然与安心打赌输了，边幕肯定不会再偷懒。再说，一个男人竟然还跑不过一个女人，这让边幕自己都感觉没脸见人。

时间一天天地过去，基地的训练越来越紧张。队员们在这些天的训练中，都有了很大的进步。身体素质的训练，不是一天两天可以得到巨大提升的，对队员们来说，最大的提升是在思想意识上，就连只是奔着伊靓混入救援队的汤圆，在训练上都非常积极，真正把自己当成了救援队的一员。

这天，边幕正在房间里看搜救方面的电子书，汤圆跑了过来："老大，天麒报名参加了一个比赛，问我们有没有时间去。"

"没有。"边幕直接拒绝。

天麒是边幕一起游戏的队友，和边幕一样，梦想就是有一天能成为职业电竞选手。以前的时候，边幕肯定二话不说就去参加了，不过现在马上就面临大考，边幕当然得充分准备一下。

"哦。"汤圆点头，"我听说奖金挺高的。"

"再高也不去。"边幕摇头。

汤圆："……"

"老大，你还真是转性了。"汤圆无语地摇头，"老大，你说我该怎么办啊？"

边幕不解："什么该怎么办？"

"巧妇难为无米之炊啊……"汤圆苦着张脸说。

"啥意思？"边幕依然不知道汤圆在说啥。

汤圆搓着手凑了过来："队长给我买食材的钱实在太少了，我顾得了人就顾不了狗，没法给大家吃好的，你说怎么办呀？你那儿还有没有……"

边幕一听，连忙离汤圆远远的："别打我的主意，我上周已经把所有钱上缴队里了。"

"那怎么办？"一听边幕也没钱，汤圆更愁起来。

边幕直直地看着汤圆，想了想道："没事，我有办法了，放心吧，这事我来搞定。"

汤圆立即惊喜出声："真的吗？那太好了！这样伊靓就不会埋怨我做的菜不好吃了！"

边幕："……"

果然这家伙最关心的，不是大家的伙食问题，而是伊靓的评价。

为着这事，自己竟然还要去帮他搞钱贴补伙食费，还真是脑抽了。

不过救援队的情况，确实非常紧张。安心一个人在支撑着救援队的各种开支，虽然有一些社会机构资助，但救援队还是经常缺钱。

想到安心这两天一直在为钱头痛，边幕叹了口气。

晚饭之后，天色还早，安心带着小雪散步，路过边幕的房间，小雪对着边幕的房间叫了起来。安心一笑："小家伙，又想找小七了是不？"

"汪汪！"小雪叫得更欢了。

房间内，边幕对着电脑，打游戏打得正兴起，看人数，已经只剩下五人了，到了决赛圈，解决掉这五人，自己就是第一名了。

旁边，小七呆呆地望着屏幕。听到外面小雪的吠声，小七突然昂起头，兴奋地叫了起来，跑到门口，可门被锁住了，小七根本打不开，着急地跑回来对边幕大声叫着。

边幕被小七烦得不行："小七，别叫了，我再拿下两个人就是第一名了，没法跟你玩儿，快躲一边儿去！"

小七无奈地跑开，再次来到门前，两条狗，只能隔着门叫。安心苦笑一下，走上前去替小雪敲门。边幕正打到关键时刻，听到敲门声，只能高喊道："等一下！"

安心皱眉，耳朵贴在门上，听到里面打游戏的声音，立即火冒三丈，拉着小雪就走。

"汪汪！"小雪不肯走。

"小雪，听话！跟我走！"

"呜呜！"小雪不舍得离开，发出可怜的"呜呜"声。

见安心要带小雪走，小七着急起来，直立着前爪扒在门上，着急地抓着门。门外，小雪虽然不愿意离开，可还是被安心给拉走了，走的时候不时回头望向边慕的房门，发出委屈的"呜呜"声。屋内，小七感觉到小雪离开了，神情沮丧地收回爪子。

回到边慕身边，见边慕还在奋力拼杀，小七更加生气。

看到墙壁上的电源插座，小七立即跑过去，咬住电源线用力一扯，电脑屏幕一下子黑了。

边慕回过头，见小七正咬着电源线，气得大叫："小七！"

"汪汪！"小七冲边慕不满地叫着。

边慕沮丧地起身开门，可门外早就没人了。

"是安心？"边慕向小七问道。

"汪！"小七愤怒地扭过头去，不理边慕。

见小七生气，边慕只得拿出遥控飞机讨好小七，结果小七依然不搭理他。

"小七，别生气嘛，我打游戏是为了赚钱改善救援队的伙食啊，好了，我向你道歉，我们一起去玩遥控飞机好不好？"

"汪！"小七扭过头，往门外奔去。

"死小七，只知道泡妞……"

边慕走到门前，看到训练场上安心远去的背影，摇头叹了口气，重新回到电脑前开机，打开游戏。

小七追上了小雪。安心回头见边慕的房门又关上了，脸色又是一沉。

"小七，边慕是不是又在打游戏？"

"汪汪！"小七点头。

被边慕的不上进气得不行，安心也懒得去教训边慕，带着小雪和小七一起去了基地外的小树林。

小树林内，莫莉、伊森带着球球和浩克正在训练，小雪和小七见了，也跟着跑去凑热闹。

夜色渐浓，小雪和小七都疯够了。

安心、莫莉、伊森三人带着狗狗们回基地。安心把小七和小雪送回搜救犬公寓，路过边慕的房前时，又听到边慕房里传来的游戏声音，更是一阵火起。

想到这个不上进的家伙，安心气呼呼地回到了自己的房间。

忙活到大半夜，边慕一直到凌晨两点才睡。

第二天一大早，边慕还没睡醒，就被小七给吵醒了。

"汪汪！"小七叫着，扯着边慕身上的被子。

被小七烦得没办法，边慕只得起床洗漱穿衣。小七又拽着边慕的裤脚，把边慕拖到训练场上，然后松开边慕，跑到跑道上，对着边慕叫。边慕苦着张脸："不会吧，小七，你又要我练习折返跑？"

"汪汪！"小七叫着。

边慕一脸郁闷："小七，你简直比敖力还残忍啊，我昨晚两点才睡啊。"

"汪汪！"小七催促着边慕。

边慕摇头："你这家伙，不就是昨天耽误你泡妞了吗，怎么跟女人一样小肚鸡肠……"

正说着，边慕看到安心牵着小雪，正从基地大门口走进来。

小七一脸得意地看着边慕。

边慕："……"合着这傻狗，原来是知道安心这个点出来遛小雪，跑出来蹭表现泡妞的。见到安心，边慕赶紧开始跑步，一边跑一边和安心打招呼："嘿，出来散步？"

安心扭过头，不理边慕，边慕不解地问道："嘿，男人婆，跟你说话呢，怎么一点不懂礼貌？"

"我不想搭理一个只知道玩游戏，连女人都跑不过的男人！"安心带着小雪跑步。

"汪汪！"小七也跟了上去。

边慕："……"

"跑不过女人！"

"玩游戏！"

公主和豆豆两只话痨鹦鹉飞了过来，围着边慕叽叽喳喳。

边慕："……"

"去去去！再乱叫把你们全烤了！"边慕挥手驱赶着豆豆和公主。

"坏人！"

"跑不过女人！"

"坏人！"

"玩游戏！"

豆豆和公主飞得高高的，冲边慕叫嚣。

边慕向豆豆和公主追了过去，豆豆和公主立即扑扇着翅膀飞开，不时还回骂两句。

"浑蛋，我就让你们瞧瞧！"边慕骂骂咧咧地迈开步子，跟在安心后面跑了起来。

小七见边慕跟了上来，停在前面回过头来，对边慕叫着，催促着边慕。跑在前面的安心扭头看了眼身后追来的边慕，心里暗自好笑，脚下的步子迈得更大了。结果，边慕最终还是没能跑过安心，这让边慕十分郁闷。被一个女人给比下去，还是在体力方面，边慕越发没有面子，灰溜溜地去参加别的训练了。

早餐过后，边慕带着小七训练去了，安心去仓库检查基地的食物储备，身为厨师兼库管员的汤圆，当然得跟在安心身边。

汤圆介绍道："这些都是上周买的狗粮，上个月的存粮已经全部吃完了。还有这些，是给队员们晚上加餐或者夜宵的备货，另外……"

在汤圆介绍的时候，安心的双眼落在了一堆狗粮上，她打断了汤圆的话："汤圆，我给你的经费可不够买这些高档货啊。"

"喔，那是边慕花的钱。"汤圆回道。

"边慕？"安心不解。

汤圆解释道："这不队里资金紧张嘛，前几天我找边慕想办法，边慕去参加了几场比赛，又陪人做游戏直播，把赚的钱都给我用来改善队里的伙食了，呵呵。"

安心怔了怔，意识到自己错怪了边慕。和汤圆清点完仓库，安心前往办公室，整理了会儿文件，看到训练场上正带着小七跑步的边慕，想起之前汤圆说的事情，露出一抹微笑，接着她起身下楼，带着小雪往训练场走去。

看到安心，边慕臭屁地跑了过来："美女，要再比比吗？"

安心板着张脸，冷冷地看着边慕。

边慕郁闷了："干吗又板着张脸？我这不是在好好训练吗？学学小雪好不好，见谁都面带微笑，多亲切！"说着，边慕逗安心身边的小雪，"小雪，来，笑一个！"

"汪汪！"小雪欢快地蹦跳起来。

安心依然板着张脸："我找你有事。"

"什么事？"边慕直起身来。

"对你表示感谢。"

边慕："……"

这女人，感谢别人时也是板着张脸，怎么越来越像敖力了。

一想到敖力，边慕心里就不爽，大方道："没什么，都是小事。"

安心一笑："行了，你继续吧，体能训练贵在坚持，别半途而废。"

说完，安心向小雪招手，准备带着小雪离开。

"喂！"边慕叫住安心。

"干吗？"安心回过头来。

"一起跑一会儿？"边慕问道。

安心鄙视地看了边慕一眼："就你这体格，再练练吧。"说完，安心带着小雪跑了起来。

"嘿，瞧不起人是不是！"又被鄙视了，边慕当然不服输，立即招呼小七，"小七，我们跟上！"

带着小七，边慕快步跟上，紧跟着安心的步伐不放。十来分钟后，边慕直接趴在了跑道上喘着粗气："不行了不行了，这什么女人啊……为什么这么能跑？"

"哈哈，所以说你连女人都不如，再练练吧。"取得胜利的安心，带着小雪得意地离开了，留下边慕一人疲惫不堪地坐在训练场上。

"汪汪！"小七跑了过来，咬着边慕的裤管，催促边慕起来锻炼。

边慕都快哭了："小七，得了吧，再跑下去我会死掉的，等我先歇歇再说。"

"汪汪！"小七催促着，就是不肯让边慕休息。

这家伙，果然越来越像敖力了，简直要人命啊。

最终，边慕被折腾得快要散架之后，小七才总算放过了边慕，陪着边慕回宿舍洗澡。

边慕这边刚洗完澡正在穿衣服，小七就跑了进来，拽着边慕的裤腿往外拉。边慕连扣子都没扣好："小七，你这是干吗呢？我刚洗完澡，说啥我也不去训练了。"

"汪汪！"小七对边慕叫了两声。

边慕皱眉："干吗？想去找小雪？"

小七用力地点头。

边慕一脸郁闷："你最近这是咋了？怎么一天到晚老去找小雪？这还没到春天就发情了？矜持点好吗？就算我惦记着那个男人婆，也没像你这样啊……"

"汪汪！"小七又催促着，见边慕不动，又跑来咬着边慕的裤脚往外拉。

边慕苦着张脸:"行了行了,我去好嘛,别拉了……"

小七拽着边慕出门,一直把边慕给拽到安心的宿舍门外。

宿舍内,安心和小雪正在用乐高搭灾难现场。听到门外的声音,安心打开了门,见小七的脸堵在门口,又看到边慕:"边慕?"

"呵呵。"边慕打着哈哈,"小七想来找……"

"进来吧。"安心对边慕点头。

这可是安心的房间,边慕有些紧张:"那我进去啦?"

"进来啊。"见边慕鬼鬼祟祟的样子,安心哭笑不得。

边慕和小七进入房间,小雪立即兴奋地叫起来。果然不愧是男人婆,安心的房间,完全不像一个二十三岁年轻女性的房间。这一点,与她的性格倒是非常符合。进入房内,边慕第一眼就看到了安心用乐高搭的灾难现场。

"你都多大了,还玩这种小不点的玩具?"边慕鄙视道。

安心看向边慕:"小不点?你玩得了吗?"

"哈哈。"边慕得意道,"那是当然,我五岁就不玩这个了。"

安心挑眉,挑衅道:"要不要比比?"

"比什么?"

安心伸出三个指头:"三分钟,搭建搜救犬公寓。"

边慕毫不服输:"行啊!小意思!"

安心和边慕两人,立即分别开工,用乐高玩具搭建搜救犬公寓。小七在旁边帮边慕,边慕要什么,小七就用前爪给他在一大堆密密麻麻的小零件中寻找。小雪也和小七差不多,在另一边帮安心的忙。

两人两狗不停地忙活着,倒是小七和小雪都非常聪明,在寻找组件的时候都非常准确。

在组装拼接中,安心非常熟练,速度极快。和安心比起来,边慕就差得多了,笨手笨脚的,组合的东西怎么看都不太像房子,倒像个盒子。

"喵——"

阿旺从外面蹿上窗台,也跑来凑热闹。公主和豆豆似乎对安心的房间很熟悉,也跟着飞了进来,停在安心搭好的乐高玩具建筑上面。看安心已经搭建了大半,边慕有些着急起来,伸手去翻零件。安心也正好准备去拿那个零件,与边慕的手碰到一起,结果边慕竟然顺势一把抓住了安心的手。

安心愣住了,呆呆地看着边慕。

这小子要干什么?安心虽然性格大大咧咧的,但以边慕对敖力的敌意,她也能察觉到边慕的心思。现在手被边慕抓住,安心的脸有些红。

这小子,不会是要表白吧?安心的心脏不听使唤地蹦跳起来。

边暮握着安心的手,呆呆地看着安心,好一会儿,边暮松开了安心的手,一把抓起那个零件:"哈哈,这个给我用吧!"说着,边暮回避安心的视线,低头拼装起来。

看着边暮躲避的眼神,安心猜到了些什么,也继续低头拼装,不时偷偷看边暮一眼。边暮一边拼装,一边也不时偷瞥安心一眼。

"汪汪!"小七对边暮吠了一声,提示边暮时间快要到了。

边暮一看,时间已经只剩十几秒,立即更忙碌起来。铃声响起,计时器上三分钟时间到了,边暮作弊地又加了两块积木这才收手,看向安心那边。这一看,边暮都要哭了。安心搭建了一个漂亮的搜救犬公寓,门口还有一白一黄两只小狗,一看就是小雪和小七。和安心的作品比起来,边暮搭建的这个东西,真的就只是一个盒子。

看边暮大受打击的样子,安心一脸得意:"哈哈,我十岁起就开始玩乐高了,现在只要一到救援现场,我就可以根据狗狗们在搜救现场用移动摄像机拍摄到的画面,很快在脑海里绘制出里面的空间结构,这都是平时玩乐高的积累。"

说到这里,安心拿起乐高零件:"这可不是小不点的把戏,是很有用的技能和工具,在搜救任务时能派上大用场,所以,年轻人,好好学学吧。"

虽然对安心一副老大爷教训小学生的语气不满,但是能在三分钟内完成这么完整漂亮的作品,边暮非常佩服。

"喂,把这个送我吧,这应该是做的小七吧?"边暮拿起安心做的搜救犬公寓前的黄色乐高小狗道。

"嗯,是小七,这只白色的是小雪。"安心点头,"不过,暂时还不能送你。"

"汪汪!"

小雪和小七开心地对安心叫着。

"为什么?这么抠门。"

安心撇嘴:"因为你还不够资格。"

"啊?"边暮瞪着安心。

安心站起来,拍了拍边暮的肩膀:"小了,等你成为正式救援队员那天吧。"

边暮:"……"

时间一天天地过去,越来越临近大考的时间,队员们的训练更为紧张,伊靓直播的时间都少了很多。

虽然伊靓的直播减少了,但粉丝们的关注度并没减弱,反而更多。很多粉丝,都关注了救援队的大考,在平台上留言询问是否能在大考的时候过来参观,不过都被回绝了。倒是伊靓答应了,大考的时候一定直播。

眼看距离大考只有两天了,这天大家训练结束吃过饭,就接到敖力的通知,前去会议室集合。

"又有什么事?"

"肯定是给咱们加强培训吧。"

众人在会议室内议论纷纷的时候,敖力进来了。

咳嗽两声,敖力示意众人安静:"因为天气问题,我们的大考时间临时改变,提前到明天,请大家做好准备。"

"什么?"

"明天?"

"我家山神还没驯训好呢!"

敖力的话,立即让会议室内的众人议论纷纷,不少人都神色紧张起来。

敖力抬了抬手:"救援队的行动往往具有突发性,这次就是对大家的考验,也是你们要面临的最后一关,过了这关,你们将成为正式的专业救援队员;过不了这关,你们只能带着你们的狗狗离开我们救援队。为了公平起见,我给步枪也报名参加了这个终极考核,我希望这样可以堵住某些人的嘴。"说着,敖力瞥了边慕一眼。

"喊,装模作样。"边慕一脸痞样。

敖力没和边慕多斗气,看向众人:"大家努力吧!这几个月的辛苦训练,为的就是明天!"

"好……"伊靓、汤圆有气无力地应着。

大考,因为天气问题,就这样突如其来地开始了。

第二天一大早,所有队员和狗狗都集结在训练场上,利索地整理着各自的装备行理,包箱装车,看起来倒是训练有素的样子。不过除了自信心爆棚的边慕外,其余人都有些信心不足的样子,连洛奇都是如此。

毕竟,大考的时间可是提前了两天,打乱了大家的安排。

众人上车,阿旺跑到小七身边,给小七打气送行。豆豆和公主两只鹦鹉也跑来凑热闹,为大家加油。

两辆车驶出救援队,向地震救灾训练中心驶去,而大考的地点,就在地震救灾训练中心。

地震救灾训练中心的规模,比"完美世界"救援队要大出很多,装备齐全,设施完善,单是废墟模拟场,就比"完美世界"救援队大出好几倍,完全就和真正的废墟现场差不多,四处都是碎石和玻璃碴,断壁残垣上暴露着生锈的钢筋。

"这里是真实的废墟。"安心解释道,"这个废墟的大多数材料,都是从废墟现场运过来建造的。"

见安心对这个救灾训练中心很了解的样子,众人倒也没什么意外,安心可是在国家救援队待过不少时间的人。

所有人集合,面对这种场面,大家表情都非常严肃,连原本答应粉丝们直播的伊靓,也没敢拿出手机直播,一副如临大敌的样子。

敖力给队员们做着考前讲解:"这里是最专业的考试场地,和我们救援队日常训练的人造场地相比,这里没有任何保护,处处都有潜在的危险。所以大家不要掉以轻心,要把它当作一次真正的任务来看待!更要在考试过程中保护好你们自己和狗狗的安全,听清楚了吗?"

"明白!"敖力点头,向旁边的教官示意,"接下来,请我们的监考教官宣读考试规则以及考核评分标准。"

监考教官,就是此次大考邀请的国家队评审专家。队员们纷纷鼓掌,教官上前宣读考试规则和评分标准。在教官宣读的过程中,队员和狗狗们都认真聆听,非常安静,队列整齐,监考教官非常满意,宣读完后微笑道:"下面就看你们的了!预祝大家考试成功!"

敖力开始安排考试,将狗狗们分成三组。

和训练中心比起来,"完美世界"救援队就显得非常小家子气了,从没见过这种大场面的狗狗们开始争相组队,乱成一团。

"汪汪!"

小七一定要和小雪一组,八公则紧紧地跟山神贴在一起不愿分开,队员们怎么都拉不住,场面一时有些混乱。

"全体肃静!"敖力一声喝令,狗狗们赶紧安静下来。

监考教官出声:"如何分组将按抽签决定,请各位队员上来抽签。"

队员们纷纷上前抽签,最后抽签结果出来,小七、八公、饭桶一组,步枪、小雪、山神一组,球球、卡卡、浩克一组。

分组出来之后,大家立即按照分组站好队。没和小雪一组,小七很不甘心,小雪也有些不乐意的样子。两只狗隔岸相望,叫着鼓励着,小七还恶狠狠地瞪了步枪两眼。

见小七这么调皮，边慕和安心相视一笑，安心给边慕做了个加油的手势，让边慕心里一暖。敖力上前："我们的第一项考试要求在限定十分钟时间内，在废墟中搜救幸存者，第一组，准备就位！"

小七、八公、饭桶立即出列，边慕、汤圆、周茉跟在旁边，等待监考教官发出开始的指令。

"老大，我有点虚啊。"汤圆苦着脸看了眼八公。

"别怕，八公能行的。"边慕拍了拍汤圆的肩膀。

"开始！"随着监考教官的口令响起，小七第一个冲了出去，小鼻子贴着地面一刻不停地搜寻着，八公紧随其后，积极地嗅着味道。饭桶虽然也很积极，但肥胖的身体拖延了它的速度，只能慢悠悠地跟在后面，像个肉球一般。

边慕带着小七，汤圆带着八公，周茉带着饭桶，三人三狗，在不同的区域内搜寻。小七最先有了发现，叫起来，边慕立即招呼汤圆和周茉的狗狗过来确认。

"八公、饭桶，到这边来！"听到边慕的呼声，汤圆和周茉立即牵着八公和饭桶过来。

"快让它们再确认一下！"在汤圆和周茉的指示下，八公和饭桶立即嗅着气味，很快两只狗狗都分别叫起来，有了发现。

边慕立即用喷墨，在三只狗狗发现的目标上方标了一个红色的"V"字，然后大家继续分头搜寻。

小七保持着极高的积极性和活跃度，非常专注地在废墟中搜寻着。

"砰砰砰！"就在这时，一阵鼓声响起。

边慕扭头看去，安心和伊靓，带着小雪和山神不知从哪里跑了出来，还有一些训练中心的队员，每人手里拿着个鼓，在那儿使劲地敲击，发出巨大的噪声。

听到噪声，又看到小雪，小七微微停步。

"小七，千万不要受干扰，我们继续寻找！加油！"边慕向小七呼道。

听到边慕的呼声，小七重新全神贯注地搜寻，没有再受到影响。

在抗干扰方面，饭桶和八公要强很多。

很快，饭桶那边有了发现，坐下来叫出声。

结果周茉查看后发现，原来只是考官故意放在里面干扰气味的食物，她哭笑不得："饭桶！现在是在考试！认真点！"

饭桶坐在那里，小黑眼珠子可怜兮兮地望着周茉。

"好了，没事，我们重新再找。"周茉给饭桶打气。

饭桶是诺诺留在救援队的，本来就只是凑热闹的，不过周茉很显然并不这么想，似乎真想把饭桶训练成合格的搜救犬。

在周茉的安抚下，饭桶很快重新打起精神，继续寻找起来。

汤圆那边，八公的动作比较缓慢，但异常认真，一点点地毯式搜索着。这种搜索方法虽然速度较慢，不过能很好地避免遗漏。

"汪汪！"八公有所发现，叫了起来。

"小七，来确认一下！"汤圆向小七招呼着。

小七迅速跑到八公所在的位置闻了闻，然后也叫了起来。

"嘿嘿！"

汤圆激动地和八公击掌，又和小七击掌，拿出喷墨在目标上方标了一个红色的"V"字。

就在汤圆兴奋的时候，小七似乎发现了什么，向废墟深处跑去，消失在了残垣断壁间。

边纂皱眉追了上去，却没看到小七的身影。

"小七！小七！"边纂有点焦急地呼道。

没有小七的回复，边纂更着急起来。

考试时间只有十分钟，小七性格活泼，这要乱跑可就麻烦了。

"小七！小七！"

"汪汪！"

废墟深处传来小七的叫声，似乎是有所发现。

"汤圆、周茉，让八公和饭桶过来！"

汤圆和周茉立即带着八公和饭桶过来，帮助小七确认。

八公和饭桶纷纷钻进废墟深处，不一会儿里面传来八公和饭桶的叫声。

看来，里面确实发现了目标。

边纂拿出喷墨爬了进去，在目标上方标了一个红色的"V"字。

考试继续，小七、饭桶、八公不时有所发现，时间在紧张的搜寻中流失。

"时间到！"

考试时间到了，小七组的考核结束。

监考教官检查搜寻结果后确认："第一组，十分钟内，小七、八公、饭桶一共发现七名幸存者，考试通过！"

"耶！"

边纂一下子抱起小七："通过了！小七！我们第一项考核通过了！"

"汪汪！"小七得意地叫着，从边纂怀里跳出来跑到小雪身边，对小雪兴奋地叫着，并自信地看着步枪。

步枪安静地看着小七，对小七的挑衅似乎没什么反应，非常沉稳的样子。

这段时间，敖力没少针对步枪攻击性的问题进行训练，似乎很有效果，如果是以前这样的情况，步枪早就对小七怒吠了。

"接下来是第二组，小雪、步枪、山神准备！"随着监考教官的口令，第二组准备进行考核。

周茉走过去搂着步枪："步枪，里面碎片多，你一定要小心脚，听到了吗？"

"汪汪！"步枪似乎听懂了周茉的话，冲周茉点头。

"去吧。"周茉拍了拍步枪的头。

"开始！"

监考官发出口令，十分钟倒计时开始。敖力带着步枪，安心带着小雪，伊靓带着山神，进入废墟小楼。

废墟，是一栋倾斜的三层小楼，窗户全碎了，只剩下一个框架，因为楼体整个倾斜，安心和伊靓都有些不适应地头晕，敖力赶紧过来扶住安心。

"别怕，往上看。"安心有些感激地向敖力点头。

想起敖力对自己的爱意，还有边慕，又想起周茉，安心有些头痛起来。

不行，不能这样下去了。安心自己扶墙，摆脱敖力的搀扶："我没事。"

敖力也意识到不对，正要去照顾伊靓，伊靓已经抬头仰望，长吸一口气满血复活，元气满满充满干劲：

"山神，走！继续搜索！Go！Go！Go！"

"汪汪！"

山神听话地"噌噌"往上蹿，伊靓紧跟着山神，虽然不大能跟上，依旧扯着嗓子给山神鼓励加油。看着伊靓勇敢的身影，安心莫名有些自豪。当初她接收这个奇葩少女的时候，完全就没把她当回事，只是随便放在救援队凑数的，不知不觉间，这个少女也已经成长起来了。

考核继续，步枪、小雪、山神都在仔细地搜索。

"汪汪！"废墟内传来步枪的叫声，接着是小雪和山神的吠声，似乎有所发现。

"这么快就找到一个了。"边慕皱眉，给汤圆使眼色。

汤圆苦着脸："老大，干吗要对山神下手啊，伊靓肯定不会饶了我的，要不换步枪吧……"

边慕瞪着汤圆，汤圆依然一脸犹豫。

边慕只得自己跑过去，拿了根长棍，挑起一件护士服塞进三楼某个窗口。

"汪汪汪！"楼内，又传来三只狗狗的叫声，显然是又有所发现。

边慕有些急了。刚才小七、饭桶、八公考核的时候，安心、伊靓她们可没

少添乱子，这场子可得找回来。

"汤圆，赶紧的！"边慕向汤圆催促着。

汤圆还是不肯，边慕只得一个人，把乱七八糟的衣服、小篓子之类的东西，用长棍往废墟里挑。

废墟内，步枪又有所发现。边慕皱眉，接着他看到小七，眼睛一亮："小七，过来！"

边慕搂着小七一阵耳语，小七似乎听懂了，乖乖地坐在那里。

废墟内，山神把伊靓带到三层，径直往边慕扔在里面的小篓子跑去，在小篓子附近狂嗅。

伊靓皱眉看着山神："这儿？"

山神没有叫，依然狂嗅寻找。

伊靓四处查看："不会吧，这儿可不像能藏人的地方啊。"

山神找了一会儿，仰头就要叫。

伊靓连忙捂住山神的嘴："等等等等！你真的确定这儿有人吗？"

随即，伊靓意识到不对，松开手道："不行，不能作弊。"

伊靓蹲下身子："山神大宝贝，咱们先观察一下情况，你先别乱叫。"

山神低下头，跑过去把小篓子推翻。伊靓一看，里面是护士服，她立即明白过来："这两个家伙！还好山神没上当！汤圆，给我等着！"

边慕和汤圆看山神往上面跑去，却半天没听到山神的叫声，正一脸疑惑，就见一件护士服从三楼窗口被扔了出来，紧接着伊靓从窗口探出头来，冲着边慕和汤圆做鬼脸。

边慕："……"

"山神，好样的！"汤圆立即给山神加油，实际上是讨好伊靓。

边慕没好气地踹了汤圆一脚："死胖子，你到底是哪边的？"

虽然边慕各种使坏，但最终，步枪、小雪、山神依然通过了考试，发现了七名幸存者。

边慕一脸失望，安心好笑地走了过去："臭小子，这种幼稚的办法能有什么用，我们队的搜救犬，怎么可能上这种当！"

边慕摇头："我们走着瞧！"

"哈哈，那就走着瞧！"安心得意地人笑。

第一个项目考核很快结束，洛奇、莫莉、伊森组也都通过考核。第二个项目的考核，队员们来到另一处废墟。这里，是一个面积更大、地形更复杂的三层建筑，一辆洒水车正在往建筑内浇水。

监考教官宣布考试规则:"我们这次的搜救时间是十分钟,九条搜救犬,九名幸存者,但是这次幸存者不是教官扮演,是来自各行各业不同年龄的人,他们作为志愿者,来配合我们的考核。"

汤圆皱眉:"那岂不是气味都不一样?要是咱们的狗狗之前没接触过的职业,那不是很麻烦吗?"

边慕也紧皱眉头:"麻烦还在后面呢,你没看还在洒水吗?"

"洒水?"汤圆不解。

"笨!"边慕解释道,"洒水会破坏气味,增加搜索时间,会无形中增大搜救面积。"

"那怎么办?"汤圆一脸担心。

看到边慕和汤圆在那小声议论,监考教官严厉地看了两人一眼,两人赶紧闭嘴。

教官扫视众人一眼:"这次谁也不能干扰谁,同时参加考核!"

说完,教官拿出一摞以每只狗狗为原型做的木质小垫分给大家:"找到人之后,在旁边放下你的搜救犬标志,没找到的人,淘汰!"

边慕举起手来:"教官,如果有搜救犬找到两名或两名以上的幸存者呢?别的搜救犬就没搜索目标了,那是不是要被淘汰?这恐怕有些不公平吧?"

"公平?"敖力看了过来,"这个时候难道不是该反省为什么别人都找到两名幸存者了,你还没找到?"

教官点头:"敖力的话不好听,但道理就是这样,竞争本身就是残酷的,更何况要到了真正的搜救现场,你们的竞争对手就是时间,更快地找到幸存者,就能更多地挽救生命!废话不说了,开始!"

教官打开计时器,宣布开始。小七和步枪几乎同时冲向废墟,边慕几乎是被小七带着往前跑,跑到一半,小七突然停下了,回过头望向小雪,等着安心和小雪。

众人都进入废墟之中,开始展开搜索。

在洒水车制造的大雨之中,搜索速度较为缓慢,时间一分一秒地过去。

边慕和安心带着小七和小雪,在二层搜索着。周围相继传来步枪、山神的叫声,似乎已经发现目标。小七有些着急起来,步子有些急促,边慕也跟着有些不安起来。

"我们这片区域不会没人吧?"边慕皱眉,望向小七,"小七,你确定咱们要在这儿搜?"

小七依然在这片区域搜索。

"汪汪！"步枪的叫声再次响起。

边慕心里一惊："步枪发现两个目标了！"

他声音刚落，山神的叫声响起。边慕脸色都变了："我去，不是吧，山神也发现两个！有两名队员和搜救犬会被淘汰了！"

安心也皱紧眉头，边慕走向小七："小七，要不我们换个地方？这儿你都找三遍了，咱们可要争分夺秒啊！"

小七不肯，依然转悠，仔细寻找。边慕顾不得那么多，拉着小七就要走，小七依旧不肯。

安心出声："它应该是确定这儿有人。"

边慕摇头："得了吧，如果有的话，它早就找到了。"说着，边慕又要拉小七，小七还是不肯走，把边慕急得都快跪了。

"大爷，我求你了，你要真觉得这儿有人就赶紧找出来，要不你就立刻跟我走，再这么耗下去我们就要被淘汰了！"

边慕刚说完，不远处又传来步枪的叫声。

边慕脸色大变："三个！三个了！步枪找到三名幸存者了！加上山神找到两个，我们有三名队员要被淘汰了！"说着，边慕拉着小七，"小七，我们赶紧换地方找吧！"

"呜呜"小七对边慕哼哼。

边慕："小七，听话，我们赶紧换地方。"

小七摇头不肯，边慕急得不行："好，你不走我走！"边慕看向安心，"你不走？就剩两分钟了！"

考核时间只有十分钟，现在已经过了八分钟。

和边慕的急躁比起来，安心镇定很多："边慕，你别急，我相信小七的判断，这里肯定有幸存者。"

"呜呜！"小七的声音响起。

边慕扭头看去，小七叼着一张湿纸巾。

"你叼张纸巾来干吗？"边慕无语地拿过纸巾，随即一怔。

"怎么了？"安心疑惑出声。

边慕把纸巾递给安心："香水味！"

安心嗅了一下："很淡，这里肯定藏着一个女生，不过小七到现在没找到，肯定只有一个原因！"

边慕立即想到平时的训练："混合气味干扰！"

"对！这里肯定不只藏了一个人，而且那个人身上也带着某种味道，小七和小雪肯定受到了干扰，再加上水把气味破坏了，小七才不敢肯定，现在让小雪找女人，她应该能找到，另一个归小七。"

边慕说着看着小七和小雪："小七、小雪，看你们的了！"

"小雪，加油！"安心打气。

小七和小雪受到鼓舞，立即继续寻找。

时间，只剩下五十多秒。

四十多秒。

小七和小雪已经分散寻找，各自围着一个地方转悠。

突然，小七仰起头叫起来！小雪那边，也跟着叫起来！

"找到了！"边慕兴奋地握紧拳头。

计时器时间只剩下十五秒，边慕和安心松了口气，迅速拿出喷墨标识。小七朝着边慕叫了一声，跑向不远处的一块楼板处。边慕疑惑地看着小七，小七抬头，向边慕哼哼着，催促着边慕。

边慕皱眉："小七，干吗呢？结束了，我们走吧。"

小七嗅了嗅，又望着边慕。

边慕不解，安心有些疑惑："小七好像说那儿还有一个人。"

边慕狐疑地看着小七："你确定？"

小七似乎不太确定，跟着边慕走了一段，又停下来转头看着刚才叫的地方。

这时，楼下响起教官的口哨声，考核结束。

边慕摇头："走吧，反正任务完成了，时间也到了。"

边慕拉着小七走，小七不情不愿地跟上，不时回头看向刚才的楼板处。

安心看着小七，又看了看楼板："看小七的反应，这儿应该还有人，可它为什么不叫出声报警？"

随即，安心有些想法："难道，这个人身上也带着某种气味，那就是三种气味混合干扰，小七判断起来也有难度？"

想到这里，安心出声："边慕，要不让小七再试试吧？我总觉得小七好像是发现了。"

边慕摇头："教官都吹哨了，还是赶紧下去吧，别因为迟到被扣分就悲剧了。"

安心有些迟疑，最后还是带着小雪跟着离开。

外面，队员们带着狗狗列队站成一排，等着考官宣布第二项考核结果。

教官进入楼内检查后走了出来，手里拿着画有每片区域幸存者位置标记的图，看了眼众人："首先，恭喜我们的九名搜救员和搜救犬，通过了这一考核！"

边慕一怔。

九名搜救员和搜救犬？

"完美世界"救援队，加上周茉和汤圆，总共也就九名搜救员，竟然全通过了？

可步枪不是发现了三名幸存者，山神还发现了两名吗？难道步枪出错了？想到此处，边慕有些得意起来。

这时，教官宣布道："在这里，尤其要表扬步枪，它在同样的时间里发现了三名幸存者！"

"呃……"边慕不解了。

教官继续宣布道："其次，还要表扬D区域的小七和小雪，那一片气味干扰最厉害，有一名女生和一名画家。"

边慕明白过来，难怪小七和小雪最初都不确定。

一名女生和一名画家，颜料和香水的气味混合，这种干扰，对搜救犬可是一个考验。

面对这种干扰都能完成任务，边慕有些得意起来："还好我们小七战无不胜，小七，你太棒了！"

小七也兴奋地叫了两声。

教官出声："我还没说完，那儿，还有一名加油站工作人员！"

边慕愣住了。

那儿竟然还有一名加油站工作人员？

难道，就是小七最后发现但并不确定的地方？

这时，汤圆出声了："教官，不对啊，不是说九名幸存者吗，怎么多出了四名？"

教官点头："在实际搜救行动中，遇险者的人数往往无法完全确定，这也是对你们的一个考验！因为最后一名幸存者没被发现，所以这次考核并不能说完全成功，这需要大家在以后的训练中不断改进！"

不管怎么样，虽然有一名幸存者没被发现，但大家都算是通过了考核，无人被淘汰。在这么长的时间里，队员们都已经建立起很深的感情，也都喜欢上了救援队的工作，谁都不想看到谁被淘汰离开，能有这样的结果，也算是皆大欢喜。

只是边慕有些不高兴，小七明明有机会发现最后的幸存者，结果却因为自己给错过了。如果这是在真正的搜救行动中，那就是一条生命……

大考全员通过，对于基地来说是一个喜讯。没有人被淘汰，所有人都很高兴。

回到基地,新的训练重新开始了。虽然大家通过了大考,算是合格的搜救员,但大家也都发现了很多不足,需要在后面的训练中进一步加强。尤其是最后一名幸存者没能被找到,这也算是给大家敲了警钟。

众人回到基地,已经是黄昏了。小七和小雪在搜救犬公寓外追着一个小球跑来跑去,玩得不亦乐乎。阿旺走了过来,看着小七和小雪甜蜜的模样,有些失落的样子。

边慕正在检查遥控飞机,看到一脸失落的阿旺,知道这只加菲猫吃醋了。以前,阿旺是小七最好的朋友,来到基地后,小七有了小雪,小七和阿旺之间就渐渐没那么亲热了。

边慕向小七打招呼道:"小七,阿旺好像也想跟你玩呢。"

听到边慕的声音,小七回头看着旁边的阿旺,继续跟小雪玩起来。

边慕再次重复道:"小七,怎么能重色轻友呢,连阿旺你也不理了?"

小七没听边慕的话,阿旺见小七依然不理自己,难过地低下头,往旁边走去。

边慕摇头:"小七,阿旺伤心了呢。"

小七继续和小雪玩,没搭理边慕,边慕只得打开遥控飞机,利用遥控飞机去勾引小七。可是,不管边慕怎么勾引,小七仿佛没看到一般,继续和小雪在那边玩。

边慕一脸无语:"小七,你这样我可伤心了啊,生一会儿气就得了,怎么到现在还不理我?"

安心哭笑不得地走了过来:"小七应该还在生气吧,你看,小七比你对自己的要求还高。"

"什么高,我看它就是白眼狼!"边慕撇嘴。

其实,边慕也清楚小七生气的原因。最后那名幸存者,小七本来有所发现,是边慕拒绝了继续搜索。对于边慕来说,这也是他心里的一根刺,但没想到小七竟然因此生气了。

安心起身:"带小七开会。"

"开会?"边慕摇头,"敖力的表彰大会啊?我才不去,懒得看他嘚瑟。"

安心转身就走:"不去拉倒!前三名都有份!"

"啊!"

边慕忙追上,招呼小七:"小七,快走,开表彰大会了!"

他带着小七前往会议室,小七依然一副不情愿的样子。

这次大考,小七各方面都表现得很好,只是在最后的搜救考核中,步枪找到了三名幸存者,小七却只找到一名,虽然总分已经排到了第二,但小七依旧

不是很开心。

周茉捧着三盒点心,饭桶跟在后面,从旁边走来。边慕看了,伸手抢过周茉摞在最上面的一盒点心打开,是周茉亲手制作的心形饼干。

"给前三名的?"边慕问道。

周茉没回答。

边慕闻了闻:"嗯,我们小七最爱吃这种味道了,小七,来!"说着,边慕把饼干拿到小七面前,周茉急忙去抢,被边慕躲过。

"边慕,你这人怎么这样,还给我!"周茉板着脸道。

边慕蹲下身子看着小七:"小七,你到底是叫小七还是小气啊?我已经给你道过歉了,你还要我怎么样?"

小七不搭理边慕,也不去吃他手中的饼干。

"你吃不吃?不吃我可吃了?"边慕瞪着小七。

小七眼睛都不眨一下,也不看边慕,把头扭向一边。

边慕也恼了,干脆把饼干送进自己嘴里。

"边慕!你可真烦人!"周茉气呼呼地骂着,踹了边慕一脚。

边慕还要拿,这才注意到盒子里面的小字条,皱眉道:"哎哟,不好意思,我刚看到还有小字条,你这是给人还是给狗的啊?"

边慕刚说完,见敖力带着步枪走过来,突然意识到了什么。

周茉看到敖力有些尴尬,一把抢过边慕手里的饼干就走。

边慕摸了摸后脑勺,明白了什么,只得尴尬地带着小七去会议室。

会议室内,安心、敖力并排坐在前面,小雪、步枪分别坐在两人旁边。

汤圆带着八公进来,正准备坐到安心旁边,就被边慕一把拎起,扯到了另一边,而边慕自己坐在了那个位置。

小七有些不情愿,但还是坐在了边慕身边。周茉进来,自然地在敖力旁边坐下。

这会议室的气氛,一时变得有些怪异起来。伊靓、莫莉、伊森、洛奇几人,强忍着笑意,看着前面坐着的边慕、安心几人。汤圆悄无声息地带着八公坐到伊靓旁边,被伊靓瞪了一眼,倒是没被赶开。

安心看了眼周茉手上的三盒饼干,清了清嗓子:"恭喜大家通过了所有的考核,从今天开始,我们就是队友、战友。今后,我们将在一起工作,彼此之间是要相当信任,甚至是生死相托!不光是我们之间,还有我们和我们的搜救犬之间,将永不抛弃,永不放弃,彼此信任,彼此帮助,共同战斗!"

众人听着安心的话,表情变得庄重起来,心里涌起热血,狗狗们也认真地听着。

安心顿了顿道:"那么,现在,我们救援队就算正式成立了!"

众人纷纷鼓掌。

安心微微一笑:"过几天,我会把新的队服发给大家,周一我们将举行成立仪式,另外,还有神秘礼物!"

"请周茉给我们此次考核第一名颁发礼物!"安心说着看向周茉。

周茉立即起身,把手里的三盒饼干递给敖力。

"我们恭喜敖力!"安心带头鼓掌。

边幕傻眼了。怎么三盒饼干全是敖力的?不是说前三名都有吗?这种话,边幕此时当然不好说。

会议结束,边幕立即带着小七向安心追了出去。

"等等。"边幕对安心呼道。

"怎么了?"安心停下,转头看着边幕。

边幕有些不好意思:"那个……三份都是他的?不是前三名都有份吗?"

安心一笑:"哈哈,我骗你的啦。"

边幕:"……"

见边幕苦着张脸,安心笑道:"虽然没有饼干,不过,你知道在我这儿你第几名吗?"

边幕忍不住笑了:"嘿嘿,你肯定觉得我和小七该第一吧?"

"对。"安心点头,边幕正自得意的时候,安心补充道,"是第一,倒数第一!"

边幕:"……"

"你……你开玩笑吧?"见安心一脸认真的样子,边幕有些心虚。

安心一脸严肃:"边幕,救援队的工作不是拿来开玩笑的事。如果小七没发现,我无话可说,但小七今天明显有反应,我也提醒过你,但是你没有重视,说明你还不够了解小七。搜救员和搜救犬的配合至关重要,搜救员必须足够了解自己的搜救犬的所有行动和举动,因为这些都是他们传递给我们的至关重要的信息,我不希望是因为个人的理解失误导致搜救失败,如果今天真的是地震现场,有个人就会因为你的失误失去被救的机会,你明白吗?"

边幕有些汗颜,这件事,他也一直有些自责,可嘴上还是不饶人:"干吗又批斗我啊,是不是一天好日子都不让人过啊。同样都是通过考试,别人又是鼓励又是奖品,到我这儿就挨一顿骂,我招谁惹谁了。"

安心摇头:"我从来没想要说你,骂你,但刚才那些都是我的肺腑之言,

我希望你真听进去了。"说完,安心带着小雪离开了。

边慕看着安心离开的背影,委屈地跟小七撒娇:"小七,你看他们一个个都没完没了的,你会理解我的对吧?"

小七也不搭理边慕,撒腿跑去追小雪。边慕见小七还不理自己,生气地骂着:"行,都当我好脾气是吧,走吧,走了别来找我!"

小七还是跟着小雪走,边慕撇嘴:"我带步枪玩遥控飞机去!"

小七听着停下来转头看着边慕,边慕一看奏效,立即冲小七堆笑道:"逗你玩的。"

小七一脸不屑地看了边慕一眼,扭头接着跟小雪走。

"小七!"边慕气得跺脚。

敖力的宿舍里,桌上放着周茉送的饼干,旁边是周茉写的小卡片。

"我会永远陪在你和它身边,见证你们每一个这样的时刻。"

敖力盯着小卡片好一会儿,长长地舒了口气,收起卡片站起身来。

"汪!"步枪叫了一声。

敖力回头,看到步枪一脸希冀地望着自己,叹了口气:"步枪,你想让我吃她做的饼干?"

"汪汪!"步枪点头。

敖力皱眉,自言自语道:"步枪,我知道你在想什么,谢谢你,可我该怎么跟你解释呢?我们……"说到一半,敖力打住了,看着一脸纠结的步枪,敖力摇头,"算了,没什么,你今天表现特别棒,我奖励你一块饼干尝尝吧!"

步枪兴奋地叫了两声。

| 第 8 章 |

争执

新的队服制作好了，队旗也制作完毕了。

周一，是"完美世界"救援队正式成立的日子。升旗台前，安心和敖力带着小雪和步枪站在前排，正对着边慕等人。

边慕等人站成一排，前面坐着各自的搜救犬，队员和狗狗们都穿上了救援队的新队服，队服和队旗上，都有人和狗两手相牵的图案，这是"完美世界"救援队的队徽，"完美世界"救援队几个字印在图案下面，和队徽相得益彰。晨曦中，一切都显得庄严而温暖。这是救援队第一次升旗仪式，也是救援队真正的开始。

从今天起，救援队就正式成立了。

这两天，小七依然在生边慕的气，即便是在这样的场合。

边慕小声劝说："小七，不管你怎么生气，现在不能跟我闹脾气啊，这可是个光荣而神圣的时刻，咱俩必须配合默契。"

小七似乎听懂了，和步枪一样坐得端端正正，目不转睛地看着敖力手中的队旗。

敖力庄严地托着队旗，安心站在旁边。

在狗狗们的脚上都戴着脚环，搜救员手上则戴着救援队的特制手表，手表的主体颜色和自己狗狗的脚环颜色一致。

边慕看了看手上的手表，小声对安心道："这就是你说的神秘礼物？"

安心点头："对，这块手表有指南针和电话功能，以后如果在户外救援不方便拿手机或者手机遗失，我们可以用手表代替，平时也可以用。另外手表还有瑞士军刀的设计。"

"瑞士军刀？"边慕听了，好奇地摆弄着，按下一个按钮，手表里立即弹出一把小军刀，边慕皱眉，"这么小能干什么？"

"别看它小，小刀在野外生存中非常重要，或许在关键时刻能帮上忙。"安心说道。

边慕还是没觉得这东西能有什么用，不过这手表确实挺不错的样子，至少除了看时间，还有指南针和电话的功能，倒算得上高科技产品了。

升旗完成，安心讲话。

"各位欢迎你们成为'完美世界'救援队的一员。'完美世界'的含义我们现在还没有确切的答案,但我相信,在以后的搜救过程中,我们将会找到它的定义,给它一个最准确的解释。"

安心停顿片刻,抬高声音:"我们是'完美世界'救援队,无论遇到多大困难,都不是我们放弃的理由!"

众人立即鼓掌,狗狗们也叫起来。

安心点头:"另外,我们虽然是民间救援队,但是民间不等于业余!相反,我们要尽我们所能,做到最专业!"

所有人都心情激荡,充满干劲。

救援队全员通过考核正式成立的消息,也被伊靓发到了公众平台上,粉丝们都纷纷祝贺,正式成立的第一天,就在大家的训练中度过了。

夜深了,救援队里一片寂静,狗狗们已经进入梦乡。

安心独自来到狗舍,一一检查狗舍是否已经关好,狗狗们是否都在狗舍内。

经过小七犬舍的时候,安心发现小七没在里边。

"小七去哪儿了?"安心皱眉,看向边慕的宿舍。

透过窗户,边慕和小七正凑在桌前,不知道在忙活什么,安心松了口气,回头又发现医务室的灯还开着。

"周茉还在忙?"

安心来到医务室门口。

医务室内,周茉正在查看狗狗们的健康档案,阿旺躺在旁边沙发上,就着iPad看《猫和老鼠》,自从周茉来后,在这儿看《猫和老鼠》,几乎已经成了阿旺的唯一消遣。

安心看着躺在沙发上的阿旺哭笑不得:"阿旺,再这么躺下去要肥死了。"

"喵。"阿旺回了一声。

周茉笑道:"都看了好几天了,也不去找小七,有时候小七来了它还躲着。"

想到前两天的事情,安心笑道:"应该是被小七冷落而生气了。"

"我看它是吃小雪的醋了。"周茉道。

安心走过去抱起阿旺:"阿旺,走,我带你去看小七,一会儿不许再傲娇了啊。"

"喵……"阿旺应了一声。

边慕的宿舍内,边慕和小七还穿着队服,挤在桌前。

"小七,这是我最后一次跟你道歉认错。"说着,边慕指了指自己和小七身上的队服，"你看，我们现在是战友了，战友之间要互相包容、互相体谅。"

小七哼哼两声，扭过头去。

"不是吧。"边幕板着脸，"你还不同意？"

小七还是不理边幕。

这时，边幕的手机响起了微信提示音。边幕打开微信，发现是安心发来的信息，信息是一张照片。

照片上，是一个满身咬痕黑乎乎的物体，边幕放大图片仔细查看之后，才发现是什么东西。

"小七！你可真绝的！"

边幕瞪了小七一眼，二话不说跑了出去，急急忙忙地来到安心的宿舍。边幕第一眼就看到了那个黑乎乎的物体，正是边幕的游戏机手柄，上面全是牙印，被咬得面目全非。

边幕都快哭了："我这得罪谁了，怎么把我的游戏手柄糟蹋成这样了……"

安心抱着阿旺，淡定地看着边幕："我估计，是小七送给小雪的礼物吧。"

边幕回头怒视小七。

安心摇头："你别这样看着它，它是为你好，我就是为了让你把小七带过来陪陪阿旺，你可以回去了。"

边幕摇头："我又不是出租车，你叫我来我就来，你关门我就得走？请神容易送神难，你没听说过啊？"说着，边幕一屁股坐下。

安心懒得搭理他，向小七招手："小七，你不能老陪小雪不理阿旺，你看阿旺都不高兴了。"

小七好像意识到了自己的错误，主动走过去闻闻阿旺，阿旺扭头，不理小七。

安心松开阿旺："阿旺，小七都知道错了，你原谅它好不好？"

阿旺还是别过头不理小七，很显然被小七冷落后，它很不高兴。小七伸出前爪，碰了碰阿旺的脑袋，被阿旺给直接推开。然后，阿旺直接跳上窗台，翻窗跑了出去。

安心站起来："阿旺！小七都来找你了，你还不原谅它啊？"

阿旺已经消失在夜色中，不知跑去哪儿了。小七追到窗户前，看向阿旺消失的方向，表情有些沮丧，失落地回到安心面前。

安心摇头："你看，阿旺真的生气了，你以后多陪阿旺好不好？你们可是一起从欧叶那边过来的朋友。"

小七哼哼两声，也不知道究竟听没听懂。

"好了，你就别费力气了。"见安心在那儿为小七和阿旺烦恼，边幕出声，

"重色轻友是男人的本性。"

"那是你的本性吧。"安心瞪了边慕一眼。

边慕:"……"

安心教训道:"你给我好好训练,你现在是正式队员了,人在救援队,就别老想着游戏,三心二意的,干什么都要专注!"

边慕有些心烦:"够了!"

安心一怔。这还是边慕第一次用这么大声的语气和自己说话,安心不知道边慕在发什么脾气。

边慕一脸不满:"不就是失误一次吗?我说了多少次'我错了'!我一个大男人,讨好完狗讨好人,有完没完你们?杀人不过头点地,我玩游戏有什么错?我今儿这游戏还玩儿定了!"

"你再说一遍!"安心也恼了。

"我说我受够了!随便吧,我懒、我蠢!我不够了解小七,我不配跟它搭档!满意了吗?开心了吗?可以了吗?"

安心失望地看着边慕:"这才是你的真心话吧?你根本就不觉得自己错了,你觉得谁都会失误,谁的失误都情有可原对吧?我告诉你边慕,我们的失误,不允许被原谅!"

"行!爱原谅不原谅!"边慕冷笑起身,"就一次失误你们就把我之前的努力都否定了,我认了!我玩游戏去了!不奉陪了!"说着,边慕绕过小七气呼呼地出门。

安心追出去:"明天第一天集合,你要去哪儿?"

"爱去哪儿去哪儿!你管不着!"边慕头也不回地走了。

"你这个浑蛋!"安心冲边慕的背影骂着。

小七怔了片刻,追了出去。等小七追到门口的时候,边慕已经开车绝尘而去,看着轿车离开基地,小七脸上有些失望,呆呆地望着基地大门。

阿旺在不远处站着,看着这一切,小七看到阿旺,主动朝阿旺走去,阿旺还是掉头就走。

"呜呜——"小七望着阿旺消失的方向,有些落寞。

车上,边慕一边开着车,一边发泄:"作,就是作!女人和狗都作!矫情!爱怎么样随便吧,我可不伺候了!"

救援队正式成立后,这是第一天集合。

所有队员和狗狗,都穿着统一的制服,准时来到训练场,不过却少了边慕。

213

第 8 章
争执

安心见小七孤零零地站在旁边,边慕却不在,皱了皱眉。

敖力也是一脸不悦:"怎么回事?救援队第一天集合就缺席?"

汤圆连忙偷偷拿出电话,要给边慕打电话。

敖力出声:"集合的时候禁止带手机!"

汤圆连忙把手机放裤兜里,手却忍不住在裤兜里继续拨边慕的电话。

敖力注意到汤圆的动作正要发火,安心看向汤圆:"汤圆,你带我去个地方吧?"

"啊?"汤圆不解。

安心要去的地方,是边慕经常打游戏的地方。对边慕的私生活,安心没怎么管,也不知道边慕会在哪个网吧打游戏。不过汤圆对边慕很熟悉,自然知道边慕常去的网吧。汤圆开车,带着安心来到网吧门外。

网吧外,边慕的车就停在那儿,小七看到了,立即对安心叫着。

安心带着小七下车,汤圆正准备跟上,被安心制止:"你就在这儿等着吧。"

汤圆有些担心:"我跟你一起去吧,我劝他特专业,十句之内准能把他拿下。"

安心摇头:"不用了,我很快就回来,你在这里等着吧。"

见安心不让,汤圆只好作罢,心知安心不想让自己插手,也不知道安心究竟是什么意思。在安心离开后,汤圆立即拿出手机拨打边慕的电话。

网吧内,玩了一整夜的边慕,正趴在桌子上睡觉。

手机响起,边慕实在受不了接起电话:"汤圆,能不能让我好好睡会儿……"边慕说着,突然一张脸出现在他眼前,还伸出舌头舔他的脸,边慕一个激灵,"小七?"

安心一把抓过边慕的手机:"玩迷糊了吧?要不要我打盆水过来伺候你呢?"

边慕缓了缓,有些傻傻地望着安心。安心懒得和边慕多说,就像父母在网吧抓儿子现形一样,揪着边慕的耳朵就走。边慕蒙头蒙脑地被揪起,惨叫着跟安心离开座位:"喂,大姐,有话好好说啊,这么多人呢……"

"汪汪!"小七发出求情的叫声。

"小七别管!"安心没好气地出声,揪着边慕就走。

边慕连连求饶,一直被揪着走进电梯,安心这才松开。

"谋杀亲夫啊你!"边慕口无遮拦地揉着耳朵。

安心瞪着边慕,没说话。

边慕揉了下耳朵,语气软了些:"你……你是不是觉得昨天,也有那么一

点点过分，带小七来接我回去？其实我本来就打算……"

安心冷着张脸："回去收拾东西，离开救援队！"

"啊？……"边慕睁大眼睛，傻傻地看着安心。

小七于心不忍，走过去坐下，抬起前脚搭在安心的腿上，想帮边慕求情。

安心摇头："小七，别替他求情，他昨晚说得对，他不配跟你做搭档！"

边慕哭丧着脸："至于吗？我才刚加入救援队，这队服还穿在身上呢。"

"你还好意思说？"安心绷着脸，"穿着救援队的队服出来丢脸？你知不知道今天第一天集合，所有人都在等你！"

边慕这才恍然大悟："对……对不起，睡糊涂了……"

安心摇头："边慕，你知道什么人最无可救药吗？不是犯了错的人，也不是犯了错还羞于承认的人，是犯了错，还理直气壮用另外一个错误意气用事的人！"

边慕紧张地看着安心，用手抹了抹脸，有些害怕的样子。

此时的安心，一脸严肃，还真让边慕有些害怕。就在这时，电梯突然猛降。

"啊！"安心发出一声尖叫。

"轰"一声轰响，电梯卡住不动了，灯也挨个熄灭。

电梯内，气氛瞬间凝滞下来。安心脸色发白，有些喘不上气的样子，死死地撑着墙面强忍着。边慕跑过去按下呼叫按钮，但按了半天也没反应，电梯门也开不了，边慕道："糟糕，不会坏了吧？"

安心更加紧张起来，连小七也有些惊慌。边慕摸了摸小七的头："小七，别怕，没事，很快就好了，不用紧张。"

抬头见安心脸色苍白，边慕发觉不对劲："你没事吧？"

"没……没事。"安心摇头。

虽然这样说着，安心的手却不由自主地握紧，额头上渗出些许汗水，紧咬着牙关。

"你……"边慕想要上前。

"离我远点！"安心声音有些发尖，把边慕给吓了一跳。

这女人干吗，还怕自己在电梯里把她怎么了？

边慕皱眉，安心突然捂着胸口，手撑着墙面一点点往下滑，最后坐在了地上。边慕见状吓坏了，想上前又怕被安心骂。

安心想要强撑，却根本撑不住，眼看就要倒下，边慕连忙上去扶住安心："大姐，你不会有心脏病吧？"

安心完全没了刚才的气势，下意识地想要推开边慕，却一点力气都使不出来。

"喂，你真有心脏病？"边慕手忙脚乱的，脸都吓绿了。

安心想说点什么，又发不出声。

"汪汪！"小七也被吓到了，在电梯内不安地叫起来。

"别怕，小七，快过来帮忙。"边慕向小七招呼着。

把安心扶着坐在地上，尽量让她呼吸平顺，只是她依然脸色苍白，牙关紧咬，额头冷汗直冒，眼神恍惚，边慕更加着急起来。电梯内的呼叫按钮没有反应，手机也没有信号。

边慕急得不行，再看安心满头冷汗，连忙扶起她靠在自己身上。安心虽然不愿，但现在她一点力气都没有，根本无法反抗。

"别动！"边慕搂着安心紧了紧。

外面传来动静，小七跑到门口，大声叫着。

门外，传来工作人员的声音："有人吗？"

"有人！我们被困在里面了！"边慕大声回道。

"汪汪！"小七也大声叫着。

很快，工作人员把电梯打开，帮着边慕把安心扶了出来。汤圆挤了上来："还好我看到你们这么久没出来就上来找人，要不是发现电梯坏了，还不知道你们会被困到什么时候。"

"先帮我把她扶到车上去。"边慕出声。

汤圆有些担心："她怎么样了？看着有点严重啊。"

安心想要说话，却说不出来，脸色难看。

边慕知道安心的意思，向汤圆摇头："没事，她以为我离开救援队着急，找到我太激动了。"

安心："……"

两人扶着安心上车，小七立即叼了一瓶水过来给安心。安心靠在副驾驶座上喝了水，好一会儿才渐渐缓过神来。

边慕凑过去偷偷问道："你到底怎么回事啊？是不是心脏病？要不要去医院啊？"

安心摇头："不用，我只是太激动了。"

边慕干笑两声，一脸狐疑，但没有追问。

安心看着边慕，心里却有些打起鼓来，见边慕似乎没什么怀疑，最终放松不少。

喝了几口水，又平息了下心神，安心这才向边慕道："走吧。"

边慕一怔，想起安心让他回去收拾东西滚蛋，有些忐忑起来："那个……"

回去之后呢?"

"集合不许迟到!"安心在心里长叹口气。

边慕立即转忧为喜:"是!绝不迟到!我就知道,一个热爱动物的人,不可能这么绝情!我以后天天早到!"

安心见边慕又嘚瑟起来,有些无语,正想发作,电话却响了起来。

事情的发生,总是这么突然。电话是110联动报警电话,一位老人在东郊公园走丢了,需要救援队的支援。

边慕二话不说,立即开车往东郊公园赶去。路上,安心拨打了敖力的电话,让敖力带着基地的人前来支援。

基地内,接到安心的通知,敖力立即召集人手,众人纷纷动身,伊靓拿着手机,架在自己和山神面前,开始全程直播。这次突然行动,很快吸引了很多人的注意,不少人都在通过直播关注着。

这边,安心很快获得了走失者的信息。走失者名叫杜庆元,六十来岁,身高一米七左右,偏瘦,穿橘色外套,是昨天下午从南门进的公园,进公园的时候还请公园保安帮他保管了一个包,但一直没去拿,所以引起了保安的重视。

此外,还有一名游客捡到了老人的手机和水壶。

根据判断,东郊公园地形复杂,一个老人很容易迷路,走失的可能性很大。

"有没有人在公园见过老人?"

边慕提出自己的疑问。

"有,根据游客提供的信息,他最后出现在流芳亭。"

等安心和边慕赶到东郊公园不久,敖力等人开着两辆车也赶到了,众人立即下车准备行动。

东郊公园门前,所有人整装集合。

敖力在布置着搜索方案,边慕忍着困意,帮敖力将公园地图一一分发给洛奇等人,队员们认真看着地图。

"根据老人的移动路线分析,基本是由南到北,老人入园时间是下午四点左右,出现在流芳亭是五点半左右,一个半小时差不多是从南门到流芳亭的时间,不可能是走到最北边再折返,所以我们的搜索区域就在流芳亭以北!"

这是"完美世界"救援队正式成立后第一次出任务,队员们和狗狗都非常认真,也很激动。

敖力继续分析:"流芳亭北边主要有四个区域,一片是桃园湖区域,一片是湿地区域,一片密林区域以及一片悬崖区域。前三个区域路相对好走,风景也好,按照老人的行为习惯,一般会挑这种区域。路线我们刚才在车上已经设计好了,安心,你跟伊靓一组,负责桃园湖附近,路线 A。"

"好!"安心应声。

伊靓举起手机,精神抖擞地说:"好的!"

敖力看向洛奇几人:"洛奇、莫莉、伊森,你们负责湿地周围,路线 B。"

"好!"洛奇三人点头。

敖力看向周茉。

不等敖力出声,周茉说道:"我跟你负责密林,路线 C。"

敖力顿了顿,不好多说,最终没有拒绝。

边慕却不干了:"什么意思?我跟汤圆负责老人最不可能选择的路线 D?你这也太看不起人了吧?"

敖力看着满脸困倦的边慕,板着张脸:"以你今天的精神状态,你自己觉得呢?一路上眼皮都在打架,你以为大家都没看到吗?我们可是军事化管理的队伍,没有停你今天的工作让你回基地已经很给你留面子了。"

边慕只得闭嘴,汤圆却举起手来:"那个,我可以跟伊靓一组吗?"

敖力仍板着脸:"你还是把这个家伙照顾好吧,别人没找到,自己打瞌睡迷路了。"

边慕:"……"

本来想顶敖力两句,见安心正看着自己,边慕连忙乖乖闭嘴。敖力拿出一个塑料袋,里面装着老人的手机和水壶:"这是老人用过的东西,步枪!"这些东西,就是搜救犬们的嗅源,搜救犬将依靠老人留下的物品,作为寻找老人的依据。

步枪立即上前,闻了闻嗅源,接着小雪、山神、八公、卡卡、球球等搜救犬也纷纷上前,小七虽然有些失落,但还是认真地闻了嗅源。

敖力收好老人的东西,看着众人:"这是我们第一次出任务,我知道,老人留下的气味被破坏了,这对我们也是一个挑战,但大家别忘了,无论遇到多大困难,都不是我们放弃的理由!我再补充一句,从现在开始,时间就是生命,已经过了一晚上,大家抓紧,行动!"

"是!"众人立即应了一声,纷纷带着搜救犬,按之前的分组行动。

边慕垂头丧气地带着小七:"走吧,小七。"

小七失落地看着远去的大部队和小雪,有些羡慕的样子。

小雪回过头看了看小七,跟着安心离开了。

边慕见小七一脸失落,比自己还没精神,蹲下身来安慰道:"小七,别担

心,说不定老人就在我们那条路呢。"

"你信吗?"汤圆无语。

边慕自己也不相信,只是用来安慰小七的话罢了。边慕站起身来,长叹口气,强打起精神道:"走吧,行动!"

汤圆点头,带着八公开始行动。悬崖这条路,对于一名六十来岁的老人来说,是肯定很难走的,以老人的心性基本上不可能走这条路,边慕和汤圆都不抱什么希望。

秋园湖附近的小路上,伊靓正拿着手机直播。山神一边跑,一边一路嗅着气味,小雪跟在山神后面,也很认真地寻找着。

山神见小雪落在后面,不时刻意停下来等小雪。

伊靓见了责备道:"山神,注意力应该放在工作上,好好工作!"

山神听话地继续前进,安心笑骂道:"该好好工作的是你,别只顾着直播,你还怎么跟山神配合?"

伊靓得意道:"队长,这就是我跟山神的配合方式,我对镜头里的世界最敏感,山神的每一个反应我都能捕捉道。"

安心无语地摇头,继续跟着小雪,同时叮嘱道:"还是注意一点为好,搜救工作是一项紧张又严肃的任务,容不得半点马虎。"

"知道啦。"伊靓调皮地吐了吐舌头。

这个奇葩少女,果然就是个奇葩,就这样也能把山神训练合格,安心也是无语。

安心摇了摇头,只得带着小雪更加仔细地搜寻。边慕这边,走的是悬崖线路,一路都很崎岖,行动非常不便。这一路的陡坡小路,小七倒是很快进入状态,带着八公一路往前搜索。

边慕和汤圆两人明显跟不上,尤其是汤圆,圆滚滚的体形,在这样的陡坡小路上非常费劲,满头是汗。

"小七、八公,慢点!"边慕有些喘气。

小七和八公停下看了看俩人,接着往前。

"喂!"边慕叫了两声,小七根本不理,他只得咬牙跟着。

汤圆累得不行,喘着气吐槽:"老大,你说这敖力不会是故意整我们吧?"

边慕点头:"肯定是故意的。"

两人两狗,在陡坡小路间一路搜索,比在山林中搜索还要费劲。

这一搜寻,就搜寻了一个小时,不只是边慕和汤圆快不行了,小七和八公的速度都慢了下来,有些疲惫的样子。这时,边慕的手机响了,是安心打来的。

边慕心中一喜，接起电话："有消息了？"

"还没，你那边怎么样？"

一听安心那边没消息，边慕大感失望："我这边能怎样，老人明摆着不会走这条路吧，你们继续加油！"

安心皱眉："没有绝对的不可能，你们那边也仔细点。"

"知道啦。"边慕又嬉皮笑脸起来，"你是看我被敖力打压，替我抱不平，特意打电话来鼓励我的吧？"

"我是提醒你注意观察小七的反应！"安心没好气地说道。

"是，队长！"边慕应道。

安心挂断了电话，边慕收起电话，发现前面小七已经停了下来，不住地催促边慕快点，让边慕一脸无语。

这一路走来，边慕感觉两条腿都软化了："小七，你个四条腿的，别老急着往前赶，我两条腿！"

小七才不管什么四条腿、两条腿，接着催促边慕和汤圆。

边慕气得不行，横下心继续往前。

至于汤圆，只差整个人趴在地上爬着走了。

如果不是为了伊靓，估计汤圆现在就想申请离队。

安心当然不知道汤圆现在的情况，正心事重重地看着手机上的计时器。

一小时十分钟！他们已经搜寻了一小时十分钟，但各组都没有任何线索。

安心皱紧眉头，心再次悬了起来。

时间一分一秒地过去。

一小时三十五分钟，B组洛奇那边在救援队微信群发出消息："B线路搜索完毕，没有发现！"

很快，周茉那边也发来消息："C线路搜索完毕，没有发现！"

安心这边，看着微信群里的信息，心情更加沉重。

看着前面的路口，安心最后发出消息："A线路搜索完毕，没有发现！"

三条老人最有可能走的路都没有发现，所有人都有种不好的预感。正在直播的伊靓也没了精神，小雪和山神有些疲累，站在两人旁边。

"队长，老人不会已经走出公园了吧？"伊靓说出自己的想法。

安心摇头，望向悬崖那边："边慕那边还没消息呢。"

两人正说着，微信响起，群里有边慕发来的消息。

安心立即打开一看，是一张照片。照片里，汤圆胖乎乎的身体趴在地上不能动弹，八公咬着汤圆的衣领正拖着他。

再下面，是边慕发出的文字信息："搜索路线完成一半，汤圆报废！"

安心："……"

敖力看了眼边慕发出的信息，一脸不满，又看了眼手机上的时间，更是眉头紧皱。

"快两个小时了。"

"汪汪！"

步枪有些着急地冲敖力叫着，饭桶跟在周茉旁边已经累趴了，正趴在地上喘气。

周茉担心起来："怎么办？"

敖力摇头："以步行能力来看，老人很可能不在边慕那条路线上。"说着，敖力看向步枪，思索一下在群里发出信息："马上交换搜救区域，安心你们搜B线路，我们搜A线路，洛奇你们搜C线路，从北往南往回走，互相再确认一遍。"

步枪听到这个新的计划，立即坐了起来，充满精神。

敖力满意地点头："这帮小子要有步枪一半敬业我就省心了。"

周茉苦笑了一下。

D线路，悬崖边小道上。

八公正咬着汤圆的衣袖，想拖汤圆走，小七也过来帮忙。

接到敖力发出的信息，边慕立即在群里语音询问："我们呢？"

很快，敖力发回语音："自己看着办。"

边慕看了回复一脸气愤，这个浑蛋，是在下套呢。他们往回走肯定不行，还有一半的路没搜索，往前搜索，汤圆估计得用滚的。

皱了皱眉，边慕走过去踹在地上装死的汤圆一脚："快起来，人家都开始交换搜索区域了，我们怎么着也得把自己这一段搜完吧，丢不丢脸！"

汤圆要死不活的："大哥，我再喘两口气，就两口。"

"喘气也给我站起来喘！"边慕一瞪眼，"要不要小七给你做个人工呼吸？"

"汪汪！"小七叫了两声，表示同意，很积极的样子。

看小七凑过来，汤圆卟了一跳，连忙从地上爬起来："别别别！我自己来！"

刚走两步，汤圆就又脸色难看地站在那里，看着边慕。

"你又怎么了？"边慕瞪着汤圆。

"大哥，不是我不想走，腿麻……"汤圆一脸难色。

边慕："……"

这汤圆还真是事多，就这么个大胖子，根本就不是干这活的料。

边慕气得不行："要不，让伊靓带山神过来照顾你？"

"好啊。"汤圆立即点头，随即连忙摇头，"别别别！我可不想让她看到我这个样子！"

边慕瞪眼："那你还不快走！"

汤圆哭丧着脸："好啦好啦，我马上就缓过劲来了，这就走。"

终于，队伍算是重新行动了。小七在前面搜索，八公跟在小七后面，边慕和汤圆跟在后面，比起汤圆的有气无力，边慕则是哈欠连天。

昨晚在网吧玩了一整晚的游戏，边慕到早晨才趴在桌子上刚睡一会儿，就被安心给揪了出来，然后就遇到这事儿。

边慕现在感觉头昏昏沉沉的，就想找个地方睡上一觉。

小七在前面搜索着，在边慕和汤圆都要倒下的时候，小七终于在一块大石头旁停了下来，等着边慕和汤圆两人。

"还是小七知道心疼人。"汤圆松了口气，"再走下去我就死了……"

说着，汤圆一屁股坐在了地上，也不管地上干不干净，反正他这一路过来，衣服早就已经弄得很脏了。

边慕也准备坐下，却发现小七在大石头周围嗅了起来，他立即意识到什么，紧走两步上前："小七，有发现？"

小七哼哼两声，又在周围嗅了起来，但没有发出确认的叫声。

边慕皱眉，往下看了看，下面就是悬崖。

老人不会是掉悬崖下了吧？

边慕心里一惊，看向小七，小七还在那儿嗅来嗅去。

"小七，你确定是这儿？"

小七还是只哼哼，并没有确定。

边慕皱眉，看向八公那边。

八公并没什么反应，相反傻傻地看着小七，有些茫然的样子。

"得了，小七肯定是累了想找个地方休息。"汤圆挥手说道。

边慕摇头，并不放心，见小七不肯往前走，只是围着四周嗅来嗅去，明显是有发现但又无法确认的样子。

"难道老人真摔下崖去了？"边慕又探头看了眼悬崖，但悬崖下全是灌木草丛，看不清楚。

边慕从户外包里拿出安全绳，一头系在旁边的树上，另一头系在自己身上。

见边慕准备下悬崖，汤圆急了，冲过来拉住边慕："大哥，你不要命了？"

"干吗？军训的时候不是练过吗？"边慕推开汤圆。

"那是什么环境？"汤圆板着脸，"你看你现在的样子，这样下去可不行！"

小七在旁边听汤圆这么说，也有些担心起来。

边慕今天的状态确实不好，再说军训时，练得也不是这样攀登悬崖。

边慕担心老人就在下面，顾不了那么多："没事儿，等我！"说着，边慕就拽着绳子开始下降。

"汪汪！"小七冲到悬崖边，对边慕叫了两声，让边慕小心。

"知道啦，我会小心的！"边慕回道。

汤圆见边慕铁了心要下去，只得拿出手机，拍了张边慕下降的照片，发到微信群里。

照片发到微信群里，各组立即炸了锅。

"什么，小七发现了？"

"这什么情况？"

"在 D 线路上？"

"不可能吧？"

一时间，洛奇、莫莉、伊森、伊靓等都纷纷议论。

敖力看到汤圆发的微信也愣了一下，周茉一脸惊讶："不是说不可能走那边吗？"

敖力皱紧眉头，有些拿不定主意。

安心这边，已经拨打了汤圆的电话："汤圆，怎么回事？"

汤圆回复道："边慕下去看了，现在还不清楚，但小七一直没发出叫声提示，我觉得边慕是误判了。"

"汪汪！"汤圆的话，立即引起小七叫着抗议。

"你们到底确定没有？"安心问道。

"现在还不知道。"汤圆老实回答道。

安心气得不行："不知道你不发出来，大家都以为你们找到了！"说完，安心挂断了电话。

汤圆话没说完，就被安心挂断了电话，只得尴尬地冲小七笑笑。

"队长，我们怎么办？"伊靓有些担心。

安心想了想道："走，去湿地。"

"去湿地？"伊靓茫然不解。

安心没解释，而是在群里发出消息："听敖力的，交换搜索区域，继续搜索！"

敖力那边也补充："汤圆那边只是有所怀疑，大家继续按计划搜索。"

两位队长都发话了,洛奇、伊森、莫莉只得继续赶往桃园湖。

路上,洛奇有些迟疑:"我觉得,恐怕人真在边慕那条路上。"

"我也希望他找到。"莫莉摇头,"可那条路,老人根本不可能走吧?"

群里很快冷淡下来,汤圆也没了兴致,他担心边慕下去的情况,再次走到悬崖边查看。

悬崖下,已经看不到边慕的人影。

东郊公园是一个森林公园,面积巨大,这个悬崖可不是一般高。

看不到边慕,汤圆有些紧张:"边哥?"

小七跟八公也担心地在悬崖边望着。

"边哥?"

"汪汪!"小七紧张地哼哼。

崖下,边慕听到了汤圆的声音,但顾不上回答。

身体的疲惫,让他重心不稳,急需找一棵树扶住,稳定身形缓口气,不过满头的汗水和剧烈的喘息声已经暴露了他身体的透支状况。

终于,边慕借助一棵小树稳住身形,缓了缓向山崖下喊道:"有人吗?"

没人回应。

边慕又扫了一眼,打了一晚的游戏没睡觉,他眼睛有些模糊。边慕揉了揉眼睛又喊了几声,依然没有回应,只得接着下降,可浑身疲惫的他重心明显不稳。

崖上再次传来汤圆的喊声:"边哥,没人就快上来吧!"

边慕有些犹豫,四处扫视。

远处树下,似乎隐约有一片墨绿色,边慕打了个激灵,扶着悬崖想要看清楚,看清楚后却发现什么都没有。

"看花眼了。"边慕摇头。

崖上又传来汤圆的喊声:"别把体力耗光了!"

边慕长喘口气,再次确认了那边树下的情况,这才横下心往上爬。

来到崖顶,边慕已经浑身是汗,衣服都湿透了。

小七立即跑上前来,边慕顾不得那么多,躺在地上大口喘气。

想起在崖壁上隐约看到的那片墨绿色,边慕问道:"对了,他们之前说老人穿的什么衣服?"

"橘色外套,怎么了?"

边慕松了口气:"没什么,刚才没稳住,看到有点不对劲,还以为是他,橘色就不是了。"

"你看到什么了?"汤圆心里一紧。

边幕摇头:"反正不是橘色衣服,后来又没看到了,应该是草吧。"

汤圆有些失望:"我还以为能立功呢,看来是没希望了。"说着,汤圆拿出手机,对着边幕录视频。

"干吗呢?"边幕挡开汤圆的手机。

"哈哈,出丑也不能我一个出吧,我要把你现在的糗样拍下来!"

边幕:"……"

小七看边幕好了些,跑过来对边幕叫着,又望着悬崖下边不时哼哼。

边幕摇头,揉了揉小七的脑袋:"小七,我已经仔细看过了,真没人。"

小七不死心,到悬崖边看了看,转头望着边幕,一副不肯放弃的样子。

边幕打开背包,拿出里面的水喝了大半,打起精神向小七招手:"小七,走吧。"

汤圆歇了这么会儿也有了些精神,一听说走倒没犹豫,向八公招手:"八公!"八公立即跟上。

边幕走了两步,发现小七还没跟上来,依然守在崖边,望着这边不肯走的样子。

"小七,我真的看过了,没有人。"边幕哭笑不得,"再说,我可没体力再爬一遍了。"

想想刚才的艰苦,边幕就直打退堂鼓。谁知小七依然不肯走,冲边幕哼哼着。

"小七,你要再不走,那几组交换搜索区域都快搜完了,我们这儿还差一半呢,万一老人在前面怎么办?我们就耗在这儿?"

小七听着边幕的话,好像明白了几分,有些犹豫地看了眼崖下,最后还是跟着边幕离开了。

各队都在紧锣密鼓地搜寻,不过交换搜索之后,已经搜索大半,依然没有任何发现。

时间已经快接近三个小时了,众人都面色沉重。

安心和伊靓一起,带着山神、小雪正在湿地附近区域。交换搜索无果,伊靓很是不满,嘟囔着:"什么嘛,不靠谱,会不会是敖队分析错了?"

"汪!"山神累得不行,跑过来,伊靓拿出根肉条递给山神作为奖励,拍了拍山神的脑袋:"看来只能靠你了,山神加油!"

虽然疲惫不堪,伊靓依然在用手机直播。

直播间内,不少粉丝都在关注着搜索进展,屏幕上滚动着弹幕:"山神加油!"

其中,一名叫伊神的网友一直在刷着礼物。

225

第8章
争执

伊靓夸奖着:"山神你看,粉丝们都在给你加油呢,快,你看小雪多认真,加油!"

山神转头,看着还在坚持搜索的小雪,哼哼两声,有些懒得动的样子。连续搜索三个小时,山神已经没了什么精神和兴致。一阵风吹过,山神的毛发随风飘动,让疲惫的山神很是享受。伊靓也感觉整个人为之一振,舒服了很多。

这时,山神突然朝逆风的方向奔去,伊靓一怔,随即激动地跟着飞奔,同时呼道:"队长,山神好像有发现了!"

听到伊靓的呼声,安心忙带着小雪跟上去。

前方,山神沿着小路,跑到旁边的小丛林内。

即便这个时候,伊靓都没忘记直播,边跑边举着手机:"各位网友,我们山神好像有发现了,我们看它找到了什么,会是老人吗?"

透过手机屏幕,可以看到山神钻进了一片草丛,紧接着叼着一件橘色的衣服出来!

伊靓一喜:"衣服!这会是老人的衣服吗?揭秘时间马上就到了……"

伊靓还没来得及高兴,山神就停了下来,从橘色衣服兜里叼出一块饼干吃起来。

伊靓:"……"

"你这个吃货!"伊靓恼怒地斥责山神。

直播间内,网友们都哈哈大笑起来。

安心哭笑不得地走上去:"我看你还是别直播了,你这不是在爆山神的短吗?"

伊靓嘟着嘴没说话,山神吞了块饼干,又往回跑。这次,伊靓不能忍了,再这样下去鬼知道山神会出什么糗,连忙把山神拉住。山神却坚持着把伊靓往衣服那边拖。

伊靓头痛得不行:"山神,你给我留点面子行不行,你的粉丝都快掉光了……"

"汪汪!"山神催促着伊靓。

小雪有些犹疑,紧接着也往山神叼出的那件衣服走去,同时转头看着安心,发出叫声。

安心心知有异,立即走了过去:"小雪,这衣服是老人的?"

"汪汪!"小雪点头叫着。

山神已经把伊靓拖到那件衣服旁边了,不过却又将嘴伸进衣服兜里,要找饼干的样子。

伊靓急了："山神，别吃了！"

山神抬起头来，嘴里叼着的却不是饼干，而是一瓶药！紧接着，小雪也从另外一个衣兜里叼出一张爱心卡，跑到安心面前。

安心接过爱心卡，卡片一看就是手工制作的，上面还留着老人家属的字迹，像小学生的笔记一般，写着：您好，这是我爷爷的爱心卡，我爷爷叫杜元庆，他有间歇性阿尔兹海默症，虽然很少犯病，但是如果他突然忘记回家的路，请您拨打我爸爸的电话，138……7898。谢谢叔叔阿姨哥哥姐姐弟弟妹妹！

"这是他的衣服！他有阿尔兹海默症！"安心和伊靓都惊讶了。

阿尔兹海默症，是一种起病隐匿的进行性发展的神经系统退行性疾病，病人通常会出现记忆障碍、失语、失用、失认、执行功能障碍等，也就是老年痴呆的表现特征。六十五岁以前的发病者，称早年性痴呆，六十五岁以后发病者，则称老年性痴呆。而这种病的别称，实际上就是老年性痴呆。

山神发现的药，正是治疗老年痴呆的药物！

这一发现，说明大家终于找到了线索，找到了老人的衣服！

伊靓兴奋地对着手机镜头："你们看到了吗？山神立功啦！山神发现了老人的衣服！老人肯定就在前面！继续！"

有所发现的山神，也兴奋起来，跟着伊靓往前冲。

安心却感觉有些不对劲："等等！"

"怎么了？"伊靓拉着山神。

安心拿出手机，拨打爱心卡上面留下的电话号码，但没人接听。

安心皱着眉头。

"队长，我们继续找吧。"伊靓催促着。

安心看着爱心卡，又看了看伊靓手上的药，心里有些想法："伊靓，敖力可能真的错了！"

"错了？"伊靓不解。

很快，边慕这边接到了通知。

老人很可能并不在其他三组的搜索线路上，而是在边慕这一组的悬崖线路上。

患有阿尔兹海默症的人，并不会按照平常老人的活动方式选择平坦的常规路线，而是……乱走！

接到通知，边慕心里一动，立即带着小七往回跑。

汤圆瞪着眼睛："大哥，你搞啥呢？我们好不容易要搜完了，你往回跑干吗？"

边慕出声:"没看到安心发群里的照片吗?"

"看到了,橘色外套嘛,肯定是老人掉落的。"

边慕摇头,恨铁不成钢地道:"你脑子有问题啊?橘色外套在安心手里,那老人身上还能穿橘色衣服吗?他肯定是走失的时候把外套弄丢了!"

汤圆依然不解:"什么意思?"

边慕:"……"

看汤圆满脸茫然,边慕气不打一处来:"你还不明白?我刚才在悬崖那边看到的,搞不好就是失踪老人!"

汤圆有些明白了:"可是,你不是没看清楚吗?"

"所以赶快啊!再回去看一下!"

汤圆一听,一屁股坐在地上:"你们先走吧,我实在走不动了,不拖你后腿!我一会儿就追上去!"

八公见汤圆坐下,也跑回来,守在汤圆旁边陪着。

边慕懒得管汤圆,带着小七,往来的路奔去。

一人一狗往回跑,边慕累得直喘粗气,脸上的汗水不停地往下掉。

小七担心地看着边慕,停下来等他。

边慕摇头:"没事,别等我,快走!"

小七继续往悬崖那边飞奔。等边慕和小七赶到的时候,敖力和步枪也已经赶到了,步枪正围着大石头嗅着,发出不太确定的哼哼声。

看到小七,步枪停了下来,谁知脚下一滑,差点掉下去。

"汪!"

小七叫了一声,冲上去咬住步枪身上穿着的救援队制服,把步枪拖了回来。这时,步枪突然发出汪汪声,并不是对小七,而是对敖力。

同时,小七也跟着叫起来!

敖力和边慕一愣。

敖力看向边慕:"它俩都叫出声报警了,这不是你之前找过的地方?"

边慕没来得及回答,小七又焦急地叫起来。

敖力没有多问,二话不说拿出安全绳系在身上,另一头正要系在边慕曾经系过的树上,却被边慕制止:"往右五米!"敖力疑惑地看着边慕,边慕没解释,只是坚持道,"往右五米!"

虽然不解,敖力还是走到右边大概五米的地方,将安全绳系在另一棵树上。

边慕想了想补充道:"大概下去五十米的地方。"

听到边慕的话,敖力更加疑惑,但顾不得多问,开始下去。

经过专业的军事训练，敖力无论是在体能还是技巧方面，都比边慕强出很多，迅速往崖下降去。

一路速降，敖力动作娴熟，很快下降了五十米左右。

看了看周围，并没有什么发现，敖力正准备继续下降，在低头的时候，却发现正下方不远的一棵树下，卡着一名老人，身上穿着墨绿色的衣服！

敖力一惊，忙顺着悬崖壁下去，几步来到老人面前。

老人的脸上和手上全是擦伤，头上还渗着血，已经陷入昏迷状态。

敖力摸了摸老人的鼻子，还有气息，不过非常微弱。形势危急，敖力立即向崖上的边慕发出信号："边慕！"

老人找到了，崖下这名老人，正是杜元庆！

很快，一辆救护车赶了过来。

几名医护人员用担架抬着老人，迅速向救护车转移。

小七跟步枪追在后面，敖力和边慕也紧跟在旁边。

伊靓拿着手机，兴奋地做着直播。

"找到了！这次幸亏我们山神发现了重要线索及时调整搜救策略，我们去看看老人的情况！"

说着，伊靓将镜头对准老人，当看到老人面色惨白、毫无生气之后，伊靓连忙把镜头移开，对准小七和步枪。

"这就是找到老人的另外两位英雄，我们的小七和步枪……"说着，伊靓把镜头对准敖力，"还有我们的搜救员敖……"

敖力直接伸手，挡住了伊靓的手机镜头。

旁边，安心也受不了了："伊靓，够了！"

伊靓看了眼板着脸的敖力，又看了眼安心，委屈地点头，关了直播。

商务车上，边慕带着小七坐在副驾驶的位置，后面坐着敖力、安心、周茉、伊靓几人。在商务车的前面，则是载着老人的救护车。小七看着前方的救护车，眼神十分失落，边慕也是一脸紧张，表情里还有些其他的色彩。

安心皱眉："他这是在担心老人，还是有不好的预感？"

车内，气氛并不好，相反非常凝重，没人说话，连狗狗们都没发出什么声音。

开车的汤圆为了调节气氛，干咳两声笑道："总算救到人了。"

边慕和敖力都没说话，伊靓、周茉也没接腔。

汤圆只得逗小七："小七，还是你最厉害！"

小七没搭理汤圆，依然失落地看着前面的救护车。

汤圆直接将话题转移到山神身上:"山神今天表现也不错,伊靓,你打算怎么奖励它?"

伊靓对汤圆的问题没有兴趣,有些担忧:"老人能救过来吗?"

这个问题,让车内重新陷入沉默,无人再说话。

医院内,抢救室外,小七和步枪守在门口。

边慕、敖力、安心等人,也都等在外面。

所有人都很焦急,不知道老人的情况究竟如何。

终于,抢救室的门打开了,医生推门出来,小七连忙上前,边慕等人也围了上去。

医生摘下口罩叹了口气:"唉,太晚了,要是早一小时发现就好了。"

边慕的脸瞬间沉了下来,安心、敖力等人的脸色也非常凝重。

"很遗憾……"医生又叹了口气。

走廊里,静得出奇,所有人都没了精神。

第一次的任务,虽然大家发现了搜救目标,但目标最终却没能抢救回来,因此算是失败了。

所有人都垂头丧气,心情沉重,回到基地后,也没人说话,就连平时话多的汤圆,也没再出声。

救援队基地,完全失去了往日的气氛。

晚上,汤圆一个人坐在空荡荡的训练场上,神思恍惚地看着手机。

身后有人过来,是边慕和小七。

汤圆看到边慕,没有出声。

边慕伸出手来:"手机给我。"

汤圆似乎知道边慕要干什么,将手机藏到身后:"干吗?"

"给我!"边慕的语气里有不容拒绝的意思。

"不!"汤圆摇头。

小七绕到汤圆后面,想抢手机,汤圆阻止:"小七,这时候就别刺激边慕了,我这是为他好。"

小七不管,固执地要手机。

边慕摇头:"给我吧,逃避是无耻的。"

"我……"汤圆想说什么,边慕已经拿过手机。

他打开手机,翻到汤圆在悬崖上拍的那段视频,看到上面拍摄的时间,边慕更加痛心,一脸自责:"十一点,离我们回去找正好一个小时,小七本来一小时之前就已经发现了,老人本来有救的……"

230

"呜呜——"小七低头,委屈地发出忧伤的哼哼声。

汤圆想抢手机,突然一只手从后面伸过来,抢过了边慕手中的手机。

边慕和汤圆愣了一下。在边慕的身后,站着安心和小雪,安心手上,正拿着汤圆的手机。

紧急会议!

洛奇、伊靓、伊森等人都不知道发生了什么事,敖力和周茉也一脸迷茫,不知道安心为什么突然召集所有人开会,再看安心冷着张脸,也没人敢问。

见所有人到齐了,安心按下了播放按键,会议室投影仪上,播放出汤圆手机录制的视频。

边慕:"小七,我的话你还不信?咱俩没有信任危机吧?真的都看过了,没有人,我可没体力再爬一遍了。"

小七不随愿地冲边慕哼哼。

边慕:"我再说一遍,真没人,你要再不走,那几组交换搜救区域都快搜完了,我们还差一半呢,万一老人在前面怎么办?我们就耗在这儿了?"

所有人都怔住了,边慕低垂着头,满脸羞愧和懊恼,安心则一脸恼火。敖力看着视频,神色复杂。安心关了视频,整个会议室内,没人说话。小雪看小七难过,过去坐在小七身边陪着。

安心看着低垂着头的边慕:"知道视频里,小七最后在跟你说什么吗?"

边慕惭愧得抬不起头来,也回答不上。

安心语气很淡:"它不确定,但是它希望你再试一下,对吗,小七?"

小七点头,哼哼两声表示正是这个意思。

安心强忍着怒火,看着边慕:"为什么第一次没搜到?"

边慕抬起头来,满脸自责:"我下去的位置离他有一段距离,本来我是要再看清楚点的,但那里地形崎岖,光线又差,风还很大,等我稳住的时候什么也没看到,我以为我眼花了。"

"那是因为你打了一晚上的游戏!"

边慕看着安心,又看了眼其他人:"我知道是我的错,可责任方也不只是我吧?是你们说他穿着橘色外套,我才打消了怀疑,要不然我就下到谷底了。"

安心更加生气:"边慕!你觉得这些是理由吗?搜救员应该根据现场判断情况!你不知道吗?"

汤圆有些听不下去了,讪讪地出声:"我觉得……我觉得边慕已经尽力了……"

"尽力了？"安心满脸怒气，"尽力两个字，就可以让你们原谅自己？！"

"我……"边慕张了张嘴，敖力却站了起来："问题在我！"

敖力这话一出，所有人都愣了一下，望着敖力。

"是我的搜救方案出了问题。"

周茉连忙替敖力解释："我们刚开始不知道他有阿尔兹海默症啊。"

"这不是借口。"敖力摇头，"我们在部署计划的时候就该想办法搜集到足够多的信息。现在微信微博这么发达，是我没有充分利用，是我制订的搜救方案以A、B、C三条线路为主，是我告诉边慕老人不可能走D线路给了他这方面的心理暗示。"

伊靓连忙站起来："对不起，是我信息搜集工作做得不到位。"

"也怪我。"汤圆出声，"我一直跟边慕说没人，我一直说八公都没反应。"

众人七嘴八舌地承认错误，边慕突然站了起来："行了！不就是我的错吗？好汉做事好汉当！不是我的我也当了！"

会议室内瞬间沉默下来，再没人出声。

窗台上的阿旺本来一直在旁边看着，但在这种压抑的气氛之下，它看了小七一眼，最终缩了回去。

豆豆和公主两只话痨鹦鹉，第一次没有接话。

沉默，寂静。

安心板着张脸，边慕一脸悲愤，汤圆低垂着头，伊靓不知所措，敖力脸色冰冷，周茉一脸尴尬。

最终，洛奇打破了宁静，干笑一声："大家这是怎么了？"

莫莉也出来圆场："别争了要不？"

"对对。"洛奇点头，"大家放轻松，事情已经这样了……"

伊森冷冷出声打断洛奇的话："最不爱听这种话。"

"不然怎样？"莫莉瞪着伊森。

三人的对话，并没让会议室内的气氛好一些，反而更加尴尬。

边慕听不下去了，起身就往外走，小七追了几步到门口，最终还是停下，看着边慕离开。

敖力看了看众人，也起身离开了会议室。

这个紧急会议，就这样结束了，大家什么时候离开的、怎么离开的，安心都不清楚，只知道最后，会议室内只剩下她一个人，还有跟在旁边的小雪。

安心叹了口气，起身也离开了会议室。

远远地，她看到一个小小的身影坐在训练场边上，孤独的样子，十分失落。

是小七。

今天的第一次正式任务,造成这样的结果,对小七是一个很大的打击。

安心递了瓶酸奶给小雪。

小雪明白安心的意思,懂事地叼着酸奶往训练场边上的小七走去,坐到小七旁边。

小七却没心情,看也不看小雪。

小雪把酸奶放到小七旁边,"呜呜"了两声。

小七没心思吃,小雪又将酸奶推到小七脚边。

小七看了眼小雪,一脸失落,有些歉意,还是没吃。

旁边不远处,阿旺一直在那儿看着,不时转悠两下,却没靠近。

安心走过去,摸着小七的头,安慰道:"小七,不是你的错,你是不是不能原谅边慕,也不能原谅自己?"

"呜呜……"小七抬头看着安心,满眼全是委屈。

安心搂着小七:"小七,我们可能会搜救成功,也可能面临失败,但不管是成功还是失败,我们都必须面对结果、总结经验,争取以后做得更好,这是我们唯一能做的,也是最应该去做的。你看,阿旺也来看你了。"

似乎听懂了安心的话,小七看了看阿旺,从安心怀里抬起头。

安心看着不远处犹豫着走过来的阿旺:"阿旺,你也别跟小七生气了,我记得小七刚来救援队的时候,你也是在它最低落、最不习惯的时候陪着它,小七现在也需要你。"

阿旺还是不靠近,在那边远远地看着。

安心勉强地笑了笑:"好吧……"

揉了揉小七的脑袋,安心把酸奶递过去:"吃吧,你都一天没吃东西了,你不是最爱酸奶吗?"

小雪也冲小七小声叫了一声,催促着小七。小七舔了舔酸奶,小雪在旁边乖乖地坐着,一直等小七吃完酸奶,安心这才松了口气,又拿出另一盒父给小七:"慢慢吃。"

小七看着酸奶,突然站了起来,叼着酸奶,径直往边慕的房间跑去。看着小七奔向边慕房间的身影,安心心事重重,刚准备带着小雪离开,却发现敖力走出了基地。

第 9 章

悔悟与责任

边慕的房间内,小七并没有看到边慕。

此时,无铭网吧,边慕正疯狂地打游戏发泄着,但他的眼睛里虽然是游戏的画面,脑子里却不时响起另一个声音。

平衡木上,边慕站在那里,汗水从脸上不停地往下淌,旁边,是边慕爸爸的怒喝声:"翻啊!这你都怕!都多久了你才学会几个动作!"

边慕看着父亲,脸上的汗不停下滑,却依然不敢翻。

"翻啊!你告诉我,你还能干什么?!翻啊!难道一辈子都翻不过去?一辈子倒数第一?这儿就你最差!"

"扑通!"边慕从平衡木上摔了下来。

脑海里是冷漠、愤怒、不断重复的声音:"失败!懦夫!"

耳机中,响起队友的声音。

"队长!你疯了?!"

"怎么打配合的啊!乱打!"

屏幕上,边慕拿着枪乱跑乱射,完全像发疯了一般。小七叼着酸奶走进网吧,坐到边慕身边,将酸奶放到了边慕的手边。握着鼠标的手碰到酸奶,边慕看到了小七,有些惊讶,但他没理小七,依然疯狂地玩游戏。

小七看着疯狂发泄的边慕,静静地坐在旁边,也没吱声。好一会儿,边慕出声:"回去!"

小七没有吱声,依然乖乖地坐在那里。

"你别管我,我不配。"边慕摇头。

小七依然安静地坐在那儿,傻傻地望着边慕,等边慕和自己一起走。边慕握着鼠标,疯狂地砍杀着,嘴里骂着:"我就是失败!我就是一辈子失败!我活该!"

一滴泪水,从边慕的眼角滑落。

小七就那样看着边慕。

队友,倒下了。

又一名队友,也倒下了。

语音频道里，队友们不再淡定了。

这些队友，都是边幕长期一起玩游戏的朋友，都有着同样的职业电竞梦，一起参加了好些比赛。

"队长，你怎么了？"

"还想不想玩了？"

"是不是脑子进水了？"

"你这是在卖萌吧？"

这样的声音，在语音频道里乱成一团。

终于，语音频道里响起了边幕的声音："再见！"

"什么意思？"

"队长？"

"搞什么？"

边幕看着游戏屏幕，看着还在奋战的队友，说了一声："对不起，兄弟们，再也不见！"

说完，边幕摘下了耳机，起身离开座位，往网吧外面走去，小七立即跟在边幕身后。

救援队附近不远的路边摊，是一个不大的夜市，平常有些人在这儿消暑休闲。一张桌子上放着一打啤酒，敖力坐在那里，一杯杯地喝着。

安心走了过去，在敖力对面坐下，想要安慰两句，却不知道从何说起。

敖力看了眼安心，倒了一杯酒递过去："喝！"

安心接过酒，一口气喝干，然后拿起瓶子倒上一杯，又是一口气喝完。然后她一杯接一杯，喝得比敖力还多。看着安心这样，敖力反而停了下来，一脸失落地看着这个一杯一杯灌酒的女人。

"酒醒了，一切还是一样。"敖力低低地叹息。

安心苦笑："我能安慰小匕，但我安慰不了自己，也安慰不了你。"说完，安心又是一杯酒喝下。

看着这样的安心，敖力走了过去，突然一把抱住安心。安心挣扎了一下，耳边响起敖力的声音："你说当我是朋友，这就够了。"

安心呆了呆，最终还是忍不住把手搭在敖力的后背上，闭上眼睛靠在敖力的肩上。

片刻后，安心松开手来，轻轻推开敖力。

天空，下起了细雨。

雨，越来越大。

边幕在前面走着，小七紧跟在边幕后面。

"别跟着我！我不是你的囚犯！"边幕冲小七吼道。

小七咬住边幕的裤脚，把边幕往路边一个店铺外拖。

"干吗，你同情我？我边幕竟然还需要一只狗来同情了？"

不管边幕怎么骂，小七还是跟着边幕，最终，边幕还是回到了救援队基地。

进入寝室，看到对面的电脑，边幕冲过去，把电脑椅、鼠标、键盘、显示器通通摔在了地上。

小七在旁边静静地看着，没有出声，也没有离开，就那么看着边幕。

汤圆闻声赶来，看到室内一片狼藉，惊呆了，连忙上前拦住边幕："大半夜的干吗？别把大家吵醒了！"

边幕不听汤圆的劝阻，继续砸着。

汤圆心疼得不行："哎哟，你这干吗呢？你不玩游戏了？不玩了给我啊，唉……你这败家玩意儿……"

公主和豆豆听到动静飞了过来，站在窗台上看到这一幕，立即话痨起来："用力！用力！加油！加油！"

阿旺闻声赶来，立即被这阵仗给吓到了，转身跳下窗台就跑。

这样的动静，刚回来的安心也听到了。站在门口，看着疯了般乱砸东西的边幕，她没有阻止，只是看了眼小七。边幕砸完所有东西，拿起车钥匙和钱包就要出门，走到门口看到自己的队服，犹豫了一下，抓起队服离开。

汤圆赶忙追了出去，小七也紧跟在后面。

"边幕，你干吗？"

安心上前拉住汤圆，示意汤圆别掺和。

看着边幕离开基地的大门，小七紧跟在后面，安心叹了口气："我相信，他一定会回来的，小七不会放弃他的。"

"队长……"汤圆张了张嘴。

边幕就这样走了，开着车离开基地，小七追在后面跑着。大雨纷飞，小七身上的毛发完全湿透，边幕眼里充满自责和悔恨地开着车。

终于，透过后视镜，边幕看到了小七在雨中奔跑的身影，咬了咬牙，最终一脚踩下油门。

见边幕开得更快，小七跑得也更快，紧跟着边幕。然而，小七怎么可能跑过边幕的车，前方，边幕的车一会儿就消失在了大街上。边幕以为甩掉了小七，

236

车速便慢慢降了下来。

看着车窗外的雨,边幕不知道去哪儿,也不知道该干什么,只是开着车在街上漫无目的地行驶着。

突然,一个小小的身影从旁边一条小街上跑了出来,拦在了边幕的车前。

边幕连忙一个急刹车停下,是小七!

小七挡在车前,看着车内的边幕,眼神里透着坚决。

边幕下车,忍不住冲小七大吼:"你有完没完?"

小七固执地看着边幕。

"别这么看着我!"边幕瞪着小七,"我告诉你,你就这么看着我,我也不知道什么意思!我不懂你,我要懂你,我也不至于错过救人的机会!"

边幕气呼呼地冲小七骂着:"你也别跟我绕,是不是想骂我?行,来吧,我听着,你骂完了,骂痛快了,就让我走!"

小七瞪着边幕,再也憋不住了,对边幕狂吠起来。

边幕大笑着:"哈哈,看吧,这才是你的真心话!继续!继续骂!"

小七继续狂吠着,气呼呼地瞪着边幕。

边幕大笑:"接着骂!"

小七继续骂着,声音越来越大。

边幕心里更加难受,不顾地上的水,一屁股坐在地上,眼里滚动着泪水苦笑着道:"哈哈,谁说只有安心是狗语者,我怎么句句都听得这么明白!"

小七瞪着边幕,继续骂着。边幕摇头:"要是可以,我也想存档重来!难道我心里不难过吗?"

良久,边幕从地上爬起来,转身离开。身后,传来小七的狂吠声,边幕晃晃荡荡地在雨中走着,不知走了多久,身后没声音了。

边幕停下来,转身望向身后,身后什么都没有。透过雨幕,看着空荡荡的街道,边幕心里有些失落,转身继续往前走,就在边幕转身的时候,他怔了怔。

小七就在他面前。

小七的嘴里,叼着边幕之前放在车上的那件救援队的队服。队服上的那个队徽,人和狗手握着手的队徽,是那样醒目。看着小七希冀的眼神,还有队服上那个队徽,边幕的脑海里,响起昨天大考结束时安心的话。

"恭喜大家通过所有考核,从今天开始,我们是队友,也是战友,不只是我们之间,还有我们和我们的搜救犬之间,永远不抛弃、不放弃!

"'完美世界'的含义,现在我们还没有确切的答案,但我相信,在以后

237

第9章
悔悟与责任

的搜救生涯中,我们会找到它的定义,也会找到这个徽章的定义!"

"无论遇到多大的困难,都不是我们放弃的理由!"

边慕蹲了下来,看着手上的队徽,看着小七,眼睛再次湿润起来。

"你是不是傻啊!还想跟我这种人当战友!"边慕瞪着小七。

小七坐直身体,看着边慕,哼哼两声。

看着这样的小七,边慕别过头去擦了擦脸,眼睛却依然红红的。

"为什么啊?上回我那次失误你都生气成那样,这回……我真的有成为搜救员的资格吗?"

"汪汪!"小七叫起来,一脸坚定。

边慕咧嘴笑着,一巴掌重重地拍在小七的脑袋上:"臭小子,走吧!"

说着,边慕起身,往车子走去。

见边慕想通了,小七立即追了上去,精神抖擞地叫着。

见小七满脸兴奋,边慕停了下来,瞪着小七:"臭小子,你刚才究竟骂我什么?"

小七听到这句,顿了顿,撒腿就跑。

"臭小子!别跑!你给我说清楚!"边慕向小七追了过去。

基地,队员宿舍。

伊靓有气无力地靠在床上,手机屏幕上,是公众平台的粉丝留言,不断有新的评论出现。

"老人救过来了吗?"

"明显就没有,不然早直播了。"

"肯定是炒作!"

"太没下线了!拿搜救犬来炒作!"

伊靓想要解释,却根本提不起精神。

这时,响起敲门声,正叼着玩具玩儿的山神不等伊靓吩咐就跑过去开门了。

门外,汤圆拿着一个饭盒探进来个脑袋。

"又干吗?"伊靓瞪着汤圆。

汤圆进来,将饭盒递给伊靓:"汤家秘制烧排骨、美容养颜炖猪蹄、酸辣开胃茄子煲。"

伊靓瞪着边慕:"没胃口!"

"又怎么了?"汤圆皱眉。

"网友们全在骂我。"伊靓眼里滚出泪花。

"好啦好啦,那就先别直播了,你看你,这要再直播可就丑了。"汤圆劝说着,"还是快吃点东西吧。"

伊靓摇头:"谢谢你,我吃不下,你吃吧。"

汤圆放下饭盒,叹了口气:"我也吃不下。"

两人就这样傻傻地坐在那里,良久,汤圆才起身,也没说话,离开了伊靓的房间。

天亮了,队员们一个个精神萎靡地来到食堂。

餐桌上,一排排黑乎乎的东西,也看不出原本是啥,不过大家都无精打采,根本不在意究竟是啥。

很显然,汤圆的厨艺失常了,不过并没人指出。

边慕也在,顶着个黑眼圈。

安心淡然地拿起筷子,也不看边慕:"回来了?"

"嗯。"边慕看着安心,"希望你还能再次敞开怀抱接纳我。"

"怀抱没有,大门开着。"安心摇头。

边慕立即嬉皮笑脸起来:"那行,让小七跟我睡一个星期。"

"干吗?"安心板着脸。

边慕搓着手:"嘿嘿,我一个人害怕。"

安心:"……"

众人全都发出嫌弃的声音。

安心和边慕的对话,总算是让食堂多了分生气,原本无精打采的众人,也有了点精神。

看着边慕,安心知道边慕是真的回来了,小七带回来的是一个崭新的边慕。虽然依然是嬉皮笑脸的样子,但边慕确实变了。

安心点头:"下次再当逃兵,我这大门可要关了。"

边慕连忙赔笑:"那我翻墙!"

安心:"……"

早餐结束,边慕就跑到小七的公寓,拿起小七的狗舍还有陪它睡觉的小七玩偶,招呼着小七:"小七,还有什么要带的?"

小七看向小雪。

边慕:"……"

这臭小子，竟然还想把小雪带去。谁知，小雪和山神也想和小七一起，很快跑边慕了那边去。

边慕哭笑不得："好啦好啦，回头我跟安心说下，看能不能带上你们。"说着，边慕关上公寓的门，抱着小七的狗舍往外走。

身后，山神不甘心地冲边慕叫了两声，边慕赶紧带着小七离开。

山神见无法出去只得放弃，跑到一边找八公玩起来。

俩家伙你追我赶，在八公的房间里疯闹。

打闹间，八公一个扑跃，把靠墙边的一个箱子给扑倒了。

箱子后面出现一个破洞，山神歪着脑袋，好奇地看着那个破洞，八公也跟着凑近，一脸好奇。

洞不大，中间还挡着几根木条，从木条间的缝隙，可以看到另一头是厨房。

八公和山神使劲将鼻子往木条缝里凑，嗅到厨房里的味道，想拱开木条，但木条丝毫未动。

小雪和饭桶闻声赶了过来，也看到破洞，试图帮着把木条拱开，最终还是失败了。

另一边，边慕还不知道八公和山神发现了搜救犬公寓内有一个破洞，他带着小七回宿舍后，正和小七聊天。

"小七，以前光是我了解你，这回你也得听听我的自传，那说出来真是……"

小七不耐烦地要走开，边慕一把将它给抓了回来。

"别不耐烦，我长话短说。"边慕抓着小七，"我很小的时候，就被我爸爸逼着练体操，但我很不喜欢，也不擅长。每次都是最后一名，他觉得很丢脸，觉得我干什么都不行。所以在我十八岁之前，我真的觉得自己什么都不行，甚至一想到体操教室就会一身冷汗，特别自闭，不爱跟人说话，所以也没人喜欢我。"

听到这里，小七似乎有点同情边慕，把自己的小七玩偶叼给边慕。

边慕哭笑不得："你这是在安慰我呢？"

"呜呜——"小七点头。

边慕："……"

拿起小七玩偶，边慕继续自言自语着："十八岁之后有一天，我受不了了，疯了似的跑出去，我一个同学教我打一款叫《反恐精英》的游戏，我一玩儿就爱上了，在游戏里我有了另外一个世界，那里没人跟你说你不行，没人管你话多不多、成绩好不好、讨不讨人喜欢，你总能在团队里找到一个适合你的角色。

然后我在那儿开始变得话多起来，也慢慢找回了自信，还当上了队长，还敢跟我爸说不，也迈出了逃离他的第一步。"

小七舔了舔边慕的手安慰着。

边慕一笑："也就是电竞游戏的世界对我来说太美好，所以到了我们救援队，我还是忍不住想去玩儿，当然，上次还有另外一个原因就是我跟你和安心赌气。但是安心说得对，做什么都要专注，我既然选择了做搜救员，就不该还惦记游戏。现在我已经做了选择，虽然也舍不得，但是我现在也想通了，比起在《反恐精英》里面解救人质，你和我在现实世界里救人，那不是更好？"

"汪汪！"小七叫了两声表示同意。

"喵……"阿旺走了进来。

边慕有些惊讶："阿旺？"

小七看到阿旺，起身朝阿旺走去，阿旺这次没有走开，而是在小七之前坐着的垫子上趴下。

小七跟着过去，趴在阿旺旁边。

看着这两个家伙和好，边慕笑道："阿旺，你这是原谅小七了？"

阿旺向小七靠了过去，"喵"了一声。

边慕点头："安心说得对，你不会在小七低落时不理它的。"

说着，边慕将小七玩偶放在俩家伙中间："那应该庆祝你们和好如初，小七以后可别再重色轻友了！"

"汪汪！"小七舔了舔阿旺的头，表示同意。

边慕高兴起来，拿出 iPad，给阿旺和小七播放《猫和老鼠》。

阿旺一看到《猫和老鼠》，立即来了精神，小七也乖乖地陪在阿旺身边，一起看视频。

这一夜，边慕睡得非常踏实。

来救援队后，这是边慕睡得最安稳的一夜。

旁边，小七也熟睡着，一人一狗打着呼噜。

窗户传来抓挠声。

小七警觉地抬起头，见阿旺疯狂地抓着窗户玻璃，不知道出了什么事。

小七起身看着阿旺，接着掀开边慕的被子，伸出爪子拍着边慕的脸。

边慕被小七弄醒，眯着眼睛："小七，怎么了？"

小七冲窗外叫着。

边慕看到窗外的阿旺，准备重新埋头睡觉，小七却不依，仍然冲边慕叫着。

边慕不得以起来，以为是阿旺要进来。

他正准备开窗，小七已经往外跑去。

"你干吗？"边慕连忙披上衣服跟了上去。

"喵！"阿旺冲小七呼喊着，往搜救犬公寓方向跑去。

边慕一脸迷惑，来到搜救犬公寓，紧接着他发现，里面一只狗都没有。

"都去哪儿了？"边慕皱眉。

"喵——"阿旺围着犬舍走了一圈，寻找着狗狗。

所有狗狗，包括山神、小雪、步枪全不见了！

边慕心中大惊。

很快，安心、伊靓、汤圆纷纷起床。

狗狗是从那个破洞跑出去的。而这个破洞，竟然是上次安心、边慕、敖力三人前往"北极星"救援队时，伊靓跑厨房做饭，结果着火烧出来的……

来不及追究谁的责任，也没时间责备伊靓，众人立即行动,寻找跑掉的狗狗。

小七带着安心、边慕，顺着步枪等狗狗留下的气味搜寻。

伊靓拿着手机，急得不行："都怪我，都怪我，没把那个洞完全堵上。"

"别担心，这不还有小七吗？小七一定能找到它们的。"汤圆安慰着。

敖力也在队伍里，不过基地内没见到周苿。

众人都非常着急，伊靓不时翻着微博，看着公众平台，希望能有什么线索。

这时，一条公众平台上的信息引起了伊靓的注意："在美食街！有人拍到山神它们在美食街吃霸王餐！"

"汪汪！"小七立即兴奋起来，冲边慕吠着。

露天美食街，管理办公室。

此时，坐了一排垂头丧气的狗狗，小雪、山神、饭桶等，一个个像犯错的孩子，不过嘴边都是油，山神和八公还不时舔着嘴边的食物碎屑。

安心等人来的时候，伊靓看到山神，立即忍不住上前一把抱住它。

"山神，你没受伤吧？他们没把你怎么样吧？让我看看脸，你的脸可不能伤了，咱们还要靠脸吃饭的啊……"

美食街的负责人满头黑线："这时候还看脸呢？我们没把它怎么样，你该问它把我们怎么样了！"

伊靓撇嘴："它们能把你们怎么样？"

伊靓话还没说完，围在旁边的商贩们已经七嘴八舌地控诉起来。

"我的摊位都被弄翻了。"

"我的客户全被它们给吓走了。"

"还有我的卤肉,全被它们给吃了,一大盆啊。"

这样的控诉声中,伊靓、汤圆几人的脸都绿了。

这群狗狗,还真会搞事情,估计整个美食街都被它们给弄得鸡飞狗跳了吧?

敖力没看到步枪,有些着急。

安心安慰道:"它应该是去找周茉了。"

这件事,安心已经有些明白了。

周茉的宿舍,衣柜开着,里面已经没有衣服。很显然,周茉和敖力之间估计有些事情,周茉被敖力给气走了。

步枪这么听话的狗狗也会跑出来,很大的可能就是找周茉去了。

安心蹲下身来,向小七问道:"小七,你去找步枪好不好?"

"汪!"小七叫了一声表示同意。

"走吧。"安心起身。

敖力想走,可看到还在控诉的商贩们以及美食街的负责人,他有些不放心。

敖力看向边慕,问道:"那……这边交给你没问题吧?"

边慕一听连忙往后躲:"我?不行……我得跟小七一起去。"

安心一脸无语。

敖力一脸鄙视:"要不要这么怂?"

边慕摇头:"我又不是队长,这种事儿还是敖队您亲自上吧。"说完,边慕领着小七就溜出办公室,生怕被留下来处理这里的事情。

见边慕和小七已经走到美食街门口,敖力有些恼火地跟了过去:"你平时不是挺仗义的吗?怎么关键时刻就怂了?你走了安心他们怎么办?"

边慕不走了,停下来也不看敖力,向小七挥手:"小七,快去找步枪吧。"

敖力不知道边慕是啥意思,有些摸不着头脑地看着边慕。边慕懒得解释,看着旁边一张在美食街拍摄的美食节目广告:"这口了,不就是今天吗?"

敖力看了眼那则广告,更不知道边慕搞什么鬼。

"行了,别看了,带小七走吧。"边慕催促道。

敖力一脸茫然,带着小七走了。边慕继续看着广告,皱了皱眉头:"浪费资源。"

刚走出两步的敖力停了下来:"什么意思?"

"装什么傻啊。"边慕说道,"步枪不就是找周茉去了吗?你给周茉打个电话不就知道了吗？用得着费这么大劲？"

敖力懒得回边慕这个问题，带着小七就走。

"死要面子活受罪！"边慕在身后骂了一句，转身返回管理办公室。

管理办公室内，正闹成一团。

狗狗们把美食街折腾了一通，这个烂摊子，还要安心来收拾。

看着负责人扔过来的损失单子，安心哭笑不得："您这是狮子大开口呢？我们是一支救援队，没有收入，怎么拿得出这么多钱给您？"

"就是这个价，给钱，带狗走，不给，那我们也不客气了。"美食街负责人丝毫不让。

几位摊贩又要闹，被负责人制止了："我这还跟你少要了呢，他们说的你也不是没听见。行了，我们的事还多呢，给你们半小时，不行我……"

边慕听在耳里，看着一脸为难的安心，眼神一动，急匆匆地跑进来，边跑边夸张地喊道："十三妹！我看到十三妹了！"

"十三妹？"安心不解。

"那个美食栏目主持人？"伊靓倒是知道。

"什么？十三妹来了？"

"怎么这么快？"

原本关注着赔偿的商贩们，立即对这边的状况没了兴趣，纷纷起身就往门口跑，连负责人也顾不上那么多，跟了出去。

边慕一看机会来了，忙朝安心挥手道："快！快！"

"怎么了？"安心没反应过来。

"赶紧撤啊！"边慕催促道。

汤圆立即明白了边慕的意思，拉起八公："走走走！"

八公跟着汤圆出门，剩下的几条狗狗也不是傻子，立即纷纷跟着溜了出去。

安心觉得不妥，瞪着边慕："你……"

安心话说到一半，见边慕从兜里掏出一摞钱放在桌上，催促道："走啊，不走还等他们回来给他们写欠条啊！"

安心哭笑不得，还是带着小雪跟边慕走出办公室。

一离开管理办公室，狗狗们就再没了那委屈的模样，在街上嬉闹起来。

边慕笑骂着："这帮没心没肺的家伙，刚出来就撒欢。"

安心还在担心："你给他们留了多少钱啊？"

"百十来万够不够？"边慕嬉皮笑脸地道。

安心瞪眼:"好好说话!"

边幕吐了吐舌头:"我看了一下,损失没他们说的那么严重,算下来也就四五百块钱,放心吧,有多没少。"

听边幕这么说,安心才放心不少,也有些明白过来。

"那个什么十三妹没有来?"

边幕笑道:"我这是虚晃一枪,美食节!十三妹!谁不想在电视上跟十三妹一起露个脸给自己的摊位打个广告啊?你没看他们跑出去那速度吗,快追得上刘翔了。"

安心:"就你鬼主意多!"

边幕不满:"你会不会夸人啊!"

"是,你聪明,帮了我们大忙。"

边幕满意了些,说:"这还差不多。"

安心见狗狗们都找到了,准备带队回去,边幕却阻止了她:"喂,行了,我说好不容易出来一次,就让大家放松放松吧。伊靓说得对,这两天队里太沉闷了,小雪它们都受不了了。"

小雪听到边幕说它,抬头看着边幕。

安心:"然后呢?"

"还有什么然后。"边幕摇头,"我知道不容易,可也不能总停留在那件事上吧?"

安心叹了一口气:"边幕……"

"怎么?又想骂我了?"

一看安心这个脸色,边幕就心里打鼓。

安心却没骂边幕,而是静静地说道:"昨天我接到一个电话,老人的儿子打来的,他说不怪我们,是他给老人的关心太少,整天忙工作留老人一个人住,偶尔才带孩子过去看看,这就是独居老人的悲哀吧。"

边幕怔了怔:"那……你心情好点了吧?至少能原谅自己点了吧?"

"不,不能原谅,也不能原谅你。"安心摇头,看着边幕,"如果我们的能力更强大,就可以避免老人的死,是我们的不足。正因为这样,我们才更该打起精神做得更好,帮助更多的人。"

安心的话,让边幕心里有些震动,看着一脸坚定又很平静的安心,边幕半天说不出话来。此时的安心,浑身就像闪着光芒一样。

片刻后,边幕挤出一个笑容:"我明白,那你能不能回答我一个问题?"

"说。"

"上次，电梯里，你……"说到一半，边慕自己打住了，"算了，等哪天你想说了再说吧。"

安心一笑，没接话，扭头带着小雪往伊靓和山神那边走去。

几人带着山神、球球、卡卡、浩克等狗狗，浩浩荡荡的大部队，一路晃晃荡荡地回到基地。

基地内，伊森、莫莉、洛奇早已经接到电话，所以并不是很担心。

"这帮家伙，竟然去吃霸王餐！"伊森跑了上来。

"吓死我了，还好没被人炖成肉。"洛克搂着卡卡一阵后怕。

"知道害怕就好。"安心看着队员们，"我觉得，我们把狗狗们都逼疯了，从现在起，大家也该打起精神训练了。"

边慕第一个赞同："好！大不了也跟它们一样去吃霸王餐！"

安心点头："汤圆这两天做的菜，让我确实想去吃霸王餐！"

汤圆摸着头："队长，没那么差吧……"

差不差，大家还不清楚？就那些黑乎乎的，连原本是啥都分不清楚的东西，别说厨师，就算不通厨艺的新手都做不出来。

众人一阵起哄，汤圆脸红："行！今晚就拿出状态来！"

众人都笑了起来。

这时，后面传来一个声音："可以点菜吗？"

是周茉的声音，安心回头，见周茉拎着宠物用品正从基地大门进来，前面跟着步枪。

周茉面带微笑："来一道水煮鱼！"

"这都不是事儿！"汤圆二话不说答应道。

"加麻加辣！"周茉看起来心情很好的样子。

安心看了眼大门方向，并没见到敖力和小七，有些明白过来。周茉是自己回来的，敖力并没有找到周茉。

没过多久敖力回来了。虽然周茉自己回来了，敖力却心情很不好的样子，似乎在发火。

安心站在窗前，看着基地大门那边，步枪咬着敖力的裤脚不放，知道周茉和敖力还在闹矛盾。

安心心事重重地坐下，伊靓和汤圆怯怯地摸了进来。

"队长，我不是跟伊靓在准备晚饭吗？你……找我……们？"

安心板着脸道："伊靓什么时候想起下厨房了？将功补过？"

伊靓讪讪地说："队长……我……我……"

"行了！"安心打断伊靓的话，"这次因为你们，让搜救犬全跑出去了，你们现在去训练场跑三十圈。"

"我跑吧。"伊靓举起手，"是我一个人犯的错，罚我一个人吧。"

安心瞪着汤圆："汤圆包庇一样该罚。"

"可那也不能三十圈啊。"伊靓为汤圆求情，"你看他……他根本跑不了那么多。"

见伊靓替自己说话，汤圆有点感动："没事，我跑，四十圈我都跑！"

"你们这是跟我讨价还价吗？"安心看着两人。

"不是，队长，这不公平。"伊靓小声说道。

"公平？"安心看着伊靓，"你知道什么叫公平吗？你非要在搜救老人的时候直播，害我们救援队所有人跟着挨骂，这叫公平？"

搜救老人直播的事情，不只是"完美世界"公众平台上骂声一大片，现在网上都有不少议论，只差没上热搜了，对救援队的评价都不好。

伊靓却一脸失望地看着安心："这才是你真正在意的吧？什么厨房都不是重点，你是因为直播一直对我不满吧？"

安心点头："对，我觉得你很多时候过于自我，非常不好！"

伊靓很是委屈："我也是想提高我们救援队的名气，替救援队宣传，我希望我们得到更多的关注，我在帮你啊。"

安心摇头："你是在替你自己宣传吧。"

伊靓听了安心的话，看着安心，紧咬着嘴唇："原来你跟那些骂我的人想的都一样，是我太傻了，还把你当女神。"说着，伊靓的眼泪就要掉下来，最终忍着没哭，扭头就走。

汤圆连忙追上去，安心意识到自己话说重了，想要起身，最终想了想还是忍住了。

伊靓直播的事情，安心并不反对，但伊靓直播经常不分场合，影响训练不说，甚至因此影响到了搜救行动，对此，安心觉得必须批评，否则将会造成巨大的隐患。

责备了伊靓一顿，虽然伊靓一脸委屈，但安心并没怎么在意。

这个少女心性活泼，过于好动，脑子单纯，如果不指出她的错失，鬼知道以后会闹出啥事。谁知,第二天一大早,基地所有人都收到了一条长长的短信,最后结尾:"对不起,拖累大家了,再见。"

伊靓带着山神离队了!这个消息,让收到短信的汤圆第一个冲了出去,披着外套就跑。

不过,伊靓早已经坐车走了,连汤圆的电话也不接。一上午,汤圆都神思恍惚,坐在基地大门外,八公陪在他旁边。边幕想去劝说,也不知道该说什么好。至于安心,对伊靓的离队,并没有表态。

基地的气氛,因为伊靓的离队,又有些沉闷起来。毕竟这两天基地发生了太多事情,先是所有人全员通过大考,救援队正式成立,紧接着是边幕发疯,然后又是搜寻老人的行动失败,接下来又是狗狗们集体出逃,现在又是伊靓离队,每个人的脸上,都没什么笑意。

边幕倒是大大咧咧的,带着小七还在训练。

他正想着去逗逗汤圆,让这个失恋的家伙开心点,一辆警车就驶了过来,在基地大门口停下,一名身着警服的警员下车。

边幕皱眉:"怎么有警察上门?难道又有任务?"

小七也有些疑惑的样子。

边幕带着小七迎了上去:"您好,我是'完美世界'救援队的搜救员边幕!"

对方看了看边幕,又看了眼小七,有些疑惑:"我找敖力。"说着,警员准备进入基地。

边幕追了上去:"请问您是?"

"公安局警犬搜救大队队长,李铭。"

一听对方的来头,边幕两眼放光,拉着小七挡在李铭面前:"你找敖力有事?"

李铭不想理这个看起来有些狡诈的家伙,绕过边幕要走,却被边幕带着小七再次挡在了前面。

"李队长,其实我们救援队优秀的搜救犬很多,比如我们小七……"

李铭不耐烦地打断边幕的话:"对不起,我找敖力。"

边幕:"……"

虽然看李铭不耐烦,边幕还是跟了上去。

安心和敖力在会议室接待了李铭,却把边幕给挡在了会议室门外,边幕只能躲在门后,偷听里面的对话。

知道警犬搜救大队的队长来了,听到消息的伊森、莫莉、洛奇等人,也纷

纷带着搜救犬跑来偷听。

　　室内，传来敖力的声音："您的意思是，市中心有家密室逃脱的门店起火了，现在火已经灭了，也没有人员伤亡，但是起火原因有分歧？"

　　"对。"李铭点头，"你也知道我们警队一共七条搜救犬，根据其中三条提供的信息，应该是电线短路引起的，但是另外四条都把焦点锁定在地板上的烟头上，现在证据也送去鉴定了，还是没办法确定起火源，现在两边谁都不服谁，我这不就想到步枪了，之前它也帮过我们，这回还得请它回去协助调查一下，不知道你们……"

　　安心当然不会拒绝："我们当然很愿意，这也是我们救援队成立的目的。"

　　安心话刚说完，门被挤开了，边慕趴在地上，旁边还有小七。

　　见安心瞪着自己，边慕黑着张脸。

　　都是洛奇这家伙使坏，竟然把边慕给硬推了进来。

　　现在躲是躲不过了，边慕从地上爬起来，觍着脸："呵呵……我们也愿意……"

　　边慕把小七抓了过来，放到李铭面前介绍道："这是我们救援队的新秀，神犬小七，刚才你已经见过了……"

　　边慕话说到一半，莫莉、伊森、洛奇也纷纷带着自己的搜救犬进来排成一排。

　　"'完美世界'救援队资深搜救犬，浩克！"

　　"'完美世界'救援队超级嗅觉王，球球！"

　　"'完美世界'救援队柯南级侦探，卡卡！"

　　安心满头黑线，李铭目瞪口呆，敖力冷着张脸。

　　李铭愣了片刻，脸上挤出一抹微笑："还是步枪吧。"

　　"不行！"边慕立即蹦了起来，"小七可是跟步枪一起的，它们是形影不离的好兄弟，人称黑白双煞，是吧，小七？"

　　小七为难地看着边慕，已经觉得跟着边慕有些丢脸了。

　　李铭一脸无语，安心都想把脸藏桌下。

　　敖力终于出声了："我不带猪队友。"

　　边慕："……"

　　"你什么意思？骂谁呢？"边慕可不干了。

　　敖力转过头，根本不正眼瞧边慕。

　　"敖力，之前谁说自己也有失误来着？"边慕瞪着敖力。

　　"那也不能掩盖你的失误。"敖力说着起身，"步枪，走！"

步枪立即起身，精神抖擞地从一众狗狗面前走过。

看着步枪跟敖力出门，小七一脸羡慕。

边慕连忙安慰小七："没事，这种小任务就让它自己去忙活吧，我们不稀罕。"

虽然嘴里说着，边慕心里却酸溜溜的，和小七的心情基本上没两样。

看着这一人一狗，安心哭笑不得，装作漠不关心地问道："汤圆怎么样了？"

"还那样。"提起汤圆，边慕就恨铁不成钢，"伊靓把他的魂都带走了，我看，要不把伊靓叫回来吧？"

安心摇头："我最讨厌犯了错还理直气壮地用另一个错误来证明自己的人！"

边慕摸摸鼻子。

这是又在变着法地骂自己了。

汤圆那傻乎乎的样子，让边慕还真有些担心，帮着说好话："说不定她后悔了呢？"

"至少我现在没看出来。"安心说着，起身带小雪走出会议室，留下会议室内的众人。

边慕出来的时候，敖力带着步枪已经上车了。

看着一脸向往的小七，边慕蹲下身来："小七，没事，我们有的是机会，下次我们一定让他们刮目相看。"

小七听懂了，冲边慕叫了两声，有了些精神，但还是一脸不甘。

基地大门那边，汤圆还坐在那里，边慕摇了摇头，走了过去："笨蛋，伊靓不是把山神所有的东西都带走了吗？脚环可以定位啊。"

搜救犬都有脚环，可以进行定位，边慕给汤圆出主意。

汤圆摇头："我早定位了，根本不在线，要么是她故意关了，要么就是没电了。"说着，汤圆又垂头丧气起来。

边慕劝说道："就算伊靓舍得离队，可山神舍不得啊，只要山神想回来，伊靓回来还不是分分钟的事？"

汤圆有些醒悟："你的意思是，搞定山神？"

"你说呢？"边慕没多说，准备带着小七训练它玩遥控飞机。

边慕把遥控器拿出来，小雪见了，也跟着跑过来凑热闹。阿旺看小七在这边，也跑了过来。现在，阿旺再也不躲着小七，小七也不再只顾着小雪，经常

会和阿旺玩，两狗一猫，对着直升机玩得不亦乐乎。这段时间的训练，小七控制遥控飞机越来越平稳，小雪似乎在这方面根本没什么天赋，只会伸爪子在遥控器上乱按。

边慕正看着这两狗一猫嬉戏，身后传来安心的声音："边慕，立即准备，有任务！"

边慕一喜，立即站了起来。

确实是有任务，有驴友被困在了凤凰岭！

凤凰岭，是4A级旅游风景区，主峰海拔高四百余米，是附近唯一可以全览四大海湾的最佳位置,游客很多。不过因为丛林密布，还有不少地方没有开发。

边慕和安心带着小七、小雪赶到的时候，一位警察已经等在那里，还有一架直升机。

警察介绍着案件情况："里面手机没信号，对方一共三人，是用卫星电话报的警，报完警电话也没电了，他们也说不清具体位置，我们也确定不了，只能找你们。"

警察说着，将一份森林简易地图交到边慕手上，警察指着地图上一条小路的起点说："我们的直升机把你们送到这儿，这儿也是我们接应你们的地方，地图是当地人画的，这条小路就通到那儿，只是大致路线，还有一条线远一点，那直接通向出口，那条路不好走。找到人马上联系，尽量把他们带到接应的地方，然后我们接你们出来，如果有人员受伤走不了，我们再随时联系。"

"好。"接过警察递来的卫星电话，安心又问了一些事情，便准备开始行动。

看到直升机，小七、小雪都很兴奋，边慕也很激动。

"小七,加油,这可比调查火灾起因重要多了,咱们一定要赢敖力和步枪！"

安心："……"

小七跳上直升机，小雪立即跟上。边慕和安心上直升机后，直升机立即关上舱门，开始缓缓升空。乘坐直升机，小七已经不是第一次，但小雪似乎并不怎么适应，有些晕机的样子，可怜兮兮地冲安心哼哼着。

小七陪着小雪，不断用爪子摸小雪的头，安抚着小雪。看小七体贴的样子，边慕心里大赞，看向安心："你晕吗？要不要借我的肩膀一用？"

安心白了边慕一眼："就你这小身板？还不知道谁护谁呢。"

边慕嬉皮笑脸："男人婆，你也有点女人味好不？要不以后找不到男朋友。"

安心没理边慕，看着直升机下方的丛林险壑，心里有些担心边慕是否靠谱。

安心虽然对他的评价改变了不少，但始终觉得这家伙满脑子歪主意，一副不着调的样子，尤其现在执行任务都还不正经，给人的感觉总是有些不靠谱。而且，这次的任务可是救三个人，三条人命。联想起搜救老人时的失误，安心更加担心起来。

直升机在天空飞翔，迅速靠近凤凰岭方向。

此时，一支民间救援队训练场内，几条狗狗正在打闹。

"银河护卫"救援队，有着一个非常显眼的招牌，是一支比"完美世界"成立更早的救援队，在业界的名气，比"完美世界"要高出好些。

打闹的几条狗狗中，有一条西伯利亚雪橇犬，正是山神，而伊靓在旁边看着。

山神和两条搜救犬正在抢着一个玩具，虽然玩具暂时被山神抢到了，但是却有更多的搜救犬冲过去围攻，想要把玩具抢过来，眼看就要打起来。

伊靓急了，冲上去想把狗狗们分开，可这些狗狗根本不听话。旁边几名搜救员听到狗吠声赶过来，忙把自己的搜救犬给拉开。

伊靓抱着山神，心痛地检查山神受伤没有。

山神满身都是口水，头上有一点小伤口，让伊靓更是心痛，掏出纸巾小心翼翼地帮山神擦拭，责备着弄伤山神的那几条搜救犬："你看你们！我们山神破相了！"

自己的搜救犬被责备，那几名搜救员不满了。

"别说别人，刚来半天山神就已经好几次挑事了。"

"你还是好好管管你家山神吧，光惹事儿。"

"它才没有！"伊靓反驳道，"它是最友好的搜救犬，它就是想跟大家玩儿，谁知道大家都欺负它。"说着，伊靓心疼地抱着山神，"你们这是排外！"

"那也没人求着你来啊，是你自己被'完美世界'救援队开除了跑我们这儿来的。"

山神听到"完美世界"救援队，立即来了精神，昂起头来。

伊靓瞪着那些人："我不是被开除的，是我自己走的！"

"哈哈，还不都一样。"

"看来'完美世界'救援队也就这水平嘛，怪不得上次搜救会失败。"

"哈哈，那种草台班子，怎么能和我们比呢！"

一听这些人诬蔑'完美世界'救援队，伊靓急了："你们再乱说我可不客气了！"

"哟嗬，吓唬谁呢？怎么着，你还要打我不成？"

"我就打你！"伊靓气呼呼地冲过去，上前一把抓住对方的头发就扯。

这支救援队，几乎都是女队员，这也是伊靓来这里的原因，但这一打起架来就有点乱套了，旁边两名老队员见自己的老队友被扯着头发，立即过来帮忙对付伊靓，四个女人扭成一团，唯一一名男搜救员站在那边不知所措。

"汪汪！"山神见伊靓被三个女人打，立即叫着加入，咬着一名搜救员的裤子就拼命往后扯。

这一来，别的搜救犬也就跟着过来帮腔了，场面一片混乱。

打了一架，伊靓气呼呼地领着山神离开了这支救援队。

虽然蓬头散发，一脸狼狈，伊靓却很是解气："山神，干得好！"

山神也很狼狈，但身上没有新伤，这让伊靓松了口气。

手机响起，是汤圆发来的微信。

汤圆只是发了一些图片，一大堆的美食，看着这些美食，伊靓陷入伤感，山神则忍不住直流口水。

"饿了？"伊靓问道。

山神哼哼两声，目光停留在伊靓背包上放着的两个大肉包上。

伊靓心软，把肉包子递过去："吃吧。"

山神闻了闻，不太想吃的样子，盯着伊靓手机上汤圆发来的美食图片，继续流着口水。

伊靓："……"

安心和边慕并不知道伊靓现在的情况，正在直升机上观察着下方的情况。

直升机在森林上空悬停，达到了预定下降点，安心和边慕分别背着小雪和小七，通过绳索下降，带着狗狗到达地面。

目送直升机离开，边慕和安心环视了周围一圈。

"我们往哪儿走？"边慕拿出地图看着，有些迷茫，"小路入口在哪儿啊？"

安心没有回答边慕，看着一望无际的森林："小七，走。"

小七立即叫着，奔向一个方向。

"喂，小七，别乱跑！"边慕连忙喊道。

"它应该是找到入口了。"安心带着小雪追上，小七已经停在前面不远处，那里正好有一条小路，是凤凰岭的入口。

边慕惊讶地看着小七："这就找到了？"

"所以你连一条狗都不如。"安心鄙视道。

边慕："……"

虽然被安心这样鄙视，可因为比较的对象是小七，边幕倒没觉得有太大的不满。

搜救工作立即开始，小七和小雪领头，一边往前，一边贴地闻嗅，边幕和安心则跟在旁边，观察着周围的情况。丛林中的搜索行动非常困难，虽然他们平时有在基地外的小树林训练，但与这样的密林相比，那种训练就显得小儿科了。小雪和小七在前方搜寻，边幕和安心跟在后面。

搜寻的线路是那队驴友经过的小路，他们搜索了两个多小时，没有任何线索。山路难走，边幕有点累了，不过他不想丢脸，依然坚持着。安心看边幕满头是汗，走路都拖着腿，气呼呼地道："让你练体能你不听，看吧，一到关键时刻就掉链子。"

边幕吐了吐舌头，不服气道："我也有进步啊，再说这都走一个多小时了，是驴也得给它喝口水吧？"

"是，驴大哥，您老先歇着，我们先走。"安心道。

边幕："……"

这莫名其妙地他就又吃了次亏。

边幕只得加快脚步跟上，走了一段路，小七突然改变了方向，不再沿着小路走，而是直接奔林子里去。

"小七！"边幕叫住小七，"你确定往那边？"

"汪汪！"小七叫了两声，继续往前，小雪也紧跟着。

他们发现不远处的草丛里有被人走过的痕迹。看来，小七确实有所发现，那三个驴友可能没走小路，而是走了这边。

"汪汪！"小七在一片草丛边停下，狂吠起来，小雪也跟着叫起来，望向边幕和安心这边。

两人连忙上前，发现地上有一片干掉的血迹。

"有人受伤了！"这一发现，让边幕和安心紧张起来。

"小七抓紧！继续！"

小七立即沿着血迹追寻，小雪紧随其后。原本懒懒散散的边幕也认真起来，不再闹着要休息了。

小七沿着血迹一路追寻，步子越来越快，小雪都有点跟不上了，边幕更跑得气喘吁吁。

"小七，慢点，小雪都跟不上了呢。"边幕一边跑一边喊着。

"我看是你跟不上了吧。"安心白了边幕一眼。

边慕喘着粗气，再这么下去，总感觉下一刻就会成烈士了。因为平时缺乏训练，再加上边慕身体本来就不是很好，这一路山里来林里去的，边慕确实已经快不行了。

"汪汪！"小七突然大声叫起来。

边慕和安心连忙跟了上去，林中的景象让两人惊呆了。

麋鹿！一只麋鹿的尸体躺在那里，鹿皮已经被剥去！

安心捂着嘴巴，小雪有些害怕地后退，小七则挡在小雪面前。

是偷猎者！并不是要找的驴友！有人偷猎麋鹿，盗取鹿皮！

很快，边慕就发现了一路被人走过的草丛，准备带着小七追过去。

"等等！"安心呼住边慕，忍着内心的难受，检查麋鹿的尸体。

"有一段时间了，跑远了。"安心摇头。

"我们有小七呢，不能让他们跑掉！"边慕一脸气愤。

"不行。"安心摇头，"我们来这儿干吗的？驴友怎么办？"

边慕冷静下来。

那三名驴友现在还不知道什么情况，被困在山里等着解救，一分一秒都很重要。

"走吧，先救人。"安心说着向小七道，"小七，你说呢？"

小七听了安心的话，叫了一声，却继续往那条路跑去，小雪立即跟上。

安心有些无奈地呼道："小七！"

小七并没停下，安心和边慕只能追上去。穿过草丛，前面出现一条小路，安心对照着地图，这条小路是通向救援点的。看来，小七找的并不是偷猎者，而是驴友，或许偷猎者和驴友走了一条路。

小七一边贴地嗅着搜寻，一边听着周围的动静。一路搜寻，小七走在前面，不时回头查看小雪的情况，停下来等小雪跟上。刚走到一个岔路口，小七停住了。边慕走过去，看到左边岔路不远处的树林中，有一顶帐篷。

"找到了！"边慕激动地指着左边。

安心也看到了那顶帐篷。

听到边慕这边的动静，三名男子从帐篷内走了出来，他们年龄四十出头，一名身材高大，另一名比较矮小，还有一名身材中等。

"你们总算来了，我们都快绝望了！"

"救命恩人啊！"

三名驴友感激地握着边慕的手。

其中一人下意识地看着小七："这狗不错,鼻子灵吧?"

"当然。"边慕笑道,"这可是我们救援队的神犬,鼻子不灵能找到你们?"

"那是,那是。"那名男子干笑两声。

在小七的带领下,他们顺利地找到了这三名驴友,边慕很是得意。

这一回,他总算可以在敖力面前扬眉吐气了,能完成任务的可不只是步枪,小七也行!

得到边慕的表扬,小七并没什么反应,不时望向岔道的另一边。

安心看在眼里,总感觉小七的表现有些异常,小七似乎还想去岔道另一边的样子。

难道,偷猎者走的是那边?

还是说鹿皮在那边?

寻找驴友的时候,因为并没有驴友留下的东西,所以并没有嗅源,小七和小雪的搜索,完全是依靠人留下的气味进行的。

在遇到被屠杀的麋鹿之后,小七依靠麋鹿尸体作为嗅源,一路找了过来,结果找到了这三名驴友。

而现在小七又想往岔道的另一边去。

难道……

一个猜想在安心的脑海里冒出。

看了了眼三名驴友,又看了看小七,安心更加肯定了自己的想法。

小七的异常,也让边慕意识到了不对。

为了避免引起那三名驴友的怀疑,边慕抱着小七:"小七,是不是累了?趴着休息一会儿。"

小雪过来蹭了蹭小七,在小七身边趴下,示意小七也休息。

小七没听小雪的,反而向那三名驴友走去,围着三名驴友转悠。

三名男子见小七围着自己转,眼神闪烁,有点不安起来。

安心更加肯定了自己的想法,沉住气和边慕一起哄小七,故作轻松地引开三人的注意:"能跑到这儿来,不容易啊,你们这是要去哪儿?"

"百子庙。"

"清风崖。"

其中两人几乎同时出声,紧接着同时闭嘴。

百子庙和清风崖,可是完全相反的方向。

另一人见两人露馅,连忙接话:"我们就是户外运动爱好者,瞎跑,本来

想徒步穿越森林,结果半路遇狼,跑急了偏离了原来的路线迷路,这才报的警。"

"喔?"边慕很有兴趣的样子,"你们都去过哪些地方?"

三人答不上来,再次面露不安。

安心出声:"行了,没事就好。"

边慕也打住。

不过,这三人已经看出安心和边慕对他们产生了怀疑,互相对视一眼。

"那还得感谢你们帮忙啊。"

"我们现在走吧?"

边慕看了看天:"现在不行,马上天黑了,容易迷路,明天一大早再走吧。"

"你们能找到路吗?"其中一人问道。

"放心吧,肯定带你们出去。"边慕笑道,"我有地图。"

黄昏渐至。

森林里光线较暗,虽然只是黄昏,但已经灰暗下来。边慕和安心也搭好了帐篷,小七、小雪站在帐篷边守着。搜寻了大半天,边慕确实累了,坐在那里休息。

看着对面坐着的安心,边慕开玩笑道:"深山老林,孤男寡女共处一室,你不会对我怎么样吧?"

安心白了边慕一眼。

"好了,你歇会儿吧。"边慕出声,准备到帐篷外去看看。

安心摇头:"你真以为我能睡着?"

虽然两人并没有交流对三名驴友的怀疑,但边慕知道安心的意思:"现在不是时候,先休息,等到了晚上再说。"

安心点了点头。

天黑了。

边慕听着那三名驴友那边没动静,这才拉开帐篷探出头。

小七跟着探出头来,看向驴友的帐篷。

悄无声息,三人好像已经睡熟了。

小七扭头看着边慕,等边慕的决定。

边慕又看了片刻,点头:"走。"

"我也去。"安心出声。

"你以为是去赏星星月亮啊?"边慕摇头阻止,"赶紧找个地方躲起来,带上卫星电话，万一我们有什么情况你还可以接应。"

安心想了想，点头答应下来。

边慕带着小七正准备走出帐篷，突然又回过头来叮嘱道："你们走之前把睡袋留下，打开电筒，他们短时间内应该不会起疑心。"

看着边慕关心的眼神，安心有些感动，点了点头。

边慕带着小七，小心翼翼地走了出去，绕过三名驴友的帐篷来到岔路口，往右边小路走去。

小七一路嗅着，时快时慢。

在小路上走了十来分钟，小七来到一堆枯枝前面停住，回头看着边慕，发出"哼哼"声。

边慕知道小七有所发现。

这小子还真聪明，知道晚上不能叫，否则会引起那三人的注意，竟然用哼哼声提示。

边慕立即过去，翻开树枝。

树枝下面，是厚厚的一摞兽皮，很多张！

"这帮浑蛋！这么残忍的事也干得出来！"边慕一脸气愤。

就在这时，小七突然竖起耳朵。

"怎么了？"边慕望向小七盯着的地方，那边传来动静。

有人来了！

边慕忙用树枝重新盖上兽皮，带着小七躲到树后。

他们来时的路上传来脚步声，不一会儿，一名男子轻手轻脚地过来，来到树旁边。

是三名驴友中的一人，身材匀称的那个家伙，另外两人没来。

男子轻轻移开树枝，拿起兽皮。

见男子拿起兽皮，小七忍不住想上前，被边慕给按了下来。

男子拿起兽皮后，没有往回走，而是继续往前。

边慕皱眉。

那人这是干什么？难道要转移赃物？

边慕立即带着小七偷偷跟上。

男子在林中摸黑走着，也不知道要去哪里，边慕和小七一路小心翼翼地跟在后面，不一会儿，他们来到一处悬崖边。

边慕皱眉。

这人究竟要干什么？

就在这时，前面那名男子突然脚下踏空，滑到悬崖边。

眼看就要摔下悬崖，男子一把抓住一根藤蔓，这才算是稳住身形。当男子想拉着藤蔓上来时，藤蔓却开始松动，把他给吓坏了，又不敢大声呼救。

边慕带着小七赶到悬崖边，看到抓着藤蔓的男子，有些犹豫起来。

"兄弟，救救我！"男子向边慕求救。

边慕很不情愿："你这种家伙，就该有这样的下场！"

"你……"男子看着边慕。

边慕冷笑道："我都看到了，你拿走的都是兽皮吧？你们根本不是驴友，是偷猎者！"

男子哀求着："我也是被迫的，救救我！"

边慕摇头："救你？那我不是暴露了吗？一会儿你们杀人灭口，我们怎么斗得过你们三个？"

"不会！不会！我绝对不说出去！"男子连连摇头。

"你当我傻啊！"边慕带着小七扭头就走。

小七有些不肯，回头看着吊在悬崖上的男子。

"救救我，我不会说的。"身后传来男子的呼声，"我是偷偷跑出来转移这些货的，快救救我。"

"偷偷？"边慕心里一动，停下脚来，"你想私吞这些兽皮？"

男子苦着张脸点头："对，他们要是知道了，非把我抽筋扒皮不可，我不会说的，求求你救救我，我不行了！"

"呵呵。"边慕阴笑着道，"原来是想黑吃黑，等着，你要撑不住下去了，那就是报应，别怪我。"

边慕慢吞吞地动手，找了几根藤蔓，这才过去救人。

边慕拽着藤蔓，把男子救上来后，男子喘着粗气倒在地上。

在悬崖上吊了三四分钟，男子体力再好也已经没力气了，尤其是面临生命的威胁，现在安全了只觉手足发软。

没等男子回过气来，边慕已经拿着刚才找的藤蔓，跑过去把男子给绑了起来。

第 9 章
悔悟与责任

第10章

陷身匪窝

路上，边慕总算弄清楚了这三个人的身份。

这三人，确实是偷猎者。

高个子那位名叫马三，矮壮的那位叫李虎，被边慕给捆住的这位，叫杨海。用杨海的话说，三人并不是惯犯，只是来这里玩的时候，碰巧遇到麋鹿才动了贼心。

对于杨海的话，边慕可不会相信，不是惯犯怎么可能那么轻松解决掉麋鹿，还不只一头？如果让边慕和汤圆来干这事的话，估计在这凤凰岭鸡飞狗跳地追个几天，都猎不到一头。

押着老三，边慕往之前的营地赶，准备看看安心的情况。

来到附近，小七却渐渐放慢脚步。

"怎么了，小七？"见小七警惕的样子，边慕小声问道。

"汪汪！"狗吠声响起，是小雪的声音。

同时，还有马三的制止声："闭嘴！"

听到马三的声音，边慕心中一惊，不好，肯定是安心和小雪出事故了。

人影憧憧，就见马三提着一把猎枪冲了出来。旁边杨海见状想要呼喊，边慕连忙捂住他的嘴巴，拖着杨海就走。杨海就势倒在地上，边慕拖了几下没能拖动，只能放弃，向小七大声喊道："跑啊！"

"汪汪！"小七撒腿就跑，边慕松开杨海急步跟上。

"砰！"

"砰！"

身后传来枪声，子弹打在树干上，木屑乱飞。

边慕后背都被吓出了冷汗。

"砰砰！"枪声响起，偷猎者追了上来，边慕已经顾不得查看安心的情况了，带着小七在树林中狂奔。

"完美世界"救援队基地，敖力带着步枪回来了。

"怎么样了？"周茉迎了上来。

敖力拿出一枚勋章递给周茉。

看到勋章,周茉激动地抱着步枪:"我就知道!步枪,你太厉害了!"

步枪也很得意。

经过敖力的解释,周茉知道了事情的经过。

步枪协助警方找到了引火的物品,一块被烧化后又重新凝固的塑料,根据分析是装汽油的塑料瓶。

根据这个起火源,警方判断这是一起蓄意纵火事件,有人把汽油装在瓶子里带到密室逃脱的门店纵火。最后,在嫌疑犯中,步枪找到了真正的纵火犯。那两人合伙经营了一家密室逃脱店,为了打压竞争对手,所以想出了纵火这一招。

成功完成任务并且找到真正的凶手,对敖力来说并不值得得意。步枪以前在军队的时候,可是完成了不少任务。现在,步枪还能这样快地完成任务,说明步枪还没老,这点倒让敖力很高兴。

"对了,人都哪儿去了?"敖力发现基地里除了周茉,就只有洛奇、莫莉、伊森在。

周茉回道:"边慕和安心执行任务去了,说是有驴友被困,在大巴山凤凰岭那边,汤圆下午开车出去了,可能是去找伊靓吧。"

"喔。"敖力点头,"边慕他们去了多久?"

"你刚走不久他们就接到了警方联动电话。"

敖力看了眼手表,已经晚上九点多了,有些担心,用手表拨打了安心的电话,但无法接通,他心里更加担心起来。

周茉见敖力面露担心,出声道:"那边没有信号,我刚跟警方联系过了,他们说边慕那边已经找到人了,用卫星电话跟他们联络过了,明天直升机去接应,应该没事。"

敖力皱了皱眉,快步往宿舍走去。见敖力步伐急促,周茉意识到敖力要干什么,连忙带着步枪追了上去。敖力回到宿舍,立即打开柜子,收拾户外装备。

周茉进来急了,把敖力的装备扔到一边:"你至于吗?都说没事了。"

敖力摇头:"任何一场营救都不会百分之百安全。"

"那步枪呢?步枪怎么办?"周茉质问道,"步枪的伤才刚好不久,还要休养,现在根本不适合出任务,今天它已经出了一次任务,再说,他们不是报过平安了吗?"

"我刚才说的你没听见吗?没有百分之百的安全!"敖力有些恼。

周茉不满地看着敖力:"如果需要支援,我自己也会要求去,但你不觉得你现在公私不分吗?为了自己的感情这样折腾步枪,那儿好歹还有边慕在呢!"

"正因为有他我才不放心!"

敖力脱口而出,随即意识到不对。

周茉看着敖力,沉默了好一会儿道:"你要去自己去吧,别让步枪卷入你跟边慕的斗争了。"

敖力怒气冲冲:"周茉,你非得逼我把不好听的都说出来吗?我们分手一年了!还是你提的!"

"我那是跟你赌气,我现在后悔了,我一直在弥补!"

"可在我这儿,已经结束了!"

见周茉和敖力吵了起来,步枪不安地冲周茉哼哼。

周茉摸了摸步枪的头:"步枪,没事。"

敖力的语气缓和了些:"一年前步枪退役,你非要我带它一起跟你出国,让步枪远离危险做一条普通的宠物犬,你非要我和步枪放弃我们的生活融入你的生活,我不答应你就走,根本没给我机会沟通和解释,这就是你一贯的作风,大小姐脾气!跟你在一起那么长时间,你一直这样,对我指手画脚,什么都得让我哄着你、顺着你,稍微不如意就翻脸。我知道你家境好,从小就被宠惯了,所以我之前一直在忍,但是周茉,我毕竟是个男人!我再喜欢你也有我的底线!"

周茉红了眼圈:"我知道我错了,所以我才会在这儿。从我们再见面到现在,我什么时候还有过大小姐脾气?"

敖力摇头:"你变了吗?你现在不是一样拦着不要我带步枪去找人?"

"我……"周茉的眼泪滚了出来。

在周茉和敖力吵架的时候,边慕和小七正躲在草丛里,喘着气擦着额头上的冷汗。

刚才一路逃亡,让边慕现在还心有余悸。

那些偷猎者,竟然真的动枪了,竟然对自己开枪了!

边慕相信,自己要是跑慢一点,肯定会被打死的。

小七也很乖巧地缩在草丛里没有出声。

想到那三个穷凶极恶的偷猎者,边慕就一脸苦色。

手机没有信号,卫星电话又在安心手里。

刚才逃跑的时候,边慕听到了小雪的声音,很显然安心被他们给抓住了,

卫星电话肯定让那三个偷猎者给拿走了，要报警都没有门路。

边慕苦苦思索着，旁边小七虽然躲得好好的，却是一脸急色。边慕一边思考着办法，一边不时观察着来时的路，看有没有人追上来。

想了好一会儿，边慕眼睛一亮："有了！杨海不是被抓了吗？马三和李虎肯定知道他想黑吃黑偷兽皮，现在肯定回悬崖那边找兽皮了。这样看押安心和小雪的就只有一个人！"

想到这里，边慕就带着小七偷偷往回走。只剩一人，边慕有自信可以救走安心，顺便把卫星电话给抢回来。营地里，看守安心的确实只有一人。

安心双手被绑在身后，两只脚也被绑着，被扔在帐篷的一个角落里。

李虎靠在帐篷边守着，打着哈欠，小雪被拴了起来。

森林里的夜晚有些凉，李虎三人是偷猎的时候迷路了找不到出去的路，所以才报警谎称是驴友，在森林里折腾了这么久，李虎也困得不行了。

用厚厚的毯子把自己裹住，李虎睡眼惺忪，不时打着哈欠。

帐篷内，安心见李虎没注意这边，按下手表的一个按钮，弹出一把短刀，准备割断绳子。趴在地上的小雪突然站了起来，看到小雪这个反应，安心连忙住手，侧耳倾听。

帐篷外面响起了李虎的鼾声，看来他是睡着了，并没有什么动静，离开的那两人并没有回来。

这时，一阵轻微的窸窣声响起，小七潜了进来，边慕也出现在外面。李虎就堵在帐篷门口，安心怕边慕进来被发现，赶紧示意边慕躲避，同时小声冲小七示意："小七，那儿！"

小七顺着安心的目光，看到门口有一个袋子，立即轻手轻脚地来到袋子前，从里面小心翼翼地叼出一袋饼干。

安心："……"

她向小七摇了摇头，小声道："卫星电话。"

小七放下饼干，在袋子里翻找，很快叼出卫星电话。

"对，快走！"

安心示意小七把卫星电话叼出去给边慕。

"啪！"一声脆响，把边慕、小七、安心都吓了一跳。

是李虎，有蚊子叮到了他脸上。

这一巴掌，让李虎给醒了过来。

"什么动静？"李虎瞪着帐篷里的安心。

"没啊。"安心摇头。

李虎半信半疑,四处看了眼,没发现什么,这才重新回来,瞪着安心:"别给我耍花样!"

安心一脸畏惧地点头。

李虎并不知道,就在刚才,小七已经叼着卫星电话跑了出去。

边慕拿到卫星电话,准备和小七离开,就在边慕转身的时候,浑身一寒。在他身后不远处站着两人,一人手持猎枪,另一人手持匕首,是马三和杨海,这俩人回来了!

"呵呵。"马三打趣地看着边慕。

边慕满头冷汗,一步步后退。

"怎么,还想走?"马三举起猎枪,对着帐篷内探出头来的安心,"你再走一步,我就不留活口了。"

边慕脚下一停,转过头看着安心和小雪。

"快跑!"安心向边慕催促道。

"砰!"

安心话没说完,枪声响起。

边慕愣住了。

马三竟然真的开枪了,子弹打在安心的腿上,流出了鲜血。

"汪汪!"小雪想要挣脱绳子却挣脱不开,挡在安心身前,向马三叫着,小七也想冲过去保护安心。

马三举着猎枪,对准安心:"这一枪,可就不会打歪了。"

"等等!"边慕拉住小七,蹲下身子劝说着,"小七,我们输了。"说着,他轻轻地拍了拍小七的后背。

边慕这才站起来,举起双手:"我投降。"

"嘿嘿,这样就对了嘛。"马三咧嘴露出一抹狞笑,向杨海一挥手,"把他捆起来!还有那条狗!"

杨海立即上前,动手捆边慕。

"汪!"小七突然叫了一声,往丛林蹿去。

"砰!"马三抬起猎枪就是一枪,小七已经消失在黑暗中。

"给我追!"留守的李虎立即拎着一柄猎刀,向小七逃跑的方向追了上去。

安心的腿被打伤了,边慕也被捆了起来,只有小七逃走了。

而伊靓,此时正在一个湖边餐厅内。伊靓的对面,坐着一名年轻男子,看

起来很帅气的样子，名叫伊神，他是伊靓直播间的粉丝，在伊靓的直播间没少送礼物。半小时前，伊靓在一家宠物用品店遇到了这名男子，被这名男子认了出来。

桌上有两杯红酒，旁边是法国鹅肝和精美的狗狗卤肉大餐。

山神坐在伊靓旁边，大口地吃着卤肉。

"你的真名不叫伊神吧？"伊靓微笑着问道。

"你就当我是伊神吧，知道这名字怎么来的吗？伊靓、山神。"男粉丝说道。

伊靓恍然大悟，对这名彬彬有礼的男粉丝很有好感。

在伊靓的印象中，这名名叫"伊神"的男粉丝，在她直播的时候几乎都在，还经常在伊靓的微博里留言，还养了条小狗名叫阿貂。而且更巧的是，伊神竟然和伊靓住同一个小区。

"谢谢你啊。"伊靓向伊神道谢。

刚才在宠物店的时候，还是伊神替伊靓付的钱。

"不用谢。"伊神微笑着举杯，"来吧，大块吃肉，痛快喝酒，就当调节心情。"说着，伊神爽快地喝下整杯酒，看着伊靓。

伊靓有些犹豫，喝了一小口。

伊神微微一笑："那个什么'银河护卫'救援队太没礼貌了，我觉得，要不你就回'完美世界'救援队吧。"

伊靓听到这一句，脸上有些落寞，伊神知道这件事，伊靓并不惊讶。

离开"完美世界"救援队，还有前往"银河护卫"救援队的事，伊靓都在微博里发了，甚至连打架之后的照片都有。作为自己的忠实粉丝，他肯定会第一时间知道。

提起回"完美世界"救援队的事，伊靓叹了口气："我也想啊，可是这哪是想回就回的？救援队又不是我家开的。"说着，伊靓端起酒杯喝了一大口。

山神见伊靓一下喝了大半杯酒，忍不住扭头看着伊靓。

伊神一笑："山神，别担心，就让伊靓放松一下吧。"接着，他向伊靓笑道，"感觉怎么样？"

喝了大半杯酒，伊靓心里的委屈和迷茫轻松了很多，她点头道："爽！"

"哈哈。"伊神又给伊靓倒满，伊靓喝了起来。

两人有说又笑，谈起山神，谈起伊靓直播的趣事，渐渐地，也不知道喝了多少酒，伊靓的眼神有些迷离起来。

时间不早了，伊靓准备回家，伊神正好开车，两人在一个小区也顺路。坐在车上，伊靓带着醉意吹着风，非常惬意。

"想听歌吗？"伊神问道。

"好啊。"伊靓点头。

伊神打开音响，车内响起《大梦想家》的歌声。

伊靓有些惊讶："你怎么知道我喜欢这首歌？"

"那是当然。"伊神笑道，"我还知道你喜欢的明星，还知道你喜欢淡紫色眼影，喜欢给山神买宝路肉条，每天给它刷两次牙。对了，你每天睁眼起床前必须深吸三口气。"

伊靓睁大眼睛，这个粉丝，竟然知道自己的这么多事。

本来有这样的粉丝，伊靓觉得应该高兴才对，但她心里却有点不舒服的感觉。

"呜呜！"后座上，山神哼哼唧唧的。

"停一下，山神要尿尿。"伊靓向伊神出声。

伊神忙把车停在路边，山神急忙跳下车，跑入路边灌木丛尿尿。

伊神看着跑远的山神，随手拿起旁边的水喝了一口。

伊靓看到在矿泉水旁边有一个钥匙串，上面放了一张小区门卡，她微微一愣，拿起钥匙串。

"你家的？"

"对啊。"伊神点头。

伊靓一个激灵："你不是我们小区的！"

"对啊。"

伊神意识到暴露了，依然一脸淡笑。

伊靓正准备下车，突然车子开动了，车门"咔嗒"一声被反锁了。

伊靓急了，冲后面的山神呼救："山神，救命！"

山神听到呼救声从灌木丛里跑出来，只能看到伊神的Jeep加速离去，急忙追上。

"山神，救我！"

伊靓拍打着车窗，可山神的速度怎么能跟得上汽车的速度。

"别吵！"伊神瞪着伊靓。

"让我下去！山神快点！"伊靓一边拍打车窗，一边向山神呼救。

伊神见伊靓还在吵，突然停车。伊靓愣了一下，正准备解开安全带下车，伊神却掉转车头，接着直接向正奔来的山神冲了过去。

"不要!"伊靓尖叫。

伊神一个急刹,扭过头来,微笑着看着伊靓,温柔出声:"别吵了,你要再吵,下一次我就不会再刹车了。"

伊靓闭上嘴,哭着连连点头。

"让它别跟着。"伊神打开车窗,示意伊靓。

伊靓啜泣着探出头,冲山神说道:"山神,回去吧。"

山神呆呆地看着伊靓,一动不动。

"快走吧,我没事,走啊!"

山神往后挪动了两步。

伊神满意地开车离开了,留下山神在路上呆呆地站在那儿。

待了一会儿,山神转身飞快地跑开。

当看到山神的时候,汤圆更急了。本来汤圆开车出来找伊靓,只是想劝伊靓回去。

一直关注伊靓动静的汤圆,当然会关注伊靓的微博,知道伊靓跑到了"银河护卫"救援队的事情,也知道伊靓和人打了一架出来了。现在看到山神,汤圆心知事情恐怕比他想的还要麻烦。

伊靓不可能和山神分开,尤其是现在这个时候,唯一的可能,就是伊靓遇到了危险,再加上山神急促的叫声,汤圆更加肯定了这一点。可惜,伊靓的电话根本打不通,不只是手机,连手表电话都没人接。

"冷静!冷静!"汤圆按着自己的胸口,开着车沿公路飞奔,不时拨打着电话。

天色越来越晚,汤圆越来越急,开着车在郊外公路上简直是在狂飙。

"汪汪!"山神突然叫起来,紧接着八公也叫起来。

汤圆心知有异,立即停车。

声音,很微弱的声音,是手表电话的铃声!

"汪汪!"

山神跃下车,往路边跑去,八公紧跟着也冲了过去。

汤圆连忙下车跟上,声音越来越响,在路边草丛里,有一部摔坏的手机,正是伊靓的,旁边响着的,正是伊靓的手表。

"真出事了!"

汤圆立即拿出手机,拨打110。

很快,接到报警电话的民警赶来,汤圆跟着去了公安局。

发现伊靓手机和手表的位置是蟒山路段。

很快，民警调出监控录像，找到了伊靓和山神去过的那家宠物用品店，发现伊靓带着山神，跟一名年轻男子上了一辆Jeep。

一个个监控录像，连成了一条线，也锁定了对方的车牌号。

66703！

最后，根据监控搜索，这辆车来到了一个高档小区。

汤圆急得不行，跟着民警，带着八公和山神，迅速赶往这个小区。

"监控录像显示那辆车最后出现在这儿。"民警看着整个小区皱眉。

伊靓已经被带走两个小时，这么长的时间，什么事情都可能发生，每一分每一秒都很重要。

可这个小区这么大，虽然知道那辆车是这个小区的，要想找到人却不容易。

还没等警察部署行动方案，山神突然冲向一个单元楼。

"汪汪！"八公也跟了上去。

"它们有发现！"汤圆立即带着八公，跟着民警跑了进去。

单元楼上，一个装修豪华的客厅里，灯光柔和，音响里放着舒缓的音乐，茶几上还放着一大盘精美的水果，一切看上去温馨而美好。

沙发上，伊靓紧缩着身子坐在那儿。在她旁边，伊神一手拿着鸡尾酒，一手轻抚着伊靓的头发，眼中全是深情："你知道吗？你吐槽的时候特别可爱，像个孩子，我每天面对各种各样的假人假脸，只有看到你我才觉得真实，你知道你对我多重要吗？"

伊靓被伊神吓坏了，紧绷着身体。

"不要紧张，你紧张的时候像个瓷娃娃，一碰就碎。"伊神说着，张开大手朝伊靓的脸靠拢，伊靓想喊却喊不出来。

"我不喜欢不乖的瓷娃娃。"说着，伊神的手滑到伊靓的脖子上。

就在伊靓绝望地闭上眼睛，眼泪瞬间流出来的时候，房间的门被撞开了，汤圆带着山神出现了，伊神看到门口的民警也显得惊慌失措。

伊靓是得救了，可在大巴山凤凰岭的边幕和安心，正被马三手中的猎枪指着。

"说！线路图在哪儿？"

"我哪知道啊。"边幕硬着头皮道，"就放在身上的，谁让你们又追又打，现在搞丢了，我还要问你呢！"

马三再次将猎枪对准安心。

边幕连忙补充道:"不过我还记得,差不多都还记得!"

马三半信半疑地看着边幕:"你真记得?"

"不信拉倒。"边幕扭头。

"那你带路!"马三一扬猎枪,"别耍滑头,小心我的枪不长眼睛!"

边幕看了眼腿上还在流血的安心:"我先给她包扎下吧,我带你们走出去。"

"不坐直升机了?"李虎问道。

"啪!"马三一巴掌打在李虎的后脑勺上:"你什么猪脑子?我们都暴露了,还等警察来接我们?想被抓啊?"

马三说完,将安心的背包扔给边幕:"别耍花样!"

边幕赶紧接过背包,从里面拿出急救药跟纱布。安心腿上的伤口是擦伤,虽然流了很多血,但并不是被子弹直接打中的,这让边幕松了口气。

马三手中的猎枪用的是独头弹,而不是散弹,也幸亏不是散弹,否则安心运气再好,腿上的伤也不可能只是这样。不过即便是擦中,伤口还是很大。

边幕拿出碘酒要给安心消毒,又有些犹豫,怕安心受不了。

"没事。"安心摇头。

边幕壮着胆子,将碘酒涂在安心的伤口处。

安心强忍着,小声问道:"你真把地图丢了?"

"没,在小七身上。"

"那你真记住了?"

边幕点头,安心急了:"你真要带他们出去?"

边幕不说话,给安心消毒完成,又包扎着伤口。马三在旁边等得急了,骂骂咧咧地道:"好了没有?好了赶紧走!"

"好了好了!"边幕给安心包扎好,冲马三道,"走吧!"

此时天还黑着,离天亮还早,杨海有些担心:"老大,要不明早再走吧,大晚上的,迷路了怎么办?"

"闭嘴!"马三瞪了杨海一眼,"你想私吞兽皮的时候怎么不怕迷路?要不是看在你跟我这么多年的交情上,老子早毙了你!"

杨海吓得不敢再说话了,安心和边幕也同样担心,凤凰岭面积可不是一般大,白天在这里都会迷路,更不用说晚上了。

"你真要带他们出去?"安心再次问道,"他们不能相信,带他们出去我们一样会没命的！"

边幕摇头，小声回应："我更怕拖久了你的腿废了。"

安心听到这话有些触动，边幕蹲下来，背起安心。

安心推着边幕："别管我！"

边幕懒得多说，背起安心就走。马三几人连帐篷也不要了，背着背包跟上，李虎则背着兽皮，杨海牵着小雪。

山路崎岖，夜晚更是难走。深一脚浅一脚地在丛林中穿行，边幕还背着安心，没走多远他就满头大汗，气喘吁吁。

"放我下来吧。"安心说道，"你的体能我可知道。"

边幕喘了口气，黑着脸："我看你的体重你不太清楚。"

安心气闷："不用你背！我自己走！"

见边幕和安心两人磨磨蹭蹭的，马三催促道："快走！"

边幕咬了咬牙，背着安心继续走着。几人继续步行，杨海手上牵着的小雪不时回头，看向身后不远的树丛，但并没出声。在那边的树丛中，小七一直悄悄地跟着。

天色渐亮。

一行人停停走走好几个小时，边幕的脚都已经磨破了，满头是汗，衣服也湿透了，走路都有些踉跄。还好，天亮后，至少看得清路。突然，边幕一个踉跄差点摔倒，他连忙扶住一棵树稳住。

"你没事吧？"边幕问背上的安心。

"没事。"安心沉默片刻道，"要不，你自己走吧？"

边幕摇头："我自己走万一被野兽叼走了呢？有你在，好歹把你扔出去还能当头肥猪挡一挡。"

安心又好气又好笑，只能瞪着边幕。这家伙，到这个时候了都还忘不了油嘴滑舌。

心知边幕不愿意抛下自己，安心心里生出阵阵暖意。

咬紧牙关，边幕背着安心继续前进，明明已经累得不行，但他的脚步却越来越稳。安心有些惊讶，边幕的体能，安心再清楚不过，可这一路走来，已经好几个小时了，在山间穿行了十几二十里，为何边幕仍能走这么稳？

"你怎么突然有精神了？"安心有些好奇。

边幕咧嘴一笑："谁说我不行！我可以！"

安心不解，边幕的目光却异常坚毅。

几人又走了两三里，背着兽皮的李虎有点扛不住了："老大，要不歇会儿吧？"

马三瞪眼："歇什么歇？没看天都亮了？"

"我走不动了。"李虎喘着气，"扛这么重的兽皮，真不行。"

马三看李虎虚汗淋漓，脚下虚浮，知道李虎确实撑不住了，想了想道："行吧，歇会儿，顺便垫一口。"

马三发话，李虎立即将兽皮扔下就地一坐。

边慕也在不远的树下放下安心。

杨海松开小雪，拿出干粮，分给马三和李虎。

被松开的小雪，立即跑到安心和边慕旁边。

杨海给马三和李虎分完干粮，看着边慕和安心那边，想要过去，被马三叫住："管他们干吗？坐好，自己吃！"

杨海只得坐下，马三一边吃，一边看着边慕和安心那边，向李虎使个眼色。

李虎会意，从包里拿出一条绳子，向边慕和安心走了过去。树下，边慕靠在安心旁边，一路走来他虽然一直在坚持，可现在一松懈下来，才发现几乎完全不能动弹。

脚磨破了，腿上肌肉僵硬，连手指也因为背安心长期保持一个姿势，结果都伸不直了。

"靠过来！"李虎冲边慕呼喝着。

边慕会意，挣扎着靠近一点。李虎拿着绳子，将边慕和安心绑在一起，接着又把小雪绑在旁边的树上。

绑完之后，李虎拍了拍边慕："小子，多歇会儿，一会儿走快点！"

边慕懒得搭理李虎，趁着机会尽量恢复体力。

他看了眼旁边的安心，只见安心额头不断冒着汗珠。

边慕知道她也撑不住了，将肩膀往安心那边送："给你靠着，舒服点。"

安心摇头不肯，边慕撇嘴："有个肩膀靠不错了，还嫌弃？要不借你的给我靠靠？"

安心："……"

安心实在撑不住了，最终还是靠在边慕的肩上。

为了让安心能舒服一些，边慕一直努力挺着腰坐着。安心感觉到边慕的用心，感动地露出一丝苦笑。

"你在带他们兜圈子？"安心小声问道。

"你才看出来啊？"边慕有些得意。

安心皱眉，看了眼那边狼吞虎咽吃着干粮的马三几人："下一步什么计划？"

边慕："……"

"你不会没计划吧？"安心瞪着眼睛。

边慕苦着张脸："不是说七步成诗嘛……我想着走着走着就有灵感了……"

安心："……"

对边慕这种走到哪村算哪村的计划，安心还真是无语。

可现在这种情况，他们带着马三几人走出去，结果肯定要被灭口，不走出去，在这里继续兜圈子，结果也差不多，似乎横竖他们都是死。

"对了。"边慕突然出声，"我记得这附近有一片狼群出入的地方，就从这儿往南。"

安心一惊，明白了边慕的意思："我支持你的决定，反正我们躲不过，那就一起吧。"

边慕强作镇定地打趣道："虽然死得有点惨，不过能跟你同月同日死倒也浪漫，至少这点比敖力占先了。"

安心正在用手表上的瑞士军刀小心翼翼地割着绳子，没听清楚："说什么呢？"

边慕瞪着安心："我这是在表白，你竟然无视了？"随即，边慕摇头，"算了，就当是告别吧。"

安心板脸："滚！"

边慕："……"

都要死了，这女人还是这个脾气，真的是死性不改。

一直跟在后面的小七，见边慕这边没人注意，马三几人正在休息，便偷偷靠近过来。

见小七过来，边慕睁大眼睛，想让小七闪开，小七却摸了过来，咬边慕跟安心的绳子。

"别管我们，小七，快走！"边慕压低声音冲小七说道。

小七犹豫着。

边慕催促道："救小雪，快走！"

小七犹豫了一下，跑去咬小雪的绳子。

小雪的绳子就好咬断多了，可小雪根本不肯走，傻傻地望着边慕和安心。

"走啊!"安心和边慕都急了。

这边的动静,似乎引起马三的注意。马三提起猎枪往这边走了过来。

边慕紧张地看着马三,示意小七和小雪走,紧接着发现手上一松,低头一看,原来是安心已经割断了捆着两人的绳子。

"你……"

"走!你们都走!"安心催促道。

边慕摇头:"不行!我不能走!要走一起走,要留一起留!"

"快啊!"眼看马三已经走过来了,安心瞪着边慕。

"绳子都给我咬了?"马三已经看到了小雪和小七,提着猎枪冲了过来。

"小七、小雪!快走!"边慕冲小七和小雪吼道。

见马三冲过来,小七和小雪知道不能再留,立即跑开。

"砰!"

马三开了一枪,小雪被吓住,下意识地停下。

小七挡在小雪身前,冲小雪叫着,示意小雪快跑,自己却停了下来。

马三见小七站住,停止开枪,一脸狞色地走来。

"小七!快走!"边慕冲小七喊道。

小七站在那儿,看着马三,一动不动。

上午十点。

"完美世界"救援队基地内,敖力坐在那儿,拨打着安心的电话,依然无法接通。

虽然他昨晚就准备离开基地前往凤凰岭,可最终还是被周茉给劝了回来。

这时,周茉气喘吁吁地跑到敖力的宿舍门口:"不好了!安心他们失联了!"

"什么?"敖力一听脸色立即一沉。

"他们约好十点到接应点,警方准备去接应他们,但卫星电话没回应,他们失联了。"

"步枪!"敖力拎起户外包冲了出去。

"等等!"周茉连忙追了上去,拦在步枪面前。

"让开!"敖力脸色一沉,"别和我说话!"

"我也没想跟你说。"周茉蹲下身来,仔细检查步枪的腿,这才起身,"带它走吧。"

敖力微愣。

"别让它跑太快,尤其是跳的时候小心点。"周茉叮嘱道。

敖力又是一怔,不过脸色好了许多。

"汪汪!"步枪冲周茉叫了两声,表示保证完成任务。

"知道了,加油!"周茉向步枪挥了挥拳。

"汪汪!"步枪跟着敖力跳上救援队的皮卡车。

敖力没说话,不过车开走前,敖力还是忍不住回头望了眼周茉,在周茉的脸上,是难掩的担心。

已经中午了。

凤凰岭的丛林中,边慕背着安心,带着三个偷猎者继续往前走。

从早晨到现在,边慕带着三人又走了好几个小时,脚步越发沉重。

杨海牵着小七,跟在边慕和安心旁边。

"我警告你们,再耍花招我可不客气了!"马三很不耐烦,骂骂咧咧的。

边慕没搭话,也没什么反应,只是低头看了看跟着的小七。

边慕背上的安心也看了眼小七,小声问道:"离那儿还有多远?"

"想远也远不了。"边慕回道。

一滴水珠滴到了边慕的脸上,是安心脸上滴下来的。

边慕无语:"你这是泪水还是汗水?"

安心没说话,边慕摇头:"我是准备好慷慨就义了,可没想到把小七也给拖上了。"

安心看着小七,眼圈红了起来:"别说了。"

小七注意到两人的情绪,抬头看着俩人。

边慕看着小七,笑了笑,扭头看了背上的安心一眼:"我这是回娘家啊,背上背着头肥猪,身后跟着条傻狗……"说着,边慕突然停了下来,小七竖起了耳朵。

"又怎么了?赶紧走!"马三见边慕停下,更加不耐烦了。

"汪汪!"小七冲马三叫着,马三立即抬起猎枪:"叫什么!再叫老子毙了你!"

边慕连忙出声赔笑:"不好意思,实在背不动了。"

"那你怎么着?"李虎瞪着边慕,"才刚休息没多久,照你这速度,我们什么时候能出去啊?"

边慕一脸无辜地说:"我也不想啊。"

看了看安心和小七，边慕为难地出着主意："要不这样，我把她留这儿，先带你们出去，回头我再找人来帮忙背她？"

安心一听边慕这话，意识到边慕要干什么，忙出声："边慕！"

边慕摇头，制止安心："别说了！对不起，我真的背不动你了！"

接着，边慕看向小七："小七，你留这儿陪安心。"

小七从安心的反应中看出不对劲，冲边慕哼哼着，显得有些不安。

"听话！"边慕放下安心，从杨海手中接过拴小七的绳子，交给安心，凑到安心耳边低声道，"这儿离出口不远，往北走，记着随时看表，别迷路。"

安心一把抓住边慕的手。

边慕微微摇头，横下心来冲马三道："走吧！"

"哈哈！早这样多好！终于开窍了！走走走！"马三大笑着挥手。

杨海、李虎立即跟上边慕。

看着边慕踉跄远去的背影，安心张了张嘴："边慕……"

边慕回过头来，冲安心笑了笑："看好小七！"

接着，边慕扭头就走。

安心眼里涌出泪水，眼泪直往下掉。

"汪汪！"小七仿佛意识到了什么，挣脱追了上去。

没了安心的重量，边慕行走起来似乎轻松了很多，速度也快了不少，这让一路上总觉得走得过慢的马三高兴了很多。

"早该这样了，速度快多了。"

"可不是嘛。"马三和李虎满脸是笑。

"小子，还要多久才能出去？"马三问道。

边慕微笑道："很快了。"

前面，就是狼群区了，确实很快了。

边慕又笑了笑："快走吧！马上就可以出去了！"

杨海看着边慕，总觉得有些不对劲，他正准备出声，狗吠声就响起。

边慕扭头看去，是小七跑来了。

"小七，你来干吗？回去！"边慕急了，冲小七吼道。

"汪汪！"小七不肯，一个劲冲边慕叫着。

"快回去！你来了安心怎么办？"边慕踹着小七。

小七不肯，一直冲边慕叫着。

"走啊你！"边慕又踹了小七一脚。

马三见边慕制止小七，也意识到有些不对劲，狐疑地看着边慕。

知道马三已经生疑，边慕瞪着小七："滚回去！你知不知道，我爸是马戏团的，我原本是准备把你交给他的，你再不走，回头我就把你弄马戏团去！"

马三走过来，拍了拍边慕的肩膀："小子，跟狗置什么气呢？它要来让它过来啊。"

说着，马三向杨海挥手："你过去，带它一起。"

"别！"边慕脱口而出。

"砰！"马三一拳打在边慕脸上："为什么？"

"汪！"小七见边慕挨打，忍不住冲过去，但被杨海拽着狗绳，只能冲马三狂吠。

马三没理小七，拽着边慕的衣领："小子，你究竟在耍什么把戏？是不是没带对路？"

边慕嘴角渗出一丝血迹："没……怎么可能？"

马三看着边慕，又看看小七，举起猎枪对准小七的脑袋："给你一分钟！"

边慕怔住了。

时间一秒一秒地过去，林间站着四人一狗。

李虎拿着匕首，顶着边慕的脖子。马三手中的猎枪顶着小七的脑袋。

边慕望着小七，小七望着边慕。

"还有二十秒！"

边慕一脸紧张，强忍着不舍。小七紧张地看着顶在脑门上的猎枪，努力保持着镇定。

"说不说？"马三瞪着边慕。

边慕张了张嘴。

"三、二、一！"

马三嘴角泛起一抹狞色，扣动扳机。

"不——"

边慕惊呼一声，一个纵身扑到小七身上。

"砰！"枪声响起。

边慕后心一凉，死死抱着小七就地一滚。

"砰！"又是一声枪响。

边慕再次一怔，但他并没有感受到被子弹穿透的疼痛，也没有血液飞溅。

他又看向怀里的小七，也没有鲜血，此刻它正看着自己。

边慕疑惑地抬头看向马三，马三一脸惨白，捂着左手单膝跪地，猎枪已经掉在了地上。

"汪汪！"狗吠声响起。

边慕扭头看去，只见敖力带着步枪，身边还跟着几名边防武警正冲过来。再远一点，几名边防武警正拿枪对着马三几人。

"汪汪！"

看到小雪，小七立即叫着向小雪奔去。

敖力和边防武警竟然赶来了。

边慕大喜过望地站了起来。

"别动！"一声冷喝响起。

边幕扭头，是李虎，此刻李虎已经捡起猎枪，满脸凶狠地对准了边慕，杨海也举起匕首。小七停了下来，边慕浑身僵硬。

"汪汪！"小雪、步枪狂吠着冲了过来。

紧接着，小七也狂吠一声，扑向李虎。

"砰！"李虎手中的猎枪响起。

步枪一跃而起，咬在李虎的手上，李虎手上的猎枪掉在地上。

"汪汪！"小雪冲向杨海，杨海急挥一刀，划在小雪的腿上。小雪一个踉跄，差点倒在地上。

"汪！"小七看到小雪受伤，急忙冲了过去。

"砰！"武警对空鸣枪，敖力和几名武警战士迅速冲了过来，将杨海、李虎扑倒。

边慕傻站在那儿，摸了摸额头上的血迹，身体晃了晃就往地上倒。

一条有力的手臂扶住了边慕。

边慕一看，是敖力。

"别没出息，只是擦伤！"敖力板着张脸松开手。

"啊……"边慕一屁股坐在地上，又摸了摸额头。

确实只是擦伤，并没有坑洞，边慕松了口气。

见小七正焦急地围着小雪，边慕连忙跑过去查看小雪的情况。

小雪的腿上有一小片血迹，原来是被匕首给划伤了，敖力走了过来，检查小雪的伤口。

"还好伤口不深。"敖力松了口气，从背包内拿出应急药品和绷带，给小雪包扎。

所有的武警都围了过来,将马三、李虎、杨海三人控制起来。

边慕扭头四望,没看到安心,抓着敖力急问:"安心呢?你们没看到安心?"

敖力摇头:"她没事,被武警带出去了。"

边慕松了一口气,一屁股坐在地上,这才感觉浑身疲惫,连动都动不了了。

"汪汪!"小七跑了过来,歪着脑袋看着边慕。

"笨蛋!"边慕瞪着小七,"谁让你跟过来的?"

小七凑过来,紧紧地贴着边慕,哼哼起来。

图书在版编目（CIP）数据

神犬小七. 3：全2册 / 张云帆等著. -- 北京：中国广播影视出版社，2020.10
ISBN 978-7-5043-8451-5

Ⅰ. ①神… Ⅱ. ①张… Ⅲ. ①长篇小说－中国－当代 Ⅳ. ①I247.5

中国版本图书馆CIP数据核字(2020)第072244号

神犬小七3

张云帆 吴玉江 徐伊亮 张莉 著

项目策划	赵 雷 张 帆
责任编辑	宋蕾佳
特约策划	夜 森 萨 萨
责任校对	张 哲 龚 晨
封面设计	曾六六
内页设计	何嘉莹

出版发行	中国广播影视出版社
电　　话	010-86093580　010-8609358
社　　址	北京市西城区真武庙二条9号
邮　　编	100045
网　　址	www.crtp.com.c
电子信箱	crtp8@sina.com

经　　销	全国各地新华书店
印　　刷	三河市嘉科万达彩色印刷有限公司

开　　本	880毫米×1230毫米　1/32
字　　数	633（千）字
印　　张	18
版　　次	2020年10月第1版　2020年10月第1次印刷

书　　号	ISBN 978-7-5043-8451-5
定　　价	62.80元（全2册）

（版权所有　翻印必究·印装有误　负责调换）

张云帆 \ 吴玉江 \ 徐伊亮 \ 张莉
【著】

神犬小七 下
HERO DOG III
【3】

张云帆 \ 吴玉江 \ 徐伊亮 \ 张莉
中国广播影视出版社

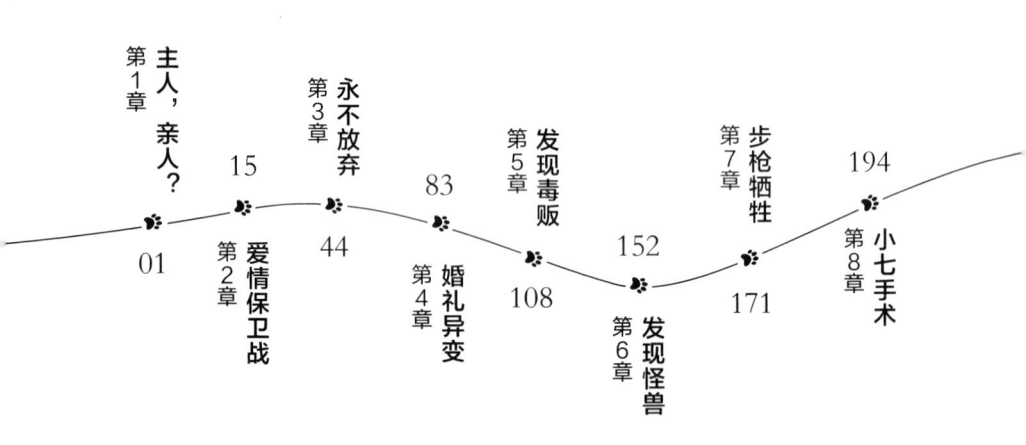

章节	标题	页码
第1章	主人，亲人？	01
第2章	爱情保卫战	15
第3章	永不放弃	44
第4章	婚礼异变	83
第5章	发现毒贩	108
第6章	发现怪兽	152
第7章	步枪牺牲	171
第8章	小七手术	194

contents 目·录

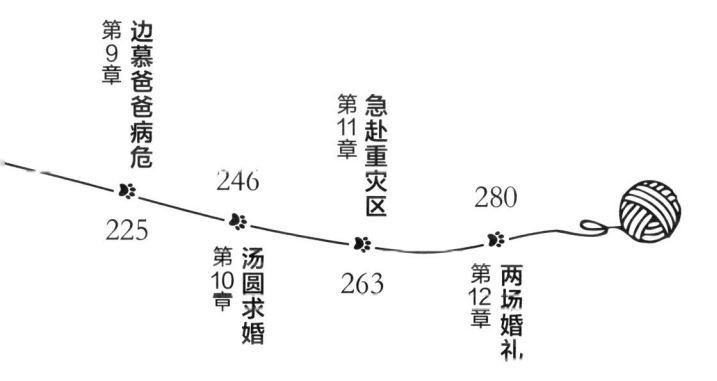

第9章 边慕爸爸病危 225
第10章 汤圆求婚 246
第11章 急赴重灾区 263
第12章 两场婚礼 280

第1章

主人，亲人？

走出森林，边慕一脸疲惫。

安心在外面等着，一见边慕出来，她立刻单腿朝边慕这边跳过来，一把抱住边慕不肯松开。

边慕脸上一扫疲惫之色，嬉皮笑脸地小声道："你知道吗，你这样好像等丈夫很长时间的小媳妇儿。"

"滚！"安心瞪着边慕。

边慕摸摸头："我现在滚不动了，改天行吗？"

安心："……"

她果然不能给这个家伙好脸色，这一给好脸色，他就又油嘴滑舌的了。

敖力走了过来，向安心问道："你怎么样？"

"还好，谢谢。"安心松开边慕。

虽然，边慕和安心都受了伤，小雪的腿也伤了，不过三名偷猎者已被抓，大家也都脱险，这件事也算是有了一个好的结果。

一行人回到基地，早已得到消息的伊森、洛奇等人，已经带着狗狗们守在基地大门前排成两列，热烈欢迎小七、小雪、步枪的归来。

边慕扶着安心，带着小七和小雪。安心腿上的伤已经在医院处理过了，换上了新的绷带，医生说要尽量避免剧烈运动，过几天就好了。

敖力带着步枪下车，周茉见步枪状态不错，松了口气。汤圆带头鼓掌："欢迎我们的英雄们归队！"

洛奇、伊森、周茉、莫莉立即鼓掌。

小七昂首挺胸，十分得意。

"喵！"阿旺朝边慕迎了过去，跟在小七身边。

豆豆和公主也飞了过来。

"英雄！英雄！"

"厉害！厉害！"

这也算是豆豆和公主这两只话痨少有的能比较正经说话的时候。

不过，伊靓似乎并没在队里，也没见到山神。把安心送回宿舍之后，叮嘱了几句，边慕也回到宿舍。这一天一夜，边慕整个人已经虚脱了，回到宿舍里倒在床上就动弹不得。

最后杨虎狗急跳墙的那一枪，幸亏步枪到得及时，要不边慕肯定会被崩掉脑袋。

摸摸额头上的伤口,边慕现在还一阵后怕。

"呼……还好没死掉……"边慕长出一口气,挪了挪身子,换个更舒服的姿势躺下。

"汪汪!"小七跑了进来,冲边慕叫着。

边慕懒洋洋地挥了挥手:"又怎么了,小七?"

"汪汪!"小七继续叫着,很着急的样子。

边慕摇头:"小七,别闹,背那头肥猪我已经累死了,我现在连脚趾都不想动。"

"汪汪!"小七叫着,见边慕还是不动,干脆跳上床来拖边慕。

边慕一阵无语,真不知道小七哪来的精神。

在凤凰岭的一路上,小七可是同样跑来跑去的,现在居然还能活蹦乱跑地烦人。

"汪汪!"见边慕不理自己,小七更着急了。

边慕皱眉:"怎么?安心又出事了?"

"汪汪!"小七点头表示同意,同时往门外跑。

一听安心有事,边慕咬牙挣扎着起来,跟小七走了出去。

一路扶着墙,边慕艰难地跟着小七来到安心的房间。

看到房间内的情况,边慕知道小七为什么跑来找自己了。

房间内,敖力正抱起安心。

"这浑蛋……"

边慕无法淡定了,也不觉得浑身乏力,反而充满了力气。

"干吗啊?"边慕挡在敖力面前。

"带她去医务室。"敖力出声。

"我来吧。"边慕伸手要接过安心。

敖力不屑地看了边慕一眼:"你自己能走就不错了。"

"我有力气!"边慕伸手就要抱安心。

安心被这两人弄得哭笑不得:"你们不用帮忙,我自己去就行。"

"现在不是你说了算!"敖力不容拒绝地出声。

边慕一咬牙,本来想继续和敖力抢安心,可又感觉自己确实抱不动,干脆一把抱起小雪,扭头就往医务室走。

安心:"……"

"汪汪!"小七欢快地跟在边慕身后追了出去。

医务室内,周茉正在检查药品。

刚才她给步枪检查了一下，步枪的状态很好，这让周茉放心不少。

她正整理着药品，边慕抱着小雪就冲了进来，身后是敖力抱着安心，在后面还有小七、阿旺。

周茉皱起眉头。

敖力放下安心，正准备出声，周茉已经看向正将小雪放在诊疗台上的边慕说："你现在还能抱动小雪，不容易啊！"

"哈哈。"边慕笑道，"是不容易，最不容易的是我好歹抱对了对象，这里收治的是狗不是人。"

安心："……"

周茉倒是大方："一会儿我也给安心看看吧。"

安心尴尬地挤出一丝笑容。周茉小心翼翼地检查着小雪腿上的伤，小七很担心的样子，凑在诊疗台跟前，阿旺也跑过来凑热闹。

周茉见阿旺和小七挤在一起，笑道："阿旺现在越来越黏小七了。"

安心忙接着周茉的话："是啊。"

周茉道："小七跟你们出任务这两天，它连《猫和老鼠》都不爱看了，动不动就往大门口跑。"

"还是阿旺惦记小七。"安心点头，向小七道，"小七，你可不能再冷落阿旺了。"

"汪汪。"小七点头，伸出舌头舔着阿旺的脑袋，阿旺一副享受的样子。

边慕满脸黑线。周茉笑笑，继续检查小雪的伤，步枪的大脑袋挤了过去，把围着小雪的小七给挤开了。小七立即不满起来，用头抵步枪，想把步枪给蹭开。照这架势，恐怕小七和步枪得打起来。

周茉责备道："好了，你俩别跟人一样争，去外面等会儿。"

边慕也拍拍小七："小七，你出去等着，别影响周茉治疗。"

小七有些不情愿，可怜兮兮地望着边慕。

边慕点了点头，冲小七挤眉弄眼。

小七犹豫了一下，不情不愿地走了出去。

边慕一阵得意，看着步枪："有人也得自觉啊。"

敖力瞪了边慕一眼，朝步枪道："你也出去。"

步枪就不像小七那样一脸纠结了，如同得了军令一般，立即出门。

"人呢？"边慕挑了挑眉，看向敖力。

敖力一瞪眼："你呢？"

边慕起身，拍了拍衣服："我是那种不自觉的人吗？"说着，他昂首挺胸地走出医务室。

敖力气呼呼地跟在后面走了出去。看着斗气的两人，周茉无语地苦笑了一下。旁边的安心倒是松了口气。

医务室内，周茉给小雪处理着伤口。小七虽然出去了，却扒着医务室的门，发出呜呜声，很担心小雪的伤。

周茉安慰着："别担心，小七。"

看着小雪被划破的后腿，周茉眼睛有些湿润。

安心也很心痛，不过见周茉心疼的表情，于是安慰周茉道："还好伤得不重，没事。"

"你真的觉得没事吗？"周茉的语气有些不好。

安心不说话了，周茉一边给小雪擦药包扎，一边对安心说道："安心，你真的觉得应该让它们去冒险吗？"

"冒险？"安心微怔，"我不明白什么意思。"

周茉摇头："我也是救援队成员，我也希望它们帮助别人，但是若是没安全保障的搜救任务，我们让它们去冲锋陷阵，是不是对它们太不负责任了？"

听周茉这么说，安心有点不舒服，不过还是耐心解释："我们会尽力保护它们的安全，倒是你，既然来到救援队，你就该知道我们的工作性质。"

"我知道。"周茉点头，"但我并不能完全理解，我觉得……"周茉顿了顿，还是说出她的心里话，"我觉得你是不是太自私了？建立救援队是你的梦想，但是让狗狗去代替你完成梦想，这样对狗狗公平吗？"

安心看着周茉，没想到周茉会这样抨击自己的梦想，有些恼怒道："你可以不喜欢，可以不满意，但是话不能这么说。这是我的梦想，也是很多人的梦想，你这样太伤人了！"

小雪看两人吵架，凑到安心脸边，安慰着安心，安心别过头去。见两人吵起来，边慕连忙进来打圆场，抱着小雪，扶着安心离开了。对于这种事情，边慕肯定不好插嘴，也不好劝说。

送安心和小雪回房后，边慕就回房休息了。再不休息，边慕感觉自己就见不到明天的太阳了。

回到房中，安心一直在回想着周茉的话，看着旁边的小雪，安心叹了口气。

天色渐黑，安心休息了好几个小时，连晚饭都是汤圆送过来的，体力恢复了不少。有了些力气，安心从床上起来，拄着拐杖准备出去透透气。

她刚走出门，就见犬舍外面，周茉站在月下，静静地在那里看着狗狗们。

安心拄着拐杖走了过去，站在周茉旁边。狗狗们都在睡觉，安心站了好一会儿，这才出声："之前我话说重了，你别放在心上。"

"没关系。"周茉摇头，"我也说得不轻。"

两人看着狗狗们，又是一阵沉默。

"其实，它们什么都懂。"周茉看着狗狗们，突然温柔地说道。

安心长叹口气："是啊，跟它妈妈一样。"

周苿有些疑惑。

安心笑笑："其实，我爸妈早不在了。"

周苿有些惊讶地回过头来。

安心苦笑了一下道："好多年前的事儿了，地震。我是我们家唯一一个幸存者，一个人在黑暗里待了两天，就在我彻底绝望的时候，一只萨摩耶找到了我，它是小雪的妈妈，也是一只搜救犬。"说到这里，安心顿了顿，继续说道，"后来那只萨摩耶的主人出国，把它给了我，它也就成了我唯一的亲人，我给它起名小雪。小雪两年之前去世，去世前半个月的一天，它自己跑出去了，我找了好久，以为它丢了，结果到晚上它回来了，后面跟着一只脏脏的小奶狗，一只小萨摩耶。可能是因为生病被人扔在路边，它把小雪当妈妈，看到小雪就跟着回来了。"说到这里，安心的眼圈红了。

"只有养了宠物，你才相信这个世界上会有那么多温暖又不可思议的事情，我想小雪把小奶狗带回来，或许是知道它自己要离开，就找一只小萨摩耶来代替它陪伴我。它之所以跟着小雪，或许就是把小雪当妈妈，跟着妈妈找到我，来到我身边。对于我来说，它就是小雪的延续，是小雪自己选择的，然后给我的礼物，所以那只小萨摩耶，我也叫它小雪，我也希望它像它妈妈曾经帮助我一样，去帮助别人，成为一只搜救犬。我自己也一样，我也忘不了我是怎么活下来的，忘不了我自己的梦想，成为一名搜救员。"

周苿怔了怔，好一会儿才出声："我明白，正因为你跟小雪的关系不是普通的主人和宠物关系，更像是相依为命的亲人，所以我更担心小雪真的出什么事儿。"

安心点头："我知道，这次是一次教训，以后我会尽我所能地保护它。"

"我知道你会的，我相信我们每一位搜救员都会，但是……"周苿叹了口气，"你知道每次你们带它们出去我有多害怕吗？你知道为什么我所有的急救药品和工具都摆在医务室门口吗？"周苿的眼睛有些湿润，"我也只能做到这儿了……"

在不远处，一个健壮的身影身体震了震，然后轻轻地转身，往队员宿舍走去。

这一夜，边慕睡得很香。往常的时候，边慕总是会梦到小时候那些事，父亲逼着自己练体操、空翻、单杠、双杠、平衡木，还有父亲的责骂声。但这一夜的梦，完全不一样，梦中充满了温暖和温情。

睡梦中，边慕的嘴角有丝微笑。小七跑了进来，兴奋地拍着边慕的被子。

边慕被小七吵醒，翻身用被子蒙住头。

小七再次拍打着被子。

"小七，别吵，做梦呢！"边慕嘟哝着。

小七不依不饶地扯着边慕的被子。

边慕迷迷糊糊地道:"小七,自己先去玩,集合时间还早呢。"

小七不听,用力地扯着被子,终于把被子给扯掉了。

边慕恼火地爬起来:"小七!"

小七连忙叼着无人机遥控器,跑到边慕面前,可怜兮兮地望着边慕。

边慕一脸无语。这家伙,总不消停,一大清早的就要玩遥控飞机。

他本想继续睡觉,小七却把遥控器放在边慕旁边,冲边慕"呜呜"着,拿头蹭边慕撒娇。边慕被小七折腾得快疯了,只得起床,拿着无人机跟小七出来。

"小七,能不能给我留条活路啊?我都只剩半条命了,就这还得陪你泡……"

边慕突然一顿,看到安心和小雪坐在训练场边上,立即转怒为喜,眉开眼笑:"哈哈,小七,够义气,走,哥教你新玩法!"

边慕来了精神,带着小七跑到安心身边坐下,将遥控器辅机交给小七,自己拿着主机。

小雪看到小七,也跑过来坐在旁边,姿态甚是亲密。

边慕一阵得意,拿着遥控器和小七配合着玩无人机。

遥控飞机在空中攀升,很快俯冲,飞到安心面前,在安心面前画了一个心形。

安心忍不住笑:"又学会新技巧了?"

"当然,我们小七多聪明。"边慕得意地道。

安心撇嘴:"别以为我不知道你的把戏,你把辅机关了吧?"

边慕:"……"

这女人怎么变聪明了?

小七确实会操纵遥控飞机,但只能完成起飞、直飞等基本操作,要完成这种复杂的操作却根本不行。

边慕打着哈哈:"配合,这叫配合……"

"滚!"

旁边,小七跟小雪玩得不亦乐乎,对着遥控器拨弄着。

边慕堆笑:"你看,我们家小七可对你家小雪一片真心啊。"

"然后呢?"安心歪了歪头。

边慕一本正经道:"你不能老让我每天一大早起来陪它找媳妇儿啊!要不你发发慈悲,让小雪白天去我那儿跟小七待一块儿吧?"

"不行!"安心摇头。

边慕瞪着眼道:"你这是棒打鸳鸯!你看小雪和小七情投意合,再说你现在自己都是伤员,怎么照顾好我们家小七的媳妇?我不放心,不行!"

安心一脸揶揄:"什么小七的媳妇儿?顶多算……"

边慕忙接话："女朋友！女朋友！你是小七未来的丈母娘！"

安心瞪了边慕一眼。边慕本来以为安心又要开骂，哪知安心轻描淡写地说："我说你这油嘴滑舌的劲儿什么时候能收敛一点啊？"

边慕嬉皮笑脸道："那换个什么角度？站在女朋友的角度？"

"够了啊。"安心瞪了边慕一眼。

看了眼和小七玩在一块儿的小雪，安心出声道："小雪的事儿你看着办吧。"

边慕一喜，嘴角露出一抹微笑："好嘞！"

看见边慕的眼神，安心皱眉："你又想什么歪主意呢？"

边慕摇头："什么啊，我高兴不行吗？你别总像敖力一样戴着有色眼镜看人。"

边慕望着训练场旁边的花草，迎着早晨的阳光，微闭着眼睛一脸享受的样子。安心总感觉边慕今天早晨有点不对劲。

安心有些疑惑地说："你怎么了？"

"没什么，就是做了一个很好的梦。"边慕微微一笑。

"一个梦让你开心成这样？"安心好奇。

边慕长舒了口气，伸了个懒腰："这个梦困扰了我好多年，如今终于变了，昨天晚上终于不一样了！"

安心疑惑地看着边慕。

边慕回过头来："别怪我没提醒你啊，像我这么帅气的男人，你这样看我，会陷入不可自拔的迷恋的。"

安心："……"

汤圆带着八公出来，看到坐在训练场边的安心和边慕，故意调侃道："一大早的，一对人一对狗，这是在秀恩爱辣眼睛啊！"

安心听了，有些尴尬地想起身，却发现拐杖在边慕那边。

边慕向汤圆使了个眼色，汤圆挤眉弄眼，随即想到没跟自己回基地的伊靓，有些忧郁起来。

"汪汪！"突然汤圆旁边的八公突然叫着，奔向基地大门。

汤圆扭头看去，见山神正从基地门口进来。

早晨的阳光，非常温暖，非常迷人，笼罩在山神身上，让汤圆激动无比地奔了过去。

可惜，山神身后并没有伊靓。汤圆站在那里，看着八公和山神兴奋地叫着，脸上流露出失望之色。不过，他随即嘴角一咧，露出一抹微笑："山神都回来了，我不信你舍得山神！"

打定主意，汤圆跑过去牵着山神，把山神带到了厨房，弄了一堆好吃的喂山神。

等把山神喂饱了，汤圆想了想，又带着山神去找安心。

安心因为腿受伤，无法参加训练，正在宿舍整理小雪的玩具和日常用品。

汤圆觍着脸："队长……你看山神都回来了……"

安心不等汤圆说完，打断汤圆的话："那麻烦你把它送回去。"

汤圆搓手讪笑着："那不如让伊靓过来方便点？"

安心微微一笑："我觉得，还是送回去方便点吧？"

汤圆哪肯死心，围着安心转。

"队长，伊靓真的变了，她已经知道直播的危害了，她是真的想回来，以后肯定会好好工作将功补过的。"

安心头也不抬："你怎么知道她改了？"

汤圆连忙捂住自己的嘴。

这时，安心停止收拾东西，抬起头来："我们去凤凰岭的时候，听说你也出去了？"

汤圆连忙退了两步，带着山神就要走："没……队长，我先走了啊。"

安心觉着不对劲："站住！"

汤圆讪笑着道："队长，我还要去做饭。"

安心一板脸道："这个点了你做什么饭？"

汤圆："……"

安心看着汤圆，语气缓和了些："伊靓没事吧？"

"没……没事！除了想回救援队，什么事都没有！"汤圆挺胸说道。

"你撒谎！"安心瞪了汤圆一眼。

"怎么了？"边慕从门外探进来个脑袋，手上捧着一份早餐，旁边跟着小七。

"那个……那个……"汤圆搓着手。

安心板着脸道："一点也不老实，那么大的事，你以为网上没小道消息啊？"

边慕知道是什么事了。

昨晚，汤圆就找上了边慕，把伊靓被骗，遇到危险的事告诉了边慕。

边慕知道汤圆希望伊靓回来，帮腔道："伊靓在外面只知道闯祸，我看不如收我们这儿好好看着，小七和小雪都欢迎山神回来呢。"

安心摇头："'完美世界'救援队不是慈善机构！"

汤圆急了："队长，就让伊靓回来吧。"

"再见！"安心冷声道。

说完，安心看向边慕："你也再见！"

"我……"边慕连忙举起早餐，"我给你送早餐呢。"

"用不着。"安心瞪着汤圆，"还不走？"

汤圆哭丧着脸，拉着山神："来，山神，快求求队长。"

山神立即立起身子，前爪捧着向安心直拜。

"滚！"安心怒了。

汤圆连忙带着山神开溜。边慕看了看手里的早餐，又看了看汤圆，也跟着退了出去，边退边给汤圆使眼色。安心看着和汤圆眉来眼去的边慕就来气，单腿跳着就要过去关门。

边慕连忙把门顶住："我还要拿小雪的东西。"

安心将打包好的袋子塞到边慕手中："滚！"

"我的呢？"边慕问道。

"什么意思？"安心瞪着边慕。

边慕嬉皮笑脸地说："小雪嫁过来，总得给点嫁妆啊……"

小雪听到这儿，立即绕着安心直摇尾巴。

安心气不打一处来："谁说它嫁过去了？"

边慕推开安心走了进去，随手拿起桌上之前安心和他PK做出来的乐高小狗模型："就这个了！"

安心伸手就要去抢，被边慕给躲开，边慕威胁道："别乱来啊！你现在只有一条腿！嘿嘿！"

"一条腿也能收拾你！"安心不服，接着去抢，钱包被打落在了地上。

小七立即跑过去叼起钱包，却没交给安心，而是送给边慕。

边慕哈哈大笑，拿起安心的钱包："我们小七越来越聪明了。"

打开钱包，边慕立即看到安心的身份证，更忍不住大笑起来："哈哈，这谁给你照的，怎么这么丑？我帮你上派出所找他去！"

"回来！给我放桌上！"安心气呼呼地要去抢。

边慕避开，看着身份证上的日期，得意道："天秤座啊？"

安心两眼冒火："一、二……"

安心"三"字还没说出口，边慕连忙将钱包塞到她手中，拿起小雪的行李和乐高模型，得意地跑掉了："小七、小雪，走！"

小七和小雪立即跟上。

跑到门口，边慕停下回头，晃着手上的乐高模型："谢谢你的嫁妆，我会回礼的。"

"滚！"安心抓起一本书就向边慕砸了过去。

边慕带着小七和小雪回宿舍，接着"砰"的一声关门，却把小七给关在了门外。

小七一脸茫然地望着锁上的门，不知自己为什么被关在了门外。屋里，边慕一手拿着肉干，将小雪按在椅子上，一手又拿出红橙黄绿青蓝紫七种颜色的球。

"小雪,从现在起,我问的问题你都要想好再回答,明白了吗?"

看着边慕手上的肉干,小雪吞了吞口水,哼了两声。

"明白了?"边慕确认道。

小雪吞了吞口水,又哼了两声。

边慕满脸喜色:"好,第一个问题,你家主人喜欢什么颜色?她喜欢什么颜色,你就把什么颜色的球给我推出来,就这样。"说着,边慕把其中一个球推出来又放回去。

小雪学着边慕,将红色的球推给边慕。

边慕拿起红色的球,皱眉。

"红色?不像啊?安心怎么可能喜欢红色?"

怎么想,安心那个男人婆都不像是喜欢红色的样子。

边慕摇头,将红球放了回去,向小雪确认道:"你再想想,是你家主人喜欢的,不是你喜欢的!"

小雪又将红球推给边慕。

"还是红色?"

边慕皱眉,总觉得不太可能:"真的是红色?"

小雪闻了闻红色的球,"哼哼"两声。

"难道真是红色?"边慕自言自语。

最后,边慕将肉干递给小雪,摸了摸小雪的头:"好样的。"

说着,边慕收起各种球,又拿出几瓶香水,分别将香水喷在几张纸上,摆在小雪面前:"再闻闻,她喜欢什么味道?"

小雪低头反复嗅了几张纸,最后将其中一张推给边慕。

"是这个?"

边慕拿起那张纸闻了闻:"嗯,应该是这个,我喜欢的味道,有品位、有内涵、有深度。"

边慕又将一根肉干递给小雪,收起几张纸,然后拿出几张蛋糕的图片摆在小雪面前:"再来挑个蛋糕,是她喜欢的,不是你喜欢的啊。"

小雪歪着脑袋看着其中一张蛋糕图片,推给了边慕。

"哈……"

边慕拿起那张图片,还没来得及高兴,小雪又接着把其他几张图片全给推了过来。

边慕:"……"

这什么鬼?

小七被关在外面蒙了好一会儿,这才发觉不对劲,意识到自己媳妇儿被边慕给关在里面了,它立即伸起爪子扒门。

边慕没空理小七："别吵小雪啊,再等会儿。"

小七听了,乖乖坐下。边慕耐着性子,拿着两根肉干在小雪面前晃了晃:"小雪啊,好好想想,到底哪一个,只能挑一个!"

小雪看看肉干,又看看蛋糕图片,最后挑了一张以红色色调为主的蛋糕图片。

边慕满意下来:"嗯,好,这个确实最好看。"

将肉干递给小雪,边慕满脸喜色地搓着手,打开门把小雪还给了小七。

接下来的几天,边慕都充满了活力,训练非常积极,只是训练结束后,他就不知道跑哪儿去了。

安心腿没好,也没心思去管边慕在搞什么把戏。

后来安心的腿终于恢复了,这天,边慕一大早就准备妥当,打了个电话,让安心到办公室去。

安心接了电话过来了。

"干吗啊?你跑我的办公室搞什么鬼?"

说着安心推开门,紧接着惊呆了。办公室内,边慕打扮得帅气潇洒,办公桌上摆着各种菜品。

红烧肉、红烧鱼、红烧排骨、红烧茄子……

"当当当当!"边慕得意地眨着眼睛。

小七叼着条红色围巾跑了过来,小雪叼着一款口红。

安心拿过围巾,接过口红,一阵无语,再看送完口红盯着一桌子红烧菜流口水的小雪,她立即明白了几分。

"一人俩狗一桌菜,surprise?"边慕一脸得意。

安心:"惊喜?我看是吓人吧!"

边慕沾沾自喜:"你这心口不一的劲能不能也收敛点啊?明明两眼发光,还硬撑着装什么不在意呢?给你惊喜就欣然接受,这可不是每天都有的。"

"那今天是为什么?"安心问道。

边慕得意道:"庆祝你康复,一点小小的心意。"

安心看着一脸得意的边慕,还有欢欣鼓舞的小七跟小雪,又感动地笑道:"都是小雪帮你挑的?"

边慕点头:"你看它多了解你。"

安心看着小雪,忍不住笑了:"这才是你接走小雪的目的吧?"

边慕笑得开心灿烂:"只能说是主要目的吧,重点是,你高兴就好。"

安心看边慕笑得开心,心里突然涌起一阵感动,她看着这一桌的红烧菜,不禁又笑了:"很高兴。"

"合你心意吗？"边慕追问。

安心坐了下来："都是我喜欢的。"

边慕递过筷子："那就开吃吧！"

安心接过筷子，挑起一块红烧肉，脸色有点难看地吞了下去，抬头笑着冲边慕道："好吃，你也吃点？"

边慕连忙摇头："我就不用了，今天我的重点就是当好服务员。"

安心挑起一块红绕排骨，一脸犹豫，实在有点吃不下去。

边慕立即紧张起来："怎么了？不喜欢？"

安心皱着眉头，想吃，却真的有点难以下咽，只得苦笑着解释道："我……是觉得一个人开小灶不好，要不……叫大家一起吃吧？"

边慕立即摆手："他们都不饿，再说这可是我专门拜托汤圆……"

边慕话没说完，就响起了推门声。

是敖力进来了，手里还拿着帮助伤口恢复的维生素E。

看到办公室内这一幕，敖力本能地要躲，刚转身，索性豁出去又走了回来。

小七跑过去，咬住敖力的裤脚想把他往外拖。

边慕也挡了上去："敖队，我跟队长谈事儿呢。"

敖力将维生素E放在安心面前："我也谈事儿。"

敖力指着安心桌上的大鱼大肉："另外呢，我提醒你一下，安心腿刚恢复，现在吃大鱼大肉没什么好处，还做这么辣！"说着，敖力冲安心道，"吃维生素E吧。"

边慕瞪着敖力，索性也豁出去了："敖力，你什么意思啊？我做什么你都看不顺眼吧？"

敖力点头："我什么意思不需要解释了吧？"

边慕瞪着眼："要不也别动嘴皮子了，出去练练！"

"就你？"敖力鄙视地看了看边慕。

边慕气呼呼地撸起袖子："就你这表情，我看多了，走，今天得让你知道点厉害！"

敖力点头，往门外走去，边慕立即跟上。

小七跟小雪追了出去，安心紧跟着出门，一张脸都变成了苦瓜。

本来以为这两个家伙要打架，结果两人并没打起来，让安心松了口气。不过，看着在训练场上飞奔的边慕和敖力两人，安心依然满头黑线。训练场上，边慕和敖力两人飞奔着，谁也不服输，挥汗如雨，不相上下。

小七、小雪、饭桶站在一边，给边慕加油，阿旺也伸着脖子，不时发出"喵喵"声。步枪跟山神则在给敖力加油。

莫莉、伊森、洛奇几人看到了，凑了过来。

"这是干啥？"

"你觉得谁会赢？"

"当然是敖队啊，不过今天边慕的状态爆表啊。"

汤圆瞪圆眼睛，不敢相信地看着还在飞奔的边慕："大哥，你这是战神附体啊？十五圈了……"

安心一脸无语，无可奈何地看着一圈一圈飞奔的两人。周茉在一旁非常淡定，一副随便敖力折腾的样子。

训练场上，敖力也有些不敢相信。边慕的体能，敖力再清楚不过，但现在已经跑了十八圈了，边慕竟然还能跟上自己。

"臭小子，你不是跑十圈就累趴的吗？这是打激素了？"

"打你妹！"边慕得意地说，"知道哥我背着安心在森林里走了多久吗？八个小时！是八个小时！"

"喊！"敖力一脸鄙视，"还得意？要是我在，根本不会让安心受伤！归根结底还是你笨！"

"你是站着说话不腰疼！"说着，边慕突然加快速度，敖力立即紧跟上去。

二十圈后，小七给边慕叼来一瓶水，送给正在奔跑的边慕。步枪也不甘示弱，给敖力叼来一瓶水。边慕和敖力接过水，边跑边喝。

二十五圈后，两人体能都渐渐到了极限，不过依然在咬牙坚持，谁也不愿先停的样子。

洛奇看着飞奔的两人，紧张起来。

"边慕，加油！"洛奇冲边慕挥着拳头。

"坚持，注意呼吸！"莫莉也鼓舞着。

伊森不甘示弱，替敖力打气："敖力加油！"

"汪汪！"小七、小雪叫起来。

三十圈后，两人依然在跑，边慕的脚步已经有点不稳，浑身汗如雨下，敖力的情况也好不到哪儿去。现在，敖力已经不只是惊讶了，完全是震惊。

这臭小子，不是打了激素就是打了激素，不然怎么可能和自己比体能？

安心看不下去了："都别跑了！"

可正在斗勇的边慕和敖力，根本就不管安心的制止，依然继续奔跑。

三十四圈、三十五圈……

"加油！加油！"

洛奇、伊森、汤圆、莫莉全在大喊着，狗狗们也在叫着鼓舞。

奔跑！奔跑！边慕的脑海里只有这两个字，耳中，除了自己的呼吸声，他听不到任何声音，只能看到洛奇、伊森、汤圆等人在挥舞着手臂，嘴巴不时大张着，狗狗们也在张嘴。

不过,边慕根本听不到他们的声音。

"呼!呼!呼!"

浓重的呼吸声,响在边慕的耳中,一声一声。

紧接着,周围的一切变得模糊起来。

"扑通!"

边慕栽在了地上,在边慕倒下的时候,敖力也跟着倒下。

安心看着累趴在地上的两人,摇头:"无聊!"说完,她转身就走。

就在这时,敖力突然抬起头来,大喊道:"安心!"

安心停下回头看他。

"做我女朋友!"敖力的声音,响彻整个训练场。

这还是一向内敛冷静的敖力吗?

训练场上,所有人都惊呆了。周茉的身子晃了晃,她怔了好一会儿,扭头往医务室走去。

"汪汪!"小七跑到边慕身边,用头拱着边慕。

汤圆也跟着跑过去,扯着边慕:"起来!"

边慕恍恍惚惚地抬起头,喘着气,却说不出话来。

"起来啊!"汤圆冲边慕怒吼着。

边慕眯着眼睛,一脸迷茫。

"快起来!这么重要的时候!"

边慕依然一脸迷茫:"什么重要的时候?"

"扑通!"边慕再次倒了下去,脸重重地摔在地上。

"呜呜——"小七同情地舔着边慕的脸。

第 2 章

爱情保卫战

训练场上，边慕一脸沮丧地坐在地上看着小七和汤圆，小七一脸漠然地看着边慕。

边慕苦笑："是不是对我很失望？"

小七把头别过去。

"是不是看不起我？关键时候掉链子？"边慕自言自语着。

小七"哼哼"几声，表示同意，边慕更加沮丧起来。

"我就知道你会这么想。"边慕看向汤圆，"敖力还说了什么？"

汤圆不耐烦了："行了，什么都没说。"

小七晃了一下头。

边慕怔了怔："那安心答应了吗？"

汤圆板着脸道："答应了！"

"啊，真的啊？"边慕忽地站了起来。

"汪汪！"小七对着边慕一阵乱叫。

边慕满脸茫然："什么意思？"

"汪汪汪！"小七又是一阵乱叫。

边慕更加茫然，小七歪着脑袋看着边慕，不再叫了。

边慕瞪着汤圆："到底答应没？还是既没答应也没拒绝？"

汤圆哭笑不得："行了，你别管她到底怎么想了，你答应我的事儿呢？我帮你做菜，你想办法让安心同意伊靓回来。"

边慕一摸脑袋："哎哟，晕了，又晕了……"

汤圆扯过边慕："又来这套，少给我装！"

这时，远处传来伊森的声音："敖队，有你的快递！"

听到这句，边慕突然抬起头来，差点撞上汤圆的鼻子。

"又怎么了你？"汤圆吓了一跳。

边慕一脸狐疑："他怎么开始网购了？"

汤圆也皱眉："对啊，他怎么网购了？来这么久，还没见过快递找他啊……"

边慕心里一紧："不会是送人的吧？"

过两天就是安心的生日，边慕想到这里，心里更紧张起来。从来没网购过的敖力，竟然有快递过来。这是一种不好的感觉，让边慕着急起来。

瞅了个机会，边慕把小雪抓到了自己的宿舍。

"小雪啊,你之前的情报是不是不靠谱啊?"边慕哭丧着脸看着小雪。

小雪歪着脑袋,看着边慕。

边慕问道:"你确定敖力不知道安心的生日?"

小雪没出声。

边慕皱紧眉头:"你再想想,好不好?"

"汪!"小雪叫了一声。

"知道?"边慕心里一紧,"知道叫一声,不知道叫两声。"

"汪汪!"小雪叫了两声。

边慕满头是汗:"到底知不知道啊?"

小雪又不出声了。

边慕抓着小雪:"你究竟知不知道啊?"

小雪愣愣地看着边慕,不再出声了。

边慕没办法,把小七给抓了过来:"这样吧,从现在开始,你们密切注意敖力那边的情况,见机行事,好不好?"

"汪!"小七叫了一声,点头同意。小雪也跟着叫起来。

"听懂了吗?"边慕问道,随即摇头,"我现在都不敢相信你们了。"

"汪!"小七和小雪同时叫了一声。

边慕无可奈何地摇头:"算了,我就当你们都听懂了吧。"

他起身回头,窗户边一对绿油油的大眼睛把边慕吓了一跳。

"阿旺,你干吗躲这儿吓人?"边慕冲了过去。

"喵!"阿旺被边慕一吓,准备离开。

边慕连忙把它抓了回来:"阿旺,你可别告密啊,你和小七是朋友,那和我也是朋友,我们是一队的!"

"喵!"阿旺叫了一声,从边慕手里逃掉了。

边慕一阵抓耳挠腮,急得不行。

他透过窗户,看到训练场上无精打采的汤圆带着山神和八公像木头一样在那儿走,想了想拿出手机,翻出一个号码,拨通之后说道:"喂,土豆……"

清晨。

基地里又开始了一天的早训。

汤圆带着山神和八公正在训练场跑步,突然见基地门口有个偷偷摸摸的身影。看到这个身影,汤圆立即带着山神和八公跑了过去。那个身影看到汤圆跑来,立即想要躲,谁知山神直接蹿了过去挡在前面。

汤圆气喘吁吁地跑过去,一脸高兴:"终于又再见了!"

"嘘……"是伊靓,她在电视上看到小七抓获偷猎者的新闻,又想念山神,

便偷偷跑过来看看。

山神见到伊靓非常高兴，扑过去就对伊靓的脸一阵乱舔。

"你看，山神多想你。"汤圆在旁边说道。

伊靓都快哭了，抱着山神："我也想它。"

汤圆安慰道："你放心，我一定想办法让你回来。"

"真的？"伊靓抬起头，满脸花花绿绿的全是泪水。

"真的，本来我让边慕帮我想办法……"汤圆说着，随即摇头叹气，"算了，不提他了，不靠谱。"

"背后说人坏话不怕烂舌头？"边慕的声音从汤圆身后传来。

在边慕身后，还跟着小七和小雪，伊靓见边慕过来，连忙想躲。

边慕凑过去："哎呀，伊靓，好久不见，你瘦了。"

伊靓一听，忍不住回过头来："真的？"

边慕点头："但是憔悴了……"

伊靓："……"

"滚！"汤圆瞪着边慕，帮伊靓出气，"我不会帮你做饭了！"

"哈哈。"边慕挺着胸膛，"圆儿，做饭梗用过一次了，再用就是老梗了，哥标新立异，你就等着吧。"

伊靓看看汤圆，又看了眼边慕，满脸迷惑。汤圆瞪着边慕，准备拉伊靓离开，远离边慕这个感情失意的家伙。

这时，汤圆的手机响了。

汤圆接起电话："喂，郝帅？"

"什么？你再说一遍？"汤圆一脸激动，"好，我知道了，马上过去！"

汤圆挂了电话，兴奋地冲伊靓道："带上山神，出任务！"

伊靓一头雾水："怎么了？干吗啊？"

汤圆指着边慕："他朋友，郝帅，也是我初中同学，本来都要结婚了，结果订婚戒指不见了，更悲催的是他未婚妻在他前女友的朋友圈看到个一模一样的钻戒，一口咬定是他给前女友了，现在要死要活的，说是要跳楼呢。"

伊靓一听吓坏了："啊，那可得赶紧过去帮忙！"

不用汤圆吩咐，伊靓已经跳上了商务车，山神和八公也跟着上了车。

汤圆跟着上车，从车上探出头来，向边慕挤眉弄眼："你是满世界打电话给我找机会戴罪立功吧？"

边慕撇嘴："怎么会？就我这么不靠谱一人，是吧。"

汤圆一笑，开着车驶出基地大门。

"汪汪！"

看着山神和八公离开，小七和小雪叫着，也想去。

边慕拉着小七和小雪:"不行,你们要去,山神就没机会了。"

说着,边慕一脸得意:"再说今天是安心的生日,你和小雪还有更重要的任务呢,赶紧去敖力那边给我看看动静!"

小七和小雪只能眼巴巴地看着商务车远去。

敖力的宿舍里,敖力正坐在桌前,摆弄着一堆工具和配件。

他手里是一把专用多功能刀具,一件小工具上,还刻着两个字——安心。

步枪不解地看看忙碌的敖力,目光停留在"安心"两个字上。

"看什么?想知道这是什么吗?"敖力笑道。

步枪坐在那儿,望着敖力。

"DZY,礼物,好看吗?"敖力问道。

步枪别过头去。

"不好看?"敖力瞪着步枪,"步枪,我说你搜救还行,但这审美还真是差了一大截。"

小七和小雪偷偷摸摸地出现在门口,看到小雪,步枪立即跑了过去,跟小雪示好。

敖力看了眼小七和小雪,没理这两条狗,继续组装着多功能刀具。

小七有些好奇地凑过去看敖力摆弄,看了一会儿,扫了眼和小雪玩球的步枪,偷偷摸摸地叼了一个小东西,离开了敖力的房间,快步往边慕的房间跑去。

看到小七叼回来的小刀具,边慕皱紧眉头,紧接着夸奖地拍着小七的脑袋:"小七,干得好!"刀具上有安心的名字,不用多说,肯定是送给安心的。

敖力竟然知道安心的生日!竟然送安心礼物!这是坚决不能允许的事情!

边慕搓着手,一脸贼笑,把小刀具收了起来。

"喵!"一声低叫,阿旺从窗口探出头来,把正藏小刀具的边慕吓了一跳。

"阿旺,你怎么又来了?"边慕瞪着阿旺。

"喵!"阿旺冲边慕叫了一声,扭头离开。

"这家伙,不会是二五仔吧?"边慕皱眉,总感觉阿旺的眼神怪怪的。

随即他想了想道:"算了,反正它说什么他们也听不懂,安心是狗语者又不是猫语者!"

另一边,敖力已经组装好了刀具,伸手去拿刻有安心名字的小刀具,却半天没找到。

再看正和小雪玩球的步枪,敖力问道:"步枪,是不是被你藏起来了?"

步枪把球放在地上,傻傻地看着敖力。

"你把球放下什么意思?没藏?那是不是小七跟小雪偷走了?"

步枪别过头,装作没听到。

敖力瞪着眼睛，随后摇头："不理我算了！"说着，敖力拿起刻刀，把安心的名字刻在外壳上。

步枪坐在后面，偷看敖力的动作。

"嘿嘿。"敖力一脸得意，把安心的名字刻完，他将刀具放在一个小礼物盒里，接着放进抽屉里。想了想，还有别的事情要准备，敖力起身出门。

步枪立即跟着敖力走到门口，见敖力真的走了，步枪立即偷偷返回，从抽屉里叼起礼物盒，紧接着跑了出去。

边慕带着小七一边跟小雪走出宿舍楼，一边打着电话。

"蛋糕几点到啊？"

"不行，迟到一分钟都不行！很重要很重要！拜托了！"

"回头一定给您五星好评加微博推广！"挂断电话，边慕见周茉拿着一个礼物走过来。

周茉微笑道："蛋糕再好，也比不过 DZY 的心意啊。"

边慕不解："什么意思？"

周茉神秘一笑："自己体会。"

边慕看着周茉手上的礼物盒，有些明白过来。

"这小子，他还是做好了？"

周茉一笑，转身离开了。看着周茉离开的背影，边慕皱了皱眉，低头看了眼小七。周茉拿着敖力送安心的礼物过来是几个意思？是要建立战略同盟？

思索片刻，边慕有些明白过来。

他总觉得，和周茉联手做这种背后的勾当，不太道德的样子。

可是，如果他不出手，又会让敖力占便宜。

想了想，边慕嘴角露出一抹贱笑："嘿嘿，DZY 是来不及准备了……"

小七和小雪傻傻地望着边慕，不知道边慕又在发什么病，都往后退了一步。

敖力回到宿舍的时候，发现装礼物的盒子不见了，找了一圈急得不行。

"步枪，是不是你？"

面对敖力的审问，步枪坚贞不屈，就是不用正脸看他。

"是你对吧？"敖力瞪着步枪，"我可没时间和你闹，是不是你？"

敖力正说着，周茉走了进来，手里还拿着个盒子。

看到那个盒子，敖力一愣："怎么在你那儿？"

周茉微笑道："不好意思，它搞错了。"

敖力立即明白过来，果然还是步枪偷的！

"步枪！"敖力瞪着步枪。

周茉把礼物盒放在桌上："步枪搞错了，我知道不是送给我的，我也不会要别人的礼物，我替步枪道歉。"

敖力看着周茉，嘴角动了动："没事，不好意思。"
周茉笑道："这几个字对我来说已经没意义了，敖力，你的感情是你的事，我的也是我的事。"
"你……"敖力沉默片刻道，"你跟安心的话我听到了，我知道你担心步枪。"
周茉淡淡一笑："我走了。"
周茉走了，敖力拿着礼物，站了一会儿，为了防止步枪再偷礼物，他准备把礼物先给锁起来。
这时，电话响了，敖力将礼物放在桌上，过去拿起手机。
"喂……"
"请问是肯德基吗？我要一份汉堡。"
敖力："……"
等敖力回头，礼物跟步枪又不见了。
外面，边慕带着小七和小雪，潜伏在过道上，正准备去偷礼物，却见步枪叼着礼物偷偷摸摸地溜了出来。
"嘿嘿，有内鬼啊，看来不用我们动手了。"
边慕一脸贱笑，挥手示意小七和小雪撤退。还好边慕撤退得快，要不然就和敖力撞上了。
敖力见礼物又被步枪偷走，立即出门，急匆匆地赶往周茉的医务室，到了医务室话也不说，就在医务室各个房间翻找起来。
周茉刚回来，见敖力在那翻找，一脸迷惑："又怎么了？"
敖力板着张脸："这该我问你吧？假模假样地把东西还回来，又让步枪偷回去？这么着有意思吗？步枪在哪儿？"
周茉明白过来，摇头："我不知道啊，我也没见着。"
周茉刚说完，医务室角落的一个柜子旁边一阵动静。
敖力快步过去打开柜子，见步枪正在那儿，嘴里还叼着礼物。
周茉："……"
这种情况，让周茉百口莫辩，敖力冷着张脸，恼火地看着周茉："周茉，话我之前已经跟你说清楚了，你是不是有点过分了？"
周茉摇头道："不是，我……我真的不知道啊，我有必要骗你吗？"
敖力满眼怒火，步枪叼着礼物跑过来，坚持要把礼物递给周茉。
周茉摇头："步枪，我之前不是跟你说了……"
步枪"哼哼"着，叼着礼物看着周茉，一脸希冀的眼神。
周茉一脸尴尬，步枪却不肯后退。
周茉蹲下身："步枪，我知道你想帮我，但这样不好，这是他买给别人的

礼物,我们不能抢别人的东西,这很不礼貌,还给他好吗?"

敖力冷着张脸,指着步枪:"出去!"

步枪看了敖力一眼,赌气地叼着礼物出去了。

步枪叼着礼物出去,正好看到边慕带着小七和小雪出来,步枪立即跑了上去,索性把礼物放在小雪面前。

小雪看到礼物,有些不知所措,小七则不满地挡在小雪面前,冲步枪"哼哼"着。步枪低沉下身子,也冲小七表示不满。

眼看两条狗要打起来,边慕连忙上前:"步枪,你什么意思?是要把这东西给小雪?还当着我们小七的面?你是不是这意思?这不行啊,你别招惹我们小七啊,当人家面抢女朋友这种事谁都受不了!"

步枪还是不动,盯着小七。小七怒了,恼火地冲步枪叫了两声,步枪也对小七狂吠着。小七见步枪不退,直接就过去抢礼物。步枪挡在小七前面,把小七撞开,双方紧张地对峙着。小雪在一旁,见小七和步枪要打架,急得叫唤起来。

办公室内正在打电话的安心听见了,皱了皱眉,连忙下楼。

这俩怎么又闹起来了?

安心下楼捡起礼物,此时敖力他们也从医务室出来了,敖力连忙上前拉开步枪。

看到捡起礼物的安心,敖力露出微笑:"送你的,生日快乐。"

安心有些惊讶,敖力接着问道:"我的问题你考虑得怎么样了?"

这么突如其来让周苿和安心都愣住了,边慕也张大嘴巴。

这敖力,也真是太厚脸皮了吧!

"大王叫我来巡山啊……"阴阳怪气的声音响起,是边慕在旁边捣乱。

安心懒得理边慕,也不搭理敖力,转身就走。

敖力恼火地瞪着边慕,边慕看了眼周苿,阴阳怪气地对敖力道:"有点风度,人家还在这儿呢。"

敖力也懒得搭理边慕,扭头就走。

安心没去办公室,而是冷着张脸回到宿舍。

她刚坐下没多久,敖力走了进来。

"你怎么又来了?"安心问道。

敖力看着安心道:"还是想知道你的答案。"

安心摇头:"敖力……"

敖力上前一步,直视着安心:"我知道,周苿是之前你逃避我的理由,现在又多了个边慕,你更犹豫了,对吗?"说着,敖力拉了张椅子,坐到安心对面。

"安心,在感情方面我是一个很被动的人,但是我不迟钝,之前他在偷猎团伙面前救你,我相信任何一个人都会感动,你也不例外。我被动,没有勇气像边慕那样明目张胆地追你，其实我有时候挺羡慕他的，他不守规矩，但是也大胆直接，我佩服他的勇气，只是我自己做不到。我总想等着有一天我们水到渠成，等着你自己去克服我们之间的障碍，我们自然而然地走到一起，也得到所有人的祝福。直到上次我们一起从森林里出来，你单腿跳着过去抱住他那一刻，我特别难受，那一刻我才知道自己心里多喜欢你。"

敖力顿了顿，继续道："然后我们回来，我看边慕想尽办法接近你，我呢，什么都不敢做。我想了好久该怎么办，现在我觉得我不能再像以前那样了，所以我豁出去给你买了维生素，也豁出去当着那么多人面说我喜欢你，给你做了生日礼物，我想作为男人那就豁出去争取一回。"

安心摇头："敖力，我现在……"

敖力出声打断她："安心，我知道你想什么，不管结果怎么样，我都接受，所以你也不要有负担。"

敖力这么说，安心更纠结了。对安心来说，敖力是让她欣赏、崇拜的男人，很有安全感。但边慕又是一个能带给她快乐和笑声的男人，让安心感到温暖。

安心皱紧眉头，有些不知所措，敖力没能获得答案，最终还是离开了。

安心一个人在屋子里，迅速拼着乐高，化解自己心中的纠结，想暂时忘却发生的事情。

夜色降临，安心还在拼乐高。但发生的事情，终究已经发生，拼乐高并不能让安心更平静一些。

小雪和小七走了进来。

"你们怎么来了？"

小七没回应，直接走过去，关掉了灯。

"小七……"

窗户被照亮了，是边慕的无人机，无人机下面，挂着一个精致的蛋糕，第一层是鲜花和水果，上面插着几支已经点燃的蜡烛，蛋糕下面，还挂着一个包装精美的礼物盒。

蛋糕、烛光、礼物随着无人机慢慢地飞行，从窗户进入安心的房间，慢慢靠近安心。

这一切看起来都是那么浪漫、温馨和甜蜜，安心有些恍惚地看着停在面前的无人机。

礼物上面，挂着一张小卡片：取下我。

安心取下礼物，无人机缓缓降落，蛋糕落在了安心的桌上，是一个红色为主色调的蛋糕。

安心看着蛋糕，想起敖力的话，脸上布满忧郁。边慕走了进来，笑吟吟地看着安心道："生日快乐。"

"哦。"安心应了一声。

边慕瞪眼道："这什么反应啊？不是应该高兴得掉眼泪吗？你不会不喜欢吧？"

"喜欢。"安心回答道。

"可你的表情不像。"边慕摇头。

"谢谢你，边慕。"安心轻声说道。

边慕皱眉："怎么突然这么客气了？你怎么了？"

安心抬起头来，看到整个基地的灯都熄了，皱了皱眉道："小七怎么把所有灯都关了？"

边慕一愣："你说什么呢？"

小七也是一脸茫然，突然安心像是意识到什么，起身就往外面跑去。

整个基地的灯都没了，停电了！

安心拿出手机，拨了个电话，气呼呼地骂道："是你们断的吧？什么最后通牒啊？我知道你们买了这块地，房东跟我说了，我不是要赔偿！这个救援队基地花了我很多心血才建起来，你们不能这样随随便便剥夺别人的梦想……喂？喂！"

对方已经挂断电话。

安心再次拨打，对方根本不接，紧接着，基地的灯重新亮了起来。边慕带着小七和小雪出来，就见安心往训练场走去。

边慕觉得有些迷惑，朝着安心跑了过去，问道："刚才怎么了？"

安心摇头："没事，就是这片区停电了。"

"不会吧？"边慕一脸迷惑，"我还以为那个家伙制造浪漫呢。"

安心无语。

"那你……"边慕想说话，发现安心的表情不太对劲，立即闭嘴。

安心也没心情说话，看着边慕有些不耐烦："边慕，你先回去吧。"

边慕觉着事情不对劲："你心情不好？要不，我分点好心情给你？"

安心摇头："对不起。"

边慕很是失落，看着安心点了点头："我知道了，你选择了敖力是吧？"

"你说什么呢！"安心看着边慕。

边慕有些气愤："说你呢，说你没眼光！放着我这么好的男人不选，竟然选那个家伙！"

"你闭嘴！"安心骂道。

"OK！"边慕举起双手，"我就不扫兴了。"说着，边慕拉着小七要走，小七就是不肯，趴在地上死活不走。

边慕正和小七在那儿僵持着，一辆车驶了进来，汤圆带着伊靓、山神和八公下了车。

伊靓跑过来，冲安心腼腆地笑了笑，掐着手指："队长，女神姐姐……"

边慕没心思掺和伊靓回来的事，也不理小七，独自离开了。

郝帅订婚戒指的事情，确实是边慕找的由头，帮汤圆把伊靓带回来。不过这事并不是做假，而是确有其事。汤圆如今已经顺利把伊靓带了回来，至于安心最后同不同意伊靓留下，边慕现在没什么兴趣掺和。

当晚，安心就召集了队员们到会议室开会，讨论伊靓归队的事情。边慕并没参加，对于安心的套路，边慕不用多想也知道，肯定是采用投票表决的办法决定。

回到宿舍，边慕便躺在床上，一副生无可恋的样子，连随后回来的小七他也懒得理。小七倒是乖巧，并没有去烦边慕，而是在边慕旁边躺着，安安静静地挤在边慕身边。

边慕难得安静，躺在床上看着屋顶。想起安心，边慕就有些郁闷，自言自语道："小七，我是不是特别衰啊？救了自己心爱的姑娘，结果却输给那么一个人？"

边慕并不是有意要问小七，自言自语的时候提到小七，几乎已经成了他们习惯。

小七听到边慕提到自己，也只是转过头看着边慕，并没什么反应。

边慕思索着，躺在床上却睡不着，一直在那儿自言自语地说着。

这时，边慕的手机响起微信提示音。

小七见边慕没动静，终于抬起头，冲边慕"哼哼"两声。

边慕皱眉："不用管，没心情。"

小七看了眼手机，又"哼哼"两声。

边慕懒得动："帮我拿过来吧。"

小七从被窝里爬起来，叼着桌上的手机跑到边慕旁边，放在边慕的手上。

边慕拿过手机，打开微信，看到发微信的人，立即翻身起来，点开微信。

"谢谢。"是安心发来的。

"什么意思？"边慕满头雾水。

小七歪着脑袋，看着边慕。

边慕摇头："莫名其妙，是朋友的谢谢？还是对爱人的甜蜜的谢谢？"

小七眨巴着眼睛，看着边慕，"哼哼"两声。

边慕自言自语地说："你说是第二种？对爱人的甜蜜的谢谢？"

小七叫了一声。

边慕立即满血复活："哈哈，我就知道！她终究还是懂我的心意的！"

小七"哼哼"两声，点头。

边慕拿着手机自言自语道："我刚才对她是不是太过分了？"
接着，边慕蹲下身来看着小七："小七，以后我再冲动，你一定要叫我，提醒我！"
小七一脸蒙地看着边慕在那里自言自语。
边慕突然冲着安心的办公室大喊："安心，生日快乐！"
办公室内，在伊靓等人离开后还在整理文件的安心，听到失心疯般的边慕的喊声，不禁笑了起来。而刚刚回到宿舍的敖力，听到边慕的声音，脸色一沉，哼了一声，心里有种说不出的滋味。
通过队员们的集体表决，伊靓留了下来。这个二次元奇葩少女在基地内还是很有人气的，唯一没投票的也就只有边慕，不过开会的时候，安心还通知了另一件事。
"基地要开源节流，水电能省就省，伙食费要尽量降低。"
主要原因还是，救援队面临着财务问题，因为除了公益基金一开始的资金支持外，目前没有进一步的投入，他们只能完全依靠自己，预算要削减三分之一。关于基地资金紧张的问题，之前周茉、洛奇一直都在支持，不过只是杯水车薪。
在这样的困境下，基地又开始了新的一天。因为伊靓回来了，基地又多了不少欢笑，至少汤圆不再整天带着山神和八公像僵尸一样在训练场上绕圈了。
小雪腿上的伤恢复得很快，又到了每周一次的例行体检。
大家现在都知道例行体检对搜救犬的重要性，不用周茉通知，到了体检日，大家就纷纷主动带着狗狗去做例行体检。
敖力带着步枪到医务室的时候，只有周茉在。
"今天不是例行检查？"敖力问道。
周茉向敖力身边的步枪招手："过来吧。"
步枪走过去，周茉把步枪抱到治疗台上，拿出仪器给步枪检查腿部。
敖力在旁边看着，见周茉神色越来越严肃，出声问道："怎么了？"
"有旧伤复发的迹象。"周茉收起仪器，"最近别让它再出任务了。"
"不可能啊……上次出任务不是好好的？"
周茉摇头："或许跟上次出任务有关系。"
敖力上前，摸了摸步枪的腿，见步枪没反应，看向周茉："你不会是拿步枪的身体说事，阻止步枪出任务吧？"
周茉面显怒色："敖力！这种话要我给你说多少遍？你是对我的医德没信心，还是对我的人品没信心？"
敖力板着张脸："应该是我问你这个借口你要用多少次？我还以为你真的变了，没想到你还是当初那个你，下次能不能换个借口？"

敖力的话，彻底激怒了周茉。

周茉冷冷地瞪着敖力："敖力！在你心里我就这么不堪吗？"说完，周茉转身气呼呼地离开了医务室。

刚下楼，她就见安心带着小雪过来。因为敖力的事情，安心和周茉都有点说不出的尴尬。

安心最先打破尴尬的气氛："例行检查都完了？"

"完了。"周茉点头。

"都还好吗？"安心见周茉脸色不对，出声问道。

周茉摇头，面色微沉："步枪不太好，但敖力不承认。我现在才发现，其实最难懂的是人心！"

安心抬头看了眼医务室方向，敖力带着步枪正站在那儿，脸色也不太对劲。心知周茉肯定和敖力又吵架了，以安心的处境，这种情况下也不好说什么。

周茉见安心不说话，出声说道："安心，你能不能帮我劝劝他，让他重视步枪的身体状况？"

安心皱眉，摇了摇头："这需要敖力自己来决定。"

"可是他现在并不能冷静地看待问题。"周茉语气有些坚决，"我不会放任他让步枪去冒险的！"

"周茉……"安心欲言又止。

周茉叹了口气，转身离开了。

搜救犬公寓，汤圆跟伊靓蹲在那里，看着狗狗们无忧无虑地吃狗粮。

汤圆一脸苦色："还是狗狗们好啊，无忧无虑的，伙食费降了，菜价还涨了，我每天都在愁怎么做无米之炊。"

伊靓也是一脸苦色："我越来越像黄脸婆了，就那点积蓄，补贴完救援队都没钱买护肤品了。"

这几天，因为缩减经费的关系，基地一下子显得异常拮据。大家加入救援队几个月，实际上到现在都没人愿意领工资，反而都在掏钱补贴救援队。在这种情况下，大家还愿意留在救援队里，不得不说都是因为喜欢这个地方，喜欢这份事业。

汤圆见伊靓看着狗狗们吃狗粮直吞口水，生怕她眼红跑过去抢，凑过去小声道："今晚我把唯一的一块炖肉给你。"

"炖肉？"伊靓两眼放光，一脸感动，"你太好了，汤圆！"

和周茉分开后来搜救犬公寓的安心，听到伊靓和汤圆的对话，心里一阵愧疚。

这时，边慕抱着一个大箱子走了过来，"砰"的一声放在汤圆面前。

汤圆惊讶地看着大箱子。

伊靓一脸迷惑："这是什么啊？"

"猪肉、鱼肉、鸡肉、鸭肉、羊肉、牛肉、卤料……"汤圆兴奋地说着。

边慕："……"

伊靓："……"

安心："……"

这汤圆，连这都能闻出来？

"你这是狗鼻子吧！"边慕掀开纸箱，里面果然是各种肉食和卤料。

汤圆一脸感动，望着天道："苍天啊！我梦里都是这些肉啊！"

看着汤圆两眼发光如同难民一般扑向箱子，边慕连忙退了两步。

"恩人啊！"汤圆只差给边慕下跪了，"土豪！你是大哥，你从哪儿弄来的？"

边慕笑道："去我爸的马戏团帮忙做了点事儿，报酬。"

汤圆一怔，凑过去小声地问道："你不是说不想见你爸吗？见了就要做噩梦吗？"

边慕搓了下手："现在好多了。"

安心看边慕和汤圆鬼鬼祟祟的样子，心里更加内疚，刚想说点什么，这时手机有短信进来。

安心看了一眼，是一笔转账提示——付款方：敖力。

安心又是一阵感动。

这时，一辆车驶向基地，停在了基地大门前，安心连忙走过去。

一辆格外显眼的豪车停在基地门前后，最先下来三名穿着黑西装的跟班，立在车旁，看起来气势十足。

见安心过来，一名跟班打开车门，紧接着一位穿着黑色高跟戴着墨镜，年约四十的女老板走了下来。

这气势，让安心有些紧张。感觉上，这女老板不是来自跨国集团，就是黑社会大姐大。

"你就是安心？"女老板摘下墨镜问道。

安心知道女老板的来意，小心地看了看基地，安心压低声音道："谁让你们到这儿来的？你们有完没完？"

女老板挥了挥手，示意一个跟班。那名跟班立即拿上土地契约书复印件以及房东委托书，递到安心手中。

女老板淡淡地说道："这是土地买卖契约书，这个呢，是你之前的房东交给我全权处理的委托书，我来就是告诉你一声，委托书上赔偿那一栏要填多少，你随便开，我呢，一周之后肯定会过来动工，如果你到时不配合，别怪我不客气。"

安心有些气恼,又怕基地内的队员们听到,不敢大声和对方吵。

"喵!"阿旺走了出来,瞪着大眼睛看着这帮黑衣人。

"坏人!坏人!"

"走开!走开!"

豆豆和公主飞了过来,在女老板头上扑扇着。

几个跟班连忙过来,挡在女老板前面,驱赶着豆豆和公主,却被豆豆和公主给连拍带啄。

女老板只得回到车上,气势汹汹地朝安心道:"你记住,一周!多一天都没有!"说完,女老板一挥手,几名跟班看了安心一眼,也气势汹汹地上车,扬长而去。

安心看着远去的豪车,叹了口气,一脸纠结。

在办公室内,安心一个上午都坐立不安。基地遇到的问题,是告诉队员们,还是不告诉队员们?对方只给了一周的时间,安心不知道该如何抉择。

这时,电话响了,是110联动电话。

接通电话后,安心立即脸色一变,随即挂断电话急忙起身:"紧急集合!西南边防区发生雪崩!需要救援队支援!"

得到这个消息,边慕、伊靓迅速集合,整装待发,伊森、洛奇、莫莉留守基地。

阿旺看着小七,显得十分不舍。

对于这次任务,安心非常重视。

看了眼众人,安心发现敖力还没来,皱眉道:"敖力呢?"

"不知道。"汤圆摇头。

安心想起周茉之前说的话,看向医务室方向。

医务室内,步枪正躺在狗狗沙发上呼呼大睡,敖力怎么叫都叫不醒。

"怎么回事?"敖力瞪着周茉。

"我不知道,它刚来的时候还好好的。"周茉摇头。

敖力变得急躁起来:"别扯了,你是不是故意给步枪吃了什么不该吃的药?"

周茉一口否定:"我只回答你一次,没有!"

"我不管,你赶紧想办法让它恢复正常!"

"我是医生,不是巫师。"周茉一脸坚决。

敖力气得握紧拳头,却又无可奈何。

训练场上,安心见敖力还不出来,看了看表,有些焦急。

"队长,再等就来不及了。"汤圆催促道。

边慕跟着起哄："对啊，我看他是走不了了。"

伊靓犹豫了一下道："要不我去问问吧？"

安心皱眉，想了想摇头道："别问了，出发吧。"

"是！"边慕和汤圆响亮回应，带着小七和八公就往商务车上走。

"小心点。"莫莉担心地喊道。

前来送行的洛奇则有些不满："什么时候能带上我们啊？"

"对啊。"伊森也诉苦，"我们都成留守儿童了。"

几人正说着，敖力从医务室跑了出来，却不见身后跟着步枪。

"我跟你们去！"敖力冲正上车的安心喊道。

安心回头："步枪呢？"

敖力看了看医务室，又放心不下步枪。

"算了，你留下来吧。"安心摇头。

"我想陪你去，我不想这次还不在你旁边。"敖力不愿意。

安心看向医务室，摇头道："那你也不能去卜步枪！"

边慕不满地出声："专业点行不？什么你啊我啊的？这是救援队执行任务，别整得你侬我侬的！"

敖力瞪了边慕一眼，想要说话。

安心出声劝说："你别去了。"

敖力张了张嘴，见安心态度坚决，有些无奈地点头："那你们注意点。"

"我知道。"安心点头。

敖力叮嘱道："雪山搜救首先要保证大量饮水，高海拔地区的很多病症，头痛、水肿、冻伤什么的，往往都是由脱水而不是缺氧造成的。"

见敖力像个老妈子一样啰唆，边慕就一阵心烦。这时，周茉也从医务室出来了，手里拎着一个背包，她将背包交给安心，叮嘱道："搜救犬也要及时补充水分，还要当心雪盲症，雪地环境会给狗狗们的眼睛造成伤害，这里面是专门给它们准备的雪镜，另外还有一些急救药品。"

安心接过背包，向周茉和敖力点头："放心，我们一定会尽力保护它们。"

众人纷纷上车，在周茉一脸的不舍，伊森、洛奇、莫莉一脸的羡慕，敖力沉着脸的表情中，汤圆开车驶出基地。

三个小时后。

两架直升机划过蔚蓝的天空。

这里，就是灾发区域，西南边防区雪山。雪山深处，白雪皑皑，看似平静，实则蕴含着重重危机。

直升机上，安心、伊靓、边慕、汤圆带着小雪、小七、八公、山神，正整装待发，神情严肃，看着下面的雪山。不只狗狗们有点紧张，连伊靓、汤圆、边慕也有点紧张。

"完美世界"救援队基地位于神州半岛，这里十几年都难得见到一场雪，无论是对于狗狗们来说，还是对于边慕几人来说，这都是陌生环境。

虽然在训练的时候，也有模拟雪崩、雪地环境的情况，但与真实的雪地环境相比，却有着巨大的差异。对这次任务，安心也有些担心。

救援直升机缓缓降落到大本营附近。边慕和安心几人带着小七、小雪下直升机的时候，大本营负责人已经等在那儿了。

"可把你们等来了，里面说吧。"负责人带着安心、边慕几人前往帐篷。

负责人非常焦急："失踪的是一对外国的双胞胎兄弟，都是初级登山爱好者，听说这座雪山是很难征服的，他们就专程来中国挑战。这兄弟俩一个好像是吉他手，狂迷音乐，随时都戴着耳机听歌，另外一个好像是程序员，原本是在昨儿下午就该到第二个大本营的，但是那边一直没等到人，我用对讲机呼叫他们也没回应。我们的人今儿一大早已经在去往第二个大本营的路上找了一遍，没找到人。"

安心皱眉："他们最后一次跟你们联系是什么时候？"

"昨天下午有一次暴风雪，我在暴风雪来之前通知了他们，等暴风雪过后再联系就没消息了。"负责人回道。

安心皱眉，小七有些急切，坐不住了。

因为有太多的未知，安心思索一阵问道："能用一下您的卫星电话吗？"

"当然。"负责人立即拿出卫星电话交给安心。

安心拨打敖力的电话号码，同时按下免提，让所有队员都能听到。接到安心的电话，敖力立即问了具体的信息，很快给出了意见。

"这俩人既然是初级登山爱好者，应该不会偏离预定路线太远，我知道两个大本营之间的常规路线，一会儿我设定两条搜救路线再告诉你，分别在俩人预定路线的两边。另外你注意俩人留下的痕迹，比如不小心留下的生活垃圾之类的。"

听起来，敖力似乎对这里很熟的样子，安心有些惊讶。

敖力接着分析："既然有暴风雪，你要特别注意雪洞，因为俩人收到过暴风雪预警很可能挖雪洞躲避。另外雪崩被埋的黄金救援时间只有十五到三十分钟，这跟地震不一样，所以时间就是一切。"

敖力补充道："你们也不要太长时间搜索，虽然我们之前也做过雪山搜救的训练，但是这毕竟是第一次实战，可能会遇到很多训练的时候没碰到的状况，尤其是雪崩的危险，还有感冒，搜救犬一旦感冒，嗅觉就受影响，搜救工作也没法继续了。扎营要尽量避免谷底，那里是冷空气的聚集地，也要尽量避开承受强风的山脊跟山凹。开阔地或溪谷边是晚上冷空气凝聚的地方,也要尽量避免。另外,他们其中有一个人爱听音乐,别忽略这个信息,八公对音乐节奏很敏感,在某些极端状况下,这反而是八公的优势。"

安心等人听着敖力的分析,都非常严肃,连平时嘻嘻哈哈和敖力不对付的边慕,也认真听着。虽然对这个情敌很不满,但边慕还是惊讶于敖力的专业程度。

敖力分析结束,给出大家行动方案的建议后,顿了顿,又补充了一句:"安心,你……你们保重。"

敖力这话,立即引起了边慕的不满:"放心吧,我会照顾好自己的。你就安心陪步枪养伤吧,别担心我了,敖队,么么哒……"

敖力:"……"

呛了敖力两句的边慕,见敖力那边没了回音,正自得意,卫星电话又传来敖力的声音:"嗯,你也小心,别总想着逞能,替我照顾好安心。"

边慕:"……"

兵分两路,一行人从大本营出发。

安心和边慕带着小雪、小七一路,汤圆和伊靓带着八公、山神一路。

GPS 里,已经按敖力制订的搜救路线设定好。

边慕和安心沿着设定的 GPS 路线一路往前,不时通过 GPS 确定是否正确。

小雪和小七在雪地里非常兴奋,一路嗅着往前进。

边慕想起安心之前在电梯里的情况,担心安心会有高原反应,不时招呼着小七、小雪:"慢点!我们两条腿呢!"

安心撇嘴:"你又想偷懒了?"

边慕做了个鬼脸:"我是怕你有高原反应,又像上次在电梯里要死要活的。"

"你想多了,抓紧吧。"安心瞪了他一眼。

另一条线路上,伊靓正瞪着在雪地里撒欢打滚的山神,一脸无可奈何的表情。一进入雪地,山神就像疯了一样。

山神是西伯利亚雪橇犬,性格本就非常活泼,有其机灵的一面,也有傻乎乎的时候。而现在,就是山神傻乎乎的时候,根本忘了执行任务,还跑过来在伊靓面前撒欢,拉着伊靓要一起玩。

对山神这种犯二的行为,汤圆更是无计可施,只能眼睁睁地看着。

"完美世界"救援队基地,医务室里。

敖力看着躺在那里的步枪,急得来回走动。这时,步枪慢慢睁开眼睛,敖力看到了立即凑过去:"步枪!"

步枪眼睛睁得更大了,腿也跟着动了动。

"步枪，你怎么样？"敖力抱着步枪的脑袋。

步枪动了动脑袋，舔了舔敖力的手，敖力见步枪醒来，二话不说就拿起旁边早就准备好的户外包。

周茉急忙拦住敖力："你干吗？！"

"带它去！"

周茉挡在前面："不行！它不能去！再说它现在刚醒过来，还要一段时间恢复和适应！"

"需要多久？"

"最快半小时！"

"那就等半小时！"敖力重新将护外包放下。

"你疯了吗？"周茉瞪着敖力，"我说的你都没听进去？步枪的旧伤最怕寒冷！它不能去！"

敖力固执地回视周茉："是你疯了！你知不知道雪地救援有多危险？安心、边慕、小七、小雪他们都缺乏这方面的搜救经验！暴风雪雪崩随时会来，你想过没有？步枪在部队参加过雪崩救援，更何况那座雪山我以前带步枪去搜救过，对那儿也熟！"

"我相信他们可以处理好！"周茉也固执地说道。

"别自欺欺人了！"敖力瞪着周茉，"你刚才看多少次表了？你心里不担心吗？"

周茉被敖力说得没话反驳，胸口一阵起伏。

敖力一屁股坐下，看着步枪，气呼呼道："半小时之后，出发！"

周茉见实在拦不住敖力，转身拿了个户外包，开始往包里塞药品。

"你干吗？"

"一起去！"周茉头也不回地说道。

窗户上趴着的阿旺呆呆地看着吵来吵去的周茉和敖力两人。

雪山上，小七和小雪找了半天，依然没有什么发现，都开始露出疲态。

这样的环境，对小七和小雪都是一种考验。

茫茫雪山里，满眼都是看不到尽头的白雪，寒冷的天气夹着刺骨的寒风，让边慕和安心也有些疲惫。

高原反应出现，安心有点喘不上气来。正准备观察一下前方的情况，脚下一个跟跄，安心差点摔出去。

边慕连忙扶住安心："你看你，刚才还说没问题！把背包给我！"

安心躲过。

"哼哼！"小七突然发出哼哼声，朝一个方向狂嗅，向前走了几步，紧接着飞奔起来。

安心和边慕一愣，小七的这个反应，是有所发现。

安心和边慕背着背包，立即招呼小雪："快走小雪！"

小雪快步跟上，走了几步，来到小七刚才狂嗅的地方，也同样有了反应，朝小七的方向飞奔过去。这一跑起来，搜救犬的优势展开，边慕和安心根本追不上。

两人一路喘着气狂追，前方小七停在了一个小坡处，不停地吠着，小雪也叫起来。

边慕和安心赶过去，边慕道："就是这儿！"

小七已经开始不停地刨雪，小雪也在旁边帮着刨雪。

难道被埋了？边慕和安心顾不得疲惫，忙从背包里取出铲子帮忙刨雪。

一分一秒都很得要！敖力说，雪崩被埋的黄金救援时间最多半小时。

边慕和安心都很着急，很快两人已经满头是汗。

挖了好一会儿，雪依然挖不完，看起来还很深。

边慕皱紧眉头："埋得这么深，估计……时间不短了。"

安心脸色沉重："别说了，赶紧吧！"

边慕擦了擦脸上的汗，接着挖："一会儿要是最坏的结果怎么办？"

"呸呸呸！别乌鸦嘴！哪有搜救员说这种话的。"

小七似乎没考虑这些事情，一直往外刨雪，非常急促的样子。

突然，前面出现一道缝隙。安心和边慕顿了一下，看向那道缝隙，不知道会是什么结果。

小七扎了进去，继续挥着爪子刨雪。

洞口，出现了一个洞口，里面是一个雪洞！

"敖力说过，雪洞。"安心出声。

边慕的手已经捏紧。安心看了眼边慕，心一横就要过去，边慕一把拉住安心，自己径直走了过去。

雪洞越来越近，世界仿佛瞬间安静下来，边慕只能听见自己的呼吸声。

边慕靠近雪洞，凑到雪洞面前看了一眼，紧接着长喘口气，坐在了地上……

另一条线路上，山神精神十足，非常兴奋，八公根本跟不上山神。山神的主人伊靓却已经完全焉儿了，连责备山神的力气都没有，完全被高原反应给折磨着。

汤圆连忙出声："先休息一下吧，喝口水。"

伊靓坐在雪地上，喝完水，难受地大口呼吸着："我觉得我腿不舒服，可能有点水肿。"

汤圆点头："高原反应太厉害了，你放轻松点，好的情绪能帮你对抗高原反应。"

说着，汤圆也在伊靓旁边坐下："靠着我歇会儿吧，就把我当成一棵树。"

伊靓靠着汤圆，有些恍惚。

汤圆见伊靓眼神迷离，吓了一跳："怎么了？"

"没，就觉着你现在有点像漫威里的英雄，好Man。"伊靓依然眼神迷离。

被伊靓这样看着，汤圆有些害羞起来，扭扭捏捏的，不知道说什么好。

"汪汪！"山神的叫声响起，紧接着八公也叫起来。

伊靓一听山神的叫声，立即来了精神，站了起来："山神叫出声报警了！"

高原反应似乎瞬间消失，伊靓如同打了鸡血一般，向山神那边赶去，留下汤圆还坐在那儿傻傻地当大树。

等汤圆跟着赶过去的时候，发现山神已经刨开雪堆，翻出一个吃剩的饼干袋子。饼干袋子里面有些饼干屑，山神和八公对着袋子就舔起来。

伊靓见山神这鬼样子，一阵恼火："山神，这时候你还想着吃！"

汤圆微皱眉头："可能，这还真算是山神的发现。"

伊靓微怔，意识到什么："你是说……"

汤圆点头："敖队提醒要注意他们留下的痕迹，比如丢下的生活垃圾或者别的生活用品，这个袋子，很可能是他们留下的。"

伊靓点头："对，他们很可能来过这儿！"

说到这儿，伊靓注意到就在发现饼干袋子的旁边，有一张小小的明信片，她立即拿了起来。

明信片的正面是雪山，背面写着"我爱你"，下面还有两个指纹手印。

汤圆拿过明信片，看了看那两个手印："这兄弟俩这么浪漫？还给女朋友写明信片？"

伊靓并不关心这个问题，明信片和饼干袋都是重要线索。将明信片和饼干袋收好，伊靓向山神招呼道："山神继续！Go！"

汤圆连忙阻止："等等，这也可能是别人扔下的。"

伊靓摇头："我宁愿相信就是他们的！这条线索不能丢！走！出发！"

这时，卫星电话响了。

是安心打来的，伊靓激动地接起电话："喂，队长，我们这边发现了！我们……"

刚说到一半，听到安心的消息，伊靓立即泄气："喔，知道了，我们过去，你告诉我你们现在的经纬度。"

挂断电话,伊靓一脸失望。山神和八公则望着伊靓，不知道发生了什么事情。

"怎么了？"汤圆问道。

"你说对了，这是别人留下的。"

"啊？"汤圆张了张嘴，没想到自己竟然猜对了。

伊靓摇头失望道："队长那边找到俩人躲暴风雪的雪洞了，他们走的是那条线，我们这就过去，跟队长会合一起找。"

小七找到的确实是雪洞，那俩人躲避暴风雪的雪洞。

生怕看到的是两具尸体的边慕，在发现那个雪洞空空如也后，总算是松了口气。

安心也是惊魂未定。

"担心死我了。"安心庆幸地说道。

"还好虚惊一场。"边慕拿出水，倒出来喂小七和小雪。

两人休息了一会儿，立即准备行动。

接到消息的汤圆和伊靓，这时也带着八公、山神跑了过来，一路狂奔，上气不接下气。

小七见人都到齐了，开始向前搜寻，催促安心几人跟上。

四人会合，正准备跟着小七开始搜寻，安心的卫星电话响了。

"喂……"紧接着，安心神色凝重，"什么时候？"

挂断电话，安心皱紧眉头，表情严肃："马上有暴风雪，大本营那边让我们回去。"

突如其来的暴风雪，让救援队面临着困难的抉择。

继续搜索，很可能会在暴风雪中遇险；撤离，失踪的两人生存机会将几乎为零。

"不行，我们不能回去！我们已经发现了他们的行踪，他们可能就在附近！现在回去只能错失机会！"边慕第一个反对。

伊靓也不肯："对啊，我们不能放弃。"

小七和小雪在前面等着，见安心几人半天不跟上来，坐在地上等着四人商量。

安心皱眉："我知道，但我必须对你们的安全负责！"

汤圆摇头，"可回去我们不是半途而废吗？"

安心也很纠结，抬头看着边慕，又看了看汤圆和伊靓。

边慕、汤圆、伊靓三人，都满脸期待，不愿现在撤退。

安心也明白，现在撤退，就会错失一次救人的机会！

两条人命！也许再坚持一小时就找到了！这样回去，大家都不会踏实的！

"无论遇到多大的困难，都不是我们放弃的理由！"边慕握紧拳头。

"对！"

"我们不能放弃！"

伊靓和汤圆同声附和。

安心看着三人，笑笑，打起精神："走！抓紧时间！"

见安心同意继续搜索，三人都兴奋起来。

小七听到这句话，接着往前搜索，小雪、山神、八公立即追了上去。

"山神加油！"

"小七加油！"

四人重整旗鼓，继续向前。

雪地步行艰难，但四人都斗志满满却又沉着冷静。伊靓经过离队的事情之后，不再像之前那样奇葩，给人的感觉也靠谱了些。大家都在成长，想起基地的资金问题，安心又在心里叹了口气。

风已经渐渐刮了起来，大家用救生索连在一起，安心走在最前面，接着是边慕、伊靓、汤圆。

现在的情况下，狗狗们已经不能再自由行动了，都被牵在手中，紧跟在旁边。四人用救生索连在一起，能更好地规避险情。

风越来越大，夹着冰雪，大家都被吹得东倒西歪，伊靓、汤圆已经有些扛不住了。前面有一个避风口，安心向边慕三人大声喊道："大家再坚持一下，前面有扎营的地方！"

隔着暴风，安心的声音也被压下了很多。

边慕大声向伊靓问道："你还行吗？"

伊靓体能已经接近极限，强打着精神道："没问题！"

"圆儿呢？"

汤圆没回答。

伊靓回头看去，发现汤圆的脸都已经有些发紫，明显快撑不下去了。

"汤圆！"伊靓惊呼一声。

汤圆一个踉跄，栽倒在地！紧接着，汤圆胖乎乎的身体就顺着斜坡往下滚落。

情急之下，汤圆忙松开八公。

"砰！"

伊靓、边慕、安心都感觉身上的救生索一紧，被汤圆带着差点没能站稳。

不过，因为有救生索的关系，汤圆总算没接着滚下去。这就是四人用救生索连接在一起的好处，否则汤圆这一滚，就算没遇到雪崖冰缝，也会撞个头破血流。

汤圆紧紧地抓着救生索想要爬起来，边慕也将一根救生索向汤圆扔了过去。

这个斜坡有些陡峭，边慕不敢下去扶汤圆，否则连边慕也会跟着滚下去，连累伊靓和安心两人。

现在，他们只能把汤圆拉上来。安心、伊靓、小七、小雪、山神，都在使

劲拽救生索,把汤圆往上拉。

"汤圆,坚持住!加油!使劲!"

"大家一起,一、二、三!"

所有人一起往后拖。

又是一阵强风吹来,伊靓被刮得摔倒,汤圆又重新滚了下去,安心被拖到斜坡下方。

下方,就是雪崖!

"噗!"安心用力将冰镐扎进冰中,这才暂时稳定下来。

边慕他们慢慢回拉,安心和汤圆渐渐被拉了起来。边慕和伊靓都累得不行,但都顾不得休息,连跑带爬地过去。见安心没事,边慕松了口气。

汤圆却有些虚脱,伊靓扶起汤圆,倒出水壶的水给汤圆喝。

汤圆气喘吁吁,一阵后怕地靠在伊靓的肩上,就像之前伊靓靠着他一样,让汤圆有些不好意思。

"我现在不像漫威英雄了吧?"汤圆苦笑着。

"也像!特别像!"伊靓两眼放光,"英雄也有落难的时候,然后就会小宇宙爆发!"

八公、山神围了过来,担心地看着汤圆。

汤圆倒在地上,喘着气:"好险,差点就扔在这儿了。"

安心也感叹,看了眼风雪中的雪山:"再坚持一下,赶紧离开这里,到前面去扎营!"

边慕也跟着起来,伊靓有些担心汤圆的情况:"汤圆,你……"

"我没事,走!"汤圆挣扎着起身。

"汪汪!"小七突然跑向斜坡边,望着下方的悬崖叫起来!

安心一怔,边慕也微皱眉头。

"该不会就在这儿吧?"

"它应该是发现了什么。"

安心几步上前,顺着小七叫的方向看去。下方悬崖,巨石间有一小块平地,那里的积雪中,似乎露出些衣服出来,好像有两个人被雪埋住了!

"是他们!"安心立即确认。

"找到了!终于找到了!"伊靓欢呼起来,紧接着又变得失落,"这……怎么救啊?暴风雪马上就来了,现在救太危险了,刚才我们……"这个斜坡下去就是悬崖。

大家都带着装备,如果没有暴风雪的时候下去,倒不会有太大的危险。可现在暴风雪马上就来了,风已经越来越大,这个时候攀爬雪崖可是非常危险的,但如果不下去,下面那两人也就不用救了。

他们不可能眼睁睁地看着两条生命被埋在雪下！等暴风雪过了，这两人根本不会有生还的希望！

"别犹豫，必须救！"边慕看向安心。

安心看了眼伊靓和汤圆。

刚劫后余生的汤圆坚定地点头，伊靓也毫不迟疑。

"好！走！"

"不。"边慕突然出声，"我和小七下去，你们在上面支援！"说着，边慕已经从户外包里拿出搜救犬用的速降衣给小七穿上，自己也拿上了安全带、上升器、绳套、冰爪等装备。

四人一起下肯定是不行的，下去容易上来可就困难了。最好的办法，就是下去一人，再想办法把遇险的两名登山者吊装上来。

边慕根本不给伊靓、安心和汤圆机会，直接将自己固定在静力绳上，背着穿上速降衣的小七，开始准备下降。

强风中，边慕缓缓下降，好几次都因为重心不稳差点撞上悬崖，边慕忙用雪铲扎进冰里稳住重心，然后继续下降。

距离悬崖底越来越近，他已经可以看得更清楚了，确实是两名登山者被雪覆盖了，生死不知。

又是一次强风袭来，边慕连忙用雪镐固定，身后传来小七的"哼哼"声。

"小七，别怕，马上就到了！"

边慕一步步下降，终于到达了小平地，两名登山者就在不远处！

一落地，边慕便放下小七，自己也跟着小七跑去。小七赶紧刨雪，边慕也一起帮忙，渐渐地，露出了两名登山者的面容。

边慕急忙伸手探查两人的鼻息，小七已经叫起来！是活人！小七已经确认这两人还活着！

悬崖上，紧张关注着下方情况的安心、伊靓和汤圆，听到小七的叫声，立即激动起来。

"活着！他们还活着！"伊靓欣喜不已。

伊靓、汤圆、安心立即开始捆绑静力绳。

下方，边慕也把两名幸存者从雪里扒了出来。

绳子缓缓上升，两名幸存者、边慕和小七，分批被拉了上来。

两名幸存者经过这段时间，已经苏醒过来，不过非常虚弱，腿上都有些血迹。醒来之后，其中一名男子向边慕、安心几人叽里呱啦地说着什么。

边慕一阵头痛："负责人真是的，也不跟咱们说清楚，这俩老外在说什么？"

安心一笑，上前用英语对那名幸存者说道："我们是'完美世界'救援队，奉命来营救你们。不用担心，你们已经得救了。我们会简单帮你们处理一下外

伤,尽快把你们转移到安全的地带,让你们接受检查和治疗。"

"谢谢,谢谢你们。"幸存者连声道谢。

"你先别说话,保存体力。"安心给两人递了水和干粮。

边慕在旁边看得两眼冒光:"哇,你还会说英语啊?"

安心:"……"

伊靓过去照顾两名幸存者。安心看着远处适合扎营的避风口,有些犯愁。

这段距离说远不远,说近不近。现在他们在暴风雪中,要到那边可不容易,尤其这两名幸存者腿上还有伤,又非常虚弱。

"他们这样怎么过去啊?"安心皱眉。

"不是有山神吗?"边慕说着,从户外包里拿出冲锋衣、登山杖,向汤圆招呼着,"把你的登山杖和冲锋衣拿来。"

汤圆不解,不过还是将东西拿了出来。边慕拿起静力绳,将冲锋衣平摊在地,绑在登山杖上,很快就做成了一个简易雪橇。

"这都行?"安心看呆了。

伊靓已经拿出自己的冲锋衣和登山杖,安心也拿了出来,两人学边慕又做了一个雪橇。

很快,两个雪橇做成了。暴风雪中,茫茫雪地上,山神拉着一个雪橇往前跑,小七、八公拉着另一个。

安心、边慕、伊靓、汤圆跟在旁边,众人向前方的避风口靠近。

暴风雪肆虐,到达避风口,四人立即扎营搭帐篷。完成最后一道工序后,边慕进入帐篷,从里面拉上帐篷,长出一口气。暴风雪被挡在外面,帐篷内的温度高了起来,身体也感觉暖和了很多。

小雪守着幸存者,用舌头舔着幸存者的脸。

幸存者温和地看着小雪,又看着小七。

"幸好碰到你们。"幸存者感激道。

当然,这话也就安心和伊靓能听懂,汤圆这个被大学劝退的,基本上只能装懂,边慕更是连装懂的资格都没有。

小七肯定也不懂,不过给两位幸存者叼来饼干。

"谢谢,我们也是刚掉下去不久,还好碰到你们。"另一名幸存者感激道。

小七一脸茫然,不知道这两名幸存者在嘀咕什么,傻傻地望着边慕和安心。

安心和幸存者闲聊起来,一方面了解幸存者的情况,另一方面帮幸存者放松。

"雪洞是你们挖的吧?"

"是的,昨天收到暴风雪预警之后挖的。"

"你们不是兄弟吗?怎么长得不像?"

两名幸存者面露疑惑，虚弱地笑道："我们不是兄弟。"

"啊！"安心心里一惊，脸色突变。

边慕不解："怎么了？"

"他们不是兄弟。"安心摇头，追问道，"那你们，没有谁是吉他手？"

"没……没有啊，为什么这么问？"

安心的心瞬间揪了起来。

这两人，不是大家要找的人！雪山的遇险者，不只两人！

"很可能，你们找到的饼干袋子，才是那兄弟俩的。"安心满脸凝重。

伊靓和汤圆呆住了。

那个饼干袋子，是另一队人留下的痕迹，可能在另一条线上！

小七、小雪、山神、八公都感觉到了异常，警觉地坐了起来。两名幸存者也听出几分异常，担心地看着四人。

帐篷外，风雪很大，连帐篷都被吹得呼呼作响。

帐篷内，边慕、安心、伊靓、汤圆四人面色凝重。

暴风雪停歇后，一架直升机缓缓降落，将两名被救的外国登山者被接走。

安心、边慕、伊靓、汤圆四人，看着两名幸存者上飞机，却并没动。

大本营的负责人从机舱内探出头来："快上来啊！"

安心看了眼边慕、伊靓和汤圆三人。

大家都不愿放弃，连小七、小雪、八公和山神，也不愿放弃。

负责人着急了："安心，你们的心情我可以理解，但暴风雪之后很可能会发生雪崩，你现在做的决定是不负责的，明白吗？马上上飞机！"

安心犹豫了。接下来的行动，将会更为危险，而且，另一队人失踪了这么久，存活的可能幸更低。

安心无法取舍，尤其是万一遇到雪崩，大家很可能无法脱险。

"边慕，要不，你们上吧？"安心犹豫着，想一个人去搜救。

"不行！"边慕一口否定。

"我们也不！"伊靓直接帮汤圆做了决定，汤圆倒是没反对。

"安心，走吧，大家一起去。"边慕催促道。

看着一脸坚决的伊靓、汤圆、边慕三人，安心有些感动。

这才是"完美世界"救援队的搜救员和搜救犬！虽然大家内心都有恐惧，但有着继续的勇气！

安心看向负责人："我们继续！"

"你们疯了吗？"负责人气得不行。

"我们不能放弃他们！"安心大声道，"我们明明看到了希望，绝不会放弃！"

安心的声音，穿透直升机发动机的声音，传入负责人的耳中，也传入两名幸存者的耳中，两名幸存者很是感动。

负责人有些恼火："你们自己的决定，自己看着办吧！"

直升机飞走了，安心、伊靓、汤圆、边慕四人的眼中，充满了坚定。一行人立即出发，带着狗狗们赶往另一条路。伊靓拿着GPS，跟着路线原路返回，找到了饼干袋子的地方。

"就是这儿。"伊靓拿出饼干袋子和明信片作为嗅源放在狗狗面前，"山神！小七！小雪！八公！"

四条狗狗立即跑过去嗅着，八公打了个喷嚏，小雪也跟着打了个喷嚏。

汤圆立即警觉起来。

"八公，你不会感冒了吧？"汤圆连忙打开水壶，给八公和小雪喂温水。

边慕和伊靓也跟着喂小七和山神，安心显得有些担心。

小七喝完水，见小雪还在打喷嚏，跑过去嗅小雪的鼻子，担心得想要安慰它的样子。

边慕赶紧制止："小七！现在不行！"

这是边慕第一次制止小七跟小雪亲密，小七有些委屈。边慕却不知道怎么解释，现在小雪感冒了，小七很可能也会被传染。

如果四条狗狗都感冒了，那搜寻……

安心的神色变得严肃起来。

卫星电话响了，是敖力，他已经赶到了登山大本营。

安心立即给敖力汇报这边的情况："小雪和八公有点儿感冒了，小七和山神还好，但是还不知道能坚持多久。"

"告诉我你们现在的经纬度！"

安心知道敖力要赶来，立即拒绝："你别来找我们，现在只能靠小七和山神了，要是我们在这儿等你，我怕时间拖久了它们也会感冒，再说救人的时间已经很紧迫了，另外步枪的情况也不利于雪地搜救。你就在大本营等我们吧。"

挂断电话，安心看向小七和山神。

现在，他们只能看小七和山神的了。

被安心挂断电话，敖力立即去找那两名幸存者。问明了安心几人找到这两名幸存者的线路，敖力立即确定安心四人现在走的线路。

"步枪！走！"

"你还是要去？"周茉连忙出声。

"你又要反对？"敖力带着步枪就走。

周茉没多说，拿出棉布上前，将步枪之前受伤的地方包了一圈，又给步枪戴上雪镜，背着自己的背包，跟上敖力和步枪。

雪山上,安心和边慕一行在继续搜寻。

小雪的喷嚏越来越频繁。

"坚持住,小雪,找到人我们就回去。"安心给小雪喂水,加油打气,话音刚落,小七也开始打喷嚏了。

安心和边慕都愣住了,小七也感冒了!现在,只有山神了!

汤圆扛不住了:"要不回去吧,这样小七它们迟早会出问题,现在就剩下一个山神,山神虽然接触过嗅源,但是那俩人昨儿下午失踪,我们也不知道他们是什么时候从这儿经过的,万一昨儿下午就路过呢,这一路气味已经很难寻了,山神很可能就是带着我们瞎转。"

只有一条搜救犬,队伍的战力已经折损了四分之三!

伊靓却不乐意了:"你怎么这么说我们神犬山神呢?队长,你一定要相信山神,它能在游泳池里找到戒指,嗅觉是超常的!"

山神好像听懂了伊靓的话,对汤圆叫着,好像在争辩,然后,刚叫两声,山神也打起了喷嚏。

四人都愣住了,所有搜救犬感冒了。搜救犬的嗅觉失灵,搜救根本不可能进行下去。

"不可能!我们山神不可能感冒,顶多是刚才吹着风鼻子过敏!"

伊靓一看就还不死心。

可山神一个接一个地打着喷嚏,伊靓的话音越来越低,自己也没底气了。

"怎么办?就这么回去?"安心皱紧眉头,望着茫茫雪山。

大家都沉默了。没有人想撤退,可搜救犬已经全体感冒。没了搜救犬领路,大家只能如没头苍蝇般碰运气。

"把明信片给我!"边慕向伊靓伸出手。

伊靓把明信片递给边慕。

边慕立即将明信片送到小七面前:"小七,再试试!"

边慕这是想增强小七的嗅觉记忆。

汤圆摇头:"边慕,它已经感冒了,现在还只是嗅觉不好,万一再冻坏了怎么办?"

这样寒冷的天气,还有风雪,狗狗们已经都感冒了,再这样下去,确实可能全被冻坏,伊靓也心疼起来。

"算了吧。"汤圆叹了口气。

安心也长叹一口气,伸手拿过边慕手上的明信片。

明信片上的指纹手印,引起了安心的注意,她微微皱眉。

"怎么了?"边慕问道。

"这手印不一样,是兄弟两个人的。"安心指着手印。

"不是送给女朋友的吗？"伊靓疑惑地问道。

"不，送给女朋友怎么可能按两个男人的手印？这应该是写给母亲的明信片，可能打算下了雪山就寄……"说到这里，安心有些哽咽，"如果我们放弃，一个母亲就会失去两个孩子。"

伊靓、汤圆都怔住了。

一个母亲，两个孩子……可是，狗狗们已经失去嗅觉能力，怎么搜寻？难道就靠大家盲目寻找碰运气？

就在四人都一筹莫展的时候，边慕突然想起什么："对了！不是说有一个人有随时戴着耳机听歌的习惯吗？"

"你是说……"安心眼睛一亮。

边慕点头："嗅觉不好可以靠听觉，而且，八公对音乐很敏感！"

"对啊！"

"边慕你太聪明了！"

伊靓和汤圆都兴奋起来。

不过汤圆还是有些担忧："可是真冻坏了怎么办？"

边慕毫不犹豫地脱下自己里面的衣服，给小七裹了起来，把小七给裹得严严实实的，接着又给小七喝了一杯热水。

"只要我们把它们保护好就行！"

安心、伊靓、汤圆也纷纷效仿。

小雪喷嚏打个不停，安心蹲下身子，给小雪打气："小雪，我知道你很辛苦，我们再努力一次好不好？"

"汪汪！"小雪叫着，眼神坚定。

"汪汪！"小七、山神、八公也跟着叫起来。

被裹得严严实实的小七、八公、小雪、山神坐成一排回应，安心、伊靓、边慕、汤圆都有些感动。

"走！"安心挥手。

小七立即带头，小雪、八公、山神跟上。

"开始用耳朵，注意声音！"边慕叮嘱着。

小七叫了一声，表示听懂了。

第 3 章

永不放弃

敖力拿着GPS，正沿着之前给伊靓他们设定好的路线前进。

周茉紧跟在步枪旁边，一脸担心，不时关注着步枪受过伤的腿。

正搜寻的步枪突然向左侧跑去。

"步枪，小心你的腿！"周茉急了。

敖力也急忙出声："步枪，不是那个方向，回来！"

步枪根本不听，继续飞奔，敖力和周茉急忙追上去。

前方，隐约可见一座小木屋。看到小木屋，敖力和周茉都愣了一下。步枪停在小木屋门前，回头看着敖力。

"回来！"敖力向步枪呼道。

步枪没听，推开小木屋钻了进去，敖力和周茉互看一眼，跟着走进木屋。环顾四周，周茉打量着屋内的每一件物品，脸上有一种久别重逢的感觉。

步枪也打量着房间里的一切。

周茉有些唏嘘："三年了，步枪还记得这儿。"

敖力没心情和周茉怀旧，冲步枪喊道："步枪，忘了我们来干吗了？走！"

步枪退到一个角落不动。这里，就是敖力之前带步枪执行任务时来过的地方，当时周茉也在，两人在这里停留了一段时间。

周茉看了眼退到角落里的步枪，苦笑道："它这时候把我们带到这儿，是想让我们回忆过去吗？"

敖力有点不耐烦："别跟我提过去了，过去已经面目全非。"

敖力的话，让周茉有些难受。

敖力板着脸补充道："尤其在你这次拦下步枪后！"

周茉怒了："我这次拦下步枪……敖力，逃避的是你，是你对步枪的伤视而不见，你能不能告诉我你到底在逃避什么，那么怕步枪不能继续搜救下去？那么怕它远离任务？"

敖力冷声道："你觉得我们现在还有时间探讨这个问题吗？"

"你……"周茉欲言又止。

见敖力和周茉又吵了起来，步枪难过地扒着两人的腿，发出伤心的"呜呜"声，像一个夹在争吵的父母间的可怜小孩。

"算了，走吧。"周茉摇头，心疼步枪，不想再和敖力争吵让步枪难受。

敖力点头，准备带步枪走。步枪看了看敖力，似乎发现了什么，转过头，

跑到墙角一堆杂物旁边闻来闻去。

敖力准备过去拉步枪，步枪已经抬起头来，嘴里叼着一条项链，项链上有些许锈迹，上面有一排字母"forever"。

敖力和周茉看到项链，都愣住了。

三年前，就是在这里，敖力送了周茉这条项链。可后来，这条项链不知怎么遗失了，再也没找到。

敖力有些恍惚，周茉苦笑："当初找了那么久，竟然就这么找到了。"

敖力没说话，周茉看向窗外，也没说话。

同样的窗户，同样的雪山，同样的两狗一人，却没了纷飞的大雪，也没了当初敖力堆的那个浪漫的雪人。

周茉心里有些伤感："当初丢了这项链，我就感觉我们可能会分开，现在……"

周茉笑笑："我觉得我们不会了，都回来了。"

步枪听到周茉这话，站在敖力身边蹭了蹭敖力，敖力顺着周茉的视线，看向窗外。

因为有衣服的包裹，小七和狗狗们没再打喷嚏了。

茫茫雪山，依然难行。一行人在雪山中，没搜到任何线索。两小时前，大本营通过卫星电话，已经联系到了安心一行。

敖力和周茉来了，还有，这条线路，发生过雪崩！

平静的雪山下，掩藏着无尽的凶险。

也许，那两兄弟已经被埋在了下面，也许……

小七的耳朵动了一下，停了下来。这个动作，立即引起了安心的注意。

"别说话！"安心举手示意。

紧接着，八公突然表现得异常兴奋，对着一个方向狂吠起来。

"汪汪！"八公朝那边狂奔，小七也跟了上去。

有发现！边慕、汤圆几人立即跟上。八公停在一处雪地前，回头冲汤圆和边慕叫了两声，接着开始使劲刨着积雪。

小七、小雪、山神纷纷加入。

人就在下面！边慕、安心立即拿出雪铲帮忙，所有人都紧张不已，既充满希望，又有着恐惧。

"应该埋得不深吧？应该还活着吧？"伊靓边挖边问着。

安心没有说话，汤圆紧闭着嘴巴。

众人手忙脚乱地挖着。

"汪汪！"小七叫着，从它刨的雪洞里拖出一个人来。

45

紧接着，八公也将另一个人拖了出来，对方身上戴着耳机正传出微弱的乐曲声！

安心立即脱下自己的外套，搭在那名登山者身上。

另一边，边慕也已经脱下外套，将另一名登山者裹了起来。

安心蹲下身子，探听呼吸，紧接着皱眉，又摸了摸他的脉搏，然后起身去检查另一名登山者。

伊靓、边慕、汤圆一脸紧张，等着答案，不知道最终是什么结果。

"哈哈！哈哈！"安心突然笑了起来，笑得掉下眼泪。

一看安心这个反应，边慕、汤圆、伊靓都松了口气。

活着！找到了！还好他们没有放弃！所有人都兴奋地欢呼着。

大本营那边接到消息，立即派出直升机。但因为直升机空间不足，只能先带两名幸存者走，安心四人还需要原路返回。

敖力立即打开电话："你们尽快，雪崩可能随时会来，你们返回的路上有个救护站，我现在在这儿，我们就在这儿等你们！"

目送直升机离开，四人都非常喜悦，又有两条生命，因为大家而得救。

见安心两眼通红，傻傻地望着远去的直升机，边慕走了过去："想什么呢？"

安心一笑："我在想，这一路不管经历了什么，看到这一刻，觉得都值了。"

旁边的伊靓听了道："嗯，我们值了！"

"走吧，抓紧时间。"安心拿起背包招呼道。

边慕嘴贱："干吗？迫不及待地要找某人了？"

安心一笑："怎么？你有意见？"

"当然！"边慕瞪着眼，一副生气的表情，"有意见，意见很大！"

"砰！"安心一个雪球砸在边慕身上，"瞧你那样！出息！"

边慕知道安心是故意逗自己，掸了掸身上的雪，嬉皮笑脸地凑过去："我送的蛋糕好不好吃？香水味道喜不喜欢？"

安心没理边慕，带着小雪就走。

边慕追了上去："你什么意思啊？究竟是敖力好还是我好啊？不是我说，这都什么年代了，还玩刻字这一套，真土。你不会真喜欢他吧？"

安心回过头来，对边慕一笑："你猜呢？"

边慕抓起一团雪："要不这样，我砸中你，你就跟我好；砸不中，你别跟他好。"

"好了，别疯了，快走！"安心板着张脸道。

一行人立即行动。

回去的路，比来时轻松多了，大家都很放松，狗狗们也很欢快。

只是刚走没多远，正跟在旁边的小七突然停了下来，警觉地望向身后。

紧接着，八公、小雪、山神也停了下来，望向后方，露出不安的表情，山神还后退了几步，发出"哼哼"声。

"怎么了，小七？"边慕皱眉。

安心面色微沉，有种不好的预感。

"汪汪！"小七突然叫起来。

"轰"一声巨响，伊靓、汤圆、边慕、安心都面色大变。

就在后方不远处的山顶上，发生了大面积的雪崩！

"跑！"安心拉着伊靓大呼道。

不用说，边慕、汤圆也知道跑，小七、小雪、山神、八公跟着飞跑起来。

狗狗们跑得很快，但边慕几人背着重重的户外包，根本没办法跑快，汤圆胖乎乎的身子，更是几乎跑不动。

边慕不得不拉着汤圆一起，速度慢了很多。

雪浪滚滚，如同海潮一般汹涌而来，离边慕等人越来越近。

小七见边慕和汤圆落在后面，停下来想回来帮助边慕。

边慕连忙制止小七："小七，快跑！别管我！"

小七有点犹豫。

安心也急了："把包都扔了，快！别犹豫！跑！"

小七继续往前，边慕和汤圆把包扔下飞奔。身后的冰雪风暴般扑来，前面却没有躲避之处。虽然扔了背包，但积雪很深，速度本就很慢，边慕有点绝望了，汤圆脸色发紫。

"你跑吧。"汤圆摔开边慕。

边慕瞪着汤圆："不行！走！"

汤圆喘着粗气，眼睛都红了："再见，兄弟！"

"再见个屁！"边慕拽着汤圆，"要跑一起跑，要倒一起倒！坚持住！"

汤圆不肯，边慕干脆直接把汤圆给背在背上。

汤圆可是一百五六十斤的体重，这一背，差点没把边慕给压趴在地上。

前面，带着伊靓在奔跑的安心有点撑不住了，一个趔趄倒在雪地上。

积雪涌来，眼看众人就要被埋在雪里，汤圆闭上了眼睛，安心一脸绝望。

"汪汪！汪汪！"前面传来小七的叫声。

安心扭头看去，见小七停下的地方，有一个山洞。

"快！前面有山洞！"安心急呼道。

一听有山洞，原本等死的汤圆有了力气。

四人立即往山洞冲去，边慕拉着汤圆刚进山洞，就听身后一声巨响，紧接着眼前一片漆黑。

积雪，将洞口淹没了……

狭小的山洞里，边慕等人和狗狗们挤在一起。

伊靓靠在汤圆旁边，呼吸越来越困难，安心和边慕也一筹莫展。

小雪也陷入惊恐之中，靠在安心旁边开始"哼哼"，小七忙过去，舔了舔小雪，接着靠在它身边陪伴安慰。

安心："小雪别怕，小七陪你呢。"

伊靓："好冷，好黑。"

安心打起精神取下头盔放在地上，打开了头盔上的头顶灯。

八公依旧呈呆傻状好像不明白刚发生了什么，山神也没心没肺无聊地拨着地上的小石头。

伊靓看着俩家伙："我现在好羡慕山神和八公啊。"

汤圆："它们好像还没搞明白状况。"

密闭的环境给所有人都带来了压抑感，安心脸上渗出些许汗水。边慕检查着洞口，发现全被堵死了，脸色变得更加阴沉起来。

"怎么办？"伊靓都快哭了，"现在工具和补给都没了，卫星电话也没了……"

安心喘着气，捏着拳头，不断地深呼吸。

幽闭空间恐惧症！这是安心的弱点，而实际上，这也是她离开国家队的原因。现在这种环境，给安心带来了巨大的压力。她的额头不断渗出汗水，呼吸也越来越急促。

边慕见安心的情况，知道安心有点撑不住了，坐到安心旁边抱着安心。安心也顾不了那么多，立即握住边慕的手。小雪和小七也凑过来，想要安慰安心。

不过安心的状况并没因此改善，反而心里越来越慌，抓着边慕的手也越来越紧。

汤圆和伊靓看出了安心的不对劲："队长，你怎么了？"

联想起电梯里的事情，边慕已经猜到了安心是什么情况，立即帮安心掩饰："缺氧加高原反应，没事。"说着，边慕拍了拍安心的肩膀，"没事。"

安心的呼吸越来越重，边慕搂着她："闭上眼睛，想想你最高兴的时候，想想救援队，不要紧张，放松些。"

听边慕这么一说，想到救援队就快没了，安心长叹一口气。

"怎么了？"边慕皱眉，"别想不开心的事啊，想想我们第一次见面，你还记得吗？在海边，小木屋，我想带走小七……"

边慕说着，自己也陷入了回忆。

他究竟是什么时候喜欢上这个凶巴巴的女人呢？似乎在海边第一次见到的时候，他就有点喜欢她了吧？说起来这个凶巴巴的女人还欠自己一条命呢。

边慕缓缓诉说着，安心渐渐平静了一点。

边慕微笑着回忆："你知道吗？其实那不是我第一次见你，我第一眼见你是在我的无人机镜头里，从天而降的另外一个游泳圈。"

"是你？"安心惊讶道。

"哈哈。"边慕得意道，"没想到吧？还有更多你没想到的呢，以后慢慢讲给你听。"

见安心平静很多，边慕向小雪招手："小雪，过来。"

小雪跑过去，懂事地靠在安心怀里。安心抱着小雪，情绪越来越平静。见安心终于稳定下来，边慕起身："等着我，我一定带你回去。"

再次来到洞口，边慕刨起雪来，小七也过去帮忙。

汤圆见了，看向伊靓。

伊靓点头："去吧。"

戴着手套刨雪，和用雪铲完全不一样。

边慕和汤圆的手套越来越破，小七的爪子都渐渐被血浸成了红色，但洞口的雪一点没有松动的迹象。

安心摇头："算了，别徒劳了，保存体力等救援吧。"

伊靓忧心忡忡地说："恐怕都没人知道我们被困吧……"说着，伊靓看向自己手腕上的手表。

手表根本不可能有信号，别说救援队的手表了，手机都没信号。现在这种情况，唯一可能有信号的，也就卫星电话，但卫星电话早已在他们逃命的时候不知丢哪儿去了。

山洞里，气氛再次沉重下来。

边慕不死心地继续刨着，小七也不肯放弃。

山神和八公见了，也跑过去帮忙。只是它们刚刨出一个小坑，上面的积雪马上就落下来，再次把坑填住……

雪地里，敖力带着步枪在快速前进。步枪的步伐有些不平衡，敖力皱紧了眉头。

周茉上前检查步枪的情况，解开步枪腿上的棉布，面色沉了下来："寒冷加旧伤影响了肌肉功能。"

本来她想责备敖力，最终叹了口气，一脸心疼："现在说什么也没用了。"

敖力一脸犹豫："它还能继续吗？"

周茉摇头，给步枪上了药，重新包好棉布。

"步枪，上吧，我会保护你的。"拍了拍步枪的背，周茉又叹了口气。

敖力惊讶地看着周茉，不相信周茉会做出这样的选择。

"加油，步枪，尽快找到小七他们！"周茉向步枪挥手。

步枪听懂了周茉的话，继续快速前进。敖力站在后面，看着周茉跟着步枪前进的身影,想说什么,又没出口,默默地跟了上去。

山洞里,没有一点变化。

边慕和汤圆绝望地坐在旁边,小七、八公、山神也瘫在地上,几乎耗尽了所有力气。

大家刨开一点,立即又被掉下的雪完全封死,根本刨不出去。

伊靓眼巴巴地看着边慕和汤圆,眼泪掉了下来。

汤圆心里也一阵难受。

看着伊靓紧咬着嘴唇,汤圆挤出一丝难看的笑容:"对不起,我好想当你的漫威英雄。"

伊靓的表情更难看起来。

安心的情绪虽然平稳了一些,但经过这一段时间,表情又紧张起来。

边慕摇头:"要不咱们把该说的话都说了吧?闷着也无聊,聊聊天解闷吧。"说着,边慕踹了汤圆一脚,"你先来,把你那些见不得人的秘密都说出来。"

"我没见不得人的秘密。"汤圆嘴硬。

边慕笑道:"你的事我还不清楚?"

汤圆当然不肯第一个说,正准备揭边慕的短,伊靓突然出声。

"我说吧。"

大家都看向伊靓。

伊靓自言自语般说道:"我……我之前来救援队是想跟偶像队长在一起,也想搞点噱头增加我直播的人气,把山神打造成超级网红,然后开店卖宠物用品通过粉丝赚钱,我……"

安心抬头看着伊靓:"那现在呢?"

伊靓摇头。"那次老人走失我已经反思了,还有我被绑架那次我也犹豫过,但也没有完全打消我的念头。但是上回帮郝帅找到戒指,看着他们俩重归于好,我觉得跟那一刻的开心和成就感相比,什么网红,什么开店,都不重要了,我想做救援队员,我想山神成为优秀的搜救犬,一起帮助更多的人。那样我才会觉得更幸福,山神也会更快乐。"

边慕和汤圆都被感动了,山神也冲伊靓"哼哼"着。

说完自己的事,伊靓有些不好意思了,汤圆接过话:"那我也有,我也有料要爆!"

边慕听了吓了一跳:"这可是说自己,不是说别人啊!"

汤圆看了边慕一眼道:"说不定这是最后的遗言了,有什么不能说的?"汤圆举起手,"报告队长,我……我来这儿本来就是为了帮边慕偷小七的。"

小七一听,立即抬头,看着汤圆和边慕。

边慕缩了缩脖子:"那个……我……我已经改了……"

汤圆摸了摸小七的头:"不过这只是个引子,后来……后来……"汤圆小心地看了眼伊靓,"我……我喜欢上了伊靓……"

伊靓红了脸,不过这事伊靓早就心知肚明,现在这种情况下听汤圆说出来,伊靓大方地笑了笑。

汤圆胆大了些,接着对伊靓说道:"你……你微博和直播间那些漫威角色系列,老和你说话给你加油送礼物的小号,都是我。"

伊靓一脸感动。

汤圆长出一口气:"尤其在你离开救援队那段时间,我想了各种办法,通过微博、微信、直播间,用了一百多个小号。"

汤圆看着伊靓,脸上平静而又温暖,露出一抹满足的微笑:"刚才我们躲进洞口之前,你知道你喊的什么吗?汤圆、安心、边慕,我是第一个,要是以前,你肯定第一个喊队长。"

伊靓愣了一下。

汤圆摇头:"其实我现在好纠结,我觉得这一刻死了也值了,又觉得我才刚刚看到希望就……所以特别遗憾。"

伊靓的眼泪又掉了下来,脸上却笑着,笑容带着泪花:"不遗憾。"

汤圆微微一笑,看着伊靓。

安心看向边慕:"那你呢?"

边慕怔了怔:"我……我偷小七那些事你们都知道了,没什么秘密了。"

"不行,你必须说一个。"伊靓出声。

"我这么干净透明的人,怎么有其他秘密?"边慕昂着脑袋道。

"你少来!"安心看着边慕,"大家都说了,该你了!"

边慕见躲不过,只得扭扭捏捏地摸了摸脑袋:"那……那我就说一个,其实有一件事我憋在心里很久了,今天我就说了吧。"

一听边慕要说,伊靓、汤圆、安心的八卦基因就被激活了,连小七都一脸好奇地望过来。

见大家都望着自己,边慕开始说了:"我有一次啊,在海边救了一个女孩,但是她醒来的时候看到的是另外一个人,然后就把另外一个人当成了自己的救命恩人,然后就……"

"她喜欢上后来那个人了?"伊靓出声。

边慕点头:"不幸被你言中了。"

"后来呢?"安心问道。

"接下来的,你们就自行脑补了。"边慕看了安心一眼。

安心抓起一团雪砸到边慕身上:"你这糊弄我们呢!"

边慕一本正经地说:"都这时候了,我糊弄你们干吗?真的,这一直是我的心结。"

"好了,到你了。"边慕看向安心催促道。

"我……"安心犹豫了。

"你别耍赖啊。"见安心犹豫,边慕不干了。

安心皱着眉头,依然一脸犹豫。

好一会儿,安心才抬起头来,看了三人一眼接着小声地说:"我们……我们的基地要被拆了。"

安心的话,让边慕、伊靓和汤圆都一愣,紧接着边慕笑了。

安心重复道:"我们的基地要被拆了。"

"好啊,先拆哪儿?你说!"边慕点头。

"都拆了。"安心说道。

"那先拆厨房,反正被伊靓烧了个洞,拆了盖新的。"汤圆接话道。

"不盖了。"安心摇头。

"那不行啊。"汤圆瞪着眼睛,"难道让我在露天做饭?"

"真的不盖了。"安心的声音低了下来。

边慕、汤圆、伊靓看着安心,发现安心不是说笑,开始认真起来。

"你……你说的是真的?"

"我们的基地真的要被拆了。"安心点头,"有个房地产商把这块地买了,一直让我搬,我不肯,再过几天是最后期限,我也一直不敢告诉你们,没想到现在以这种方式……"

三人怔了怔。

伊靓难以接受:"怎么说拆就拆呢!"

"对不起。"安心低声说道。

边慕也很难以接受,可是现在都这种情况了,再增加烦恼……

边慕立即劝说道:"没事儿,不就是基地没了吗?我们'完美世界'救援队靠的不是基地,是我们的队员和搜救犬,只要人在狗在,去哪儿都行。"

安心摇头:"我不只是说基地的事儿,还有现在,对不起。"

说着,安心的视线从伊靓、汤圆、边慕身上一一扫过,又看着小七等狗狗,眼眶红了起来:"对不起,我没保护好你们。"

边慕一笑,大大咧咧地道:"没什么对不起的,这是我们共同的决定。我们选择的,我们一起面对。"

知道边慕这是在安慰自己,安心却无法原谅自己。

安心勉强地笑了笑,接着脸色越来越难看,也不说话了。

山洞内,再次沉静下来。

边慕见安心一脸自责，走了过去，抱住安心安慰道："好了，别瞎想了，保持体力，等救援吧。我们说的不放弃，不光是不放弃救别人，更是不能放弃我们自己。"他握住安心的手安慰着。

山洞内空气越来越稀薄，大家的补给也全扔了，没有水，没有干粮，更没有生火保暖的东西。

狗狗们越来越虚弱，也没了精神，都趴在地上不想动弹。氧气越来越少，伊靓和安心呼吸困难起来，脸色变得苍白。

"好渴……"伊靓虚弱地说。

汤圆小心翼翼地把伊靓放到墙边，起身过去抓起雪往回走，被边慕给制止了："别给她吃！"

汤圆疑惑地看着边慕。边慕摇头："直接吃雪会降低体温，还会造成肠胃功能紊乱，伊靓现在这样，只会让她的情况更糟糕。"

"那怎么办？"汤圆问道。

边慕看了看旁边的安心和越来越虚弱的狗狗们，接着目光停留在洞里一个之前别人留下的空矿泉水瓶上。

边慕艰难地起身，走过去拿起矿泉水瓶来到洞口，忍着寒冷往瓶子里装满了雪，接着回到安心旁边。

边慕看了看矿泉水瓶，横下心将瓶子放进自己的衣服里焐着，极度的寒冷让他忍不住皱起眉头，但他咬牙忍着，大口喘息着——他也已经疲惫不堪。

安心看着边慕这样更加触动，却什么也没说，伸手握紧了他。当边慕把矿泉水瓶交给汤圆的时候，一瓶雪已经化成了小半瓶水。汤圆看着边慕冻得通红的手，眼睛湿润了。边慕示意他赶紧给伊靓喝水。

此时，伊靓已经很恍惚，长期缺水和缺氧，已经让伊靓难以撑下去。汤圆立即打开盖子喂伊靓，伊靓虚弱地摇着头，看向比她还虚弱的安心："给队长吧。"

汤圆想要还给边慕，安心摇头："我没事，就怕小七它们受不了。"

汤圆拿着矿泉水瓶看了看边慕，又看了看伊靓，立在那里不知怎么办。

边慕起身接过水，倒在自己手上，递到小七面前，小七不喝，小雪、山神、八公也不喝。

边慕看狗狗们这么懂事也忍不住红了眼圈，打起精神冲小七笑笑，另一只手摸着小七的头跟它商量："小七，我知道你懂事，想把水留给别人，但是你看，你不喝它们也不喝，你要起好带头作用喝上几口。"

小七犹豫了一下，又看了看小雪、山神和八公。

"来吧，听话。"边慕劝说道。

小七又看了眼小雪、山神、八公，这才低下头把边慕手上的水喝了。

"太好了。"边慕拍着小七的头夸奖一声,接着过去喂小七旁边的八公。

汤圆:"我来喂。"

汤圆接过矿泉水瓶,将水倒在自己手上喂八公。八公喝了水,舔了舔汤圆的手。山神也已经虚弱不堪,汤圆把水交给伊靓,伊靓也将水倒在自己手上,看山神慢慢喝下去,伊靓再也忍不住泪眼滂沱。

"山神,喝吧,你这么棒,还救过我一命,我特别喜欢你。我还想等以后带你去全国各地玩呢,不知道还有没有这个机会……如果没有了,下辈子你还找我,我再给你补上,好吗?"

山神舔着伊靓的手喝完水,接着将自己的前脚放在伊靓的手心上,伊靓握住山神。

伊靓把水还给边慕,边慕走过去交给安心,自己也抱着安心靠着。

安心接过来喂小雪,可是小雪怎么都不肯喝水。

安心劝说着:"小雪,你看大家都喝了"。

小雪还是不肯喝。

"小雪……"

小雪还是不肯,安心的手有些颤抖,小雪冲安心"哼哼"了两声,安心的手突然放了下去。

"安心!"边慕急呼。

安心没回答,伊靓跟汤圆也吓坏了。

"队长!"

"队长!"

安心依然没有回答,也没有动静。

小雪趴在地上,两只前脚搭在安心的腿上冲安心"哼哼"。

小七艰难地靠近小雪,舔着它的脸,小雪悲伤地望着小七,想挣扎着起来却做不到。小七舔着仅剩的水,一下一下地湿润小雪的鼻子,发出阵阵悲鸣。

"扑通!"小七不支倒地,使尽全力挪到小雪身边,与它相依相偎着躺在一块儿。

山洞里的空气越来越稀薄,边慕也快到了极限,紧抱着安心给她加油。

"安心,再坚持一会儿,打起精神,别睡着了。"

"安心……"

让人绝望的沉默蔓延开来,对面伊靓也陷入昏迷,汤圆也有些喘不上气来,慢慢闭上了眼睛。

边慕大呼道:"伊靓、汤圆……"

俩人都没有应答,边慕半睁着眼睛,嘴角挤出一抹苦笑,看着倚靠在自己肩头的安心。

"反正现在也没人能听见了,我就告诉你吧,安心,我那压箱底的秘密可不是童话,我那心结也不是开玩笑,我们第一次见面那天,把你救上岸的是我,但你睁眼看到的却是敖力。"

边慕说着,接着看着安心的脸:"不过如果再来一次,我还是会选择做救你那个。"沉默片刻过后,他又说,"当然,也是吻你那个。"

边慕说着在安心的额头上深情一吻,小七跟小雪抬头看着,边慕再也坚持不住,闭上了眼睛……

"汪汪!"小七突然对着洞口叫了起来,小雪跟山神等也开始叫,但是它们都没力气再跑向洞口,除了小七。

小七拼命地刨雪,边慕听到声音,微微睁开眼睛——一束亮光照进山洞,紧接着,步枪冲了进来!

天无绝人之路,最后关头,敖力和周茉赶到了!

登山大本营内。

安心、边慕、汤圆和伊靓坐在大本营雪地里的椅子上,小七、小雪、八公、山神已经恢复精力,在雪地里撒欢。

没有庆祝的美酒跟丰盛的盛宴,安心等人只是静静坐着,看着日落和撒欢的狗狗们,这种相聚却比以往的任何一个时刻都令队员们觉得幸福。

大本营负责人朝安心走过来。

安心歉意地对负责人道歉:"对不起,让你担心了。"

负责人脸微红地说:"是我不好意思,你们在绝境中创造了奇迹。"负责人在安心旁边坐下,"你们救的幸存者已经在医院了,现在状况都还好,另外,他们让我跟你说谢谢。"

安心笑道:"他们没事就好。"

负责人:"我也……谢谢你们。"

安心笑笑:"您也太客气了,都是我们应该做的。"

"总之,这次得感谢你们,还有狗狗们。"负责人再次道谢,起身离开。

小七和小雪经过这次遇险后,异常亲密,小七正叼着一截大本营提供的火腿喂小雪。

边慕看在眼里对安心嬉皮笑脸道:"你看它们是不是天生一对儿,跟我们一样?"

安心看着嬉皮笑脸的边慕,脸红了一下:"是啊,它们是天生一对儿。"

"那我们呢?"边慕追问道。

"滚!"

边慕:"……"

敖力拿着一瓶牛奶准备过来，看到安心、边慕挨在一起说话，又转身回大本营帐篷里去了。

大本营帐篷内，步枪和周茉就在里面，周茉正在用热水袋敷步枪的腿。

因为在雪地里急行救援安心几人，步枪腿上的旧伤复发了，行动已经有些不便，周茉对它的照顾非常周到，正尽力帮它恢复。敖力看着这一幕有些感动，叹了口气。

缺水和缺氧，并没有阻止安心等人前进的步伐。也幸亏敖力的准确判断，这才救回了安心几人，对此，大家都很庆幸，也都很感激。如果不是敖力不顾周茉的阻拦前来，那四人都得交代在雪山之上。

休息了一夜，狗狗们已经恢复得差不多了，队员们也精神十足，大家开始返程。

一行人一路欢声笑语，汤圆和伊靓挤在一块儿，拍了好些照片。倒是伊靓，罕见地没再拿着手机直播，也没把拍的照片发到微博上，看来这个少女，确实已经成熟了很多。

一行人兴致勃勃地回到基地，刚进入大门，阿旺就飞蹿过来。

"有坏人！有坏人！"

"来人了！来人了！"

豆豆和公主扑扇着翅膀飞来，边飞边尖叫着。

听到车声，洛奇也跑了过来："队长，不好了！来人了！"

边慕皱眉："谁来了？"

安心面色微沉，已经猜到是什么人来了。

训练场上停了两辆车，房地产公司女老板和她的小喽啰们站在旁边，气焰嚣张。

安心皱眉："果然还是来了。"

小七一脸警惕地看着这些不速之客。

这件事情，在雪山的时候，安心已经说过了，边慕也猜到了这些人的来历。

女老板见安心等人回来，立即朝这边走来，冷着张脸道："我还以为你们都搬完了呢，怎么到现在还没搬？我说一周就一周，你别以为是开玩笑。今天最后一天，明儿中午我们就开工。"

安心一怔："明天？我们才刚救援回来。"

敖力和周茉还不知道这件事，看到这种情况不明所以。

边慕站了出来，阴阳怪气地看着女老板道："那不还有一天吗？急什么！"

女老板冷冷地看着边慕："小伙子，少耍嘴皮子，我对你们已经仁至义尽了。你知道你们这么拖着，我损失多少吗？"

边慕冷笑道："那你耽搁我们救援队一天，知道人民群众损失多大吗？"

"汪汪!"小七冲女老板叫着。

敖力和周苿互看一眼,大概听出了是怎么回事,都微微皱眉。

安心知道这事不好解决,有些为难道:"那你能不能容我们再商量一下?"

女老板冷声道:"没什么可商量的了,抓紧时间搬吧!"

伊靓不满了,瞪着女老板:"你怎么这么不讲理啊?"

女老板轻笑一声道:"这块地现在是我的,时间我也给了,你觉得是谁不讲理?"

"你……"伊靓想反驳,却不知道怎么反驳,只能干瞪着眼。

汤圆护着伊靓:"可是我们……我们能去哪儿?狗狗们怎么办?"

女老板冷笑一声,看了眼众人道:"又是人又是狗,这是想多要点补偿是吧?"说着,女老板走到安心面前,居高临下地看着安心,"想要钱,那就赶紧开价啊。"

安心摇头:"这救援队对我来说不是钱那么简单……"

女老板皱眉:"心别太贪了,到头来一分钱拿不到吃亏的是你们。反正我们明天来,你们要不搬,我就当是垃圾一起清理了。"

"汪汪!"小七、步枪见女老板气焰嚣张,气愤地冲女老板叫着,步枪还上前两步。

"干吗?这是干吗呢?"女老板身边的一名跟班气势汹汹地上前,挡在女老板身前。

安心阻止小七:"小七,别冲动。"

敖力已经知道怎么回事了,难掩怒火,拉住步枪,上前道:"怎么?你们这是要来硬的?"

伊森和洛奇也跟着附和:"来硬的我们也不怕,谁怕谁!"

后面,周苿、边慕、伊靓、汤圆几人,都挺胸站了上去,毫不示弱地看着女老板和那帮跟班。

看着这么多人,女老板寒了脸:"我已经跟你们说过了,不想和你们废话!你们自己看着办吧!"说完,女老板带着小喽啰们上车离开了救援队。

"汪汪!"小七、山神、八公、步枪等狗狗追出去,冲女老板他们离去的方向狂吠。

人是走了,但所有人都面色凝重,今天算是把他们赶走了,但明天……难不成真打一架?就算打一架,也无济于事。

会议室内,所有队员全部到场,小七、小雪等狗狗无精打采地陪在主人旁边。每个人的脸上,都有着不忿和担忧,会议室内气氛凝重,没人说话。

边慕愤愤不平的声音打破了会议室内的凝重气氛:"不就是个升级版的包租婆吗?眼睛里除了钱就没别的了,我们偏不搬怎么了!气死她!"

安心摇头："她说得也没错，其实房东早跟我说了，连违约金都跟我开了好几次价了，是我一直没答应。要按我们签的合同，他是有权利通过赔偿的方式缩短租期的。是我对不起大家，一直瞒着这事，因为我一直以为还能再想办法。"

强留下来，是肯定不可能的，这一点所有人都知道，边慕也只是在说气话。

敖力出声："当务之急是找到新的落脚点。"

汤圆摇头："可是现在这么急，上哪儿找？"

救援队搬家，可不是一家人搬家，一点家具行李就完事。整个救援队有大量设备，还有场地布置，需要很大的面积，还要考虑扰民等问题，这样的场地可不是那么好找的，所有人再次沉默下来。

这时，周茉突然想到什么："我有个地方。"

"什么地方？"安心问道。

所有人都满怀希望地把目光投向周茉。

周茉解释道："我朋友家有一栋闲置的别墅，我们可以先转移到那里暂时住下，她家别墅有个院子，狗狗们也好活动。"

边慕皱眉："可是没有犬舍又不能训练，小七它们不出一个礼拜准得抑郁症！"

伊靓也出声："你朋友要听说这么多狗住进去，她肯定也不乐意。"

周茉笑道："没事，就当我欠她一个大人情。"

安心皱紧眉头，思索良久，最后点头："现在也只能这样了。我们没得选，能有这么个地方已经不错了，先安顿好再想下一步吧！"说完安心显得有些失落。

搬家的事情就这么确定了下来，先搬到周茉朋友的闲置别墅暂时安定下来，慢慢找合适的地方。

众人散会，各自收拾，做好明天搬家的准备。

第二天一大早，训练场上堆满了各种行李，皮卡车塞得满满当当的。

小七和狗狗们耷拉着脑袋，看到边慕还在往 Jeep 车上塞东西的时候，小七再也忍不住了，跑过去叼着边慕手上的包，跟边慕拉扯不让边慕塞上车。步枪索性跑到车旁边把刚搬到车上的行李叼下来。

边慕哭笑不得："你们这是觉得好玩呢，还是捣乱呢？"

安心眼眶微红："它们都不想离开这里。"

"步枪！"敖力出声。

步枪看敖力一脸严肃，立即收敛了，不再往车下叼东西。不过，所有人和狗狗，都是一脸忧伤。

这个基地，是大家一起生活训练了好几个月的地方，大家都已经对这里产

生了感情。经历了这么多风雨,结果现在,大家却必须离开这里……

正在这时,基地门口出现一阵动静。基地大门外,女老板之前的三个跟班带着一帮打手骑着摩托车呼啸而至,摩托车后座上的人手里拎着棒子。

在摩托车队的最后,跟着一辆巨大的推土机。

摩托车在基地门口停下,为首的彪形大汉示意大家停下,并把基地的大门围住,推土机一点一点向基地靠近,在基地门口停下。

一名跟班拿出手机拨了个电话:"老板,都准备好了,就等您下命令了!"

"明白!"跟班挂了电话,冲打手们挥了挥手,"再等十分钟,再不出来就直接拆!"

打手们应声:"好!"

小七听到外面的动静叫着跑了出去,小雪和山神等也跟上。

安心连忙出声叫住狗狗们:"小七、小雪、山神!都给我回来!"

小七和小雪等停下来,却不往回走,站在那儿一脸乞求。

边慕看小七这样也有点沉不住气了,看着门口的推土机、摩托车和小流氓们:"我就是吃软不吃硬!就不搬怎么嘀?"

汤圆也跟着响应:"这不是逼着我们干架吗?谁怕谁!"

伊森应声道:"安心、伊靓,你们跟周茉一边儿去,等我们打完了再出来!"

"汪汪!"小七和狗狗们继续叫着表示支持。

敖力也卷起了袖子,探起手腕。

在场可没几个是吃素的,一看这帮家伙真准备打架,安心担心起来。

敖力是退伍军人,伊森以前是雇佣兵,洛奇一看就是打架的能手,至于边慕和汤圆暂时忽视。不过即便这样,打起来肯定不是小事。

安心连忙阻止:"别闹了,救援队就你们几个人,万一被打伤了,谁去出任务?"

周茉也出来阻拦:"狗狗们被伤到了怎么办?"

周茉说着冲小七和步枪等喊道:"小七、步枪,别瞎起哄!"

小七听到周茉这么说,也停止了叫喊,别的狗狗也安静下来。

伊森撇嘴:"哪儿那么赶巧就现在接到任务?"

伊森的话刚说完,安心的手机响起,是一个陌生的号码,安心接起电话:"您好,'完美世界'救援队……"紧接着安心面色一变,"好,我们马上过去。"

伊森有些难以置信:"还真有啊?"

小七和小雪等也好奇地看着安心。

安心点头:"是一个父亲打来的,他家孩子失踪了。"

安心和边慕等人面面相觑,小七也立马坐下,一副待命状。

伊靓犯难了："去还是不去啊？我们现在这状况……"

小七冲边慕叫。

边慕摇头："它应该是想去。"

"基地肯定要搬，但是人也要找。"安心想了想道，"这样吧，敖力，你带伊靓他们继续搬家，我跟边慕还有汤圆带小七他们去执行任务。"

小七听安心要带它去，立即安静下来，认真地等着命令。

边慕从安心的选择中听出了几分亲密，心中大喜。

"Go！Go！Go！"边慕根本不给敖力反驳的时间，立即打开商务车，向安心催促着。

小七跳上商务车，小雪和八公也跟着上去。

安心和边慕等人也跟着上车，汤圆坐上驾驶座，正要开车，安心回头冲敖力他们强调："不许打架！"

伊森一脸不满："知道了。"

步枪看小七他们去执行任务，有些羡慕地抬头看着敖力。

很快，安心一行赶到了任务地点，对方一看就是很有钱的主，单是这栋别墅就值上千万。

安心、边慕和汤圆带着小七、小雪和八公走进客厅。一位四十岁出头看上去和蔼可亲的男士关上大门，焦急地跟在他们后面描述道："昨儿就没回来，跟我说他去同学家复习，我今儿问他同学，人家说他根本没去过，学校也没人！"少年父亲越说越急。

"不着急，慢慢说。"安心安抚道，"您最好告诉我们一些孩子的具体情况，他叫什么名字？多大？长什么样？"

少年父亲连忙回答："我儿子叫陆凯，十六岁，一米七五，长得像我。他平时不贪玩的，一放学就回家，成绩也很好，高一念完就直接跳级念了高三，都说他上清华北大没问题，我也不知道他怎么突然就这样。"

边慕出声问道："最近有没有发生什么事？仔细想想，比较异常的地方。"

少年父亲摇头："没啊，一直挺好的啊，他一直很听话的。"

汤圆讪讪地问道："我能不能问一下，孩子的妈妈呢？"

少年父亲听到这个问题脸上犯难了。

安心看少年父亲这表情，心知估计是离异家庭，岔开话题："他住哪个房间？"

安心话刚问完，小七直接跑向一间卧室。

少年父亲有些惊讶："就那间。"

几人立即过去。

少年的房间整整齐齐，一看就是特别听话的乖孩子的感觉。

小七在少年的房间里到处嗅，小雪和八公也进来嗅了嗅少年的床单。不一会儿，小七好像发现了什么，来到书桌下，叼起一个小相册来到边慕面前。边慕接过相册打开，几张照片掉了出来，是少年和狗的合影，照片中的狗和小七极为相似。

边慕看了看照片上的狗狗，又看了看小七，笑道："哟，小七啊，你家血统传播得真广，这都可以叫假小七2号了。"

小七冲照片叫了起来。

边慕皱眉："怎么了小七？"

边慕刚问完，外面传来安心的催促声。

"走吧边慕！"

"来了！"边慕应了一声，将照片放在书桌上，走出卧室，小七不情愿地跟着边慕走出了房间。

安心、边慕和汤圆带着小七、小雪和八公走出小区，正准备上车，安心的手机响了。

是敖力打来的电话，安心接起电话，紧接着惊讶出声："你说什么？都走了？不拆了？她没给我电话啊，怎么突然就都走了，要不你们先等等看什么情况？"

安心说着挂了电话，边慕疑惑地问道："我没听错吧？那些人走了？"

安心也是一脸疑惑："我也以为我听错了。"

汤圆不解："他们到底想干吗啊？"

安心摇头："先不管了，找人吧。"

汤圆皱紧眉头问道："问题是从哪儿下手啊？就这么点儿线索。"

安心想了想："先去学校，如果他没回家，也没去同学那儿，学校是我们唯一能想到的搜索起点。"

"也只能这样了。"

汤圆打开商务车，小七和小雪跳上车，俨然一副夫妻档配置，八公也跟着上车，安心和边慕坐上后座。

很快，一行人来到学校。陆凯的班主任，一位三十岁出头的男老师接待了安心一行，他带着安心一行前往教室，教室里还有一名男生等在那儿。

"这就是陆凯的座位。"班主任把安心一行带到一张桌椅前，又指着那名男生道，"这是他的同桌蒋淼。"

安心点头："你好。"

"你好。"蒋淼说着看着小七，"我是小七的粉丝，我能摸摸它吗？"

小七听到这儿主动朝陆凯的同桌走过去。

"真乖。"蒋霖说着摸了摸小七,"陆凯超级喜欢你,他要是看到你在这儿一定会疯的!"

安心跟边慕听到这句话有点莫名,班主任苦笑一下,也看着小七:"孩子们都很喜欢神犬小七,自从我们做了一次搜救犬的课外活动,他们就成天把小七挂在嘴边。"

安心这才知道蒋霖的意思,笑了笑。

班主任继续介绍道:"陆凯的成绩我就不说了,他爸肯定给你们介绍过了,但是他的性格很奇怪,在学校除了必须回答的问题,几乎不说话,在班上也没有朋友,跟蒋霖关系也一般。"

蒋霖抱着小七:"他不喜欢跟我聊天,要跟我聊也就说他跳级之前的同桌,那个同学去年就转学去了别的城市,他们俩经常打电话。"

安心听着若有所思。

边慕问道:"他昨天来过学校吗?"

班主任皱起眉头想了想:"好像没有,不过之前……"

班主任好像突然想起什么。

"我刚听他之前班上的同学说看到过他,就今天,我当时还奇怪呢。"

"今天?"安心忙追问,"今天什么时候?"

班主任思索一下道:"好像是上午。"

安心兴奋道:"谢谢您,这个信息太重要了。"

汤圆已经熟悉了救援队的工作:"那我们可以从学校开始搜索了。"

"完美世界"救援队基地,敖力、伊靓等人带着狗狗们在基地门口等了半天,也没有房地产公司的人再来骚扰。这事儿,留在基地的众人到现在都还没搞明白怎么回事。

原本大家准备搬家的,结果那帮混混和跟班,竟然全走了,连挖掘机都开走了。众人满头雾水,也不知道下一步该怎么办。

给安心打完电话后,按安心的意思,是大家先别动,看情况再说,大家暂时也只能在这里傻等着了。

敖力寻思着是不是带步枪也去帮着搜索失踪少年,他正准备出声,手机响起,敖力接起电话。

"喂……"电话里,是一个女声。

敖力一下子就听出了,打电话的是那个女老板,"噌噌"直冒火:"是你?"紧接着,敖力皱起眉头,"行,我们过去。"

敖力挂了电话,一脸奇怪的表情。

周茉问道:"怎么了?"

敖力皱眉："她儿子失踪了,让我们帮她找。"

洛奇一脸疑惑,而其他人也跟洛奇一样疑惑。

伊靓:"我说呢,怎么突然人都走了,原来是后院起火了。"

伊森皱眉:"那我们去吗?"

敖力想了想,一脸坚决:"我们是救援队,有求助就要响应,走!"

莫莉不满:"去帮这种恶霸?我们不是自讨苦吃吗?"

周茉摇头:"我们要做的是找到一个失踪的孩子,和他妈妈怎样无关。你们觉得呢?"说着,周茉看着饭桶,"饭桶,准备出发。"

"汪汪!"饭桶叫着回应。

安心、边慕和汤圆带着小雪、小七和八公从学校出来,小七直接朝学校旁边的公交站台奔去,边慕拉着它跟上,接着小七叫起来。

安心等人立刻拉着狗狗跑向站台,小七在公交站附近嗅了嗅,叫了两声,小雪跟八公也跟着叫起来。

"小七,你是说他在这儿待过?"边慕问道。

小七叫了一声表示同意。

边慕皱眉:"那肯定是坐公交车走的,可会是哪一辆公交车呢?"

站牌上一共有五条线,每条线十几二十站,每个站辐射面积几公里……

所有人都犯起难来。这样的线索,根本无济于事,怎么搜索?

安心不想放弃,看看站牌上的每条线,思索着解决办法。

"四条是洛河方向,经过蜀绣路、西宁路、海滨路,都是商业街和购物中心。"说着边慕眼睛一亮,"一个社会关系简单、生活圈子狭窄的青少年,出来也没有跟朋友联系,应该不会去这些吃喝玩乐的地方。"

安心点头:"那么708的可能性最大!我们顺着708的路线一个站一个站地找,看他在哪儿下的车!"

商务车沿着刚才那辆公交的线路行驶,到了下一个公交站台。

边慕赶紧带小七下车,安心跟汤圆也带小雪跟八公过去。

小七、小雪和八公抽动着鼻子在站台寻找少年的气味,但是都没有叫。

边慕摇头:"没在这儿下车。"

边慕等人带小七和小雪等回到商务车上继续搜索。

而另一边敖力、周茉和伊靓站在女老板的办公室里,步枪、饭桶和山神端正地坐在敖力等人旁边,三个跟班站在女老板身后。

步枪看到女老板跟身后的三个跟班,冲对方叫,山神也跟着步枪冲对方叫。

跟班忙凑上来:"狗狗乖,狗狗乖,给你们买肉包子吃啊。"

敖力也制止步枪:"步枪,安静!"

步枪安静下来，山神也乖乖闭嘴。

伊靓撇嘴："还不都怪他们之前对我们太凶了，狗狗记性很好的。"

跟班满脸堆笑："对不起对不起。"

女老板稍微收敛了之前的霸道气势："我知道我们之前有些不愉快，这样吧，只要你们找到绑匪，救援基地我就不拆了。"

敖力等人一脸惊讶，步枪跟狗狗们也竖起了耳朵。

敖力看着女老板："说话算话？"

女老板有些不耐烦："我有这闲工夫跟你们扯谎吗？难道还要立字据录音你们才信？"

伊靓点头："录！"

敖力苦笑了一下："我们先找人吧。"

女老板出声："找到人马上给我电话，你们只管找人，救人我来想办法。"

既然找到人后，救援队的基地都不拆了，大家也就忘了之前的不愉快。有这样的好事，那还考虑什么？伊靓连忙出声："我们也可以帮忙救。"

女老板摇头："你遇到过绑匪吗？你知道绑匪是什么人吗？"

伊靓："……"

这个女人，怎么是这样的性格？怎么有男人愿意和她生儿子？

伊靓撇嘴，敖力不想多废话："好，找到人联系你。"

周茉看了眼办公室："您这儿，除了绑匪的衣服，有您儿子用过的东西吗？"

女老板听到这儿犯难了。

敖力没太在意："那就把绑匪的衣服给我们吧。"

一个跟班把绑匪的衣服交给敖力，敖力给步枪、饭桶和山神一一闻了，步枪却开始拱绑匪衣服的口袋。

敖力翻了翻口袋，从里面翻出一张泡过水的纸，似乎是因为洗衣服的时候没取出来，已经皱成了一团。

敖力打开小纸条，上面字迹模糊，似乎是一张出租车发票，发票上依稀可见"九龙出租车有限公司"几个字，车牌号一栏有几个数字还能看清，这可是重要线索！

敖力道："去这家出租车公司！"

敖力立即开车和其他人一同赶往出租车公司。在路上，伊靓就联系了这家出租车公司，知道是什么事后，出租车公司答应配合。等敖力一行赶到的时候，出租车公司负责人已经等在那儿了。

出租车公司负责人看着电脑上的数据，对照着敖力提供的车牌号，敖力和周茉等人带着狗狗们安静地等着。

负责人一边查找，一边解释道："好几个数字看不清，我只能尽力了。"
敖力道："好，麻烦您了。"
查找了几分钟，负责人敲定结果，有三辆车有可能是他们要找的！

公交车站台上，安心一行已经快找完整条线了，依然没什么发现。
边慕开始有些担心了："只剩一个站了。"
汤圆皱紧眉头："不会是我们猜错了吧？他选的别的线路？"
安心也有些犹豫："难道他真的一个人跑去玩了？那会是哪条线呢？"
边慕还是不肯相信，看着小七："小七，你确定之前的站台都没有？"
小七叫着，表示确定。
这时安心的手表铃声响起，是敖力打来的电话。
安心立即接通电话："敖力，基地那边怎么样了？"
"她儿子被绑架要你们帮忙？好，我跟边慕他们商量一下。"
安心通话结束后看着满脸惊讶的边慕和汤圆。
汤圆问道："什么意思？女老板的儿子被绑架了？她反过来求我们了？"
边慕也很是惊讶："不是吧？这也太巧了吧！"
安心点头："敖力让我们去帮忙找。"
汤圆附和道："那去吧，毕竟那边是绑架，分分钟都人命关天，这边说不定就是陆凯自己想散散心，一会儿自己回去了呢。再说我们要帮了女老板，说不定我们救援队基地也能保住了。"
安心有些犹豫，看着边慕，无法下决定。两边都要找人，这边是失踪案，那边是绑架案。可不管哪边，都需要抓紧时间，而这边已经搜索了这么久，一旦放弃那就等于前功尽弃，到时候又得重新寻找。
边慕征求小七的意见："小七，你觉得呢，还要不要找？"
小七朝公交站牌叫了一声。
边慕见小七不肯放弃，道："这样吧，只剩一站了，那我们找完最后的终点站，还是没有线索的话就去那边。"
一站，花不了太多时间。
安心想了想，点头道："好。"
商务车在公交车的终点站旁边的停车带缓缓停下。
小七下车，刚到终点站就叫起来，小雪来到小七发现气味的地方闻了闻，也跟着叫，八公却慢半拍，过了一会儿才叫。
边慕满脸惊喜，向小七确认道："就这儿下的车？"
"汪汪！"小七叫出声表示同意。
"终于找到了！"边慕满脸兴奋。

小七和小雪兴奋得原地跳起来，催促安心、边慕随它们去寻找少年的踪迹。

安心却犯了难："可是敖力那边……"

边慕劝说道："他那边还有伊靓，再不济把伊森他们叫去啊，你不会真让小七放弃吧？你之前怎么跟陆凯他爸保证的？"

安心咬牙点头："走吧！"

小七听到这句话忙往前跑，小雪和八公跟上小七，边慕等人也紧跟上去。

沿着公路，小七、小雪和八公把边慕等人带到了公交车终点站附近的一片废弃的工地，这片区域非常荒凉。

安心下意识地皱了皱眉头："小七，你是说陆凯很可能就在工地里？"

小七叫着表示同意，边慕等人紧跟着过去，八公却突然停了下来，拨开旁边的砖块。

大家都以为八公有发现，连忙赶过去，却见八公从里面叼出一袋小肉肠，小七抢过肉肠扔到一边，叫着警告八公不要在大家干正事的时候添乱，小雪也帮着小七朝八公叫。

八公委屈地后退一步，汤圆忙过来护着。

汤圆："不就是馋了吗？没事儿，没事儿啊，八公，咱们先找人，找到之后我给你做好吃的！"

八公不舍地看了看肉肠，又看了看前面的小七，跟着往前走，大家一起走进工地。工地里有一个工棚，工棚外面坐着一对正在玩手机游戏的年轻夫妻。

年轻小夫妻看边慕等人和狗狗们过来，都一脸疑惑。

男生起身问道："你们到这儿干吗啊？"

边慕上前询问："你们这儿有没有来过一位男孩儿，十六岁，个子比我矮一点。"

女生忙摇头："没有。"

"汪汪！"小七、小雪跟八公却冲工棚叫起来。

边慕狐疑地看着女士："真没有？"

男士急了："你们什么人啊？查户口的？"

安心解释道："我们就是找个人。"

这对小夫妻表情有异，边慕看在眼里，立即打马虎眼儿："没事儿，没来过就算了。"

安心疑惑，不知道边慕怎么放弃了，小七也歪着脑袋看着他。边慕正想着先离开再想办法，看见了俩人的手机上游戏通关失败的画面，于是道："这关很简单啊，你们怎么失败了啊？"

男生摇头："不知道啊，玩儿半天都过不了。"

边慕哈哈一笑："没找到窍门儿呗。"

女生也被边慕的话吸引了："什么窍门儿啊？"

"看我的！"边慕说着坐下拿过俩人的手机开始玩，俩人放松警惕在边慕旁边坐下，边慕偷偷扭头示意安心带小七偷偷进去。

安心有点儿犹豫，边慕急了再次跟安心示意。安心看了眼这对小夫妻，又看了眼边慕，这才偷偷牵起小七走向工棚门口，小七也配合地放慢脚步，小心翼翼地往前走。

工棚里只有一张床，确实不像还有别人居住。小七在工棚里到处闻，还是找不到人，也找不到跟陆凯相关的东西。小七转过头看着安心，有些迷茫。

安心小声询问："小七，你确定这儿什么都没有？"

小七正要叫。

安心连忙制止："嘘……我知道了，但是你刚才明明冲里面叫的。"

安心想了想微微皱眉，难道是陆凯来过这儿，又走了，也没留下东西？

小七又要叫，安心忙捂住小七的嘴，带小七溜出公棚。

外面，边慕已经顺利通关，小夫妻非常惊讶。

男生拍了拍边慕的肩膀："兄弟，高手啊！"

女生催促着："下一关，下一关！"

边慕扭头看安心跟小七走出工棚，哪还有心思玩下一关。

"下一关你们自己玩吧。"边慕说着把手机交给小夫妻，自己起身朝安心走去，安心对边慕摇头。

边慕还有些不甘心，看着还在玩游戏的小夫妻，想要带小七进去再搜一下，被安心拦住，这时小七却闻到了什么，绕到工棚后面。

小雪和八公跟上小七，安心、边慕、汤圆看了眼那对正玩游戏的小夫妻，也跟了过去。

工棚后面一堆杂物，一个巨大的蛇皮袋盖着一个东西，小七钻进蛇皮袋，从里面叼出了一个行李箱！

三人面面相觑，这个行李箱似乎与陆凯有关！

安心立即拍了一张照片发给陆凯的父亲，接着拨出陆凯父亲的电话。

"给您发了一张照片，麻烦您看一下这箱子是不是陆凯的……"

"好，确定了就好。"

安心挂了电话："是他。"

边慕、汤圆满脸激动，这时小夫妻跟了过来，见三人还没走，有点不耐烦了。

女生瞪着三人："你们还干吗呢？"

边慕拍着行李箱："这箱子是谁的？"

小七也冲俩人叫了两声，像是配合边慕追问。

小夫妻吓了一跳退后一步，男生指着小七："这狗挺厉害的啊。"

边慕看着这对小夫妻道:"我们是救援队的,这是我们的搜救犬,我们正在寻找一名失踪少年,这个行李箱是那少年的,你们最好老实交代,否则……"

边慕没往下说,那边女生先慌了:"是……是你们要找那人的。"

边慕板着脸:"接着说!"

男士面色紧张:"是他昨天放这儿的,说今儿下午拿走,昨晚还让我们给他做了一顿饭,今儿做了一顿早饭,给了我们两百块钱,让我们跟谁都别说。"

竟然是这样!

安心立即追问:"他吃完饭往哪儿走了?"

女士指着远处一片还未竣工的公寓小区。

"那边!"

小七听着女士的话,也嗅到了少年留下的气味痕迹,径直奔向未竣工的公寓楼的方向。

"小七好像发现了。"安心道。

小雪和八公跟上小七,小七停下来冲边慕他们叫了一声让他们快跟上。

安心向小夫妻道谢:"谢谢你们,打扰了。"

安心、边慕、汤圆立即跟上狗狗们。

三人走进小区内,这里几乎就是一块大工地,杂草丛生。

小七一路嗅着寻找陆凯的踪迹,一行人跟着狗狗们朝一栋公寓楼靠近。

小七在一个单元门口停了下来。

安心指着单元门:"小七,是从这儿上去吗?"

小七叫了一声,这是确认就是这儿了。

边慕和安心等人跟上,小七跑进公寓,边慕等人紧跟。小七和小雪顺着楼梯一层层往上贴地嗅着,在其中的一层停下,楼道里写着数字"5"。

小七从一道门走进去,边慕、安心跟汤圆随即走进一个套间。

房间客厅的位置,地上铺着床单,旁边放着一些日用品。

小七闻了闻床单跟日用品,接着叫了两声,小雪跟八公也跟着叫起来。

边慕问道:"小七你说这些都是他的?他住这儿?"

小七叫着肯定。

安心也很吃惊。

"一个学习成绩优异的学生,为什么高考前一天跑这种地方来住呢?"

汤圆猜测道:"怕被别人找到吧?他好像在躲什么!"

这时,身后传来一阵脚步声,边慕等人以为是少年回来了,但回头一看,居然是步枪、山神和饭桶!

敖力、周茉和伊靓跟在狗狗们身后出现,双方都吃了一惊。

小七这队狗狗们歪着脑袋看着步枪一队,都是一脸错愕。

边慕跟安心等人愕然，敖力跟周苿等人也半天没反应过来。

边慕指着敖力："你们不是去追绑匪吗？"

敖力一脸愕然："你们不是去找失踪那孩子吗？"

这问题一问完，双方才恍然大悟。

"该不会是……失踪那孩子被绑架了？"汤圆惊呼道。

边慕瞬间被汤圆的智商雷到。

边慕一巴掌拍在汤圆的头上："你个蠢货！昨儿晚上跟今儿早上刚去工棚那儿吃饭，像是被绑架的吗？"

伊靓无语："失踪那孩子就是绑匪！"

边慕点头："看伊靓这脑子，圆儿啊，你要再这么退化下去，只能和山神比智商了。"

伊靓一脸嫌弃："山神智商可不低。"

汤圆总算明白过来，一拍脑门："这么说，那女老板就是他妈妈！"

敖力点头："看来这不是一起绑架案，是他自己绑了自己跟他妈要钱。"

弄清楚事情的真相后，大家顿时都松了口气。

"这样事情简单多了，至少人没危险了。"

伊靓迷惑道："可是他为什么这么做呢？"

"哈哈！"汤圆得意地大笑起来，"这种青春期少年的问题当然只有边慕最有发言权。"

边慕："……"

"汪汪！"

小七来到铺在地上的床单面前，开始拱床单，步枪和小雪也过去帮忙，紧接着，小七从床单下叼出一个已经被拆开的信封，里面有一封信。小七把信封叼过去给边慕，边慕拿过来正要看，楼梯处再次传来脚步声。

小七和步枪叫起来，其余狗狗们也跟着开始叫，显然是陆凯出现了！小七和步枪追了出去，狗狗们也跟上，边慕捏着信封与安心等人跟着往楼下跑去。

小七跟步枪等跑出单元楼，边慕等人跟着出来，只见陆凯已经跑出小区，身上背着个背包。

边慕等人带着狗狗们追赶，唯独饭桶跑不动，周苿不得不抱着它一起追。

陆凯跑到一处围墙处，小七追了上来，陆凯看小七过来，愣了一下，随即横下心取下包扔出去，自己也爬上围墙。

边慕等人远远地看着围墙上的陆凯，有些着急了。

"小年且慢！"边慕刚喊完，陆凯就跳了下去！

小七想要追陆凯继续奋力往上跳，可是高度不够滑了下来，在墙上留下几道爪印。小七不甘心，还要往上跳，小雪跑过来冲它"哼哼"。

边慕跟敖力等气喘吁吁地跑过来,边慕见小七还在那儿跳,哭笑不得:"别跳了……"

敖力二话不说跟着翻墙出去,墙外已经没了陆凯的踪影。

敖力翻墙过来,冲安心等人抱歉地摊手,线索再次中断,所有人都有些沮丧。

伊靓叹气:"就差这么一点!"

汤圆出着主意:"我们带狗狗们绕过去接着找吧。"

边慕摇头:"小男生那体能,你追得上?现在要靠脑子,我们可是拿到了新的线索。"

边慕说着,拿出信封里面的信看着。

看完之后,边慕明白过来。

信是他以前的同桌寄给他的,说她转学之后也没有什么朋友,很想他,希望他高考结束去找她玩。

边慕闻了闻信纸:"是个女生。"

安心哭笑不得:"你干吗抢小七的活儿?有什么味道吗?"

安心好奇地凑上去也闻了闻:"我怎么没闻出来?"

边慕得意地笑道:"这青春荷尔蒙的味道,只有情商够高的男生才闻得出来,你当然不行。"

安心瞪了边慕一眼:"说人话!"

边慕笑道:"这小子有人了!"

汤圆和伊靓赶紧拿过信,又看又闻。

安心打量着边慕:"看来你收到过不少姑娘的来信啊。"

"我才不用这么老掉牙的方式,我都是……"边慕一看安心不屑的眼神,赶紧把话转回正题,"嘿,这娇滴滴的用词,哪个男生写得下去?而且这笔迹,一看就是女的。"

安心点头:"倒是合情合理。这可能就是他这么做的目的吧,找他妈妈要钱,然后去找那女孩。"

边慕皱眉,随即想起什么似的说道:"刚才工棚那俩不是说他今天下午要去拿行李箱?"

"那应该是今天走?"安心明白过来,"伊靓,查查今天的票!"

伊靓赶紧拿出手机,打开查票软件,很快,伊靓就查到了结果。今天到女孩家的火车只有一趟,晚上七点半!

一行人跟狗狗们飞奔离开,朝火车站进发。

边慕、安心、敖力和汤圆带着狗狗们坐在商务车上,敖力在打电话沟通。

挂断电话,敖力看向三人:"他爸妈跟派出所把情况说明了,我请公安局警犬搜救大队队长帮忙沟通了一下,我们可以两个人带两只搜救犬进去,他们

派人带我们。"

安心点头："那你和边慕带步枪和小七去吧。"

小七听到安心派它去，马上来了精神，看着边慕。

边慕冲小七一笑："你是知道派你去高兴了？"

小七直摇尾巴。

"他爸妈也去吗？"安心问道。

敖力摇头："不去了，怕孩子见了他们更不愿意回来了。"

汤圆皱眉："这什么家庭关系啊？听着可真别扭。"

边慕听到这句话有点儿不自在，汤圆看了看边慕的脸色，赶紧打住。汤圆是边慕的朋友，所以很清楚边慕家的情况。

两辆车在火车站外面停下，敖力和边慕分别带步枪跟小七下车。另一辆车上，山神看步枪过去也要跟着下车，被伊靓拉住。

山神不肯，伊靓劝说道："山神，我们不能进去，不过我们给小七和步枪加油好不好？"

山神没精打采地叫了两声。边慕和敖力牵着小七和步枪刚靠近进站口，一位民警就向他们走了过来。

民警自我介绍道："叫我小汪就行，里面我都打好招呼了，一会儿你们出示证件就行。"

敖力点头："好。"

小汪拍了拍步枪："步枪，我可知道你，公安局搜救犬大队'罪恶克星'的勋章让你给拿了，接下来就看你的了。"

步枪自信地伸出前脚跟小汪击掌，敖力笑了笑："就听不得人夸，一夸就兴奋。步枪啊，你可天生就是做工作犬的料！"

小七看到小汪夸步枪有点儿失落，小汪注意到小七，蹲下身来搂了搂小七的脖子。

"小七，我也是你的粉丝，你也加油！"

小七这才高兴起来，用头碰了碰小汪的头。

敖力看了眼车站："火车站人多又杂，气味干扰最严重。步枪、小七，考验你们的时候到了！"

敖力刚说完，小七突然兴奋起来，接着，步枪也兴奋起来，都开始往前奔。

敖力愣了一下："好像就在附近。"

边慕看了看进站口："不会就在进站口吧？"

俩人跟着步枪和小七朝进站口奔过去。

小七和步枪似乎同时确定了陆凯的味道，迅速往前奔，眼看就要到进站口了，就看见一名男孩突然往外跑。

边慕一眼注意到那名男孩，小七也叫了两声冲男孩奔过去，步枪却坚持往进站口的方向走。

边慕看着离开的男孩，向敖力呼道："就是他！快啊！"

敖力见步枪还要坚持朝进站口的方向奔，皱眉道："步枪觉得好像不是。"

边慕呼道："之前我们不是都见过吗？这衣服、这包，不就是他吗？小七也确定是。"

敖力还在犹豫，男孩的身影眼看就要消失在拐弯处。

边慕急了："再不追就来不及了！"

边慕带着小七追了上去，敖力也带着步枪紧追上去。

火车站外面人来人往，由于受到各种气味的干扰，小七和步枪也没有头绪地乱窜。

边慕和敖力不断地带着小七和步枪避让。

前面，男孩的身影隐约可见，敖力带着步枪一个箭步冲上去抓住男孩，边慕和小七也跟着上前。

边慕揭开男孩的卫衣，紧接着愣住了："你不是陆凯？"

敖力抓过男孩手上的火车票。

"K89，不是这趟车。"

边慕看着男孩："怎么回事？"

步枪和小七也冲男孩叫，配合边慕和敖力的质问。

男孩有点吓着了。

"我们在路上碰见的，他说要和我换包、换衣服，我那衣服穿腻了，包也背腻了，看他的行头都不错，就跟他换。刚才跟他一起进站他突然让我帮他一个忙，使劲儿往外面跑，我看我这开车时间还早，就往这儿来了。"

边慕一拍大腿："怪不得你一跑小七就追，这包跟这衣服上都有他的味道。"

小七知道自己找错人了有点儿失落，低下了头。

边慕安慰道："小七，不是你的错，是那小子故意使的招。"

敖力想起刚才步枪一定要往进站口的方向奔，忙带着步枪往回跑。

边慕带着小七跟上敖力和步枪，一脸自责："对不起，我判断失误了。"

敖力摇头："不怪你，你都说了他的包跟衣服上都有陆凯的味道，所以对于小七和步枪来说，它们这次找到的是两个人，我估计它们自己都糊涂了。"

敖力喘着气一边跑着一边解释，直奔进站口。

小七、步枪来到站台，小七一眼看到陆凯，陆凯也看到了小七。

小七带着边慕跑过去，步枪带着敖力跟上，然而几个拖行李箱的旅客逆向而行，行李箱一个挨着一个靠在一起，像盾牌阵一样挡住了他们的去路。

"汪汪！"小七急了，冲前面叫，听到叫声，旅客们才慢慢散开。

等旅客散完，陆凯却不见了。

边慕看了看表一脸着急："马上就要发车了。"

敖力赶紧用手表拨出小汪的电话："我们在站台上，可能需要上车搜……好吧，我理解，我们自己想办法。"

边慕问道："怎么说？"

敖力摇头："不让上车。"

边慕着急起来："那怎么办？只有五分钟不到了，等开车了可就真没戏了。"

小七和步枪还是忍不住要往车上跳，被边慕和敖力拉住。

小七索性就在站台上跑，一边跑一边往火车上看，在一截车厢面前停下冲车厢里不停地叫。敖力也带着步枪过来，步枪也跟着冲里面叫。

车厢里，陆凯坐在窗边，边慕和敖力都能看到他的侧脸。

站台上，小七继续叫，敖力向边慕吩咐道："你帮我看着步枪，我上去。"

边慕注意到陆凯身边背包网袋里的小七玩偶，想起之前小七和陆凯的照片，意识到了什么。

"他自己会下来的。"

敖力一愣："什么意思？"

边慕微微一笑，示意敖力看车上。敖力扭头看去，车上，陆凯已经站了起来。

小七一看陆凯起身，跟着陆凯的方向跑，陆凯跳下车，小七不顾一切地扑了上去，陆凯紧紧抱着小七。

边慕一脸臭屁："你看，我说什么来着……"

敖力一脸迷惑。

救援队的商务车和伊靓的车停在陆凯家楼下，安心等人带着狗狗们下车，然而陆凯却坐在商务车副驾驶的位置上不肯下来。

小七来到副驾驶的位置，趴在车上看着陆凯。

陆凯看着小七摇头："小七，我不想回家。"

安心一脸关心："为什么？"

陆凯摇头："就是不想回家，没有原因。"

安心皱眉："怎么会没有原因呢？"

陆凯沉默片刻，看着小七，说："这里没有我留恋的东西，那里不是家，是监狱。"

周茉看出了几分，温和笑笑道："都说是监狱了，那看来真的不回也罢。对了，这附近有个公园，我们去公园转转？"

伊靓捂着肚子："顺便买点汉堡吃吧，折腾一天了，我饿了。"

边慕也看出陆凯不愿回家的大概原因，搂着陆凯的肩膀："走吧，我看小七也饿了。"

陆凯还在犹豫，小七将前脚搭在陆凯的腿上，将头也埋在他腿上撒娇卖萌。

陆凯忍不住笑，摸着小七的头："好吧。"

深夜，公园里异常安静。

一行人在公园长椅上坐下，吃着汉堡，狗狗们坐在旁边，小七挨着陆凯。安心把一杯咖啡递给陆凯。陆凯喝着安心递给他的咖啡，情绪放松了不少。安心注意到了陆凯衣袖外面手腕隐约可见的伤。见安心盯着自己的手腕，陆凯下意识地用袖子藏起了手腕。

离他们不远的地方，女老板和陆凯父亲坐在另外一条长椅上，背对着陆凯等人坐着，俩人坐在同一条凳子上，却隔得很远。

陆凯轻轻地抚摸着小七的毛发："好久不见小七了。"

小七回头蹭了蹭陆凯，无比亲热。

陆凯看着小七："我爸还跟一年前一样，平时还好，一喝酒就像变了一个人，因为一点点小事就要动手，不管我怎么做他都不满意，总觉得我不够好。我顺着他，他说我没出息不像男子汉，逆着他，他又说我要造反欠管教。总之我怎么做都不和他的心意，我想他就是压根不爱我吧。不光是对我，他也老说我妈，嫌弃我们娘儿俩，要我争气，以后比我妈过得更好、更光鲜。所以我哪怕少考零点五分，对他刺激都很大。"

在来的路上，众人已经知道了事情的经过。

一年前，陆凯就认识了小七。当时陆凯也很低落，因为被他的父亲责备，父母吵架，所以心情很忧伤。那时候，小七还在宠物医院，正是小七让陆凯有了一段开心的时光。

不远处，陆凯父亲听着一脸惭愧。小七靠在陆凯旁边，低哼着安慰陆凯。

陆凯一脸忧伤："我妈对于我来说就是账户上的打款人，我知道她忙，没时间，她也不想联系我爸，反正我感觉不到有这么一个真实的人存在。感觉她就是一个汇款单上打印的名字，不是一个活生生的人，不像别的孩子的妈妈一样普通。"

安心劝说道："你这些都跟人说过吗？"

陆凯摇头："只有她。"

周茉明白陆凯说的是谁："你要去找的那个女孩？你以前的同桌？"

陆凯点头："嗯。她的家庭很普通，父母都是普通职工，但是生活很幸福，每天家里都充满了欢声笑语、飘着饭菜香。我以前经常去她家吃饭，特别放松、特别开心，就像到了另外一个世界给自己充电一样。我有时候甚至想，就待在

她家永远不出那道门多好,每次一走出那道门,我一下子就回到了压抑的世界。"

安心等人听着都很难受,安心将手搭在陆凯手上安慰陆凯。

后面,女老板听着,扭过头偷偷擦了擦眼泪。

小七抬头担心地看着陆凯。

陆凯挤出一抹苦笑:"没事,小七。"

小七继续靠在陆凯旁边。

安心问道:"那你为什么突然高考前一天去找她?"

陆凯摇头,看向远处:"我早就想逃了,只不过现在才下定决心。其实高考不高考对我无所谓,那是我爸要的,我只想去她在的城市,能经常去她家吃一顿开心的饭就好了。这就是我心里真正想要的。"

陆凯父亲听到这儿也低下头,眼里含着泪花。

陆凯眼眶湿润:"我假装被绑架骗我妈给赎金,也是为了能在那边安顿下来。今天上午我在工棚那儿吃完早饭去了一趟学校,看了一下我和她一起待过的教室。"

周茉忍不住苦笑:"你啊……以后千万别这样了,太危险。"

陆凯惨然一笑:"我无所谓了,危不危险又怎么样,反正也没人在乎。我估计我死了才会触动他们吧。"

女老板听到这一句,忍不住想要转头看陆凯,但最终还是没回头。

小七抬头冲陆凯小声叫了一声。

边慕劝说着:"你看,小七都在劝你了。你才多大年纪,别总说生生死死的,听着多不好。这对于在乎你的人,比如小七来说,多残忍啊。"

陆凯感动地看着小七:"我知道了。对不起,小七。"

小七蹭了蹭陆凯的腿,小雪也学着小七的样子走到陆凯身边安慰,别的狗狗们纷纷效仿。陆凯被小七、小雪等狗狗包围着,眼圈再次红了。

陆凯搂着小七:"我也好想养一条狗,好温暖。"

安心笑笑:"那就养一条吧,让它陪着你,陪你解闷,陪你玩耍,还能陪你一起看世界。"

陆凯摇头:"我爸不让,说耽搁学习。"

"那可不一定。"安心说着扭头看了看后面陆凯的父亲和女老板,"你知道你爸从你高考一百天倒计时到现在,每天都睡不好吗?"

陆凯摇头。

安心继续说:"那你注意到他每天给你做的菜都不一样吗?"

陆凯听着不说话了。

安心看着陆凯,劝说着:"你知道让男人下厨多困难吗?还要不重样,一百天,我都想不到还能不重样地做些什么菜。"

陆凯咬着嘴唇低下头。

安心继续劝说:"还有你妈妈,你知道一个女人在外面打拼事业要面对多少人和事吗?"

女老板没想到安心还会替她说话,又是一阵触动。

安心叹了口气:"说实话,她的一些方式我也不能认同,但是也是在今天,我突然想通了,我理解那种要面对各种压力停不下来的感觉。生活像是一个巨大的机器,你的妈妈就像是那个机器的引擎,她没法停下来也不能停下来,因为一旦她停止工作,这个机器就无法运转了。就像我,我领导一支救援队,有时候经常觉得身心疲惫,更何况她一个人要撑起那么大的公司,还没有家人支持。"

女老板听到这儿,再次掉眼泪了。

陆凯听着,没说话。

安心笑道:"你爸刚才给我发短信,说同意你养狗。"

陆凯一脸惊讶。

周茉笑道:"你妈刚才也给我发短信,说等你高考完了,给你和你爸做顿饭,她应该有很多年没给你们做饭了吧?"

陆凯忍着眼泪,咬着嘴唇摇头。

周茉摸着陆凯的脸:"那她一定会做很多拿手好菜。我觉得外面的饭馆的菜再丰盛都不如妈妈做的饭好吃,对吧?"

陆凯摇头,闭着嘴巴不说话。

周茉笑道:"怎么了?不信?"

陆凯不置可否,小七挣脱陆凯冲后面叫。陆凯回过头,看到后面的女老板和他父亲,怔了怔,接着转过头,忍着泪。

女老板和陆凯父亲走过来,狗狗们都让开一条道,女老板看了看狗狗们和救援队队员,目光停留在另外一端的陆凯身上。陆凯看着对面的女老板跟父亲,眼泪一直在眼眶里打转。

女老板往前,却被陆凯制止:"别过来!"

陆凯说着转过身背对着女老板。

女老板想要上前,又有些犹豫:"小凯。"

陆凯背对着他们没说话,眼泪却再也忍不住掉了下来,女老板和陆凯父亲也泪如雨下。

小七来到陆凯身前,担心地望着他。

陆凯缓了缓情绪,没有回头:"我想去救援队。"

女老板和陆凯父亲看了看安心,有点不放心,安心冲他们点点头:"他的包在车上,一会儿我把包里的钱交给你们。"

陆凯没回头继续往前走，小七跟上陆凯，边慕和安心也接着跟上，女老板和陆凯父亲只能目送他们远去。

陆凯父亲还忍不住想追上去，追了几步又停了下来。边慕转头看着陆凯父亲，若有所思……

陆凯跟着众人回到了救援队基地。宿舍里，陆凯穿着边慕的睡衣和小七正在玩球，旁边放着陆凯的背包，背包里有一个小七玩偶和一罐棒棒糖。

边慕走过去坐到陆凯身边："开心吧？"

陆凯点头："嗯。"

这个少年，边慕在他的身上看到了自己的影子。

边慕叹了口气，看着窗外："其实我……我也有一个这样的爸爸。"

陆凯有些惊讶地看着边慕。

边慕苦笑一下道："我比你不幸的是，你爸的要求你能做到，而我爸的要求，我做不到。在他眼里我就是个彻头彻尾的 Loser。然后他就疯狂打击我，甚至嫌弃我，认为我什么都不行，我的人生完全没有未来，认为我给他丢脸。那十几年我闭上眼睛全是被他逼着训练、被他骂的噩梦。我经常从噩梦中惊醒，然后独自面对着黑漆漆的夜晚，心里绝望极了。"

小七听边慕这么说蹭了蹭边慕安慰他。

陆凯好奇地问道："然后呢？"

边慕笑了笑："我逃避过，但是我知道逃避没用，也不爷们儿。就像你，拿着用这种方式从老妈那儿要来的钱，说白了，你就算逃都得靠他们。你要走就光明正大漂漂亮亮地走，考一所好大学，要还不爽接着直接考到国外，毕业找个好工作，谁都不依赖。要过上你想要的生活，要有你想要的家庭，这得自己去努力创造。有句话我说了你可别不高兴啊，反正我要是那女孩，我都会觉得你这事儿干得很减分。"

陆凯皱着眉头，有些迷茫，又似乎在思考什么。

边慕起身拍着陆凯的肩膀："好好睡一觉，明天去考试，你不是学霸吗？让小七也看看！"

陆凯沉默良久，点头："好。"

边慕笑了笑准备离开。

陆凯看着边慕："我要抱着小七一起睡。"

边慕一笑："好。今天破例，让给你了。从明天起，加油。"

陆凯躺上床，小七也跟着跳上去，陆凯抱着小七，边慕走过去关大灯。

"那现在你原谅他了吗？"身后传来陆凯的声音，边慕愣了一下。

陆凯补充道："我是说你爸爸。"

边慕想了想，摇头："我不知道。"

关掉大灯，台灯柔和的光线中，陆凯抱着小七闭上眼睛，一脸的幸福和平静，边慕给他俩盖上被子，走出了门。

安心在门口看着不禁欣慰，小雪也"微笑"看着出来的边慕。

边慕看安心在，心里一惊："你……你什么时候来的？你都听到些什么了？"

安心没回应边慕，看着抱着小七渐渐入睡的陆凯："狗狗真好，它可以治愈很多人无法治愈的心理障碍，孩子的……"安心说着看着边慕，"成人的。"

边慕知道安心都听到了，一脸窘样："今晚我住哪儿？"

安心一笑："小七的犬舍归你了。"

边慕："……"

第二天早上，安心端着早餐来到边慕的房间，推门却见陆凯已经不见了，小七也不见了。

边慕跟过来见状，朝安心微微一笑："等他的好消息吧！"

小七把陆凯送到学校门口，陆凯背着装着小七玩偶和棒棒糖的包，手里拿着装着各种笔和橡皮擦的文件袋。

小七到门口停下来，陆凯看了看表，蹲下身来摸着小七的头："再见小七，等我的好消息。"

小七用头碰陆凯的头，给陆凯加油。陆凯阳光地微笑着回应小七，接着走进学校。陆凯刚走几步，听见了小七的叫声，陆凯转过头，微怔了一下。

在不远处，边慕、安心等人都在，和狗狗们列成一队，集体给他加油，陆凯的眼睛湿润了。

陆凯冲边慕等人大声地喊道："我一定会考上好大学！"说完，陆凯大步走进了学校！

女老板和陆凯的父亲站在不远处看着这一切，眼眶都红了。

基地，安心的办公室内。

女老板坐在那里，没了之前的飞扬跋扈和咄咄逼人。小七和小雪在办公室叼着安心的乐高玩耍。小七将乐高叼过来交给女老板，女老板笑笑，摸着小七的头："谢谢你小七，你不恨我了？"

安心看着小七，微笑道："狗狗的世界里面没有恨，只有爱和原谅。"

女老板点头，叹了口气："是，这点比人好多了。"

女老板起身，将一份合同交给安心："也谢谢你，安心。"

安心打开合同，看到里面的内容不禁惊讶。

女老板微笑道："这块地永远为你们保留，另外，里面那张支票，算是我

的一点心意。"

安心有点儿没反应过来:"这……真没想到。"

女老板看着安心:"是你们让我意想不到,尤其是你,在我之前那么对待你的情况下你还能替我说话,那是真的善良。"

安心笑着摇头:"没什么。"

女老板笑笑,摸了摸小七的头。

安心想了想,问道:"他爸爸确定要让他养?"

女老板点头:"已经养在我那儿了。"

安心有些惊讶。

女老板一笑:"怎么?不相信?"

女老板说着打开手机上的一段视频,视频里,一个高档小区楼下,一条跟小七很像的金毛正在和陆凯的父亲玩耍。

"等他高考完就送过去,给他一个惊喜,另外他爸把家里的酒也扔了,决定重新开始生活了。"

安心还是难以置信的表情,小七也惊讶,目光从视频上转到女老板身上。

女老板看着小七:"他说很佩服小七,很佩服小七作为搜救犬的勇气,他要跟小七学,有勇于面对,同时……"女老板沉默片刻,看着安心,"也有勇气原谅。"

安心被这句话触动了,半天说不出话来。

女老板含泪笑了笑:"其实这么多年我真没好好了解过他,孩子有些方面跟小七它们一样,能给我们的惊喜太多了。"

安心看着小七跟小雪,也微微笑了。

陆凯的事情妥善解决,是一个皆大欢喜的结局。陆凯的父母也改变了,陆凯不用再过以前那样忧伤的生活。而救援队也保住了基地,不用再搬家,甚至还得到了一笔资金的资助。

基地里,重新有了欢声笑语,队员和狗狗们的生活改善了不少。想想一直以来担心基地的搬迁还有自己卡上仅剩的五千多块钱,安心难得地松了一口气。

这天,大家正在吃饭,边慕的手机响了。

"喂……郝帅!"

接完电话,边慕的表情有点奇怪,看着汤圆和伊靓:"还记得郝帅吗?"

伊靓明白是什么事:"明儿啊?"

汤圆一拍脑门儿:"这一忙,还真忘了。"

边慕冲汤圆眨眼睛:"郝帅让你带伊靓还有山神和八公一起过去。"

山神跟八公听到叫它们都停下来,歪着脑袋看着边慕。

边慕说着又冲安心一笑道:"还让我带个人去,那就劳驾你帮个忙呗,扮演一回我的女朋友。"

安心:"……"

边慕给小七使了个眼色,小七立即跑到安心面前,站起身来伸出爪子拉着安心。

安心看着小七摇头道:"告诉你家主人,不行。"

小七眼巴巴地看着安心,安心没答应,也没说话。

吃过饭,安心回到会议室。会议室最显眼的位置挂着救援队在雪地里的大合影,照片上,边慕的手紧紧搂着安心的胳膊。这张照片,还是上次在雪山搜救遇险回来后,在雪山登山大本营拍的。

看着合照,安心心事重重,敖力走了进来:"这么快就装裱好了?"

安心点头:"嗯,怎么样?"

敖力:"很好。"

俩人接着陷入沉默,会议室内的气氛有些尴尬起来。

良久,敖力突然出声:"安心。"

安心抬起头来:"嗯?"

"你去吧。"

安心微怔,敖力补充道:"我说,你陪边慕去吧。"

敖力说着看着照片:"其实我们回到大本营一起照这张合照的时候,我就知道你心里怎么想了。陆凯走失的事儿,你第一反应是让他跟你一起去,还有很多或许你自己都没注意到的细节。安心,现在你心里,真正喜欢的人是边慕。"

安心听到敖力这么说,微微笑了:"谢谢你敖力。"

敖力笑了笑道:"至少我们还是朋友。"

安心点头:"也是战友。"

服装店内,边慕穿着一身西装,帅气地坐在店里,小七和小雪分别坐在边慕的两边,边慕旁边的衣架上,挂满了他挑选出来的衣服。安心穿着一条相对紧身的裙子出来。

边慕眼睛一亮,小七和小雪也抬起头来,看着安心。

安心被边慕盯得不自在:"行不行啊?"

店员立即出声:"很好啊,您这身材配这裙子太适合了。"

安心又问小七和小雪:"可以吗?小七?小雪?"

小七"哼哼"了两声。

安心追问道:"你是说可以吗,小七?"

边慕一听,忙向小七摆摆手,小七接着摇头,小雪也同时摇头。

安心皱眉:"不行?怎么不行了?"

边慕不满地说道:"领太高,衣袖太长,看着跟中年妇女似的,和你的年龄一点不搭。"

安心瞪了边慕一眼:"说什么呢,这儿这么多人,别招白眼儿。"

边慕毫不在乎地说:"怕什么啊,他们又不认识我,白眼儿就白眼儿呗,瞪一眼我又死不了。"

店员会意,拿起另外一条裙子交给安心,安心白了边慕一眼拿着裙子走进更衣室,片刻后出来。这条裙子相对低胸,没有衣袖,但是长度到了膝盖以下。

安心问道:"这条呢?"

小七跟小雪学聪明了,先看边慕的反应。

安心板着脸:"你们看他干吗?"

边慕还是摇头,小七跟小雪会意,跟着边慕摇头。

安心:"……"

边慕已经忍不住了,索性起身,从衣架上拿出一条相对短一点的裙子递给安心,安心瞪了边慕一眼。

边慕立即恳求道:"大姐,帮帮忙帮帮忙,一会儿我那帮哥们儿肯定可劲儿秀女朋友呢,咱们不能一登场先从造型上输了。"

安心一脸不愿:"真麻烦,不想去了。"

边慕连忙拉着安心:"哎呀,姑奶奶,拜托了,快去快去吧。"

安心耐着性子拿着裙子走进试衣间,边慕坐下,等她再走出来的时候,边慕、小七和小雪都看呆了,还不等安心问,小七和小雪都叫起来。

边慕得意地笑道:"你看,小七和小雪这审美,比你强多了!就这条!"

安心皱眉:"它们是说好吗?"

边慕挺起胸膛:"当然!"

安心不在自地捂着裙子下摆:"那会不会太短了啊?"

边慕摇头:"不短不短!很漂亮!"

边慕说着上下扫了一圈,小七跟小雪也顺着边慕的视线往上,然后往下看,目光最终都停留在安心的人长腿上。

一看边慕两眼冒光地盯着自己的双腿,安心就瞪圆了眼睛道:"滚!"

边慕连忙赔笑,重新拿了条裙子递给安心:"穿这条,你身上这条我看就行了,可不能便宜了那帮哥们儿。"

安心无语:"……"

这条裙子,总算是令人满意了,不长也不短。

路上有点堵,边慕开着车缓缓前行,车上喷着"完美世界"救援队的标志。小七坐在副驾驶的位置,安心带着小雪坐在后面。

边慕打电话给汤圆再次确认地点,趁堵车的工夫,边慕忍不住回过头去看安心，小七也跟着回过头。

边慕把小七的脑袋转到小雪的方向："看你媳妇儿，这边这个是我媳妇儿。"

安心白了边慕一眼。

边慕得意道："以后常这么穿。"

安心："……"

边慕继续打量着安心："要不以后拍结婚照你也这么穿？"

安心白了边慕一眼："正经点！你别这么不着调啊，还真给点儿阳光就灿烂？"

边慕一脸严肃："不是，我认真的。"

边慕说着看着对视着的小七和小雪："你看它俩，多好啊，我们顺便凑个对儿吧，你也别还幻想着拆散敖力跟周茉了，人家俩那是孽缘，下辈子都断不了，你趁早清醒吧。"

安心瞪着边慕："说什么呢你，我是那种人吗，我和敖力已经……"

边慕点头："已经不可能了对吧？你自己说的啊。"

安心懒得理边慕："陆凯和你联系了吗？"

边慕点头："打过电话，说考试很顺利。"

安心问道："他就没说别的？"

边慕不解："什么啊？"

"他原谅爸爸了。"

边慕一怔："哦。"

安心看着边慕："他说很佩服小七作为搜救犬的勇气，他要跟小七学，有勇气面对，也有勇气原谅。这是他妈妈告诉我的，原话。"

前面的车开动，边慕回过头继续开车。

沉默良久，边慕淡淡出声："我知道你想说什么，我尽量向他学习，我们先好好约个会，其他的完事儿再说。"

第 4 章

婚礼异变

　　一路开车，两人来到太和酒店门口。边慕下车，接着绅士地过去帮安心打开车门，安心跟小雪下车，小七也跟着跳下来。边慕理了理自己的西装，一手牵着小七，一手伸过去要牵安心的手。

　　安心瞪大眼睛看着边慕，边慕立即嬉皮笑脸道："要不你挽着我？"

　　安心有点不适应，边慕干脆地把安心的手拉过来，安心还要抽回手，边慕立即板着脸："你自己答应的啊，说话算话，队长，敬业一点，要演就演得像一点。"

　　安心也咬牙切齿地瞪着边慕："你别太过分！"

　　边慕摇头："那不行，难得一次机会，我又不傻。"

　　安心索性用手肘击了边慕一下，边慕忍着疼，继续笑着带着安心走进去，正准备迎接大家羡慕又惊讶的目光，一进门却惊呆了——宴会厅乱成一团，宾客都已散去，新娘坐在地上哭成泪人，却不见新郎郝帅。

　　小七和小雪歪着脑袋看着这情况，也不明所以。

　　边慕愣了一下："什么情况？"

　　边慕和安心带着小七跟小雪走过去，只听新娘跟她妈妈哭诉道："我就知道他故意的，他一直不喜欢狗，以前还把闪电关进小黑屋，嫌它反应慢，什么都慢半拍，说它是阿富汗犬，所有狗狗里面智商最低。"

　　新娘妈妈从手边地上的纸巾盒里抽出一张纸递给新娘，小七也过去帮忙抽纸巾给新娘妈妈。

　　新娘妈妈劝说着："他就那么一说，不是说他今儿也没看到闪电吗？他怎么可能故意的呢？再说今儿你们这么重要的日子，他也知道闪电对你多重要，他不会这么不知轻重地把狗给弄丢的啊，你听妈的，冷静点儿。"

　　边慕和安心听着新娘的哭诉，更加糊涂，不知道究竟发生了什么事，小七和小雪坐在新娘对面看着。

　　边慕讪讪地上前询问："您好，请问这是怎么回事啊？郝帅呢？"

　　新娘的眼妆都花了，她抬头看着边慕，哭着："你找谁啊？"

　　边慕解释道："郝帅啊，这不是郝帅的婚礼吗？"

　　新娘和新娘妈妈一头雾水，这时边慕的手机再次响起。

　　边慕接起电话："喂，汤圆儿啊，你快过来，出事儿了……"说着说着，边慕皱起眉头，"啊？你们都到了？都开始了？不是吧？"

边慕看了看眼前的场景，突然意识到什么："你说的哪个太和酒店啊？哪家分店？"

安心一脸无语地看着边慕。

边慕冲安心讪讪笑道："走错酒店了。"

安心："……"

边慕一脸尴尬："现在过去还来得及。"

边慕说着就要带安心跟小七走，一名穿着新郎服的男子喘着气，大步流星地跑进来，看到小七跟小雪忙直奔过来，一把抓住边慕的手："外面那车是你们的？上面有'完美世界'救援队标志那辆？"

安心点头："是我们的。"

新郎满脸焦急："帮个忙，帮个忙，求你们了！帮我找闪电，不然我这婚结不了了。"

新娘朝新郎走过来，一直哭着："你现在后悔了？"

新郎急了："我……我后悔什么啊？我真不是故意的，我也不知道怎么一转眼它就不见了！"

新郎说着把边慕抓得更紧了："情况你也看到了，我实在没办法了，求你们了……"

边慕满脸无语："可是我们……"

安心插话问："它在哪儿走丢的？"

新郎连忙回答："就在家，我正要带闪电去她家接人，谁知道刚开门它就跑下楼了，我找半天没找到，只能让伴郎团的人偷偷找，本来以为婚礼的时候能带回来，结果……"

安心长叹口气，看着哭得一塌糊涂的新娘："我理解丢狗的心情，您也别冲动，今儿这么重要的日子，谁也不愿意发生这种事。"

新娘妈妈也劝道："这说得在理，悠悠，你再给马原一次机会？"

悠悠坚决摇头："找不到闪电，我没心情结婚。五年了，从它三个月大到现在，它每天都陪着我。"

安心帮忙劝说："我知道，我们尽力好吗？相信我们救援队，我们有过很多次成功的搜救经历。"

悠悠听安心这么说，情绪缓和下来。

旁边边慕一听急了："安心，郝帅那边还等着呢，一帮哥们儿要见我们呢，不去合适吗？"

安心看着边慕急了，得意地笑了："边慕，是搜救重要呢，还是过去当猴子一样被围观重要呢？你还是一名救援队员吗？"

安心说着朝小七问道："小七，你决定吧，要不要找？"

"汪汪！"小七叫着点头。

边慕："……"

安心笑看着边慕："那我们就准备出发吧？"

边慕瞪着小七，一脸被出卖的表情。

这时，安心的手表铃声响起，安心接起电话："喂，诺诺……"安心听着皱起眉头。

一路上，边慕无精打采地开着车，整张脸都皱成了苦瓜样，只差哭出来了。

"这游戏我们玩不了了，估计酒席你们也吃不了了。"

边慕正在和汤圆打电话。

汤圆不解："什么情况啊？"

边慕欲哭无泪："我不是走错酒店了吗？这边也有婚礼，新娘养的狗丢了，找不着狗不结婚，我们助人为乐的安心队长决定让我不要脸地爽约，跟她找狗去。"

安心拿过边慕的电话："汤圆，你过来开车，伊靓回去和敖力会合，马上去找另外一条狗……"

汤圆愣住了，看着伊靓，也是一脸欲哭无泪，压低声音："要不要这样啊？我跟伊靓好不容易单独相处……"

伊靓一听有任务却马上把吃酒席的事儿放到一边，拿过汤圆的电话，精神十足地说："队长，什么指示？"

汤圆一看伊靓这态度彻底无望了。

诺诺朋友的小姨家的狗，也不见了。

流年不利，流行丢狗……

救援队的皮卡车在街上飞驰。

敖力、周棠和伊靓分别带着步枪、山神坐在车上，诺诺也在，手上抱着饭桶。

伊靓逗诺诺："好久不见，诺诺。"

诺诺小大人的模样，一本正经地教训着："我们现在出任务呢，不开玩笑。"

周棠看诺诺这么一本正经，笑了："好，那你能介绍一下大概情况吗？"

诺诺理着饭桶的毛，煞有介事地介绍着："我最好的朋友的小姨，我叫她菁菁阿姨，我叫喜欢她了。她养了一条狗叫天天，是一只泰迪，养了十年。但是去年她有宝宝了，菁菁阿姨的婆婆听说怀孕的时候不能养狗，一定要菁菁阿姨把天天送走，菁菁阿姨跟她婆婆说只要她不捡狗狗的便便，不让狗狗上床睡觉就没问题，可是她婆婆就是不听，菁菁阿姨没办法就把天天送回娘家了。"

周棠跟伊靓听诺诺这么条理清楚地表述一大段话都惊讶不已，狗狗们也认真听着。

"然后菁菁阿姨想天天，就每天跟它视频，天天可能太想菁菁阿姨了，就回来了,菁菁阿姨看天天回来可高兴了,跟天天一起玩,却被刘跃叔叔看到了。"

伊靓一听连忙问道:"刘跃叔叔又是谁啊?菁菁阿姨的丈夫?"

诺诺点头:"嗯,刘跃叔叔说眼看就要生宝宝了,一定要把天天送回去,菁菁阿姨生气地跟刘跃叔叔吵架,后来天天就不见了,菁菁阿姨认为是刘跃叔叔把天天扔了,气得要离婚。"

周茉忍不住笑了,逗诺诺道:"诺诺,你知道什么叫离婚吗?"

诺诺点头:"我知道,就是不在一起吃饭,不在一块儿玩儿了。"

伊靓:"……"

汤圆:"……"

诺诺低头看着饭桶:"饭桶,这次我和你一起,一定要找到天天,完成任务!"

安心、边慕和汤圆带着小七、小雪跟八公走进悠悠家,悠悠家卧室贴着"囍"字,客厅照片墙上挂着悠悠和马原的婚纱照,还有悠悠和闪电的照片,满满的喜庆氛围,马原凝重的表情却与这个氛围格格不入。

汤圆看着悠悠和闪电的照片。

"它就是闪电?"

马原点头:"对。"

小七跟小雪等也抬头看了看照片。

马原指着角落里的一个水盆跟狗窝:"就那些,都是闪电的东西。"

边慕、安心和汤圆忙带上小七、小雪和八公过去,三条狗狗分别闻了闪电的水盆和狗窝。

安心问道:"还有别的东西吗?"

马原环视一圈,看到角落里一个玩具球,犹豫了一下,嫌弃地拿起一张纸就要过去拿,小七却径直走过去闻,小雪和八公也闻了闻玩具球。

安心看着马原皱着的眉头和手上的纸:"你是不是真的不喜欢狗?"

马原点头:"是不喜欢,但是我也不至于故意把它给弄丢啊,那是人办的事儿吗?"

边慕有些不满:"但是说实话哥们儿,两个人在一起就得互相接受,好的坏的、喜欢的不喜欢的,都接着,那才是爱。更何况这是一条狗、一条生命,还陪了她那么久!要我说啊,你这事儿办得确实不咋样!"

汤圆附和道:"也怪不得悠悠生气。"

马原听着不说话了。边慕和安心带着小七和小雪下楼,小七和小雪在小区里面转了一圈,然而因为之前闪电经常在小区遛弯,小区里面到处都是闪电的痕迹,小七和小雪都有点转晕了。

安心看小七转晕了也发愁地说:"无迹可寻麻烦,有时候痕迹太多也头疼啊,小区里到处都是闪电留下的生活痕迹,小七都有点儿蒙了。"

边慕看了看小雪和八公:"我看它俩好像也晕了。"

小七看边慕对它没信心,围着小区转了一圈,突然直奔一个门口跑去。

边慕立即跟上小七:"不在小区里?"

"汪汪!"小七冲边慕叫着表示同意。

小雪跟八公却继续在小区楼下找闪电的踪迹不肯走。

小七站在门口看了看小雪,冲小雪叫了一声,小雪却朝小区里的一棵树奔去。

小七看小雪不听,生气了,也不等小雪,直接跑出小区。

边慕急了冲俩人喊:"安心、汤圆!"

安心思索了一下道:"它们判断不一致,分头找吧。"

边慕只得自己跟上小七。

街上,小七一路寻着气味的轨迹,来到岗悠悠家不远处的一个小区门口,小七看了看边慕,正好对面有一个人开门出来,小七连忙带着边慕走进小区。

这里的环境明显不如悠悠家,相对破旧简单。小七一路嗅着往里,边慕有些疑惑:"小七,你怎么跑这儿来了?"

小七接着寻找,突然,小七朝前面叫起来!边慕顺着小七叫的方向望过去,一只阿富汗犬果然在远处待着,正是照片上的闪电。

小七赶紧朝闪电跑了过去,边慕也跟着跑上前。闪电见边慕和小七朝它跑来,后退了两步撒腿就跑,径直跑进了一幢公寓楼,小七和边慕跟着进去。

小七和边慕进入公寓楼,边慕想往电梯的方向走,小七却径直跑进了消防楼梯间,边慕跟着紧追,一直追到十五层,边慕有些喘不上气了。

边慕喘着粗气:"小七,还要往上啊?"

小七回头看了看边慕,继续往上跑,边慕横下心继续追,追到十九层的时候,小七却停了下来,跑进十九层楼道。

边慕跟着进去,却不见闪电,边慕满头大汗地喘着气:"哪儿呢?你带我兜圈子呢?"

小七在楼道里找了一圈,突然在电梯处停下,冲电梯狂吠。

边慕看着已经下降到十层的电梯,欲哭无泪:"小七,你该不会是说它又坐电梯下去了吧?"

小七叫了一声同意。

边慕:"……"

边慕赶紧按下电梯,等了半天,另外一部电梯才到十九楼。

边慕和小七跑出公寓楼,却见安心和汤圆带着小雪、八公迎面而来。

边慕连忙问道:"看到闪电了吗?"

安心摇头:"没,小雪和八公刚带我们过来,应该就在这个小区。"

边慕皱眉:"我们都追了一路了,刚才它自己搭电梯下来了,你们过来应该会看到啊。"

汤圆思索着:"难道在哪一层又下了?"

小七"哼哼"两声,接着看向另外一个方向,边慕顺着小七的视线看过去——小区地下车库的出口隐约可见。

边慕眼睛一亮:"难道是没出来,跑去了地下车库?"

一辆 Jeep 车从地下车库开出来,小七马上兴奋起来,叫了几声,朝 Jeep 车跑过去,紧接着小雪和八公也跟着叫,紧跟小七。

安心等人跟上狗狗们,只见车很快向小区出口开去。

狗狗们紧追,离 Jeep 车越来越近,Jeep 车在小区出口停下,边慕等人抓紧时间带小七和小雪等跑过去,然而正当众人要赶到的时候,栏杆升起,Jeep 车开了出去。

小七急了朝 Jeep 车狂吠,汤圆忙过去把商务车开了过来。

边慕二话不说,和安心一起带着小七、小雪和八公跳上商务车!

前面,Jeep 车渐渐消失在拐弯处。

敖力、周茉跟伊靓带着狗狗们走进客厅,诺诺牵着饭桶走进来。菁菁挺着大肚子坐着,情绪很不稳定。刘跃关上门,下意识地看了看狗狗们。

周茉忙解释道:"你放心,我们的搜救犬体内驱虫、体外驱虫都在定期做。"

刘跃这才放心,跟在诺诺和狗狗们后面,小声地朝诺诺等人说道:"你们可算来了,生气半天了。"

诺诺懂事地牵着饭桶过去:"菁菁阿姨,你别难过了,让饭桶陪陪你。"

这个小孩,比暑假来基地的时候懂事多了。

菁菁一看到饭桶,眼眶都红了,差点泪崩。

周茉安慰道:"你放心,我们会尽全力帮你去找天天的。"

诺诺拉着菁菁的手:"菁菁阿姨,'完美世界'救援队可厉害了,连大雪山里埋着的人都能找到。"

菁菁一脸担心:"可是天天都走丢一天了,昨天晚上就没回来。"

敖力出声解释:"我们有专业搜救犬,它们的听觉、嗅觉、视觉都比人敏锐很多。在人类眼里毫无头绪的事,在它们那里可能就有成千上万的线索。"

刘跃积极地把一个小垫子拿过来给敖力:"天天的东西都在我岳母家,回来的时候它睡过这个垫子。"

步枪、山神和饭桶忙过去闻了闻垫子。

刘跃偷偷握住敖力的手："拜托你们了，她现在情绪很不稳定，天天真要有什么事儿我怕她受不了……"

刘跃有点儿说不下去，一脸委屈："我知道天天回来之后，我跟她吵架是我不对，但是我为了弥补才带天天去宠物用品店买零食给它……结果我买完东西就找不到天天了，她就非说我故意丢了天天。"

敖力眉头一皱："也就是说，它是在宠物用品店走失的？"

刘跃点头："对。"

因为菁菁一个人在家，心情又不好，所以周茉留在这边陪菁菁。敖力、伊靓则前去寻找天天，诺诺自告奋勇地也要去执行搜救任务，大家都很喜欢这个小屁孩，伊靓第一个同意下来。

诺诺牵着饭桶来到乐美宠物用品店，步枪和山神为了让诺诺，都跟在饭桶后面，饭桶在宠物用品店外面嗅了嗅，直接就往回跑，诺诺急了拉住饭桶："饭桶，你去哪儿？"

敖力看了眼饭桶跑的方向："它应该是要往刘跃家的方向去。"

诺诺不解："为什么？我们不是去找天天吗？"

伊靓解释道："对啊，你的刘跃叔叔不是把天天从家里带到这边的吗？所以从这儿到刘跃叔叔家这一路也有天天的味道，它当然跟着找啦。"

诺诺明白了，蹲下给饭桶解释着："饭桶，我们不要走那边，你找找刘跃叔叔买完东西之后，天天往那儿跑了。"

饭桶还是忍不住往回走，步枪实在看不下去了，带头右转，顺着宠物店右边的路开始找，山神立即跟上。

诺诺看饭桶还是难以担当大任，没办法只得牵着饭桶跟上。这个小屁孩儿，还真把自己当成一名救援队员了，很快进入角色。

汤圆盯着商务车一路追寻，商务车的窗户开着，边慕和安心带着小七和小雪坐在后面，小七一直闻着外面的味道。

商务车顺着大街一直往前，小七突然叫起来，紧接着，小雪和八公也叫起来。

边慕顺着小七的视线看过去——那辆 Jeep 车依稀可见，Jeep 车的后备厢里堆着几个纸箱子和两个行李箱，闪电藏在纸箱子后面，露出脑袋。

汤圆开车跟着拐上一条街道："这不是出城的方向吗？"

小七看着前面，叫得更厉害了。

边慕催促着："小七都替你急了！快点啊！"

汤圆把握十足地摇头："不用急，你们要相信我的开车技术，我先隐蔽寻找最佳路线，再利用掩护悄悄靠近，杀他个措手不及。"

汤圆说着超了几辆车，靠近 Jeep 车，就要追上的时候，商务车开始低油报警。

汤圆蒙了,恰巧这时看见前面一个加油站,便问道:"加油?还是追?"

边慕气得不行:"等你加完油他都上高速上出城了!"

汤圆皱紧眉头:"那我要就这么追肯定在高速上趴窝啊。"

小七看着前面的车,急得直叫。小雪用鼻子碰了碰小七的鼻子鼓励它冷静下来。然而就在汤圆犹豫的这一小会儿,前面的 Jeep 车又开远了。

安心眼看暂时没法追上,果断决定:"先加油!"

汤圆横下心将车开进加油站,小七、小雪和八公眼巴巴地看着带着闪电的 Jeep 车越来越远……

加满油重新上路,半小时车程,救援队的商务车来到高速服务区。小七闻到闪电的味道,朝服务区的方向叫,小雪和八公也跟着叫起来。边慕一眼看到了刚才的那辆 Jeep 车,车旁有一条狗正是闪电,闪电旁边还有一名男子。

"快!追过去!"边慕道。

商务车慢慢减速,正准备驶向服务区,那名男子却已加完油跳上车,闪电也跟着跳上前面副驾驶的位置,Jeep 车接着离开了。

汤圆只能开着商务车在服务区兜一圈接着追上去,然而 Jeep 车在服务区不远处高速路的出口绕出去,掉头回去了。

汤圆跟边慕都有点儿蒙了,小七也有点儿摸不着头脑,看着前面的 Jeep 车。

"这搞什么?怎么又回去了?"安心皱眉,"闪电是不是认识他?"

边慕举起手机拍了一张 Jeep 车的照片发给悠悠,接着拨出电话,问悠悠是否认识。

悠悠那边回复,没见过这辆 Jeep 车。

大家再次迷惑了。

"车上有吸引闪电的东西?"

"偷狗还是干吗?"

"车上还那么多行李,感觉像是搬家啊。"

小七也是一脸蒙地看着前面。

步枪和山神带着敖力和伊靓等来到不远处的一个公园,饭桶跟着过来,已经累得大口喘气,诺诺更是路都走不动了。

敖力见诺诺的样子,劝说道:"诺诺,要不你和伊靓姐姐带着饭桶跟山神在这儿等会儿,我带步枪去找?"

诺诺果断拒绝:"不要!我们一定要完成任务,是吧饭桶?"

饭桶已经顾不得配合诺诺,趴在地上就开始喘气休息。这边正说着,一个十一二岁的小女孩拿着一根烤肠路过,饭桶一闻到烤肠的味道,一个翻身爬起来,对着女孩的烤肠流哈喇子。

伊靓忍不住笑,敖力也忍不住笑。

敖力摇头："伊靓，你给它买一根烤肠吧。"

女孩看饭桶流着口水看着她的烤肠，也忍不住笑："你叫什么呀？"

诺诺挺着小胸脯："它是'完美世界'救援队除了小七和步枪之外最厉害的搜救犬，饭桶。"

伊靓立即抗议："我们山神呢？"

敖力："……"

女孩忍不住笑："饭桶，你想吃吗？"

饭桶"哼哼"了两声，可怜兮兮地看着女孩，使劲儿地摇尾巴。

女孩将烤肠递过去："给你吧。"

诺诺连忙把烤肠拿过来还给女孩，一脸认真地说："不行，它在工作呢，不能被食物干扰了注意力！"

女孩也被诺诺逗乐了，拿过烤肠："那你们现在在搜救什么呀？"

诺诺："天天。"

女孩迷惑地看着伊靓："天天？"

伊靓解释道："一条泰迪，我朋友的小姨的，走丢了。"

"泰迪？"女孩想起什么，"我刚才跑步的时候好像看到一条，一个多小时之前。"

诺诺马上来了精神，步枪和山神也精神起来，饭桶还是执着地看着女孩手上的烤肠。

诺诺高兴地挥舞着拳头："太好了，敖力叔叔，我们有线索了。"

步枪、山神一路往前搜寻，为了跟上步枪和山神，诺诺索性抱着饭桶走。步枪在一棵树下的长椅前面停下，山神也跟着停下，都叫了几声。这应该就是那女孩说的，天天待过的长椅。

诺诺看到这个长椅想起什么："菁菁阿姨以前经常来公园散步，每次都带天天坐这里，我也跟他们来过。"

敖力思索一下明白过来。这条狗，是追着菁菁的回忆去了。

敖力打了个电话问菁菁散步时经常带天天去的地方，结果一听有十多个地方，这一来，敖力郁闷了。很快，连带着在基地留守的伊森、莫莉、洛奇也郁闷了。

伊森、莫莉、洛奇郁闷的原因不是要去帮敖力搜寻，如果仅仅是这样，一直没能执行任务的三人还会高兴，三人郁闷的原因，是敖力让三人根据这十来个地址设计一条最顺的路线，好方便敖力一行搜索。

安心一行的心情，和洛奇三人也差不多，现在已经由迷惑变成了郁闷。

Jeep车回到公寓楼附近，商务车上的边慕和汤圆等人根本看不懂了，小七"哼哼"了两声，也是不明所以。

第4章 婚礼异变

小雪和八公歪着脑袋看着Jeep车，都不明白怎么回事。

大家都被绕糊涂了，Jeep车绕了一圈又绕回来了。

"怎么又回这儿了？"

"难道真是偷狗的？把闪电带家里锁着？"

小七听着紧张起来，开始朝Jeep车叫，小雪跟八公也沉不住气朝Jeep车叫起来。

边慕正准备下车去拦，Jeep车又往前绕过小区，紧接着掉转车头向另一条街道开去。

边慕和汤圆等人彻底崩溃了。

"这搞什么啊？"

"难道是发现我们了？"

汤圆欲哭无泪地继续开车跟着。

前面的Jeep车围着悠悠家所在的小区转悠，后面的商务车上，小七、小雪和八公探头看着皮卡车，安心和汤圆彻底无语了。

"我的妈呀，围着这小区转了十几圈，我都快转吐了。"

"这究竟搞什么啊？"

汤圆已经受不了了："不行，我实在受不了了，我下去把它拦下算了。"

汤圆说着就要停车，前面Jeep车却在小区门口停了下来。

小七、小雪和八公警惕地看着前面的动静，只见Jeep车在小区外面停了片刻，那名男子走了下来。

边慕二话不说，打开车门跳下车，小七跟着跳下去，紧接着，小雪和八公也跟着小七，带着安心和汤圆直奔上去。

那名男子打开车门，正要让闪电下来，却瞬间被三只狗和三个人团团围住。

小七冲男子叫着，山神和八公也冲男子叫，男子吓了一跳，刚刚跳下车的闪电也吓了一跳。

男子紧张地看着三条狗："你们干吗啊？"

小七看了看车上的闪电，接着冲男子叫。

男子明白过来，看着小七："看你这样，是把我当坏人了？"

小七看男子温和地笑看着自己，一点不像坏人，停止叫声歪着脑袋看着男子。安心皱眉。

看起来，这名男子并不像是坏人的样子，否则不会这么快就让小七接纳他。

男子摸了摸小七的头，紧接着也摸了摸小雪和八公，抬头冲边慕跟安心等人道："你们住这个小区？你们认识闪电？"

边慕和安心等人原本一堆问题，被男人这么一问却糊涂了。

男子问道："是跟悠悠一起遛狗的新朋友？"

边慕有些惊讶:"你知道悠悠?"

男子神情有些落寞:"我当然知道。"

汤圆皱眉:"可是她不知道你啊,你是谁?"

男子苦笑了一下:"她怎么可能不知道我?"

安心不解:"你为什么带走闪电?"

小七也抬头看着男子,等着他的解释。

男子看安心一脸质疑,知道有误会,忙道:"你们把我当偷狗的了啊?"男子说着皱起眉头,看看救援队的商务车。

闪电见势不妙主动走过去,亲昵地蹭了蹭男子,接着抬头担心地看着他。

男子摸了摸闪电的头安慰道:"没事闪电,我们可能有点儿误会。"

安心看男子跟闪电的亲密样儿,知道肯定有什么误会,不解地问道:"这究竟怎么回事?"

男子苦笑了一下:"你们先把闪电带回去吧,我知道她那边着急。"

边慕迷惑地问道:"你知道?!"

男子点了点头,从车上拿出狗绳给闪电套上,将绳子交给安心,然而不管安心怎么拉,闪电就是不走,一直看着男子。

男子有些犹豫:"闪电不会轻易跟陌生人走的。"

汤圆皱眉:"那你就帮个忙送回去吧,那边都快急死了,都等着找到闪电举行婚礼呢。"

男子摇头:"这忙我……我现在没法帮。"男子说着看着闪电,陷入纠结,小七、小雪和山神却急了,"哼哼"着催促男子。

安心想了想,将套在闪电身上的狗绳交给对方:"这样吧,刚才过来的时候我看到这旁边有一家露天咖啡厅,我们去那儿坐会儿?"

男子想了想,牵过闪电。

敖力一行已经根据伊森三人设计的路线,来到了四海大厦。敖力、诺诺跟伊靓分别带着步枪、饭桶和山神下车。抬头看了看四海大厦的牌子,诺诺解释道:"这是菁菁阿姨怀宝宝之前上班的地方,每天下班的时候天天都在这儿等她,接她下班。"

伊靓听着有点儿感动:"好感人啊,就像《忠犬八公》里面的情节一样。"她正说着,步枪到花坛附近嗅了嗅,紧接着叫了几声,山神也跟着叫了几声。

敖力立即明白,天天来过这里,但现在天天没在四海大厦,周围也没有。一行人立即沿着设计的路线,往下一个地址寻找。

下一个地址,天天同样来过。这儿是一个老小区,是菁菁刚毕业的时候住的地方。接下来,菁菁毕业之后第一份工作的地方、菁菁上的大学、菁菁读大学经常去的一家大排档,天天都来过。这一路至少近十公里的路程,路线对了,但一行人一直没能找到天天。

而周茉那边打来电话说菁菁好像要生了,却一直不肯去医院,一定要等到天天回家,周茉和刘跃怎么劝都没用。

敖力一行越发着急起来。

下一个地方,十二中。

敖力皱紧眉头:"还有多久到十二中?"

伊靓看了眼地图:"远倒是不远,关键是堵车啊,说不好什么时候到……那是菁菁读高中的地方?"

诺诺点头:"对!天天每天送她去上学呢。"

伊靓惊讶地问道:"也接她放学?"

诺诺点头:"嗯,菁菁阿姨去哪儿它都这样,去超市都要把她送到门口,过一个小时再去等她。"

伊靓有些感动。

原来天天陪了菁菁这么多年,甚至高中的时候就陪着菁菁的,送菁菁上学,接菁菁放学,菁菁去哪儿它都会陪着。

伊靓叹了口气:"怪不得天天丢了她这么紧张。"

诺诺摸着饭桶的头,一脸羡慕:"我也想饭桶这么陪着我。"

伊靓出声:"那你把饭桶带回去?"

诺诺坚决摇头:"那也不行,它要留在救援队做更伟大的搜救犬。"

伊靓:"……"

敖力:"……"

很快,一行人来到十二中,以及菁菁高中时家里的住址——幸福里小区,这些地方天天都来过,却都没有找到它。

如今只剩下最后一个地方——假日海滩。

菁菁家的客厅里,菁菁正回忆着:"那是十五岁的时候,初中刚毕业,我考上了我们市最好的高中,我问爸妈要礼物,他们把天天送给我,然后天天陪我在海滩待了一个夏天。从那以后,每个……每个夏天我都要带天天去那儿待几天。"眼泪在菁菁眼睛里打转。

周茉忍不住感叹:"十年了。"

周茉说着看着手上的线路图:"从现在,到你毕业之后第一份工作、第一次独立住的地方、大学、高中、你们家以前的小区……这条线路图,就是它陪伴你的这十年啊。"

菁菁的眼泪滑落下来,忍着疼断断续续地说:"是啊,它……它陪了我十年,也见证了我这十年,那时候我还是个没长大的孩子,现在我……我有了自己的孩子,它几乎每天都在。"

刘跃听到这儿也很触动，一脸愧疚："对不起，老婆……"

菁菁一脸悲伤："现在说这个……有什么用？"

周茉劝说道："要不先去医院吧？到医院再说？"

菁菁摇头，一脸坚决："不……不是只有最后……一个地方了吗？我……等！"

周茉打开手机定位了一下步枪的脚环，敖力一行已经到了假日海滩。

刘跃忙拨出电话。

"敖队，怎么样了？"

菁菁紧张地看着刘跃。

刘跃一脸失神："什么？！海边没有？！"

菁菁听到这儿疯了，眼泪簌簌掉下来："那是找不到了？"

周茉一看菁菁慌了连忙出声安抚："别着急，你想想还有什么地方？"

疼痛的肚子跟坏消息让菁菁情绪失控哭起来："还能……有什么地方？能想的都想了，它就是伤心了，它就是知道自己……被嫌弃了，它就是……走了不想回来了！找不到了！"

菁菁说着肚子再次剧烈疼痛起来，刘跃忙丢了电话跑过去劝说着："老婆！去医院吧！"

菁菁一把推开刘跃。

假日海滩上，敖力皱紧眉头，四处张望着。

伊靓和诺诺也担心起来，步枪、山神和饭桶也抬头看着敖力。

诺诺一脸着急："怎么办？敖力叔叔？"

敖力摇头："她想不到别的地方了，接下来只能靠我们自己找了。"

露天咖啡厅里，边慕、安心和那名男子坐在一起，闪电将头靠在那名男子身上，显得无限依恋。小墨，这是这名男子的名字。

安心和边慕见一人一狗这样，也大概明白了些，说道："闪电对你这么亲近，应该是你和悠悠一起养过闪电吧？"

小墨点头："对，我们就是在宠物店认识的，那时候闪电才三个月大，我们同时看上了它，就这么认识了。"

小墨说着温柔地看着闪电："那是五年前，现在闪电五岁了。因为我们住得本来就不远，然后又都很喜欢闪电，所以说好一人养一周，大概就这么养了一年吧，慢慢地就走到一起了，然后一起养闪电。"

小墨摸着闪电的头，陷入回忆当中："刚开始挺开心的，但是后来时间长了，我们经常因为很小的事就吵，都不能忍受对方。那是我的第一次恋爱，她也是，我们都不懂得怎么相处，也不懂包容和接受，最后还是分手了。"

小七和小雪看小墨伤感,都过去靠在他身边安慰他。

安心问道:"没再联系了?"

小墨点头:"刚分手我们就互相把对方的电话和微信都删了,再也没联系,她的电话号码我记得,但是没再拨过。"

边慕出声:"就没打几个深夜骚扰电话?"

安心瞪了边慕一眼,边慕立即乖乖闭嘴。

安心看向小墨:"你彻底放下了?"

小墨摇头:"如果真放下了,我就不会搬到离她这么近的地方住了。"

安心、边慕听了很惊讶,小七和小雪也抬头看着小墨。小墨苦笑道:"她跟我分开后就搬到了你们刚才去的那个小区,后来谈了新的男朋友,好像就在那个小区买的房。每天早上,我都坐在这个咖啡厅看她去上班,晚上也看她牵着闪电从街对面走过去,只有闪电知道我住得不远,经常偷偷跑到我家玩。"

汤圆点头:"怪不得之前我们直接从她家追到你家。"

小墨苦笑:"是啊,但是现在她要结婚了,我也该彻底离开了。我本来打算今天去深圳的,行李都放车上了,谁知道闪电不知道什么时候也跳上车来了,我到服务区加油才看到,这不我就把它送回来了吗?但刚到小区门口就被你们看到了。"

边慕板着脸道:"我们也是追了一路不知道你要干吗,这下才弄明白。"

汤圆迷惑地问道:"那你干吗在小区绕十几圈啊?"

小墨叹了口气:"就是不想停下来。"

小墨说着,揉了揉闪电的脖子:"我知道,如果停下来把闪电送回去,也就彻底和她告别了。"

安心跟边慕听着都有些伤感,小七也抬头舔了舔小墨安慰他,小墨冲小七笑笑。

安心问道:"你那辆Jeep车,是你们分手之后你才买的?"

小墨点头:"对。"

安心明白过来:"怪不得她不认得……我们还以为她不认识你呢。"

小墨抬起头来说:"所以你们把我当偷狗的了?"

安心不好意思地笑了笑:"我还能冒昧问你一句吗?她跟你分开之后多久谈的男朋友?"

小墨想了想道:"好像一两个月吧,我也是从我们共同的朋友那儿听说的。"

边慕皱着眉头:"原来是闪婚啊!"

小墨苦笑。

汤圆出声道:"我怎么觉得新娘也是一副没放下的样子?队长,你是女人,你觉得呢?"

边慕摇头:"你别问她啊,她虽然是女人,可一看就是没谈过恋爱的女人。"

安心撇嘴:"放心,反正不会找你。"

边慕:"……"

安心看着小墨:"据我所知,一般情况下,如果一个女人在失恋之后迅速恋爱又迅速结婚,除非真的赶巧遇上真命天子,不然逃离情伤的可能性更大,再说你们当时分手也是不理智。"

小墨苦笑了一下:"我不会去破坏她的婚礼。"

边慕一听急了:"哥们儿,你给自己一个机会好不好?反正闪电你不送回去它也不会跟我们走,你就当去送闪电,别的就让她自己选行不行?"

边慕刚说完,电话响起,是悠悠的,边慕连忙接起电话:"喂,悠悠,找到了找到了,但是……"

边慕看了看小墨,闪电却冲电话里面叫起来。电话那头,悠悠立即惊喜出声:"是闪电吗?"

边慕点头:"对,是闪电的声音,但是它不跟我们走。"说到这里,边慕顿了顿横下心道,"它舍不得小墨。"

电话那头是长久的沉默,安心和小墨却惊呆了。

边慕捂着话筒小声冲安心和小墨道:"沉默……还在沉默……挂了。"

边慕刚放下电话,安心就瞪着边慕:"你疯了?"

边慕笑而不语,汤圆一副怎样都行的样子,小七却将桌上的小饼干叼给边慕。

边慕拿起饼干,冲小七笑:"小七,你是奖励我做对了吗?"

"汪!"小七叫了一声。

边慕得意地点头:"嗯,你们看,小七都比你们胆儿大,做人做狗都得敢于面对自己。"边慕正说着,闪电起身就要往外走,小七和小雪赶紧跟着起身。

安心跟着起身:"它好像是想去找悠悠。"

边慕皱眉:"小七和小雪好像也想去。"边慕看向小墨,小墨却沉默不语。

见小墨不动,边慕索性招呼道:"小七、小雪,我们走,闪电留在这儿!"说着,边慕就带小七、小雪离开。

安心连忙叫住边慕:"边慕!"

边慕耸耸肩道:"不是我要去找的啊,是小七它们要去。"说完他便和小七、小雪朝商务车停的地方走去。

太和酒店化妆间内,悠悠挂断电话后,一脸怅然地坐在那里。

想起边慕的话,悠悠更加纠结。

马原走了进来说:"听说找到了?"

悠悠点头:"嗯。"

马原顿了顿，最后还是问道："是去找他了？"

悠悠点头："嗯。"

"终究还是……"马原苦笑一下，最后长叹口气，"今天我用纸巾去捡闪电叼过的玩具球，被边慕他们说了一顿，说我其实从来没有接受过闪电。"

悠悠抬起头来："他们说得不对吗？"

"很对，但也不对。"马原沉默片刻，转头看着悠悠，"我试过接受它，最开始的时候，哪怕我对狗毛过敏，但是……它不接受我，它连我给它倒的狗粮都不吃。"

悠悠听到这儿沉默了，马原看着悠悠："他住得离我们这儿不远，闪电经常去找他，他经常在我们小区斜对面那家咖啡厅喝咖啡，其实是看你，只不过你没注意到……"

悠悠听到这儿，神情有些恍惚。马原看到悠悠这个表情更加难受，说道："我本来以为我可以视而不见，我本来以为这些都会过去，但是今天，你因为闪电丢了婚都不结了。悠悠，你好好问问自己，你是怕失去闪电，还是怕失去闪电身上那份牵挂？或者你一直想逃，一直纠结，这次意外帮你下定了决心？"

悠悠听着马原的话，眼睛湿润了，接着她从容地擦掉了唇上的口红，取下新娘的头纱，站起身来："对不起。"

马原从悠悠的这两个动作跟这句话中看出了悠悠的决定，打起精神勉强笑了笑："算了，其实我也觉得我们不合适，我也不想过得太累。"说完，马原转身离开了。

悠悠坐在化妆间里，看着镜子里的自己，突然起身脱下新娘妆，换上普通的裙子，直接往外面奔去。刚出门，她就看到小七和小雪，还有边慕。

悠悠愣了一下："你们……闪电呢？"

边慕摇头："他把闪电带走了，去深圳了。"

悠悠一听急了："不是让你们把闪电带回来吗？"

边慕叹了口气道："带回来了，它不肯跟我们走，你也不肯过去找它，所以就让小墨带走了。"

悠悠一脸着急："你们……你们怎么可以这样？"

见悠悠一脸着急的样子，边慕笑了。看着边慕脸上的笑容，悠悠明白了几分，这时小七冲悠悠叫，接着往外面跑。

悠悠看着小七："你是要让我跟你走吗？你要带我去找闪电？"

小雪也冲悠悠叫了两声，跟着小七跑向外面，悠悠忙跟上。边慕看悠悠上钩，随即跟着出去。

小七和小雪在前面飞奔，接着在露天咖啡厅停下。悠悠来到咖啡厅，看到不远处的闪电和小墨却停了下来。

小七停下来冲悠悠叫着催促悠悠,闪电看到悠悠,也挣脱绳子的牵引朝她飞奔过来。汤圆和伊靓见悠悠换成平常的裙子过来,意识到婚礼已经泡汤了,都怔了怔,小墨又是惊讶又是感动。

小墨起身看着悠悠,边慕也跟着过来,一看小墨还没动静,他不禁着急。小七也着急,拉着小墨的裤脚就要往悠悠那边走,小墨却还是不敢上前。

边慕朝安心和汤圆走过去,路过小墨身边,踹了他一脚小声道:"人家都逃婚了你还站着不动,你说你是不是傻啊?"

小墨看着站在对面的悠悠跟闪电,还有拉他裤脚的小七,横下心走到悠悠面前,一脸犹豫。

悠悠抬起头来,露出一抹微笑:"能重新开始吗?"

小墨一怔,随即一把抱住悠悠:"不要再重来一遍了,我们结婚吧。"

边慕、安心和汤圆看到这一幕微微笑了,小七和小雪也欢快地跳跃起来,八公却好像对这种情况无感,木木地看着。

边慕看着,情不自禁地想要去拉安心的手,被安心躲开了。

边慕不满:"你不试试怎么知道不行?"

安心瞪着边慕:"什么意思?"

边慕凑到安心面前:"冲动牵手比任性转身好多了。你不尝试一下,永远不会知道结果如何。"

安心听着边慕的这句话,望着边慕有些走神,边慕趁势拉住安心的手:"就一会儿,你就当今儿没扮成我女朋友补偿我吧。"

安心被边慕拉着,想要推开他,边慕却握得更紧。安心又一次想推开边慕,边慕却死死搂着她的肩膀。

小七和小雪扭头看着俩人,汤圆也咧嘴一笑,悄悄地冲边慕竖起拇指。

这边有情人终成眷属,边慕也趁机煽情。另一边敖力、伊靓、诺诺还在寻找天天。

步枪带着山神和饭桶,一路搜索来到了一家宠物医院,似乎发现了什么。伊靓很担心那边菁菁的情况:"那边什么情况啊?去医院没有啊?"

敖力摇头:"我也不知道,抓紧吧。"

"汪汪!"山神突然大叫起来,山神刚叫完,步枪跟饭桶也叫起来。

敖力看了看宠物医院,皱着眉头道:"步枪,是这儿吗?"

步枪叫着点头,接着径直跑到宠物医院门口,对着门口的一个纸箱叫。

敖力和伊靓上前,纸箱里并没有大大。

两人正要走进宠物医院,这时外面宠物医院的车发动,步枪猛一抬头朝车辆望去,对着开动的汽车叫了两声,接着追了过去。饭桶和山神仿佛明白了步枪的意思,也朝开车的方向一路叫着追过去。

"在车上！"敖力跟伊靓紧追步枪它们，诺诺觉得这个纸壳箱应该蛮重要的，抱着箱子就开始跑。

宠物医院的车停了下来，小护士下车疑惑地看着追过去的步枪、山神和敖力等。

敖力上前询问："对不起，您车上是不是有一条泰迪？"

护士一脸惊讶："你们怎么知道？"

敖力解释道："我们在找它，它的主人怀孕马上生孩子了，因为找不到它正着急呢。"

护士明白过来："我说呢，昨儿半夜就来我们这儿了，还好我们是24小时有人值夜班，把它收留了，结果它在我们这儿待了一晚上，今儿上午又走了，刚才不知道怎么的又回来了，我正要把它送去领养中心呢。"

护士说着打开车门——天天果然在车上。

诺诺看到天天兴奋地扑了上去："天天！我们终于找到你啦！"

天天看到几人却有些害怕，但是当它看到诺诺手中抱着的箱子时，竟凑了过去。

诺诺见状将纸壳箱放在地上，没想到天天跳下车竟爬了进去，然后蜷成一团。

诺诺满脸疑惑："这是为什么？"

小护士也搞不明白："我也不知道，不过我们也算物归原主了。"

诺诺礼貌地道谢："谢谢阿姨！"

诺诺说着看着天天："跟我们回家吧！菁菁阿姨担心死了。"

步枪、山神和饭桶也跟着过来，友好地闻了闻天天，天天这才放松下来，从纸箱子里面起身。

敖力立即开车，伊靓和诺诺带着山神、饭桶和天天坐后面。

路上，伊靓用手机打电话给周茉通报这边的消息，周茉一听大喜："我们已经在医院了，快生了！"

周茉说着接通伊靓发过来的视频请求，视频里，天天正看着镜头。

菁菁忍着疼抬头看到视频里的天天，激动得眼泪都掉下来了："天天！天天！可……可算找到你了！"

视频里，伊靓和诺诺围在天天旁边。

"我就说了，我们'完美世界'救援队肯定可以。"伊靓向菁菁说道，"天天很好，没事儿，您安心生宝宝吧！"

天天也冲镜头叫了一声。

幸亏有周茉的劝说，菁菁被及时送到了医院，孩子顺利地出生了。菁菁的病床就在窗边，护士抱着孩子站在旁边，周茉和刘跃陪着菁菁。

100

刚生产完的菁菁看了看孩子,又扭头看了看楼下的天天、诺诺和敖力他们,目光最终停留在天天身上。菁菁露出幸福的微笑:"还好,我人生的这个时刻,它也陪着我。"

周茉和刘跃看着菁菁这样,都有些触动。

周茉有些不解:"可是我有一点不明白,它为什么去了宠物医院,还钻进箱子里?"

菁菁笑笑道:"我第一次见它的时候,就在那家宠物医院,我刚才太疼竟然忘了。那时候我刚拿到中考成绩,考得很好,我爸妈知道我喜欢狗,为了奖励我要带我去狗市挑一条,去的路上路过那家宠物医院,它就在纸箱子里隔着玻璃望着我,特别萌,我一眼就喜欢上了。"

周茉明白过来:"所以它最开始去的就是你们第一次见面的地方,在那里过了一晚上,然后走完所有这十年陪你待过的地方,最终回到了那里,想在那儿重新开始。"

菁菁点头:"他们不是差点把它送去领养中心吗?我想它应该也是看我们吵架,不想再给我们带来困扰想主动离开吧。"

刘跃听到这儿更加惭愧:"对不起,老婆。"

菁菁摇头:"没关系。"

菁菁说着好像下定决心:"等出了院,我带孩子回娘家陪它。"

刘跃吓了一跳:"回娘家干吗?把天天接过来啊。"

菁菁看着刘跃,刘跃搂着菁菁,握着菁菁的手:"把天天接过来吧,我之前不理解你跟它的感情,但是今天我理解了。老婆,我再也不反对了。"

菁菁皱眉:"你和你妈不是说孩子三岁之前都不能把它接回来吗?"

刘跃摇头:"从现在起,听我的,一会儿就带它回家!"

周茉听到刘跃这么说松了口气,天天坐下,抬头看着菁菁的病房,一如以前般陪伴和守护……

两个任务都完成了,虽然没能参加成婚礼,但大家都很开心。

帮助了一对本就该走在一起的恋人,又见证了天天与菁菁之间的亲情,还迎接了一个新生命的来临,这些对于大家来说都比参加婚礼更开心。

当然,连续的搜寻,队员和狗狗们也都很疲惫,唯一精神十足的,反而是小屁孩诺诺。

大家回基地的时候,诺诺也跟着回来了,精神十足地牵着饭桶,像凯旋的战士一般。

一进基地大门,诺诺就昂首挺胸:"我们回来了!狗狗们都找到啦!"

莫莉、洛奇和伊森三人带着狗狗们没精打采地走过来。

101

第4章
婚礼异变

"你们可算回来关照留守儿童了。"莫莉酸酸地说着。

敖力笑道："看你们说的。"

阿旺、公主和逗逗也跟着出来，阿旺瞪着眼睛看着众人，直奔小七旁边。

洛奇补充道："还有一只留守猫。"

伊森语气也酸溜溜的："还有俩鹦鹉。"

卡卡、球球和浩克三条留守狗狗耷拉着脑袋别过头去。

伊森一副可怜样："你看它们，像被遗弃了一样。"

安心见三条狗狗都没精打采，知道是因为没能跟着出任务不高兴，安慰道："对不起啊，卡卡、球球、浩克，下回一起好不好？"

三只狗狗稍微精神了些，抬头冲安心摇尾巴，这时只见之前的女老板和陆凯从里面走出来，安心跟边慕等人都惊讶不已。

女老板笑道："行了，别听他们抱怨了，其实他们心里开心着呢。"

伊靓迷惑地问道："为什么呀？"

女老板和陆凯让两边，安心等人顺着看过去——搜救基地训练场上，一个大的露天大影院已经搭建起来！

伊靓差点惊讶地尖叫起来，小七和小雪也忍不住跑过去，步枪和山神等狗狗都跟上了。

边慕提醒小七："小七，你别又忘了阿旺，每次出任务回来都得黏你一会儿。"

小七停下来等阿旺，小雪也停下来，阿旺在它们中间，两狗一猫并排走着。

女老板看着跑过去的狗狗们和阿旺，又看了看诺诺。

诺诺立即挺起胸膛，大方地自我介绍："我是'完美世界'救援队队员，诺诺！"

女老板笑道："诺诺，我告诉你，你可到了一个很厉害的救援队。"

诺诺一脸得意："当然。"

这个小屁孩，确实非常讨人喜欢。

陆凯看诺诺这样也忍不住笑，伸出手来："我是刚刚高考完的陆凯。"

诺诺伸出手："你好，陆凯哥哥。"

陆凯点头："你好，很高兴认识你，小队员。"

诺诺恢复了童心："我很快就长大啦，长大了和你一起玩儿。"

陆凯也很高兴，很有大哥哥的模样："好啊。"

安心笑着问陆凯："考得怎么样？"

陆凯很轻松："感觉不错，我妈为了帮我庆祝，请大家一起看电影，看完后露天电影院就归你们了。"

经过上次离家出走的事，陆凯的父母关系已经变好了，他的父亲也改了很

多，陆凯现在完全像换了一个人一样，阳光、积极，不再是一副忧伤的样子。

电影屏幕上放着《导盲犬小Q》，所有人都闪着泪花抱着自己的狗狗，狗狗们也看得出了神。

边慕从旁边的纸巾袋里抽出两张纸巾递给安心。

安心故作坚强："我不要。"

边慕板着脸："别逞强了。"

小七看安心还坚持，叼过纸巾塞到安心手上。

安心接过纸："谢谢小七，麻烦你告诉你的主人，我真没事儿。"

边慕撇嘴："是现在强忍着，一会儿回房间慢慢哭吧？"

安心转过头，再也不看边慕了。边慕笑了笑，接着看了看敖力和周茉，指着旁边的纸巾袋朝小七示意。小七明白边慕的意思，叼起两张纸巾塞给敖力，敖力看了看小七，又看了看边慕。

边慕看着周茉朝敖力示意，敖力不搭理，小七又回来，叼起两张纸巾塞给敖力。敖力无语，步枪配合地拱敖力的手，敖力没办法就将四张纸巾塞给周茉。周茉接过纸巾，也不看敖力，继续看着大荧幕上的电影，却忍不住笑了。

周茉旁边，伊靓已经偷偷靠在了汤圆的肩上，泪水打湿了汤圆的衣服。

伊靓有些不好意思，摸了摸汤圆的衣服，汤圆倒是很享受的样子。

陆凯和女老板就在小七旁边，小七也叼过两张纸交给陆凯，陆凯拿过纸，亲自给女老板擦了眼泪，女老板也感动地笑了。

诺诺抱着饭桶坐在前排，对后面发生的一切毫无知觉，却一边哭着一边对饭桶说："饭桶，你不要像八公一样变老，你要一直当我的小饭桶。"

后面原本正在悲伤着的一群人，都被诺诺的童言无忌给逗笑了。

小七送完纸巾回到边慕旁边，阿旺走过来，在小七旁边陪着。

诺诺并不能留在基地，只在基地住了一晚。

第二天一大早，救援队的商务车停在门口，诺诺手上抱着饭桶，依依不舍地朝门口走过去，敖力和边慕等人带着狗狗们跟着送出去，阿旺和两只鹦鹉也跟着。

诺诺依依不舍地看着救援队跟狗狗们，眼眶红红地说："我不想走。"

安心摇头："不行，明天上课了，我和边慕送你回去。"

诺诺小心地看着边慕和安心："你们俩是不是……"说着诺诺比了个心。

安心一拍他的脑袋："你这小鬼！"

边慕伸手搭在安心的肩上，得意地对诺诺道："你猜得没错。"

安心："……"

安心一把推开边慕："队长的肩膀是你随便能搭的？走开！"

诺诺一脸调皮："一般来说，女生如果说不，其实就是……"

安心瞪了诺诺一眼："你还不走？都几点了！"

诺诺撇嘴："小姨你干吗这么凶啊？会嫁不出去的！"

周茉笑道："回去吧诺诺，等你长大点就明白了。"

诺诺苦着张脸把饭桶放下，道："步枪再见、阿旺再见、山神、八公再见、球球、浩克、卡卡、逗逗、公主再见！"

阿旺在诺诺身边转了一圈，停在小七脚边。

豆豆飞过来："再见！再见！"

公主也学着："再见！再见！"

众人笑着送出去，边慕打开商务车，小七和小雪跳了上去，诺诺和安心也跟着上车。阿旺望了望车上的小七，生怕小七不回来似的。

边慕笑道："阿旺，回去吧，小七很快就回来了。"

诺诺趴在窗前又看了饭桶一眼，说："饭桶再见！你昨天表现太棒了，加油！"

饭桶叫了一声回应诺诺，商务车开走，诺诺朝众人挥手。

商务车在诺诺家小区门口停下，边慕看着安心带着诺诺走进小区，片刻后，安心一个人出来了。

安心坐上车，边慕一阵得意，嬉皮笑脸地说道："现在我们又回到两人两狗的世界了。"

安心瞪了边慕一眼："又干吗？"

边慕启动商务车："诺诺都说我们俩在一起了，我得履行一位称职男友的约会义务，带你去兜风啊。"

安心："……"

边慕："我不管。"

边慕开着商务车带小七、安心和小雪在郊区的美景中穿行，小七激动地把头伸出窗外，感受扑面而来的微风，小雪也跟着把头探了出去。

突然，一辆红色保时捷狂飙跟上，开车的美女冲边慕抛了个媚眼，妖艳无比，紧接着，美女一踩油门迅速超过了边慕的车。边慕也不甘示弱，猛踩油门想要追上去，却马力不够远远地落在后面。

边慕不甘心还想追，又忽然意识到什么，转过头看见安心蔑视的眼神，小七也冲边慕"哼哼"提示他克制点儿，边慕会意，拍了拍小七的脖子。

这是犯错了……然而当边慕正要放弃的时候，美女却减速下来，好像故意在逗他。

边慕被美女这么一激来脾气了，开口道："嘿，挑衅我？看你嘚瑟！"

边慕一脚油门踩下去超过保时捷，还得意地冲她吹口哨。没想到美女突然

一个加速转弯，差点把边慕的车挤到一边，边慕连忙急刹停下，美女的车却瞬间开得没影，身后传来安心的声音："你下车，我来开。"

"呃……"边慕愣了愣。

安心怎么这么大火气了？

"生气了？别生气啊，我……我就是受不了被人这么鄙视，尤其这种，太得意，辣眼睛。"

安心板着脸道："是辣妹太辣，辣眼睛吧？撩妹就撩妹，那么多废话！"

边慕死皮赖脸起来："这个世界上我只想撩你。"

安心冲边慕露出一笑，打开车门，下车就走，小雪跳下车跟上。

小七看小雪下车了，也自己打开车门跟上。边慕急了，开车追安心、小七和小雪，然而商务车因为刚才的急刹跟转弯方向盘出了问题，不停地晃动起来，车子也跟着一会儿往左一会儿往右，边慕不敢把车开到20码以上，只能降速到15码，接着降到10码，眼睁睁地看安心带着小七和小雪优哉游哉地走在前面。

商务车开到下一个十字路口，眼看红绿灯只剩十秒，边慕不敢加速硬是错过了绿灯，气得拍了一下方向盘，又无可奈何。

安心回过头，见还在红绿灯那儿等着的边慕绷不住笑了出来，索性带着小七和小雪停下来等，等边慕超过了，又抓紧走几步赶在边慕前面，一会儿又故意等他，像刚才那位保时捷美女一样逗他，边慕只能笑着认栽。

这车，只能送去维修了。边慕把车开到修车店，立即有人过来，问明了情况，很快对商务车进行检修。

安心和边慕在旁边等着，边慕偷偷瞄了一眼安心。

安心瞪了边慕一眼："看什么看？"

边慕摇头："不是看是撩。"

安心冷笑道："把刚才用在辣妹身上那一套用在我身上？"

边慕撇嘴："那你是不是又要带着小七跟小雪再羞辱我一回？"

安心阴笑道："那你教教我，一会儿怎么羞辱你？"

边慕话锋一转："你先告诉我，上次电梯里跟雪山被困那次，你是怎么回事？"

安心听到边慕这么说，脸色沉了下来。边慕故作若无其事地耸了耸肩："我之前遇到一个朋友，跟你反应一样……其实这是可以治愈的。"

安心撇嘴："是你自己去查的吧？"

边慕笑而不语，安心也不接话。

见安心不想说，边慕摇头："行了，不想谈就算了。"

不远处，小七和小雪在修车店里好奇地到处闻着。

小七在无意中注意到一个单独放着的轮胎，凑上去使劲闻了闻，小雪也跟着小七去闻轮胎，突然另外一名员工赶上前来驱赶。

"走开！"见小雪不走，那名员工扬起扳手吓唬小雪，"还不走？！"

小七见小雪被欺负，忙拦在小雪前面冲那名员工叫了几声。

边慕跟安心注意到这边的动静上前问道："怎么了？"

小雪连忙回到边慕身边，小七也跟着过去，然而小七在边慕旁边站定之后，还是一直盯着刚才那个轮胎。那名员工将轮胎换至另一辆轿车上，一位三十出头的男士在旁边等着。

边慕的商务车这时修好了，工作人员对边慕道："你的车好了。"

边慕和安心走过去，边慕上车试了试，确实没问题了，便问道："多少钱？"

员工递过一张账单，边慕看了看，下车跟着员工去付款。等边慕走出来的时候，另一辆轿车的轮胎也已经换好了，那名男士却没给钱，直接上车开车就走。

边慕和安心都有些疑惑，小七和小雪却突然朝轿车开走的方向狂吠不止。

安心意识到小七的叫声不正常，皱眉看着那辆车离开，疑惑道："小七干吗老盯着这轮胎？难道有什么问题？"

边慕却装作没注意到，把商务车开出来，打开车门，安心、小七和小雪上车。

安心立即出声："跟上那辆车！"

边慕倒没多问，那辆车的异常，也引起了边慕的注意，他立即开车跟上。

商务车在郊区路上狂飙，终于看到了刚才那辆轿车。

小七和小雪再次冲轿车叫起来，安心冲小七跟小雪"嘘"了一声制止它们："别叫。"

小七和小雪不再叫唤，紧张地看着轿车，边慕为了避免被发现，刻意跟轿车保持了一段距离。

不远处，有一块乱草丛生的荒地，荒地中间，一个破旧仓库隐约可见。轿车拐进荒地附近的小路，接着在仓库外兜了一圈，边慕忙将车停在拐弯处的树后面藏起来。

不一会儿，轿车消失在荒地的草丛里。边慕跟着将车停在仓库附近的草丛里，边慕正要下去，小七却冲商务车后座上的无人机"哼哼"了两声，边慕立即会意，带上无人机下车，小七跟上，安心和小雪也跟着下车。

边慕锁好商务车带着小七和安心潜伏在商务车旁边，接着开始用无人机侦察。无人机缓慢飞出，通过无人机上的摄像头拍摄的视频，可以看到那辆车果然停在仓库门前。

仓库外没人，司机应该是进了仓库。就在边慕要收回无人机的时候，一个人走了出来，正是刚才驾驶那辆车的人。

边慕跟安心的心都提到了嗓子眼儿，那人却没注意到头顶的无人机，而是拿出了打火机跟一支烟。

边慕示意小七和小雪不要出声，趁他点烟的时候赶紧将无人机收回。

那人抽了根烟，又进了仓库。见周围都没人了，边慕和安心又带着小七和小雪悄悄靠近大门。

这是一间废弃的仓库，外墙上布满了青苔，大铁门上锈迹斑斑。边慕伸头往大门里看了看，只见仓库内密密麻麻堆放着大大小小的货箱，货箱挡住了他的视线。

边慕回头向安心做了一个潜入的手势，安心领会，把高跟鞋脱掉拿在手上，猫着腰跟在边慕身后。小七、小雪迫不及待地往大门里走，边慕拦住它们，然后蹑手蹑脚地带头潜入了仓库。

两人刚进大门，便发现仓库里还有一道小门，有一个膀子上文着骷髅花臂的男人坐在小门口，手上还玩弄着两把手枪。

手枪！边慕面色一变，立刻警觉起来，拉着安心往货箱后躲藏。

小七和小雪也跟着边慕小心翼翼、轻手轻脚地往货箱后面躲。

这伙人是干什么的？竟然有枪？！

第5章

发现毒贩

安心慌乱中踩到了一颗石子,由于她没有穿鞋,踩到石子后疼痛难忍,为了避免栽倒,她下意识地伸手找东西扶,却碰到生锈的大铁门。

大铁门转动,顿时发出"嘎吱嘎吱"的响声。

此时,文身男刚刚把手枪拆了,手枪的零部件零零散散地摆放在他脚前。大铁门的声音使他警觉起来,他迅速起身,向大门外张望,可是货箱阻挡了他的视线,他只能看见半扇铁门。

"谁?"文身男的声音在仓库上方回荡。

边慕、安心、小七、小雪赶忙躲到货箱后。安心的脚受了伤,只能踮着脚走,又不能发出声音,所以行动缓慢,落在了最后。小雪十分关注安心,时不时停下来等她。

文身男迅速把手枪部件重新组装起来,一边装入弹匣,一边快步往大门走。安心还没有躲到货箱后,文身男只要绕过货箱就能看见她。边慕听到脚步声由远及近,赶忙示意安心快点。小七、小雪也焦急地看着安心。安心额头上冒出了冷汗,扶着货箱忍住疼痛向边慕靠近。

文身男的脚步声越来越近,边慕急忙冲出来一把抱起安心躲到货箱后。

就在边慕、安心刚刚躲好的同时,文身男绕过了货箱,左右看了看,没发现什么,便朝大门外走去。

边慕、安心总算松了一口气。安心忽然意识到两人紧贴在一起,姿势十分暧昧,安心连忙推开边慕,有些不好意思。

边慕小声道:"这个仓库有猫腻!"

安心也看到了文身男手上的枪,点头小声道:"我们报警吧!"

边慕摇头:"那也得先替警察同志收集点情报,待我去后面侦察一下。"

安心一把拉住他:"你是疯了还是瞎了?没看到那人有枪吗?"

边慕一脸认真:"我又不是冲出去跟人火并,顶多蹲坑阴人。"

安心不解:"蹲坑?"

边慕解释道:"就是藏起来,偷偷摸摸,唉,行话你不懂。不说了,你们注意隐蔽。小七,走。"

安心拉住边慕:"不行,要去一起去。"

边慕皱眉:"你的脚……"

安心咬了咬牙:"这点痛算什么,就当足底按摩。走,蹲坑去。"

边慕："……"

留安心一个人在这儿,边慕也不放心。

两人两狗便往仓库内的小门移动,安心一边走一边痛得直吐气。

这时,大铁门外传来脚步声。边慕、安心赶紧带着小七、小雪找最近的货箱躲藏。文身男提着枪、哼着歌走回来,往小门走去。边慕、安心躲在货箱后屏住呼吸,小七和小雪也十分懂事地一声不吭。

文身男走着走着,突然意识到什么,停下盯着货箱看,歌也不哼了。边慕察觉到情况不妙,带着安心、小七、小雪悄悄往货箱深处转移。文身男绕过货箱,举枪对准边慕他们刚刚躲藏的位置,却没有人。他放松警惕,松懈下来,把手枪插在腰后,回小门站岗去了。

边慕、安心和小七、小雪躲在仓库角落,听着四周的动静。

边慕皱眉:"惨了,到处都是人,被堵死了。"

安心也发现了仓库里情况不妙,皱了皱眉,蹲下捡起一根木条,在满是灰尘的地上画起来。

小七咬住边慕的裤脚,示意他看安心画的东西。

边慕不解,凑近小声问道:"这是什么?"

安心小声解释:"这里的地图。"

边慕吃惊地蹲下看起来。小七、小雪也围着地图看。

安心画完,用木条指着地图小声地解释说:"我们在这儿,这儿是大门,这儿是小门,只要把那人引到这儿,我们就可以进入小门。"

边慕惊为天人:"人才呀!要是能爬到这玩意儿上……"

小七仰起头,示意它要去。

边慕看看小七,拍了拍小七的脑袋:"小七,靠你了!安全第一,不行赶紧跑!"

小七自信地顺着矮货箱爬上了高货箱。

文身男坐在小门口摇头晃脑地哼着歌,突然货箱顶上传来剧烈的声响。他立刻拔出手枪对着货箱上方。货箱顶上,小七蹦跳着在制造响声。

文身男警惕地开始爬货箱。小七见文身男爬上来,又跳到另一个货箱上蹦。文身男看到是条狗,立即气急败坏地爬另一个货箱。

边慕、安心带着小雪趁机通过小门。小七也从另一个地方迅速跳下货箱,跟上他们。

刚进里面,边慕和安心立即怔住了,满脸吃惊,迅速躲到一根大柱子后面。这里竟是一个藏匿毒品的窝点,十八个小混混模样的毒贩正在把一袋袋毒品装箱。

"看,轮胎!"边慕指了指。

引起小七注意的轮胎放在桌上，毒贩们正从轮胎里取毒品。安心有些惊讶地说："小七没经过缉毒训练竟然能闻出毒品，太不可思议了！"

这里，竟然是一个藏毒窝点！这些人都是毒贩！

两人都知道这里不能久留，立即悄悄退出，带着小七、小雪穿过货箱，来到大铁门处。

不等出门，边慕立即抬起手腕，准备通过手表报警。

小七突然紧张地原地打转，喉咙中发出警告的低吼。

报警的电话打通了，边慕刚想说话，一把枪忽然顶住了他的后脑勺，文身男正用枪指着他的脑袋。

"您好，这里是110……"

"摘下来！"文身男看着安心，"还有你的，扔到地上。"

"喂？听得见吗？请讲话……"

文身男用枪顶了顶边慕的头，安心只好把手表扔到地上。边慕用眼神示意安心逃跑，接着把手表扔到了稍远一点的地方。

文身男连忙去踩手表，边慕和安心刚准备跑，文身男却从腰后抽出另一把枪，对准安心，面露狞色。

"敢跑？"文身男得意之时，边慕突然对小七做了一个攻击的手势。

"汪！"小七立刻扑上去咬上文身男的屁股，疼得他大喊一声，手上的枪掉到了地上。

边慕抬脚把两把手枪都踢飞，拉着安心趁机逃跑："小七、小雪，撤！"

小七和小雪紧紧跟着。

一出仓库，边慕、安心就往停车的地方狂奔，小七和小雪跑得更快，在前面带路。

仓库门口，文身男找到了一把被踢飞的手枪，举枪瞄准边慕、安心。

"砰！砰！砰！"一连串子弹射过来，打得草屑乱飞。

边慕和安心连忙趴在草丛里，边慕捂住安心的耳朵。

文身男射完了子弹，低头开始换弹匣，边慕听枪声停止，立刻拽着安心狂奔。

在离他们的车子还有一百米距离，边慕却突然停住了，他发现草丛里还停着一辆红色保时捷，坐在车里的正是跟他打过招呼的辣妹。

边慕大声呼喊："危险！快离开！"

保时捷的车窗关着，美女似乎没听见。边慕想要跑向保时捷却被小七咬住裤脚，他喊道："小七！回车里！"

小七松开嘴，安心却拉住边慕："你干吗？"

"砰砰砰！"安心话音未落，身后的子弹又射了过来。

小七和小雪已经跑到边慕的车边，躲在车底盘下。边慕拉着安心跑到车边，

把安心送进车里，自己又跑向那辆红色保时捷："我去去就回。"

安心急呼："太危险了，你别逞能！先想办法报警！"

边慕摇头："没准儿那美女有手机！"

边慕说着就跑了。

小七、小雪都不安地看着边慕，安心赶紧发动车子。

边慕冲过去，用力拍打保时捷的车窗，美女戴着墨镜不慌不忙地打开车门，拎着一只小挎包下车。

边慕急呼道："快离开这里！"

美女看着边慕，露出一抹微笑："咦，怎么又是你？真巧。"

边慕急得不行："快走，这里有毒贩！"

美女关上车门，打开小挎包："毒贩？你搭讪的借口真是不高明。"

边慕都快哭了："我说真的，他们有枪！会杀人的！"

美女笑着从小挎包里掏出一把袖珍手枪。

"我也有枪呀。"美女一脸平静地用枪对着边慕。

边慕："……"

毒贩们从仓库里跑了过来，安心见了急呼道："边慕，快点！"

边慕背对着安心站着不动，两腿都有些发抖。安心发动了车子，小七和小雪跑进车里，关上了车门。安心把车开来，准备拉边慕走，这才发现他被枪顶着。

小七见状，按下开关，打开另一侧的车窗，带着小雪从另一侧车窗跳窗逃跑了。

毒贩们带着枪围了过来，对着美女喊道："老板！"

美女摘下墨镜，露出一个迷人的微笑："追！"

安心一脚踩下油门。

"砰！"一声枪响，轮胎被打中了。

商务车滑了几下被毒贩挡住，安心被枪顶着抓下车来。

小雪见状要跑出去，被小七咬住尾巴拦下。

边慕看到了躲在草丛中的小七和小雪，悄悄对小七做了一个手势，让它跑。

毒贩们押着边慕、安心进了仓库。

小七忍不住叫起来，毒贩们听到身后的狗叫，又提枪冲了出来，小七、小雪赶忙钻入草丛。

现在，边慕是真想哭了。

边慕和安心被关在一个只有一平方米的隐蔽小房间里，手脚都被绑着。由于房间太小，边慕、安心蜷缩在一起，动弹不得。小房间有一扇敞开的密封铁门，可以看见外面的毒贩们正在收拾东西准备撤离。

美女正催促着："快点收拾，半小时内一定要撤干净！所有粘过货的东西都给我处理掉，特别是这个轮胎！"

听着美女老板给毒贩们发号施令，边慕喃喃自语："想不到，真是想不到……"

安心气得不说话。

"要不是你大脑一热逞英雄，我们也不至于被关在这里！想起来我就来气！"

边慕嘴硬："这事怎么能怪我呢？"

安心气得不行："怎么不怪你？你搭讪女毒贩，把车给开坏了，修车遇到运毒品的，追到这儿来才导致被抓，归根到底就是你的错！"

边慕连忙出声："等等！这个锅我可不背！就算我搭讪了，把车开坏了，可是之所以追到这儿来，最关键的原因是小七闻到了毒品，我想闻还没这功能呢。所以你非要怪，就怪小七不该鼻子那么灵吧。"

安心瞪着边慕："你脑回路是不是不正常？"

边慕还在嘴硬："我只是在讲事实、说道理……"

安心真想掐死边慕："就算是小七把我们带到毒贩的窝点来的，可是我们本来有机会逃跑的呀，最后还不是因为你大脑短路发神经，去叫那个女毒贩离开，才害我跟你一起被抓！"

边慕："……"

正当二人争吵时，文身男走了过来。

边慕警觉地直起身子，安心也本能地靠近边慕。

谁知文身男什么也没说，直接关上了门，房间里顿时伸手不见五指。

黑暗中可以听见安心急促的呼吸声，安心的喘息声变得越来越沉重。

边慕："你怎么了？"

安心的喘息越来越急促。

边慕紧张起来："安心？安心？"

安心没有回答，呼吸越来越急促。

边慕着急地问："你怎么了？别吓我！"

安心摇头："安静点……我需要……"

对安心的情况，边慕很了解，这是病又发作了。

边慕忙安慰着安心："你需要……要心理干预……心理干预……安心，你闭上眼睛！算了，闭不闭都一样，反正啥也看不见……那……你就想象一下，现在我们置身一片开阔的大森林里，周围的树上都是鸟，各种各样的鸟，你听……"

边慕开始学鸟叫，但安心的状况不见好转，呼吸依然急促。

边慕皱眉："森林不管用，那我们换一个，换一个，换……换大海！你想

象一下自己坐着一艘小帆船，在大海里飘飘荡荡……"

边慕一边说着，一边学海浪的声音。

在边慕的帮助下，安心的呼吸逐渐变缓。

边慕松了口气："很好，很好！你就这样接着想象。"

边慕继续学海浪的声音，安心的呼吸变得正常了。

边慕突然俏皮地发出"啵啵"两声。

安心一怔："这是什么声音？"

"小鱼吐泡泡呀。"

"扑哧！"安心笑了出来。

见安心放松，边慕松了口气。

连累安心落到了毒贩手中，对方这么多人，还有枪，边慕也很懊悔，可一方面他死要面子不肯承认，一方面已经落到这个地步，再怎么自责也无济于事，只能想办法逃掉。

边慕安慰着安心："其实，这次经历对你来说也不一定是坏事，你可以借此机会克服幽闭恐惧症，说不定你的幽闭恐惧症就彻底被治好了。"

这种死不要脸的话，也只有边慕说得出来。

安心瞪了边慕一眼："我宁愿不治病也不想待在这里！"

她话音刚落，狭小的封闭空间内突然传来水流的声音。

边慕问："下雨了？"

安心侧耳倾听，紧接着脸色一变，道："是水声！"

小黑屋开始被注入水，水迅速蔓延到边慕、安心身下。

"完了，该不是要淹死我们吧？"边慕苦着张脸道。

安心的幽闭恐惧症再次发作，呼吸比之前更加急促。

边慕连忙安慰："没事没事，一定有办法逃出去……你放心，我会想到办法的！"

水位越来越高，安心越来越急，满脸苍白，呼吸急促。

有什么东西被水流冲到了安心脚下。

安心踢了踢，有气无力地出声："铁皮……好像是一块铁皮……"

边慕一听，连忙用绑在身后的双手在安心的脚附近摸索。

终于，边慕摸到了，确实是一块铁皮。

"我拿到了！我先割断你手上的绳子！"

边慕一边割绳子一边安慰安心："别着急，来，再靠近点，好，我摸到你的手了，别动，就这样，我开始割了，很快就好……"

他吃力地捏着铁皮割安心手上的绳子，水涨得很快，不知不觉已经淹到了他们的小腿，很快淹没到两人的胸部。

安心呼吸困难，表情极其痛苦："快……我透不过气……"

边慕着急地用铁皮割着绳子，可是绳子还没有被割断。

安心逐渐失去意识，一头倒在边慕身上。

"安心！安心！"

边慕知道安心撑不住了，急得满头是汗，手忙脚乱地割着安心手腕上的绳子。

终于，安心手腕上的绳子被割断了。边慕呼唤两声，安心却根本没有反应，边慕只能继续割自己手腕上的绳子。

水不断注入，漫过胸口，漫到脖子。边慕用力割着绳索，绳子一点点被铁皮割开。

边慕挣脱绳子的瞬间，急忙从水里抱起安心，帮她解开脚上的绳索。

"安心，安心！你醒醒啊！"

安心毫无反应，边慕一脸焦急。

"浑蛋！"边慕抱起安心，"我一定会带你逃出去！"

房内的水已经淹没到下巴了，安心呼吸越发困难，全身虚脱，直往下沉。

边慕抱着她，双手托着她的腰，尽可能把她往高处送，自己却被水淹到了鼻子。边慕大喊："安心！振作起来！不能睡着！"

安心强撑着睁开了眼睛，可还是非常虚弱。安心看着边慕，慢慢闭上眼睛，头一歪，再次晕了过去。

"砰！砰！"外面响起砸门声，边慕心中一喜。

门外传来敖力的大呼声，还有小七、小雪等狗狗的叫声。

是小七和小雪把敖力他们带来了！

"我们在里面！"边慕大声回应着。

"砰！砰！"敖力在用力砸门。

"安心，撑住，敖力他们来了！"边慕摇晃着安心。

"砰！"

终于，铁门被砸开了。敖力用力拉门，一瞬间，源源不断的水流从屋内涌出，敖力、小七和小雪都被水流冲倒。边慕抱着安心倒在铁门外，全身湿透，安心昏迷不醒。边慕咳出几口水，然后立马翻身爬起。

"汪汪！"小七扑进边慕的怀里。

边慕感动地搂住小七："你没事就好！"

周茉赶紧给昏迷的安心做了检查，先让安心口腔朝下，轻拍背部，然后又给安心做人工呼吸和胸外挤压同时进行的急救处理。

小雪见安心昏迷不醒，着急地围着安心转。

汤圆跑了进来："已经报警了，警察正在赶过来的路上。"

终于，安心吐出几口水，周茉脱下自己的外衣裹在安心身上。

"安心……安心……"

安心微微睁开眼睛。小雪见安心醒了便兴奋地叫起来。

边慕扑了过去，满脸激动："安心！"

安心看到边慕，看到敖力、周茉等人，嘴角露出一抹笑容。

基地所有人都来了，伊森、洛奇、莫莉、伊靓都在，也带来了狗狗们，大家见安心和边慕没事，都松了口气。

边慕抬头看到旁边不远的管道上，那名文身男被绑在那里，心知肯定是敖力制服的。

见到这个家伙，边慕立即气呼呼地冲了上去，一拳打在文身男的肚子上："说！你的同伙在哪儿？我一定要把你们这些浑蛋通通抓起来，抽筋扒皮关个十年八年！"

文身男被边慕打得闷哼一声，就是不出声，边慕又是一拳打上去。

敖力上前冷喝道："你的那些同伙儿呢？毒品在哪儿？"

文身男扫视了一下众人，不屑地笑了起来："你们是什么人？宠物俱乐部的？"

步枪和小七愤怒地朝文身男叫起来。

敖力瞪着文身男："你说不说？"

边慕不耐烦地出声："还等什么，揍他！"

最终，文身男交代了，可文身男也不知道那帮人去了哪里，只知道往西边去了，具体的交易地点他并不清楚。

不能让这帮毒贩逃掉，如果等警察赶到，说不定这帮毒贩已经跑远了。

众人知道了方向，立刻带着狗狗们一起上车。边慕、汤圆各自驾驶一辆车，一前一后迅速向西驶去。

商务车内，边慕一边开车，一边用余光看向躺在后座上的安心。安心还是很虚弱，但总算是脱离了危险，有了些精神。小七、小雪在后座温柔地蹭着她，安心欣慰地爱抚着小七和小雪的头。

另一辆车内，敖力正和缉毒警察通话："陈队长，我们已经离开仓库了，仓库里只有一名毒贩，剩下的都往城西去交易了……具体位置我们找到了再汇报给你们。"敖力挂断电话后，发现周茉正给步枪套上防弹衣。

敖力惊讶地看着周茉："这什么意思？"

周茉摇头："步枪只知道冲锋不知道撤退，要是遇到危险你肯定拉不住它，所以穿上防弹衣比较安全。"

步枪亲昵地蹭了蹭周茉，对周茉的关心表示感谢。

坐在后排的伊靓正查找着相关资讯，判断毒贩可能的交易地点。

115

第 5 章
发现毒贩

"往西直走十二公里就是码头了，这段路上有三个加油站，除此之外都是庄稼地，貌似就这个码头最有可能是他们交易的地点。"

伊靓的分析很有道理，敖力点头："通知所有人。"

两辆车立即往码头方向开去。

一行人来到船厂附近，商务车里的小七立即冲着船厂叫起来。

"小七有发现！"

另一辆车上的步枪似乎也有了反应，一下子精神起来，发出叫声。

"果然是这里！"

众人立即带狗狗们下车，跟着领头的小七和步枪徒步进入船厂。船厂已经荒废，里面是一大片废墟，大大小小的破船堆在废墟里。

小七鼻子贴在地上，绕过破船一路嗅过去。步枪也警觉地四下张望，贴着地面仔细嗅着味道。众人紧紧跟随，都小心翼翼的。

突然，远处传来隐约的人声。敖力赶忙用手势示意大家在一艘大型破船后隐蔽，自己则悄悄爬上大型破船，居高临下地向远处张望，边慕也悄悄爬了上来。

在废墟的尽头有一条河，河边有一片空地，两拨毒贩正在交易。边慕认了出来，其中一拨正是之前在仓库的毒贩。

"就是这帮家伙！"

敖力点头，立即用手表给缉毒警察打电话。

"他们好像要撤了，缉毒警察还要多久能到？"边慕发现毒贩似乎已经完成交易，正准备分开，立即提醒道。

敖力焦急地盯着手表，皱紧眉头："要三分钟。"

边慕眉头紧皱："三分钟？估计再过一分钟，他们就溜得没影啦。"

河边，两伙毒贩已经准备上车，再等下去，这两伙人都要跑掉。

可对方手里肯定有枪，敖力皱紧眉头，咬了咬牙，做出决定："不等了！"

敖力跳下破船："步枪，上！"

步枪毫不犹豫地冲了出去，从来没接受过搏斗训练的小七也跟着步枪冲了出去。

边慕吓了一跳，着急地跳下破船："小七回来！"

小七紧紧跟随步枪，根本没有听边慕的。

边慕想冲上去把小七拉回来，敖力却拦住边慕，把边慕按在破船上："你不要命啦！"

边慕着急出声："小七没受过搏斗训练，没穿防弹衣！"

敖力摇头："小七和步枪容易躲藏，你跑过去肯定会被发现！"

前面，步枪跑着跑着突然停下来，回头冲着小七低吼，示意小七前面危险，让它不要跟着。

小七昂起头，摆出一副自信十足的样子。步枪拦在小七面前，执意不让它一起去冒险，小七却十分坚决，跑到步枪面前，用爪子扒了扒步枪的防弹衣，像是检查它有没有穿好似的。

边慕苦着张脸。小七的胆子也太大了……尤其是在步枪面前，小七肯定是不会打退堂鼓的。

隐藏在船体后面的小雪焦急不安地看着小七和步枪，十分焦虑。

步枪见劝不回小七，只得继续前进。

离毒贩越来越近，步枪隐藏在一个大铁锚后，把一个易拉罐踢向空地，然后迅速跑开。

已经交易完毕的两拨毒贩正准备上车离开，听见了易拉罐的动静，立刻警觉起来，纷纷下车，拔出手枪向铁锚靠近。

"果然有枪！"边慕面色一沉。

毒贩被引开，小七趁机蹿到美女毒贩的保时捷上，咬开装毒品的袋子，往里面撒尿。尿完后，小七又跳到另一辆越野车上，把装钱的包给叼了下来。

两伙毒贩围着铁锚转了一圈，什么也没发现，便收起手枪往回走。

当看到被尿湿的毒品，毒贩美女大惊失色："谁上过我的车？"

众毒贩面面相觑，美女从挎包里掏出袖珍手枪，对准毒枭："是不是你捣的鬼？"

两拨毒贩一时间剑拔弩张，纷纷举枪对峙。毒枭不屑地走向越野车："要是我想黑吃黑，你们还能活到现在？"

刚走到越野车前，毒贩一怔，随即转身迅速掏出一把巨大的沙漠之鹰手枪。

"是那个女人在捣鬼！她偷了我们的钱！"

"砰砰！"毒枭举枪射击，却未命中，只是打在了美女旁边的车上。

枪声一起，两伙毒贩都知道今天这事不能善了，迅速把各自的车当作掩体，火并起来。

一时间，枪声四起，子弹乱飞。

就在两拨毒贩火并时，小七、步枪偷偷从铁锚后冲了出来。毒贩们的注意力都在枪战上，根本没有注意到冲过来的两条狗。

"汪汪！"步枪、小七分散开，各自袭击一拨毒贩。

步枪不愧是训练有素的军犬出身，撕咬、跳跃、纠缠，将毒贩收拾得团团转。

小七也不甘示弱，学习步枪的动作与毒贩展开搏斗。

看到步枪和小七，毒枭面色大变："警犬！快跑！"

毒枭一边继续向美女毒贩射击，一边带领手下往河边撤退。

步枪怎肯让毒枭跑掉，立刻追击过去。一名毒贩举枪瞄准步枪，一枪打了过去，但准头不好没能打中步枪。

毒贩正准备再补一枪，小七一跃而起，从侧面扑了过来，一口准确咬住毒贩的手，把毒贩手里的枪弄掉了。

　　毒贩恼羞成怒，抓住小七的前腿，把小七拎了起来。

　　"汪汪！"步枪翻身爬起，一个猛扑把毒贩扑翻在地。

　　见步枪和小七已经出手，其他狗狗也不甘示弱，纷纷出击，边慕、伊森、洛奇、敖力等人也冲了上来，拿着棍棒从四面八方偷袭众毒贩。

　　还好这些毒贩不是全部有枪，好几名毒贩很快被制服，其余毒贩慌了。

　　警笛响起，由远及尽，几辆警车已经冲入船厂。毒枭顾不得那么多，跑到河边，跳上摩托艇逃之夭夭。二十几名缉毒警察赶到，举枪瞄准毒贩："放下武器，立刻投降！"

　　见这么多警察，还有旁边虎视眈眈的一大群狗，毒贩们纷纷缴械投降。这时，小七钻进铁皮桶里，叼出它从毒枭车里"缴获"的钱箱，交给公安。边慕立即跑上前，抱起小七检查，见小七没受伤这才松了口气："幸好没受伤！"

　　小七对边慕得意地叫了两声。

　　边慕瞪着小七："你还得意？虽然你又立了大功，但你太冲动！下次没有我的命令，不许再擅自行动了！"

　　小七听话地叫着。

　　破获贩毒案，还抓到了一大堆毒贩，所有人都很高兴。尤其是伊森、洛奇、莫莉三人，这可是他们第一次执行任务，还是这样的大案，更是非常兴奋。三人的搜救犬、卡卡、球球、浩克，总算能在小七、步枪、山神面前抬起头来。

　　一行人回到基地已经快天黑了，考虑狗狗们参与了这次行动，为避免有什么隐伤，周茉立即对狗狗们进行体检。

　　所有狗狗都检查完了，只剩下步枪还没检查，也不知道什么原因，步枪躲在后面不肯上前。

　　周茉招手："步枪，只有你没检查了，快过来。"

　　小雪冲步枪叫着。

　　周茉笑道："你看，小雪都在催你了。"

　　步枪不情愿地走了过来。

　　周茉刚给步枪进行检查，已经体检过的小七跑了进来，小雪立即亲热地上前舔舔小七。

　　步枪不高兴地冲小七叫了两声，周茉皱眉，摸着步枪的脑袋："步枪，你今天怎么脾气这么差？"

　　小七和小雪刚走到门口，步枪挣扎着要追上去，紧接着腿一颤，很难受的样子。周茉连忙检查步枪的腿，紧接着面露难色："你的旧伤又复发了……"

　　小七停下脚步，回头看着步枪。步枪似乎不想让小七发现，立即摆出一副

精神十足的样子。

见步枪这么好强,周茉更是愁容满面。她把步枪送回搜救犬公寓休息,皱紧眉头,考虑了一下,准备去找敖力说说步枪的情况。

步枪并没有追上去,而是乖乖地在搜救犬公寓休息。

一个小身影走来,是小七。小七叼着从厨房偷来的一只鸡腿,放在步枪的食盆里。

山神闻到了味儿,立即凑过来想吃,被小七吼了回去。步枪看到鸡腿十分开心,也很感谢小七,吃起鸡腿来。小七趴在一边看着步枪把鸡腿吃完,这才满意地叫了两声跑开。

"小七!"

小七看向搜救犬公寓大门,见边慕走了进来。

边慕招了招手:"想不想跟我去散步?"

小七欢快地点头叫了两声,跟着边慕走出搜救犬公寓,步枪一脸羡慕地看着小七离开。

周茉来到敖力的宿舍前,敲了敲门。敖力开门,周茉立即板着脸道:"以后步枪不能再出任务了!"

敖力一听就恼了:"为什么?你的态度怎么又变回一年前了?"

周茉摇头:"我是在保护它!"

敖力瞪着周茉:"步枪根本不需要你这种保护,它经验丰富,知道在任务中如何保护自己!"

在步枪的这个问题上,敖力一直对周茉很有意见,现在周茉又提起这事,敖力很是不满。

周茉看着敖力:"你知道这次任务让步枪的旧伤又被诱发了吗?"

敖力一愣:"步枪一直带伤作战,不是好好的吗?它是一名战士,战士轻伤不下火线!"

周茉的脸色沉了下来:"但步枪的伤不是轻伤!"

两人的争执声吵醒了阿旺,它睁开一只眼看了看,不耐烦地起身走开了。

"反正,我不同意步枪再出任务!"

周茉说完转身离去,敖力看着周茉生气离去的背影无奈地叹气。

带小七散完步回来的边慕,想到安心白天受了惊吓,想过去看看她的情况。安心倒是很欢迎,让边慕受宠若惊,安心对他招了招手:"陪我一起搭乐高吧。"

边慕立即凑上去,和安心一起搭建乐高。

这种小孩子的玩具,安心玩得不亦乐乎,而且很有心得。边慕也乐得陪在她身边,抓住机会套近乎。

"我这次晕倒,没人怀疑什么吧?"安心一边摆弄着乐高,一边若无其事地问道。

边慕摇头："当然没有，我什么也没说，他们只以为你是被水淹的。"

安心一笑："谢谢你……"

边慕摇头："这有什么好谢的。"

安心调皮一笑："帮我守护着这个秘密呀……"

两人继续搭着乐高，又陷入沉默。这时，安心用肩膀顶了边慕一下："喂，那个，在被关的时候，我好像听你对我说了些什么……但是当时我意识模糊，没有听清，你对我说什么了？"

边慕看了看安心，欲言又止。

安心好奇地问道："说嘛，大男人说话别吞吞吐吐的。"

边慕犹豫道："我当时说……"

安心期待地看着边慕。

边慕皱了皱眉，摇头道："说了你最想听的那句话……"

安心更加好奇地问："啊？什么话？"

"行了，别装了！"边慕别过脸去不好意思地偷笑。

安心一脸莫名其妙："我装什么了？"

安心宿舍的窗台上，小七、小雪和阿旺看到这一幕，心满意足地跳下窗台。小七亲昵地拱了拱小雪，小雪也露出了天使般的微笑，两狗一猫一起悄悄地离开了。

边慕到最后也没说究竟说了什么，安心心里有些猜测，但没说出来，反而有些忧郁的样子。

这次抓捕毒贩的行动，小七可是立了大功，不仅跑回基地通知了敖力等人，还带头抓捕毒贩。

边慕准备好好奖励小七，而奖励的办法，除了独家肉条外，就是带小七一起玩遥控飞机。

第二天傍晚，边慕和小七就挤在训练场边上操控着遥控飞机。步枪远远地看着他们，眼里流露出羡慕之色。边慕看见了步枪，从地上拿起遥控手柄向步枪招手："步枪，快过来！"

步枪立即跑过去，走到边慕身边。

"你也想学习我们的飞行员课程？我教你啊！"边慕拿着遥控手柄蹲在步枪面前演示。

"起飞、前进、返航、拉升、俯冲……"

步枪专心地看了一会儿，开心地叫起来，迫不及待地够边慕手里的遥控手柄。不过步枪很显然把这事看得太简单了，遥控飞机向地面俯冲。边慕赶紧把

120

遥控手柄拿起来，不再让步枪操控。

步枪不肯，跳起来扒着边慕的胳膊，够着遥控手柄。

边慕摇头："别闹，步枪！真的要坠毁了！掉在地上会摔坏。"

"扑通！"步枪终于碰到遥控手柄，遥控飞机摔在了地上。

边慕急忙跑上前去，捡起遥控飞机的残骸，只见螺旋桨断了，机架破裂，电线暴露在外面，零部件散落一地，显然已经彻底报废。

边慕把电线扯出来，又塞进去，然后沮丧地把遥控飞机残骸扔在地上，叹了口气。

小七见飞机坏了，冲着步枪吼叫，责怪它把飞机弄坏。

步枪盯着飞机残骸，见自己把飞机弄坏了，不知所措地站在那里。

边慕摇头阻止小七："小七，这是步枪首次试航，别怪它，怪我，怪我！"

小七仍然对着步枪狂吠不止，步枪难过地后退几步，把散落的遥控飞机零部件都用嘴衔到一起，然后自责地蹲在一边。

边慕见步枪一脸自责，摸摸步枪的头安慰道："真的没事啦。别难过了，等我买了新的再教你！"

边慕起身走向宿舍。步枪看着走远的边慕的背影，又低头看着眼前的飞机残骸。

敖力从搜救犬公寓里走出来，东张西望地寻找步枪："步枪！步枪！"

步枪守在遥控飞机残骸边上发呆，敖力喊它，它没有应声。

敖力终于看到训练场上步枪的身影，朝步枪走来："怎么在这儿？怎么不搭理我？干吗趴在这儿发呆？"

步枪伸出爪子，无力地拨弄了一下遥控飞机的残骸。

"这不是边慕的无人机嘛！"敖力捡起遥控飞机的残骸，"是你弄坏的？"

步枪难过地看着敖力，把遥控飞机的零件推给他。

敖力抚摸着步枪的脑袋："零件都碎成这样，肯定是没办法修了……别伤心，我去买一架无人机赔给边慕就是了。"

步枪还是一脸不开心，敖力无奈地看着步枪："你是不是还不高兴？"

突然，敖力想到了什么，眼睛一亮："步枪，咱们来玩游戏吧！"

步枪无精打采地把头扭向一侧，敖力捡起遥控飞机的残骸，拔掉螺旋桨，把暴露在外的几根电线组接了一下。

"拆弹游戏，你以前最喜欢玩的。"敖力把组装成"炸弹"的遥控飞机机架立在步枪面前，"如果这是定时炸弹，该搜断哪根线？"

步枪看了看电线，毫不犹豫地扯断其中一根，敖力把步枪抱起来转圈："步枪你真聪明！"

在敖力的夸奖下，步枪逐渐从自责的情绪中缓过来，发出开心的叫声。

搜救犬公寓内，小七还在因为遥控飞机坏了而沮丧。

训练场上，传来步枪开心的声音。

小七竖着耳朵听了听，跑出自己的房间，看到训练场上的敖力和步枪，好奇地跑了过去。

训练场上，敖力从遥控飞机机架里扯出更多电线，剥开绝缘皮，将里面的铜芯交错着拧在一起："现在，来一个更难的挑战！"

步枪昂着头自信地叫了两声。

小七慢慢向敖力和步枪走近，眼神里充满了好奇。

敖力看见了小七，举起"炸弹"冲着小七晃了晃："小七，想学拆弹吗？和无人机一样有意思！"

小七开心地叫了两声，跑到敖力身边，阿旺也跟着跑了过来。敖力拆掉复杂的线路，只留下两根电线，其中一根电线上连着电阻，给小七解释着："你看，这就是最简单的定时炸弹。这两根线，其中一根上连着引爆器，扯断连着引爆器的电线，电流就中断了，炸弹也就不会爆炸。"

小七聚精会神地听着，对拆弹很感兴趣的样子。

敖力继续解释："可是扯断了没连电阻的这一根，电流就能从引爆器通过，炸弹就要爆炸了！"

敖力做出爆炸的动作，小七惊恐地叫起来。

敖力揉了揉小七的脑袋："放心，这颗炸弹是假的，我们只是玩拆弹游戏。下面让步枪给你示范一下。"

步枪立即伸出爪子，迅速扯断了连着电阻的电线。

敖力夸奖道："瞧，步枪做对了！"

得到表扬的步枪高兴地叫起来，小七更加好奇，也想尝试。

敖力看着步枪和小七："小七，你肯定一看就会！现在你来和步枪比赛拆弹，我来当裁判，怎么样？"

步枪立即叫着答应，小七也不甘示弱。

"开始！"

步枪和小七刚伸出爪子，阿旺已经跑了过来，对着"炸弹"一阵乱咬。

敖力哭笑不得："阿旺，你这样会把炸弹咬爆炸的！"

步枪经过专门的拆弹训练，小七肯定比不上步枪，在尝试了几次都失败后，小七没了什么兴致，见天色晚了，敖力把小七、步枪送回了搜救犬公寓。

救援队已经正式成立，除了日常训练外，经常会有任务。他们刚配合警方打掉一个贩毒团伙，还没来得及休息，第二天傍晚的时候就又接到了新的任务。

接到任务后，安心立即带着小雪去找边慕："有一个叫吴子啸的肺癌晚期病人在医院失踪了，医院请我们帮着找人。这次不需要很多人，你跟我去

就行了。"

见只有安心和自己去,边慕立即高兴起来:"哈哈,你果然偏爱我!"

安心瞪了边慕一眼:"别嬉皮笑脸的,不管什么任务,我们都要认真对待,快去准备!"

"遵命,队长!"边慕应了一声,立即前去准备。

两人带着小雪、小七来到医院,准备进医院的时候,却被保安给拦住了。

医院保安指着小雪和小七:"医院有规定,不让宠物入内。"

安心解释道:"我们是救援队的,是来帮你们医院找病人,它们不是宠物,是我们的搜救犬。"

医院保安板着脸:"那也不行!"

小七、小雪沮丧地在医院门口打转。

安心:"……"

边慕:"……"

安心只得拿出手机,给联系自己的医生打电话。

接到电话后,医生很快出来了,抱着床单、被褥,身后的护士则拿着病人吃过的药片壳子等一些零碎物品。

医生一脸歉意:"非常抱歉,我刚刚想起来医院不让动物进来,只好委屈二位站在门口说话了。"

看来不是保安故意为难他们,安心微笑摇头道:"没事,我们的任务是搜救,尽快找到失踪者才是当务之急。"

安心示意小七、小雪闻医生和护士手里的东西。

小七和小雪跑上前认真地闻着。

这些都是病人用过的物品,上面会有病人留下的气味,作为重要的嗅源,能帮助小七、小雪更快地寻找到目标。

小七、小雪闻过嗅源后,对着安心叫起来。确定了嗅源,安心和边慕立即前往病人留下的家庭住址,把病人的家作为第一个搜索目的地。

两人按照医院提供的地址,来到一户居民家。

小七、小雪很安静,没有对这里的气味表现出兴奋。

安心皱眉:"它俩都没有反应,难道找错了?"

"先敲门看看吧。"边慕敲门。

一位中年男子打开房门,他身后跟着一个拿着毛绒玩具的小女孩。

"你们是?"中年男子向安心和边慕问道。

安心解释道:"我们找吴子啸。"

"吴子啸?"中年男子摇头,"这里没这个人。"

边慕、安心面面相觑,小七、小雪也没什么反应。

"对不起,打扰了。"安心略带歉意地向中年男子说道。

"没事。"中年男子关上门。

小七和小雪都没反应,说明吴子啸确实没住这里,中年男子并没有说谎。

边慕皱眉:"吴子啸自己跑出医院,又填了假地址,说明他不想被别人找到,我们还找吗?"

安心摇头:"不管什么原因,癌症患者失踪一定要找,否则他病情恶化,不但自己痛苦,医院也要负责任。无论是从对医院的帮助,还是人道主义的角度考虑,我们都应该继续找下去。不但要找,而且要全力以赴地找,因为这件事关系到一个人的生命!"

小七和小雪停下来叫着,像是在赞同安心的观点。

"好吧。"边慕点头,"可现在什么线索都没有,只有嗅源,难道要在整座城市地毯式搜索吗?那样的话,就算救援队的人来齐了,找起来也是大海捞针啊!"

安心陷入了沉默,边慕叹了口气,和小七、小雪并排坐下。

仅有嗅源,他们找起来确实非常困难,毕竟这可不是什么小镇。

安心忽然想到什么,从口袋里拿出一张皱巴巴的名片,上面还有药水的污渍。

这张名片,是医生和护士拿过来给小七、小雪作为嗅源的,上面的污渍都已经把地址污染得看不清了,能辨认出来的只有"海啸"二字。

安心拿着名片看了看,然后用手机拨通伊靓的电话:"喂,伊靓,帮我个忙,查一家公司的地址……"

很快,伊靓查到了结果,可全市带"海啸"两个字的公司,竟然有好几家。

"这怎么办?"安心皱紧眉头。

这么多家,他们要一一去找,所需要的时间肯定很多,更不用说还不一定能找到。小七和小雪也都满脸沮丧地望着安心和边慕。

虽然无法确定究竟是哪家公司,不过也没更好的办法,两人只得挨家找,几家公司找了个遍,也没有哪家公司有吴子啸这个人。

此时已经是凌晨两点多了。

边慕、安心带着小七、小雪疲惫不堪地走在街上。夜幕降临,城市灯火辉煌,两人却心急如焚,担心病人发生什么意外。

这时,安心的手机响了,她赶忙接听。

"喂?"紧接着,安心面露喜色,"好,我们马上就到!"

见安心满脸喜色,边慕立即问道:"伊靓找到确切地址了?"

"不是。"安心摇头,"是医院打来的电话,吴子啸失踪超过24小时,公安接手调查!他们希望小七能协助,我们这就过去!"

小七兴奋地叫起来，两人立即赶往派出所，与负责此案的民警会合。有公安接手就容易多了，安心和边慕赶到派出所的时候，民警那边已经获得了吴子啸的家庭地址，就在市中心一个高档小区内。

一行人立即前往吴子啸的家，刚来到吴子啸家楼下的电梯口，小七就异常兴奋。

"是这里没错。"安心点头，"小七已经有发现了。"

电梯门打开，小七和小雪立马跑进去。

民警敲门呼喊："吴子啸！吴子啸！"

门内无人回应。

考虑到吴子啸的病情，两名民警立即决定强行撬锁。

房门被打开了，小七率先冲了进去，但屋内并没有人，不过能确认这里就是吴子啸的家。

民警立即在屋子里四处查看寻找线索，安心思索一下，独自走了出去，敲响吴子啸邻居家的门。

一名中年男子穿着睡衣打开门，见门口的安心皱了皱眉，有些不满。

安心歉意道："不好意思，打扰您了。我想询问一下，住在您对面的吴子啸家的情况。"

"我们从来没讲过话，不认识。"中年男子摇头，说着便把门关上。

"安心，你快过来看，吴子啸也养了条狗，还是条拉布拉多！"边慕的声音响起，安心立即走了回去。

照片墙上挂着好些照片，其中不少都是吴子啸和一条拉布拉多犬的合影。

看来，吴子啸也养狗，和这条狗很亲密的样子。

"汪汪！"小七叫着，奔向墙角的一个狗窝，对着狗窝嗅闻起来。

这个狗窝，肯定是吴子啸养的那条狗的窝，小雪也立即奔了过去。

"咦？"正浏览照片墙的安心突然轻呼一声，"有了，这一定是他的公司！"

这是一张很新的照片，照片上，吴子啸站在 家公司门前，这家公司，正是"海啸贸易有限责任公司"！

"这下肯定能找到他的公司了！"安心立即拍下照片发给伊靓，民警也将照片发回派出所。

伊靓的速度，比派出所还快，很快就发回了海啸贸易有限责任公司现在的地址，就在码头附近。

一行人立即赶往吴子啸的公司，等到码头附近的时候，天都亮了。

忙碌了一个晚上，安心和边慕都已经疲惫不堪，倒是小七和小雪还精神十足。

海啸贸易有限责任公司的大门开着，看到安心一行人，前台立即迎了上来。

"请问你们找谁?"前台看了眼两名民警,又看了眼小七和小雪,面露疑惑。

"我们来找吴子啸。"民警说道,"我们接到报案,他昨天在医院失踪了……"

民警话没说完,前台愣了愣:"呃……吴总已经不在公司上班了。"

"什么意思?"安心皱眉。

前台解释道:"吴总昨天被合伙人开除了,具体怎么回事我也不清楚……不过我可以带你们去见林总。"

前台带着安心一行人来到总经理办公室。

"吴总之前就在这里办公,这里现在是林总的办公室。"前台介绍道。

林总——林海涛,一名中年男子。

在听了安心一行人的来意之后,林海涛说明了情况。

昨天,吴子啸确实回过公司,这家公司是林海涛与吴子啸合伙创立的。因为在公司经营上意见产生矛盾,吴子啸过于急进总想把公司一夜之间做大,合伙人都担心公司被他搞砸跟着赔钱,昨天集体表决全体通过,解除了吴子啸的总经理职务,由林海涛接任。

再后来,吴子啸去了哪里林海涛就不知道了。

"汪汪!"小七、小雪在办公室内搜索起来。

林海涛一脸不耐烦:"吴子啸已经不在这儿了,这里没有他的东西,而且我还要工作,你们不能找起来没完呀!"

小七、小雪对着林海涛叫起来。

林海涛吓得躲到办公桌后:"我最讨厌狗,你们赶紧把这两条狗带出我的办公室!"

安心摇头:"林总,您别误会,它们是对酒瓶叫,不是对您。"

小七、小雪确实是对着酒瓶在叫,这几个空酒瓶,似乎是昨晚开的,看起来吴子啸昨晚在这个办公室待过,还喝了很多酒,可以想象吴子啸被合伙人全体投票表决解除总经理职务时的心情。

吴子啸与林海涛之间究竟有什么恩怨,这并不是安心所能插手的事情,对于安心来说,现在最重要的就是找到吴子啸。

现在,基本上可以肯定吴子啸从医院出来,就是回公司处理事务。

民警根据现场情况,很快确定吴子啸应该是凌晨五点左右离开的办公室,至于他去了什么地方,就没有更多线索了。不过可以确定,昨晚吴子啸和他那条名叫"黑豹"的狗一起留在了办公室,这一点从办公室一角的狗粮可以判断出来。

"现在只能让小七根据嗅源来确定大概方向了。"安心说出自己的想法。

"行,你们继续搜索,我们回局里调取监控,有线索及时联系。"民警同意了安心的办法。

一行人兵分两路，安心和边慕带着小七、小雪继续搜索，两名民警则赶回局里。

现在是早晨八点，吴子啸离开公司大概三个小时，小七根据嗅源，还能勉强判断吴子啸离开的方向。

边慕开着车，根据小七指示的方向，缓慢地驶离码头区域。

一路上，小七不时指示新的方向。搜索了一个多小时后，趴在车窗边的小七突然兴奋地叫起来。

"汪汪！"小雪也跟着叫起来。

"小七和小雪发现了重要信息！"安心立即招呼边慕，"停车，我们下车看看。"

边慕立即一个急刹，把车停在路边，疑惑道："宠物中心？"

前面，正是一家宠物中心。

"难道吴子啸带着黑豹来这儿了？"边慕猜测道。

"汪汪！"小七和小雪朝宠物中心里面大声叫着，让安心和边慕更加肯定了自己的猜测。

两人立即带着小七、小雪往宠物中心走去。

"汪汪！"两人正走着，宠物中心内突然传来狗吠声。

听到狗吠声，小七和小雪立即叫着冲入宠物中心，边慕和安心两人追都追不上。

等两人进入宠物中心后，发现宠物中心内乱成一团，两名工作人员正抱着小七、小雪准备往笼子里关，小七、小雪挣扎着。

"住手！"边慕冲了上去，"你们干什么？这是我们的狗！"

工作人员一愣，看看边慕和安心，又看了眼怀里抱着的小七。

安心连忙解释道："我们是救援队的搜救员，这是我们的搜救犬，我们正在寻找一名失踪病人，它们是嗅到了失踪病人的气味所以闯了进来。"

工作人员放开小七、小雪，皱眉道："这里是宠物中心，哪来的失踪病人？"

安心解释道："我们要找的失踪病人名叫吴子啸，他养了条狗叫黑豹……"

安心话没说完，一名工作人员恍然大悟："是有这么一位先生，他一大早带着一条狗狗找上门，那条狗狗就叫黑豹，他把黑豹委托给了我们中心。"

"他还在吗？"安心连忙问道。

"他刚离开一会儿，"工作人员回道，"似乎是要去他的工厂，黑豹似乎舍不得他，刚才也逃掉了，我们正准备去寻找呢。"

"工厂？"安心道。

这里已经得不到更多线索，安心和边慕立即离开宠物中心，边走边给民警那边打电话，让那边搜索海啸外贸的工厂在什么地方。很快，警局的陈队长把海啸外贸的工厂地址发了过来，就在离宠物中心不远的地方。边慕立即打开导航定位，发动汽车往海啸外贸的工厂驶去。

十几分钟后，两人带着小七、小雪来到了海啸外贸的工厂。边慕和安心立即带着小七、小雪下车，刚到工厂大门，就遇到了林海涛。

"怎么又是你们？"林海涛板着张脸，"我不是跟你们说过了吗，吴子啸已经被开除了，他不可能去公司，也不可能来工厂，我要说多少遍你们才肯相信呢？"

安心抱歉道："实在抱歉，我们也不想总来打扰您，可是……"

"汪汪！"小七、小雪嗅着鼻子，对安心和边慕叫起来。

边慕指着小七、小雪，向林海涛道："他来过这儿，小七和小雪发现了他留下的气味。"

"不可能！"林海涛一口否定，"你们离开公司后我就来了这儿，一直没见到吴子啸。"

安心皱眉，边慕也是一脸迷惑。

"汪汪！"小七、小雪又叫起来。

"坏了！"安心面色一变，"小七、小雪追踪的气味不是吴子啸！是他养的狗！"

这时，安心的电话响了，是警局陈队长打来的。接完电话，安心的脸色变得难看起来。

"吴子啸办公室采集的狗粮样本经过化验有毒，他想毒死黑豹。"安心面色凝重地看着边慕，"警队怀疑，吴子啸可能有自杀的想法！"

边慕一听，也跟着紧张起来。

"警队让我们协助搜索，时间紧急，我现在就通知敖力过来增援。"安心没等边慕回复，已经拨打了敖力的电话。

接到电话，敖力立即带着汤圆、伊靓、伊森、莫莉、洛奇等人赶来支援，跟着民警分成几队展开搜索。

吴子啸竟然想毒死自己养的狗狗，情况非常危急。被自己的合作伙伴排挤，又身患重病，经受多重打击之后，谁也不知道吴子啸会做出什么事来。

时间已经距离吴子啸离开医院三十多个小时，离开他的公司也已经过了十几个小时。

当众人搜索的时候，警队接到电话，是吴子啸的邻居打来的，说看到黑豹了。一行人立即赶了过去。

黑豹确实回了吴子啸的家，可吴子啸并不在，黑豹似乎很长时间没吃东西，也走了很多路，非常疲倦地缩在门口。

安心给黑豹喂了些狗粮，一行人再次检查吴子啸的家，并没有发现吴子啸

回来过的痕迹。

小雪、小七、山神、八公等狗狗，见黑豹饿坏了，正看着黑豹大口吃东西，倒没上去争抢，对黑豹非常友好的样子。

"怎么办？只有这些线索，搜索难度相当大啊。"扫视了一眼吴子啸的客厅，敖力皱紧眉头。

"是啊，这可怎么找？"伊森摇头叹气。

边慕想了想道："我们人多，要不就展开地毯式搜索，把整座城市找个遍？"

洛奇点头："好像也只能这样了。"

搜索整个市区，说起来容易，可做起来非常困难，没个两三天恐怕很难搜索完成。

这时，伊靓突然拿着手机跑了过来："我刚才在网上搜到一篇文章，上面说吴子啸和林海涛是大学同学，两人情同手足，合伙创业后，林海涛成为吴子啸身边最得力的助手……"

听到这则消息，所有人都面色微变。

"不好！吴子啸肯定会报复林海涛！"

虽然这只是一个猜测，但可能性非常大。吴子啸被董事会开除，被林海涛背叛，肯定非常恨林海涛。现在心如死灰想自杀的吴子啸，在自杀前肯定会对林海涛展开报复！

安心立即给警队的陈队长打了个电话，汇报这边的情况，同时立即前往外贸公司。等众人赶到外贸公司的时候，林海涛并没有在公司，据林海涛的秘书说，林海涛在码头监督装货之后，会直接前往机场，要去趟国外。

一行人又扑了个空！

"码头和机场都有可能成为吴子啸实施报复的地点！"安心拿起手机，再次将最新情况汇报给陈队长。

敖力觉得时间紧急，不能等警队到了之后再行动，对众人说："我们分头行动。我带队去机场，安心带队去码头，谁跟我去？"

伊靓、汤圆、伊森三人立即举手，带着山神、八公、浩克跟上敖力。另一边，安心则带着边慕、莫莉、洛奇几人，前往码头。

两队人立即分头行动，赴赴机场和码头。边慕一行人到了码头，并没有找到林海涛，码头上外贸公司的员工说林海涛已经离开一个多小时了。

安心立即给敖力打电话，结果敖力那边也没找到人。

"机场那边也没发现。"安心摇头，"真奇怪，林海涛去哪儿了？"

一个多小时，已经足够林海涛赶往机场了，而且林海涛的航班就在半小时后，他应该不会误了航班才对。

"难道……"众人都有种不好的预感。

也许，吴子啸已经动手了！

"汪汪！"小七突然对着一个集装箱叫起来。

"小七有发现！"边慕立即走了过去。

"汪汪！"小雪、球球、卡卡也叫起来，跟着过来的黑豹似乎很焦急的样子。

集装箱周围并没有别的发现，外贸公司的员工打开集装箱，里面也没有吴子啸和林海涛的身影。

"小七，带路，接着找！"边慕向小七下令。

小七立即带路，边嗅边跑，往码头大门方向跑去。

众人立即跟上。

"汪汪！"刚到大门前，小七就冲到大门旁边，对着角落叫起来。

边慕走过去，发现那儿有一个吃剩下的止疼片壳子。

"止疼药？"安心看了眼小七和小雪，"可能是吴子啸的，上面残留着他的气味！"

"汪汪！"小七又叫点头。

"看来吴子啸来过这里！"边慕焦急四望，寻找林海涛和吴子啸的身影，视野范围内，全是集装箱，中央有条路，尽头是大海。

"小七，继续搜索。"

只要吴子啸来过这里，那一定会留下别的线索。

几人分头行动，安心和边慕带着小七、小雪往左搜索，莫莉、洛奇带着球球、卡卡往右搜索，准备先在码头寻找。

黑豹犹豫了一下，跟上了小七。

小七、小雪、黑豹分散开来，仔细嗅着气味。

"汪汪！"找了半个多小时，小七突然叫着往走道尽头奔去。

边慕和安心连忙跟上。

"吴子啸！"

在巨大的集装箱之间，吴子啸就在那儿。

吴子啸看到边慕和安心，停下脚步。

"汪汪！"黑豹叫着，激动地跑向吴子啸。

吴子啸一怔，随即转身就跑。

"追！"边慕道。

码头四处都堆满了集装箱，环境非常复杂，只是片刻就不见了吴子啸的踪影。

小七一边闻，一边跑，在集装箱间穿梭，追踪着吴子啸，小雪和黑豹也紧跟在后。

边慕、安心追在后面，竟然追不上小七，没多久就跟丢了。

"小七！小七！"边慕和安心边跑边呼喊，很快，接到消息的洛奇、莫莉也赶过来支援，扩大追踪范围。

"汪汪！"前方码头海边方向传来小七的叫声，似乎有所发现的样子，边慕、安心、莫莉、洛奇四人立即往小七声音传来的方向奔去。

四人跑出集装箱堆放区域，前方海边，吴子啸果然在那里。

"还给我！"吴子啸冲小七吼着。

小七嘴里咬着个什么东西，直接将其扔进了大海，吴子啸愤怒地向小七冲去。

"汪汪！"小雪、卡卡、球球忙冲过去帮助小七，边慕也冲了过去，一把将吴子啸按在地上，反剪他的双臂将他控制住。

"汪汪！"小七跑到边慕身边。

"小七，你没事吧？"边慕问道。

"汪汪！"小七叫了两声表示没事。

边慕看了看小七身上确实没伤口，这才松了口气。

总算找到了吴子啸，安心也松了口气，看向吴子啸："你把林海涛关哪儿了？"

"哼哼。"吴子啸冷笑了几声，"我告诉你们也没用，就算你们找到他，他也活不过五分钟了。"

"什么意思？"安心皱眉问道。

"汪汪！"黑豹从后面钻了过来，走到吴子啸面前，亲昵地用头蹭吴子啸的腿，对吴子啸温柔地叫着。

看到黑豹，吴子啸表情有些难过。

"你这个家伙，又是下毒又是抛弃，亏黑豹还把你当主人，到处找你。"边慕瞪着吴子啸。

安心劝说道："我们知道你有苦衷，但是你的狗狗永远不会放弃你，也不希望你放弃它，你究竟把林海涛怎么了？"

吴子啸看着黑豹，摇头道："你们快走吧，把黑豹也带走，如果留在这里，五分钟后，不但林海涛会死，你们也会死，整个码头的人都会死！"

"什么？！"边慕、安心儿人大惊失色。

边慕一把揪住吴子啸的衣领："说清楚，你究竟做了什么？"

吴子啸摇头："我在林海涛身上绑了一颗遥控炸弹，可惜遥控装置被你们的狗扔进入海了，但这颗炸弹不仅是遥控炸弹，而且还有定时装置，即使不按遥控器，五分钟后也会爆炸。我劝你们赶紧离开码头，你们和我无冤无仇，我不用你们陪葬。黑豹，你也走！听见没！"

众人都知道问题严重了。

安心立即将这边的情况向警队汇报,让警队调集拆弹专家。

可惜只有五分钟,警队根本来不及赶到这边,只能让安心几人疏散码头的人。

五分钟的时间,撤离倒是来得及,可林海涛怎么办?还有整个码头的货物,这将造成巨大的损失。

正在安心急得不行的时候,敖力打来电话:"我训练过小七拆弹,让小七试试!"

边慕一听立即皱眉:"不行!"

拆弹这么危险的事情,小七虽然学过,但还只是半吊子。

"汪汪!"小七冲边慕叫着,示意自己想试试。

边慕摇头,安心也皱眉。

不过,现在如果就这样走,林海涛必死无疑。

最终,边慕只得让小七试试。码头上的警报响起,所有工作人员纷纷往外跑。边慕、安心、洛奇三人分头行动,寻找着林海涛。边慕带着小七,逆着撤离的人流搜索,结果被人流阻隔,等边慕穿过人流的时候,已找不到小七了。

"小七!小七!"边慕呼喊着。

此时,小七已经奔上顶楼,在过道里,看到了林海涛。

林海涛的手脚被绑着,一蹦一蹦地想要逃跑。

小七看到林海涛身上绑着的炸弹,立即叫着冲上去把林海涛扑倒。林海涛身上的炸弹计时器显示,倒计时已经只剩下二十几秒钟。看着这颗炸弹,小七回忆着敖力教自己的拆弹知识,立即咬开外壳。

外壳被咬开后,一大堆电线暴露在小七眼前。

"你看,这就是最简单的定时炸弹。这两根线,其中一根上连着引爆器,扯断连着引爆器的电线,电流就中断了,炸弹也就不会爆炸。"

小七的脑海里,浮现出敖力给自己说的话。

可是,敖力教的时候,只是最简单的定时炸弹,只有两根线,而眼前是一大堆电线。

时间,一秒一秒地跳动着。

小七犹豫着,不知道该扯断哪根电线。

八秒、七秒!

"砰砰砰!"

边慕急促的脚步声响起,当奔上顶楼看到小七,还有林海涛身上那枚炸弹上的数字时,他立即面色大变。

"小七!快跑!"

四秒、三秒!

小七还站在那里，边慕正准备冲上去抱起小七，小七突然一脸坚定地咬向其中一根电线，用力一扯。

"嘟！"炸弹的计时器停在了最后一秒。

边慕愣在原地，紧接着激动地冲过去抱起小七。

"小七，你太厉害了！你成功了！"

激动过后，想起刚才的情况，边慕就浑身冷汗。

如果小七没能成功，自己和小七都得交代在这里……

得救的林海涛也是浑身冷汗，长出一口气。炸弹拆除了，吴子啸和林海涛也都找到了，虽然费了很大的力气，但还好没人伤亡。

吴子啸被警局带走，暂时关在看守所里，黑豹则被带回了基地。

第二天，安心、边慕带着黑豹、小七、小雪去看吴子啸。看守所内，一名公安搀扶着铐着手铐的吴子啸进来。黑豹看到吴子啸，就冲过去趴在铁栅栏上叫。

"黑豹！"吴子啸呼了一声。

公安搬了把椅子，让吴子啸坐在边慕、安心对面。

安心看着吴子啸："黑豹一直在等你。"

吴子啸自嘲地说道："你们阻止了一个癌症晚期的病人自杀，很自豪吗？"

安心摇头："吴子啸，虽然这只是我和你的第二次见面，但寻找你的过程中，我看了很多关于你的资料。"说着，安心把椅子搬得离吴子啸稍近了些，"我能体会你的感受，明白你为什么会走极端，也了解你的痛苦。我指的不只是疾病造成的身体上的痛苦，还有你心里的痛苦，那种在死亡面前不甘心的痛苦。"

"别说了！"吴子啸羞愧地低下头，眼泪从眼角滑落。

安心劝说着："虽然你的生命已经接近尾声，但我还是希望你能好好活下去，走完最后的这段人生路。其实你真的没必要不甘心，比起我们，比起大多数人，你已经很有成就，完全有资格带着自豪从容地告别这个世界。就算你被董事会开除，可海啸外贸是你创办的，你永远是这家公司的创始人。即使你离开人世，你的公司仍然会继续你的梦想。"

"汪汪！"小七叫起来，像是赞同安心的话。

吴子啸绝望地摇了摇头，长叹了一口气："其实你并不了解我的痛苦。这家公司根本不会继续我的梦想，它变了，变得和我原来的设想背道而驰，我不想看着它存在，只想把它毁掉！"

安心哑然，不知道该怎么劝说。

边慕瞪了吴子啸一眼，冷笑道："我看你就是白活了！我刚开始还挺同情你的，后来才发现你这人是个孬种，孬种就算了，还特别自以为是，不负责任。"

吴子啸抬头看着边慕："你知道什么！要死的又不是你，遭人背叛的又不是你！"

　　安心想阻止边慕说下去，边慕却沉着张脸，冷冷地盯着吴子啸。"什么背叛？只不过是别人有了自己的想法，而你不敢面对自己的失败，还把失败的原因推卸给别人。你怎么不想想问题的根源是什么？怎么不想想如何去正面解决？毁掉公司，放弃黑豹，像你这么没担当的男人，谁想跟你混啊？你既然选择当一个公司的老板、做一条狗的主人，就要承担更大的责任，面对更大的挑战。"

　　吴子啸被边慕这么说，低下头来。

　　边慕继续说道："死，谁不怕？但是因为都要死，就自暴自弃了？那活着跟死了有什么区别？虽然你只剩不到三个月的生命，就不能做点有意义的事？做点让你感觉到自己还活着的事？就算你把你厌恶的一切都毁灭了，也只能证明你的懦弱，只能让你的人生更没有价值！"

　　"呵呵，我太累了，孤军奋战的日子多一天少一天有什么关系……"说着，吴子啸起身准备离去。

　　"汪汪！"黑豹扑向铁栅栏，对吴子啸不舍地叫着。

　　安心出声："你还有黑豹！即便你要毒死它，把它留在一个陌生的地方，不管不顾地离开它，它依然把你当作生命中最重要的人，比它自己的生命还重要！你并不孤单，你有一个这样依赖和忠诚于你的伙伴，它不值得你去努力吗？不值得你珍惜剩下的时间吗？"

　　吴子啸回过头来，眼眶有些湿润，不舍地看着黑豹。

　　"子啸！"

　　这时，一个声音从门口传来。安心和边慕扭头看去，是林海涛来了。吴子啸看到林海涛，也愣了一下。林海涛走近铁栅栏，想要伸手握吴子啸的手，吴子啸却把手抽开。

　　林海涛一脸自责："子啸，我来向你认错，我对不起你……在货轮上，我反思了很多，想起了我们当初的约定，是我违背了它，是我把你害成了这样……"

　　吴子啸抬头，看着林海涛，林海涛眼眶含泪："我刚知道你的病，作为你曾经最好的朋友，不，是兄弟，我竟然一点都没有察觉到，也没有想过你突然改变的原因……你不原谅我也没关系，但是我一定会想办法帮你……"

　　林海涛的话，让吴子啸的眼眶也湿润了，他突然拉起铁栅栏外林海涛的手："我不用你帮！在码头你差点被我炸死，我不配做你的好兄弟，但是公司你要负责到底，上上下下几十号人就交给你了。"

　　林海涛惊讶地看着吴子啸："你是想我内疚一辈子吗？"

　　吴子啸看着黑豹，眼里滑落一行泪："还有，帮我照顾黑豹。"

　　林海涛点点头，抚摸着黑豹的头。

　　虽然炸弹最后没爆炸，林海涛也没受到什么伤害，不过吴子啸做出这样的

事情，即便他身患重病，最终他的余生恐怕也只能在监狱之中度过了。

安心和边慕走了出去，给林海涛和吴子啸留下相处空间。

看着看守所外面，安心摇头叹了口气："人是独立的个体，孤独感似乎是与生俱来的命题，我们一生都在寻找同行的伙伴，有时会有失望、怀疑、伤害……但正是这些让我们更加懂得去珍惜，更加懂得去理解和分享。"

"你这又是什么感想？"边慕看着安心。

安心没和边慕多解释。

不一会儿，林海涛带着黑豹出来了。

"你们现在去哪儿？"林海涛向安心和边慕问道。

"回救援队基地。"安心回道。

"我开车送你们吧。"

"不用了，基地离这儿不远。"安心摇头。

林海涛一脸真诚："你们救了我的命，都是我的恩人，我一定常去你们的基地拜访！"

对于林海涛与吴子啸之间的事情，还有那家公司以后会被林海涛带往什么方向，这都不是安心和边慕能管的事情。

两人和林海涛挥手告别，黑豹跟着林海涛走了两步，又转身跑回来，小七、小雪和黑豹依依不舍地相互叫了几声，黑豹跑向林海涛，林海涛小心翼翼地把黑豹抱进车里。

小七竟然会拆弹，这次任务小七可是大出风头，让边慕很是得意了一阵。

在整个案件中，几乎也都是救援队出力，莫莉、洛奇、伊森几人也得以出任务，大家都很高兴，训练也更加积极起来。

这日，救援队集体会议，边慕开完会后回到宿舍，走进房间，发现房间里被翻得乱七八糟。边慕赶紧查看，找到钱包，打开检查，发现银行卡、身份证都在里面。

安心走进来，看见狼藉的房间。"哟，进贼啦？"

边慕一脸生气："谁干的？！"

啥东西都没丢，只是屋子被弄得乱成一团，也不知道是谁故意捣乱。

安心注意到墙角的酸奶纸箱空了："这里面原来有酸奶吗？"

边慕点头，发现酸奶都没了，皱眉："有啊！谁会偷酸奶呢？"

紧接着，边慕想起来了："小七！"

搜救犬公寓内，小七正和小雪甜蜜地舔着酸奶，看见步枪眼馋地盯着它们，小七把快舔干净的盒子叼给它要与它分享，步枪骄傲地扭头走开了。

边慕怒气冲冲地跑进搜救犬公寓："小七！你偷我的酸奶？"

小七听见边慕的声音，一愣，扭头可怜巴巴地看着边慕。

边慕抓住小七："果然是你！被我人赃并获了吧？还想共同分赃，我今天把你们两个一块儿教训！"

安心追进来拦住边慕，过去把小雪抱起来："你教训小七我不管，小雪可是无辜的。"

边慕蹲下来，怒视着小七："小七，现在我开始审讯你！"

小七一副无精打采的样子不搭理边慕。

边慕瞪着小七："看着我。"见小七还是没精打采的样子，边慕又喊道，"还跟我装死！你以为这样我就没办法收拾你了吗？"

安心放下小雪，发现小雪也不太对劲，一副没精神、没力气的样子。

安心皱眉："边慕，最近这批狗粮什么时候买的？"

"狗粮？这得问汤圆，哦，我跟他一起去的，好像是上个月底。"

厨房内，汤圆正在准备饭菜，一旁的八公也没有精神。

汤圆走到八公身边，正要抚摸它，八公忽然拉了肚子。

汤圆愣住了。

伊靓与山神在房间对着摄像头进行直播，伊靓手里拿着一袋狗粮。

"大家看到的这款狗粮，就是山神最喜欢吃的品牌，它不仅味道可口，而且有神奇效果。大家一定想问，狗粮能有什么神奇效果呢？别着急，我让山神来向大家展示！"

一旁配合她的山神突然瘫在地上流口水。

伊靓慌忙放下狗粮和手机："宝贝儿，你怎么了？"

狗狗们的异常，立即引起了大家的重视。

队员们都聚集在搜救犬公寓，周茉挨个儿检查了狗狗们的状况。

"狗狗集体出现症状肯定不是巧合。"周茉拿起地上的狗粮，"这个我拿去化验一下。"

周茉离开了搜救犬公寓。

汤圆看着伊靓："伊靓，我最近给狗狗们换了你介绍的狗粮，会不会是……"

伊靓摇头："不会！那是很多网络大V同时在推的高端食品，不可能是狗粮出了问题。"

安心皱眉："可是狗狗们也没吃其他东西啊。"

队员们都表情疑惑。

这时周茉跑了进来："化验出来了！就是狗粮的问题！原料中有很多杂质，并且添加了诱导剂。"

"无良商家！找他们算账！"

"对！找他们算账！"

伊靓气愤地开始拨打商家电话："我这就给他们打电话！"

结果，商家的电话没能打通，关机了。

"狗粮包装上有地址！"安心气呼呼地说着。

一行人立即上车，前往出售狗粮的商家。包装上的地址就在市区，结果等大家赶到后才发现，包装上的地址也是假的。

汤圆气呼呼地出声："我们应该举报这些浑蛋！"

周茉皱眉："如果要举报，最好有确凿证据，光凭化验结果恐怕还不够。"

商家的电话打不通，地址又是假的，他们怎么找证据？

所有人都皱紧眉头的时候，边慕眼睛一亮："我有办法了，引蛇出洞！伊靓，你随便编个救援队的名字，以队长的名义在网上发布求购狗粮的消息。"

这个办法不错，伊靓立刻开始动手，发布求购狗粮的消息。

"等对方主动联络后约他们见面，当场把人抓住，和假狗粮一起交给警察。"边慕补充道。

敖力点头："这种事我比较有经验，到时候我去！"

对这伙无良商家，大家都很是气愤。

不一会儿，伊靓发布的狗粮求购消息就有了回复，只是人家不确定是不是那伙人。不过，既然有人回复，他们肯定要去试一试，多试几次说不定就找到目标了。

对方约的地点是一家咖啡馆，会面时间就在一个小时后。

一行人立即开车，提前赶赴对方约的咖啡馆。

敖力负责与对方会面，独自坐在咖啡厅里，耳朵里塞着耳塞，胳膊支在桌子上，确认通信信号："喂喂喂，能听到吗？"

咖啡馆门外停着救援队的车，伊靓带着山神和步枪潜伏在车中进行监听。

敖力的耳塞里收到了伊靓发来的信息："很清晰。"

另一边，边慕和安心牵着小十和小雪，假扮遛狗情侣在街上监视。

汤圆和周茉带着八公、饭桶假扮街头表演者。

而伊森、莫莉、洛奇则带着浩克、球球、卡卡，在咖啡馆后面的巷子里堵截。

会面时间很快到了。

咖啡馆外面，一辆车停在路边，下来一个戴着兜帽和口罩的男子，提着一袋东西。

安心立即给敖力发信号："可疑男子出现！"

敖力朝门口望去。

那名男子一边打电话一边进入咖啡馆，看到朝他挥手的敖力，挂了电话坐到敖力对面。

"你是那个救援队队长？"

敖力点头，男子麻利地从袋子里掏出一包狗粮："这是样品。"

敖力看了看样品，眼睛微亮："我想去你们厂里考察一下，我们的订购量很大，怕你们供应不上。"

男子回道："我们是家族企业，生产由我哥负责，我只管销售，绝对供应得上。"

敖力询问道："那……方便帮我联系一下你哥吗？"

男子摇头："不方便，他没手机。"

说着，男子下意识地看向窗外，窗外，八公正配合汤圆表演跳舞，男子立即微微皱眉。

随即，男子又小心地看向另一边，发现从咖啡馆窗边经过的边慕和安心牵着小七和小雪。

看到这一切，男子立即起身："我先上个厕所。"

说着，他也不等敖力回复，拿上狗粮便快步走向厕所。

敖力愣了一下，起身跟上。

一名服务员拦住敖力："先生，不好意思，请您先买个单。"

敖力只得掏钱包买单。

等敖力追到厕所的时候，男子已经不在了。

"汪汪！"咖啡馆后方的小巷中，传来浩克、球球、卡卡的叫声，还有伊森、莫莉、洛奇的呼喝声。

果然，那名男子逃掉了，从厕所的窗户逃出去了。

敖力立即冲出咖啡馆，外面，伊靓拉开车门，步枪一马当先冲了出去。

"追！"敖力往巷子口追赶堵截，步枪加入。

男子跑出巷子来到马路上，看到敖力和步枪追来，转身就跑。

伊森、莫莉、洛奇也牵着各自的狗从巷子里追出来。安心和边慕牵着小雪和小七从马路另一头追来。男子发现两头都有人，转身横过马路，翻越围栏，跑过隔离带。众人牵着狗狗也穿过马路，继续追踪。

狗狗们一路叫声不止，路人纷纷驻足围观。大家放开了牵引绳，狗狗们撒腿就跑，猛追男子。

在狗狗们的围追堵截下，男子只好跑上天桥。眼看就要被小七赶上，男子顺着天桥楼梯的扶手滑下。小七立即沿楼梯跑下。男子的动作极其敏捷，踩着路边公园的墙壁扒住墙檐，一拧腰便翻了过去。

队员和狗狗们追到了公园墙下，已经不见那名男子的身影。

边慕一边喘气一边喝骂："这小子是不是练跑酷的？跑得这么快。"

伊森、洛奇几人也大口地喘着粗气。

汤圆苦着张脸:"怎么办?我们暴露了,这下更找不着他了。"

"我趁他不注意,截留了一部分证据。"敖力拿出口袋里的一把狗粮,"他刚才把狗粮抱在胸前,身上一定留有狗粮的味道,这个可以当作嗅源。"

众人眼睛一亮,重新有了斗志。敖力蹲下,把手心的狗粮放到每一条狗狗的鼻子前说:"记住这个味道,把刚才那家伙找出来。"

狗狗们闻过敖力手里的狗粮后,叫着向公园旁边的一条小路跑去。狗狗们带领队员们冲进一条小路,果然,那名男子正迎面走来,狗狗们立即叫着扑了上去。

男子一看转身便跑,消失在拐弯后的一个岔路口。

狗狗们聚在岔路口,却产生了分歧,分成以小七、步枪为首的两拨相互叫着。

边慕皱眉:"它们怎么不追了?"

安心听懂了狗狗们的意思:"狗狗们有分歧,步枪要往左,小七要往右。"

敖力出声:"那我们就兵分两路。"

队员们立即带着狗向两个方向跑去。

很快,敖力这边发现了留在地上的一点假狗粮。

"实在是狡猾,竟然藏了这么一手!"敖力捡起狗粮,看向边慕一行追踪的方向。

边慕一行追踪的方向很显然是正确的,可在追到小路出口时,因为他们太过焦急,差点被汽车撞上,挡住了去路,耽误了时间,也失去了目标。

正在线索中断,众人不知何去何从的时候,留在咖啡馆外车上守着的伊靓打来电话:"他回来了,刚开车离开!"

众人立即带着狗狗赶回,边慕边跑边吩咐汤圆:"汤圆,开车追!"

"先不用追!"安心得意一笑,"刚才敖力跟他谈话的时候,我把GPS定位器粘到他的车下了。先让他以为甩掉了我们,他才有可能回工厂。等他回了工厂,我们再去把他的老巢连锅端了!"

"我怎么没看到?"边慕一脸惊讶。

安心竟然早有准备,众人都松了口气。很快,GPS定位器传回的信息显示,对方将车停在了城中村,离这里大概半小时车程。

一行人立即动身,驱车赶往城中村。安心看着手表上的GPS信号:"就在这里面,进去往前走七十米就到了。"

大家立即带着狗狗们下车,在城中村的老街上步行。很快,根据GPS定位,大家来到了一座铁门紧闭的院子前,安心道:"就是这里!"

正当大家准备行动的时候,门里面却传出了关车门以及车子发动的声音。

敖力连忙出声:"隐蔽!找掩护!"

大家赶紧分散隐蔽,但凑到门前的小七没来得及躲起来。正在边慕打算冲过去保护小七的时候,铁门开了。小七灵机一动,躺倒在地装死。

小货车开出来,车上工人发现路边的"死狗"有点奇怪,下车查看。

这可是好机会,敖力做了个手势:"上!"

众人立即冲了上去,那两名工人还没反应过来,就被洛奇、伊森给控制住了。安心上前把车上的雨布掀开,狗狗们跳上去叫起来。

周茉拿起一袋狗粮检查:"果然是它们吃过的假狗粮!"

汤圆拿出手机:"我这就打举报电话!"

敖力点头,向其余人挥手:"我们进去!"

众人立即带着狗狗们冲进作坊,就发现那名男子正跳到窗外,顺着水管快速爬上平房房顶。

狗狗们冲过去,围在房下叫,男子迅速跳上相邻房屋的房顶。

敖力爬上房顶追赶,边慕带着小七在地上追。

男子在房顶上如履平地,跑到老街,纵身一跃,跳到了街对面的房顶上。

敖力追到老街,却无法跃过。

边慕带着小七跑到老街对面,小七对着一处房顶叫着。

边慕倒退两步,踮脚张望,只见男子正坐在房顶上休息,边慕悄悄顺着水管爬上房顶。

男子看见边慕,一翻身,跳入身边的阁楼窗户,并顺手把支撑窗板的木棍打掉,窗板立即合上。边慕想把窗板打开,可是窗板从里面被上了锁。

边慕光顾着开窗,男子却从平房大门溜走,跑上了老街,混入老街的人流中不见踪影。

另一边,步枪和狗狗们把工厂主逼到了墙角。

工厂主吓得缩在那里:"饶了我吧,我退你们钱!只要你们不举报我,多少钱我都给你们。"

狗狗们冲他叫着,毫不退让。

伊靓气呼呼地瞪着工厂主:"我们搜救犬说没门儿!你以为这是钱的问题吗?你们这种假狗粮不知害了多少狗狗!"

这时,工商管理部门稽查大队的车辆开来,把工厂主带走了。

摧毁了假狗粮工厂,等众人返回基地的时候,已经快天黑了。

奔走了大半天,众人都累得不行。

略作休息,汤圆给狗狗们准备了晚餐。

"宝贝儿们,晚餐来喽!"

汤圆把晚餐给狗狗们盛进碗里,狗狗们立即迫不及待地围了上来。

山神和饭桶都迫不及待地想第一个吃,但看着步枪,都乖乖地退了一步。

步枪带头先吃，大家才纷纷吃了起来。

汤圆刚走出搜救犬公寓，就听到阿旺的声音："喵！呜呜！"

他扭头看过去，见一个穿着煤气工人服的男子正被阿旺挡住。

汤圆定睛一看，这个煤气工人正是之前卖假狗粮的男子。

"你？你怎么……快来人！快来人！"

男子见被汤圆发现，顾不得其他，立即一跃，踩着狗舍的窗户想要跃上房顶。

"喵！"阿旺追了上去。

汤圆扔出手中的汤勺砸向男子，正中男子的后心，男子应声栽倒。

队员们纷纷从宿舍里跑出来，将男子擒获。

"总算把这家伙抓住了！"

正当众人松了口气的时候，突然传来急切的狗吠声。

"汪汪！"是小七，正跑出搜救犬公寓大声叫着。

安心脸色一变："出事了！"

众人立即跑到搜救犬公寓，小七身子一软，趴在地上喘粗气。而公寓内，别的狗狗竟已口吐白沫，在地上抽搐。

"糟糕！"

很显然，狗狗们被下毒了！汤圆立即给警队打电话报警，众人则将狗狗们送往宠物医院急救。

所有人都焦急万分地等在外面，过了好一会儿，等周茉和医生从急救室里面走出来，队员们纷纷迎上去。

安心："怎么样？"

医护人员摇头："还要留院观察，到明天没事的话，才算脱离危险。"

汤圆一跺脚："唉，都怪我，分食的时候没检查……"

伊靓满脸心疼："唉，看着这些平时活蹦乱跳的家伙，现在却可怜地躺在那儿，比我自己病了还难受。"

敖力懊恼地朝墙捶了一拳。

安心一脸自责："看到平时活蹦乱跳的小家伙们一个个焉头耷脑的样子了，我心里真是太难过了。欧叶也好，周茉也好，她们一直说我不顾狗狗们的安危执行危险任务，这次算不算真被她们说中了呢？要是小七它们无法度过危险期，我该如何面对自己？我会绝望到极点的……真不敢再想下去了……"

边慕安慰道："我们要积极一点！不要这么没信心嘛！"

周茉出声："是啊，主人要是没信心，狗狗们也会受到影响，恢复得会更慢。"

安心深深呼了一口气，点头："好，我说点开心的！只要这关闯过了，我就带大家一起去休假！"

众人一听，立即兴奋起来，可看到还没恢复的狗狗们，高兴的心情又没有了，一个个愁眉苦脸，满脸心疼。

因为伊靓将这件事发到了救援队的公众平台上，第二天，一大帮"完美世界"救援队的粉丝聚在医院门口，焦急地等待着。

宠物医院的门被从里面打开，救援队员们刚带着狗狗们出院，粉丝们就围了上来。

"狗狗们怎么样了？"

"度过危险期了吗？"

"它们还能像以前一样执行搜救任务吗？"

见这么多人关心狗狗们的安全，安心很是高兴，感激道："大家放心，狗狗们都已经度过危险期了，只要再休养几天就完全好了。谢谢大家的关心和支持！"

狗狗们也纷纷叫起来。

知道狗狗们都没事，粉丝们也都松了口气。

狗狗们的身体很快恢复，安心答应的旅行也在第四天后进行。

救援队的车辆行驶在海滨公路上，狗狗和队员们穿着父子装，狗狗们一个个趴在窗口，看着窗外景色，都兴奋不已。

两只鹦鹉也跟着大家一起前来度假放松。

"好漂亮，好漂亮！"

"看海去，看海去！"

这两只话痨鹦鹉，这几天也是很担心狗狗们的身体，现在难得再次话痨。

车内，安心正在打电话："我想请问一下，如何开通公益账户……对，就是用于公益筹款的……好，我明白了，谢谢！"

见安心挂断电话，边慕撇嘴："闹了半天，你是想利用这个休假的机会筹款啊！"

安心白了边慕一眼："你以为我会让你白玩儿？我们募捐的款项会用来帮助残疾犬。"

说着，安心对伊靓道："伊靓，你负责在网上直播这次公益活动，帮我们扩大影响力。"

伊靓点头："小 Case！"

天气很不错，确实是度假的好日子。

阳光和煦，海风轻轻地吹拂在每个人和狗狗的脸上，一个个都露出难以言表的喜悦和惬意，队员和狗狗们在海滩上玩耍起来。

边慕从箱子里拿出遥控飞机，得意地对小七和步枪说道："这是我新买的

无人机，拥有自动返航功能，一定要在特别的地方进行第一次试飞！"

小七和步枪看到崭新炫酷的遥控飞机，激情也被点燃，不停地叫着。

"别急嘛，一会儿就给你们玩，但先让我试飞一下。"边慕操控遥控飞机试飞，遥控飞机从海滩上升空，透过遥控飞机摄像头传回的画面，俯瞰整个海滩，越升越高，一望无垠的海平面更显广阔，甚是美妙。

众人也凑过来观看监视器里的画面，纷纷发出赞叹。

边慕遥控着遥控飞机朝更远处飞去。

小七、步枪迫不及待地够边慕手里的遥控手柄。

"你们也想玩？"边慕摇头，"别急别急，我还没试飞完。"

遥控飞机继续朝前飞着。

一座美丽的海岛出现在监视器画面中，小七看到后异常兴奋地叫起来。

"咦？"边慕一脸惊喜，"真想不到，茫茫大海里还有这么漂亮的小岛，简直就是为我们的假期准备的！"

边慕操纵着飞机开始对海岛进行巡视。岛上的海滩出现了一群身着比基尼的超级模特，边慕看得眼睛都直了。

"哇哦！这才是为我们的假期准备的！"

安心看到边慕的模样，朝他翻了一个白眼："小心流鼻血！"

"嘿嘿，"边慕得意地回复，"哥哥我血量足足的！"

边慕操控遥控飞机飞回："有谁想跟我一块儿去海岛冒险的？"

狗狗们激动地叫着，队员们也纷纷表示想去。

"哟，都想去！"边慕看向安心，"看吧，可不光我一个人想去流鼻血的！"

安心白了他一眼。边慕收起遥控飞机说："你们在这儿等着，我去弄条快艇来！我们去岛上探险喽！"

很快，边慕弄来一艘快艇，众人立即带着狗狗们上船，边慕驾驶快艇，驶向遥控飞机发现的那座孤岛。

快艇很快到了孤岛，敖力和伊森抛锚，众人走向船头挨个下船，狗狗们脚踩在沙滩上，发出了开心的叫声，一个个精神越发抖擞。

边慕第一个迫不及待地下船上岸，小七跟着边慕兴致勃勃地也下了船，跟边慕一起四处寻找刚才海滩上美女们的踪迹，却不见踪影。

边慕皱眉："咦？之前海滩上的人咋没了？"

安心取笑道："你刚才不会是一激动，血气上涌，眼花了吧？"

边慕翻了个白眼："怎么会？我一看到美女眼神儿好着呢！"

不过这座岛的景色确实很美，众人下船后，都被海岛美到窒息的景色惊呆了，纷纷发出感叹。

伊靓一边感叹一边掏出手机抱着山神，以丛林和海水为背景自拍："来！

山神看镜头！"

山神一会儿张大嘴，一会儿做出斗鸡眼似的囧样。汤圆不知从哪里搞来一根灌木枝，盘成圈戴在八公的头上，然后拉着八公的手跳起舞来。

蓝天白云，绿树成荫，鸟群在海岛上空盘旋飞翔。众人纷纷抬起头，看看天上的鸟群，视线随着鸟群飞行的方向摆动，发出赞叹的声音。这时，小七突然朝着丛林深处叫起来，边慕被小七的叫声所吸引。

"小七？你发现什么了？"边慕问道。

小七又叫了两声，示意边慕跟上自己。

边慕想了想，点头："好！我们往里边走吧，看看里面都有啥！"说着，边慕催促众人一起。

岛上的一切吸引着他朝丛林深处进发，九个人、九条狗、一只猫咪、两只鹦鹉，开始了神奇的海岛"探险"之旅。

丛林神秘深邃，阳光穿透树林的叶缝，斑驳地投射在地面上。队员们往前走着，纷纷掏出手机开始对着美丽的风景拍照留影。狗狗们开心地四处乱窜，小七、小雪玩起了捉迷藏，围着一棵大树你追我赶。

步枪依然保持着平日的状态，对未知的环境时刻保持警惕。山神不知道从哪里咬来一根树枝，叼到伊靓的脚下。

这时，伊靓拿着手机，突然惊讶出声："哎呀！"

汤圆猛一回头："怎么了？"

伊靓皱眉，一脸失落："这岛上手机没有信号，我刚才拍的那么多照片都没法发到网上……"

"我看看……"汤圆拿出手机一顿戳，又启动了一下手表的通话功能，发现也没有信号，"手表也不能通话了。"

没有信号就没有信号吧，正好大家更轻松地度假，免了电话骚扰。逗逗和公主仿佛回到了真正的家园，终于可以肆意飞翔，一会儿飞到前面去探路，一会儿采食着丛林里的美味浆果。两只鹦鹉在丛林中穿梭了一会儿后，先后落在树梢上休息。

小七一边嗅着味道，一边往前走，穿过了灌木丛后，前方被一片绿叶墙挡住，小七对着绿叶墙叫了起来。

边慕走过来道："小七，怎么了？"

说着，边慕好奇地拨开树叶，一幢木制的三层大别墅映入眼帘。

边慕惊声尖叫起来："哇，快看！"

众人过来看到别墅，都发出惊叹声。

"哟，这儿居然还有别墅！"

"好漂亮的别墅！"

"这座岛简直是天堂啊!"

男人和女人的关注点显然不一样。别墅院子里,一群身着比基尼的模特正在被摄影师指挥着摆出各种各样妖娆撩人的姿势。

安心一行立即引起了模特们的注意,正在拍照的模特发出惊喜的声音:"你们快看!这么多狗狗,好可爱……"

其他模特看到了,也都两眼冒光地扑了过来。

山神率先向模特们奔去,小七紧跟其后,其他狗狗也跟上来,狗狗们很快与模特打成一片,连阿旺也很是受宠。

"啊,这只加菲猫简直萌死了!"

一名美女走了过来:"我叫舒蕊,是模特队的队长。"说着,舒蕊向安心伸出手来,准备和安心握手。

安心礼貌地和她握了个手:"安心,'完美世界'救援队队长。"

舒蕊一脸惊讶:"'完美世界'?难道那条拉布拉多就是神犬小七?"

"哈哈,你竟然认识小七?"安心高兴地问道。

舒蕊点头:"谁不知道神犬小七啊!它简直就是大家心中的超级英雄!"说着,舒蕊看向小雪,"真是难以置信!那……这不会就是小雪吧?小七最爱的女生?"

安心笑道:"正是!来,小雪,跟美女姐姐打个招呼。"

小雪站了起来,用前爪在舒蕊身上拨弄示好。舒蕊牵着小雪的前爪:"哎哟,小雪真可爱,作为小七的女人你可真幸福……"

谁知小雪叫了起来。

舒蕊不解:"它怎么了?"

安心在一旁偷乐:"大概是看见美女吃醋了。"

两人笑起来。

舒蕊:"哎,那你们为什么会来这么偏僻的岛上?不会是要在这儿执行什么任务吧?"

安心摇头:"没任务,我们原本是带狗狗们来海边休假的,没想到开游艇在海上瞎玩儿的时候发现了这里。你们呢?我看这岛不像有人常来的样子,怎么会有这么好的别墅在这儿给你们拍照?"

舒蕊解释道:"这是一个富商花重金盖的,平时也没人住,所以把别墅对外出租了,刚好被我们模特队租来拍海岛写真。"

安心观看别墅的内部环境时,突然透过窗户看到边慕贱兮兮地迎着笑脸在给小七、阿旺身边的模特们拍照。醋意一下上来,安心皱起了眉。

这时,一名模特慌张地跑进来。

"蕊姐蕊姐,你看到 Lisa 了吗?"

舒蕊摇头："没有，之前在海滩还见到过她，没在外边吗？"

模特皱眉："没有，刚才我跟她一道回来的，她说去上个洗手间，然后就再也没看到她了……"

"你去洗手间找了吗？"

"找了，没有。"

"楼上呢？"

"都找遍了！"

舒蕊面色变得有些严肃，随即她迅速走出大门。

院子里，模特和狗狗们玩得正开心。

舒蕊大声对众人招呼道："大家先停一下……"

模特们和狗狗们分开，走过来围住舒蕊。救援队员们听到后，也纷纷赶了过来。

"大家从海滩回来后看到过 Lisa 吗？"

大家纷纷摇头。

"没有……"

"是不是上洗手间去了？"舒蕊神色变得紧张起来，"我提醒过你们，这儿没信号，去哪儿要提前打招呼。好了，大家去附近找一找。"

众人迟疑，一名模特出声："蕊姐，附近我都找过了，走远的话我们会迷路的。"

这时舒蕊耳边响起安心的声音："我们可以帮忙找。"

狗狗们纷纷由队员带领进入 Lisa 的卧室，到处闻着，阿旺也跟了进来。舒蕊把 Lisa 的几件衣服拿过来递给安心。安心将衣服分给队员们，正要交给边慕，忽然看见边慕期待的样子，她一抽手，转身将衣服交给了敖力。

敖力给步枪闻了闻："记住这个气味。"

队员们各自给自己的狗狗闻着衣服，边慕一边给小七闻，一边朝安心撇撇嘴。

安心严肃地提醒道："目前我们手里没有岛屿地图，手机、手表都没有信号，所以就以别墅为中心，分成三组。敖力、汤圆、伊靓一组，去北边。"

敖力看着安心点了点头，步枪蠢蠢欲动，准备开始执行任务。

安心望向边慕和周茉："我、边慕、周茉一组，去东边。"

边慕摸摸小七，小七坚定自信地叫了一声。

安心望向伊森："伊森、莫莉、洛奇，你们仨去南边。"

想了想，安心又看向舒蕊："舒蕊，你带着她们去西面的海滩。现在距离太阳落山还有三个小时，三小时后不管找没找到，所有人都要回到别墅，一定要注意安全！"

众人应声，匆忙出门。

"喵。"阿旺叫了一声，期待地看着安心。

安心安慰阿旺："阿旺，你在这儿等我们好吗？小七一会儿就回来了。"

阿旺依依不舍，小七对阿旺叫了一声，阿旺只能默默地看着小七出门。

大家带着狗狗们跑离别墅，分别朝四个不同的方向四散搜寻起来。小七、小雪和饭桶走在前面贴着地面闻着，边慕、安心、周茉一边大喊着Lisa的名字，一边跟在后面。

"Lisa——Lisa——"

步枪这一组，狗狗也在四处嗅着味道。

伊靓高高地举起手机，信号格仍然显示无服务，伊靓有些急躁："这什么破地方呀，手机一点信号都没有！"

汤圆笑道："咱们现在离海岸线有好几海里远，有信号就怪了。"

伊靓摇头："我想上网看个地图！哼！我就不信这个邪！"

敖力一个人不出声，默默地观察着周围的情况。

八公、山神跟在步枪身后寸步不离，可是步枪也暂时嗅不到气味，带着它们从一棵树下窜到另一棵树下。

众人搜索了两个小时，太阳即将落山，夜色将至。步枪仍在继续搜寻，嗅着每一寸地面，敖力抬头看了看天色，叫住步枪："步枪，不找了，回来……"

步枪对着敖力叫了几声，想争取让敖力同意再找一会儿。

"你还想继续找？"敖力给他使眼神，然后摇了摇头，"天快黑了，必须首先保证安全。走！"

步枪只好回到敖力身边。

孤岛别墅东边，安心和周茉带着小雪和饭桶走在前面，小雪和饭桶疲惫地放慢了速度。

周茉担心地看了眼大海方向："你说那个模特不会出什么意外吧？"

安心不确定："不好说，天快黑了，我们得先回去好好计划一下……"

周茉点了点头，抱起饭桶，饭桶的肚子发出了咕噜噜的声音。

边慕带着小七走在安心和周茉的后面。

边慕也开始觉得疲惫了，脚步变得越发沉重，埋怨着："说好的来度假、来休闲、来放松，怎么走哪儿都能遇到事儿呢？真是劳碌命，太辛苦了……"

安心白了边慕一眼："你不是最乐意为美女服务的吗？这点苦都吃不了，怎么讨人家欢心？"

边慕反驳道："我可没讨谁欢心，这是正常社交。"

小七的鼻子依然保持着警觉，不停嗅着，仿佛有所察觉，顺着气味连跑带跳地离开了主路，蹿进了路边的灌木丛，边慕想喊小七没喊住，赶紧拖着沉重的步子追了过去："小七！慢点！"

走在前面说话的安心和周茉没有注意到边慕和小七跑开了，和小雪、饭桶继续朝前走着。

小七跳进灌木丛后，边慕看不见小七的身影，只能根据灌木的摆动来判断小七的方位，迈着步子在后面跟着。

边慕有些着急："小七！你这是要去哪儿啊？"

不到一会儿，灌木在一个地方停止了摆动，小七停了下来，边慕跨着步子，吃力地赶了过去。

边慕凑近一瞧，看到小七对着地面的特定区域正进行仔细嗅闻。

由于天光渐弱，边慕看不清地上有何不妥。

边慕皱眉："小七，你发现什么了？"

边慕一边说着，一边按亮手机手电筒照亮小七嗅闻的区域，脑袋往前凑去。

眼前出现的画面狠狠地将边慕吓了一跳，那是一个比人的脚印还大一圈的足迹。

"这岛上有怪兽？"

边慕对着足迹拍了一张照。

这时灌木丛里刮起了阵阴风，吹得树叶和灌木丛沙沙作响。

边慕吓了一跳："小七，我们快走。"

边慕立刻抱起小七往回跑，小七在边慕怀里大叫着想要继续搜寻。

边慕摇头否定："你还要继续找？不行不行！咱俩可都是凡胎肉身！"

那个脚印可不是一般大，边慕根本不管那么多，一路狂奔欲追上安心和周茉。

安心和周茉正走着，忽然小雪朝灌木丛叫起来。

灌木丛忽然抖动起来，接着声音越来越响。安心和周茉紧张地注视着灌木丛，安心从地上捡起一块石头举了起来，就看到边慕抱着小七从灌木丛中跳了出来。

安心瞪了边慕一眼："边慕？你搞什么恶作剧！你差点脑袋开花知不知道？"

边慕一脸惊惶地道："谁有心思搞恶作剧！有重大发现！快走！这里有怪兽！"

周茉不解："怎么了？"

边慕已经吓坏了："回去跟你们慢慢说！"

等众人回到孤岛别墅后，边慕拿出手机，指手画脚地解说着："你们在手机上看不出来，这脚印差不多有这么大！我活这么大就没见过这么大的爪子，这岛上一定有怪兽，太可怕了！"

其余人听边慕说有怪兽，纷纷笑了。

安心哭笑不得："行啦行啦，这到底是个什么东西还难说呢，就你一惊一乍的。"

这时，敖力和步枪也急匆匆地推门而入。

敖力气喘吁吁地道："岛上可能有大型生物！步枪在回来的路上发现了几个奇怪的脚印。"

八公、山神带着汤圆和伊靓也吭哧吭哧地进了门。

边慕赶紧把手机拿到敖力跟前："你看，是不是这个？"

敖力点头："没错，你们也发现了？"

之前还在取笑边慕的众人表情一个个变得严肃起来。

这时，舒蕊跑了进来，一脸惊惶："我刚才清点人数，又少了一个！"

众人脸色骤变，再不把边慕刚才的话当笑话听了，嘀嘀咕咕地议论起来。这时一阵强风吹来，"砰"的一声，别墅的大门被狠狠关上。被惊到的众人朝大门方向看去，人门的背后出现了一张警示报，上面竟写着大大的几个字：小心怪兽！

此刻别墅里充斥着恐慌的气氛，狗狗们叫了起来，人群中有胆子小的模特竟大声尖叫起来。阿旺紧张地跑向小七，趴在它的肚子下面。

安心强自镇定着道："大家先不要慌，在事情还没搞清楚前，我们不能乱了阵脚。"

一名模特惊惶出声："我们都已经失踪两个人了怎么能不慌呀！"

舒蕊镇定地安慰着模特们："今晚我们所有人和狗全睡在大厅里，一会儿把别墅里所有的门窗全部锁死！"

安心和舒蕊你看我我看你，眼神中都露出些许害怕。敖力站了出来："从现在开始，所有人都不能单独行动，去任何地方都要结伴、汇报，大家都听清楚了吗？"

很快，众人分工将房间里的床品一一搬到大厅铺开，又将别墅里的门窗全部锁死，狗狗们也帮忙叼着枕头毛毯。

敖力正在窗前确认窗户是否锁死，安心走了过来。

"你相信这儿真的有怪兽吗？"

敖力皱眉："不好说……"

安心问道："步枪当时反应怎样？"

敖力想了想："比较强烈，跟平时发现人的踪迹反应不一样……"

难道真有怪兽？安心皱紧眉头，看着外面的黑夜。

这时，舒蕊走了过来，安心问道："你们当时租这个地方的时候没有听说这岛上有怪物吗？"

149

第 5 章
发现毒贩

舒蕊摇头："当然没有，知道的话我们肯定不会来……"

说到这里，舒蕊若有所思："但是……"

安心心里一紧："但是什么？"

舒蕊回想了一下道："我们的摄影师之前说，他听一些村民说过，有座岛上的游客会神秘地消失几天……我之前没太在意……难道这座岛就是？"

看来，恐怕就是这座岛！

队员、狗狗和模特们都在大厅里铺好地铺睡了。安心睁着眼躺着，边慕却已经发出了鼾声，吵得安心无法入睡。

窗外的月光照进来，敖力坐在窗前，尽管有些困意，但他的眼睛仍警惕地直勾勾望着窗外。步枪乖乖地躺在敖力身边，两只眼睛紧紧盯着敖力。敖力回头看到步枪，没想到步枪也跟他一起熬夜，摸着它的头，步枪张着嘴打了个哈欠。

"步枪，你睡吧，这儿我盯着，没事。"

步枪趴在地上强忍着困意，眼神坚毅地看着敖力。敖力用手轻拍着步枪的后背，哄它睡觉："没事，你先睡吧。"

周茉过去给步枪盖上一块毯子，又把枕头递给敖力："给你垫腰。"

敖力有些感动地看着周茉："谢谢。"

一夜无事，太阳慢慢从海平面升起，天色变得蒙蒙亮，海声滔滔，咸风轻拂。熟睡的安心被一只毛茸茸的爪子弄醒，她睁开眼，看到小雪站在她面前打转。

安心向小雪示意："嘘，别出声，大家都在睡觉。"说着，安心起身招呼小雪，"走，我带你去尿尿。"

安心背上包，小雪不解地看着她。

安心小声解释道："我们再去侦察一下。"

安心没叫上别人，而是带着小雪来到离别墅不远处，警觉地注意着四周的风吹草动，小雪习惯性地跳入灌木丛中如厕。灌木的摆动能够让安心确认小雪的方位，小雪找了一个地方停下来，灌木丛停止摆动。

安心继续环顾四周，看了看表："小雪，快点！好了吗？"

小雪没有反应。

安心提高音量："小雪，好了吗？"

小雪仍未出现，安心只得跨过灌木丛来到小雪之前停下的位置，紧接着她发现，小雪不见了！

安心紧张起来，对着四周大喊："小雪！小雪！你在哪儿啊？别吓我……"

小雪仍不见踪影，这时安心听到一棵树后面有动静。

安心对着大树喊道："小雪？"

没有应答，安心一步一步慢慢往前挪，试探性地出声："小雪？"

还是没有回应，安心觉得可能是自己听错了，又停下来转头看向某一处。

别墅大厅内，敖力带着步枪从门外进来。

"大家快起来！安心和小雪不见了！"

所有人都被吵醒，边慕迷迷糊糊的，发现安心和小雪果然不见了，立即清醒过来："啊，安心和小雪什么时候不见的？"

敖力摇头："我刚刚打了十分钟的盹儿，我看过表，应该就是在我打盹儿的这十分钟里，也就是差不多二十分钟前。"

小七听到小雪失踪，立刻变得不安起来，对着边慕叫着，眼神中充满着焦急，围着边慕转圈。安心和小雪都不见了，事情越来越严峻。

汤圆和伊靓来到了厨房寻找武器。伊森、莫莉、洛奇在院子里找了一些棍棒木枝。模特们听说连救援队的人都失踪了一个，纷纷拿着行李走到大厅，其中一个模特说道："蕊姐……"

舒蕊注意到大家的行李："你们要走？"

模特们有些尴尬："我们……真的害怕！再说，有他们救援队在，我们也确实帮不上什么忙，然后……"

舒蕊知道大家都怕了，留下来也没用："那也好，你们先回陆上吧，让摄影师带着你们。"

第 6 章

发现怪兽

别墅外,敖力等人带着狗狗和武器集中在院子里准备出发。舒蕊抱着阿旺出来:"我和阿旺在这儿等着,希望你们快点找到她们。"

救援队一行人离开别墅,在丛林里开始搜索。

敖力大声提醒着:"大家注意了,每个人紧紧跟着大部队,千万别走散了……"

敖力叫住在后面走着的小七和边慕。

"小七对小雪的味道最熟悉,你跟小七走在前面带路!"

边慕点头:"好!小七,走!"

边慕和小七一路小跑冲到了人群前面,并拉开了小段距离,但仍在可视范围内。

一心惦念着小雪的小七一直保持着极高的兴奋度,积极地嗅闻着小雪的味道。

步枪也担心小雪,看到小七冲到了前面,也迈开步子,风驰电掣地追上小七。

小七看到步枪跟了上来,对着步枪叫了几声。

两条狗狗像相互较量似的一刻不停地搜寻着小雪的气味,很快消失在丛林前方。边慕和敖力立即快步追上去,刚追出百来米,就见小七带着步枪从前方树丛逃了回来。

边慕和敖力见小七和步枪狼狈地跑了回来,边慕连忙问道:"小七,怎么啦?"

小七和步枪一个劲儿地对着前方丛林的方向叫。

"你们是不是发现安心和小雪了?"敖力看了看两只狗狗叫的方向,"走,我们赶紧过去!"

边慕也向后面的队员招呼着:"大家快跟上,小七跟步枪发现线索了!"

众人赶紧加快速度跟了过去。

众人被小七和步枪带到一片灌木林前,地上有几根羽毛,还有些打斗的痕迹,看来步枪和小七在这里与什么东西打斗过。

敖力捡起羽毛:"这是什么?"

羽毛很大,看不出是什么鸟类。

敖力赶紧把鸟毛拿给小七、步枪以及其他狗狗嗅，可所有狗狗都嗅一下就跑开了。

边慕在一旁看着小七的反应有些不对："不应该啊！"

敖力不解："什么不应该？"

边慕摇头："小七的嗅觉出了名的灵敏，闻到东西不应该是这个反应。"

小七并没有像别的狗狗一样跑开，而是低头在原地四处搜索着什么。

边慕解释道："你看，它闻了以后又去找其他东西闻，说明这羽毛上面根本就没有任何气味信息。"

敖力把羽毛拿在手中仔细端详。这时，伊靓从身后走过来，拿过敖力手中的羽毛凑到自己的鼻尖闻了闻："难道这只怪兽会通过气味进行隐身？"

敖力和边慕都很好奇。

伊靓解释道："我之前在国外的网站上看到过这样的文章，说有些生物可以分泌出一种特殊的物质，使它们身上的气味消失掉，不被其他生物发现，以躲避天敌的猎杀。"

伊靓补充道："而且它们不仅可以使自己身上的气味消失，还可以对别的目标进行除味隐身，这也就解释了为什么连小七都不能跟踪到小雪的气味，更别说之前失踪的那两个模特了。"

敖力恍然大悟，联想起事情的经过，他觉得伊靓所说的很可能是真的。

"如果这样的话，那我们现在就没有办法通过狗狗们来进行气味追踪了？"

敖力从伊靓手里拿过羽毛："步枪，你再仔细闻闻……"

步枪再次闻了闻羽毛，无精打采地跑开了。

敖力皱眉："大家都想想，除此之外我们还可以通过什么进行搜索？"

众人都陷入了沉思。这时，小七突然像意识到了什么一样，对着边慕的背包一个劲儿地叫。

边慕不解："小七，怎么啦？"

小七还是对着边慕的背包叫。边慕不明就里，取下背包，放到地上，小七从边慕的背包中叼出遥控飞机，放到边慕脚下，边慕仍然非常迷惑："小七，你把遥控飞机叼出来干吗？"

小七对着边慕叫唤。

敖力猜测道："小七可能想让你用遥控飞机做点什么……"

边慕摇头："现在什么都做不了啊，没有遥控器！"

小七一听遥控器，立刻叫了起来。

敖力出声："它好像对'遥控器'三个字有反应。"

边慕皱眉："遥控器……"

昨天晚上，遥控器被安心给拿走了，现在没遥控器，根本不能操纵遥控飞机。

所有人都沮丧起来。

汤圆出声："不是可以自动返航吗？"

边慕摇头："必须在遥控器上操作才可以自动返航……"

汤圆恍然大悟："我们通知安心，让她在那边操作遥控器，飞机就会自动飞过去带着我们找她了！"

伊靓白了汤圆一眼："你傻啊！要是能通知安心，我们还用得着在这里傻找吗？这岛上哪来的信号？"

伊靓把没有信号的手表横在汤圆眼前。就在大家七嘴八舌、焦头烂额地议论时，小七凑上前去，用前爪拨弄了一下遥控飞机的螺旋桨。遥控飞机的螺旋桨突然慢慢地转了起来……

遥控飞机先是一个螺旋桨转了起来，随后，四个螺旋桨跟着转了起来，底座慢慢脱离地面，螺旋桨扇出的强风将地上的灰尘吹得扬了起来，遥控飞机越升越高。

小七兴奋地叫起来。小七的叫声吸引了边慕的注意。

边慕一脸惊喜："安心！是安心！"

遥控飞机悬停在空中，突然间朝一个方向飞去。

边慕激动地追了上去："大家快跑！跟着飞机！"

小七第一个跟着飞机跑起来。

现场的气氛仿佛被点燃，众人和狗狗们兴奋地紧跟着飞机飞行的方向跑去。

两只鹦鹉也不知从哪里飞了出来，一边跟在遥控飞机后面飞，一边大叫。

"安心！小雪！"

众人一路跟着遥控飞机奔跑，穿过丛林，进到一个植被茂密的山谷里，最终遥控飞机撞到一座十分隐蔽的小茅屋的门上。

众人奔过去，推开茅屋的门，就看见安心、Lisa和另外一名模特都在，此刻他们都被封住嘴、反绑着手关在茅屋里。小雪则被关在一个笼子里。

众人被眼前的一幕惊呆了。

边慕冲了过去："安心！"

安心坐在打开的背包上，捆在身后的手里拿着边慕的遥控器。小七和步枪都对着小雪叫。安心见到援兵赶到，想大声呼救却发不出声音。

突然，说时迟那时快，一个黑影从人树后方出现，一把拽住了伊靓，并将

伊靓挟持在自己身前。众人看见眼前是一个中年男人！

所有狗狗都开始对神秘人大叫。

汤圆见伊靓被擒住，赶紧掏出自己准备的防身武器——锅铲，道："你不要乱来，快放开她！"

敖力突然从自己的裤兜中缓缓掏出一副眼镜，将眼镜潇洒地扔到神秘人跟前，一脸淡定："行了，别装神弄鬼了！"

门外，神秘人先是愣了几秒，然后逐渐放开了伊靓，弯下身子捡起地上的眼镜，架在鼻梁上。众人看见神秘人的真实面貌都愣住了，神秘人眼神中流露出无奈和偏执，沮丧地叹了口气，坐到门口的石凳上。

屋内，敖力用手表上的小刀为安心松了绑，然后又为 Lisa 等人松绑："你们是舒蕊队里的模特吗？"

一名模特连连点头："是是是！我叫 Lisa。"

边慕则担心地问安心："你没事儿吧，有没有受伤？"

安心摇头："没有，就是被绑起来了，幸亏有你的无人机！没想到这个真能带你们找过来。自动返航功能真是太强大了！"

确实是幸亏有无人机，要不然还不知道他们什么时候能找到安心。

边慕一脸得意："那当然，这可是最新型号。你还说什么低级趣味，要没这低级趣味，这会儿你可能小命不保了。"

安心一听脸色一沉，推开边慕。

边慕无语："又怎么了？"

安心来到神秘人身前："你是什么人？为什么要把我们抓起来？"

豆豆和公主一起叫："为什么？为什么？"

神秘人叹了口气，看向众人："我带你们去个地方。"

众人都不解地面面相觑。

众人和狗狗们被神秘人带进一个山洞，豆豆和公主也跟着飞进山洞。安心走在前面，看到里面有各种工具、医疗设备、显示器以及很多关于鸟类的书籍。

小七和其他狗狗则警觉地闻着山洞里的一切。

神秘人解释道："这些工具和医疗设备是用来修缮鸟巢和治疗受伤小鸟的，这些药品是用来隐藏味道的。"

在显示器上，有十几个不同的画面都有鸟巢，有些还能够看到鸟妈妈正在给小鸟喂食。

安心疑惑地问道："你是……在保护这些小鸟？"

神秘人点头："我以前在鸟类研究所工作，视鸟为最好的朋友。这边的珍贵鸟类很多，有海南孔雀雉、海南山鹧鸪、海南蓝仙鹟、海南柳莺、海南鸦、栗树鸭、绯胸鹦鹉、山皇鸠、厚嘴绿鸠、白鹇、林雕、红脚鲣鸟、小军舰鸟、蓝绿鹊、黄腹花蜜鸟、鹩哥……哎呀，太多太多的珍贵鸟类了！退休后我就住到了这座岛上，研究它们，保护它们……可我没想到这么一座孤岛也有人来打主意，闹闹哄哄，乱丢垃圾，破坏环境……"

原来神秘人是鸟类科学家，众人听后长叹一声。

边慕皱眉："那你也不能以这种吓唬人的方式来保护鸟类啊！鸟重要，人就不重要？"

"人只会破坏这个世外桃源，鸟儿才是这儿的主人。"神秘人深深地叹了一口气，"那些人不光来这儿破坏环境，还捕鸟偷鸟蛋出去卖。人太自负了，觉得高于其他所有生物，不是把它们当盘中餐，就是奴役它们，把它们当工具。"

小七走上前去，伸出爪子安慰神秘人，神秘人试着去握小七的爪子。

边慕问道："你是不是觉得我们也在奴役这些狗狗？"

神秘人冷哼一声："哼。"

边慕冷笑道："你也挺自以为是的。你以为光凭你一个人的力量能保护多少鸟？我们可没有奴役狗狗，相反，我们是最好的伙伴，我们了解它们，它们也喜欢我们。搜救工作完全是依据它们的天性而设定的。"

安心点头："是啊，虽然会有辛苦的时候，但是因为它们，更多人开始了解狗狗，喜欢狗狗，知道如何与狗狗相处，这反而让人和狗能够更好地共存。这不是光靠我们的保护就可以实现的，而是需要彼此接触、相互了解才行。"

"我就是太爱这些鸟了，看着它们这么可爱，好不容易找到了一个没人打扰的地方，但这些人还是来破坏环境……"神秘人摇头，有些哽咽，"我一气之下就……唉，一时糊涂了，我会去自首的。"

知道了事情的经过，大家也打消了对神秘人的敌意。众人和神秘人走出山洞，回到了丛林之中。这时，仿佛有什么东西从天上掉了下来，神秘人忙扑过去将掉落之物稳稳地护在胸前。

众人赶紧围过来，神秘人慢慢伸出手，手掌里竟然是一个鸟巢，里面还有三只鸟蛋，其中一只刚破壳，一只小鸟喙慢慢地从裂缝当中钻了出来。

小七凑上前闻了闻。

神秘人捧着鸟巢，满眼欣喜："这一窝是最近才出来的，这种鸟筑巢不会筑得太稳，再加上小鸟破壳时会产生晃动，很多鸟巢很容易从树上摔落下来……"

众人看着小鸟从破开的蛋里 点 点往外钻。

神秘人面带微笑："我在岛上大部分的工作就是将这些鸟巢稳稳地固定在树上。多一个鸟蛋存活，对于它们的种群就多一分希望。"

众人听得感动不已，小鸟彻底破壳而出，好奇的狗狗们赶紧围了上去，专注地看着这新生的小生命。

安心叹了口气："新的生命就是新的希望。"

公益筹款活动如期举行，这也是这次休假的重要任务。活动现场人头攒动，敖力在一条通道上指挥步枪做出一系列漂亮的坐、立、行、匍匐、钻圈等动作。简单的动作做完后，步枪跳上了滑板，帅气地滑行，引来众人的欢呼。

周茉与饭桶表演跳绳，小雪在安心的带领下优雅地弹着钢琴。八公"闻歌起舞"，跟小雪演奏的钢琴节奏配合得恰到好处。山神则和伊靓演起了戏，两只鹦鹉站在中间的架子上。边慕拿着个募捐箱靠近人群的内圈，边走边吆喝：

"'完美世界'救援队！"

豆豆附和着："救援队！救援队！"

边慕继续吆喝："今日到此人生地不熟！"

公主附和："人不生地熟！"

观众发出爆笑声。

边慕瞪了公主一眼："错啦错啦！"

公主："错啦错啦！"

边慕自己也被逗笑，继续吆喝："请各位有钱的捧个钱场！"

豆豆："捧个钱场！捧个钱场！"

边慕一笑："没钱的捧个人场！"

公主学着："借钱捧钱场！"

观众继续爆笑。伊森、莫莉、洛奇则带着浩克、球球、卡卡叼着帽子穿梭在观众中，接受观众的捐款。这时，海边传出了热闹非凡的欢呼声。小七在海上踏着冲浪板冲浪，矫健的身姿起伏于波浪之上。

忽然一个浪打过来，淹没了小七的身影。岸上观众流露出不安和担心的神色，没想到不一会儿，小七又神奇地从浪底再次出现，引来观众的阵阵惊呼，把现场气氛推向了高潮。

募捐活动非常成功，皓月当空，海风习习，深夜的大排档，救援队的队员们围着一桌好酒好菜，所有人端起杯子将里面的琼浆纷纷灌入嘴中。

安心举杯："庆祝'完美世界'救援队首次募捐义演圆满完成！干杯！"

众人举杯："干杯！"

狗狗们蹲在一边，每只狗狗面前都有一个食盆。步枪和小七对视了一眼，低头猛吃起来，相互较劲谁也不肯落后，其他狗狗看着小七和步枪空空的碗傻了眼。

周茉这时出声："本来还担心筹不到那么多钱，救不了几条狗狗，没想到远远超过我们的预期。"

伊靓点头："我觉得这世上还是好人多。"

周茉看着安心道："今晚这么开心，我们队长是不是应该唱一首给大家助助兴？"

众人立即附和。

边慕站起来："我要给队长伴唱！"

安心倒没拒绝，也站了起来："好，既然大家这么开心，我就献丑啦！"

安心唱起歌，与边慕合唱，一曲唱罢，众人鼓掌。

伊靓余兴未尽："队长，我还想看你跳舞！"

众男队员立即附和，边慕也跟着起哄："对！我们也想看！"

安心看看众人，不愿扫兴："好，那今天就让大家尽兴！"

安心伴着现代舞舞曲跳起来，所有人都看傻了，安心竟然真会跳舞，而且跳得非常不错。

一曲舞完。安心看着看傻了的众人，得意地笑道："这下满意了吧？"

边慕嬉皮笑脸地贴上去："队长，你刚才简直太美了！太性感了！太撩人了！"

安心坐下，白了边慕一眼，看向众人："我有个提议，这些钱一部分还是按原来说的，救助残疾犬，另一部分，资助那位鸟类科学家，让他改善荒岛自然环境，保护小鸟的生长，你们觉得怎么样？"

这个提议，让伊靓举起手来，汤圆和伊森、莫莉、洛奇也巴结地举起手。

敖力点头："嗯，可以考虑！"

周茉出声："不用考虑，我赞成。"

一旁的狗狗们也响应着叫起来。

这个晚上，所有人和狗狗都过得特别开心，却不知道一个悲剧正在来临，这一晚甚至成了众人最后一次欢聚。

就在第二天早上，太阳升起阳光斜洒，众人准备返程回基地的时候，一个电话打乱了救援队的行程。

安心看了眼边慕和敖力："缉毒队的史队长给我们来电话，说小七和步枪帮助追捕的那个毒贩找到了。"

边慕高兴道："是吗？那是要给我们小七和步枪立功受奖啦？"

安心摇头："那个毒贩现在躲藏在西南边境丛林，极有可能越境逃跑，所

以边防武警希望小七和步枪能够去协助搜捕。"

边慕和敖力都愣住了，边慕有些犹豫，敖力出声："这是我们的义务和职责，步枪保证完成任务！"

步枪站起来，有力地叫着，周茉忍不住出声："不行，步枪不适合这次的任务！"

安心不解："为什么？"

敖力看着周茉，表情有些严厉："步枪是我的搜救犬，你不要搞错你的身份。"

周茉直视敖力毫不退缩："即使作为队医，我也有权反对。步枪的旧伤一直在影响它的活动能力，最近还老是复发，现在步枪最需要的是休养，怎么能去执行这么危险的任务？你作为它的驯导员，更应该为它着想！"

安心大概明白过来："是吗？步枪的旧伤恶化了？"

小七转头看着步枪，有些担心的样子。经过这段时间的磨合，小七和步枪已经渐渐消除了敌视。

敖力摇头："我一直在留意，但是步枪的行动能力并没有问题，而且我会尽全力保护……"

周茉出声打断他："它毕竟是狗狗不是人，你不能用你的标准去要求它！"

敖力一口反驳："步枪不是一般的狗狗，你从来没有真正理解过它！"

见敖力和周茉又要吵起来，步枪着急了，站在两人中间，冲两人叫着。

"步枪不希望你们为它争吵，都平静一下吧。"安心出声劝说，"周茉，你的专业意见也很重要，如果你真觉得步枪不合适，那我会和史队长沟通。"

边慕皱眉："啊？只有我跟小七去搜捕？不行不行！再说都一个多月了，小七哪还记得毒贩的气味！"

敖力："狗的嗅觉记忆可以长达六个月之久。"

边慕无语："知道啦，去就去呗。"

安心出声："毒枭身边有我们公安的一名卧底……"

边慕一听松了口气："是吗？里应外合那难度就小多了！"

安心："但现在暂时失联。"

边慕："……"

位于边境丛林的临时指挥中心简易楼房里。

两个小时后，救援队众人和狗狗们来到临时指挥部。指挥部大厅里，有很多台电脑设备，每台电脑前都有工作人员在认真操作。三名常驻边防武警军官和安心、敖力走在前面，跟两位介绍着目前的情况。

"三个小时前我们的人发来最后一条信息,毒贩正在转移,按时间计算,估计还有一个小时就会穿过边境,逃到境外。"

安心皱眉:"一个小时?"

"嗯!时间紧迫!我们的卧底会沿路扔下一些个人物品,协助狗狗们跟踪。史队带着大部队正在赶来。"

敖力出声询问:"卧底有接头的口令吗?"

"有!河妖宝塔接地虎天王。"

边慕:"……"

时间紧急,卧底已经失联三个小时,不确定毒贩是否出境,也不确定卧底是否安全。救援队立即行动,安心拿着手中的丛林等高线地图,说:"敖力,野外丛林作战你比较熟悉,今天你来带队部署吧。"

敖力点了点头,转过身面对着大家说:"大家把装备全部带好,我们分为两组。步枪、我、山神、伊靓、饭桶、周茉一组,小七、边慕、小雪、安心、八公、汤圆一组,莫莉和伊森跟我,洛奇跟边慕那一组,两组朝东西两个方向同时向国界进行搜索,随时通报情况。"

"是!"众人应声,开始分头忙活起来,穿戴装备,检查工具。

边防武警拿着一块手帕放到小七和步枪面前。

"这是卧底的手帕,你们俩好好闻一闻,跟着这个气味就能找到毒枭所在的位置。"

小七和步枪凑近手帕认真地闻了闻上面的气味。

边慕和敖力爱抚着小七和步枪的头。

边慕问道:"小七,怎么样,记住了?"

小七叫着。

步枪也有力地叫了一声。

别的狗狗也上前来闻手帕的味道。

边境山林里,众人兵分两路,开始展开搜寻。两个组的狗狗们纷纷进入兴奋状态,步枪组的狗狗们贴着地面用鼻尖检索着每一寸草丛。

小七组的狗狗们也认真仔细地贴着地面搜索,队员们则留意每一处风吹草动,所有人都十分警惕。毒贩手里有枪,穷凶极恶,他们必须得注意安全。三名边防武警举着手枪,保护救援队的队员和狗狗们。

没多久,冲在前头的步枪从草丛里叼出一根绳子跑到敖力身边,对敖力叫着,是一根鞋带,肯定是卧底留下的线索,敖力赶紧用手表通知小七组。

"呼叫小七组!呼叫小七组!我们这边找到卧底留下的一根鞋带。请立刻往我们步枪组掉转。呼叫完毕!"

接到敖力的消息，安心立即对边慕几人道："步枪组找到线索了，我们立刻过去！"

众人开始掉转方向，朝步枪组的方向行进。在赶过去的途中，小七也发现了线索，是一个抽过的烟头，小七对着烟头叫了起来。边慕跑上来查看，把烟头拿起来。小七继续对着边慕手里的烟头兴奋地大叫。

边慕皱眉："难道这也是卧底留下的线索？"

安心点头："嗯，小七很肯定。"

边慕拿着烟头查看："应该是在几小时前留下的。"

安心立即拿出丛林地图分析起来："步枪组在这里发现了卧底的鞋带，小七在这个地方发现烟头……一个在东南方向，一个在东北方向，那么……他们应该是往这条路走了。"

安心一边说一边在地图上写写画画，小七和小雪也凑上前看着安心手里的地图。

边慕点头："这个路径推演很合理。"

安心立即将这边的发现通知了敖力。

小七嗅着气味，踏过草丛往前走着，带着大家向步枪组那边靠近。这时，小七似乎有什么发现，脚步一下子快起来。

边慕呼道："小七，等等我们！"

安心猜测道："它可能是闻到步枪的味道了。"

小七马不停蹄地一路快跑着，其他人和狗狗紧紧跟着它，不一会儿就听见远处传来狗吠声。

果然是步枪！安心和边慕也加快了步子，步枪的身影出现在丛林里，它也闻到了小七的气味，快速朝这边跑来。

两组人马在山林里会合，沿着安心推演的路线继续搜寻，小七和步枪一直走在最前面。

半小时后，小七忽然叫起来。边慕走到小七身边，发现小七又找到一个烟盒。

步枪和别的狗狗上前，所有狗狗都反应激烈，一个劲地对着烟盒狂吠不已。

敖力分析着："狗狗这么兴奋，说明刚放置不久气味强烈，目标离这里已经不远了。"

一听目标已经离得很近，武警队长向其余武警示意："大家加强警戒！"

一行人才走出百来米，天上云层翻滚，乌云密布。

第 6 章
发现怪兽

小七警觉地意识到天气变化,看着天空停下脚步。

安心皱眉:"好像要下雨了……"

这时山林里忽然刮起大风,所有人和狗狗都被吹得睁不开眼睛。

边慕赶紧抱住小七的头:"别睁眼!"

队员赶紧牵着狗狗各自寻找障碍物躲避大风,有靠树的,有靠大石头的。

敖力牵着步枪靠在一块大石头后面,周茉牵着饭桶跑过来,看见步枪被敖力搂在怀里,这才放心。

敖力皱紧眉头:"风这么大,会破坏目标残留下来的气味!"

天空开始落下雨滴,敖力站起来对众人喊道:"雨水会急速破坏气味条件,大家抓紧时间!"

没时间避雨了,步枪闻了闻空中的气味,带头冲了出去。小七见步枪冲出去,也不甘示弱地追出去,众人带着狗狗们赶紧跟了上去。

雨很大,队员们冒着风雨行进在山林中,一个多小时后雨才渐渐小了,可狗狗们的体力已经明显开始下降。

安心见狗狗们疲惫不堪,建议道:"狗狗们体力明显下降,先让它们休息一下吧。"

敖力点头下令:"全体队员停下来休息,给狗狗们补充水分!"

队员们赶紧停下来拿出水壶给狗狗们喝水,边慕也在喂小七喝水。

这时,一条蛇偷偷靠近小七,小七却全然不知。

蛇看准小七的后腿,正准备游上前下嘴攻击,没想到步枪从旁边一跃而起,扑上去准确无误地把蛇死死咬住,蛇挣扎着缠住了步枪的小腿。

众人见状惊慌地闪到一边。

小七也被吓了一跳,等它回过神,看清情况后想要上前帮忙,却不知道从何下手,着急地对着蛇狂吠。

步枪一甩头将蛇甩出去,敖力赶紧查看步枪腿上的伤口

周茉也从后面奔过来:"步枪没事吧?"

敖力一脸庆幸:"幸好是草蛇,没毒性。"

周茉也松了口气。

"步枪,有点疼,忍一下。"

周茉给步枪仔细清洗了伤口,并进行加压包扎。

步枪一声不吭,非常坚强。

惊魂未定的边慕看到步枪为救小七如此英勇,十分感动。

小七也呆呆地看着步枪流血受伤的腿。

边慕赶紧蹲下身子跟小七说话:"小七,步枪有情有义,还不快去谢谢步

枪……"

小七听了边慕的话，走过去守在步枪身边，关切地看着步枪的伤势，对步枪轻柔地叫了一声。

步枪也对小七叫了一声。周茉看到小七关切地守在步枪身边，一边给步枪包扎一边跟小七说话："担心了？你放心，我会把步枪治好的。"

就在周茉给步枪包扎伤口的同时，饭桶在草丛里不知道翻着什么东西。汤圆看到饭桶在草丛专心致志地埋着头，走过去查看，发现是一个吃剩的饼干包装袋。

汤圆捡起包装袋查看，然后给八公闻："你也确定一下，是不是线索？"

八公反应强烈地叫起来。果然是线索，汤圆快步走到安心身边："饭桶刚刚发现的，看样子像是刚拆封不久。"

敖力拿过包装袋看了看，又抬头看看四周，警惕地低声对众人道："我们离目标已经很近了……"

众人听闻敖力这话，隐隐感觉毒贩人群就在这附近，纷纷警惕地查看四周。三名警察更加警觉，手放在枪套上。

饭桶此时仿佛又闻到了味道，朝前方奔跑起来。

安心连忙对汤圆道："快跟上饭桶！"

汤圆和伊靓带看八公和山神追上饭桶。小七看到饭桶奔跑也警觉地站起来，竖起耳朵，鼻子在空气里嗅着，四处张望。

众人带着狗狗赶紧跟了上去，周茉处理完步枪的伤口，步枪一下子站起来。

"能走吗？"周茉问道。

步枪立刻跑起来，追饭桶而去，小七也跟着去追步枪，周茉一脸愁容地看着步枪的背影。

敖力安慰道："这点儿小伤不能把它怎么样，步枪是身经百战的老战士。"

周茉不理睬他，往前走去。

前方，饭桶贴着地面一路嗅闻，最后在一个饭盒前停了下来。它闻了闻饭盒，叫了两声，似乎发现了新的线索。

队员们跟着饭桶陆续赶到，敖力发现不远处有一个临时窝棚。

敖力牵着步枪，立刻警觉起来，谨慎地低声吩咐："保持安静！靠近目标！"

队员们对各自的狗狗做出"嗓声"的手势，狗狗们立即安静下来，一时间变得格外寂静。

队员们牵着狗狗向窝棚靠近。

窝棚的旁边有个小房了，像是个狗屋，狗屋边上有个盛满大骨头的食盆，饭桶兴奋地奔跑过去闻大骨头。

正当饭桶准备下口咬食时，狗屋里传出低吼声，饭桶听到声响，愣住了。

一条比牧犬从狗屋中跃出，扑向饭桶，将饭桶摁倒在地。步枪和小七见饭桶被袭，迅速冲上去，小七对着比牧犬狂吠，步枪则与对方扭打起来，饭桶被顺利解救。

边慕、敖力和汤圆也匆匆赶了过来，从地上捡起树枝木条，拿在手中一边挥舞着一边喊着走开，比牧犬被吓退，一溜烟跑不见了。

安心来到窝棚门口，看到里面有几个人手脚被缚，嘴巴也被布条勒着，一个劲地对着安心发出"嗯嗯啊啊"的声音。

安心对着敖力的方向大喊："你们快过来！"

敖力、边慕、汤圆三人立刻赶了过来，纷纷走进窝棚，给几个被绑住的人松绑。

几人得救，立即虚弱地出声。

"你们……你们赶紧离开这里……他们很快会回来……"

敖力问道："他们一共有几个人？"

"四个！"

"除了你们，还有其他人被抓吗？"

几名人质摇摇头，这几人，都是毒贩抓的人质，很显然那伙毒贩就在附近，很快就会回来。

队员们和武警官兵商量对策，汤圆提议抽几个人出来扮演人质，打毒贩一个措手不及。

边防武警出声："我不建议扮演人质，太冒险，最好等支援！"

安心点头："我同意。"

伊靓看了看手表，发现没有信号，皱紧眉头："可现在完全没信号，怎么通知史队长？"

边防武警拿出自己的手机，发现也没有信号。边慕说着自己的意见："现在根本不知道四个毒贩什么时候回来，要是在史队长到达前回来，看到人质不见了，肯定会打草惊蛇。"

敖力也同意汤圆的意见："现在是我们抓捕毒贩的最好机会。我们有九个男人，而他们只有四个，其中一个还是我们的卧底，十对三，我们胜算很大！"

一名武警想了想，看着另外两名战友："你们觉得呢？"

另外两名武警点头："目前这是最佳方案。"

"我同意敖力说的。"

见自己的两名战友都同意，武警看向敖力："那行，我们三个来扮人质，你们埋伏在暗处。"

敖力摇头:"不,你们三位太像公安了,毒贩很有经验,被识破的风险很大。"

三名武警你看我我看你。

敖力看了眼众人,思索一下道:"正好三名人质当中有一个身材比较胖,符合汤圆的体形,我觉得由我、边慕、汤圆来伪装成人质,而且我以前是军人,对付一两个毒贩我有把握。"

边防武警想了想,这确实是最好的办法,只得同意:"好吧,我同意你们伪装人质,但我们三个武警,只能留一个在外面,另外两个要埋伏在你们身边,时刻保护你们的安全。"

敖力点头同意。

边防武警叮嘱道:"你们一定要小心,这些人手上都沾过不少血!"

边慕突然想起了什么:"等等!"

所有人都看着边慕,边慕出声:"刚才还有一条比牧犬,我们可不能把它忘了。"

众人全部把目光投在步枪身上,步枪挺拔地站立着,眼睛都不眨。

敖力点头:"让步枪来吧,它最合适。"

周茉一脸担心:"太危险了!万一被发现……"

敖力打断周茉的话:"现在没有那么多假设的万一!"

气氛再次沉重下来,安心不安地看着敖力和周茉,生怕两人再次吵起来。

这时,小七扒拉着边慕的腿,边慕和安心都看向小七。

"小七,你想顶替步枪?"边慕问道。

安心看懂了小七的意思,连忙蹲下来:"小七,虽然你想帮步枪,但现在我们大家都要按照计划行事,步枪的外形和刚才那条狗接近,所以……"

边慕也蹲下来劝说小七:"对,小七,你待会儿和大家一起先埋伏起来,保护好小雪和其他人。"

小七听了,依然不舍得走开,看着步枪。步枪也看看小七,然后转身走向刚才比牧犬待的狗窝。

敖力双手摸着步枪的头:"步枪,我们都是军人,打击敌人是我们的天性,我相信你一定行的!"

步枪连连大叫,目光坚定。

敖力点头:"好样的!不过,有危险立刻找掩护体,知道吗?"

周茉不安地看着敖力和步枪:"步枪……"

步枪看看周茉,对她叫了一声,敖力对上周茉的眼神,出声道:"我觉得步枪是希望你相信它。放心,我们都不会有事的!"

周茉望着敖力，满眼不安。

小七一步三回头地走着，又对着狗窝里的步枪叫了一声，步枪也对着小七叫了两声，这才钻进狗窝，湿没在黑暗中。小七来到小雪身边，等着小雪和饭桶、八公、山神等狗狗钻进窝棚附近的草丛，自己才钻进去。

安心不安地看了一眼边慕："你也要小心！"

边慕为了安慰安心，故意调皮地眨眼耍帅做了一个鬼脸。

"怎么，担心我？"

安心甩了个白眼："我担心所有人和狗。"

边慕知道安心在故意气自己，悄悄看着安心的侧脸，神色变得郑重起来。

众人立即行动布置，假扮人质的三人互相象征性地绑上，然后坐在之前人质的位置。一名边防武警躲在门后，一名边防武警趴在房梁上，剩下的一名和安心几人在一起埋伏。边慕从没执行过这样的任务，十分紧张地看着敖力："敖力……"

敖力轻声道："嘘！"

边慕哭丧着脸："我这次要是惨遭什么不幸……小七以后就交给你了。"

敖力瞪着边慕："你有病啊！说什么丧气话！"

边慕摇头："不是，我是说真的。除了小七，还有安心，她这个人比较倔，我要是不在了，她肯定……"

敖力这才正视边慕，但边慕话没说完就听见外面传来了说话声，敖力赶紧让边慕闭嘴。

三个人立马把毛巾塞到嘴里，边慕表现得越发紧张，汤圆也满头大汗，只有经验老道的敖力一脸镇定地盯着窝棚外。

外面说话的声音越来越近："你去看看那几个，咱们马上走了。"

"好！"

"把东西都搬上车！"

"知道啦！"

一名毒贩进入窝棚，由于里面很黑，毒贩并没有发现敖力三人的伪装，骂骂咧咧地拽起汤圆。

"死胖子，给我起来！"

汤圆一边发抖，一边嘴里包着毛巾嘟囔。

"地虎天王……地虎天王……"汤圆的声音模糊，根本就听不清。

毒贩瞪着汤圆："嗯嗯啊啊什么呢……闭嘴！"

敖力悄悄起身突然出手，在毒贩身后使出背身锁喉，将毒贩安静地放倒在地。毒贩挣扎着想要起身，两名埋伏在窝棚内的武警冲了过来，死死按住他的

四肢。

边慕和汤圆警觉地观察着外面，敖力从毒贩身上搜出一把手枪，拿着手枪贴身埋伏在窝棚门口的内侧，等着下一个毒贩的到来。

两名边防武警也拔出枪，站在敖力身边，场面立即剑拔弩张，没经历过这种阵仗的边慕和汤圆都紧张地看着敖力，又看看门口。

另一名毒贩来到狗屋前，似乎是想逗逗狗屋里的比牧犬。

"大黄？大黄？"

伪装在狗屋暗处的步枪根本不搭理他，只是冷冷地注视着外面毒贩的一举一动。

"嘿！你这条笨狗，居然不理我！"

毒贩蹲下来，往狗屋里看。隐蔽在草丛中的小七看到毒贩靠近步枪，急得就要往外冲，被安心一把拽住，周茉也十分紧张，攥紧了拳头。

见毒贩准备进来，步枪炯炯有神的双眼在黑暗里发光，毒贩蹲下身子看着步枪，正准备进来，这时身后传来一个声音："看什么狗啊！抓紧时间！准备撤了！"

毒贩直接站起身，转身离开："大猴子，磨蹭什么呢？快点，大……"

毒贩话还没说完，一把手枪就顶在他的脑门上，举枪的敖力一步步从阴影中走出。

毒贩额头被顶着手枪，看到倒在窝棚地上的毒贩，以及敖力身后的边慕、汤圆、武警，立即明白了怎么回事。

边防武警从毒贩身上摸出一把枪，另一名边防武警迅速掏出手铐把毒贩铐起来。

外面的毒贩觉察不对劲儿，慢慢摸出手枪，瞄准窝棚。

"蛤蟆？蛤蟆？"

气氛越发紧张，小七紧盯着拿枪的毒贩。

狗屋黑暗外趴着的步枪也警觉地盯着毒贩。

毒贩一步步靠近窝棚。

这时，一名满脸阴冷的毒枭走来，正是这伙毒贩的老大："怎么了？"

毒贩警惕地看着窝棚："老大，好像有点不对劲……"

小七死死盯着毒枭，前爪紧紧趴着地面，爪子陷进泥土里。步枪也死死盯着毒枭，直起身子，随时准备冲出去。毒枭的脸让小七和步枪想起一个月前码头上的那次追击……

草丛里掩藏的小七认出了毒枭，双目放出凶光，还不知道谁是卧底，敖力在毒贩的耳边轻声报出接头暗号。

"地虎天王……"

毒贩没反应。

敖力加大音量："地，虎，天，王……"

毒贩瞪了敖力一眼。

敖力脸上现出失望的神色，继续观察着。

窝棚外，毒贩和毒枭逼近窝棚，毒枭也拔出枪。

小七见状，十分担心边慕，竖起身子要冲出去营救。

安心死死拽住小七："小七！这样就功亏一篑了！"

小七担心边慕，劲使得很大，眼看安心就要拽不住了。周茉赶紧帮安心一起拉住小七。

窝棚里，被枪顶住脑袋的毒贩对敖力开口："河妖宝塔。"

敖力一愣，随即冲狗屋大喊。

"步枪！上！"

得到命令的步枪瞬间从狗屋里一跃而出，朝另外两名毒贩飞奔过去。毒贩还没反应过来，胡乱开了一枪，子弹打偏，这时步枪一个高跳跃起，准确地咬住了毒贩持枪的手腕，疼得毒贩将手枪滑落。窝棚内，知道对方是卧底之后，边防武警解开卧底的手铐，把枪还给了卧底。

外面，毒枭对步枪放枪，却没有打准。小七也从藏匿的地方撒腿冲了出来，扑向毒枭。

毒枭拔腿就往后跑，小七紧追不放，毒枭脱下外套，摔向小七，蒙住了它的头。小七甩开头上的外套，继续追击，一边跑一边大叫。边慕追过来，捡起毒枭的外套，扎在腰上跟着追。

三名边防武警对着毒枭逃跑的背影开枪，毒枭巧妙地利用树木做掩体遮挡，他只是被打中了手臂，并不影响逃跑。

小雪也冲出来追上小七，一起追毒枭。

安心和周茉也跑出藏匿的草丛，喊道："小雪！小七！"

小七和小雪头也不回地追击着毒枭。

三名边防武警跟着小七和小雪一起追着毒枭。

在窝棚里的敖力和汤圆也冲了出来，两人将毒贩结结实实地捆绑起来，步枪依然咬着毒贩的手不肯撒嘴。

敖力："步枪，放！"

步枪听话地松开嘴。

"追！"敖力一个手势，步枪飞奔跃起，朝毒枭逃跑的方向追去。

卧底和敖力也跟着步枪一起去追击毒枭，五个人对着毒枭逃跑的方向开了

几枪，但遗憾的是都打空了。

　　树林里，毒枭边跑边往后放枪。

　　边慕、敖力、卧底及三名边防武警在移动中一边利用树干躲避，一边用子弹回击。

　　一棵棵树干被子弹击中，直冒青烟。

　　步枪奔跑起来急速如风，小七也身姿矫健。

　　两条狗狗左右夹击追击着毒枭，眼看就快追到了，毒枭再次转身对准步枪开枪，步枪应声倒地。

　　敖力一惊，吓得脸色铁青："步枪！"

　　敖力疯了一样追上去。

　　小七也感觉到步枪倒地，收住飞奔的脚步停下来，转身跑到步枪身边。

　　谁知步枪站了起来，继续开始追。

　　敖力见步枪再次站起来，知道它并没有被打中，松了一口气。

　　"幸好没事。"

　　小七见步枪没事，再次向毒枭逃跑的方向追去。

　　六人两狗跑出树林，进入一片杂草地。

　　所有人和狗都大口喘着粗气，毒枭却消失了踪影。

　　边慕累得一屁股跌坐在地上，敖力走到边慕跟前，伸出手："起来！"

　　边慕累得来不及喘气，抬眼看看敖力，伸出手，敖力把边慕拉了起来。

　　卧底走了过来："他左臂中枪了，但有可能只是弹片擦伤。"

　　边防武警看着草地："他会往哪个方向逃？"

　　卧底摇头："西南或者东南，他一直没说，但我肯定，边境上有车接应他，我们要抓紧时间！"

　　边慕突然出声："等等！"

　　说着，边慕解下扎在腰上的毒枭的外套，给小七、步枪嗅闻："管他西南东南，都逃不过我们搜救犬的鼻子，把那浑蛋找出来！"

　　小七、步枪闻过嗅源后，都朝着同一个方向叫着。

　　"走！"众人立即追踪，跟着小七、步枪追踪到一片开阔地带，突然，小七对着杂草丛某处大声叫起来，步枪也对着另一处杂草丛叫着示警。

　　步枪、小七示警的地方完全不一样，边慕、敖力都有些疑惑。

　　突然，卧底脚下一软，倒在树上，两名武警上前扶住他。卧底受伤了，腰部白色 T 恤被一大片鲜血染红，敖力和武警忙查看卧底的伤口。

　　"没有打穿，但必须尽快送到医院手术！"

　　步枪对着染红的白色 T 恤叫着，敖力抚摸着步枪安抚道："别急，一定会追到的！"

小七和步枪忽然感觉到什么，转身面向追击方向又叫起来，毒枭的身影出现在远处的杂草丛中。

卧底虚弱地道："你们快追，别管我！"

边防武警看着远处的毒枭，又看看卧底。

一名武警出声："强子、邵兵，你们俩留下照顾他，把他送回营地医院，我们几个去追！"

留下强子、邵兵两名武警，边慕、敖力一行三人两狗朝着荒草地一路开拔。敖力跟着边防武警走在前面，步枪、小七跟在后面，边慕走在最后。杂草丛边上有一条通往树林的泥泞小径，小径上有脚印，敖力、边防武警停住了脚步。

武警道："脚印！目标往这边跑了！"

"汪汪！"步枪、小七对着草丛前方叫着。

敖力皱眉："它们嗅到毒贩的气味在前面。"

边防武警想了想道："那我们分头行动！"

敖力点点头，边防武警钻入小径，消失在树林里，敖力、边慕则带着步枪、小七继续前进。走着走着，小七和步枪发出不安的叫声。

小七、步枪的行进路线，并不是沿着直线走，似乎是在避什么东西。

敖力站住，仔细观察着四周："有问题！"

敖力话音刚落，正前进的边慕脚下发出声响。

听到这个声音，敖力立即大喝："别动！！"

边慕被吓得连忙站住不敢乱动："你……"

敖力示意边慕脚下："地雷。"

边慕愣了："啊……你别告诉我踩雷了……"

敖力扭头四望，立即发现不远处有一块被青苔覆盖的石碑，上面写着"雷区，严禁入内"。

果然是雷区！这里是边防雷区！边慕果然踩到地雷了！

步枪牺牲

敖力一步一步靠近边慕说:"千万别动!"

小七不安地对着边慕叫,边慕吓得脸都绿了:"小七,千万别过来!"

小七不安地看着边慕,焦虑地转着圈。

边慕额角渗出汗,小七和步枪纷纷停下,担忧地看着边慕和正在靠近边慕的敖力。

敖力小心翼翼地走到边慕身边,俯下身去,扒开地雷旁边的草皮,看清楚下面的情况后,立即面色严峻:"是母子雷,排除难度很大,要找支援!"

边慕头上的汗珠像珍珠一样顺着脸颊滑下,脚还是控制不住地抖动着。敖力抬起手腕想打电话,可是手表上显示没有信号。

没有信号,无法请求支援,更不可能留边慕一个人在这里,敖力想了想,擦拭着流向眼窝的汗珠,将地雷周围的土慢慢刨开。

步枪对敖力高声叫着,敖力扭头看看不远处的步枪,喊道:"你俩千万别过来啊!"

小七和步枪对视了一眼,继续密切关注敖力那边的情况,敖力一脸专注地看着地雷。

"我有办法……"敖力说着抽出手表上的小刀。

边慕两腿直颤:"敖力,万一我……"

敖力打断边慕:"闭嘴!我不会替你照顾安心和小十的。"他一边说着,一边用小刀插入边慕的鞋底和地雷之间,松了口气,向边慕示意,"轻轻抬脚。"

边慕小心翼翼地抬起踩在地雷上的脚,敖力继续用小刀压住地雷。

"快去搬石头来。"

边慕连忙抬了一块圆形大石头,压在地雷上。

敖力这才抽出小刀,长舒一口气,转身离开。

心惊胆战地走了十几米远,边慕这才放心不少,向敖力问道:"地雷被石头压着就没有危险了吗?"

敖力摇头:"当然有,石头一动就会炸。"

正说着,圆形石头被风吹得稍稍滚动了一下,"轰隆"一声——地雷瞬间炸开。

远处,留在窝棚那边的安心等人和狗狗们听见爆炸声被吓了一跳,狗狗们不安地叫起来,众人都往声音传来的方向看去。

安心站起身来："什么声音？"

周茉面色凝重："好像是炸弹爆炸！"

小雪一听，撒腿就朝那边跑去。

"小雪！"

安心追小雪，周茉也疯了一般往那边跑，饭桶忙追上周茉。雷区，尘埃落定，边幕、敖力回头看着被炸成碎块的石头。

边幕睁大眼睛："这么大的石头竟然都被炸碎了！要是被炸的是我，估计这条腿要废了……"

敖力摇头："何止一条腿，连你的小命都难保！"

边幕脸都白了："说吧，你想让我怎么感激你？"

这时，追踪另一条路的边防武警跑了过来，问道："怎么回事？"

敖力解释道："这片是雷区，边幕踩到了地雷，我们已经把地雷引爆了。"

边防武警看了边幕一眼："没事吧？接下来千万要小心！那条小路我找过了，毒贩没往那边跑，估计他穿过了这片雷区。你们跟在我后面，我知道如何避开地雷。"

敖力牵着小七和步枪跟着边防武警继续前进，边幕走在他们中间。

几分钟后，大家在武警的带领下顺利穿越雷区，可此时毒枭已经踪影全无。

敖力看着前方："国境线还有多远？"

"大概还有十公里。"

敖力看了看表："他应该还没有跑到境外，我们还有机会。"

这时，小七和步枪同时朝着同一个方向叫起来。

边幕和敖力警觉地朝那边看去，只见远处安心和周茉带着小雪和饭桶追来。

敖力、边幕、边防武警惊慌大叫："不要过来！雷区危险！"

小七和步枪也奔跑到雷区边界处对着对面的小雪、饭桶大叫。小雪和饭桶听见小七、步枪的叫声，停住脚步，并向后退去，朝安心和周茉大叫。

安心、周茉停下来，看见对面远处的边幕和敖力，总算放心。小雪拽着安心的裤脚，饭桶拽着周茉的裤脚，往后退去。

敖力见安心、周茉停下，松了口气，向边幕示意："走。"

敖力和边幕转身要走。

安心大声叮嘱："一定要小心啊！"

边幕回头挥了挥手，小七冲安心叫了两声。步枪也掉头看着周茉，周茉看着步枪和敖力，满脸担忧却说不出话来。

步枪冲周茉叫了两声，示意周茉不要担心。

安心安慰周茉："步枪让你不要害怕。"

周茉勉强挤出一个笑容，敖力向步枪招手："走吧，步枪。"

步枪走了一步，又回头看着周茉。周茉挥手，大声向步枪呼道："步枪，我们等你回来！"

安心也担心地看着远处的边慕、敖力，以及小七、步枪的背影。

此时已经是黄昏了，三人两狗一路追击毒枭，边慕跑得上气不接下气，但小七和步枪依然体力充沛，跑在前面催促着大家跟上它们的速度。敖力和武警训练有素，体能比边慕好些，紧跟着小七和步枪。

边慕跑得身体都开始摇晃了，体能已经到了极限，晃了晃头，他让自己保持清醒，强忍着身体不适，跟着大家一起向前奔跑。

这时，小七和步枪叫起来，脚下跑得更快了。敖力和武警都警觉起来，一边追一边拔枪，随时准备战斗，绕过一个弯道后果然看到了远处的毒枭。

前方，毒枭也体力不支，一手握枪，一手叉腰，脚步明显已经不稳。与此同时，在夕阳黄昏的光晕里，可以看到一辆吉普车等候在国界边际那里。

毒枭看着吉普车，又回头斜睨了一下追来的小七和步枪，脚下加快速度，朝吉普车跑去。

敖力在原地站定，用枪瞄准毒枭，全神贯注，屏住呼吸。

这一刻，时间仿佛静止。小七和步枪全速奔跑着，毛发上下飘动，四肢有力蹬地腾起。

敖力轻轻扣动扳机，一颗子弹从枪膛中射出，在空气中划出一道长长的弹痕，穿过几百米的距离，击中了毒枭，毒枭在远处应声倒下……

可子弹只击中了毒枭的大腿，毒枭忍着剧痛艰难地爬起来，一瘸一拐地继续向前挪着。小七和步枪赶紧全速冲了上去。眼看前方不远处就是中缅国境线了，毒枭距离那辆等候在那里的吉普车越来越近。

步枪毕竟年纪比小七大，体能没小七好，腿部被蛇咬了一口受的伤口被周茉包扎好，可纱布外面还是渗出了血。步枪的步子已经没有那么矫健有力，速度也已经没有那么快了，渐渐和毒枭拉开距离，落在小七后面。

小七直追猛赶，终于超越了毒枭，拦在毒枭面前，堵住前路，对其狂吠。

毒枭面部狰狞地举起手枪，瞄准了小七。

小七看着黑洞洞的枪口愣了一下。

边慕远远看到毒枭拿枪瞄准小七，脸色大惊："小七！闪开！"

步枪看到小七置于危险之境，忍着腿上的伤痛，迈开最大的步子，奋力飞奔向前。

就在毒枭扣下扳机的瞬间，步枪从边上跃起，撞开毒枭拿枪的手，子弹打偏。

小七听到枪声，受到惊吓，对毒枭大叫起来。

毒枭被激怒，掉转枪头瞄准步枪——"砰！"

一声空洞的枪响后，步枪应声倒地……

小七见步枪倒下，悲愤不已，怒吼了几声，四腿腾空，英勇无畏地扑向毒枭。

小七咬住毒枭的手臂死死不肯松口，由于距离太近，毒枭无法开枪。僵持之下，毒枭狠狠一甩，将小七甩到一块大石头上。小七的头部受到撞击，因剧烈疼痛而发出惨叫声。

毒枭拖着流血的手臂，站直身子，再次将枪口对准小七："死狗，老子这就送你上西天！"

"砰"的一声，枪响了。

刚刚赶到的敖力看着眼前的一幕，僵直地站在原地。受到撞击的小七此时已经站不起来了，但是看到倒在地上的步枪，它坚持着起身，摇摇晃晃地走向步枪。

可是头部的眩晕让小七再次倒地，小七用尽仅有的力气匍匐向步枪，口中发出阵阵哀鸣。

小七一边叫着，一边用爪子扒拉步枪的身体，试图唤醒它。但是步枪就像听不见似的，没回应小七。

小七终于没了力气，倒在步枪旁边，头躺在步枪的身体上，爪子还保持着刚才呼唤步枪的姿势。步枪躺在血泊中，不再动弹……

敖力和边慕看到躺在地上的步枪，狂奔过去，毒枭被制服，受伤的步枪、小七立即被送往动物医院。

步枪被推进医院，迎上来的医生领着急救人员往手术室的方向跑去。

"马上准备急救手术！"

"测量血压，建立静脉通道，糖水配多巴胺静滴。"

两名护士按照医生的指示分头开始工作，周茉协助。

"静脉注射肾上腺素！"

周茉连忙给步枪注射肾上腺素，抖动的双手几乎无法自控。

医生见周茉情绪不稳，道："周茉，不然你还是回避一下吧……"

周茉坚决摇头："不……不……我可以的。"

医生和护士对视了一下，继续抢救。

"止血钳！"

护士递上止血钳，周茉用纱布按压着出血的位置，医生开始紧急处理。

血没止住，周茉大声疾呼："还需要止血钳，快！"

护士递上止血钳，血还在汩汩地向外涌。

"不够，止血钳！"

护士又递上一个止血钳，可血压掉得很快……

医生："加压静滴！"

周茉用手给输液的袋子加压，步枪身下那件敖力的白色衬衫已经被血染成了红色，周茉还在不懈努力，步枪的呼吸却越来越微弱。

"多通路同时补液，扩充血容量！"

步枪仿佛又回到了和小七一起追逐飞机的那个下午，飞机飞出各种弧线，它和小七跳着叫着，竞相追逐。

可是突然，救援队的宿舍、训练场、食堂、海滩……都渐渐变得模糊，步枪拼命想要看清眼前的世界，可阳光照得它睁不开眼……

遥控飞机还在飞，步枪拼命地追，飞机却越飞越高，越飞越远……

医生还在紧张地抢救。监护仪上的数据不断下降，波动的线条变成了一道直线，发出了长久的"嘀"声。面对一脸遗憾的医生，周茉丝毫没有要放弃的意思。

周茉立刻对步枪展开胸外心脏按压。

"气管插管，上呼吸机！"

护士："是！"

周茉："静脉注射肾上腺素一支！"

护士按照周茉的指示继续抢救。

"电除颤仪，准备心肺复苏！"

护士连忙推来电除颤仪。

周茉开始用除颤仪对步枪进行抢救，数次用除颤之后，步枪还是没有任何反应。医生扶着周茉的肩膀，示意她不要再徒劳了。

"周茉……步枪已经……"

周茉像是听不见似的："继续心肺复苏！准备！"

周茉还在坚持为步枪做电除颤，监护仪的"嘀"声在安静又忙碌的手术室里显得格外刺耳。

抢救室门口，敖力双手握拳顶在前额上，闭着眼，站得笔直。此刻他内心比谁都焦灼痛苦。抢救室的门被推开，医生走了出来。

敖力连忙走上前："医生，步枪它……"

医生摇头："抱歉，我们已经尽了最大的努力，真的很遗憾……"

敖力僵在原地，大脑一片空白，仿佛被定住似的，说不出话，也无法动弹。远处，队员们掩面而泣。

抢救室里，周茉再也无法抑制情绪，抱住步枪失声痛哭。

"步枪！你醒醒……你睁开眼再看看我好吗……步枪……"

情绪激动的周茉从手术室中冲了出来，拳头打在敖力身上。

"都是你，都是你！看看你都干了些什么！"

安心上前拦住周茉，周茉甩开安心的手，继续捶打敖力。

"为什么不听我的？为什么要让步枪参与这么危险的任务？为什么不好好地保护它？为什么？你告诉我为什么？"

敖力一动不动地任凭周茉捶打。

安心也落下了眼泪，扶着周茉，想要安慰她，却一句话都说不出来。

眼前的一幕让人心碎，周茉的痛苦是那么撕心裂肺，像失去孩子的妈妈一样绝望……

安心的神情更加痛苦，泪水不停地涌出。周茉也泄了气，颓然地抓住敖力的衣领。

"你把步枪还给我，把它还给我……"

伊靓赶紧上前和安心一起扶住周茉，周茉瘫倒在地，失声痛哭。

另一间诊室的门打开，边慕推着包扎完毕的小七走了出来。

"回去一定好好休养，避免刺激，训练和出勤都暂时停了吧。"

边慕连声道谢："谢谢医生，我们一定注意。小七，听见医生交代的话了吗？回去得好好休息，可不能再疯玩儿了啊！"

边慕抬头看到敖力和一旁的周茉还有医生，瞬间僵住了。

边慕看着敖力，敖力也看到了边慕，两个刚刚共同经历了生死的男人，此刻面对对方，谁都说不出话来。

"步枪它……"

小七听到步枪的名字，一下睁开眼，抬头看到敖力，立刻强撑着爬了起来，不顾边慕的阻止，跑向敖力。此刻的小七头部震荡的影响还在，摇摇晃晃跑到敖力身边，着急地打转，低声呜咽着寻找步枪的身影。

抢救室外哭泣声一片，周茉瘫倒在地，安心和伊靓抱着她，两人也都忍不住流下了眼泪。一旁的队员们也都流下了眼泪。汤圆转过脸去，脸上也全是泪。

小七看看队员们，又看看敖力，不相信步枪已经离开了。小七对着敖力大叫，让他带自己去看望步枪，可敖力一动不动。小七又跑向边慕，使劲拽边慕的裤腿。

边慕哽咽着道："小七，步枪它，步枪它已经……"

看边慕站在原地不动，小七又跑向安心，对着安心大叫。

安心想要抱住小七："小七，我明白你的心情，可是……"

小七挣脱安心跑开，对着每一个人吼叫，让他们不要再站着流泪，求他们快点带自己去看步枪，可是大家都像被钉在地上一般，一动不动。

小雪也跟着小七跑来，帮小七叫着，请求人们带它们去看看步枪……

狗狗们都围了上来，跟着小七和小雪一起叫，呼唤着步枪快点回来。

在步枪曾经住院的病房门前，小七久久不愿离去。

病房里空无一人，可小七仍然固执地趴在门口。

小七似乎在想，只要自己继续在这里守着，步枪就一定会出现，就如它以往矫健英武的模样。小雪安静地陪伴在小七身边，也这样趴着，等待步枪出现……

一位医生走过来，小七嗖的一下站起来，跑上前满眼期待地看着医生。

医生看到小七，脸上写满了无奈："回家吧，小七。"

小七跑回病房门口，继续趴着。又一位医生走了过来，小七再次跑了过去，对着她汪汪叫，似乎在问她步枪去哪儿了。

女医生摇头："小七，你还在这里等步枪吗？好孩子，快回家去吧……"

小七再次跑回病房门口趴下。

边慕看着小七，那一瞬间他终于体会到了小七和步枪之间的感情。以往在他眼中狗狗之间简单幼稚的感情，竟也如此细腻动人。

边慕走到小七身边坐下。

"小七，大家都说你是神犬，我以前总觉得吧，你再怎么神也不过是条狗，你的一切欢乐和悲伤都跟吃和玩有关。你喜欢什么、讨厌什么，都是最简单、最直接地表达出来。关于爱和恨，我觉得那对你来说都太深了，你不可能理解，也不会懂。"沉默片刻，边慕看着小七，"小七，以前是我错了，我向你道歉。对于爱，你比我理解得更深刻！"

边慕抱着小七，流下了眼泪。

众人回到救援队后，整个基地陷入了前所未有的阴霾，欢笑声不再出现。狗狗们都感受到了这种阴霾的情绪，不再追逐打闹，而是躺在各自的犬舍里，眼神失落。公主飞到豆豆身边，想和它互动，豆豆却转过身去不理公主，公主只好安静地站在一旁……

基地大门处，小七直着身子端坐在门口，眼睛盯着路的尽头，等待步枪归来。

汤圆来到餐厅，却看到只有洛奇、莫莉、伊森三个人在默默地吃饭。三个人各自抱着一碗米饭，桌上的菜几乎没有动。汤圆又来到边慕的宿舍，边慕正坐在桌前修那架遥控飞机，他拽着边慕就往安心的宿舍走去。

边慕不解："干吗啊这是？"

边慕和汤圆来到安心的宿舍门口，门开着，安心在里面搭乐高积木，一副心不在焉的样子。

汤圆用胳膊肘戳了边慕一下，示意他快点进去。

边慕走了进去："安心，吃饭了。"

安心摇头："不饿，你们吃吧。"

边慕走到安心身边："已经两天了，这么下去你的身体该垮掉了。步枪走了，谁心里都不好受，你们一个个不吃饭，我天天失眠，汤圆做着饭眼泪都往锅里掉，可咱们救援队不能就这么散了吧？"

安心摇头："我不知道该怎么面对敖力、面对周茱……"

边慕激动地抓住安心的双肩："你必须面对，因为你是我们的队长！现在这个时候大家最需要你，你一定得先振作起来。你知道吗，你是我们的支柱！就算你不愿面对，也绝对不能垮，绝对不能倒下！我们都要靠你坚强起来！"

安心看看边慕，心中涌起一阵感动，最终点了点头。

边慕松开安心："走吧，先去叫大家吃饭。"

众人围坐在餐桌前吃饭，没有了往日的欢笑声，队员们默默地夹着菜，偶尔互相说几句话。

安心看着面色沉重的队员，心里更加不是滋味，强打精神："大家多吃点儿，咱们争取今天不浪费，把菜都吃完。"

汤圆附和着："饭不够随时叫我，锅里还有呢。"

队员们继续默默地吃饭。

莫莉出声："队长，你叫敖队了吗？"

安心摇头："我敲了他的宿舍门，没有反应。"

洛奇有些担心："敖队不会是想不开……"

莫莉瞪了洛奇一眼："你闭嘴，狗嘴里吐不出象牙来，瞎说什么你！"

洛奇苦着张脸："我这不是担心敖队嘛，他都三天没出过房门了。"

安心想了想道："要不，谁再去敲敲门试试吧？"

大家都把目光转向周茱，周茱没有说话，继续低头吃饭。

边慕起身，把自己吃完的餐具拿着向外走去。

边慕来到小七的犬舍门前，并没有看到小七的身影，只一盆没有吃的狗粮还放在犬舍中。边慕端起狗粮，朝基地大门走去。

基地大门口，小七正坐着等待步枪。边慕走到小七身边，把狗粮放下，小七看了一眼，继续抬头盯着基地门前那条路。他坐到小七身边："怎么，你也被大家传染了，饭都不吃了？"

边慕按着小七的头，想让它吃饭，小七倔强地梗着脖子，就是不从，他拽着小七的项圈，想把小七带回犬舍。

"医生说了，你现在需要休息，需要静养，走，到我的宿舍睡去，我给你准备了一个特别棒的垫子，又厚又软，跟棉花糖似的，超级舒服……"

小七发出抗拒的叫声，不肯跟边慕走。边慕想办法逗小七："哎，我觉得你小子还挺倔！你走不走？你不走我可走了啊，那棉花糖垫子我可要自己享受喽！"

小七还是不理边慕，静静地看向路的尽头。边慕没有办法，只得劝说：

"小七，要不这样，咱先把饭吃了，吃完了再等，行吗？"

小七还是在原地坐着，一动不动。边慕叹了口气，摸了摸小七的头，转身离去。

第二天一大早，安心来到训练场，看到边慕一个人坐在地上发呆。

安心走过去道："边慕，我正找你呢。"

边慕无精打采地抬头："什么事儿？"

"刚才医院来电话了，问小七最近恢复……"安心这才发现，边慕正在往嘴里扔狗粮，"哎，你怎么还吃上狗粮了？"

边慕自言自语道："这不是挺香的吗，就是淡了点儿，味道还行啊……"

安心皱眉："小七还是不吃饭吗？"

边慕点点头。安心出声："我去找周茉，看看是不是有必要再给小七做个检查。"

"不用查，是这儿的问题。"边慕摇头，指指胸口，"我觉得小七这是心病。"

安心一脸担心："实在不行就强行补液，否则这样下去身体真的吃不消。"

边慕叹了口气，站了起来："我看，实在不行我就带小七走吧。"

安心一脸惊奇，不解地看着边慕。

边慕解释道："我是说，带小七去散散心。它心里始终放不下步枪，总盼着步枪能回来。在这里天天面对着伙伴和队员们，我怕它更难走出来。"

这时，敖力宿舍的门打开了。敖力已理去头发，刮掉胡碴，似乎换了一个人。

敖力大步走到宿舍前，站直身子，清了清嗓子："现在正式通知，明天开始训练照常进行，所有队员和搜救犬八点钟准时在训练场集合！"

救援队重新开始训练，训练场上，队员和搜救犬们配合完成着搜索目标的训练，边慕和小七一组最后登场，小七顺利完成了训练。

作为教官的敖力在一旁为每一组计时："本轮训练，成绩第一名：小七，边慕。"

队员们都对小七和边慕报以掌声。

边慕兴奋地摸了摸小七的头以示鼓励："小七，你可真棒。"

小七四处张望，找寻步枪的身影。敖力看到小七的表现，明白它的想法，心中不免一阵难过。

周茉想要为步枪再收拾一下犬舍，拿着打扫的工具来到步枪的犬舍门前，只见敖力正在里面。

地面已经打扫得干干净净，犬舍内也十分整洁。敖力蹲在地上，用一块抹布擦拭着墙上的一块污渍。敖力用力地擦，污渍却怎么都擦不掉。他又倒了一些去污粉，有些发狂似的用力擦拭着墙面，那动作仿佛要把墙挠穿。

周苿想要上前，话到嘴边，想了想，又退了回来，任凭敖力努力擦拭，墙上的那块污渍还是清晰可见。敖力盯着那块污渍，仿佛泄了气一般，颓然地坐在了地上，用力挥起一拳砸在墙上。

周苿吓了一跳，生怕敖力会伤害到他自己，叫道："敖力！"

敖力回头看见周苿，手向地上一撑，站了起来。

周苿分明看见了敖力含泪的双眼，她的眼泪也忍不住涌了出来。

敖力低下头从周苿身边走过，周苿一把拉住了敖力的胳膊。

"敖力，不要这样伤害自己好吗？"

敖力没有说话，试图挣脱周苿的手

"我知道你心里痛苦，我心里又何尝不是时刻在受煎熬？别这样憋着自己，我来帮你分担……"

"谢谢。"敖力挣脱周苿的手，低头疾步离去。

周苿看着敖力的身影，眼泪汹涌。她捡起被敖力扔下的那块抹布，蹲在地上继续擦拭起那块污渍。汤圆正在储藏室里清点食品，这时小七溜了进来。

小七在储藏室里到处走着，在架子上找来找去，路过各种食物都没有停下脚步。最后小七在一个架子前停了下来，面前是一个饭盆和一个水盆。

小七叼起两个饭盆，转身飞快地跑出了储藏室。

"喂，小七，小七！"

汤圆扔下手里的东西追着小七出来，小七叼着盆跑进步枪的犬舍里，把盆分别摆放在原先的位置。

汤圆一脸无奈地看着它。

"你可真行，今天这都第三趟了，我的腿都被你遛细了。"

汤圆上前要收掉步枪的饭盆，小七对着汤圆狂吠，不许他碰。

"好好好，我不收了，行吗？"

汤圆转身离开，走了几步回头看看小七，小七又对着汤圆叫，汤圆忙加快脚步离开："我这辈子要是也能遇到个这么仗义的朋友，也算没白活。"

回到厨房，汤圆正在做饭，小七又溜进来，趴上灶台，叼起一只鸡腿跑了出去。

小七叼着鸡腿来到步枪的犬舍，把鸡腿放进饭盆里。饭盆里已经有了两只鸡腿。

汤圆无语地拉着边慕来到犬舍前："你自己看吧，现在又改偷鸡腿了。"

边慕瞪着汤圆："怎么说话呢，什么叫偷啊，步枪最喜欢吃鸡腿，你又不是不知道。"

汤圆摇头："我知道，可是……"

边慕打断汤圆的话:"行了行了,这鸡腿钱算我的,你就装不知道吧。"

"这可是第三只了!"

"哎呀,都算我的!走!"边慕一把拉走了还想争辩的汤圆。

山神闻着味来到步枪的犬舍,凑过来想吃饭盆里的鸡腿。小七站起来,冲着山神狂吠,山神吓得一溜烟跑了。

小七趴在步枪的犬舍门前,面冲着步枪的犬舍门,盯着步枪的饭盆,一脸委屈,似乎在想着已经有这么多鸡腿了,步枪为什么还不回来……

小雪来到小七身边,想要安慰它,可是小七并不像以往那样见到小雪就热情洋溢。它一动不动地看着步枪的犬舍,不和小雪互动。

小雪似乎也能理解小七痛失挚友的心情,心中也为步枪的离开而难过,伸出前爪摸了摸小七的头,强作坚韧地微笑着鼓励小七。

此时的小七只是静静趴着,并不理睬小雪。

小雪失望地跑开了。

黄昏时分,训练场上,边慕和汤圆爬上爬下,正在忙活。

安心和伊靓路过。

伊靓好奇地问道:"今晚放电影?"

汤圆点头:"快,搭把手,把这儿扶着……"

伊靓跑过去帮忙:"放什么片子?"

汤圆摇头:"不知道,听边慕的。"

三个人忙碌地搭着架子,很快,投影幕布的架子就搭好了。

边慕对安心说道:"帮我在群里通知大家一声吧,今晚将在基地训练场旁播放露天电影,邀请每一位队员和狗狗参加。"

安心不解:"你办的活动,自己发多好。"

边慕摇头:"你是队长,你发吧。"

安心只得拿出手机,帮边慕发通知。队员们都收到了消息,拿着手机从宿舍里走出来,看着大大的幕布,一脸好奇,洛奇、莫莉和伊森兴奋地跑上去帮忙。

周茉和敖力目光相对,周茉转身回了房间。小七被训练场上的动静吸引,也跑了过来。边慕向小七招呼道:"小七,今晚咱们看电影好吗?"

小七叫了一声,边慕微笑着摸了摸小七的头。

夜幕降临,队员和狗狗们如约而至。

平日最不喜欢热闹的阿旺也跟着周茉来到训练场,一眼就看到了小七。小七也看到了阿旺,对着阿旺远远地叫了几声。

顺着小七叫的方向,安心看着周茉和阿旺,不由得舒了一口气。

边慕站在台上:"各位,我这里准备了几部电影,大家来投票,根据投票结果来决定我们看哪一部,大家同意吗?"

队员们纷纷点头。

边慕高声道："我跟大家说一下啊，今天准备的电影有《导盲犬小Q》《狗狗与我的十分约定》《忠犬八公》，还有《南极大冒险》。"

伊靓呼道："都是好片子啊，每一部都想看。"

敖力出声："听说《忠犬八公》是部好电影，我们以前在部队的时候组织看过一次，结果放电影那天停电了，八公还没出现，电影就结束了。"

莫莉立即附和："那就看《忠犬八公》吧，我投票，《忠犬八公》！"

洛奇："我也投《忠犬八公》。"

狗狗们也集体叫起来。

边慕点头："呼声这么高啊，那干脆就看它吧，大家有意见吗？"

电影开始了，队员和狗狗们关注着剧情中八公的命运，心揪得紧紧的。所有的队员都流下了眼泪，任凭这些天积攒的泪水尽情地奔涌。

周茉几次埋下头去，不敢抬头看屏幕，双肩耸动地抽泣着。阿旺蜷缩在周茉脚边，看着周茉伤心的样子，阿旺脸上也写满了伤感。它坐起身子，轻轻蹭了蹭周茉，似乎是在安慰她。

安心悄悄地走到周茉身边，放下一包抽纸，然后迅速离去。

狗狗们也都十分认真地看着屏幕，似乎也被电影里八公的命运牵动着内心。

边慕走到目不转睛地盯着屏幕的小七身边坐下，搂着小七，轻轻地抚摸着它的头说："小七，你看八公多么忠诚啊，它每天在车站守候，就像你等着步枪一样。可是小七你知道吗，忠诚其实并不是像你所想的那样绝对，忠诚的方式有很多种，信守承诺是忠诚，坚决服从、别无二心是忠诚，真心诚意、尽心尽力也是忠诚。可是在我看来，忠诚其实很简单，那就是我们不应该忘记生命中爱过的每一个人。小七，所有的人都不会忘了步枪，因为我们都爱过它，也依然爱着它，我们会用加倍的努力，让它的离开变得有意义。看到你天天这样消沉，步枪也会流泪，只有你变得更强大，步枪才不会为你担心，它一直在天上看着你，看到你笑，它也会笑的。你说对吗？"

小七看着边慕，流下了眼泪。

夜里，队员和狗狗们都睡了，边慕一个人在训练场边收拾投影仪。

敖力走过来，向他伸出手。边慕有些尴尬，也伸出手，敖力一把紧握边慕的手，像兄弟般与边慕拥抱。

边慕有些意外，也用力拍了拍敖力的肩膀。他想说些安慰的话，但平日巧舌如簧此刻却语塞了。

"那个，我……"

敖力摇头："不用说了，边慕，谢谢你。"

救援队的气氛，渐渐好了一些。

两天后，在一处海边高地，救援队的队员和狗狗们站作一列，为步枪送行。

步枪的墓碑是白色的花岗岩铸成的，步枪的头像刻在上面，照片是在部队时敖力为它拍的，记录了它最潇洒的瞬间。

敖力站在那里："今天，救援队全体成员都来到这里，一起送我们最亲爱的队友步枪最后一程。我替步枪感谢你们，感谢过去的日子里曾并肩作战。相信每一个人都舍不得步枪离开，但是今天，我们必须在此和它告别。"

队员们肃穆而立，听着敖力的讲述。小七看着步枪的墓碑，眼神中充满了感激与不舍。敖力手里拿着步枪出任务时佩戴的脚环放在步枪的墓碑前，缓缓起身，转身，向身后的队员和狗狗们做出请的手势。队员们带着狗狗一一上前与步枪做最后的告别。

安心带着小雪首先走上前道："步枪，第一次见面时我就被你专业的表现所折服，虽然之前就对你有所耳闻，可是没想到你会这么棒，简直可以说是无懈可击。更令我没想到的是，你竟然能加入我的救援队，让我有幸和你成为队友。在训练中，你是其他搜救犬的榜样和示范，如果没有你，它们不会有这么快的进步，救援队也不会有今天的成绩。步枪，谢谢你。"

安心带着小雪站回队伍，伊靓领着山神上前，忍着抽泣道："步枪，其实我和你并不熟，但是你的犬舍我经常去。说起这个我都有些不好意思，每次去你的犬舍都是找山神，因为我知道只要它没影儿了就一定是去找你了。你一直都是山神的偶像，在它眼里你简直是神一般的存在。你从山神面前跑过去都能把它帅得吐着舌头两眼放光。"伊靓停顿了一下，抹了把眼泪，"搜救犬这条路，我们走得真的是很辛苦，之前我也想过要放弃，因为训练实在太苦了，职业技能要求又很严格，这些对山神的天资来说，实在是有些辛苦。可是因为有你在，它一直不放弃。步枪，谢谢你，是你让山神成为真正的搜救犬。"

洛奇、莫莉和伊森带着卡卡、球球和浩克上前，分别放上了几朵小花、一个麻棒，还有一只铃铛。

小七叼着一架遥控飞机来到墓碑前。

看着墓碑上步枪的照片，小七急得低声呜咽了起来，放下飞机，围着墓碑绕了几圈，拼命地用前爪刨土，想要把步枪"救"回来。

边慕上前拉住了小七，说："小七，步枪在这里休息了，我们不要打扰它了，好吗？它太累了，让它好好歇歇吧。"

小七像是听懂了，停止动作，静静地盯着步枪的墓碑，眼神看着十分忧郁和伤心。

"步枪，这架遥控飞机你和小七都喜欢，你俩为了它平时可没少打架，谁都想把它占为己有，争来抢去的，把它弄坏了。这几天小七一直催着我修，我知道它是想让我把飞机修好了拿来给你。一开始我挺意外的，因为这是小七最喜欢的东西。但是你走之后看到小七的种种表现，我也不觉得意外了。虽然小七从来没有说过，但是我知道，你是它最大的竞争对手，也是它最好的朋友。虽然平时你俩总打架，但是最舍不得你的就是小七。步枪，遥控飞机我已经修好了，它现在又能飞了，希望它能代替小七陪着你。小七永远会记得和你一起并肩作战的日子，也会记得你们一起玩闹的欢乐时光。步枪，谢谢你，谢谢你救了小七，谢谢你来过'完美世界'，谢谢你。"边慕对着步枪的墓碑深深地鞠了一躬。

人群中的周茉眼泪一刻没有停止过。她捧着一束美丽的小雏菊走到步枪的墓旁，和步枪诉说着离别之殇，然后她拿出一个小号的项圈轻轻放在墓前："还记得这个项圈吗？你可能不记得了吧，但是我记得。这是你用过的第一个项圈，那会儿你才六个月大，不过你长得实在太快，很快就用不上它了。我把它珍藏了起来，想着有一天你退伍了，我们搬去另一座城市定居。那里阳光特别好，我们住的房子门外有大大的草地，每天你都在草地上尽情地玩啊、闹啊。等你玩累了，我们就一起躺在草地上静静地看天上的云。我会把这个项圈拿出来，跟你讲你小时候的故事。我一直盼着这一天能早点到来，两年前你退伍了，我以为我可以带你走了，你却选择了继续工作。那我想我再等等吧，你总有累了、干不动的那一天。可是现在，我再也等不到那一天了……步枪，我一辈子的眼泪都在这几天流尽了。我还没有学会告别，你怎么就要离开了呢？"

周茉哽咽着，说不出话来，半响才又道："步枪，在别人眼中你潇洒、帅气，可在我记忆中的你永远是那个可爱的小模样。以后在我的回忆里，不会有伤病和疼痛，没有手术台、纱布和鲜血，也没有冰冷的仪器和手术刀，有的只是永远高昂着头、永远朝气蓬勃、永远战斗的步枪。步枪，谢谢你。再见。"

最后告别的是敖力："无论是从前的军犬三连，还是如今的'完美世界'救援队，步枪一直是最英勇无畏的战士。它不仅是职业军犬和搜救犬的标杆，更是团队的精神领袖。它在自己短暂的一生里屡立战功，得到的勋章和嘉奖甚至超越了许多战斗英雄。步枪也是我们最值得信任的战友，无论遇到什么艰难和险境，它永远无所畏惧地冲在最前面，完成工作任务的同时也竭力保护着队友们的安全。在最后的战斗中，步枪正是为了保护队友小七，义无反顾地冲向危险。在自己的安危和队友的处境面前，它勇敢、不假思索地做出了自己的选择。步枪这样的战友，我们每一个人都应向其致敬。当然，步枪更是我们最亲密的朋友。从共赴沙场的战友，到生死相许性命相托的亲人，这其中经历的一切，无法与人言说，只有我和它最清楚。"

队员们都抹着眼泪，敖力继续说着："步枪，我这人不爱说话，这辈子说得最多的话都是对你说的。从三连到救援队，咱俩经历了太多太多，真要说起

来，两天两夜都说不完。今天我想对你说的，只有感谢，感谢你在每一次执行任务时的英勇无畏、果断出击，感谢你的专业和守纪，感谢你面对挫折永不言败，更感谢你几年来寸步不离的陪伴。我人生中最大的成就，不是选择了你，而是你选择了我。感谢你让我有了一段如此精彩和难忘的人生。以前我在部队看过一部电视剧叫《神犬奇兵》，里面的主题歌叫《你是另一个我》，我很喜欢那首歌的歌词。步枪，今天我把它唱给你听。"

你知道有一双眼睛，
清澈见底，
能将一切变得纯净。
你知道有一种聆听，
牵动着你的神经，
感受到与你的距离。
有种感情叫作懂，
有种行动叫作等，
有种默契叫作忠，
有种信任叫作宠，
有种快乐叫作疯，
有种分离叫作痛。
就在那一刻，
世界安静了。
你不是我的朋友，
你是另一个我。
就在那一刻，
世界安静了。
你是我的朋友，
是另一个我。

队员们都潸然泪下，为敖力和步枪之间的这份深情所动容。

敖力亲手培上了最后一把土，向步枪告别。救援队员们像对待一名真正的军人一样给步枪举行了隆重的葬礼，敖力向步枪郑重地行了军礼。

葬礼结束后，小七在步枪的墓碑前久久不愿离去。边慕似乎理解小七的心情，默默离开，把最后的时间留给小七和步枪独处。

几天的消化之后，大家似乎已经从步枪离去的阴影中走出一些。

会议室里，队员和狗狗们都到齐了。

安心看了眼众人，道："今天把大家召集在这里，是想和大家商量一件事情。各位都知道，狗狗的集体需要首领。之前我们的首领是步枪，现在它离开了，我们不得不重新选出新的首领犬作为搜救犬的队长，在今后的任务中带领其他狗狗工作。"

队员们都不说话，山神听到这里却异常兴奋。

敖力出声："小七是队里最优秀的搜救犬，我想每一个队员和狗狗都应该认同这一点吧，队长的位置非小七莫属。"

汤圆点头："我同意，那必须是小七了。"

洛奇赞同道："是啊，必须是小七。"

周茉和伊靓也点头，山神情绪明显低落了下来。

一直想让小七当首领犬的边慕此时却表情复杂。

安心看了眼边慕道："边慕，大家都推选小七做首领犬，你有什么意见吗？"

边慕看了眼众人："我当然没意见了，我先替小七谢谢大家，可是……"

安心不解："怎么了？有什么话就直说吧。"

边慕解释道："小七的身体现在还在恢复期，完全恢复状态恐怕还需要一些时间。"

安心摇头："这个不是问题，我们会给小七足够的时间来休养和调整。"

这时伊靓出声了："我觉得，确定狗狗的首领，应该由狗狗来决定，否则以后救援工作也没法进行啊。"

这确实是一个好办法，众人立即赞同。

莫莉有些犹豫："可是狗狗不会说话，它们怎么决定啊？"

伊靓出声："之前培训的时候李教官不是说过吗，可以通过给狗狗喂食来确定群狗中首领犬的地位。狗狗们让哪只犬先吃，那就说明大家服它，它就是大家都认可的首领犬。"

安心看看敖力，敖力点头："他们说得有道理，那就不妨让狗狗们来决定吧，这样对每个狗狗来说都比较公平。"

搜救犬们站成一排，汤圆把一大盆点心摆放在狗狗们的对面。

狗狗们闻到了点心香喷喷的气味，一个个伸直了脖子。

队员们交换了一下眼神，集体发号施令："吃！"

狗狗们一拥而上，冲向了那盆点心。可是走到点心盆面前后，狗狗却都下意识地看了看小七，减缓了步伐。

小七走上前，闻了闻，吃了一口。狗狗们在一旁看着，虽然都低着头伸着脖子，可谁都没有上前动嘴。

山神想要上前，可是看了看小七，又退了回来。小七吃了两口退了回来，

显然它的胃口并不是很好。见小七退了回来，狗狗们才一下子拥上去，争先恐后地吃起来。

"看来，搜救犬们对于首领犬的选择和我们之前讨论的结果一样，还有人有异议吗？"安心出声。

队员们都摇摇头，表示接受狗狗们的选择。

安心看向边慕："边慕，只要你和小七都接受，那我们今天就先把这件事敲定下来。"

边慕将决定权抛给小七："小七，我知道你一直想当大哥，现在机会来了，咱们接不接？"

小七对着边慕叫了两声，表示答应。

边慕点头："既然小七都答应了，那我当然没什么意见了。"

安心点头："好，那就这么定了，小七成为我们新任搜救犬队长。"

队员们鼓掌祝贺小七，狗狗们也跟着一起叫着表示支持。而一直想当新首领的小七此刻却显得没那么兴奋。边慕看着小七，心中陡生担心。

是夜，小七独自在训练场上踱步，突然看到敖力独自站在营地最高处的高台上，一种强烈的不安袭来。

小七奋不顾身地奔上令自己畏惧的高台，迅速攀爬上台阶。到了塔顶，小七一跃而起，咬住敖力的衣角把他拖离高台的边缘，眼神里写满恐惧和忧伤，嘴里发出呜咽般的哀鸣，拽着敖力死死不放。

敖力看到小七，心中十分感动，蹲下轻轻抚摸着小七的头："小七，你不用担心我，我是个军人，怎么会干这种傻事呢？来，小七，你来这里。"

敖力把小七拉到自己身边，给小七指着远处："你看，从这儿刚好能看到整个训练场，爬架、障碍区、器械组，都能看得清清楚楚。我想在这里静静地看看我和步枪曾经一起训练的地方。小七你看那儿，你还记得吗，你和步枪在那儿打了一架。那天可真是把我吓到了，你俩谁都不让谁，我使了好大的劲儿才把它拽开，结果你的耳朵还是受伤了。"

说着，敖力摸摸小七的耳朵："步枪啊，以前一直是当人哥的，我们在三连的时候就没有哪条狗敢轻易挑衅它，你倒是挺有胆子，见它发威一点儿没带怂的……"

小七认真地听着敖力的讲述，心里也在回忆着当时的画面。

出来寻找小七的边慕也闻声来到高台上，听到敖力对小七的倾诉，内心倍受触动。看着敖力和小七的背影，边慕没有上前打搅，转身默默离开。

第二天，训练结束后，周茉送饭桶回犬舍后，自己往宿舍的方向走去。

边慕上前叫住周茉："周茉，等等。"

周茉问道："怎么了？"

第7章
步枪牺牲

边慕说:"有件事我想麻烦你。"

周茉不解:"什么事?"

边慕四下看了看:"我们去医务室说吧。"

边慕带着小七,跟着周茉走向医务室。

医务室里,周茉蹲在地上抚摸着小七,边慕站在一旁,一脸愁容,小七看上去情绪并不高。

边慕解释道:"这已经是第三次了,小七平时是不会出现这种失误的。你知道的,这种级别的搜索任务对小七来说是很容易的。"

边慕找周茉的原因,是今天小七在训练时又出现了失误。

周茉猜测道:"会不会是小七心不在焉的结果呢?据我所知,步枪走后小七的情绪一直不高,也许是受这个事情影响,训练的时候注意力不集中呢?"

边慕摇头:"我的直觉告诉我不是这样。"

周茉迷惑:"那你觉得是什么问题?"

边慕也说不清楚:"我说不好,但是我感觉,小七的嗅觉似乎出了一些问题。"

周茉点头:"不管怎么样,先检查一下吧。来,小七,我们玩一个捉迷藏的游戏吧。"

周茉盖住小七的眼睛,拿出几样嗅源,在小七的周围不断试探,并让小七判断方向。小七不断晃动脑袋,却并不能做出准确的判断,眼前的一切印证了边慕的判断,周茉看着边慕,眼神中流露出担心。

边慕心情万分沉重,周茉走在边慕身旁:"如你所料,的确是嗅觉出现了问题。据我分析应该是在追踪毒贩那次任务中,由于强烈撞击之后神经中枢受到了损伤,从而产生的暂时性嗅觉失灵。"

边慕的心一下子沉了下来,这对于刚刚当上狗狗首领的小七来说,是一次巨大的危机。

小七走在边慕身旁,似乎并没有意识到事情的严重性。不知道是不是因为嗅觉失灵的关系,小七的心情和食欲空前糟糕,一连好几天都不怎么吃东西。趴在犬舍里,连动都懒得动一下,小雪急得绕着小七不停地转圈儿。可是自从步枪牺牲后,小七就很少再和小雪亲密地互动了。

担心小七的不只小雪一个,阿旺也为小七的颓废样操碎了心。阿旺以为小七是受伤未愈,来到犬舍陪小七,试图让小七心情好一些。但阿旺也没让小七振作起精神来。

因为不怎么吃东西,小七的身体越来越差,医务室里,小七躺在病床上输液,边慕在一旁急得坐立不安。

周茉安慰边慕:"先给小七输些葡萄糖,补充能量。"

边慕焦急不安："葡萄糖也治不好嗅觉失灵啊，再这样不吃不喝下去，小七的身子该垮了！"

周茉摇头："边慕，这几天我和一些动物医学的权威专家进行了沟通，我把小七的情况跟他们做了详细描述，大家和我的判断一样，一致认为小七得尽快进行手术。"

边慕并不放心："手术？怎么做手术？这嗅觉出了问题也不能换鼻子吧……"

周茉解释道："不，是开颅手术。现在只有做开颅手术，取出脑内的血块，才能让小七恢复嗅觉。"

"啊？"听到开颅手术，边慕一屁股坐到了椅子上，脸色煞白。

输液的针管里静静地滴着葡萄糖补液，边慕陷入了沉默，看到小七闭着双眼，倍受煎熬的模样，边慕更是揪心。

安心的办公室内，边慕找到安心，把小七手术的事情告诉了她。安心上前拍拍边慕的肩膀："边慕，现在的医学技术是相当先进的，你要对此有信心，更要对小七有信心。"

边慕摇头："我对自己没信心……"

安心给边慕打气："你更要对自己有信心，你是最能给小七鼓励和支持的人，现在它比任何时候都需要你！周茉是动物医学的专家，找了不少业界权威为小七会诊，这么多人一起帮助小七，小七一定会渡过难关的。我、小雪还有救援队的所有人都会陪在小七身边，给它支持和鼓励。"

小七躺在边慕脚下，一副可怜的模样。

边慕沉默了片刻，情绪平复些许："欧叶知道了吗？"

安心点头："我第一时间就通知她了，她已经在赶来救援队的路上。她毕竟是小七的主人，最终的决定还是要由她来做。"

边慕点点头，蹲下紧紧地将小七抱在怀里。

与小七的消沉不同，山神这几天在训练中一反常态地积极表现，每一次任务都高质量完成，拿了好几次第一名。

搜救犬公寓内，山神得意地跑去小七的犬舍门口叫着，向它发起挑战，撅着屁股，伏着身子，摇晃着尾巴，不断冲着小七叫，发出挑衅。

小七扭过脸去，并不理睬山神。阿旺看到山神如此嚣张也十分不爽，总是趁山神不备想要去给它使绊子添乱。饭桶见状也加入了战斗，和山神打起来。可身材矮小的饭桶哪里是山神的对手，几下就被山神按翻在地。

小雪看到饭桶受了欺负，立刻出面干涉，此刻的山神急了眼，不管来的是谁都要拼命地打，小雪被吓得连连大叫。八公也加入劝架的行列，狗狗们互不示弱，陷入一片乱战。

搜救员们及时赶到把狗狗们拉开，犬舍里犬吠声此起彼伏，乱成一团。

汤圆不解："这什么情况，刚才吃饭时还好好的，怎么突然就开始乱战了？"

敖力摇头："现在的狗群里没有首领，出现这种情况是迟早的事。"

安心皱紧眉头："没有首领的狗狗们将很难继续组队工作。"

事情不能再这样下去了，必须尽快给小七安排手术。

欧叶在第二天就赶到了救援队。

会议室里，气氛异常紧张。

安心紧张地看着板着张脸的欧叶："欧叶，对不起……"

"对不起？现在说对不起有用吗？能换回一个健康的小七吗？"欧叶冷着张脸。

阿旺本想跳到欧叶身边撒娇，不想却被情绪激动的欧叶吓了一跳，连忙跳到小七身边坐下，一脸警惕地看着大家。

安心看着欧叶："这实在是个意外，谁也没有想到……"

欧叶打断安心道："没有想到？你从一开始就很清楚救援队工作的危险性，只不过你骗了我！你只跟我说什么自动恒温的犬舍，什么训练场活动室，什么天然氧吧小树林，什么完美的硬件设施……结果呢？结果就是小七在你完美的救援队受了这么严重的伤，严重到都要做开颅手术！"

安心劝说欧叶："欧叶，你先冷静一下，你听我解释……"

欧叶摇头，一口拒绝："没有什么好解释的。我算是知道了，什么专业靠谱一百年，我看你就是专业坑闺密一百年！那么多专业救援队想请小七加入，我真是看走眼了！"

边慕不得不出声："欧叶，话不能这么说，安心对小七的好每一个人都看得到。不信的话你可以直接问小七啊，小七是不会骗人的，对吗，小七？"

小七看着大家为自己争吵，紧张地左看右看，坐立不安。

欧叶看了眼众人："够了！我不想听了！别欺负小七不会说话，我是小七的人类妈妈，不管你们对小七怎么样，现在的事实就是小七要面对开颅手术！你最好祈祷小七没有危险！"

边慕连忙劝说："冷静，冷静！你俩这么多年的朋友了……"

欧叶瞪了边慕一眼，看着安心："朋友？我可丑话说在前面，小七要有个三长两短，咱俩这朋友没得做了！"说完，欧叶便领着小七摔门离去。阿旺和小雪都看傻了。

好强的安心流下了委屈的泪，边慕站在一旁，不知该如何安慰她。

欧叶和小七坐在操场上，欧叶一手搂着小七，一手不断擦着眼泪。小七像是安慰欧叶的样子，不断地舔着她的眼泪。

安心走了过去，也坐在欧叶身边。

平静下来的欧叶恢复了往日的温柔:"我不能再让小七继续从事如此辛苦又危险的工作了,明天一早我就带着小七离开。"

安心摇头:"小七现在的情况需要立刻治疗。"

欧叶直接拒绝:"我会带它去最好的医院接受治疗的。"

安心一脸自责:"欧叶,我真的很惭愧。不管你接不接受,我都要向你道歉,对不起。如果骂我能够让你消气,你就尽情地骂我吧。是我没有保护好小七,是我的错。"

欧叶看着安心,沉默片刻道:"刚才我太激动了,对你说了那些话……对不起,可我心里实在太难受了。"

安心点头:"我理解你,你只是担心小七。"

边慕走过来,递给欧叶一个大大的信封。欧叶打开信封,看到了小七收到的各种奖章,还有被小七救过的小朋友写给小七的信。边慕说道:"欧叶,不管你做什么选择,我都会在这里等着小七回来。"

小七听了边慕的话,立刻起身跑到边慕身边,扑进边慕怀里,边慕温柔地抚摸着小七。欧叶看到眼前的一幕,明白了小七对边慕、对救援队的感情竟是如此深厚。

叹了口气,欧叶站起身来:"我尊重小七,也尊重它的选择。如果小七选择留下,我也不会再坚持。这个决定权我还是留给小七吧……"

边慕激动地搂着小七,小七也对边慕兴奋地叫着,只有安心一脸忐忑。

安心最清楚小七对欧叶的感情,欧叶是它的人类妈妈!它怎么会舍得离开欧叶呢……

小七究竟会做出什么样的选择?

两天后,动物医院里,医生经过多方会诊,为小七制订了一套手术方案。欧叶、安心和边慕都仔细地看着手术通知书。

医生看向周茉:"现在我们有这样一个考虑,医院方面希望这次手术由周茉来主刀。"

周茉惊讶出声:"什么?我?"

医生点头:"是的。周医生本来就是这方面的专家,在国外留学和工作期间也接触过很多例这样的手术,而且周医生本人最熟悉小七的身体状况,这次手术由她来主刀,最合适不过了。"

周茉怔了一下:"我……我……这个手术……我做不了。两周前,步枪刚刚在我的手术台上闭眼,从那天起我就没有一天睡踏实过。我一闭眼,眼前就是步枪,就是那天抢救室里的样子……"

周茉低下头,安心劝说道:"周茉,那不是你的错,步枪的伤势太重了,不能怪你……"

周茉摇头:"但是我自己心里的坎儿过不去!"

医生的话很有道理,周茉最了解小七的身体情况,在这方面又有过很多手术经验,只有她最合适。

边慕也劝说道:"可是周茉,除了你,我们不放心把小七交给任何人……"

安心点头:"是啊!周茉,我们只信任你!"

周茉起身摇头:"我真的做不了。对不起。"说完,周茉转身跑出了医院会议室。

剩下的人在会议室里面面相觑,不知如何是好。边慕更是心急如焚,安心看到边慕那副样子更加替边慕难过。

救援队基地里,敖力到医务室找到周茉,这是步枪牺牲后他们的第一次对话。敖力敲了敲门,周茉抬头看到是他,脸上掠过几分不自然的神色。

"我能进去吗?"敖力问道。

周茉点了点头,敖力走进医务室。

"坐吧。"周茉出声。

敖力没有坐下,而是站到了周茉身边:"听说最近你都没休息好。"

周茉不回答,摆弄着手中的圆珠笔。

敖力摇头:"我也是,自从步枪走了后,我的睡眠也丢了。睡不着的时候,我就会想起那天的事。我反复琢磨当时发生的每一个细节,在想,倘若在这个点上我这么做了,那是不是步枪就不会走?或者如果我那么做了,步枪现在也许还在养伤呢……"

周茉的眼泪不断地滴下来,她还在摆弄着手中的圆珠笔。

敖力看着周茉:"你说得对,是我没有保护好步枪,是我的错。周茉,你已经尽力了。那天的抢救,你是多么努力地想要留住步枪,每一个人都看在眼里。"

周茉痛苦地摇头:"可我还是没能留住它。"

敖力脸上满是悲伤:"有些事情不是我们能够决定的,那天能站在抢救室里,能坚持到最后一刻,你已经做到极致了。"

周茉扔掉圆珠笔,趴在桌上哭了起来。敖力语气低沉地说:"我想跟你说的是,希望你能理解步枪,理解它的选择。一年前你离开的时候我说过同样的话。该怎么活着,什么才是真正的快乐,我希望能由步枪自己来选择。那天面对危险,宁愿牺牲自己去救小七,这同样是步枪的选择。一开始我也无法接受,可是后来我想通了。作为步枪的朋友和亲人,我们应该尊重和理解它的选择,这才不枉费它对我们的信任。"

周茉摇着头:"敖力,我再也没法承受任何打击了……"

敖力抓着周茉的肩膀:"现在是最需要你的时候,你一定要坚强。救援队

员和狗狗们需要你的保护,安心需要你的理解和支持,小七更是需要你来完成手术,才能留在救援队继续实现自己的梦想。你要知道,那是步枪舍弃自己的生命才救下来的小七,你又怎么能放弃?"

周茉沉默了好一会儿,这才站起来擦干眼泪,点了点头。

手术,在市里的一家大型动物医院里进行,小七正在进行一项项术前检查。

脑部 CT、血常规、尿常规、心电图、胸腹透视及肝功能检查,小七一一顺利通过。

周茉仔细看着手中的一张张化验单,做着最后的检查。

玻璃窗外,欧叶、安心焦急地关注着手术室里的情况,安心安慰着欧叶:"欧叶,放心吧,有边慕陪着小七。"

欧叶摇头:"我……要不我还是进去吧……"

安心拉着欧叶:"我理解你的心情,但是医生特意交代了让你回避。一方面是怕你进去情绪太激动,另一方面也担心影响小七的状态,给手术增加风险。"

欧叶为难地叹了口气:"安心,小七不会怪我吧?"

小七躺在病床上,被推进了手术室……

护士为小七做着术前准备工作。边慕站在小七旁边,穿着陪护的无菌外衣,戴着无菌帽。

小七躺在手术台上,十分紧张和害怕,不断地想要爬起来逃出这个满是药水味的地方,边慕看出了小七的紧张,蹲下来,抓着小七的前爪,安抚着小七情绪。

"小七,他们把我包成粽子了,你还能认出我吗?"

小七对着边慕轻轻叫了两声,表示能认出他。

边慕高兴地说:"这都能认出来?看来还是我太帅了,这么难看的衣服都没能遮挡住我的魅力,是不是啊小七?"

小七被边慕一如既往的"自恋"搞得有些无奈,躺平了身子。护士虽然知道边慕是在安抚小七转移它的注意力,可还是忍不住回头看了看边慕。

边慕低声对小七说道:"看,护士姐姐都迷恋上我了……"

看到熟悉的边慕,小七露出了放松的表情,边慕心中也终于松了一口气。

边慕轻轻抚摸着小七的前爪:"哎呀,小七,你的指甲怎么这么长了?这爪垫也磨得这么粗糙……唉,是可不对,只顾着自己帅,忽略了你。你放心小七,等出院了我立刻带你去做美甲,给你来个光疗指甲,再给你这爪子好好去去死皮……"

第8章

小七手术

手术室的门开了,周茉走了进来,护士上前帮她套上手术服。

平日里活蹦乱跳的小七这时非常紧张害怕,眼神中透着恐惧,眼睛一直盯着边慕,生怕他离开。

边慕摇头:"别紧张,小七,没事儿,有我呢,我一直在这儿陪着你。"

周茉安慰道:"小七,放松点儿,闭上眼睛美美地睡上一觉,醒来就什么都好啦。"

护士给小七的前臂上埋了针,麻醉剂一点点地滴了进去。

边慕还蹲在原地,继续安慰鼓励小七:"小七,你还记得咱俩第一次见面的情形吗?在鲍宇的小木屋里,你把我逼到墙角,对着我使劲儿地叫,那大嗓门,可真把我吓到了……到了救援队,咱俩训练怎么都配合不到一起,我让你往左你非奔右边去,让你趴下你偏给我坐得直直的,那会儿咱俩可真没少被其他人笑话……考核那段时间真的是生不如死啊,你还记得吗小七,你天天拉着我上训练场练往返跑,汤圆那小子说'平时你遛小七,这会儿改小七遛你了!'真是气死我了。其实和你在一起的大多数时光都是开心快乐的,直到森林救援那次,我才真正意识到这份工作的危险。自打那次之后,你越是表现得勇敢,我越是担心你的安危。雪崩的时候咱俩也算是共赴生死,一起经历了重生,所以咱俩之间可是过命的交情。这交情,说短了,起码也是一辈子。小七,你说对吗?"

边慕细数着往事的一幕幕,小七渐渐平静下来,那些画面也在小七眼前一一再现,小七眼中仿佛也闪出了泪光,视线渐渐变得模糊……

手术室外的欧叶通过监视器的镜头看到了边慕和小七的互动,从各种细节里感受到了小七对边慕有着不同寻常的感情。

安心默默看着,知道此时此刻最紧张的人,除了欧叶就是边慕了,边慕是真的把小七当作自己的孩子一样在爱护,别看平时无所谓的样子,其实他的内心才是最敏感、最细腻、最柔软的……

安心上前把手搭在欧叶的肩膀上,轻轻地拍了拍她。

欧叶看着安心,微微笑了一下。两人用目光相互鼓励着彼此,一起为小七祈祷。

麻药起效后,手术开始。一切都有条不紊地进行着,穿颅、降压、排血,周茉专注地操作着。

突然，监护仪开始报警，护士道："血压掉得很快。"
周茉说："加压静滴！"
护士不断给输液的袋子加压，周茉看着眼前的一幕，仿佛回到了抢救步枪的那一刻……
手术室外，欧叶、安心坐在等候区的座位上，牵挂着手术室里的小七。
狗狗们有秩序地坐成一排，安静地望着手术室的方向。
边慕在一旁急得来回踱步。其他队员都远远地坐着，一起等待着小七。
边慕走到安心身边，沉沉地坐下。安心不知道该说什么安慰边慕和欧叶，一手握住了边慕的手，另一只手拉着欧叶。谁也没有说话，三个人紧紧拉着手，心也被系在了一起。
手术室里，监护仪还在发出报警提示音。护士们看着周茉，有些不知所措。
周茉自言自语着："冷静，冷静，不要慌！一定不要慌！"
欧叶突然冲进了手术室，边慕紧随其后。
"小七，你要挺住，你要加油啊小七！小七你听得到吗？我是欧叶！"
边慕拉着欧叶："欧叶你冷静一下，周茉正在想办法，我们就别添乱了好吗？"
欧叶根本不听劝说："小七，小七你听到了吗？一定要坚持住，一定要坚持住！我等着你！"
护士阻止道："请您尽快出去，不要影响手术！"
"抱歉抱歉。"边慕抱住欧叶，把她向手术室外拖去。
欧叶不死心地向周茉喊道："周茉，我拜托你周茉，一定要救活小七！一定要救活小七！"
边慕把欧叶抱了出去，手术室的门关上了。
周茉站在原地，脑海中一片混乱。
"现在是最需要你的时候，你一定要坚强。救援队员和狗狗们需要你的保护，安心需要你的理解和支持，小七更是需要你来完成手术，才能留在救援队继续实现自己的梦想。你要知道，那可是步枪舍弃了自己的生命才救下来的小七，你又怎么能放弃？"
周茉想到敖力对自己说的话，想到他坚定的目光，立刻有了勇气。
她调整呼吸，擦了擦滴到眼眶里的汗珠，强迫自己冷静地处理着眼下的状况。
周茉说："继续加压补液，扩充血容量！"
护士按照周茉的指示快速处理起来，不一会儿小七的血压开始恢复正常，心率也缓了下来。
周茉长长地舒了一口气，手术继续进行，很快，小七的手术再次亮起红灯。

护士:"周医生,血压又掉下来了,还继续加压吗?"

周茉:"手术时间太长了,现在恐怕需要输血。"

护士:"我去核血。"

周茉摇头:"小七的血型是一种罕见类型,医院储备的血浆都无法和它匹配,我们必须在短时间内找到和小七血型匹配的犬来献血,否则……"

周茉看了看小七,再次紧张起来,队员们都在焦急等待着小七的消息。这时,一个长发飘飘的美女推开走廊尽头的门,向着安心走来。

她怀里跳出一条小拉布拉多,飞快地跑向手术室的方向。这个美女正是宠物医院的院长丁涵。

跑在她前面的呆萌可爱的小拉布拉多轻盈欢快的步伐瞬间踏破了紧张凝重的氛围,狗狗们一下子都兴奋起来,好奇地看着这条小拉布拉多犬。像是有一种神奇的力量指引似的,小拉布拉多犬一下扑进了边慕怀里。

欧叶:"丁涵!"

丁涵快步上前,拥抱了欧叶。

"谢谢你能来!"欧叶一脸激动地介绍着,"这位是'完美世界'宠物乐园的园长丁涵。这位是'完美世界'救援队的队长,安心。"

两人握手,丁涵歉意地道:"抱歉,航班延误了,要不然还能在进手术室之前看看小七。"

在一旁,小拉布拉多犬几乎把边慕扑倒了,边慕怎么躲闪都逃不开它的热情。

丁涵微笑道:"我来介绍一下吧,这位热情的小家伙叫小小七。"

边慕一怔:"小小七?它不会是……"

丁涵点头:"没错,它就是小七的儿子。"

小小七躺在手术台上,医生做着输血的准备工作。

小小七对这陌生的环境显得有些好奇,针管扎入小小七的前腿,鲜红的血液从注射器的导管里流过。在小七的前腿上,同样的导管里鲜血正缓缓地注射进小七的身体。

小七父子俩的爪子搭在手术台上,一大一小,那画面让在场的每个人都为之动容。

血脉的传承,在这里完成了一次神奇的回应。

经过几个小时的焦灼等待,手术室的门终于打开了。

众人拥上去问道:"小七怎么样了?手术成功吗?"

周茉点头:"手术很成功,小七已经被送到观察室了。"

众人鼓掌欢呼,狗狗们也都兴奋地叫了起来。

这次多亏了小小七,要不是小小七来为小七献血,小七真的很难过这一关。

也幸好在准备手术之前,欧叶就已经按手术要求通知丁涵送小小七过来,要不然也来不及。

话音未落,小小七就跑了出来,冲着欧叶手里的塑料袋扑了上去。护士从后面追了出来:"哎,回来,回来!"

周茉看着护士:"这是怎么回事?"

护士一脸尴尬:"小小七根本躺不住,几次都把输液的针管挣脱了。这不,我刚给拔了输液的针管,扭头跟人说了句话,一回头它就不见了。"

汤圆看着小小七:"小小七这身体可真够结实的,完全看不出是刚刚献完血啊!"

小小七生龙活虎的样子的确看不出是刚刚献完血的,它好奇地把脑袋扎进塑料袋里,在美食的"海洋"里畅游。

欧叶拉着小小七:"小小七,别着急,这些都是给你的'补品'。你是想先吃牛肉条,还是先来杯酸奶呢?"

小小七叼出一包牛肉条,冲着欧叶摇尾巴。欧叶打开包装,小小七扑上去大口大口地吃了起来,吃了一会儿又把酸奶叼出来让欧叶给它打开。

边慕笑道:"原来口味也会遗传啊,跟它爹爱吃的东西一模一样!小小七啊,刚才我还纳闷小七什么时候有了个儿子……看到你这吃货嘴脸,我的怀疑已经完全消除了。"

紧绷了许久的众人这才露出轻松的笑容。

小小七抬头左右看看大家,继续大口地吃了起来。丁涵看到一旁其他狗狗眼馋的样子,拿出塑料袋里的零食给大家分食:"来吧,狗狗们,一起来庆祝小七手术成功吧。"

狗狗们开心地跑了上前,围着丁涵要吃的。

队员们都为狗狗们的吃货模样感到有些不好意思,欧叶看看安心,两人相视而笑。

半小时后,动物医院病房内。欧叶一脸凝重地看着丁涵:"所以你决定了吗?让小小七也去救援队?"

丁涵点头:"它现在的月龄是训练的最佳时期,之前也有几家救援队找到我,但是我想,既然是参加救援队,那还是跟小七一起最好不过了。"

安心非常兴奋:"我们全体队员随时欢迎小小七的加入。"

队员们点头:"是的是的,欢迎小小七!"

敖力也很欣喜:"小小七的身体素质非常好,是非常优秀的搜救犬苗子。"

丁涵点头:"我带小小七回去做一些检查,在确认它身体各项指标都没有问题之后,就把它送到小七身边。"

安心看着小小七:"那我们就和小七一起在家等着你了。"

小小七对着安心叫了两声，安心听懂了小小七的话："放心吧，我们那儿好吃的可多呢，等去了你就知道啦。"

丁涵笑着看小小七，眼神中流露出一丝不舍。

临走前丁涵带着小小七去看望了还在沉睡中的小七。小小七上前好奇地打量小七，从头到脚仔细地把小七看了个遍。

丁涵亲吻小七的额头，小小七看到也学着她的样子亲了亲小七的脸。

小七安全了，边慕总算放松心情，长长地舒了一口气，主动抱起安心转了几圈，小雪也兴奋地跟着又跳又叫。

安心被他的举动吓了一跳。不过她瞬间就明白了，这个爱面子的大男孩此刻心里是如此激动。

敖力主动走到周茉身边："你辛苦了。谢谢你。"说着，敖力轻轻地抱了抱周茉，拍了拍她的肩膀，周茉泪流满面。

手术的成功让所有队员和狗狗都欢欣鼓舞。汤圆给大家准备了丰盛的饭菜，伊靓帮忙往餐厅端时，边慕跑过来捏了一块肉塞进嘴里，伊靓急得直跺脚："边慕！你是狗鼻子吗？每端出来一个菜你就出来打劫！"

边慕指着汤圆："汤圆做菜的时候指不定偷吃了多少呢！"

然后他做出一副"你奈我何"的表情，得意地跑开。

周茉给狗狗们烘焙了狗爪子样的点心，端着大大的盘子，走向训练场。边慕不知道从哪儿跑了出来，从周茉手中的盘子里捏了一块狗饼干扔进嘴里。

周茉瞪着边慕："边慕，你！"

队员们在一旁哈哈大笑，边慕仿佛更得意了。

狗狗们也像是放松了多日来紧张的心情，兴奋地在训练场上跑来跑去，互相追逐玩闹，就连平日高冷的阿旺也开心地上蹿下跳。

看到大家对小七的那份在意和真情，欧叶对带走小七的想法产生了动摇。

欧叶来到医务室，小七正在里面休息。欧叶蹲在小七身边，给小七盖上它最喜欢的小毯子，是小七出生时的那条毛毯。

欧叶看着小七："小七，我本来想带着你一起走的，可这几天我看到了队员们之间深厚的感情，看到了狗狗们的和谐相处，更重要的是看到了大家对你的爱，我明白你为什么喜欢这里了。我甚至有些羡慕你，有这么一大群朋友，你一定会特别幸福的，对吗小七？"

小七安静地睡着，欧叶抹去眼角的泪水，悄悄地离去。她并没向安心告辞，而是给安心发了一条微信："安心，我走了。我不希望小七因为我而为难。我爱小七，和你们一样爱它，所以就尊重小七的意愿，让它继续留在救援队吧。"

安心看着这条微信，眼睛湿润了。

小七醒来后，发现了身上的毯子，闻到空气里有它熟悉的气味，一下子就

明白欧叶曾经来过。

为了和欧叶相见,小七趁队员们不注意,偷偷溜出了救援队基地。虽然嗅觉还没有完全恢复,身体也还很虚弱,但凭着超强的记忆力和对人类妈妈的深切思念,小七一路追随欧叶的气味,向着欧叶离开的方向追去。

鹦鹉豆豆看着小七离开,一直追着它飞了出去:"小七别走,小七别走!"

豆豆追了一阵,看到小七丝毫没有回来的意思,只得自己飞回了基地。

回到医务室的周茉发现小七不在医务室内,很是诧异,来到边慕的宿舍,对他说:"边慕,跟你叮嘱多少次了,这是特殊时期,不要影响小七休息……"

正在睡觉的边慕爬起来,一头雾水地看着周茉。

周茉看到边慕,脸色一变:"小七不见了!"

边慕、安心、敖力、周茉在救援队基地里到处呼喊着小七的名字寻找它,却始终不见小七的踪迹。

边慕一脸担心:"小七身体这么弱,能跑哪儿去啊?不行,我得出去找,圆川,车钥匙给我!"

安心连忙道:"先别着急,这么漫无目的地找不是办法,我猜测小七应该是去找欧叶了。我先联系欧叶,大家分成三组,开车沿路找!"

队员们开始分头行动,救援队的三辆车全部出动去寻找小七,安心拨通了欧叶的号码。

听说小七不见了,欧叶立即返回救援队。就在欧叶返回救援队的途中,和前来寻找她的小七相遇了。一人一狗站立片刻,一下子狂奔向彼此……

小七太想念欧叶了!欧叶也太想小七了!她强忍住不让自己哭出来,可眼泪还是不争气地落下。

"小七,你怎么能跑出来呢,外面多危险啊,你又刚做完手术,你可太不让我省心了……"

小七像个乖宝宝一样偎依在欧叶怀里。欧叶刚想好好抱抱小七,小七却挣脱了欧叶的怀抱,拽着欧叶往救援队的方向走,欧叶道:"小七,你这是要带我去哪儿呢?"

小七拽着欧叶不放,一直往救援队的方向走着。

欧叶问道:"小七,是要回救援队吗?你还是想回去,想继续完成自己的梦想,对吗?"

小七对着欧叶大叫。欧叶明白,尽管她是亲人,但救援队已经成了小七的家。

欧叶点头:"我明白了,走吧,小七,我送你回家。"

欧叶牵着小七,朝着救援队的方向走去,将它平安送回救援队。

欧叶走后,或许是出于对"妈妈"的那份思念,小七时常会出现情绪异常和有暴力倾向的情况。它打翻了饭盆和水盆,并且对路过自己犬舍的狗狗们都发出不友好的叫声。

边慕只好安排它独自待在房间里疗养，小雪来到小七的犬舍，想要和小七亲近，可小七似乎还没有从低沉的情绪中走出，对小雪不冷不热。小雪对着小七轻轻地叫了两声，小七却不看它。

无数次被冷落之后，小雪有些伤心了。它跑回自己的犬舍，躲在犬舍里发出伤心的叫声。

阿旺对这对小情侣的感情波折也插不上话，只能在一旁默默看着。阿旺来到小雪身边，对着小雪叫着安抚它，小雪看到一向对自己不理不睬的阿旺来安慰自己，心里十分感动。

小七的情绪一直很低沉，这天，汤圆跑到边慕的宿舍。

"边慕，你看到了吗？网上……"

"什么？"边慕不解。

汤圆打开边慕的电脑，点开一个视频网站。

"微博都炸锅了，'神犬小七四处惹祸'上了微博热搜榜，把明星离婚的话题都挤下去了……"

原来，一条疑似小七的狗狗在超市里大肆撒野，偷吃乱咬，在马戏团朝小朋友狂吠，使小朋友受惊。

这些视频和照片一下子在网上炸开了，关于小七的负面评论很多，连带着救援队的声誉都一落千丈。

边慕皱眉："这到底什么情况……"

"不会真是小七吧？"汤圆一脸担心。

边慕看着视频，突然一巴掌拍在汤圆的后脑勺上："你脑子是不是被门挤了？你看这狗的尾巴！"

汤圆仔细看着视频的画面："这该不会是……假小七吧？"

那条狗狗，肯定是之前边慕准备用来替换小七，后来又拿去骗自己父亲的假小七。

这样下去肯定不行，不仅小七的声誉会受影响，救援队的声誉也会受影响。

边慕和汤圆一阵商量，立即出发来到马戏团，找到假小七拍摄视频。

边慕和汤圆两人热火朝天地忙碌着，假小七除了尾巴的毛色之外，其他地方都长得和小七十分相似。

镜头前的边慕格外认真，对假小七进行了仔细的说明。

边慕和汤圆把视频拿回救援队后，找伊靓帮忙剪辑制作。

伊靓在电脑上熟练地操作着，很快就编辑好了视频。

边慕催促着："好了好了，快点发布吧。"

伊靓皱眉："还需要一个标题。"

边幕不耐烦："就叫真假小七辨别指南吧。"

伊靓撇嘴："真土。"

不过，还是没在标题的问题上多纠结，伊靓按下"发布"键，很快，视频的点击率直线上升。

伊靓帮助边幕把视频发布在网上，并让粉丝帮助转发宣传，很快"真假小七"的话题就又成了微博热搜榜的首位。

马戏团内，知道真相的边幕爸爸狠狠摔下了手中的报纸："你个浑小子！哪有这样坑自己老爹的！"

边幕苦着张脸："爸，说话得讲道理，怎么是我坑您呢，这分明是您坑我啊！小七差点替它背了黑锅！"

老边瞪着边幕："小七小七，你还好意思跟我提小七！我问你，之前你是怎么答应我的？啊？结果呢？结果你就拿个假货来糊弄你亲爹？你成心想气死我是吧？！"老边说着便伸手摸着自己心脏的位置。

边幕气呼呼地道："那这不也没耽误您开门做生意吗？假小七来了之后，马戏团的生意不是一下有了起色吗？"

"你个浑小子，还敢跟你爹狡辩！真是反了你了！"老边气得指着边幕道，"我告诉你，我要和你断绝父子关系！"

"这倒霉家伙给我们小七带来的负面影响我还没跟它算账呢！"边幕指着假小七，"如果咱俩的父子关系要拿神犬小七的一世英名来换，这关系您要断就断吧。"

"少说两句，你少说两句……"汤圆连忙出声，"我求你了大哥，服个软吧，别把你老爸气坏了。"

老边瞪着边幕："我养你这么大，你吃我的喝我的，反过来就这么对我？！"

边幕不服气："爸，我早就跟您说过了，不用给我钱了，我自己挣的钱够自己花了。我队里还有训练，先走了。"

老边气得不行："你滚，我没有你这样的混账儿子！滚！"

"行，那我走了。"边幕走到门口又回过头来，"哦对了，您可把那假小七看好了，别再给小七惹祸了。"

汤圆本还想解释，想了想还是追了出去。

两人回到救援队已经天黑了，边幕坐在小七的宿舍门前，看着熟睡的小七发呆。

安心走过来道："还不睡？"

边幕扭头一看是安心，摇头道："不困，想在这儿陪陪小七。"

安心在边幕身边坐下。

边幕看着小七："好想念那个活力四射的小七……"

这些天，小七一直很低沉，边慕非常担心。

安心安慰道："边慕，你心态要放宽一些，小七就算身体底子再好，恢复也是需要时间的。"

边慕摇头："主要是它现在的状态，实在是不利于身体恢复……"

小七睡得沉沉的，边慕再度陷入忧郁的情绪里。

安心突然出声："我看到假小七的视频了。"

边慕愣了一下："哦，我不想让别的狗坏了我们家小七的一世英名。"

安心看着边慕："那条假小七……"

边慕苦着脸道："我当初就是想拿它狸猫换太子的。"

安心瞪着边慕："哟，坦白得够直接呀。"

边慕点头："嗯。我自己做过的错事当然要直接坦白。男人嘛，做了就得承认！"

安心放心不少："嗯，边慕同学，自从认识你之后，我觉得你进步很大，成长很快，魅力值的确有所提升。"

边慕一脸得意地起身："哟，还有你更加想不到的呢！"

安心满眼爱意地看着月色下边慕英俊的侧脸。边慕见安心这样看着自己，更加得意起来："别盯着我四十五度角的完美侧颜发呆了，回去睡觉吧。"说着，边慕拉起安心。两人相视一笑，一起离开。

第二天一大早，小七甜美的睡梦中梦见了一条和自己长得一样的小家伙来"骚扰"自己，它热情地亲吻自己，口水滴在自己的脸上，小七气得就要爬起来"教训它"……

等睁开眼后，小七怔了怔，发现这竟然不是个梦！

小小七正站在它面前，口水湿了小七一脸。小七仔细观察着这条和自己长得一模一样的小狗。小七上前闻了闻小小七，陌生却又熟悉的气味迅速将它的记忆唤了回来……

还没等小七从记忆中回过神来，小小七便拽着小七的腿让它陪自己玩。

它时而冲着小七大叫，时而匍匐做出要扑小七的样子，活力四射的样子一下让沉寂已久的犬舍热闹起来。

边慕端着小七的早餐来到犬舍门前："小七，吃饭喽！"

话音还没落，小小七便一个箭步飞过去，扑得边慕一个趔趄，狗粮撒了一地。

边慕一怔："我去，这什么情况？你……你是小七的儿子吧？"

小小七趴在狗粮堆里开心地吃着狗粮。

边慕一笑，指着小七："哈，臭小子够生猛的！和你吃饭的样子一模一样，一个德行！小七，你可得替我做主啊……刚才你也都看到了，你儿子就这么欺负我啊……"

小七看着这个小家伙,终于确认了这就是自己的儿子——小小七,对着小小七兴奋地叫着,小小七回头看看它,继续吃了起来。

边慕在一旁看着小七父子俩,脸上露出羡慕的神色。小七冲上前和小小七亲密地玩耍起来。小小七这个精力无限的小家伙看到小七的热烈回应,更是兴奋得不得了,甩开腿在训练场上狂奔,让小七追自己,父子俩在训练场上竞相追逐,十分快活。

队员们看到小七恢复了往日的活力,都在一旁议论纷纷,为小七感到高兴。

边慕也心情不错:"安心,你说对了,我果然看到希望了。"

安心对着边慕笑笑,边慕兴奋地拥抱了安心。

小小七的到来给救援队带来了新的活力和生机,仿佛每个人、每条狗狗都复苏了,过去这段时间里,步枪牺牲的阴霾一直笼罩着救援队,而此时此刻,大家的脸上总算看不到那种压抑……

小雪看到小七又恢复往日的活力,开心地跑上前想跟小七打招呼。可是此刻的小七眼中只有小小七,俩狗在地上翻来滚去,小雪完全融不进去。

小雪站在一旁看着它们,过了一会儿,伤心地跑开了,安心皱眉:"唉,瞧瞧,我们家小雪似乎被小七冷落了,它一定很难过……"

晚上,小雪再次来到小七的犬舍。看到小七和小小七父子俩在犬舍里依偎在一起甜甜地睡着了,小雪落寞地独自离开。

第二天,救援队迎来了客人,诺诺带着自己的好朋友奇奇和迪迪以及他们的妈妈们来到救援队。

奇奇道:"诺诺,原来你真不是吹牛啊?"

诺诺一脸得意地说:"那当然了,我诺诺什么时候吹过牛啊。"

迪迪好奇地问道:"搜救犬都在哪里呢?我怎么一条都没看到啊?"

他们正说着,队员们带着狗狗走了出来。

队员们带着各自的狗狗,潇洒帅气地走向诺诺一行人。风吹起他们的头发,他们显得更加有型了。

迪迪、奇奇两眼直冒星星:"酷毙了!"

迪迪妈妈上前和安心握手。

安心:"欢迎你们。"

迪迪妈妈:"实在不好意思,真是给你们添麻烦了。迪迪知道诺诺家的饭桶也是救援队成员之后,死活缠着诺诺带他来救援队以见世面。"

奇奇妈妈也说道:"可不嘛,我本来还说假期送孩子出国参加夏令营,可这孩子说什么也不肯去,一心一意要来救援队,要见神犬小七和救援队的英雄狗狗。"

安心微笑道:"我们这里平时训练挺苦的,来些小朋友也能给我们这儿增添点儿活力。"

这次,诺诺、奇奇和迪迪是来救援队暂住的,几个孩子的家长,都有意送孩子在这里独自待几天。

迪迪和奇奇妈妈依依不舍地离去,送走了家长后,孩子们抑制不住内心的兴奋,跑向了狗狗们。安心和队员们带领孩子们参观救援队时,诺诺作为"名誉队员",向小朋友们做着介绍:"这是救援队的训练场,平时队员和狗狗们的训练都在这里进行。不是每条狗狗进来都能成为合格的搜救犬的,要通过严格的训练和考试才行,不合格的狗狗会被淘汰掉。"

诺诺又带迪迪和奇奇走向会议室,说:"这边是会议室,每次出任务回来,都要在这里作总结。"

迪迪指着队员宿舍:"这里是宿舍吗?"

诺诺点头:"对,这里是队员们的宿舍,一层是男生住的,二层是女生住的。"

奇奇不解:"为什么女生住二层呀?还要爬楼梯。"

诺诺解释道:"当然是女生住二层啦,这样对女生来说才比较方便呀。你想想看,去商场里面,都是男洗手间靠外,女洗手间在里面嘛。"

安心笑道:"诺诺,你怎么懂这么多啊?可真没看出来……"

诺诺得意地笑笑,一副小大人的模样:"走吧,带你们去犬舍看看!"

迪迪和奇奇跟着诺诺跑向犬舍,安心跟在后面。队员们正带着狗狗进行日常训练,小朋友们在一旁欣赏。看着狗狗们潇洒地展开各项技能训练,小朋友们不时发出热烈的掌声。还在休养中的小七虽没有参加训练,但是也来到了训练场和小粉丝们见面。

"小七!"诺诺大叫着奔向小七。

迪迪和奇奇也大喊着小七的名字冲了过去。

小朋友们见到小七激动得直跳,纷纷上前和小七亲密互动并合影。小小七也不甘落后,挤在小朋友和小七之间张着大嘴要求一起合影。

诺诺看着小小七:"你是小小七吗?太萌了!"

小小七跑到诺诺身边,和诺诺亲密地玩耍起来。

边慕看到小七满脸的喜悦,心中为它高兴。而小雪又被小七父子俩形影不离的亲密劲儿挫伤了"玻璃心",伤心地走开。

晚上,汤圆做了一桌大餐欢迎小朋友们的到来。

"开饭啦,开饭啦。"

"现在伙食这么好啦?我都不想走了。"诺诺说着就要上手去抓菜,被周茉制止:"诺诺,你是不是忘了什么事儿啊?"

诺诺收回手:"啊?没有呀。"

奇奇出声:"诺诺,你还没洗手呢。"

诺诺吐吐舌头,跑去洗手,等回来后入座,三个小朋友看着一桌子饭菜,兴奋极了。众人一边说笑一边吃了起来。

饭后,队员带小朋友们来到训练场,小朋友们忙把事先准备好的狗狗零食和玩具都拿出来和狗狗们分享,奇奇看着手中的一大包礼物犯了难:"我们给狗狗们准备了礼物,却不知道该怎么分给大家。"

"是啊,这么多东西,该怎么分呢?"迪迪也犯愁了。

诺诺出着主意:"不然就随便发吧,这些礼物狗狗们都会喜欢的。"

安心微笑道:"我有一个建议,既然是送给狗狗们的礼物,为什么不让狗狗们自己选择呢?"

几个孩子立即同意:"对,让狗狗们自己选吧!"

各种各样的新鲜玩意儿堆了一地,狗狗们简直看花了眼。小七选了自己最爱的鸡肉肠和一个骨头形状的小枕头;小雪挑了一个粉色的球和一条粉色的小裙子;八公选了牛肉干和能发出奇妙乐曲声的橡胶玩具;山神转来转去,最后捡了最大个儿的飞盘和一包饼干;卡卡、球球和浩克分别选了蔬菜棒、橡胶拖鞋、玩具和一块小毯子;饭桶干脆一下子跳进了零食堆里,不由分说地吃起来;小小七也赶忙扑进了零食堆,更加疯狂地吃起来,和饭桶PK谁才是真正的"食神"。

小朋友们看到眼前的一幕,笑得前仰后合。

三个孩子的到来,让救援队多了些活力,而小小七的到来,也让小七从消沉中渐渐走了出来。

时间一晃,到了小七最后一次复查的时间。

近日来备受小七冷落的小雪心情十分低落,小雪想小七去复查能够陪伴它,给它加油鼓劲,一大早就来到了小七的犬舍门前,没想到却看到小七父子俩跟着边慕和周茉欢欢喜喜一同上车出行的画面。

小雪伤心极了,感觉自从小小七出现后,自己就受到了小七的冷落。小雪伤心地往犬舍走去,迎面遇上了诺诺,诺诺看着小雪说:"小雪,你怎么看着这么不开心呀?是不是有人欺负你啦?"

小雪想要走开,诺诺牵住小雪,轻轻抚摸着她的头:"别不开心了,我带你去个好地方。"

小雪还是想要回犬舍,诺诺劝说着小雪:"走吧,那儿特别好玩。到了那儿你什么烦心事儿就都忘光啦!"

小雪想了想,便跟着诺诺一起离开了。

救援队里，安心发现诺诺和迪迪不在宿舍，以为他们去了伊靓的宿舍找奇奇玩，便去伊靓的宿舍叫小朋友们吃饭。

安心来到伊靓的宿舍门前，伊靓问道："安心？你怎么来了？"

安心见只有伊靓一人，不解地问道："诺诺没在你这儿吗？"

伊靓摇头："没有啊，一早诺诺就和迪迪来我的宿舍，把奇奇叫走了。我以为他们是要去找你玩……"

安心皱眉："你说的是几点的事儿？"

伊靓回忆了一下："大概……八点？"

安心看了看表，面色微变地说："都快一个小时了，赶紧找吧。"

伊靓立即跟着安心在救援队四下寻找，但到处都没有找到孩子们的身影。安心有些着急起来："你赶紧去叫队员们集合，我先带着小雪在附近看看。"

安心连忙跑到犬舍，可是到了小雪的犬舍前，发现小雪也不见了！

"小雪！小雪！"

没有小雪的回应。

众人经过检查，小雪和饭桶两条狗狗失踪。

敖力也赶了过来："除了三个孩子之外，小雪和饭桶也不见了，而且没有戴脚环，无法追踪定位。"

伊靓一脸焦急："我们还是先报警吧。"

敖力皱眉："公安机关受理失踪案的时间是 24 小时，而且得有足够的证据证明失踪涉及刑事案件才能立案侦查，我认为现在还是应该由我们队员带着搜救犬着重在周边区域寻找，效率恐怕更高。安心，你说呢？"

安心也皱紧眉头："我总觉得事情有些不对劲。凭我对小雪的了解，它是绝对不会自行外出的，就算是贪玩跑出去了，也一定会按时回来。而饭桶胆子小，更不可能自己乱跑。"

伊靓明白过来："也就是说，是诺诺他们带走了小雪和饭桶。"

安心点头，看向基地外边："可是孩子们带着狗能去哪儿呢？"

敖力也有些焦急："我们就别在这儿分析了，抓紧时间分头去找吧！"

安心想了想道："我带队员们去找吧，你留在基地等着边慕和小七他们。"

敖力皱眉："你们能行吗？"

安心点头："有更重要的事需要你做，赶紧通知奇奇和迪迪的家长，把情况跟他们说一下。"

敖力知道没有步枪在，自己去了也没什么用，面色忧郁地深深吐了一口气。

救援队附近，很多地方都留下了孩子们的踪迹。安心、伊靓几人带着狗狗仔细搜寻，但找到的气味踪迹都是断点，根本无法形成有效的轨迹推理，狗狗们没办法做判断。队员们带着搜救犬仔细查找着线索，这时伊靓的手机收到一

条新闻推送。

伊靓拿出手机看了一眼，突然间变得紧张起来，对安心说："安心你看。"

安心无奈地瞥了一眼，看了手机上的文字，脸色一下子变得难看极了。

汤圆走了上来："怎么停下了？刚刚八公又发现一处线索，现在气味踪迹主要集中在北边，我们继续往北边走，看看那边能不能有新的发现……"

伊靓将手机递给汤圆，汤圆凑上来看着伊靓的手机，念着上面的文字："据悉，一儿童拐卖团伙已确认来到本市，请市民和家长看管好自己的小孩……"

事情可能比他们预想的还要糟糕，汤圆立即拨通了110。

救援队迅速展开搜索，跟着诺诺几人留下的气息，追踪到了海边。

海滩上空无一人，只留下两个小桶翻倒在地，可是没有诺诺他们的踪影。

八公叼着地上翻倒的小桶跑了过来，安心看到小桶道："昨天晚上诺诺收拾行李的时候，我好像看到过这个小桶。"

"加快速度，大家分头找！"安心立即下令，"汤圆，你和伊靓往左边，其余队员跟我走！"

两队人立即分头行动，几分钟后，伊靓在远处挥着手大声呼喊起来："安心！安心！"

安心一行人跑向伊靓，伊靓一行人发现沙滩上有一大一小两排狗爪印。

汤圆："这应该是小雪和饭桶的爪印吧？"

伊靓点头："肯定没错！"

沙滩上脚印有四组，其中三组肯定是三个孩子的，除此之外，还有一组明显是成人的足印。

安心："赶紧追！"

基地会议室内，敖力正在硬着头皮给迪迪的妈妈打电话。

"是的，您先别着急，队员和搜救犬们已经全部出动去找孩子了……您要相信我们，我们是专业的救援队，我们一定会尽全力把孩子安全地找回来……是的，是的……我理解我理解……确实是我们的疏忽……"

这时，边慕带着复查后的小匕回来了。

知道事情经过后，边慕皱紧眉头，正准备带小七过去帮忙，敖力接到一个电话，紧接着眼睛一亮："您说奇奇有一块防走失的儿童手表可以实时定位？好的，我立刻通知队员们！"

接到敖力的电话后，安心等人总算是有了眉目，立即开始行动。

救援队的车里，伊靓通过手机不断定位诺诺一行人的位置。安心一脸焦急地说："现在怎么样？"

伊靓看着手机："目标还在一路向北移动，不过我们距离他们越来越近了。"

安心点头："好的，继续关注，不要错过任何一点变化！"

伊靓突然出声："等等，这……这是什么情况？"

伊靓不断在手机上操作着，但是奇奇的手表终端显示"已离线"。

众人脸色大变，安心急得狠狠地咬了咬牙。

很可能人贩发现了奇奇的手表有问题！

"快点！"安心催促驾车的汤圆。

队员们来到信号中断时显示的位置，找到了那处小屋。但是面对已经空荡荡的屋子，队员们一筹莫展。

汤圆气得用拳头直捶门。八公似乎听到什么声音，冲进草丛，在草丛里找到一块坏掉的手表，果然是被人贩发现了。

安心更加担心："但愿孩子们别有什么危险……"

伊靓出声："他们抓走孩子并转移这么多地方，一定是不想让孩子受伤。队长，你别担心，我推断他们暂时还不会伤害孩子。"

安心看着手表："有了这块手表，是不是就算有直接证据可以证明诺诺他们是被人拐走的？"

伊靓眼睛一亮："对啊！我这就联系公安，跟他们说明情况。"

接到报警电话，公安局立即分析情况。

从掌握的信息来看，绑架三名儿童的嫌疑人中，男性嫌疑人患有精神病，此人曾有虐待儿童的前科！这问题更加严重了！

安心一行心急如焚，忙带着狗狗们搜索线索。

这时，边慕和周茉驾车追赶上了安心，车停在了他们旁边。

边慕和周茉跳下车，跑向队员们。

"怎么样了？有线索了吗？"

伊靓摇头："我们之前已经通过奇奇的定位手表找到他们，可惜来晚了一步，他们把孩子们转移走了。"

伊靓拿出手表，边慕和周茉立刻明白了情况。

路边，山神和八公根据手表上的气味，仍在坚持不懈地寻找孩子们的气味痕迹。

安心看到边慕，眼圈有些泛红。

边慕走到安心身边安慰道："勇敢点儿，孩子们都在等你，现在可不能放弃。"

安心非常焦急："我刚刚从公安救援队那边得到消息，抓走孩子们的男人有精神病，我担心……"

边慕点头："所以我们更要加快速度了，时间就是一切。你看，就连八公和山神都那么认真地在工作，咱们一定可以找到孩子们的。"

边慕深情地握住安心的手，安心感动地点了点头。前方，八公和山神发出

叫声示警，众人连忙上前。

救援队基地里，敖力还在留守。因为小七的身体并没完全恢复，所以边慕把小七留在了基地中。敖力带着小七和小小七正在基地焦急地等候信息，大门外突然传来狗吠声。

敖力循声望去，看到饭桶气喘吁吁地跑进基地，见到敖力，饭桶立即跑了过来。看起来，饭桶是一路急奔，已经累得几近虚脱，跑到敖力脚边就趴在了地上。

敖力看到饭桶身上有血迹，立刻检查了饭桶，确认饭桶没有外伤之后，意识到了情况的危急。

"小七，诺诺他们恐怕有危险。我得和队员们一起去救他们，你和小小七留在基地，好吗？"

小七对敖力不满地叫着。敖力摇头："我知道你也想去，可是你的身体刚刚康复，还不适合参加行动。"

小七继续对敖力狂吠反对，敖力看看一脸着急的饭桶，又看看小七："小七，你真的确定你能工作吗？"

小七有力地叫着回答，坚持着要一起去。

敖力看着小七和小小七，确实不放心把它们留在这里，只得带着三条狗狗一起出发。

另一边，山神与八公带着队员们沿路追踪，前方远处，有一栋冒烟的房子，山神兴奋地大叫起来。

"那边！那边有情况！"

"快！"

队员们带着狗狗，连忙朝那栋房子狂奔过去。

但是这栋房子着火了！狗狗们被熊熊火势吓得不敢上前，纷纷对着房子狂吠。

"诺诺！诺诺！"

"奇奇！迪迪！"

队员们齐声呼喊着孩子们的名字，可屋里全然没有回应。

安心急得就要冲进去，边慕一把抱住安心，不让她上前。

"汤圆，赶紧联系警方！安心，不管发生什么，一定要冷静！"

安心浑身颤抖地看着边慕，边慕镇定地看着她，把她紧紧抱在怀里，接着说："我进去……"

边慕带着洛奇、莫莉和伊森，从车上拿出灭火器扑灭了房子的火势，浓浓的烟雾还没有散去，队员们就卷起袖子，准备往里冲。

莫莉突然出声:"敖队!敖队来了!"

敖力带着小七、小小七和饭桶赶到了现场。

周茉一怔:"你怎么……"

敖力解释道:"饭桶跑回队里了,是它带我们过来的。"

安心一惊:"小雪呢?"

敖力摇头:"没有看到小雪,只有饭桶一个。"

小七看见边慕,立即跑上来,张望一番,却显得很失望,对边慕急切地叫了起来。

边慕安慰道:"你先别急,小七,我们还没有找到小雪……"

小七没等边慕说完,就往旁边跑开,焦急地四处寻找着小雪的踪迹。

安心和队员们冲进房屋的废墟里寻找,山神在一堆烧焦的东西里找到一个打火机,卡卡找到一堆几乎烧成渣子的麻绳,球球和浩克找到三套儿童的衣裤。

孩子们确实曾被关在这儿!

人贩子为了掩藏痕迹故意纵火!很显然,人贩子知道救援队的搜救犬有追踪能力!

现在,连气味线索都被消除了,这可怎么找?

安心急得不行:"没有线索也得找线索,大家带着搜救犬在附近继续搜,看看能不能有新的发现。"

队员们带着搜救犬准备撤离废墟,在附近寻找线索,饭桶却不肯走,朝着一处大声叫着。

众人跟着饭桶,当看到眼前的一幕时,安心一下捂住了嘴。

血迹!还有小雪的毛发!

周茉上前抱着安心的肩膀安慰她:"就现场的情况看出血量不大,应该只是伤到了皮肉。小雪不在这儿,说明它肯定没有丧失行动力,所以伤势一定不会太重。"

安心没有说话,擦去了眼角的泪水:"继续找!"

嗅觉还没恢复的小七在外围等着,小小七不耐烦地走开了,小七对小小七大叫,小小七却不回来,小七只能跟上去。

这时,小七在地面上发现了零星的血迹,但闻不出来,只能在那干着急。小小七也看到了,闻了闻血迹,在周围认真地找了起来。

不一会儿,小小七找到一个倒扣的空油桶,立即兴奋地叫着冲了过去。

油桶被推开,从里面露出小雪的头来。

"小雪!"安心一把抱住小雪。

小雪嘴里,叼着一个脏兮兮的小七玩偶。

安心看到那个玩偶:"小七玩偶……是诺诺带出来的吗?你一直保护着它

吗？小雪，你真好，谢谢你！"

小雪刚被包扎好，边慕就迫不及待地把众人带上路。

安心看着众人："可以确定一点的是，孩子们目前还都是安全的。不论是我们对现场的分析，还是我反复和小雪确认，都可以证明这一点。只要孩子是安全的，我们就还有机会。"

敖力点头："是的，根据现在的线索，我们应该很快就能找到他们新的藏身地了。"

很快，在狗狗们的搜索下，众人来到一处建筑物的地下室。这里十分隐秘，在外面完全看不出有入口。

公安也赶来了，是王队长亲自带队。为了避免人贩伤害诺诺几人，公安干警和救援队一起迅速制订着搜救计划。

王队长看向众人，分析着情况："按照原本的计划，我们会采取突袭的方法迅速解救人质。可是考虑到男性嫌疑人有暴力倾向，我们担心一旦嫌疑人被激怒，恐怕会威胁到孩子们的生命安全。结合这一因素，我们决定以保证孩子安全为前提，采取两种方式并行，一方面特警队员伺机突围，另一方面由'完美世界'救援队的搜救犬们配合我们完成救援。"

队员们信心满满地准备着，狗狗们也都精神抖擞，准备出战。

王队长又分析了建筑情况："这栋建筑物有些特殊，只有正门能够让我们进入。"

敖力出声："应急通道呢？"

王队长摇头："设计图纸里有，但是具体建造的时候都改掉了，正门是目前唯一的入口。"

敖力问道："这栋楼是中央空调吗？"

王队长点头："是的，但是管道很窄，而且地下室的通风管道错综复杂，别说突击队员了，就连中型犬都很难通过。"

安心皱眉："这下可麻烦了，我们看不到里面的情况，就没法制订行动方案。"

正当大家一筹莫展时，满地打转的饭桶突然跑到了中央空调的出风口，并不停地用爪子扒拉栅栏。

边慕问道："饭桶，难道你想试试？"

饭桶对着边慕叫了几声，周茉却摇头阻止："饭桶今天的体力消耗太大了，作为法国斗牛犬，它今天能坚持这么久已经是奇迹了，现在让饭桶进去恐怕有些冒险。"

敖力皱眉："可除了饭桶，别的犬都进不去。"

敖力说的也是实情，只能由饭桶去试了。

队员们拆掉出风口的栅栏，饭桶叼起安心准备的辣椒水，毫不犹豫地钻了进去。

这时，小小七趁大家不注意，突然也跟着饭桶一起钻了进去。

周茉连忙出声："喂！"

结果小小七已经头也不回地钻进了出风口。

狭窄的通风口中，就算身形矮小的饭桶行进也很困难。

饭桶一路匍匐前进，在每个房间上方都仔细查看，寻找着诺诺几人。比起饭桶来，小小七就灵活很多，几经辗转，饭桶和小小七停了下来。

下方，就是诺诺他们被困的房间。饭桶发出微弱的"哼哼"声，熟悉的声音，立即引起下方诺诺的注意。诺诺抬头看到饭桶，知道它来营救自己了。

诺诺立即对着迪迪和奇奇道："喂，奇奇！迪迪！是饭桶，它来救咱们了！"

奇奇和迪迪顺着诺诺示意的方向，看到饭桶的身影，也兴奋起来："我们现在该怎么办？"

诺诺看了眼人贩没回来，小声道："先帮我把手上的绳子解开，然后我和饭桶来救你们。"

三个小朋友一起努力，艰难地将诺诺手上的绳子松了绑。

诺诺向饭桶轻轻吹口哨发出信号，饭桶立即用爪子扒开出口风的栅栏，把叼在嘴里的辣椒水扔了下来。诺诺连忙上前捡起辣椒水，并迅速回到原位。

就在诺诺坐回原位的刹那，一个男人推门走了进来。他看了看诺诺几人，发现没什么异样，就去一旁吃着花生。

诺诺拿到喷雾，深吸了几口气。此时一个女人推门进来，走到一边坐下，诺诺打量了一下人贩，两眼骨碌一转，突然装起了可怜。

"叔叔，我想上厕所。"

人贩没有理他。

"叔叔，我想上厕所，我憋不住了。"

"尿裤子上吧。"

"我……我是想上大号……"

男人贩不耐烦地对女人贩道："你带他去。"

女人贩起身走向诺诺，男人贩突然一把拽住她："还是我去吧。"

男人贩扔下手中的花生走向诺诺。

"这臭小子花样太多，我得亲自盯着他。再敢跟老子耍花样，老子……"他话音未落，诺诺便举起辣椒水，准确无误地喷向了男人贩的眼睛。

"啊！"男人贩发出惨叫声。

听到里面传来惨叫声，王队长一声令下："上！"

公安干警们以最快的速度对诺诺等孩子被关押的房间展开了突袭。队员们

冲到门前，最前面的公安干警一脚踹开房门，六名干警紧随其后冲进屋。男人贩捂着眼睛倒地不起，一旁的女人贩正惊慌失措地抓着孩子，不知如何是好。

四名队员果断上前控制了两名人贩，另外两名干警迅速上前保护住孩子，并带着孩子快速离开房间。男人贩挣扎着说："放开我！放开我！"

"老实点儿！别动！"

女人贩一脸惊惶地说："警察同志，我是被逼的，警察同志……"

公安干警迅速检查了屋内的情况，并搜出了男人贩联系买家的手机。

"队长，已检查完毕，屋内没有其他嫌疑人。找到嫌疑人的手机一部，里面有半小时前的通话记录。"

男人贩还想狡辩："你……你们公安怎么乱抓人！我打个电话犯法吗？"

王队长看着男人贩道："你干了什么自己心里最清楚，咱们回去慢慢聊。都给我带走！"干警们带着孩子从地下室走了出来，小七看见诺诺、迪迪和奇奇，兴奋地叫了起来。狗狗们也看到了孩子们，跟着小七一起兴奋地叫着。诺诺远远地看见安心和队员们，激动地跑了起来，大喊："小姨！"

"诺诺！"安心连忙上前，诺诺和安心拥抱在一起，安心的眼睛红了，脸上却露出难以掩饰的激动之色。

狗狗们看着孩子们安全回来，这才放下心来。

小雪紧绷的神经终于放松，目光变得温柔，身体也瘫软下去。

跟在诺诺后面的奇奇哭了起来，周茉和伊靓连忙上前拥抱两个小朋友，安抚着他们："迪迪，你真勇敢，是个不折不扣的男子汉！"

"别害怕奇奇，你已经安全了。你看，大家都来接你们了呀！"

和安心拥抱片刻之后，诺诺突然看到安心手里的小七玩偶，想到了什么，到处寻找着小雪和饭桶。

"小雪！饭桶！"

诺诺跑向小雪和饭桶，小雪和饭桶迎上来，不断地摇着尾巴，兴奋地对着诺诺人叫。

"小雪、饭桶，谢谢你们俩！"奇奇上前握住小雪的爪子，轻轻地吹气，想要帮小雪减轻疼痛。

小雪蹭了蹭奇奇的脸，告诉她自己没事，让她不要担心。奇奇抱紧小雪表示自己心中的感谢，小雪露出了天使般的笑容。

周茉看着孩子们，突然想到什么，把安心拉到一旁，在安心耳边耳语了几句。安心点点头，对着周茉笑了笑，走到孩子们身边，蹲下来，一脸神秘地看着孩子们，说："小朋友们，你们今天为自己的表现打多少分呢？"

小朋友们不解地问："打分？"

安心笑着摸摸迪迪的头："对啊，刚才发生的事，实际上是我们的一次演习,作为配合我们'完美世界'救援队解救人质演习的特邀嘉宾,你们为自己的表现打几分呢?"

迪迪得意地挺着胸脯,昂着头,一副信心十足的样子:"我给自己99分!"

奇奇低下头,有些不好意思:"我……我觉得我能得50分吧……"

周茉不解:"为什么呢?"

奇奇低着头道:"因为……因为我一直在哭……而且中间在小木屋里,小雪和饭桶把我们救了出来,可是因为我跑得太慢,大家又被抓了回去,小雪还被坏人打……"说着,奇奇又哭了。

迪迪瞪着奇奇:"你看你,怎么又哭啦!"

诺诺不满了:"你别说人家女孩儿,你也一直在哭鼻子!哭的声音比人家还响呢。"

迪迪红着张脸:"那不是在你跟我说之前嘛!我知道这是救援队的演习之后不是表现得特别好吗?哪儿还哭过一声啊?"

奇奇噘着嘴,不服气地嘀咕:"明明刚刚在里面你还哭来着……"

迪迪反驳道:"那……那也只能怪那两个演坏人的叔叔阿姨演得太像了呀!尤其那个叔叔,那么厉害,俩眼睛看着都要冒火似的,怎么能不害怕嘛!"

本来是为了骗一下这三个孩子,免得让他们产生什么心理阴影,这一来安心反而有些摸不着头脑,回头看了看周茉,周茉也耸了耸肩,表示不知道是什么情况。

奇奇点头附和迪迪的话:"是啊,那个叔叔实在太凶了,看着比电影里的坏人还要坏。"

诺诺一脸得意:"那必须的,既然是演习,当然要和真正的实战一样,甚至要比实战更激烈。你想想,要是他一看就是汤圆叔叔这样亲切又热情的好人,那咱们怎么会怕他呢?"

汤圆苦着张脸:"哎,这孩子,这话是夸我呢吗?怎么听着味儿不大对啊……"

队员们哈哈笑了起来。

安心疑惑地看着诺诺,似乎在问他这是怎么回事。诺诺神秘地冲她眨了眨眼睛,看上去自信极了。

诺诺一手抱着小雪,一手抱着饭桶,给它俩一人一个大大的吻,然后说:"你俩是我的超级英雄!"

在回救援队的车上,诺诺一边抱着小七玩偶,一边得意地讲着"故事"。

"你们是不知道那配合有多神,饭桶把辣椒水扔下来的那一刻我手上的绳子才解开!我可是一秒钟都没耽误,'嗖'的一下从地上蹿起来,'咻'的一声飞到空调出风口下面,'咔嚓'一下,你们猜怎么着?"

边慕笑道："摔了个大马趴？"

诺诺白了他一眼："稳稳地接住了辣椒水！就在那一瞬间，真的是一瞬间！坏人开门进来了，我以迅雷不及掩耳盗铃之势扑了上去，同时大拇指'嘎嗒'一下推掉瓶盖，在坏人还没反应过来的时候，把辣椒水喷向了他的眼睛！"

小七和小小七认真地听着诺诺的描述，完全被紧张的剧情吸引了。

边慕一脸不屑地听着，还忍不住偷笑。

诺诺不满地说："笑什么，你们不信吗？不信你们问迪迪和奇奇啊？"

奇奇点头："嗯，真是没有想到，诺诺竟然这么勇敢。"

诺诺更加得意："你没想到的事儿还多着呢！"

汤圆低声对边慕说道："你还真别说，这小子的劲儿啊，还真像某人……"

边慕一怔："什么？"

汤圆一笑："你听听，这夸起自己来，一点儿不带客气的，是不是……和你挺像的？"

边慕："……"

汤圆和伊靓窃笑。小七再次无奈地看着边慕。

这时，安心严肃地出声："虽然孩子们成功被解救，这次演习的任务顺利完成，但是这次事件给大家的教训是不容忽视的。尤其是你，诺诺。"

诺诺马上在座位上坐好，安心板着张脸道："你没有跟队里的任何人打招呼就带着小雪和饭桶离开，还带走了来队里体验生活的小伙伴。这种行为是非常危险的！如果你没有擅自做主带大家外出，今天的事情就不会发生。在生活中，危险时刻存在，你必须遵守规矩，并且保持必要的警惕。生活不是演习，真的遭遇了危险，你没有重来一次的机会。明白吗？"

诺诺低下头，咬着嘴唇，不好意思地点了点头。

安心看了眼小雪和饭桶："如果不是小雪和饭桶一直追着你们不放弃，我们的演习也许早就失败了。"

刚才还热闹的车里一下安静了，边慕和汤圆也不敢再说笑。

小七看到气氛紧张，立刻用爪子按住小小七，让它趴好不要乱动。

诺诺低着头摆弄着自己的手指："我错了，对不起。我不该自己贪玩带着大家乱跑，更不该没打招呼就带走小雪和饭桶。小雪，如果不是我，你不会受伤的，再次向你说声对不起……你能原谅我吗？"

小雪舔舔诺诺的手，用天使般的微笑告诉诺诺自己伤势并不要紧，小朋友们安全回来才最重要。

小七看到小雪善良温柔的模样，心里也想到了自己最近对小雪的冷落，惭愧地来到小雪身边卧下，并舔了舔小雪受伤的腿部。小雪看到小七终于恢复了往日的"热情"，心中不禁涌起一阵甜蜜。

车子继续向前开,大家都不说话了。小雪靠在小七身上,享受着这份幸福与宁静。

救援队大门口,诺诺、奇奇和迪迪的父母早已等在那里,焦急地期盼着孩子的归来。

救援队一行的车子停在大门外不远处,安心打开车门,诺诺、奇奇和迪迪跳下车唤道:"妈妈!爸爸!"

孩子们冲向父母,父母也立刻迎了上去,狗狗们也跟着跳下车,跑了上去。

奇奇的妈妈流下了激动的眼泪,奇奇帮着妈妈擦拭眼泪:"妈妈,您别担心,我没事儿,我们都没事儿。"

迪迪非常兴奋地说:"爸爸您知道吗,我们可是被挑选出来参加演习的特约嘉宾,不是每个人都有这种机会的哦!"

奇奇高兴地说着:"这次暑假作业的作文,我已经想好要写什么了!就写这次我们参加演习的经历!"

诺诺摇头:"不行,我要写这个事儿,你不能和我一样啊!"

迪迪高举着手:"我要写,我要写!"

奇奇不满起来:"明明是我先说的,你们俩怎么这样啊。"

孩子们争了起来,家长们明白了救援队对孩子进行的心理疏导,感激地看着安心。迪迪爸爸上前握住安心的手,说:"安心队长,多亏了你们。我们家长实在是太感激了……"

早一步到达的周茉从基地里走出来,手中拿着三个盒子,把盒子递给安心,安心给了三个孩子一人一个。

诺诺不解:"这是什么啊?"

安心笑道:"这是救援队之前给你们准备的礼物。"

奇奇打开一看:"是定位手表!"

孩子们兴奋地拆开定位手表戴上,狗狗们都看着迪迪和奇奇演示手表的功能。小小七好奇地看看这个,看看那个,突然叼起诺诺刚刚拆开还没来得及戴上的手表,朝着救援队里面跑去。

"小小七!"边慕和小七几乎同时起步去追小小七。

狗狗们见状,也大叫着一起追了上去。

诺诺捡起手表的盒子,也大喊着小小七的名字追了上去。

迪迪和奇奇看了看对方,也兴奋地跟着一起跑走。

家长们看着孩子们和狗狗们融洽相处的情形,终于露出了笑容。

这次抓获人贩的任务,很快被记者知道了,几乎天天有人来采访,过了两天,基地好不容易才算安静下来。

餐厅里，敖力、周茉和伊靓还在吃饭。敖力和周茉坐在一起，伊靓在旁边一边操作着电脑一边心不在焉地吃着饭。

敖力低声对周茉说道："以前我们在部队，吃饭也是有纪律的，二十分钟之内必须结束战斗，还得涮好碗筷。"

周茉笑道："现在的年轻人都有电子产品分离焦虑症，离开手机、电脑，日子就没法过了。"

这时，伊靓突然大喊一声："天哪！不会吧！"

敖力吓了一跳："你这一惊一乍的，吓我饭都差点喂到鼻子里去。"

周茉看看一脸认真的敖力，忍不住偷偷笑了起来，然后好奇地问伊靓："怎么了，有什么新闻跟我们分享一下？"

伊靓拿着平板电脑说："周茉姐，你快看看，这是咱们公众平台的搜救犬排行榜，饭桶的人气现在竟然已经飙升到第二名了！"

周茉很是惊讶："真的吗？我看看。"

周茉接过 iPad，看着屏幕，道："饭桶这人气涨得可真够快的。"

伊靓点头："是啊，我们山神已经被挤到第三名了！"

看着 iPad，伊靓突然又大叫："啊！"

敖力又被吓了一跳："又怎么了？"

伊靓指着平板电脑："这这这……小小七怎么也追上来了！完了，我们山神彻底被挤下神坛了……"

敖力来了兴趣："小小七还这么受关注？"

伊靓点头，似乎忘了山神被挤下去的事情："那当然了，幼犬一般更受欢迎。你看，网友还自发给它加了个萌神的标签。"

周茉笑道："小小七确实很可爱，就是太淘气了，还好小七在，不然真没人镇得住它。"说着，她问敖力，"你说是吧？"

敖力没有听见周茉的话，在手机上点开了"完美世界"救援队的公众号。

伊靓说道："好快！小小七和饭桶只差一票了！"

敖力笑道："我也去投它一票，这样它就能追上饭桶啦！哈哈！"说着，敖力兴奋地走出餐厅，留下了一脸茫然的伊靓和正在偷笑的周茉。

伊靓怔了怔道："我在做梦吗？刚才那个是敖队吗？是他疯了，还是我疯了？"

周茉笑着继续吃饭，伊靓掐了掐自己的脸。

吃过饭，周茉拿着一束淡紫色的小雏菊前往步枪的坟墓，还没走到跟前，就听到有人在说话。看到是敖力，周茉没有上前，远远地看着他。

敖力若有所思地说："这就是最近队里发生的事儿，怎么样，是不是听着就觉得挺有意思的？对了，饭桶和小小七现在成了明星，很多记者都来采访它俩，还有很多粉丝来救援队给它们送零食、送礼物。咱们山神哪受得了这个啊，气得在犬舍里学狼叫。小小七听了觉得好奇，跑去山神的犬舍门口跟着它学狼叫。结果它叫得怪声怪调的，吓得山神直发蒙，不敢再叫了，躲回屋里睡觉去了。步枪，你说这小小七是不是挺逗的？"

敖力沉默片刻，又道："步枪，我还是想你，最想最想的还是你。有时候一睁眼就想去给你弄吃的，训练的时候还会随口叫出你的名字，梦里也有你，陪你玩，和你一起比赛游泳……我好像还是离不开你啊……但是有时候我又在想，你在我身边闭上的眼睛，也许会在另一个世界睁开吧。"

步枪牺牲之后，敖力几乎没和周茉说过几句话，只是经常一个人去步枪的墓碑前陪步枪说话，周茉也时常一个人悄悄地去看步枪。步枪对他们俩来说太重要了，就像他们的儿子，而他们，就像失去了心爱儿子的一对夫妻，心里还在互相埋怨，彼此还在躲避对方。

不过，小小七的出现似乎带给敖力不少欢乐，它会不会成为抚平敖力内心创伤的那剂良药呢？

周茉看着眼前的一幕，心里百般滋味，转身返回基地。

周茉回基地不久，敖力也回来了。

安心感觉到敖力的失落，走到敖力身边道："怎么样，这几天大家的表现都有进步吧？感觉卡卡和球球现在状态越来越好了。"

敖力点了点头："是啊，都在进步。挺好。"

安心想了想道："敖力，你心里难受的话最好能找人倾诉一下，说出来会舒服很多。如果你不介意，我愿意当你的听众。"

"谢谢，有些东西只属于我自己，放在心里就够了。"敖力对安心笑了笑，轻轻摸了摸小雪的头，转身离去。

边慕看到这一幕，心中有些醋意，带着小七走到她身边，看着小七和小雪甜蜜地走在一起，问道："怎么，热脸贴冷屁股了？"

安心瞪了他一眼，准备带小雪离开。

边慕跟了上去："人家就不是那种喜欢表达的人，你非要费那劲干吗？每个人都有自己喜欢的方式，不要拿自己那一套东西去套别人。"

安心看着边慕："那你说我们该怎么帮他？"

边慕摇头："我觉得我能做的都做了，再多就矫情了。"

"行了，咱俩聊不到一块儿。"安心快步走向犬舍。

看到边慕醋意大发的表现，小七十分不满意，对着边慕大声叫起来。

"臭小七，就知道对我凶！"边慕十分不服气地说。

边慕回到房间，小小七正在边慕的房内，好奇地探寻着这个"新世界"，

到处乱爬乱玩，被一摞干净的床单罩在里面无法脱身，急得直叫。

小七连忙上前帮它脱困，在小七的安慰下，小小七恢复了快乐的心情，耸着鼻子到处闻，很快它找到了一根狗咬胶，想和爸爸分享，小七却在另一边喝水。小小七着急地叫了三声，小七回头走过来，看见它的发现，赞赏似的回应了三声。小小七更开心了，继续寻找新目标，结果闻着闻着，从没关好的抽屉里揪出一只袜子。小小七连忙叫三声，这回小七却不回应它，而是把袜子放了回去。

小小七不解，无精打采地走到床前要趴下，忽然好像发现了什么奇怪的气味，钻到床底下，居然找出一个球。它开心地叫了三声，这回小七又有回应了。

"没看出来，小七培养儿子还真是有一套……"边慕看着它俩，惊讶它们居然找到了一种互动方式。

这时周茉来到边慕宿舍，见门开着，周茉敲了敲门框，说："有没有谁想吃奶糕呀？"

边慕立即举手："我！"

"净凑热闹。"周茉一笑，对小小七说道，"小小七，要不要跟我去吃好吃的？去晚了可能被别人吃掉哦。"

小小七一听，马上跑到周茉身边，高兴地又叫又跳。想了想，它又回头看看小七，小七对它叫了两声，告诉它让它去吧，小小七这才开心地跟着周茉离开。

敖力回到寝室独处，一个人对着步枪的照片发呆。他看着雪崩救援时大家在雪山木屋里拍的合影，还有海滨度假时在星空下篝火旁的合照，忍不住默默掉下眼泪。眼泪滴在照片上，敖力忙用手指轻轻拭去。

周茉带着小小七过来，看到这一幕，揪心地难受。她本想先离开不打扰敖力，谁知小小七看到敖力，激动地叫了起来。

敖力见到小小七，擦了眼泪，向小小七招手："小伙子，快过来。"

小小七扑到敖力怀里，尾巴使劲摇来摇去。周茉准备离开，小小七跑到周茉脚边，拽着她的裤脚，发出不舍的声音望着周茉。

周茉蹲下抚摸小小七："我可把好吃的都交出来了，还不放我走啊？"

小小七叫了两声，坚持不让她走。

周茉摇头："这周你要住在敖力叔叔这里，下周再去我那边住，好吗？你乖乖的，下周还有更多好吃的给你。"说着，周茉把小小七的玩具和日常用品交给敖力。

没想到小小七趁机溜进了手提袋里，周茉要走，才发现小小七在里面装睡。

周茉苦笑着："小小七……真拿你没办法！"

敖力也是摇头："得了，我看这周的监护权还是让给你吧，跟着你它能吃得更好些。小小七，你跟阿姨走吧。"

第 8 章 小七手术

周茉看着敖力："敖力，其实……我认为你可以考虑训练一条新的搜救犬了。一方面你心情会好受些，另一方面队里也需要你有自己的犬，否则以后执行任务你单枪匹马的，也不是个事儿啊。"

敖力摇头："不，这不可能！"

周茉劝说道："你考虑考虑再说，别急着拒绝。你想想步枪，它会希望你如何做选择？"

敖力一口拒绝："步枪是我唯一的战友，训练新的犬就是对步枪的背叛。"

"你自己考虑吧。"周茉叹了口气，带着小小七离去，小小七看着敖力，一脸不舍，发出委屈的叫声。

周茉离开敖力那边后，重新回来找边慕，想和边慕商量一下敖力的事情。

安心过来的时候，见周茉在，准备离开，却被周茉叫住。

"别走，我找边慕是想跟他商量一下敖力的事情。"

安心不解："什么事？"

周茉解释道："我觉得他应该开始训练新的犬了，他自己的搜救犬搭档。"

安心明白过来："其实我早就有这想法了，但是我也不敢跟他提……"

周茉点头叹了口气："我刚刚跟他讲了，但是他拒绝了，他觉得训练新犬是对步枪的背叛。"

安心对这件事也很为难，并没有什么办法："虽然我是队长，但是不得不说，敖力才是咱们这个团队的灵魂。我们需要他的回归。"

"不能让他继续消沉下去，我们得帮他。"周茉指了指在一旁玩耍的小七和小小七。

"你的意思是……小小七？"

小小七听到自己的名字，突然停止了玩耍，扭头看着大家。

周茉点头："嗯。当然，还少不了小七和边慕的帮忙。"

虽然不情愿，但边慕还是答应帮忙，几人商量一下，最后定下了计策。

当晚，小七偷偷潜入敖力的寝室，敖力正在床上睡觉，小七将神秘肉条悄悄放进了椅子上敖力的衣服口袋中。

敖力一个翻身，小七赶紧趴下，确认敖力睡着了，小七匍匐着爬了出来。

边慕小声夸奖："好样的，小七！"

从那之后，敖力身边总是出现小小七的身影。不管敖力走到哪儿，小小七都会跟着。敖力吃饭，小小七跟着；敖力上厕所，小小七跟着；小小七在敖力的房间里调皮捣蛋搞得一团糟，敖力只是安静地将物品恢复原位。

加了料的肉条，对小小七同样有着强大的诱惑力，而不知道事情真相的敖力，开始慢慢地接受小小七。

这天，小小七衔着球来找敖力带它玩，敖力非常配合地与小小七玩耍互动

起来:"小小七,我把球扔出去,你去捡回来交给我,好吗?"

小小七大叫两声表示明白。

敖力将球抛向远处,小小七跟着球飞出的弧线冲了出去,看着小小七奔出去的身影,敖力似乎看到了训练步枪时,步枪追着球跑的背影……

小小七稳稳接住球,跑回敖力身边。它放下球,对着敖力大叫了两声,敖力摸摸它的头,难得地露出了笑容。

一晃过去了一周。

这天,敖力正在寝室里看书,边慕带着小七来到敖力的寝室,问道:"忙吗?"

敖力摇头:"不忙,进来吧。"

边慕笑道:"最近被小小七缠得脱不开身吧?"

敖力笑了笑:"这小子精力比一般狗狗旺盛多了,我都被它折腾得够呛。"

边慕接过话:"容易兴奋、体力好,这应该算是搜救犬的好苗子吧?"

敖力点头:"小小七的条件不错,就是性格过于活泼了,还需要扳一板,找个好的驯导员有针对性地训练一下,问题不大。"

边慕想了想:"我看它也挺喜欢你的,你有没有想过……"

边慕本想借这个机会向敖力提出将小小七托付与他,话刚说到一半,两人都发现小小七不知从哪里翻出了步枪的遗物项圈,对着步枪的项圈又撕又咬。

"小小七!"敖力一把从小小七口中夺过项圈,仔细查看。

他发现项圈有一部分被咬坏了,一下子变了脸。

"你怎么回事!谁允许你乱翻东西的?"

小小七没看出轻重,还想上前亲近敖力,敖力一把把小小七推开了。

"你马上把它带走!"

边慕和小匕面面相觑,不知如何是好。没想到他们准备了这么久的计划,竟然就这么失败了,还让敖力讨厌起了小小七。

回到宿舍,边慕对小小七责备起来:"你说你,怎么那么让人不省心!刚才他就要答应了,就差那么一点!这下可好,全被你搞砸了。"

小小七趴在地上,眼睛低垂,看上去十分委屈和沮丧。小七在一旁用头碰了碰小小七的头,给它鼓励和安慰。

边慕责备小七:"你回避一下,我正给他上课呢,你这添什么乱!"

小七对着边慕叫了两声,让他不要对小小七那么凶。边慕瞪着小七:"我可告诉你啊,每个熊孩子背后都有一个熊家长。你一介神犬,可不能当熊家长瞎惯孩子。不然以后孩子不听话,有你哭的时候!"

小七似乎觉得边慕说得也有些道理,坐了回去,严肃地看着小小七。

小小七看到小七认真的模样,更是委屈了。阿旺蹲守在窗台上静静看着边慕、小七、小小七，觉得十分有趣，就在那儿看热闹。

一通教育，也不知道对小小七管不管用，之前的办法也不能再用了，边慕只得重新再想个新的办法。

第二天，小小七就被边慕带到训练场，让它接受和小七同样的训练。

在断桥项目中，由于体型较小导致小小七无法完成动作。生气的边慕一次次地让小小七反复跳跃，小小七被迫不断失误。小七也通过示范和叫喊为自己的儿子加油，可小小七就是办不到。

"不行，重来！再重来！做不到就一直练！一直做到你成功为止！不要停！继续！"边慕的责备，完全就是在模仿他爸爸小时候责备他的话。

小小七委屈地继续尝试，边慕手叉腰站在一旁，一脸凶悍。

这时，刚好经过这里的安心和敖力看到此景。敖力开口道："等一下。"

边慕回头看着敖力："干吗？"

"你这么训练恐怕不行，小小七的体型还小，这种跳跃对它来说有难度。"

边慕皱着眉头："那我也没训练过幼犬啊，只能按照成犬的方式来。反正小小七以后也会长大的，这么训练也没错。"

见小小七趁这个机会停了下来，边慕立即训斥道："继续，谁让你停了？"

敖力阻止道："你这么训练，狗狗的积极性全被打压了，不但训练成绩不好，还很容易造成心理伤害。"

边慕撇嘴，不满地出声："那就互相伤害吧，反正它也没少折腾我。"

"行了行了。"敖力叹了口气，"还是交给我吧。"

边慕一脸不乐意地把训练绳交给敖力，心里却乐开了花。

敖力接过，看了看小小七。

小小七刚才还一脸不开心，此刻一下子烟消云散。

它对着敖力叫了几声，表示自己已经做好了准备。

敖力出声："走吧小小七，咱们上那边去。"

边慕和不远处的安心偷偷地对视了一眼，仿佛计谋起了成效。边慕得意地眨眨眼，安心被边慕自恋的样子逗笑了。看着敖力和小小七的背影，边慕伸出手，小七伸出前爪，俩人击掌，庆祝计划成功。

在边慕的计策之下，敖力开始对小小七进行针对性集训。

体能训练，敖力带着小小七在训练场跑圈；服从性训练，敖力对小小七进行指令教学，小小七积极配合，每个口令都能立刻听懂并执行；敏捷性训练，敖力把球换成了专业的麻棒，不断变化路线，这样精力无限的小小七都感觉有些累……

小小七的技能一天天在提高，开始呈现出一些职业感。敖力看着小小七，心中有了一份沉甸甸的感觉。

这天，小七刚刚睡着，就被一个皮球拱醒了，睁眼一看，皮球的后面是小小七纯真的脸。

小小七缠着小七陪自己玩球，小七本还想睡觉，可看到小小七软磨硬泡的样子，小七回想起了自己缠着边慕玩遥控飞机的样子……

最后，小七迅速爬起来，叼起皮球向外跑去。刚刚还在撒娇的小小七一时间没回过神来，还正在满地打滚装可怜。看到小七跑了，它也一下子爬起来，抖了抖身上的毛，大叫着追随小七去了。

小七来到边慕的宿舍门前，对着边慕大叫，边慕苦着张脸："又要玩球吗？可不可以让我再躺十分钟？"

小七不同意地大叫着。

边慕迷迷糊糊地出声："五分钟？"

小七和小小七一起大叫。

"真是败给你们了。"边慕只得爬起来穿鞋，"走吧！看谁跑得最快！"说着，边慕就冲了出去，小七和小小七追了上去。

训练场上，边慕正带着小七和小小七扔球玩。皮球每次飞出去，小七都能准确地跑到最近的位置，在皮球掉落后以最快的速度叼住皮球，然后跑回将球交给边慕。

在小七矫健的动作面前，小小七完全没有机会，只能一个劲儿地追着跑。不一会儿，小小七就露出失望的神情。

小七看到之后，故意放慢脚步，给小小七展示的机会。小小七果然继承了小七的神勇天性，很快就掌握了玩球的要领。

看到小小七如此迅速的进步，边慕夸奖道："不错嘛小七，很会引导孩子嘛。"

"来吧，继续！"边慕起身带着小七和小小七继续训练。

又一计完美弧线，球应声飞出好远。

小小七冲过去将球接住。

边慕拍着手大叫："太棒了小小七！现在把球拿回来！"

可是没想到小小七没回来找边慕，而是转身跑向救援队大门。

"喂，喂，往哪儿跑呢！"见敖力正从大门进来，边慕骂道，"太不靠谱了你，和你爸爸完全一个样！"

只见小小七径直冲向刚从大门走进来的敖力，将球递到了他的手上。小小七越来越黏敖力，敖力似乎也很喜欢小小七，渐渐从失去步枪的低沉中走了出来。小小七不愧是小七的儿子，虽然还是幼犬，但接受能力很强。

敖力开始训练小小七挑战之前怎么都成功不了的断桥，小小七因为之前失败太多次，在断桥前表现略有恐惧。

敖力两次发号施令，小小七两次跳跃失败。敖力凑到小小七跟前，抚摸着它的头鼓励着它："别紧张，眼睛看着前方，不要往下看，更不要左顾右盼，就盯着正前方。勇敢一些，你一定没问题的！"

小小七仿佛受到了鼓舞，再一次勇敢地站上断桥。它鼓起勇气，高高跃起，在空中展现出傲人的身姿，然后稳稳地在断桥另一端落地。

敖力拍手连声叫好，夸耀着："太棒了，你成功了！小小七，你做到了！"

小小七则兴奋地冲向敖力，对着敖力又亲又舔。记忆中步枪的样子和眼前小小七的模样相重叠，敖力的眼泪夺眶而出。

边慕带着小七在一旁也看到这一切，眼眶也不禁湿润起来。

边慕爸爸病危

　　小七看着小小七终于找到了自己的驯导员，心中也为它感到高兴。边慕走上前去，带着小七来到小小七身边给它鼓励。小七蹭了蹭小小七的头，并对它叫了几声。小小七昂着头，一副得意的神气模样。

　　边慕看着敖力："小小七已经找到自己人生中的第一个驯导员和监护人了，就是不知道他做好准备了没有？"

　　敖力点头，一旁的小七非常自豪地舔舐小小七，给它最大的鼓励。

　　小小七激动地跳来跳去，和小七追逐起来。两个男人看着小七和小小七，相视一笑，边慕用力拍了拍敖力的肩膀。

　　两人带着小七和小小七来到步枪的墓碑前。敖力看着步枪的墓碑："步枪，今天来看你，是有一个消息要和你分享。救援队来了一位新成员，就是我之前跟你提到过的小小七，它将接替你的岗位正式成为救援队的一员。"

　　小七叼着一束鲜花轻轻地放在步枪的碑前，眼眶湿润发出哀鸣。小小七跟在小七身边，俯身趴下，仿佛是给这位拯救自己父亲生命的英雄行礼致敬。

　　敖力拿出步枪的项圈："步枪，这是你的项圈。我把它改小了，给小小七戴。这是你的脚环，我也改小了，给小小七。从今天开始，它就成为我在救援队的新搭档了，我们将并肩联手，完成你没有完成的任务，把你的梦想继续下去。我知道，你一定会为我感到高兴的，对吗？"

　　敖力对着步枪郑重行军礼。看到敖力终于放下，边慕露出笑容。

　　小小七正式加入救援队，搬入犬舍居住。队员和狗狗们都来到犬舍前，欢迎小小七的加入。

　　敖力帮着小小七收拾犬舍，打扫卫生。周茉买了一只软绵绵的垫子，给小小七送了过来。

　　小七跑进小小七的犬舍亲自视察了一番，检查了每个角落，确认没有问题后开心地跑了出来。

　　小七舔了舔小小七的头，让它好好表现，珍惜救援队的生活，小小七像是懂事了似的，乖巧地回应小七。

　　看着小七和小小七相亲相爱的样子，安心悄悄走到边慕身边，说："小七父子之间的感情真让人感动。"

　　边慕点头："是啊，真羡慕他们。"

　　安心轻声道："你也有自己的老爸，为什么不珍惜他呢？"

边慕一怔，撇了撇嘴："那个倔老头，不可理喻。别跟我提他，提他就来气。"

安心摇头劝说："一个人和自己爸爸能有多大的仇？再说了，你能宽容小七的任性和淘气，能接受艰苦严格的训练，能放弃自己深爱的游戏，甚至能克服自己心理上的障碍坚持这份工作，这样一个阳光、积极的男孩，有什么理由拒绝去爱自己的爸爸呢？"

见边慕不语，安心继续劝说道："有空的时候该经常回去看看他。反正据我所知，没有一个父母不爱自己的孩子，却有很多不懂事的毛孩子，不爱自己的父母。每个人都应该爱父母的。别说人了，你看小七和小小七，它们父子俩就是你的榜样。狗狗都能互相关爱，你为什么不能？"

边慕听着安心的话，渐渐陷入自己的内心世界，呆愣在那里。

队员们齐聚小小七的犬舍前，周茉拿出自拍杆，邀大家一起合影。小小七和敖力站在最中间，旁边就是小七。队员们都站好就位，边慕还在原地发呆。小七对着边慕大叫几声，边慕才醒过神来，走向大家。

安心的话，对边慕起了作用。第二天，边慕就来到马戏团探望父亲，没想到办公室里却没找到父亲的身影。

边慕来到后台，看到正在打扫卫生的工作人员，上前询问道："你好，跟你打听个事儿，经理今天过来了吗？"

马戏团工作人员并不认识边慕："边经理吗？他都两周没过来了。心脏病，要做手术，现在在医院呢。"

"心脏病？"边慕诧异地说。

马戏团工作人员点头："是啊，我听说是要做什么心脏移植手术。"

边慕一怔："怎么会这样，之前不是好好的吗？"

"还不是上次因为视频的事儿和自己儿子吵了一架，当天就气得住院了，狗都让人暂时带回家养了……"工作人员打量着边慕，"哎，你是谁啊？找边经理有什么事？"

边慕没有回答，转身跑出马戏团。

边慕的爸爸确实要做心脏移植手术，正在做术前准备，安心得知消息也赶了过来。老边本不想理睬边慕，但是看着陪同来慰问的安心又忍不住好奇起两人的关系，便问道："姑娘今年多大了？"

边慕连忙回答："她比我小一岁。"

老边两眼一瞪："没问你！哪儿都有你。"

边慕撇撇嘴，走到一边去。

安心礼貌地回答道："叔叔，我二十三了。"

老边点头："挺好，挺好。是哪里人啊？"

安心接着说："我就是本地人。"

老边连连点头："本地人好，本地人好。那你是……做什么工作的？"

安心回答道："叔叔，我和边慕是同事，都是救援队的。"

"女孩子也能干救援队的活儿？"老边眉头一皱，"这可太苦了，不好，不好。真要结了婚，你可就不能搞这么危险的工作了。"

安心一下红了脸，尴尬得不知道说什么好。

"爸，您说什么呢！"边慕过来摸着老边的额头，"是不是发烧烧糊涂了？满嘴说胡话。"

老边一把推开边慕的手："你这臭小子，一点儿不让人省心！这么大岁数了才第一次带女朋友回来，这要不是我病了，还不知道什么时候能见到这位姑娘……闺女，你叫什么名字？"

安心还红着脸："我叫安心。"

老边又连连点头，很是满意的样子："好，好，我这儿子不让我安心，儿媳妇能让我安心，我也知足了。"

"爸，差不多得了，我听着都替您害臊！"边慕又忍不住插话，"我看您跟公园里拿着照片给孩子相亲的中老年妇女有一拼了！"

老边瞪着边慕："还不是你把我逼成这样的，天天不是打游戏就是跟那个汤圆混在一起，我还以为你俩……"

"哎哎哎，好好说话，别骂人啊，我就算不喜欢女的也不能喜欢汤圆吧？"边慕一脸不满。

老边一副责备的模样说："人家孩子比你强多了，懂事，有心！我看假小七都比你强……"

话说到一半，老边忽然陷入了昏迷。

刚刚还在贫嘴的边慕一下紧张起来："医生，医生！"

医生带着护士进来，检查了一下老边的情况："我们会尽快安排手术的，在此之前一定要避免给病人太大的心理刺激。"

边慕拉着医生急切地问道："还要等多久？"

"心脏一到，立刻手术。"

救护车正在送配型成功的活体心脏过来，还需要一个小时左右，边慕和安心只得焦急地等着。没等多久，小七竟然带着小小七从救援队偷偷跑了过来。

这两个小家伙，对医院倒是熟门熟路，也不知道保安怎么好心把它们给放了进来。

不过小七和小小七的到来，倒是让边慕焦急的情绪缓和了一些。

时间一分一秒地过去，看了看表，已经过了一个小时，但医生还没过来，边慕着急了，立即准备跑去找医生，却和医生迎面撞上。

一看医生脸色不对,边慕紧张地问道:"医生,怎么了?"

医生面色凝重:"配送车没到,我们看到新闻,有一辆救护车在高速路发生车祸,翻车坠入峡谷,司机和车上的医生生死不明……"

"怎么会发生这种事?"边慕慌了神,"这……这……配型的心脏需要在什么时间之前送到?"

医生看了看表回道:"从现在算起,最迟不能超过两个小时。"

边慕转身就走,安心叫住边慕:"边慕,你干什么去?"

"我要去现场,我得找到配型的心脏……"

"你冷静一点儿,现在这里最需要你,你还是留下来陪你父亲吧。"安心拉住边慕,"我现在马上回队里,带上队员们过去配合公安一起找。"

边慕不知道自己是走是留,站在原地,一时乱了方寸。

安心上前抱住边慕,鼓励道:"别怕,边慕,有我呢。叔叔不是说了嘛,有我在,你们就安心吧。"

救援队里,周茉正带着饭桶在外面晒太阳,八公和山神帮着汤圆、伊靓搬运蔬菜,敖力正在设备库清点设备。

安心回到救援队,一进院门就喊了起来:"紧急集合!所有队员,紧急集合!"

队员们都赶紧放下手中的事情跑向训练场,宿舍里的洛奇、伊森、莫莉也迅速跑了出来。

安心看着众人:"今天原本是大家的休息日,但是突然发生了紧急事件,可能需要各位的协助。"

敖力皱眉:"出什么事儿了?我们这边也刚接到120的求助电话,说有个事故现场让我们去。"

安心摇头:"我这边倒不是外面的事儿,是边慕。"

"边慕?"汤圆连忙问道,"他怎么了?"

安心解释道:"他爸爸正在医院准备接受心脏移植手术,但运送活体心脏的急救车在山路上遭遇车祸,现在车上人员情况未知,医生担心装活体心脏的箱子会出问题。"

周茉连忙问道:"活体器官的运输条件和时间是有严格要求的,医院那边给了准确时间吗?"

"两个小时之内,心脏必须送到。否则……"

敖力面色微变:"地址是S2公路进城方向三十公里处吗?"

安心点头:"是啊。"

敖力一拍手:"刚才120跟我们求助的就是这个现场。各位,整理装备,带上搜救犬,立即出发!"

"是！"队员们都跑向装备库拿装备，狗狗们感受到紧张的气氛，纷纷站直身子，准备出发。

装备库内，敖力一边拿装备一边跟安心询问情况："事发地点是山路吗？急救车现在在什么位置？"

安心摇头："具体情况我还不了解，只知道是盘山路，急救车翻下去了。"

敖力略一思索道："这种情况的话绳索和锁扣要拿够，很可能需要垂直降落。降落距离现在不好估算，绳索带最长的那组。"

安心点头："嗯。我知道了。对了敖力，有件事情可能还得麻烦你。"

敖力问："怎么？"

安心解释道："边慕现在在医院等消息，小七和小小七在医院门口等着他，怎么劝也不回来。虽然我做了提示牌，也跟保安打了招呼让照看它们，但是毕竟是大马路边上，我还是担心……"

"你应该早点通知我呀！行了，我现在就赶快过去吧。"敖力跑出装备库，跳上车，迅速驶离基地，开往医院。

队员们已经集合完毕，带着狗狗们上车，驶往搜救现场。

事发路段，此时已经交通堵塞。交警已经封闭了翻车的路段，在现场做着勘察。车子一辆接一辆地排成一条长龙，把盘山路堵得死死的。车上的人纷纷下车围观，路被堵得更严实了。一公里外，救援队的车辆被堵在了路上。

安心急得不行："怎么一动不动啊？"

汤圆指着导航："看样子是堵死了。"

"我下去看看。"还没等安心下车，电话就响了起来，是边慕打来的。

安心接通电话："喂，边慕，我们马上到现场了……我明白，我明白……你先别急，我们一定尽快赶到，有什么情况我第一时间告诉你。"挂了电话，安心显得有些沉重。

周茉问道："医院那边有什么情况？"

安心眉头紧皱："时间越来越紧，边慕有些慌了。"

周茉也面色凝重："活体器官从离开捐献者到进行移植，窗口期不能超过六小时。如果我们没在规定时间内找到这颗心脏，哪怕只迟了半小时，心脏也无法移植了。"

汤圆吓了一跳："啊？还剩多少时间啊？"

"一个半小时。"

不能再等了，安心立即向队员们下令："全体队员整理装备，检查好搜救犬。我们就在这儿下车，跑步前进！"

"是！"队员们背上装备，牵上各自的搜救犬下车小跑前进。

安心和小雪跑在最前面，狗狗们都精神抖擞。

车里和路边的人都用惊讶的眼光看着这一组队员。

很快,队员们带着狗狗们来到现场。电视台的新闻车也停在附近。几个交警和记者正在进行交涉,不让媒体靠近。

"徐队?您怎么在这儿?"安心看到了交警队的徐队长。

徐队叹了口气:"唉,我们的车也被堵公路上了,见这种情况都养成职业习惯了,不下来帮帮忙心里都觉得不踏实,刚好今天出勤的交警和我们都挺熟的。对了,安心,你们怎么也过来了?"

安心解释道:"徐队,这辆急救车里运输的活体器官是我们队员边慕的父亲手术要用的,刚好120也给我们队里打电话求助,我们立刻就赶过来了,想看看能不能帮上什么忙。"

徐队长记得边慕:"边慕,那小伙子我记得!唉,这事儿可真是赶巧了……"

安心连忙问道:"现在什么情况,救援工作开始了吗?"

"交警这边刚刚勘察完地形,事情恐怕有些麻烦啊。"徐队长对着一旁正在指挥工作的交警道,"这是交警三大队的李队长,负责组织勘察工作。老李,这是'完美世界'救援队的安心队长,之前我们合作过几次,这帮年轻人非常专业。"

安心:"李队长您好。"

"你好,你好。这次恐怕还得有劳你们啊。"见救援队的人到了,李队仿佛松了口气,"我们区里消防中队接到警情正在赶来的路上,但是还没进山口就被堵住了。我们没有设备,在这儿瞪着眼干着急。"

安心点头:"你先带我们去看看情况吧。"

"行,咱们往这边下去。"李队立即领路,指着前方山下,"车就翻到那边树林里,我们边走边说吧。"

下行了一段之后,已经没有路可以继续前行了,队伍停下了脚步。

道路的一侧是峡谷,峡谷下面是密林。小雪冲着密林叫,安心循声望去,看到运送活体心脏的救护车翻在峡谷里。

"已经用望远镜侦察过了,医生和护士都在车里,生死目前无法判断。"李队解释道。

"救援的人下去了吗?"安心问道。

李队摇头:"你也看到了,路到这里就断了,我们交警也没设备下去,都在等区消防队来支援。"

时间紧急,安心出声:"恐怕我们等不了支援的队伍过来了,那颗心脏一个半小时内必须送到医院。"

徐队一怔,道:"那你的意思是?"

安心看了眼山下道："我们带了救援设备，让我们下吧。"

徐队有些犹豫："可是……"

旁边的李队出声："救命要紧，他们都是专业的救援队，就让他们去吧。"

徐队这才点头："既然李队批准了，那安心你就带队员下去吧，记得随时汇报情况。"

安心连声道谢："嗯，谢谢李队！谢谢徐队！"

安心立即集合队员们，向大家宣布救援计划："救护车在下面山谷里，要我们下去救援。洛奇、莫莉还有伊森，你们三个负责做固定，其他人两人一组，带好搜救犬，准备下降。"

洛奇、莫莉和伊森立刻跑到道路边，卸下绳索，并寻找合适的位置开始为下降做固定。

周茉把狗狗防护的设备发给每个队员。

队员们先给自己穿戴好装备，然后仔细为狗狗们做好下降准备，背着各自的狗狗顺着绳索滑向谷底。

路人被这一幕惊呆了，纷纷拿出手机拍照、录像。

电视台记者也赶了过来，马上现场直播："我们可以看到，现场的救援工作已经展开，来自民间的'完美世界'救援队的队员们已经带着搜救犬向救护车的位置进发。此刻，救护车里的人员生死未卜，这支民间救援队是否能将被困人员及时解救？等待移植的心脏是否能及时运送到手术室？我们在这里跟您一起等待答案。"

安心等人顺着绳索下滑到谷底，来到运送心脏的车辆旁。八公围着车子仔细闻了闻，立即冲汤圆叫起来。

汤圆查看了下立即确定："车辆没有漏油，排除起火爆炸隐患，可以进入！"

周茉带着饭桶迅速进入车内进行检查："安心！医生和护士都还有呼吸。"

伊靓也帮着检查："司机也还活着，但是腿部受伤严重。"

安心立即下令："快，一起上，把人抬出来。"

队员们有秩序地进入，分组把受伤的医生、护士和司机抬了出来。周茉上前紧急包扎了司机腿上的伤口："血止住了，不过看情况出血很多，得尽快抢救。"

队员们小心翼翼地把三位伤者抬到了下降的位置，固定好伤者，由上方洛奇三名队员将伤者拉了上去。

伤员被抬上了救护车，救护车呼啸着驶往医院。

这边，安心和小雪爬进救护车的后厢，仔细寻找着装着活体心脏的转运箱，可找了个遍，都没有找到。

"奇怪，怎么不在车里？"安心皱紧眉头，"小雪，去前面看看。"

小雪敏捷地跳入驾驶舱，寻找一番，对安心叫着，示意没有发现。

安心带着小雪立即从车厢出来，在周围继续寻找，等汤圆几人送伤者返回的时候，安心都还没找到。

"活体运输箱不在车里。"

"怎么会这样！"

汤圆、伊靓几人都急得不行。

安心观察四周："车窗玻璃已经没了，我判断箱子应该是翻车的时候被甩出去了。"

汤圆皱紧眉头："这么大一片树林，谁知道能甩到哪儿去啊……"

这时，周茉递上一只手套给安心："这是刚才那个护士的手套，她一直保管着运输箱，箱子上肯定有她的气味，这手套可以作为嗅源。"

安心立即接过手套，给小雪闻了闻，又把手套递给汤圆。

很快，所有搜救犬都闻了嗅源，安心将人分成三组寻找："周茉和我往东边找，汤圆、伊靓你们顺着路往北边去，洛奇、莫莉和伊森你们仨负责西边的这一片树林。"

"是！"众人立即行动，安心、小雪和周茉、饭桶往东，汤圆、八公和伊靓、山神往北，洛奇、莫莉和伊森，则在西边的树林搜索。

森林里，各种气味混杂，给搜寻增加了很大的难度。

医院候诊区的电视屏幕上正在播放事故现场的新闻画面，医生、护士和患者都围在屏幕前，关注着第一线的情况。

边慕急得不行，准备到现场去，敖力赶到了。

"我已经联系了救援联合会，申请调用他们的直升机来协助搜救。现在直升机已经上路了，咱们赶紧去接小七和小小七吧！"

边慕感激地拍了拍敖力的肩膀："谢谢你。"

"等伯父平安出院了再谢我不迟，走吧。"

边慕和敖力走向电梯，边慕突然想到了什么："稍等我一下，马上回来。"

边慕来到了手术室外，隔着玻璃看着躺在手术室里的边爸。

"老爸，你以前总说我的命是你给的，还说我不争气，除了气你别的什么本事都没有。老爸，我欠你的那条命，今天一定还给你。你在这儿等着我，一定等着我，我替你把心脏找回来！"

茂密广阔的峡谷丛林里，救援队员的身影在丛林里穿梭。

这时，一架救援直升机从空中飞过。队员们纷纷抬头仰望，汤圆和伊靓停下了脚步。

安心的手表里响起了敖力的声音："安心，我们将在救护车向西两公里处的空地上降落。收到请回话。"

"我就在附近,我马上赶过去。"安心立即带着小雪朝不远处的空地跑去。

边慕、敖力、小七和小小七速降下来,安心看到边慕一怔:"你怎么也来了?"

敖力替边慕解释道:"边慕不放心,想亲自参与任务。"

安心点头:"我理解,可是边慕,小七做完手术才不到一个月,嗅觉还没有完全恢复。医生还没有给出小七的评估报告,让它参与搜救是不是太着急了?"

边慕看向小七:"我相信小七,这次搜救就是它嗅觉恢复的证明。"

安心还是有些担心:"还有小小七,它的搜救经验值几乎为零……"

敖力摇头,一脸认真:"安心,先别急着否定,我们要对自己有信心,更要对我们的搜救犬有信心。小七是最优秀的搜救犬,小小七又是我们救援队的新鲜血液。它们俩彼此配合,也许能给搜寻带来新的希望。"

见两人都打定主意,安心看看敖力,又看看边慕,心情十分复杂。

边慕问道:"有嗅源吗?"

安心递过手套。小七和小小七闻了闻手套,小小七立即朝之前小雪搜索的方向叫了几声跑过去,敖力立即追上。

小七有些迟疑,然后也往那个方向跑去,安心和边慕对望了一眼,也跟了上去。在犹如迷宫的密林中搜救本身就困难重重,谁料到此时天公不作美,山中竟起了大雾。

浓厚的雾气弥漫在丛林中,使得搜救任务越发困难,众人不得不分散开来,以扩大搜索范围。

众人正搜索着,八公、山神的急吠声突然响起,还有伊靓的高呼声。边慕、敖力、安心和周茉从各个方向赶了过来。

众人赶到,见汤圆陷入沼泽里,伊靓正在拉他,八公和山神在旁边急得团团转。

边慕:"汤圆!坚持住!这就拉你上来!"

众人协力把汤圆往外拉,眼看就要把汤圆拉出沼泽时,伊靓却脚下一滑,也陷入了沼泽。

敖力连忙出声:"大家别慌,稳住!"

边慕、安心和敖力站在沼泽边拼命拉住伊靓和汤圆,可是因为弓着身子,根本没什么效果。

敖力摇头:"不行,这样使不上劲儿。"

小七突然对小小七叫了几声,转身跑开,小小七也跟着小七跑去。

不一会儿,小七、小小七拖着一棵小树回到沼泽地旁,放下树干,对着敖力、边慕狂吠。

敖力看到树干眼睛一亮，立即抓过树干递给伊靓和汤圆："抓紧了，我们拉你们上来！"

敖力和边慕等人抓住树干的一端，汤圆和伊靓抓另一端。

终于，伊靓和汤圆被拉了出来。

敖力和边慕都手叉着腰站在原地喘着粗气，他们看看小七和小小七，又抬头看看对方，相视一笑。敖力上前拍了拍边慕的肩膀，洛奇、莫莉和伊森带着卡卡、球球和浩克，也赶到了沼泽边。

边慕问道："你们那边有线索了吗？"

伊森摇头："没有，一点儿线索都没有。还在树林里遇上了蛇，浩克差点被咬了。"

队员们聚在一起，面对浓雾笼罩的森林显得有些不知所措。连续搜索，让狗狗们已经筋疲力尽，纷纷趴在地上吐着舌头喘气。

时间紧急，队员们牵着搜救犬继续进发。浓雾弥漫的森林四处都有野兽的低吼和叫声，让人毛骨悚然。伊靓很害怕，神色慌张地左右顾盼。

安心看到伊靓的表现，主动走到她身边道："没事儿，离得很远的，别怕。"

伊靓点点头，队员们打起精神，继续前进。

这时，一阵狂风刮来，浓雾顷刻间散去。

"起风了！"

"雾很快就会散掉。"

雾是刮走了，可是运输箱的气味儿也一起被刮走了。时间拖得越长，搜救犬的工作难度就越大。搜救犬一直连续工作，小雪已体力透支，脚步越发慢了下来，饭桶饿得吃起了路边的野草，卡卡、球球、浩克累得趴在路边走不动，八公、山神表现得非常烦躁，只有小七和小小七，还在坚持着搜索。

突然，小小七好像发现了什么，沿着一个方向嗅了过去。小七看到小小七的反应，立刻在它身后紧紧跟随。

前方，小小七停住了，对一棵倒下的大树树干下的缝隙叫起来。小七跑上去查看，果然有所发现，立即对着边慕叫。

边慕和安心来到这里查看，发现了树干下的岩石上有一些金属痕迹。

"摩擦痕迹是新近留下的。活体运输箱滚落的过程中应该接触过这块岩石。"

"肯定是！否则小小七不会有那么强烈的反应。"

众人立即打起精神，沿着新发现的线索寻找。

边慕和安心走在一起，安心看到边慕脸上前所未有的严肃和沉重，心里不由得有些内疚。

突然，小小七有了反应，发出叫声示警，一边叫一边向前跑。

"这边有情况!"边慕快步追了上去。

敖力紧随其后:"快,跟上!"

众人听见边慕的叫声也纷纷赶过来。

前方,小小七和小七停在一棵大树下,鼻子贴着地面用力嗅着,围着大树转圈。边慕和安心抬头看去,只见大树枝繁叶茂,里面黑乎乎一片,看不清有什么。

"树上好像有情况。"边慕道。

被树叶掩盖的树干上,活体运输箱卡在了那里。

终于找到了!众人都松了口气。

直升机起飞升空。直升机里,边慕冲着队员们挥手致意,队员们也对着边慕挥动手臂。

汤圆长出一口气:"我可算体会到什么叫累成狗了,我感觉自己现在倒在床上能睡一整年。"

洛奇笑道:"那不成猪了吗?"

直升机在医院楼顶的停机场上停稳,边慕赶紧把箱子递给前来接应的医务人员。

边慕和小七不安地等候在手术室外,"手术中"的红灯一直亮着,照得边慕心神不宁。

安心走上前,握住了边慕的手:"别担心,一切都会好起来的。一会儿手术室的门打开,医生就会过来通知你,手术很顺利,现在病人要转入病房观察和休息……"

边慕紧紧握住安心的手,什么也没有说。

沉默片刻后,边慕终于开口:"我妈妈在我很小的时候就离开了,从小是爸爸一个人把我拉扯大的。小时候那会儿家里穷,有一次爸爸在外面买了两个馒头、一份青菜回来。我饿坏了,一口气就吃完了一个馒头,菜也扒拉得精光。爸爸又把他的馒头掰了一半给我,说自己一点儿都不饿,我也就开心地把那半个馒头吃了。后来我路过厨房,看见爸爸站在水池边上,用剩下的半个馒头蘸着盘子里的剩菜汤吃……那时候我就发誓,长大了一定要对爸爸好,让爸爸每顿饭都吃饱,想吃多少馒头就吃多少馒头。"

安心有些惊讶:"我真的没有想到,你和爸爸之间还有这样的经历。"

"可是等我真的长大了,家里的条件逐渐好起来,小时候自己发的誓也就淡忘了。我变得越来越叛逆,越来越浑,浑得把爸爸气成了今天这副样子……"边慕埋下头,双肩不断地耸动,哭了起来。

安心安慰着边慕:"我们都叛逆过,也都为年少轻狂付出过代价。"

边慕低下头，不愿让安心看到自己的眼泪。

医院的大楼外天色暗了下来，然后再到天亮。
手术很成功！病房里，边爸爸睁开了眼睛。
边慕嬉皮笑脸地凑了过去："老边同志！你醒了！"
老边一看是边慕："这小子，没大没小的，我一睁眼就开始气我是不是？"
边慕打着哈哈："你看你，一点儿幽默感都没有，僵硬、麻木，一点儿都不柔和！"
老边闭上眼睛："我看我还是继续睡会儿吧。"
边慕连忙出声："哎，别啊老爸，先会会你的救命恩人再睡也不迟！"
"救命恩人？"老边恍然大悟，"哦！是不是我那儿媳妇？安心？"
"说什么呢，看这儿！"边慕哭笑不得。
老边顺着边慕指的方向看去，看到了病房窗外端坐着的小七和小小七父子。
"这是？"
边慕笑道："这就是你一直想偷的小七啊！"
老边："……"
边慕解释道："还有小七的儿子，小小七！这次能找回丢失的心脏，它俩可是头号功臣。"
老边看着小七："小七，咱们终于见面了。谢谢你救了我，还有你，小家伙，谢谢你们。"
小七和小小七对着老边咧嘴一笑，老边有些庆幸："小七啊，幸亏当时没把你弄来马戏团，不然今天我这小命恐怕就不保喽！"
边慕看着病床上的爸爸，突然上前抱住老边，老边一怔："喂……喂你这是干吗……"

"爸，能再见到你真好。"边慕眼眶微红，"爸，在你昏迷的时候我坐在你床边陪你。那时候大家都在急着联系那辆救护车，可我坐在这儿整个人都是蒙的，什么都不知道，满脑子只有小时候你训练我、批评我、教育我的那些画面。我想起来好多我以为我早就忘记的事儿，那会儿妈妈走了，就咱爷儿俩相依为命。你骑着自行车带我去工厂外面的早点摊买油条豆浆，把我的脚都卷车轱辘里了还继续往前蹬……

"还有你给我剪头发，把我的耳垂都铰破了，呼呼直流血。我疼得直哭，你不但没安慰我，还对我说，这点小伤小痛就流眼泪，以后长大怎么做个顶天立地的大男人。我那会儿真的挺恨你的，觉得你太狠心了。可当我遇到小七，成了它的驯导员、它的爸爸，我才明白了你当年的用心良苦。那会儿你硬着头皮又当爹又当妈地把我拉扯大，吃了多少苦受了多少累，别人不知道，我却都

看见的。虽然言语上你对我从来不客气，但你从自己嘴里省出肉和鸡蛋给我吃，自己啃干馒头，那种感情我以前不理解，现在我都懂了。父爱虽说深沉内敛，但是也来得简单直接。你可以倾其所有，放弃一切，甚至忍受全世界的冷眼和嘲笑，却只要我过得幸福安稳。爸，我懂事儿得太晚了，你不怪我吧？"

边慕的爸爸湿了眼眶："这话说的，你是我儿子，我怎么会怪你。"

"完美世界"救援队，再一次成了新闻媒体的报道对象，更多的人关注起救援队来。

一晃，从敖力、边慕等人加入救援队到现在，已经一年整了。

汤圆在一个精心制作的蛋糕上面神神秘秘地裱好字，将其装进了盒里。

忽然背后传来一声"狗叫"。

汤圆一个哆嗦，转头看却并没有狗，边慕从另一边探出头，指着汤圆手上的蛋糕："又偷吃独食！当心血管爆掉。"

汤圆赶忙拍掉边慕的手："别动，这是送给伊靓的。"

边慕翻了个白眼："就你家那位事儿多。她在会议室等着，说有事要宣布，走吧。"

汤圆不理他，端上蛋糕走了出去。

汤圆来到会议室，见大家都到了，接着满头大汗地说："对不起来晚了，大家都在啊，那……"

伊靓把蛋糕随手放在一边，打断他道："快点，都等你呢。"

小七立刻被蛋糕吸引，走上前闻了闻。

众人期待地看着伊靓，伊靓将汤圆拉过去，把彩带礼炮塞到汤圆手里："一说完，你就拉。"

汤圆一脸惊喜："你知道我要……"

伊靓迫不及待地来到镜头前，和山神站在一起。

"一直以来，大家都很关心我和山神的将来。这个直播陪伴和见证了我们成为搜救搭档的一年时光，所以你们一定也发现了，我们在这里遇到了家人。"

原来伊靓还在直播，伊靓回头看了一眼队友们，汤圆激动地与她对视，伊靓刚好回过头去。

"所以我决定，将这个个人直播变成救援队的直播，'山神之眼直播频道'正式更名为'完美世界现场直击频道'！"

队员们一齐鼓起掌来，伊靓赶紧朝汤圆使眼色让他拉彩炮，汤圆却愣在原地。小七见了，上前咬住彩炮的拉绳用力一扯，彩带终于喷射出来，狗狗们一起叫了起来。

忽然小七的叫声传来。大家回头看去，放在一旁的蛋糕已经被小七打开，它蹲在一旁叫着提示，狗狗们见了一拥而上大快朵颐。

汤圆顿时发出惨叫，边慕上前让狗狗们停止，但是他忽然露出一副有所发现的样子："嗯？"

汤圆慌张摆手："别看，别看，这是……"

蛋糕上的字已经被舔得完全变了样。

伊靓也看到了："这是什么啊？汤圆，你现在的审美越来越差了，裱花跟鬼画符一样。"

汤圆哭丧着脸："这可是我的独家定制惊喜啊……"

小七很有兴趣地闻着蛋糕。

边慕低头看着："这难道……"

安心猜测道："这是汤圆为今天特地准备的吧？"

汤圆默默点头。

周茉有些同情他道："好可惜，送给伊靓的周年庆礼物吧？"

汤圆点点头又摇摇头。

小七还是闻了闻蛋糕，抬头"祈求"地看着边慕。

边慕猜测着："该不是……"

敖力这时出声："都舔成这样了，干脆给狗狗们吃得了。"

汤圆慌忙摇头，可为时已晚，敖力一个手势，狗狗们立刻埋头开吃。

"等等！等等！停下！"汤圆想阻止已经来不及。

见小七风卷残云地吃着蛋糕，边慕一脸激动："好久了，好久了……"

安心茫然："什么好久了？"

"酸奶蛋糕……"

安心更加迷惑："你说什么呢？"

边慕抓住安心激动地说着："小七知道这不是一般的蛋糕，它从我们一进屋就盯上了，还没打开就知道是酸奶蛋糕！这说明……"

周茉接上他的话："这说明小七的嗅觉完全恢复了。"

大家欣喜地看着小七，只有汤圆拿起地上的纸盒，到处寻找剩下的蛋糕，最后汤圆哀号了一声："不会吧？没了？没了？"

搜救犬公寓内，八公撅着屁股舔着一只刚吃完的碗，只见后面伸来一只手，手上拿着个铲子，越靠越近。

八公忽然一惊，迅速跑走。汤圆拿着铲子跟在后面直追。

"八公，快点拉！你以为大肉白给你吃的啊？吃了我的还不给我还回来？"

八公停下来，似懂非懂地看着汤圆。

汤圆赶紧凑上去，拿出铲子："怎么样？有感觉了吗？"

谁知八公又忽然跑了起来，汤圆追不上直喘粗气。

看见一边的小雪正看着自己，汤圆想了想道："小雪，要不你……"

小雪也掉头跑了，其他狗狗也都跑开，躲着汤圆。

汤圆转向躺在一边的山神："山神，怎么样？拉点吧，吃饱就躺着会发胖的，胖了找不到女朋友就是名副其实的单身狗。"

山神瞥了汤圆一眼，把头扭到另一边继续打盹，不理他。

汤圆朝他做了个鬼脸，站起身，腰酸背痛。小七走到他身边，安慰地看着他。

汤圆哀求着："小七，你最懂事了，要不你给大家伙儿带个头表个态？"

小七好像听明白了，走到了角落的狗用厕所边。

汤圆期待地跑过去，刚把铲子伸过去，忽然被边慕截住："你要对我家小七做什么？"

汤圆连连摇头："没……没什么啊……"

总感觉汤圆有鬼，边慕哄道："胖子，你是不是有什么心事啊？说说，哥们儿帮你解决。"

汤圆摇头："没有。"

边慕不解："那你跟在狗屁股后面干吗？难道因为那个蛋糕？还是你有什么怪癖……"

汤圆立即紧张起来："不是不是，跟蛋糕一毛钱关系都没有，怪癖，我有怪癖。"

边慕有点明白了："你就别藏着掖着了，想害我晚上失眠啊？"

汤圆扭头准备走："我哪有空管你？"

边慕淡淡出声："我一失眠就有个坏习惯，到处找人聊天，找你是不行了，找伊靓吧……"

汤圆连忙停下："好吧好吧。那个蛋糕上写了'陪你走天涯'，你……懂的吧？"

边慕皱眉："懂什么？你要当她的第二个山神？"

山神听见自己的名字，抬头看着他们。

汤圆摇头："不是，是我用来……求婚的。"

"嘿，不就是求……"边慕紧接着瞪大眼睛，"什么？求婚？"

所有狗狗都好奇地看着他俩。

汤圆连忙示意边慕："嘘，小声点！本来我是这么计划的，今天刚好直播一周年，日子特殊，运势上也说……"

边慕一下子跳到汤圆的背上："你小子翅膀硬了，要结婚竟然都不跟我商量！重色轻友到家了！"

汤圆挣扎着说："不是还没成吗？好不容易准备一个惊喜，结果有惊无喜。"

边慕被汤圆甩了下来："那你等着狗狗排出来有什么用？再说，蛋糕也太小儿科了，求婚还不得放大招？"

汤圆苦着张脸："这我能不懂吗？现在的问题是，大招……不知道在谁肚子里。"

"你是说……"

原来，蛋糕里有汤圆好不容易攒钱买的戒指，结果不知道被哪条狗给吃了……

汤圆怨恨地扫了一眼狗狗们，狗狗都无辜地看着他。

这时，小七用爪子扒汤圆的腿。汤圆一看，小七的嘴里居然叼着他的戒指。

汤圆激动起来，开心地揉揉小七的头："小七！"

戒指终于找到，可汤圆依然苦着张脸，不知道怎么再向伊靓求婚。见汤圆愁眉苦脸的样子，边慕来劲了，凑到汤圆耳边，小声嘀咕了几句。

"这能行吗？"汤圆有些担心。

边慕怪笑着看着八公："绝对没问题。"

两人立即带着八公，来到边慕的宿舍。

宿舍里，八公不解地看着边慕和汤圆。边慕举着装戒指的盒子对八公解释着："明白了吗？一看到汤圆跪下……"

汤圆配合地跪下。

"你就到这儿……"边慕边说边走到沙发后面，把装戒指的盒子放在沙发下面："把戒指盒叼出来，再回到这儿，交给……"

边慕领着八公又回到汤圆身边，把戒指盒交给汤圆："懂了没有？"

汤圆点头："懂了。"

边慕："……"

"没问你！八公，懂了没？"

八公歪着头看看边慕，有种莫名其妙的表情。

边慕没办法，只能再和汤圆演示一遍，整理一下状态，学着女生的姿态扭捏地坐下："你有什么话要对人家说，小汤汤？"

汤圆跪下，忍不住笑，手抖得做不好手势。八公看了，不明其意，到沙发背后打了个转，自顾自躺下了。

边慕和汤圆等了好一会儿见八公还没动静，和汤圆探头一看发现它根本没有去叼戒指盒。

汤圆皱眉："你这法子不行啊，八公做不了这个。"

边慕想了想，把八公叫过来，拉汤圆坐下："我来试试！"

汤圆也学着女生的样子，双手搭在膝盖上，正襟危坐："亲爱的，干吗这

240

么深情地看着我?"

边慕跪下："那个,我跟你说个事……"

边慕边说,边在腿边做出手势,示意八公去叼戒指盒。八公看了一会儿,才好像明白过来,跑到沙发背后,叼出戒指盒。

边慕继续表演："你看,咱俩吧,认识这么久了,其实都心知肚明……"

汤圆握住他的手："我懂的,我一直在等你说出那句话。"

忽然,一记快门声打断了边慕。

边慕回头一看,惊恐的表情被记录在安心的手机镜头中。

小七、小雪、小小七好奇地看着边慕和汤圆。

安心拍下照片笑不可遏："天哪,真是活得久了,什么都能见到。"

边慕连忙解释："不不,这是排练,是……"

汤圆拉着边慕,让他不要说出去。

安心大笑高呼着跑出去："绝对不能一人独享,大伙儿快来看啊,边慕和汤圆……"

边慕急忙追出去说："等等!毁我清誉没关系,但你这是给自己挖坑。"

"跟我有什么关系?"安心一分神,被边慕追上。

边慕拉住了安心："如果我是那什么,那你……"

话没说完,小雪朝边慕一扑,安心趁机甩开他逃走。边慕绕开阻挡他的小雪,继续追去,没想到小七也蹿到他前面阻挠。边慕气急道："小七,你别胳膊肘往外拐啊!"

小七听了停下来,边慕得意,差点追上安心,没想到小小七接棒,蹿到边慕面前跃起。

两人打闹一阵,终于安静下来,在训练场边坐下。安心取笑道："你跟汤圆是怎么走上这条路的?打算何时公布?何时筹备?婚礼在哪儿办?蜜月去哪儿?"

边慕："……"

安心："你不解释清楚这是演的哪出山,我是不会删的。"

边慕看着安心,半真半假地说道："这是为了……一个女生的幸福。我不是想提供更好的建议和服务嘛,那不得进入角色,切身体会她的需求和心境啊!"

安心捂着额头："老天,我真替那女生担心。"

边慕拉着安心："那你给出出主意呗,不是说女生心里都有个梦想的婚礼吗?"

安心想了想道："如果是我的话,希望能在海边。"

边慕讥笑道："嗯,真有新意。"

安心瞪了边慕一眼:"重要的不是新意,是心意,真心的心,懂不懂啊你?在蔚蓝的海边,白色的沙滩上,大家都赤着脚……赤脚是希望大家都不要拘束,也让心中留下的记忆带着独一无二的触感和温度,这种记忆是最深刻的。"

安心望着夕阳,很向往的样子:"然后在夕阳温暖的光芒中交换誓言,当夕阳慢慢沉入水中,月亮渐渐升起,点上烛光,燃烧火把,和家人朋友一块儿吹着海风,听着海浪声,唱歌跳舞,干什么都行……"

边慕也望着夕阳听着海浪,好像看到了安心描述的景象。

突然,小七的叫声打断了边慕和安心的遐想。原来它发现安心的手表在振动,安心一看,欧叶正发来视频请求。

欧叶发来视频电话,是因为宠物乐园那边的事。

海啸之后,宠物乐园那边重新装修,准备再次开业,想邀请阿旺和小七作为宠物乐园新开业的嘉宾参加庆典活动,还有救援队的其他狗狗。

小七开心地叫起来。

视频通话结束,安心收起手机。

边慕却直撇嘴:"不就是海边宠物乐园嘛,有什么意思。"

小七听了十分不开心,使劲儿拱边慕的胳膊。阿旺也挠着边慕的鞋带抗议,边慕只好躲开。安心在一旁偷笑,当初边慕就是在那边想偷走小七,还被阿旺给抓伤了。

宠物乐园的中巴车第二天来救援队接队员和狗狗们。队员们带着自己的狗狗上车,伊靓又开始直播。这次是当作一次休假旅行,所以大家都很轻松,狗狗们也很兴奋。

汤圆跟在伊靓身后,却搭不上话。

车上,小小七期盼地看着车门,可上来的都不是小七,小小七屡屡失望。

一身靓丽打扮的安心背上的航空舱书包里背着阿旺,手上牵着小雪,步伐愉快地跑了出来。一上车,她扫视一圈,说:"小七和边慕没来?"

汤圆吐槽道:"马上马上,他从小就是这个毛病,懒驴上磨屎尿多。"

宿舍里,边慕躺在床上,小七在一旁冲他大叫,催促他出发。

边慕翻个身,干脆把被子蒙到头上。小七着急了,叼来边慕的书包,又从抽屉里叼出几件衣服,还把卫生间里的洗漱用品也叼出来,统统扔在包里。最后小七跳上床,掀开边慕的被子。

边慕气得挺起身:"好吧好吧,我去还不行吗?"

小七开心地打转,边慕一脸奸笑:"不过,你也要答应我一个条件。我为你做这么大的牺牲,你总得表示一下诚意吧,嘿嘿……"

看着边慕甩掉手中的衣服,怪笑着走向自己,小七连连后退,用爪子捂住

了眼睛。

安心正要打电话催边慕,小小七朝着车门叫了起来。只见边慕穿着一身帅气的迷彩衣裤,裤脚扎在中筒靴里,还戴着飞行员墨镜。旁边的小七也戴着墨镜和迷彩围嘴,和边慕的造型非常搭配。两人潇洒地走来,一车人都对着他俩吹口哨。

车开动后,汤圆悄悄坐到边慕边上说:"你不是说包在你身上吗?我这……老也找不到机会,现在怎么办?"

边慕拍拍胸膛:"没问题,包在我身上。"

开业庆典上,许多搜救犬的粉丝都赶来了,站在红毯两侧,期待着狗狗们出场。

戴维亲自主持:"海啸虽然是场巨大的灾难,但也让我们感受到勇气和温暖,无论遇到多大的困难,都不是放弃的理由,感谢大家!今天我们迎来了新的开始,希望大家继续支持'完美世界'宠物乐园!下面,典礼正式开始,让我们用热烈的掌声欢迎特殊的开业嘉宾——'完美世界'救援队的动物队员们。"

大家欢呼起来,阿旺和豆豆、公主先开场。

"首先走上红毯的,是我们的老朋友,阿旺!"

阿旺悠闲地漫步。

"豆豆和公主。"

豆豆和公主争抢着镜头:"拍我!拍我!"

"接下来是英雄三兄弟卡卡、球球和浩克。"

卡卡、球球、浩克欢快地跑过红毯。

"难兄难弟八公和饭桶。"

饭桶跑在前面,八公东张西望后追上饭桶,山神的狼嚎传来。

"网络明星山神。"

山神骄傲地走上红毯。

"美丽可爱的小雪。"

小雪走过红毯,摆出了优雅的造型。

"最后,重磅嘉宾——神犬父子兵小七、小小七。"

小七与小小七压轴出场,小小七跟在爸爸身边,一样帅气的姿势,尖叫声和快门声达到高潮。

戴维高声道:"'完美世界'救援队的多位成员和狗狗,在海啸前帮助撤离,挽救了很多人的生命。为了表示感谢,我代表大家对救援队进行一笔捐赠,希望他们能够帮助和拯救更多人、更多动物、更多生命。"

队员们纷纷鼓掌致谢,排成一排的狗狗们集体叫起来,也向大家表示感谢。

宠物乐园的设施非常丰富，狗狗们玩得很是欢快。阿旺看见一棵假树，树干上钉着一列隔板，它立刻踩着隔板爬上了树，而顶端是个树屋，里面有它爱吃的零食。阿旺享用着美食，看着下面的狗狗。豆豆和公主在狗狗们头上飞来飞去。

卡卡钻圈、跨栏；饭桶、球球和浩克一遍一遍玩滑梯，就是玩不够；山神和八公钻"隧道"，过独木桥，冲进一堆气球里，忽然一声炸响，气球爆了，让它俩一愣。运行的轨道小火车上，"列车长"小七按响了喇叭，后面坐着小雪、小小七。

不一会儿，所有狗狗都冲进泳池，开心地玩起水来。只有小小七胆怯地试了试水又退了回去。小七见了，上前鼓励儿子，并以身示范跳进水中。小小七终于学着它的样子成功下水。

伊靓则为搜救犬们进行着直播，汤圆想要靠近伊靓说话却被狗狗们飞身入水溅起的水花打断。他无助地看向边慕，边慕拍了拍自己的胸脯。

安心无意间看见了他俩的小动作，感到怀疑。

狗狗们玩累了开始享用餐点，小七却发现躲在一旁的边慕若有所思的样子。边慕抱着书包，正东张西望。

这时，小七叼起他的拖鞋就跑，边慕连忙追了上去。小七一路跑到鲍宇小屋门前，坐在屋门口，轻声地"哼哼"着。

边慕穿上自己的拖鞋："原来你要重访故居啊。鲍宇和欧叶都在国外，进去干吗？这里没有你的老相好吗？我可不替你保密。"

小七冲边慕叫，边慕试了试门打不开："没人在啊。"

小七看见了半开着的窗户，熟门熟路地从窗缝里钻了进去，替边慕从里面把门打开。

边慕："……"

小七到处走到处闻，寻找过去的气息。边慕看了一圈，这屋子还保持着原样，小七对着相框叫了两声，边慕见相框中依然是鲍宇和欧叶的照片："看来这里还一直为他俩留着呢，跟原来一模一样。"

边慕理解地抚摸小七，小七忽然扒拉起边慕的书包。

边慕："又怎么了？"

小七过去把门带上，冲边慕叫着。边慕有些明白过来，从包里拿出电脑和手机操作起来。

忽然小七的视线转移到门口，一个毛茸茸的动物蹿到了边慕的背上。边慕吓一跳，回头一看是阿旺，安心带着小雪一脸促狭地看着自己。

边慕连忙盖上电脑，安心看着边慕："怎么每次在这里发现你，你都鬼鬼祟祟的？上一次是为了偷小七，这一次又在偷偷摸摸做什么？"

边慕连忙解释:"不是我,是小七想要故地重游,门也是它开的。是不是,小七?"

小七帮腔似的叫了两声。

"小七现在尽帮着你。你在看什么?"安心想看看电脑,边慕忙拦住她。

"我在……写回忆录,个人隐私,非礼勿视。"

"你写回忆录?"安心怀疑地看着边慕,"写到何年何月何地何事了?不许想,马上说!"

边慕看着安心:"三百八十八天前的此时此地,遇见你们。"

安心一愣:"是吗?记得这么准确?"

边慕笑道:"那当然啦,我的脑子与众不同。你记得那天吗?我一出场,就特别有远见,与阿旺、小七特别投缘,遇到海啸还特别神勇。"

安心:"……"

| 第 10 章 |

汤圆求婚

边慕正得意,安心忽然一个转身打开了笔记本电脑,边慕阻拦不及,就被她看到了汤圆训练求婚但失败的视频。

安心皱眉:"这是在……求婚吗?"

边慕苦着张脸:"拜托,千万别让伊靓知道,也别让汤圆知道!你就当什么都没看见,不然我的名声就臭了,在哥们儿面前混不下去了。"

安心哭笑不得:"走开吧你,这种事交给你,汤圆不就等着往火坑里跳吗?让我看看该怎么弄。"

安心撸起袖子,边慕连忙拉过椅子,请安心坐下,自己另搬一张椅子,坐在旁边。小七和小雪也把脑袋凑了上去。

边慕和安心看完一系列求婚失败的视频,都感到黔驴技穷,瘫在椅子上。安心无可奈何地说:"这要能剪出花来,咱俩都可以改行了。"

阿旺无聊地打起哈欠,小七和小雪也泄气地转过身,发出丧气的"呜呜"声。

边慕想了想道:"要不我们拍个全新的吧?"

安心眼睛一亮:"啊,对了!"说着,安心从包里拿出带来玩的乐高积木。很快,安心用乐高积木搭建的一栋带院子的小屋就摆在地上,小七和小雪都凑过去闻了闻。

对安心的技术,边慕很是惊叹:"帅!当背景是不错,但是缺点故事。"

"试试这个。"安心回头去拆钥匙扣,原来乐高小白狗已经被挂在了钥匙上。当她把小白狗放到地上时,边慕也放下了他的乐高小黄狗,手里也有一个钥匙扣的环。

小七和小雪看着"小黄"和"小白",都开心地叫了起来。

"男女主角有了,配上音乐,打上字幕——嫁给我好吗?"安心得意地拍了拍手,"这样不就完美了吗?"

边慕却摇头:"不行,不给力。"

安心皱眉:"怎么不给力了?"

边慕想了想道:"看字没有冲击力。不好!"

安心撇嘴:"不好那你想啊!"

边慕思索了一下,看着小七和小雪,立即招手:"小七、小雪,过来,给你们一个非常重要的任务。"

小七和小雪好奇地看着边慕。

一通解释之后，安心明白了边慕的办法。房间里，小七和小雪从两侧走来，站定后，小七向小雪伸出爪子。边慕模仿着动画片中的狗狗说话："你愿意嫁给我吗？"

因为边慕的声音太怪，安心怎么都接不下去。

边慕看着安心："你怎么不说愿意啊？！"

安心瞪了眼边慕："谁让你怪腔怪调的，气氛完全不对！"

边慕一脸无语："我这气氛营造得多轻松、多欢快啊，真是不懂欣赏。再来。小七、小雪，预备，走！"

在边慕的示意下，小七和小雪再次从两侧走来，站定后，小七向小雪伸出爪子。

边慕深情地配音："你愿意嫁给我吗？"

"扑哧！"安心憋不住笑了起来。

边慕瞪着安心："你又笑什么？台词呢？"

安心指着边慕，笑得都快岔气了："你忽然……正儿八经……特别怪……"

边慕一脸无语，怪腔怪调不行，正儿八经也不行。他有些无奈地说："安心，合着你故意耍我玩呢？"

"虽然没这个意图，但好像是这个效果。"安心边笑边跑，"我倒很好奇，你这假正经怎么会憋住不笑的呢？"

"你给我过来！"边慕气得追打安心，小七、小雪也跟着跑。

终于，边慕抓住安心的手，两人扭打在一起，倒在了床上。

短暂的尴尬之后，边慕看着安心："假正经？"

安心还没反应过来，边慕已经抱住她，动情地深吻着她。

小七和小雪默默对视一眼，悄然走开。

在长长的热吻之后，边慕低声问道："还觉得假吗？"

安心看着深情的边慕，有些愣住了。

边慕眼神认真地看着安心："虽然我说过一些假话，但现在你面前的我，没有任何虚假的细胞。"边慕深情凝视着安心，将唇贴了上去……黄昏，海滩上，边慕和安心带着小七、小雪和阿旺在晚霞铺满天际的海边散步。

安心的脸还有些红，她止看着海面出神。

"这么美丽的海，好像真的会有美人鱼出现。"

边慕立即举手发誓："我保证会目不斜视。"

安心笑道："记得吗？你在雪山讲过小美人鱼的故事，说过有一个秘密与我有关。"

边慕摇头："我不记得了，也不重要。"

安心平静地道："其实我早就知道了，海啸时在这片海里救起我的，是你。"

边慕有些意外，安心鼓起勇气，看着边慕："我想把我的秘密也告诉你，你愿意一起分担吗？"

边慕握住安心的手点头："有我在，说吧。"

安心和边慕一起坐下："小时候，我遭遇了一场大地震，非常恐怖的地震，它夺走了我父母的生命。幸好我当时养的萨摩耶找来救援队员，救出了我。我们相依为命，所以后来我又养了小雪，它们长得几乎一模一样。可那场地震并没有就此结束，它用幽闭恐惧症一直威胁着我、禁锢着我。我不是自己退出国家队的，是因为这个病在考核中被淘汰了。我知道你尽了很大努力帮我，但并没有什么效果，因为你不知道是这个病因。我并不像外表看起来那么坚强，都不知道到底能不能治好自己的病。"

边慕早就知道安心有幽闭恐惧症，不过不知道她退出国家队的原因，现在总算清楚了事情的经过。

边慕鼓励安心："你对自己没信心，我有啊！你看我们这一群三教九流的人都被你招募到旗下，甘心替你卖命，和你出生入死，说明你就算不是最强的，也比你自己认为的要强多了。再说了，天塌下来不是还有我顶着吗？"

安心看着边慕说："你保证不把这个秘密告诉其他人，行吗？"

边慕点了点头，安心紧紧地握住了他的手。

小七和小雪在美丽的晚霞中奔跑着，无忧无虑不知人间悲欢。边慕和安心满眼羡慕地看着它们。

入夜，队员们燃起篝火，支起烧烤架，一起喝酒聊天。狗狗们也惬意地撒开四腿，纵情地趴在沙滩上享受夜晚的海风。安心清唱着一曲悠扬静美的旋律，所有人都静静听着。

汤圆把烤好的肉串拿给伊靓，伊靓拿起啤酒转身走了。

安心和敖力在烤吃的，见周茉独自坐着，有些孤独的样子，安心对敖力说道："把这几串给周茉拿过去吧。"

敖力抬头看了一眼："饿了她会自己拿，不是自助吗？"

安心："……"

"别看东西这么多，真想吃的时候常常会发现已经被拿光了。有的时候，人们总觉得理所当然还会有，没有了才后悔白白错过，但那时已经迟了。"

敖力看了安心一眼，明白安心的意思，没作声。

安心劝说道："她一直以来对你的默默帮助和关心，你只是觉得理所当然，用这种办法惩罚她。可是如果没有她，你也许……"

安心把玉米放到盘子里，递给敖力，走开了。敖力看着玉米，若有所思。

周茉低头收拾着酒瓶和吃完的食品包装袋，敖力最终还是走了过去，将东西递给周茉："给你的。"

周茉挤出笑容:"谢谢,正好觉得饿,那我去屋里吃啦。"

周茉正要走,被敖力看穿她在偷偷擦眼泪。

敖力拉住她:"怎么了?"

周茉没回头:"没什么,海风吹的。"

"能不能别说这么幼稚的话?"周茉想走,敖力却转过她的脸,轻轻擦去她脸上的泪痕。

周茉自责道:"我为什么没有早一点理解步枪的追求?因为赌气我走了那么久,它肯定觉得被我抛弃了。如果我能早点理解它、支持它,还有你,那它在的时候就能多一些这样开开心心的日子。当时我觉得理所当然,现在才知道根本没有照顾好它,可是都晚了。"

敖力摇头:"步枪从没有怪过你,你看它重新见到你的时候是不是还那么开心?那么亲热?你不是说狗比人更诚实直接吗?所以你也要相信步枪心里并没有怨恨。它过完了它想过的一生。而且,它并没有离开,只是换成另一种方式陪在我们身边,无时无刻不在注视着我们。"

敖力指着天上的星星,用手指比画着:"看,这是步枪明亮的眼睛,这是它的嘴巴,这是它竖着的耳朵……"

周茉看着天空中的星星,步枪的模样跃然眼前……

这时边慕走过来,敲了敲酒杯:"女士们先生们,今晚播放一部很特殊的影片,请大家进屋吧。"

大家颇感惊喜。

鲍宇小屋内,安心特意安排伊靓坐在最前面,关了灯的屋里,投影仪播放着边慕和安心用乐高积木表演的视频。

伊靓好奇地问安心:"什么片子啊?"

安心冲她神秘地一笑。

此时音乐声起,乐高小屋前,乐高积木做的小黄狗面对着小白狗。

安心的配音响起:"从前有两条小狗,它们俩一见钟情。不管刮风还是下雨,小黄狗始终守护小白狗。虽然也有误会伤害,但是……它们并没有因此而分开……"

边慕拿着小黄狗朝小白狗靠近,画面瞬间变为小七和小雪,小七向小雪伸出了爪子。

"让我陪你走天涯好吗?"

这时,灯忽然亮了,汤圆在伊靓面前单膝跪下,清了清嗓子:"让我陪你走天涯好吗?"

大家顿时明白了是怎么回事,紧张得鸦雀无声。

小七推了八公一掌,八公反应过来,从沙发后面叼出了戒指。

249

第10章
汤圆求婚

伊靓看着这一切，又激动又好笑，说不出完整的话来。

伊靓："这……老天……"

边慕憋不住，嚷嚷着："哎呀，能不能给句痛快话！我的气都提不上来了。"

大家也一块儿起哄："在一起，在一起！"

小七带头叫起来，连狗狗们都在"催"伊靓快答应。

公主飞了出来："我愿意我愿意。"

安心上前劝伊靓："别再折磨汤圆了，给他一个回答吧。"

伊靓嗔怪安心："原来你们合伙儿瞒我！我……我……我得先问问山神的意思。"

汤圆赶紧跟山神说好话："山神，咱俩老交情了，平时你也没少从我这儿偷好吃的，我都睁一只眼闭一只眼了。以后我保证对你视如己出，比伊靓对你还好，给我说句好话呗，谢谢谢谢！"

谁知山神一脸蒙的样子，一声不吭。这时，聪明的小七忽然坐直身子，朝着伊靓作揖，其他狗狗也学着它的样子请求伊靓。

终于，山神回过神来，发出嘹亮的叫声。

队员们欢呼鼓掌，安心和周茉上前拥抱伊靓为她祝贺。

小雪和小七开心地跳了起来，小小七跑来，挤在中间。

山神还在叫，饭桶也加入它的行列，用短促的叫声表示祝贺。而慢半拍的八公不明所以地看着大家，忽然开心地"跳起舞"来。看着八公呆萌的模样，大家笑得更开心了。

安心问伊靓："蜜月去哪儿啊？东半球西半球？南半球北半球？"

大家立即帮着出主意。

"马尔代夫沙滩！"

"西藏朝圣之旅！"

"欧洲看古堡啊，多帅！"

边慕高举着手："你们说的都没我知道的地方好。"

汤圆连忙问道："哪儿啊？"

"我都侦察好了，可是……"边慕一脸得意地说，"不能告诉你，因为我要给自己留着。没准儿我也很快就用得到啦。"

大家看看边慕和安心，心领神会。安心脸色微红，害羞地避开了众人的目光。

众人玩闹一阵，已经是该回酒店的时候了。

大家一路高高兴兴地从鲍宇小屋回到酒店，忽然大堂的电视画面让众人的笑容凝结。

电视画面里，正在播放西南某地发生8级地震的新闻报道。电视画面中惨烈的景象让队员们的心都揪了起来。狗狗们也跑到电视前，注视着屏幕里发生

的事。

"现在灾区断水断电,物资极度匮乏。而由于灾区救援力量有限,政府正在从全国调集兵力进入灾区进行搜救,无数被困群正在等待救援,不断发生的余震也让救援工作难以展开。"

敖力扭头看向边慕,边慕也正在看他,彼此虽然没有说话。但是这一刻,他们都明白了对方的想法。

边慕寻找安心的身影,却没看见:"安心和小雪呢?"

周茉抱着阿旺:"她们还在海边捡贝壳,一会儿回来。"

边慕松了口气,立刻对队员们说:"去灾区救援的事不能告诉安心。"

敖力一愣:"为什么?"

安心的事情不能再隐瞒了,否则安心强行要去,到时候将会带来巨大的问题。

边慕的房间里,敖力一脸凝重地看着边慕:"安心的幽闭恐惧症有多严重?"

边慕皱紧眉头:"她在电梯里、雪崩、被绑架的时候都发作过。本来我打死也不能把这件事说出来,要不是真的很严重,我不会说的。我担心安心去了地震灾区后会被那个场景刺激,加重这个病症,而且这个病也会让安心像定时炸弹一样,随时面临更大危险!"

敖力看向旁边的周茉:"有办法控制吗?"

周茉摇头:"这个我没办法保证。"

汤圆皱眉:"可是不让她去,她肯定不答应。"

边慕点头,看了眼众人:"所以我们要一起瞒住安心,等到达灾区后再告知她情况,让她留下看守救援队基地。"

伊靓一脸担心:"天啊,安心发现了一定会气炸的,我们谁都逃不了。"

边慕摇头:"再生气也比危及生命强一万倍!"

众人沉默了。

确实不能让安心去,众人商量之后,决定半夜偷偷出发,先回基地取装备,然后立刻前往地震灾区。敖力负责联系地震救援指挥中心和国家救援队,看看参与哪些救援工作。至于经费问题,这次花费很大,最终众人决定由大家凑钱当路费。

第二天一大早,安心发现所有人都走了,才从服务员口中得知他们半夜就退房了。

这个结果,让安心一阵愕然,不知道边慕等人在搞什么鬼。安心立即用手机给边慕等人打电话,没找到手机,只得用手表的通话功能,但没人接电话,她只得生气地拉起行李箱匆匆出门。

此时，救援队基地，汤圆正擦拭着标有"完美世界救援队"的物资车。边慕与洛奇等男生将物资搬上车，敖力进行着核对登记。周茉在检查狗狗们的身体状况，伊靓将脚环分别套在狗狗们的脚上。

等安心赶回基地的时候，基地空空如也，搜救犬公寓也是空空如也。听到有球滚动发出的铃声，安心跑去一看，是阿旺在玩球，她顿时觉得不妙。

"喵！"阿旺对着安心叫了一声，转身跑向队员宿舍，示意安心跟上。

安心跟着阿旺来到宿舍，发现床头的枕头上有一个大信封和小七玩偶。她连忙打开，里面鼓鼓囊囊的全是大小不一的小信封，每个信封都密封着。而大信封的正面封页上写着"遗书"二字，安心傻眼了。

安心神色凝重地放下手中的遗书，发现自己昨晚遗失的手机也在这个大信封里。

手机里有一条边慕发给她的微信："等我们，如果我们没回，请把遗书按上面的地址一一寄出。"

安心把大家的遗书铺在床上，找来找去却没有发现边慕的。

安心问阿旺："边慕的呢？他有没有放在别的地方？"

阿旺看着安心，没有回应，小七玩偶坐在桌上，静静地凝视着安心。

安心在电脑上查看到最近发生的大地震新闻，被新闻里惨烈的画面触动，频频落泪。

此时，边慕等人已经离开二十几个小时，安心孤零零一个人待在基地，陪伴她的只有阿旺。

泪水滴落在趴在她身上的阿旺头上，阿旺抬头看看安心，轻柔地叫了两声，像是在安慰安心。

安心知道这一切肯定都是边慕的主意！只有他！只会是他！他甚至已经把她的幽闭恐惧症告诉了大家，所以队员们才会一致选择把她留下。

安心抚摸着阿旺："边慕这个骗子！"

坐了好一会儿，安心拿出纸笔，含着泪写下遗书："边慕，骗子，假如你收到这封信……"

时光慢递邮局，安心向工作人员确认道："一个月后没问题吧？"

工作人员点头："嗯，放心吧。"

安心看着墙上的明信片和信封，仿佛感受到时间的沉重。她将队员们的遗书设定为一个月后寄出。最后，她看了看自己的遗书信封，上面写着"边慕启"，也把它投入了邮筒。

安心推开门离开了邮局，墙上的时钟嘀嗒嘀嗒不停息地走着。

西南灾区，城市内一片灾后景象，地面开裂，房屋坍塌，人们忙着转移。"完美世界"的救援车和物资运输车行驶在这样的场景中。

街道边标有红十字的救护站帐篷矗立着，医护人员抬着担架进入帐篷，护士和医生拿着医疗器具进进出出。

车内，伊靓以窗外景象做背景进行着直播。

小七突然对着边慕的手机叫唤，来电显示安心的头像。

所有的队员和狗狗都穿上了"完美世界"救援队服，小七和小小七则是量身打造的父子装。

安心的来电挂断了，显示二十七个未接来电。小七用爪子扒拉着手机，边慕把手机收了起来："不行！你再劝我也没用！"

小七发出委屈的声音。

一旁的周茉出声："她也让我发共享位置。"

边慕心里一紧："你没发吧？"

周茉摇摇头，有些犹豫："我们这样真的好吗？"

忽然，车子一个急刹。

伊靓跳起来："到了吗？到了吗？"

汤圆回头："路况不好，还没到，坐稳了啊。"

车继续开动，忽然，安心的电话又来了，边慕看着手表屏幕上安心的头像，狠心挂断了电话。

安心恼火地看了一眼自己的手表，边慕挂断了她的电话，她气愤地猛踩了一脚油门，车冲出很远。

这个浑蛋！等我到了那儿，找遍每一个搜救点也要把你揪出来！

忽然，安心想到了什么，停下车，在网上找到了伊靓的直播记录。安心将视频往前滑动，面露得意之色，发动车急速驶出。

边慕这边，众人已经到了目的地，敖力前去指挥中心领取任务，边慕等人则在外面休整。

不一会儿，敖力回来了："这是指挥中心分配给我们的任务。"

伊靓一看："啊？只是送物资吗？不搜救啦？"

边慕无语："上车的时候不就说了吗？你光顾着直播。"

小七和山神已经上了车，探出头朝他们叫着，催他们快点。

车内，敖力一边系安全带，一边观察周边地形。

看了看，敖力微皱眉头："怎么是北边有山？我在地图上看到的位置不是这样的。"

汤圆发动车子："我们一直按照GPS的路线在开，不会错吧？"

敖力又疑惑地看了一眼窗外，此时天空阴云密布。

片刻后，天上下起了雨，窗外的景色变得荒凉起来——汽车进入了郊区。汤圆瞄了几眼手表上的 GPS 导航，神色有些紧张。

敖力从地图中抬起头："怎么了？"

汤圆脸色难看："好像有点……"

边慕出声："怎么了？"

"信号没了！一格都没有！"

敖力赶紧去检查自己手表上的 GPS，发现指示的路径画面已经卡住。

伊靓重重地朝汤圆的脑袋拍去："笨蛋！这画面早就冻住了。你没发现信号不好吗？我们现在在哪儿？"

汤圆赶紧停车，一脸着急："本来应该上岔路的，上了岔路我就知道在哪儿，但是一直显示还没到，我就一直往前开，然后我就觉得有点不对劲，然后……"

"别说了。"敖力打开车窗朝外张望了一下，"这里没有参照物，我到那个山坡上去看一下。"

队员们都紧张起来，狗狗们也都站起身来。

敖力下了车正要走，小七跳下车叫了两声。边慕跟下来，伸展了一下四肢。敖力只好和他们一块儿朝山坡走去。

山路湿滑不好走，敖力看着手表上的指北针敏捷地走在前面，边慕走在最后。敖力试图透过树缝看到远处的景象，小七边走边留下尿迹。

敖力继续往上走，小小七想奋力跟上却十分吃力，一个爬高处上不去差点滑下来，幸好被小七咬住背带。

敖力赶忙与小七合力将小小七拉上去。

边慕看了一眼手腕上的手表。

敖力："又打来了？"

边慕摇头："奇怪，好一会儿没消息了。"

可能因为没信号，所以他收不到安心的电话和微信，不过之前安心可是几乎一直没停过。

"你回车里去吧，我自己去。"敖力见边慕累得不行，转身继续上行，小七看了一眼边慕，但小小七叫唤着催促小七，小七掉头跟了上去。

边慕起身走了两步差点滑倒。

敖力选的路太难走了，边慕看见一条有人走过的痕迹的通道，立即走了过去："放着好好的路不走，果然四肢发达头脑发育就跟不上。"

走在前面的敖力刚发现边慕不见，便听见一声异响。小七听见异响迅速朝那条通道跑去。

原来边慕被一个陷阱缠住了脚，摔倒在地。

小七跑过来，大声叫着。

敖力和小小七也赶了过来。

边慕正在那气得不行："谁这么缺德，给我下套！"

"给你下套？这是人家捕猎用的。"敖力指着植物，"这种上半身能碰到植物，下半身却不受杂物缠绕的路是动物踩出来的，所以村民捕猎就喜欢在这种地方设陷阱。你以为我没看到这条路吗？就知道耍小聪明。"

边慕瞪着敖力："那你不早说？明知道我不爱走寻常路。还不帮忙？"

小七、小小七上前试图咬断陷阱的绳索。

敖力用手表上的军刀帮边慕解困，却因湿滑被边慕带倒，扭伤脚踝。

小小七紧张地大叫起来，小七舔舔它，让它镇定。

边慕傻眼："怎么样？能站起来吗？"

敖力勉强站起来，但疼得直抽气，一脸生气地瞪着边慕："我真想抽你！怎么会有你这种人！"

边慕："我……我顶多跟你同等责任吧。"

敖力这样是没法找路了，只能边慕继续前进。

"就给你一次机会，十分钟。"敖力叮嘱道。

边慕点头，敖力又向小七叮嘱道："小七，记得刚才的路吗？好好带着你家边慕，行吗？"

小七用有力的回答表示自己一定完成任务。

边慕拿起敖力的腰包和小七走了。敖力和小小七在原地休息，小小七难过地舔着他的脚踝。

小七循着自己的尿迹在前面带路，边慕紧紧跟上，并用刀砍断沿途树枝。

小七不解地看着他，边慕解释道："这是留下记号，走错了可以回到原点。怎么样，专业吧？"

小七叫了两声，赞赏边慕的认真和专业。

走了一段距离后，小七停了下来，等待示意。

边慕："等等，我看一下。"

可是这时，边慕才发现自己的手表指北针刚才已经摔坏了，通信功能也丧失了，这可怎么办？

边慕面对着几个岔路口，小七似乎闻到了什么朝其中一个方向跑去，边慕忙拔腿跟上。

边慕跟着小七往上爬去，山下的光景终于出现在眼前。

这时，雨也停了，阳光给乌云镶上了一圈金边。

小七耸着鼻子闻着空气中的味道。边慕激动地学小七的样子，也深深地吸了一口流动的风带来的新鲜空气。

边慕轮换着闭上左右眼，用拇指丈量法估算着距离，耳边回响着敖力的指导。

"判断出这两点的距离是多少米，再乘以十，就是我们与目标的距离……高压电线两根杆之间的距离一般是两百米……"

很快，边慕确定了目标参照物，一条公路、一条河，在七八公里之外。

小七在前面一边闻一边带路，边慕搀扶着敖力下山。根据边慕查探到的参照物，伊靓拿着纸笔，汤圆看着地图。

敖力看着汤圆："汤圆，休整的时候我问过你那座山怎么在北边，记得吗？"

汤圆点头："记得记得。"

敖力又吩咐伊靓："伊靓，你根据我们的行车记录时间，算一下距离，是不是山的东边八公里处有一条公路和一条河？"

伊靓计算之后看着地图："对，没错。"

"那我们在这儿……可以往这条路走！"汤圆立刻在地图上画出了新的路线。

另一边，安心将车停在路边，通过断网之前伊靓发布的信息和照片，比对着地图。

隐约中，她似乎听到了小雪的叫声。

安心立刻抬头朝其中一条岔路望去："小雪？"但马上她就明白这是一种幻觉，甩了甩头。

这一路上，安心已经不止一次听到小雪的叫声了，肯定是因为她太想小雪了。

安心朝另一边的岔路驶去，但是想了想，一个急刹，掉头选择了似乎有小雪叫声传来的方向。

边慕这边在确定路线后已经出发，路十分不好走，地上很多石块，救援队的车速非常缓慢。

周茉在给敖力的脚腕上药包扎绷带。

这时边慕的手表上又收到了安心的一条微信。

车前一块飞石滚落，汤圆急打方向盘，差点冲出山路。狗狗们都紧张地叫起来，众人吓出一身冷汗。周茉竭力护住敖力的腿，敖力也本能地去保护周茉。

物资车的车轮在泥泞中高速转动，但就是无法前进。汤圆跑回救援队车上："不行啊，动不了。"

敖力刚要站起来，边慕拦住了他。

"你别动。"说着边慕对洛奇几人喊道，"长胡子的，都下去推车啊！"

小七也要下，边慕摇摇头："你那几根就算了。"

边慕带领队员们使劲推着物资车，但因为运送的物资实在太多，车轮一直打滑无法前行。

救援队车上的狗狗们都下了车,大叫着给他们加油。

边慕往车轮下垫了木块,大家再试了试,依然不成功。

边慕仔细看了一下物资:"卸货!卸掉一半,快。"

边慕爬上货车,大家赶紧卸货,但就在此时,狂风大作。

小七敏感地察觉到异样,率先大叫起来。边慕从它的叫声中听出异样,惊呼出声:"当心!"

话音未落,余震袭来,一块块石头从头上、身边、脚下带着风声飞过,大家顿时惊慌。

周茉保护着搜救犬们,让狗狗们赶快跟着她走。

"小小七!"

小小七十分害怕,在原地不肯动,幸好小七跑了过来,叫着鼓励小小七,小小七才恢复勇气,迈开步子。

边慕挥着手:"这边,这边!"

边慕和汤圆架着受伤的敫力,周茉、伊靓等人牵着狗狗们,一起朝空旷的地方跑去。

地面一阵波动,大家不由得都趴到了地上。

边慕看着惊慌的众人,忍不住给安心打去电话。

"安心?"

电话刚拨通还没能听见安心的声音就断了,信号消失。

边慕急了要上车。

敫力出声:"边慕!"

边慕头也不回:"安心给我发了她的位置,就在来的路上,我必须去找她。"

敫力阻止道:"现在怎么去?你疯了?"

边慕一脸坚决:"我必须确定她安全!"

小七显得十分不安,蹬跳着朝边慕大叫起来,追上去用力咬拽边慕的裤腿。

忽然地面又是一阵波动,小七朝后摔倒,边慕也被它拖得趔趄几步,地面突然开裂,如果边慕多跨出几步就会跌入其中,小七救了边慕一命。

众人左突右进,都被拦住去路。

小小七叫唤着,小七担心地回头朝小小七张望,边慕想用身体去护住小七,旁边又一块石头朝这边砸来。

一个人影箭步上前将边慕扑到一边,边慕一脸冷汗,回过神来抬头,看到了满眼怒火的安心!此时余震停了下来。

安心气呼呼地瞪着边慕:"为什么要瞒着我?为什么把我丢下?"

边慕拉着安心:"别说了,回去!"

安心推开他,小雪跑了过来,亲热地扑向安心。

这时敖力跟周茉等人也跑了过来。

敖力劝说道："安心，这里交给我们没问题，你回去吧。"

伊靓点头："是啊，边慕是想保护你，我们都想保护你。"

安心怀疑地看着众人："你们什么意思？我为什么需要被保护？"

众人不出声，安心盯着边慕，边慕也不作声。

安心责问道："边慕，你是不是又胡说八道了？"

大家面面相觑。

周茉知道这事开不得玩笑，出声道："安心，我觉得边慕的担心是有道理的，这次搜救和以往不同，你会面对非常大的精神压力。"

安心摇头："我的精神没有问题！我的抗压能力比你们任何人都强！你们……"

边慕打断她的话："安心！对不起，我……说了。就算你觉得没问题，我也不想让你重新面对这种痛苦。这是为了你好！"

安心一口否定："你胡说！我没事，一点事都没有！你凭什么替我做决定？你什么都不知道！"

小七跟小雪看安心生气都发出不安的声音。

安心把车钥匙丢给边慕："走，离开救援队，现在！"

敖力劝说道："安心，你先冷静一下。"

汤圆也帮着说好话："安心，边慕是真的关心你，刚才他都要回去找你了。"

安心冷冷地看着众人："对！所以你们是不是要跟他一起走？"

大家顿时不敢说话了。

小七叼起边慕手上的钥匙来到安心面前，想要还给安心，安心不接，径直走向救援队的车："要参与搜救的上车，要替边慕说话的我也不留，请跟他走。"

伊森出声道："但是，物资车现在动不了。"

安心和伊森朝物资车走去，小雪恋恋不舍地跟上。

边慕讪讪地从小七嘴里拿了钥匙，小七担心地看着小雪跟小小七，边慕摸了摸小七的脑袋："放心，我不会就这样走的。"

小七看着边慕，露出坚定的神色。

安心看着边慕开车带着小七离开，有些意外，愤愤地转过头去。

物资车的车轮还是在泥浆中打滑，安心和大伙儿在车后使劲推车，依然没用。这种情况下，只能卸掉一部分物资。可是，在卸掉物资的时候，众人却产生了争执。

敖力皱眉："卸掉的那些怎么运？空车再回来？"

安心摇头："没时间了，灾民已经等了一天一夜，我们必须加快速度赶到。"

敖力看着车上的物资："但是我们的任务就是运送物资，物资不送到或者

少送,就算我们人去了也没有用啊。"

安心也明白敖力的担心,摇头道:"这条路现在的状况,不知道能不能再走第二遍,而且随时会有余震,我们必须尽快开出去。"

正在这时,小七忽然跑过来,拖起散落在地上的物资。

安心一怔:"小七?"

小七把物资往边慕的车上拖去。

边慕跳下车,把小七嘴里的物资放到车上,招呼着:"前面几百米路就好了,愣着干吗,快搬啊。"

小七又拖起一件物资,其他狗狗也纷纷加入拖物资的行列。

边慕向汤圆吩咐着:"汤圆,帮忙搭个简易拖车,还有些东西车里放不下。"

汤圆点头:"没问题!"

安心看着边慕,不知该说什么。

物资车再次发动,减轻负重后终于顺利地驶出了泥泞路。

边慕开心地拥抱小七。安心看着他俩,内心再一次涌上暖流。

一旁的简易拖车搭好了,载满了物资,在小七的带领下,狗狗们共同拉动拖车,一步一滑地往前走着。救援队继续上路,小雪牵挂小七,一直望着后面边慕的车。

安心手表里传来边慕死缠烂打的声音:"不关我的事,是小七非要坐我的车。再说我这车上还有物资呢,不送到怎么能走呢?好歹我也是个搜救员,这种背信弃义、有辱使命的事我绝对……"

安心直接挂断了手表上的通话。

终于,到了指定的灾民集中点,大家都松了一口气,带着狗狗们下车。

谁知灾民一拥而上,队员们还没回过神来,场面已经乱成一锅粥。

搜救犬们都因惊吓大叫起来。安心被挤得撞到了车门。

小七蹿上了物资车,大声叫着。

边慕也爬了上去:"急什么!报上名来!"

村长从人群中挤了出来:"都退后!退后!这些同志是给我们送物资来的,保证人人都有。"

村长的出现,总算让大家都冷静下来。

安心走上前:"你好,我是'完美世界'救援队队长安心。"

村长道谢:"辛苦辛苦,我姓刘,这个村的村长。对不起,大家都害怕又着急,你们别介意。"

洛奇、莫莉和伊森搬运着物资。

汤圆和伊靓在桌子前做着登记工作,村民们排着队。

安心则给狗狗们喝水吃饭,让它们进行休整:"表现真不错!都抓紧休息,不要随意跑动，听见了吗？"

边慕也凑上来："这种粗重活儿你吱一声，我来做就好啦。"

安心不想理睬他，边慕觍着张脸："你饿不饿？我给你拿点吃的？"

安心瞪了边慕一眼："你这么有闲工夫就去帮忙搬东西，这儿是狗狗们休息的地方，你要一起休息吗？"

小七同情地看着边慕，边慕立即点头："遵命！"

灾民集中点医疗处，周茉正帮敖力查看脚伤。

敖力有些心急："别把我当个病人行吗？我真没事，我感觉比刚才好多了。"

周茉把手里的绷带一丢："我第一时间就帮你处理了，有好转是理所当然的。既然你说没事，那就快去帮忙，下一位。"周茉转头去为灾民们处理伤情。

敖力一愣："那绷带……"

敖力突受"冷遇"，还有点不习惯，摸摸鼻子悻悻地走了。

刚到门口，敖力就和边慕遇上，两人相互理解地对视了一眼，默默地搬起了物资。

两人刚搬几袋，就听伊靓那边吵了起来，还有狗吠声。敖力和边慕赶到，见有灾民在抢夺食物，小七正在阻拦。

敖力怒喝一声："住手！"

边慕挡在灾民与小七之间，怕他伤害小七。

灾民不服气："是我们的东西为什么不给？你们是什么救援队？说得好听，还不是挣黑心钱。"

集中点的灾民们被争吵声引来。

那名灾民气愤地说着："我们都是死里逃生的人啊！在这儿忍饥受冻，这些狗凭什么还分我们的水和食物？你们的良心也让狗吃啦？"

边慕气得想要冲上去，被敖力拉住，只得大声道："你说什么？你知不知道我们也是冒着生命危险赶到这里的？我们都是志愿者，是掏自己的钱来帮你们的！给你们的物资我们一分一毫都没动过。"

村长也赶了过来："老秦，干什么呢？别胡说八道！"

被称作老秦的灾民挺起胸膛，理直气壮地质问道："我说得不对吗？害我们等了这么久才来，东西为什么不够分？肯定都进了他们自己的口袋。"

灾民们纷纷劝他有话好好说。

老秦根本不听劝："你们少管！"

一位灾民站了出来："老秦，平时贪点小便宜就算了，这种时候谁家不困难？都像你这样，我们怎么办？"

老秦理直气壮地看着他："难道为了你要我全家饿死吗？"

那位站出来说话的灾民不满，冲上去和老秦扭打起来。

村长为了拦住灾民，被推到一旁，孩子被这气氛吓得哇哇大哭，双方吵得不可开交。

小雪忽然钻了进来，把一袋蛋糕叼到孩子面前。孩子好奇地看着小雪，脸上还挂着泪珠就忘记了哭闹。当孩子把手伸过去想要摸一摸小雪时，小雪懂事地坐下，把头蹭了过去。

正在这时，忽然响起轰隆隆如火车般的声音，光线也变暗了。小七和狗狗们都紧张地叫起来。

打斗中的老秦也停了下来："怎么了？"

安心发现山上的石块在不断往下滚落，面色大变，向村长高呼道："这是泥石流的前兆，快让大家转移。"

村民一听，立即乱成一团。

敖力高声询问："村长，附近有没有地势高一点、开阔一点的地方？"

村长一想，回道："二百米开外的冶炼厂，那里是山体尾部，相对开阔一些。"

"好，转移到那儿。"敖力立即做出决定，"大家跟我来！"

小小七叫着，引导众人跟着敖力往外跑。

其他队员和狗狗也加入维持秩序，往外引导人流。

边慕不假思索地抓住安心的手，安心想甩没有甩掉，只能跟着他往外跑。

有个灾民还想去捡所剩无几的东西，小七和小雪忙叫着提醒。

"快走！再不走来不及了！"边慕和安心连劝带拉让灾民快撤离。

狗狗们左突右进，仿佛牧羊犬一般让村民逐渐聚拢，小小七在前方引导人群的前进方向，小雪紧紧跟在小七后面。忽然小七停下脚步，掉头向另一侧跑去，小雪也迅速跟了过去。小七对着一处倒塌的简易棚大叫起来。

边慕与安心跟过去发现一对母子竟被压在棚下，边慕赶紧喊道："大姐别动，我们来帮你。"

那名母亲悲呼着："他爸在里面！他爸在里面！"

安心和边慕趴下一看，是老秦，被埋在更深一点的地方，似乎被砸伤晕了过去，手里还抓着一袋奶粉。安心和边慕使尽全力抬起压住他们的架子，母子俩爬了出来。

"你们还能走吗？快跟上大家。"

母亲抱紧孩子摇头看向老秦："不行，要走一起走。"

边慕和安心挪开钢架，边慕带着小七爬进去将绳索系在老秦身上，小七咬住绳子的另一头，匍匐着爬了出来，交给安心。

"准备好，一二三！"边慕在里面推，安心在外面拉。

小七、小雪看见安心十分吃力,也上前咬住绳子帮忙拉。

终于,老秦被救了出来,仅几秒之后,一块大石就砸落在这个棚架上,激起呛人的灰尘。

"快走!"边慕在安心的帮助下背起昏迷的老秦,带着小七、小雪迅速往外跑去。

小七回头看了看,还是决定跑过去叼起掉落在地上的那袋奶粉。

冶炼厂里,村长在清点人数,忽然远处一阵轰响。

泥石流来了!

边慕和安心堪堪赶到,这才发现彼此都是灰头土脸,只有牙齿和眼睛亮晶晶的,低头一看,小七和小雪舔着彼此,也是一个样儿。

边慕调侃安心:"哈哈,快看,我们好像一对野人。"

安心拍着土:"你才是野人。"

这时,村长过来了。

"齐了,人都在。真是万幸啊!你们不但帮我们,还救了我们啊,真不知道说什么好了。还有你们的狗,竟然能发警报,真是神犬啊!"

边慕一阵得意:"那当然啦,没听过神犬小七的大名?"

突然,伊靓的尖叫声响起:"汤圆呢?汤圆呢?看见汤圆了吗?"

第 11 章

急赴重灾区

安心赶了过去："汤圆怎么了？"

伊靓一脸焦急："他没回来！"

边慕面色大变："什么？他刚才不是跟你在一起吗？"

伊靓摇头："没有，他把八公交给我，不知道干吗去了。八公，走！"

伊靓牵着八公和山神就往外走。

边慕追上去拦住伊靓："等等！你上哪儿去找？村子已经被埋了。"

伊靓哭着："那我也得去找他！"

安心一咬牙："要去一起去！"

边慕拦住安心："你不能去。"

安心瞪着边慕："你怎么又来这一套？谁允许你替我做决定的？我看在小七的分上才让你继续留在队里，你没有发言权。"

敖力连忙上前："别吵了，安心和伊靓都留下，我和边慕去找。"

几人正说着，小七跑过来大叫，把大家往外带。

八公忽然朝路上叫了起来，汽车喇叭声传来，汤圆开着搜救车与伊森开着的运输车出现在路边。汤圆下了车还没反应过来，伊靓冲上去就一顿拳打脚踢，八公坐在一旁呆呆地看着。

伊靓边打边哭："搞失踪？把话说完再走不行啊？"

汤圆被打傻了："我……我想起还有些没发完的物资，就让伊森一块儿搬上车，可惜就抢下来这点。"

灾民们搬着物资，周茉搀着被救醒的老秦朝边慕和安心走了过来。

老秦一脸惭愧："谢谢你们！我老婆都跟我说了。你们知道，我这种人读书不多，老觉得会被人骗，跟你们说过的混账话你们就……当我放屁吧。"

边慕笑道："大哥，这回再领物资可别跟狗抢啦。"

老秦一脸尴尬："嘿，大兄弟你还寒碜我，这回我一定排在最后一个。"

边慕笑道："还有个更好的办法，这回你来负责登记分发的工作，什么核对、数数、整理、挨骂挨打啦都留给你，行不行？"

老秦一怔："呃，行啊，保证做好。"

边慕一回头，发现安心已经开始搬运帐篷材料，利落地为灾民们搭建起帐篷，小七帮忙拖拉帐篷的一角。

边慕过去想帮忙，安心却走向另一个帐篷。

敖力走了过来："你也不要多干涉安心，她有她的选择权，让你乖乖听话你肯吗？你现在能做的就是支持她。"

边慕看着安心忙碌的背影，若有所思。

小七朝边慕大吼了一声。

边慕吓一跳："干吗？"

小七叼过来一包螺栓，示意边慕给安心拿过去，边慕只好照办。安心刚固定好支架，边慕正好将螺栓递给她。安心看了一眼螺栓，接过去。

正在这时，敖力的手机传来微信。他转发到了救援队的群里，队员们都拿出手机来看。

"一个重灾区有大量村民被掩埋，需要救援。"

"准备出发！"

狗狗们迅速排成一列，赶去支援。

在村民被埋的废墟外围，大型挖掘机正在全力工作，一旁的国家救援队队员打着旗语。

废墟上，国家救援队队员操作着红外热像仪、声波探测仪等机器一点一点地寻找着生命迹象，但机器上没有任何显示。

一具包裹着的尸体被匆匆抬出废墟，与刚来的小小七擦身而过。

"走开！"见小小七挡路，工作人员呵斥着。

小小七怔了怔，感到自己发现了"目标"，转身冲后面的小七叫起来。小七跑过来，叫了一声，示意小小七安静下来，小七嗅着鼻子，闻了闻空气中的气味，也立即叫起来。

工作人员再次呵斥："捣什么乱？"

边慕和敖力赶到，敖力拉住小小七，向工作人员解释道："我的搜救犬察觉到有遇难者的气味。"

工作人员皱眉："这么年轻的搜救犬？"

这时，一个严厉的男声响起："安心，还在磨蹭什么！"

边慕扭头看去，见一名男子正匆忙走来："这儿不是你们的搜救犬训练场。快过来！"

安心看着这名男子，语气僵硬："是……队长。"

大家的视线顿时集中到男子身上。这名男子，是国家救援队的吴队长，安心在国家救援队时的队长。

吴队长领着众人与狗狗进入地震救援指挥中心的帐篷内，将桌上的东西挪开，放下手中的几张资料问道："你们几个人几条犬？"

安心回道："九个人九条犬。"

吴队长："谁负责？"

安心："我。"

吴队长看了安心一眼，又低下头："我们已经工作了五十多个小时，找到幸存者二十二人、遇难者十三人。目前统计还有九人下落不明。"

安心问道："所以我们的任务就是找到这九个人？"

吴队长责备道："当队长的人说话还这么草率？能救出多少人是你拍拍脑袋就知道的？"

吴队长用黑笔在地形图上划分出几个区域，标上数字。

大家都偷瞄安心，安心脸上一阵红一阵白。

边慕出声："吴队长，离救援黄金72小时期限只有不到一天了，又随时有余震，我们就别说这些有的没的了，交代任务吧。"

吴队长在桌上翻找了一下："安心，3区，有没有问题？"

安心看了一眼地形图，3号区块是最小的一块，立即抗议道："我们虽然人少，但有搜救犬！犬的听觉是人的16倍，嗅觉是人的一百万倍，比机器更准确迅速，还可以进入大型机器无法进入的范围。让我们搜索最小的一块区域，完全浪费了搜救犬的优势！"

吴队长生气了："它们参加过地震搜救吗？"

安心毫不服输："它们受过最专业的训练，救出过很多……"

吴队长打断安心的话："我问的是地震现场搜救！"

狗狗们都紧张地看着高声说话的吴队长，小小七戒备地竖起身子，小七钻进了桌子下面。

吴队长看了一眼竖起身子的小小七："这比它们遇到过的任何搜救情况都更复杂，干扰更多，强度更大。信心代替不了经验，你们的犬从来到现场就表现紧张，我不能让救援人员陪着浪费体力。"

吴队长边说边在桌上继续翻找，一脸烦躁。

边慕把手搭到安心肩上，用眼神示意她算了。

敖力也出声："我们还是抓紧时间吧。"

安心不甘，但又说不出话来。大家正要往外走，边慕忽然看见小七还在桌子下。

边慕招手："小七！快过来！"

小七从桌下出来，却凑上前，朝吴队长快速摇尾。

吴队长这才看见小七嘴里咬着一支红色的笔，有些意外地接了过来。

小七转身跟上边慕，众人正准备离开，身后传来吴队长的声音。

"等一下。"吴队长走到小七跟前，"谢谢。你怎么知道我在找笔？"

边慕暗讽道："找笔对小七来说那是小菜一碟。"

第 11 章
急赴重灾区

吴队长没理边慕，对小七说道："找人远比找笔困难。你能带给我更多的好消息吗？"

"汪汪！"小七有力地叫着，信心十足的样子。

吴队长直起身来，看向安心："再加上2区。"

队员们相互交换眼神，倍感激励。

安心却不满意，指着地形图："不，1区。"

吴队长看着地形图上的红字，流露出不放心的神色："这是搜索难度最大的一块。"

安心毫不退缩："我保证不让你失望。"

吴队长依然很是犹豫："但……"

安心打断吴队长的话："队长！你与其在这儿跟我争论，不如给我的搜救犬多一点时间。"

吴队长扫视了狗狗们一番，又看了眼手表，最后点了点头。

出来后，大家围住了安心。

1号区块面积很大，建筑物复杂，大家都有些担心，这也是大家的第一次地震救援行动。

安心立即分组。

敖力和周茉，汤圆和伊靓，洛奇和莫莉和伊森，安心和边慕。

队员和狗狗们紧张地行走在废墟之中，仔细地搜索着。

破拆人员和机器在废墟边严阵以待，周围一片令人窒息的沉寂。时间一点一滴地过去，队员们的脸上滑下了汗珠，狗狗们也显现出疲态。

寻找中的小七似乎迟疑了一下，边慕上前想要确认，但小七只是停下喘粗气，并没有什么发现。

看来，小七已经累了。边慕准备让小七先休息一下，小七突然朝边慕身后走去。边慕回头一看，安心正带着小雪往废墟更深处突进。边慕连忙喊道："安心，去哪儿？"

"这边交给你们，我和小雪去里面。"安心带着小雪继续走。

边慕上前拉住她："大家都累了，狗狗的兴奋度也没办法维持太久，不如轮换搜索保存体力。"

安心摇头："不行，太慢了。"

轮换搜索，采用分组模式轮换进行，一组在搜索时，其他组暂时休息，这样能更好地保持队员和搜救犬的体力，只是更为耗费时间。

此时，刮起了一阵风，小七似乎察觉到什么，又回到它刚才迟疑的那个点上，仔细闻了起来。

安心不理边慕，一咬牙转身继续往里面搜索。小雪看看小七，虽然不舍，

但还是跟上安心。边慕看看小七，又看看安心，左右为难。

"汪汪！"小七突然兴奋地叫起来。

边慕疾步上前，发现是一个断裂处，小七正对着里面叫。

"听得见吗？可以回答吗？"

边慕着急地从包里拿出蛇眼装置进入断裂处，却发现空间太狭窄，胳膊无法弯折，只得把操作显示仪放在地面上。

"小七，我把探头塞进去，你如果看见屏幕上有人就叫喊提示，知道吗？"

小七立即坐到操作显示仪前。

边慕带着蛇眼的探头挤进断裂处，用指尖一点点地将其推进缝隙里，说道："小七，有没有人？"

小七没有回应。

"我再调整一下角度。"

边慕想要出去，却没有着力点，脚底打滑，一时难以爬出。

地面上的小七跑到断裂处，发现边慕起不来，急得打转，不小心碰到了操作杆。

"汪汪！"小七叫起来。

边慕终于爬了出来，拿起操作显示仪一看，屏幕上有一个人的身影，有轻微的动作。

"有人！有人！还活着！"

汤圆、伊靓、洛奇、莫莉、伊森闻声都朝着小七和边慕的方向张望着。

小雪听见叫声回过头来，安心露出一丝欣慰的笑容，继续往前走去。

边慕做上V字记号，朝救援人员使劲挥手，救援人员忙带着破拆工具朝他和小七赶来。

很快，幸存者被救了出来。不过，这只是第一个，其他人还不知道在哪儿。

众人继续搜寻，边慕带着小七，很快又发现了异样，地上有斑驳的血迹，小七紧张地叫起来。

"血？有人受伤了？"边慕四处张望，却没有看见任何人。

小七顺着血迹，往废墟楼房上快速跑去，边慕连忙跟上。

楼房内，看着歪曲破损的楼梯，小七有些犹豫。边慕立刻明白，上去踩了一步，台阶立刻塌陷，边慕再踩上一级，检查是否安全。

这一级没问题，边慕向小七挥了挥手："没问题，上吧。"

在小七的带领下，边慕来到二楼。二楼房间都是大门斜敞，小七闻了闻，引着边慕朝其中一间房走了过去。

看到屋内的情况，边慕惊呼一声："安心！"

安心正捧着小雪的脚蹲在角落里，一脸难过。小雪的脚被割破了，血迹染红了雪白的毛。小七见了,哀鸣一声冲了过去。

边慕也担心地走过去:"我看看,伤得严重吗?"

安心非常自责:"踩到了碎玻璃。我应该看着点的!"

边慕看了一眼伤心的安心,把小雪抱了起来:"走,去找周茱。"

小七立即领头往外走,边慕走了两步,发现安心站在原地不动,疑惑道:"怎么了?"

安心摇头:"你带它去,我继续排查这栋楼。"

边慕怎么可能答应:"小雪不在你一个人怎么找?快走。"

"万一有幸存者在这里呢?一来一回也许就晚了。"说着,安心往楼梯走去。

小雪见安心上楼,立即叫着扭动着身体,边慕只好把它放下。

小雪落地后立即追上安心,一定要跟着她。安心怎么劝说都没用,小雪反而主动往楼上跑去,似乎脚根本就没受伤的样子,可地上的血印早已出卖了它。

小七冲到小雪前面,挡住小雪的去路,着急地对小雪叫着。小雪抗议地对小七叫起来。

边慕和安心追了上来,安心有些着急:"小雪,这儿这么危险,不要随便乱跑!"

边慕插话:"光会说小雪,你自己呢?"

安心瞪了边慕一眼:"你别说了!赶紧带小雪去治疗!我不能浪费找人的时间。"

边慕看着眼前的废墟:"这里随时有坍塌的危险,你一个人万一出了事,就算找到被困者,我们是先救你还是先救被困者?"

安心一脸坚决:"搜救本来就有风险,要没这个准备,我就不会来这里!"

边慕一口否定,对安心怒吼着:"搜救的第一要务是什么?是先保证自身安全!你连这个意识都没有,还搞什么搜救?"

安心根本不听:"我不需要你教!别自以为是地替我做决定!"

边慕生气地把背包摔在地上:"好,那我们都留下!你也管不了我!"

忽然,小七大声地叫起来,紧接着小雪也叫了起来。

"轰隆隆!"楼房开始晃动,边慕和安心大惊失色。

边慕正准备带安心离开,安心惊呼了一声:"小心!"

"轰!"一个大柜子倾倒下来。

余震!安心睁开眼,发现自己躺在地上,边慕用身体挡住了自己,他背脊的上方就是大柜子。幸好大柜子并没有压住他们,但是变形的柜子挡住了边慕跟安心的出路,把他们困在了一个狭小的空间里。

匍匐在地上的小七、小雪站了起来,朝外面大叫。

安心赶紧去推柜子,边慕也一块儿帮忙,可是柜子太重,根本纹丝不动。

268

小雪变得有些不安,"呜呜"低哼,小七安慰着它,安心也打起精神安慰小雪:"别怕,别怕,我在这儿。我们马上就出去。"说着,安心再次试图推动柜子。

边慕拉住她:"不要,恐怕会二次垮塌,找后援吧。"

安心抬起手表,发现根本没有信号。

"对讲机呢?"

安心从包里拿出对讲机,却发现对讲机也没有反应。

边慕这才紧张起来。

"糟糕,肯定是刚才压坏了!"

边慕开始敲打制造声音,安心烦得不行:"你安静点!"

边慕扒拉着包:"没人知道我们在这儿,不把动静闹大点怎么出去?你要听劝我们就不会被困在这儿。"

安心不说话。

边慕有点担心:"你没事吧?"

安心烦躁地摇头:"能有什么事?"

边慕怔了怔:"这种情况,我怕你……又犯病……"

"我没事!"安心瞪着边慕,"把我的事公告天下,让所有人都用看怪物的眼光看我,瞒着我不让我参加搜救!我对你那么信任,你对我呢?你也觉得我是个神经病?"

边慕见安心火气很大,语气低了些:"我只是想要保护你。难道眼睁睁看着你再次发作吗?以前那种情况都会让你犯病,更何况是这里!你自己很清楚地震对你的影响有多大,这样死扛迟早会扛不住!"

安心火气反而更大了:"不会!我真后悔把这些告诉你,既然你觉得我这么没用,那就离开我的救援队!"

"行啊!我不会死乞白赖地留在不需要我的地方,回去我就收拾东西走人。到时候你求我留下我也不留!"边慕的火气也上来了,他不理安心,转身继续呼救,他身后的安心喘着粗气,头上冒出汗珠,浑身发抖,身子缩了起来。

察觉到安心的异样,小七冲边慕叫了起来,边慕这才发现安心的状态越来越不对劲,忙问:"喂……安心?安心?"

安心说不出话,但还是推开边慕。

她这是发病了!边慕着急起来,试图推开柜子,可根本推不开。

小七挥动爪子刨起碎石,"哗啦"一声,柜子下露出一个空当。

边慕惊喜地趴到地上,看见自己的包就在不远处,他伸手却够不着。

那边,安心的喘气声越来越大。小七钻进空当,用尽全力终于挤了出去。

"小七,多功能刀!"边慕喊道。

小七立即从包内找出多功能刀,交到边慕手中。

边慕用刀上的一字大改锥将变形的柜门从门轴处卸了下来,又找了一块石头钻进柜子里,用石块把刀上的木锯砸进木板中。

一番努力之后,两人终于出来了。

安心爬出狭小空间接连大喘了几口气。

边慕关心地上前问道:"没事吧?要不要紧?"

安心摆摆手,想起刚才自己对边慕发脾气,有些歉意:"不要紧,刚才我……"

边慕摇头:"别说了,先离开这里,太危险了。"说着,边慕强行架起安心就走,刚走没几步,小雪突然停下来,朝门外跑去。

小七立即跟上小雪。

"小七!小雪!"

边慕和安心跟过去,发现乱石之下,有一条小萨摩耶。

两人扒开乱石把小萨摩耶救出来,小狗东张西望,闻了闻安心和边慕的味道,打了个转突然跌跌撞撞地往楼下跑去。

小七、小雪立即追上。

小萨摩耶滑倒好几次,仍然没有放弃,不时回头确认边慕和安心是否跟上,这才继续前行。看起来,这条小萨摩耶是要带边慕和安心去什么地方,两人立即跟了上去。

最后,小萨摩耶停在一处被压扁的楼层废墟前。

"这里吗?"边慕问。

小狗哀鸣着打转,小七和小雪到处闻起来。

安心皱眉:"它千方百计地回来,它的主人还在里面!"

"我去找救援人员!"边慕刚要走,身后传来小七的叫声。

边慕回头,见安心正要进入废墟,忙拉住她:"你干吗?我马上就回来!"

安心摇头:"来不及了,这房子三层压成一层,随时会二次坍塌。"

"别发疯了!"边慕反对道,"五分钟之前你的幽闭恐惧症才刚发作,你进去就出不来了。"

"我……我有小雪呢。"安心推开边慕,自己开始动手,爬进空隙,"你去找人,我先确定它的主人到底在不在里面。"

小雪看了一眼小七,也跟在安心身后进去。

小七也想跟着爬进去,却被边慕拦住:"光靠我们不行,必须马上找人来帮忙!"

小七明白边慕的意思,掉头往回跑,边慕带着小萨摩耶追了上去。

安心打开电筒,猫着身子艰难地进入废墟的深处,发现前方又分为上下两

层,安心的呼吸急促起来,她看了一眼小雪,可小雪的形象似乎变得模糊了。

安心用深呼吸平复了一下心情。

"我没事的。不害怕,不退缩!"

安心一边前进,一边给自己打气,同时敲击着石块。但很快他们就走到了尽头,并没有什么发现。

安心只得带着小雪退回分层入口处,看着狭窄的下层,安心犹豫不决。最终,安心咬了咬牙,还是进入狭窄的下层。

在狭窄的空间里小心翼翼地前进,安心忍不住抬头看去,竟看到石板要朝她压下来。安心忍不住惊叫一声,用手去撑,却发现石板并没有动,只是她的幻觉。

"该死!"

安心喘着粗气,振作了一下,发现手已经僵硬,几乎捏不住手电筒,但她还是回头安慰小雪。

"我没事,确认完这儿咱们就可以出去了。"

这时小雪的耳朵竖了起来,安心也似乎听见了微弱的"哼哼"声,是一个小女孩。

安心再度向前爬行,拿手电一照,终于看见了女孩的半侧身体。

安心急切地爬过去:"小妹妹,你还好吗?"

女孩害怕地说道:"嗯,就是被压住了,出不来。"

安心安慰着:"别急,我来帮你。"

安心咬紧牙关朝她靠近。

"糖糖在哪儿?"

安心一怔:"糖糖?"

"我的狗狗,它出去玩了,到现在还没回来。"

安心明白过来:"是不是一条白色的萨摩耶?"

"嗯。你看见它了吗?再晚它都会回来的。现在是不是已经天黑了?"

安心忽然被击溃了,回忆排山倒海而来。同样压抑的空间,儿时的安心也被困在震后的废墟中。

"妈妈!你在哪儿?是不是天黑了?"

安心的幽闭恐惧症被引发,即将拉到孩子的手突然颤抖起来,无法发力。

小雪害怕地发出叫声,用头去拱安心的腿。通知完救援人员的边慕赶了回来,立即从小七的反应中意识到安心的异样。

救援人员开始想办法带着破拆工具进入,却感到为难。小七往废墟里钻,到处寻找着能进去的口子。

废墟下,一片黑暗,安心迷蒙中感觉到手上湿湿的。

"小雪，是你吗？是你在舔我的手吗？"

耳中传来几声狗叫。安心清醒过来，发现小雪正在努力地舔自己的手，急切地用爪子扒拉她的身体。

"小雪……"

小雪见安心恢复正常，立即开心地叫起来。

"姐姐？"小女孩虚弱的声音响起。

安心正要应声，忽然，头上的碎石纷纷落下，头顶的废墟有即将崩塌的迹象，安心赶紧朝孩子一点点爬去。

在安心就要抓住小女孩的时候，空间受力不住，终于发生了二次坍塌。

安心用尽全身力气顶住头上的预制板，保护了小女孩，回头一看，小雪满头满脸全是尘土。

"小雪，这儿的任务已经完成了，现在你先出去。"安心向小雪吩咐着。

小雪往后爬了几步，见安心没有跟上，又停了下来。

"出去吧，我马上就来。"安心催促道。

小雪有些犹豫，看到安心双臂颤抖，明白她是在骗自己，立即爬了回来，用身体帮安心顶住预制板。

安心急了："这儿不用你，快出去！"

小雪不肯，一脸坚定地看着安心。

安心的眼眶中泛起泪光，她强忍悲伤严厉喝道："你还是一条合格的搜救犬吗？你要违抗救援队员的命令吗？"

小雪急得叫起来，扒着安心的腿不放。

安心咬紧牙关不改口："快出去！你还当不当我是主人了？"

小雪难过地松开安心，一点点往后爬，但还是不放心地不时回头看安心。

安心朝它露出艰难的微笑："这样才是个好姑娘，去找小七来帮忙吧。"

对，小七！小雪终于下定决心，迅速爬回去。

小雪一走，安心的眼泪再也忍不住了。

小女孩安慰道："姐姐，你别难过，它一定会回来找你的！"

安心摇头："不，我不希望它再回来。你还好吧？"

"嗯，就是很痛很冷，还有点怕。会有人来救我们吗？"

安心踌躇了，轻轻地说："其实我小时候也经历过一次地震，也被困在这样的地方，很痛很冷很害怕。好久都没有人来，我以为大家都把我忘了，特别伤心。但就在这个时候我的狗狗一瘸一拐地回来了，带了人来救我。你知道我们怎么找到你的吗？就是你的糖糖把我们找来的。所以为了它，为了我们的狗狗，要坚持下去，一定会有人来救我们的。"

女孩："嗯，糖糖看不到我会伤心的。我好想糖糖。"

安心的胳膊渐渐无力，预制板滑到了她的肩上。

女孩充满希望的眼睛在安心的眼中与曾经的自己渐渐重叠。

忽然，一道亮光撕开了这片黑暗，压住她的墙被打开，救援人员及时破拆，小雪出现在面前。

除了小雪，敖力、周茉、边慕等人都在。

边慕狠狠地抱住安心："你什么毛病？危险不找你，你还专找险境钻。以后你不许离开我两米以外！"

安心不好意思地推开他："你怎么又替我做决定。总不能一遇到困难就屈服吧，谁能保护我一辈子？"

敖力也责备道："安心，你也不让人省心。"

这时，医务人员抬着女孩走了过来，她怀里抱着那条小萨摩耶。

"姐姐，我找到糖糖了，你看它快吓死了。"

安心微笑着鼓励道："你这么勇敢，它一定会跟你一样的。"

女孩点头："我要跟你一样勇敢，如果再遇到地震，我就带着糖糖像你和小雪一样去救人。"

安心摸摸女孩的头："那你记住，完美世界，这个名字，等你伤好了到那儿来找我。"

医务人员带着女孩走了。

众人一整合搜救情况，小小七找到一对被压在废墟下的父子，饭桶竟然找到三名被压在一起的厨师，再加上这边，算起来他们已经找到了七名幸存者。

还有两人！安心看了看大家，发现狗狗都已经疲惫不堪，想了想道："暂停搜救工作，让狗狗们休整一下吧，小雪脚上的伤也要处理一下。"

毫无所获的汤圆跟伊靓却不干了，伊靓道："你们休息，我家山神还没找到立功机会呢，走，山神。"

汤圆也跟着说："八公！我们也走！"

旁边传来一个稚嫩的说话声，边慕回头，发现是一个小男孩正在对小七说话："你能救人对不对？帮我找找我叔叔吧！"

边慕连忙询问。

原来，地震的时候小男孩的叔叔就在附近。要来小男孩家吃饭，都打了电话说摆筷子，电话忽然就断了。

这小男孩，正是小小七找到的那对父子。

敖力认了出来："你怎么一个人在这儿？你爸爸呢？"

"爸爸在医疗站。"小男孩一脸哀求，"能不能让这些狗狗帮我找找叔叔，我问了很多人都说没看见他。"

边慕当然不会拒绝："你有没有你叔叔拿过或者用过的东西啊？"

"我有叔叔给我打的金猪。"说着,小男孩掏出脖子上挂着的红绳,上面有一只小小的金猪。

小七凑上去闻了闻,这金猪根本起不了太大的作用,无法作为嗅源。

边慕皱眉:"你有叔叔的照片吗?"

小孩摇摇头。

"有没有什么特征?"

小孩思索一下道:"我叔叔是道路救援工人,他永远都穿着工作制服。"

小七叫了两声,立即出发寻找。

没有确定的嗅源,找起来无异于大海捞针。

边慕并不抱太大希望,这时前面的小七忽然停了下来,朝某处望去。

边慕一喜,跟着小七过去,找到的却是一处有搜索标记V的地方。

"小七,这儿已经搜过做好标记了。"

"汪汪!"小七急切地叫起来。

边慕意识到不对劲,拿出声波探测仪仔细听起来,却没什么发现。

这时,安心走了过来:"怎么了?"

"好像有人,但是……又很奇怪……"

边慕话没说完,已经被安心抢过探测仪,听了听,下方确实有反应:"不管了,肯定有人!"

边慕、敖力立即用千斤顶、承重气垫,将坍塌的石板顶起。

安心钻了进去,不一会儿探出头来:"周茉,你来看看!"

孕妇!下面是一名孕妇!安心和敖力抬着担架进了医疗区,孕妇躺在上面因阵痛而大叫着。

安心大喊:"快来帮忙,羊水已经破了!"

另一边,边慕还在继续搜索。

一人一狗找了一大片区域,都快出村子了,小七累得不行。

"小七,休息一下吧。"边慕心疼地帮小七按摩着肌肉。

休息片刻后,一人一狗重新搜索,来到标注的H区域。

小七走的地方越来越险,到后来几乎是朝着一个方向前进,最后来到一个点停了下来,开始叫。

"这里?"边慕立即向救援人员呼喊。

救援人员赶了过来,用声波探测仪测了次,摇头:"没有反应,这儿没人。"

"不可能!"边慕一口否定。

小七对这里有明确的反应,这里肯定有人才对。

救援人员无奈,只得用声波探测仪再测了一次,突然一个波段的指示跳动了一下,紧接着又消失了。

边慕很是困惑，小七也非常迷惑。边慕皱紧眉头，这是怎么回事？

他正想着，注意到小七的耳朵在轻微地转动，眼睛一亮，冲过去拉住正要撤走的救援人员："等等！下面不仅有人，而且还有生命危险！"

救援人员："什么？！"

边慕迅速解释："我的狗对这个声音有反应，声波探测仪刚才也跳过一下，说明这个人已经虚弱到做不出连续的回应，可能他已经给了，但是声音太微弱让我们很难确定。"

救援人员半信半疑地看着他。

边慕发现声波探测仪上的指针也同时跳了一下。

边慕："看！"

小七也坚信听见了声音，朝面前的地面扑蹬、抓挠。

边慕忙跟过去朝下面喊话："继续回应！继续！再坚持一下！"

声波探测仪的指示连续跳了两下，这次救援人员明确看见了，立即操起工具走过去。

很快救援人员发现了幸存者，是一名男子，穿着道路救援制服。

是那个小男孩的叔叔！

找到了！

医疗区内，响起了婴儿的呱呱啼哭声。

周茉抱着新生儿，狗狗们好奇地看着这个小生命。这时，救援人员送了一名幸存者过来，正是刚救出来的小男孩的叔叔。

"谢谢，谢谢你们。"小男孩连声道谢。

安心没见到边慕和小七，上前问救援人员："我们那个队员和那条狗狗呢？"

"他们要收拾东西，应该就在我们后面。"救援人员说着，抬起幸存者走了。

安心四处张望，没看到边慕和小七的影子。

敖力猜测道："难道又去哪儿搜救了？"

安心摇头："小七已经很累了，而且刚才还有余震……"

大家都隐隐有些不安。

"我和小小七去，你们原地待命。"说着，敖力把放在一边的救援工具背到身上。

安心连忙出声："我和你去。"

伊靓反对道："开什么玩笑，让我们在这儿干等着？"

敖力摇头："没工夫开玩笑。第一，狗狗需要休息。第二，后面还有搜救任务。第三，我说这样安排就这样安排。"

敖力带着小小七往外走，安心坚持要去，敖力只得同意。

两人找刚才和边慕一起的救援人员询问了详细情况，迅速赶往发现小男孩叔叔的H区域。

敖力和安心仔细巡视着废墟，没发现边慕和小七。

安心越发心急："不是说就在这一带吗？"

敖力安慰着："你先别急，再说不是还有小七吗？它这么机灵，不会有事的。"

安心自我安慰道："是啊，没准儿已经回去了。"

这时，小小七和小雪激烈的叫声忽然传来。

敖力和安心神色一变。

是一块石板！

安心和敖力赶了过来，当看到具体情况时，他俩傻眼了，安心倒抽一口冷气。

边慕和小七被压在一块楼板两侧，都已经受伤。

小七发出了"呜呜"声。

看到敖力和安心，边慕挤出一抹苦笑："你们怎么……来得这么慢……"

敖力和安心连忙卸下背包，拿出千斤顶和液压动力站。

边慕摇头："我没事，先救小七。"

敖力和安心来到小七这一侧，用千斤顶去撑住石板。

"小七，你怎么样？"

小七看到安心，想挣扎着起来却做不到，只能尽力去舔安心伸进来的手。

安心平息着小七的情绪："马上就能出来了，别怕。"

边慕一听不乐意了："谁怕了？小七刚才还一直跟我聊天呢。是不是，小七？"

小七发出轻微的叫声。

边慕苦笑了一下："再坚持一下，小七。"

"好了！准备！"

敖力将千斤顶和液压动力站的线连上，退到动力站边上，按下开关。

千斤顶渐渐上升，小七感觉身上的分量在减轻，扭动起身体。

边慕这一侧受力却逐渐加重，边慕道："加油，小七。"

小七使劲一蹬，要往外蹿。边慕吃不消重压，发出一声疼痛的叫唤。小七听见，立即不敢动了，焦急地发出"哼哼"声。

边慕明白小七是担心自己："小七，我没事。"

小七听了，往外挪动了一下，仔细听着，发现边慕没反应，这才小心翼翼地往外爬。

然而另一侧的边慕被压得越来越紧，敖力看见他在往下滑，肩膀处蹭出了血迹。

边慕赶紧朝他摇头挤眼，让他别出声。

又是一阵余震，安心和敖力摔倒在地。原来在边慕和小七身上的石板发生二次坍塌，原本快爬出来的小七惨叫了一声。

等余震过后，安心蹬开一块碎石板，把手探进去，这回够不到小七了，这才发现千斤顶已被压坏。

敖力恼怒地拍打着液压动力站，拨动开关，可根本不起作用。

安心满脸惊慌："小七！回答我，小七！"

小七紧闭双眼一动不动，一道血迹滑下它的额头。

"千斤顶坏了！用气垫！"安心忙跑去拿气垫和充气瓶。

小小七和小雪对埋在下面的小七号叫着，但小七没有反应。

敖力甩开液压动力站，跑到边慕一侧，发现边慕现在只剩头部能看见，忙喊："边慕？边慕？"

边慕根本动不了，虚弱地问道："小七……小七怎么样？"

安心拿着气垫过来，神情却很不对劲："只有一个气垫，你说……"

敖力反应过来，顿时蒙了。

安心低声道："不管把哪边抬起来，另一边一定会受到挤压，根本没有多余的空间啊。"

敖力咬了咬牙，回到边慕一侧，假装没事。

"小七……还能撑住……你怎么样？"

边慕吐出一口带沙的唾沫："呸，该死的地震……真要把我活埋了，一点也动不了。"

忽然，小小七和小雪叫起来，特别兴奋的样子。

安心和敖力扭头一看，小七终于微微睁开眼睛。

"小七！你怎么样？能不能回应一声？"安心问道。

小七虚弱地喘着气，发不出声音，只有眼珠在转动。

边慕着急了："小七怎么了？你们跟我说实话！"

安心难过地看着边慕："不大好，好像受了重伤。"

边慕大声喊道："小七？小七？快答应一声，不许睡着，听见没？"

可小七依然发不出声音，敖力和安心痛心地看着它。

"小七，咱们可说好要一起回去的！你倒是出点声儿啊，要急死我吗？"

小七想动却动不了，开始用爪子挠石板作为回应。

边慕见小七有反应，松了口气，也用指头叩了叩石板。

敖力突然站起来："我再去取装备，等着我！"

安心拉住敖力，看着石板和周边的状况道："整个结构已经松动，最多十五分钟一定会完全坍塌，来不及了！"

277

第 11 章
急赴重灾区

敖力焦虑得说不出话，确实来不及了，根本不够回去取装备再过来。

"十五分钟足够了！"边慕大声道，"充气撑起石板，把小七救出来。"

安心摇头："但是那样会把你这边压塌的！"

"别管我，我老爹找人算过，我是子孙满堂四代同堂的命，就算塌了我也能挺过去。"边慕催促着，"快去救小七！它要是有事，我还不如现在就被埋了！"

安心和敖力回到小七这一侧，安心拿着气垫和敖力对视着，不知如何选择。

小七冲安心急切地"哼哼"着，让安心先救边慕。

敖力艰难地拿过安心手中的气垫，站了起来。安心甚至没有勇气抬起头。石板碎块纷纷掉落，情况更加危急。

安心一抹眼泪："敖力，给我气垫。"

石板还在震动，碎石继续落下，敖力横下心决定救边慕，含着泪在小七面前蹲下身，艰难地伸出手："对不起，小七！"

小七伸出舌头想要去够敖力的手，急促地喘着气，眼皮渐渐合上。

"小七，谢谢你。"敖力看着小七。

小小七和小雪好像明白了什么，生气地冲敖力叫着。

安心痛苦地闭上眼睛："小雪、小小七，这也是小七的选择。"

边慕看着敖力："敖力，我不要你救，把气垫拿过去，听到没有！"

敖力把气垫塞进了石板下。

边慕吼着："你要让我活着出去，我一定跟你拼命！浑蛋，不许救我！"

敖力将气垫和充气瓶连上线，安心痛哭流涕。敖力再也忍不住泪流满面，打开了充气瓶阀门，安心不忍地闭上了双眼。

边慕眼含热泪："敖力住手！一定有别的办法！一定……"

小小七和小雪同时哼叫起来，安心看向小七，发现小七已经完全闭上眼睛，四肢僵硬。

安心一阵揪心："小七？小七？你醒醒！"

小七没有任何反应。

敖力满脸悲伤："与其让它受伤痛折磨离去，不如成全它的心愿。"

安心泣不成声。

气垫微微鼓起。

"汪汪！"就在这时，饭桶叫着跑了过来，敖力一看，见周茉来了，立即关掉阀门。

周茉跑过来，惊得呆住了。

"怎么会……"

敖力哽咽着："小七刚刚走了。"

周茉赶紧趴到石板前查看，果然看见小七一动不动。

周茉顿时红了眼眶。

敖力正要重新打开阀门，忽然边慕喊了起来。

边慕："等等！检测一下！小七肯定活着！"

周茉摇头，拿出带来的热感应仪去感测小七的温度，紧接着露出不解的神色。

安心走过去，看着感应仪也显得十分吃惊。

"怎么了？"敖力问道。

"毫无变化！"安心道，"小七的温度始终没有变化。"

周茉点头："我觉得小七还活着。"

"活着？活着！"边慕满脸兴奋。

"快找！找找有没有什么结实的东西，挖也要把他俩挖出来。"

三个人赶紧在周围找了起来，小小七、小雪、饭桶也一起帮忙寻找。

边慕突然想起救的那个道路救援工人，立即出声："这附近有没有一个工具箱？我们救出的这个道路救援工人带着工具箱，我记得搜索过程中我还见过。"

安心摇头："没有看到啊，是不是余震的时候被掩埋了？"

边慕出声："工具箱里没准儿有能用的东西。这块带血的石头看见了吗？是那人拿过的。小小七，快闻闻！"

很快，小小七找到了那个工具箱，里面有千斤顶！

"快，时间不多了！"

第 12 章

两场婚礼

敖力和安心在两侧分别操作千斤顶与充气瓶。

安心见石板上抬,将手伸了进去。

"小七,快!"

安心抓住小七的前腿,小七顺利逃出。边慕却因为没有足够的空间,只爬出了上半身。敖力把身子探进去,试图拉动边慕的腿。

边慕摇头:"不行,腿麻了,你快出来!"

眼看石板就要垮塌,安心忙将气垫也拿过来垫住。

边慕催促着:"你们快走!快带狗狗们走!"

临时找来的千斤顶渐渐被压弯,安心与敖力使劲拽着边慕,小小七、小雪、饭桶也跑过来帮忙。

边慕终于被拉了上来,石板轰然坍塌,安心忍不住紧紧抱住边慕。

夜里,在救援队搭起的营地里,篝火熊熊燃烧,带来一片温暖的红色光晕。大家与狗狗们躺在一块儿,安心搂着小雪,包括好了的小七,看着周茉给边慕处理伤口,边慕疼得直叫唤,小七担心地伸出爪子安慰着他。

周茉笑骂道:"你至于吗?还跟小七撒娇。"

边慕叹气:"唉,只有我家小七心疼我。汤圆,还没开饭啊?饿死了!"

汤圆拿着一盒方便面跑过来,面露难色:"就剩几盒方便面了,我正在想办法呢。"

除了人的食物,狗粮也只有一碗了。

无论队员们,还是狗狗们,体力消耗都非常大,这点食物连一顿都不够吃。

伊靓出声:"那我们别吃了,把面也给狗狗们吧。"

伊森点头:"嗯,给它们吧,我们还能撑住。"

其他人也附和着。

安心很是自责:"是我太不理智,不然你们也不用搜索那么大一片危险区域。我应该申请协助的。"

边慕揶揄道:"幸亏没有,不然你在老领导面前装不了女超人,这会儿还指不定怎么拿我们出气呢。"

"我……"安心顿了顿,终于承认,"对,其实从我走进指挥中心后,脑子里就只有一个念头,绝不能让淘汰我的人看不起,绝不能再暴露自己的软弱,

我把来这儿的真正目的忘了。"

敖力摇头:"我们不是为了你而来的,搜救再苦再危险也不是为了你。"

"你说话老这么含混会有歧义的。"周茉瞪了敖力一眼,对安心说道,"他是想说即便你有错,搜救也是我们自愿的选择。能够救出这么多人,我觉得都是值得的。"

敖力无语:"我是这个意思吗?"

大家笑成一团,气氛轻松不少。

伊靓揉了揉肚子:"要不是肚子饿扁了,这儿这么美,我都觉得是来露营观星的了。"

汤圆高兴起来:"你喜欢看星星?那我们蜜月找个能看星星、看极光的地方?"

伊靓瞪着汤圆:"等什么蜜月啊,婚礼就该找个这样的地方!"

"那干吗不就地解决?"旁边受伤的边慕眼睛一亮,"对啊,地方也喜欢,人员也齐备,你们干吗不现在把婚礼办了?"

汤圆愣神:"现在?这儿?"

边慕怂恿着:"是啊。别等了!你看我今天差点被活埋,我就一直懊悔,有那么多事想做,竟然就这样没机会了?谁知道意外和明天哪个会先来,有想法就下手!"

伊靓被边慕说得有些心动了,汤圆皱眉:"可是这儿什么都没有啊。"

伊靓脱口而出:"谁说没有?我想要的都在这儿啊!"

汤圆扫视了一眼队友们和狗狗们,明白过来。

"说得对,其他没有什么更重要的了,而且……"说着,汤圆从脖子上拉出红绳,上面挂着两枚戒指。

众人纷纷起哄:"那咱们就地取材准备 下,我们男女分组,新娘和新郎到仪式上再见。"

这时,边慕突然高举着手:"等等!我这儿还有个求婚要求。"

大家吃惊地看看边慕,又看看安心,安心也是一脸错愕。

边慕走向安心,深情地说:"有一个死里逃生的男孩,在最危急的时刻,是一个善良男敢的女孩陪伴着它鼓励着它。于是它想,如果它活下来了,一定要让女孩知道它就是自己寻找的另一半;如果活下来了,一定要对女孩说……"

安心紧张地捂住耳朵:"等等,我还没准备好!"

小七顿时一脸失望,放下了尾巴,耷拉着脑袋。

边慕看着安心:"你没准备好?小雪准备好就行啦。"

安心愣神:"小雪?"

边慕在小雪面前蹲下身:"小雪,我代小七问你,愿意给我家小七做媳妇儿不?"
小雪开心地叫起来,小七转忧为喜,朝小雪奔去。
安心:"……"

明亮的篝火堆旁,敖力和洛奇往篝火里添加着柴火。
汤圆:"无论遇到什么困难……都不是放弃的理由。"
伊靓:"绝不放手,一起走完天涯。"
安心挽着周茉,两人偷笑。
担任司仪的边慕一脸认真:"请新人交换戒指。"
山神和八公围着领巾,衔着树枝从两侧走来。汤圆和伊靓从树枝上取下戒指,戴在彼此手上。
众人纷纷鼓掌,狗狗们也大声叫着表示祝贺。
"下面,有请第二位新郎!"边慕宣布着。
刚和汤圆举行完婚礼的伊靓,立即拿出手机:"重头戏来了!回去让粉丝们惊喜一下!"
汤圆:"……"
敖力和洛奇用手电筒当追光打在地上,小七在光晕中走到中央坐下,等候在毛毯尽头。
边慕:"小七在等候美丽忠诚的妻子,小雪,你在哪儿?"
安心带着小雪来到毛毯上:"小雪,去吧。"
小雪戴着野花做的花环,一步一步走向小七,所有狗狗分列两侧注视着它们,小七起身不停地摇动着尾巴。
"小七,如果你愿意接受小雪,就请你叫两声,如果不愿意,就叫一声。"
小七立即叫了两声。
边慕:"小雪,你呢?"
小雪叫了一声停下了。
众人都紧张地看着小雪,小七急得发出"哼哼"声,边慕苦着张脸。
这小雪是搞什么?该不会要学人家当落跑新娘吧?
"汪!"这时,小雪又叫了一声,众人都兴奋起来。
"答应了,它答应了!新郎小七对它的新娘有一份承诺,有福同享有难同当,希望小雪接受它的信物。"边慕拿出半根火腿肠递给小七,小七立即叼到小雪面前,与小雪有滋有味地分享起来。
边慕:"这是小七特地为小雪留下的火腿肠,让我们祝福它们今后生活幸福,永不挨饿!"
安心:"……"

小小七跑过去，舔着小七和小雪，表示祝贺，很是高兴的样子。

八公和山神则跳起了舞。

飘扬的队旗下，全体成员排列成行。

边慕拿着手机："新郎新娘靠近点！"

正中间，汤圆和伊靓，小七和小雪，彼此依靠在一起，周茉和敖力对视了一眼，在彼此间留了个空位。

边慕不满了："敖力、周茉，你俩还不好意思啊？靠近点！"

周茉和敖力异口同声道："这是……这是步枪的位子。"

边慕一拍脑袋："我真是被压傻了！当然还有步枪！十、九、八、七……"

边慕点下定时拍摄键，将手机放在叠起来的箱子上，跑向众人。

边慕跑到安心边上，大咧咧地揽住了她的肩膀，安心并没有阻拦。

"六、五、四……"

敖力默默地拉住了周茉的手，周茉脸上浮起微笑。

一记快门声响起，大家的合影定格在手机镜头中。

天空中，一闪一闪的星星仿佛步枪的明眸，快乐地注视着大家……

（全文完）